August Kühn
Die Vorstadt

August Kühn

Die Vorstadt

Roman

Büchergilde Gutenberg

Lizenzausgabe für die Büchergilde Gutenberg,
Frankfurt am Main, Olten, Wien, mit Genehmigung
des Franz Schneekluth Verlages, München

Umschlag und Einband Hannes Jähn, Köln
unter Verwendung des Bildes »Kartenspieler« von Hans Mertens
Gesamtherstellung Mohndruck Graphische Betriebe GmbH, Gütersloh
Printed in Germany 1981 · ISBN 3-7632-2809-8

Erster Teil

Wolfgang Schmied greift nach dem Krug. Weißglasiertes Steinzeug, bemalt rundum mit einem farbigen Dekor aus Eichenlaub, bayerischem Wappen und Reichsadler, Kaiserkrone und Reichsflagge. Die Schauseite, dem Krughenkel entgegengesetzt, ziert ein hellblau-bunt uniformierter Soldat, steif steht der, Gewehr bei Fuß, vor einer kräftig getönten Spielzeuglandschaft, in die ein altertümliches Geschütz aus rauchendem Rohr eine Kugel verschießt, ohne dafür einen sichtbaren Grund zu haben. Obenauf, über dem zinnernen Krugdeckel hält ein ebensolcher Soldat Wache, das silbrige Metall glänzt wie neu. ›Zur Erinnerung an meine act. Militärzeit beim kgl. bai. I. Feldart.-Rgt. Sr. kgl. Hoht. Prinzregent Luitpold‹.

Prüfend fährt Wolfgang Schmied mit dem Zeigefinger über diesen schnörkeligen Schriftzug.

»Echt? Oder nachgemacht?«

Den er fragt, seinen Beifahrer, bringt er damit nur zum Schulterzucken. »Kann man nicht wissen.«

Wolfgang Schmied arbeitet als Kraftfahrer. Eigentlich hätte er, weil es seine Eltern so bestimmt hatten, Bürokaufmann werden sollen, drei Jahre Lehrzeit nach der Schule hatte er auch im Büro einer Lebensmittelgroßhandlung über sich ergehen lassen. Danach hatte ihn die Bundeswehr geholt, auch diese Zeit als Soldat war über ihn ergangen ohne besondere Aufregungen. Weil er da Elli schon gekannt hatte und weil der Sold für einen Wehrpflichtigen gar so mager ist, daß man seinem Mädchen überhaupt

nichts bieten kann, wenn man auf Urlaub daheim ist, war er für etwas mehr Sold »länger eingestiegen«, wie er selber es nun hinterher nannte, wenn er davon erzählte. Von seinem Entlassungsgeld und dem, was Elli gehabt hatte, war die Neubauwohnung beschafft und eingerichtet worden. Der Führerschein ›vom Bund‹ war dann eine Grundlage für seinen neuen Beruf geworden, bei der Wurstfabrik, wo er mehr in die Lohntüte bekommen hatte, als ihm seine Lehrfirma hätte bieten wollen, wenn er dahin zurückgekehrt wäre. Hätte er gewollt? Sicher nicht, drinnen hocken, immer gewärtig sein, daß ein Vorgesetzter auftaucht und einem anschafft, was ihm gerade einfällt — »davon hab ich vom Bund her schon die Schnauze voll«, hatte er damals Elli, seiner Frau, seinen Entschluß erläutert.
Hinter dem Lenkrad von einem Kühllaster war man sein eigener Herr, wenn man durch das Werkstor draußen war. Keiner konnte einem da dreinreden. Freilich, die Tour mußte gefahren werden, die Waren hinaus, aber schließlich wird man dafür bezahlt, daß man irgend etwas tut. Jeder. Außer denen, die in diesem Herbst '78 schon geraume Zeit ohne Job waren, ohne Arbeit, arbeitslos, entlassen oder nach der Schule gar nicht irgendwo eingestellt. Sollte es auch geben, hatte Wolfgang Schmied gehört. Ging ihn aber nichts an, er hatte ja. Und in der Zeitung hatte er gelesen — er las Zeitung, jeden Tag, schnell einmal zwischendurch, wenn er wo warten mußte bei einer Firma —, daß die meisten von denen, wenn nicht überhaupt alle Arbeitsscheue wären, vorsätzliche Nichtstuer, die ihr Geld umsonst wollen.
Dafür konnte er, Schmied, sich was leisten. Zum Beispiel jetzt auf dem Jahrmarkt, der Auer Dult, zwischenhinein einen Rundgang machen. Einem Bratwurststand hatten sie geliefert. Auf dem Fahrtenschreiberblatt würde die Standzeit aufgezeichnet sein, aber was machte das schon. ›Liefer doch du einmal auf die Dult hin, such dir einen Platz, wo du halten kannst‹, würde er dem Tourenleiter, dem alten

Sack, hinrotzen, seine Stimme dazu beleidigt klingen lassen. Wenn der ihn überhaupt wegen dieser halben Stunde ansprach. Er, Schmied, er konnte sich das leisten. Und so einen Krug auch, vom Antiquitätenmarkt, wie die Händler diesen Teil der Dult seit einiger Zeit nannten, der früher Trödelmarkt geheißen hatte. Und die Händler ›Tandler‹. So wußte er es von seiner Mutter. Vom Vater nicht, wäre nicht möglich gewesen. Wolfgang Schmied war ohne seinen Vater aufgewachsen, geboren am 8. Mai 1945 in einem Kreiskrankenhaus einer bayerischen Provinzstadt. »Kaufbeuren« stand als Geburtsort in seinem Personalausweis, nicht München, obwohl er doch schon bald nach dem Auf-die-Welt-Kommen hierhergekommen war. Evakuiert war seine Mutter gewesen, damals, weil eine amerikanische Sprengbombe das Haus zerstört hatte, in dem sie nach der Heirat mit seinem Vater die Eineinhalbzimmer-Wohnung bezogen hatte. Ja, wenn er sie jetzt gelegentlich einmal besuchte, seine Mutter, da redete die gern und viel von dieser längst vergangenen Zeit. »Wolfi« — sie sagte noch Wolfi zu ihm, wo er doch die Dreißig schon erreicht hatte —, »Wolfi, immer muß ich dran denken, daß du vielleicht gar nicht auf der Welt wärst, wenn ich damals nicht dienstverpflichtet gewesen wäre bei der Post, Sortierdienst. Lebend ist keiner herausgekommen aus dem Luftschutzkeller von unserem Haus damals.« Als ob das heute noch eine Rolle spielen würde! Freilich, daß sein Vater, der Obergefreite Hans Schmied, vermißt an der Westfront, danach nicht mehr heimgekommen war nach München, das hatte für ihn, seinen Sohn, schon Auswirkungen gehabt. Gewichtige sogar. Erst hatte die Mutter auf seinen Vater gewartet, einige Jahre lang. Gearbeitet bei der Post und ihn früh zu einer Kinderkrippe gebracht und abends wieder abgeholt, dann Kindergarten, danach Schule und Hort. In die vierte Klasse war er gegangen, oder war es schon die fünfte?, nein, vierte, 1955, da war sein Vater, sein leiblicher, wie man amtlich sagt, für tot erklärt worden. Der Postoberinspektor Scheugenpflug hatte bald darauf die Mutter geheiratet und seinen Feierabend damit hingebracht, an ihn hinzureden. Daß er jetzt sein Vater wäre. Daß er seine Mutter verstehen müßte, daß die auch noch was von ihrem Leben haben möchte. Für ihn, Wolfgang, wolle er auch nur das Beste, wenn er es nur einsehen möchte. Heute noch war Wolfgang Schmied nicht klar, was seine Mutter an diesem ältlichen Postbeamten gefunden hatte, daß sie ihn als Vater, Ersatzvater ihm aufgenötigt hatte. Richtig, nach der fünften Klasse, da war er in die Realschule gesteckt worden von dem Scheugenpflug. War aber nichts draus geworden, er hatte ihn auch wieder herunternehmen müssen nach einem halben Jahr Probezeit an dieser Schule. Einfach hintertrieben hatte er es ihm, nichts gelernt dort. Von da an war vom Stiefvater handfester mit ihm umgesprungen worden, bis er, nur noch ein Schlupfloch in ein angenehmeres Leben sehend, verzweifelt gelernt hatte für ein gutes Schlußzeugnis von der Volksschule. Aber die Einstellungsprüfung für den Postdienst wiederum, die hatte er dem Scheugenpflug zum Trotz verpatzt. Noch während seiner Lehrzeit war die Mutter zum zweiten Mal Witwe geworden. Der Scheugenpflug, der war um die fünfzehn Jahre älter als sie gewesen, hatte aber erst zu kränkeln angefangen ein Jahr vor seinem jedoch plötzlichen Hinsterben. Herzschlag nach einem Sonntagsausflug mit dem ersten Auto, das sich der Herr Postoberinspektor geleistet hatte.

Wolfgang Schmied besaß nun schon seinen dritten Wagen. Mittelklasse, neuwertig, gekauft aus erster Hand, werkstattüberholt, die davor waren weniger kostspielig gewesen, der aber hatte ihn fast vier Monatslöhne gekostet. Eigentlich fünf, wenn man die Überstunden rechnete. Konnte sich Wolfgang Schmied leisten! Klar doch! Nichts fehlte ihm, nichts. Sogar ein Kind würde vielleicht drin sein, jetzt. Elli müßte dann allerdings aufhören. Was sie als ›Kassenkraft‹ im Supermarkt an Lohn bekommen hatte, die

letzten Jahre, das war das Auto gewesen, der Urlaub in Spanien mal, das andere Jahr in Griechenland. Rumkommen, was sehen. Mit einem Kind bräuchten sie dann auch eine größere Wohnung, ein Zimmer mehr. Das Wohnzimmer, das hatten sie vor zwei Jahren neu eingerichtet. Die Klappcouch und den Kombischrank raus, dafür die altdeutsche Schrankwand rein und die Stildinger, so mit Leder. Das macht was her, wenn mal jemand kommt. Kommt zwar nie jemand, außer einmal im halben Jahr die Mutter, ja doch, die von Elli auch nicht öfter. Das Schlafzimmer dafür modern, Plastikbeschichtung. Genau wie die Einbauküche. Das Wohnzimmer, das war's, da hinein wenn man abends heimkam, da fühlte man sich als wer. Und so ein Krug wäre ein passendes Zierstück dazu. Natürlich würde er den auch benutzen, einmal die Woche kam die Bierlieferung ins Haus. Drei Mark für den ganzen Kasten sparte diese Lieferung, und außerdem mußte man es nicht selber in den sechsten Stock hinaufbringen. ›Beförderung von Lasten im Aufzug verboten‹. Er selber hatte es schon besser getroffen mit seinem Job als der Fahrer der Flaschenbiergroßhandlung.
Der Krug.
Wenn er echt ist, müßte der so an die siebzig Jahre alt sein. So alt wie der Scheugenpflug jetzt wäre, wenn er noch leben würde. Aber so ein Krug, wenn er echt ist, der ist ja was anderes, der hat bleibenden Wert, wie man sagt.
Gut, daß die Elli auch nicht recht will mit einem Kind. »Jetzt noch, wo wir beide aus dem Alter fast heraus sind, wo man noch Kinder aufzieht. Und für wen denn.« Sagt sie immer. Ein vernünftiges Weib, die Elli. Solch kleine Kinder, die greifen überall herum, wenn sie einmal ins Krabbelalter kommen. Der Schrankwand würde es zwar kaum schaden können, die ist oberflächen-spezialbehandelt. Aber so ein Krug, man stelle sich ein Kind an so einem Krug vor. Ungeschickt danach gegriffen und auf den Boden. Teppichboden, aber wenn so ein Krug unglücklich

auftrifft? Siebzig Jahre oder noch mehr sind dann im Eimer, so was kann heutzutage niemand mehr reparieren. Schon bei einem Fernseher oder einer Waschmaschine wird eine Reparatur kaum mehr gemacht, wenn sie älter als fünf Jahre ist. Aber das ist wieder etwas anderes, da bekommt man eben eine neue, braucht bloß kaufen, das ist schon mal drinnen.
Der Krug.
»Du müßtest es doch wissen, ob der echt ausschaut. Oder ob er ein nachgemachter ist, auf alt.«
Wolfgang Schmieds Beifahrer, einige Jahre jünger als er, war Student gewesen. Lehrer hätte er werden wollen, Deutsch und Geschichte an einer ›weiterführenden Schule‹. Warum er sein Studium abgebrochen hatte, wurde nur als Gerücht herumgeredet unter den Fahrern und Beifahrern der Wurstfabrik. Schmied trug eine untergründige Abneigung gegen ›weiterführende Schulen‹ mit sich herum, ohne sie anders als mit gelegentlichen Ruppigkeiten gegen seinen Beifahrer äußern zu können. Aber jetzt, da konnte der einmal zeigen, für was sein vieles Schulegehen gut gewesen war. Geschichte hätte er den Kindern beibringen wollen, wenn er mit seinem Studium zu einem Ende gekommen wäre. Da müßte der sich doch auch mit so einem Krug, der noch nicht einmal so besonders alt ist, auskennen und ihm einen Ratschlag geben können.
Kirti — wie kann einer bloß so einen überspannten Namen haben! — mochte sich eigentlich nicht darauf einlassen, als Gutachter zu fungieren. Schmied sieht es ihm an. Aber erreicht hatte er bei dem doch bisher immer noch alles, was er von ihm wollte . . .
»Wenn er dir gefällt, Wolfgang, kommt es dann darauf an, wann er gemacht worden ist? — Wenn du übrigens mich fragen würdest, mir gefällt er nicht.«
So einer ist der Kirti also. Aber nicht mit ihm, dem Schmied seinem Sohn.
»Du mußt es doch vom Anschauen wissen, für was hätte

man dich sonst so lange auf der Schule herumdrücken lassen. Schau ihn dir doch an.«
Neben ihm kramt ein anderer Trödelmarktkunde sich durch einen Haufen Seitengewehre, Ehrendolche und andere Stich- und Stoßwaffen verschiedener Zeiten und Herkunft. Die fordernde Schärfe von Schmieds Frage an Kirti reißt ihn aus seiner behaglichen Geschäftigkeit, er sieht auf, schaut den Krug an. Mit der ganzen Überlegenheit eines Sammlers lächelt er geringschätzig die zwei in ihren blauen Firmenmänteln an.
»Ha, nachgemachter Mist. Kein Porzellan, noch nicht einmal richtig bemalt. Bayerische Artillerie war niemals hellblau . . .«
Wolfgang Schmied muß seinem Beifahrer nachlaufen, eilig hat der es plötzlich. Wegen dem Wichtigtuer? Richtig, er hat dem wieder einmal eines verpaßt.
»Kirti, wart doch. Mensch, war doch nicht so gemeint.«
Wortlos drängeln sie sich dann nebeneinanderher über den Dultplatz. Würziger Duft von gebrannten Mandeln wallt aus messingenen Kesseln. Gute alte Zeit. Meint Schmied. Aber er muß noch einmal fragen, keine Ruhe läßt es ihm sonst. Inwendig da, wo der Mensch verdaut.
»Geschichte, was früher war, wissen möchte man da schon manches. Einfach wissen. Meine Lehrer, ich bin ja nur in der Volksschule gewesen . . . also, was hättest du deinen Schülern erzählt? So, daß es die interessiert hätte. Sogar mich als erwachsenen Menschen interessieren tät?«
»Ich weiß es nicht«, sagt Kirti.

Erstes Kapitel

In seinem Dorf hatten sie ihn Odilo gerufen. Sein Vater, auch ein Odilo, war der Schmied gewesen. Schon zu Zeiten der Bayernherzöge, die noch nicht Vasallen der Franken-

kaiser gewesen waren, hatte es eine Schmiede im Dorf gegeben, hatte Odilo gesagt bekommen von den Alten, die hinfällig genug waren, um Muße zu finden, den Jungen im Dorf so etwas zu erzählen. Die Frau Uta, die vor etlichen Menschenaltern dieses Dorf und die vielen anderen im Umkreis der Kirche dem Bischof in Freising gestiftet hatte, war noch aus der Familie dieser Bayernherzöge gewesen, danach waren andere, von den Franken eingesetzte Herren mit der Macht über das ganze Land belehnt worden, Welfen, Herzöge von weit her aus dem Sachsenland. Ältere Dorfleute, auch Odilos Vater, der Schmied, hatten noch gewußt, wie der Freisinger Bischof mit dem letzten Welfenherzog im Streit gelegen war, wie die Dörfler aufgeboten worden waren zum Wachten. Unsichere Zeitläufte, aber der Schmied hatte zu tun gehabt. Beile waren angestielt worden und die bäuerlichen Haumesser längergeschmiedet und geschärft, fast gleich einem Herrenschwert.
Kälte kroch über ihn hin. Feucht war sein Kittel, sein Gewand überhaupt, auch der ärmellose Mantel aus gewalkter Wolle, den er als Decke über sich gezogen hatte. Am Abend, als er zu müde gewesen war, um weiterzulaufen, hatte er sich, als auch noch ein Gewitter aufzog, an einer trockenen Stelle bei einem Eichbaum niedergelegt, hatte hinauf ins Laubdach geschaut, in das der Wind hineinfuhr mit Gewalt, daß Laub und Geäst zu sprechen anfingen, kläglich und in unverständlichen Lauten, aber auch so, daß es Odilo bedrohlich empfand. Den Hammer, den gewichtigen aus der Schmiede, den hatte er in den Arm genommen als tröstlichen Beistand. Als über ihm das Heulen und Zausen nachließ, als die ersten schweren Tropfen auf die Blätter klatschten, war ihn der Schlaf angekommen. Doch das folgende Trommeln des Regengusses hatte ihn zu seiner Nacht hin begleitet. In seinen unruhigen Träumen hatte es weitergetrommelt, wurde es zum Hufschlag.
Die Reiter, da waren die Reiter wieder den Dorfanger heraufgeritten. Nicht Ungarn, nicht Avaren, von denen die

Dorfweiber den kleinen Kindern erzählten, um sie durch Schrecken zu Gehorsam zu bringen, das waren bayerische Herrn, die dem landvertriebenen Welfen anhingen. Sie, vor denen die wachsamen Dorfleute samt dem Vieh längst geflüchtet waren in den bergenden Wald, sie warfen sich auf die Schmiede, da sie den trockenen Rauch der geköhlerten Scheite aus der Esse steigen sahen.

Wieder, wie zwei Tage davor, war Odilo auch im Traum weggelaufen. Aber anders als in der noch so gegenwärtigen Wirklichkeit war er nicht von der Stelle gekommen. Wie festgeschmiedet am Boden, hatte er nur seine Beine bewegen können, so zusehen müssen, wie der Anführer der Berittenen auf den Vater losging. Wie der sich zur Wehr setzte, verzweifelt seinen Hammer schleuderte gegen die Übermacht. Wie der Hammer sein Ziel verfehlte, in die Haselnußsträucher fuhr, wie daraufhin der Gefolgsmann des Ritters mit der Lanze, ein Grauhäuptiger mit zerhauenem Gesicht, den Pfeil in die Bogensehne lehnte, spannte, abschoß, in den Hals traf, den Vater stürzend machte, schwer hinschlagen ließ auf den festgestampften Lehmboden. Auf den herrischen Wink des Gewappneten hin waren andere von den Gäulen gestiegen, hatten Kienscheite in die Glut der Esse gehalten. Dann, wieder zu Pferd mit dem flammenden Brand, waren sie durchs Dorf gejagt, die Fackeln waren in die Strohdächer geflogen, daß knisternd die Lohe aufgesprungen war. Das alles war ihm als Traum wieder gegenwärtig geworden, viel deutlicher noch, als er es vor zwei Tagen erlebt hatte.

Odilo hatte sich versteckt gehalten hinter den Nußstauden, die den Dorfgrund von den Hausäckern trennten. Hatte voller Schrecken beobachtet, daß die Reiter den nämlichen Weg nahmen wie davor die flüchtenden Bauern. Furchtsam war er noch eine Weile in seinem Versteck geblieben, dann, als er zum Dorf hinlaufen wollte, wehrte ihm das eine Welle von Hitze und Funkenflug. Schon wieder umkehrend, war er über den Hammer gestolpert. Er hatte ihn

geschultert, sich sogleich stärker gefühlt. Ihn mitzutragen den weiten Weg war dem eben aus dem Knabenalter herausgewachsenen Odilo nicht leichtgefallen. Zuerst war er zum Nachbardorf, ein Mutterbruder wirtschaftete da auf einem Lehen. Vertraut war ihm der Pfad gewesen, der Weg des sonntäglichen Kirchgangs. Dort fand er auch nur noch die Kirche vor, als einziges Bauwerk, auch da waren die Reiter durchgekommen, die Gehöfte waren ein schwelendes Inferno, Rauchschwaden beizten ihm Augen, Nase und Mund. Doch drang er vor bis zur Kirche. Es verlangte den Schmiedsohn nach einem Dach über dem Kopf. Anders als die Kinder der Grundlehensleute war er viel weniger auf dem Feld als im Haus groß geworden. Das Schmiedfeld war von den Mägden bestellt worden.
Nur eine sehr alte Frau war beim Altarkreuz gekniet, ein endloses Gebet murmelnd. Und betend hatte sich Odilo neben sie geworfen. »Herrgott, gib mir Kraft, daß ich Schmied werden kann wie mein toter Vater.« Ein neuer Schrecken hatte ihn dabei durchfahren. Die Dorfleute, nicht aus dem eigenen Dorf, sondern die aus der Umgebung, wenn sie mit ihren wieder zu richtenden eisenen Gerätschaften angekommen waren, bekreuzigt hatten sie sich danach, wenn sie die Arbeit entgolten und wieder abgezogen waren. »Die meinen, im Bund mit dem Bösen, dem Gottseibeiuns, wäre dein Vater, weil er mit dem Feuer umgeht und wegen dem Ruß an Leib und Gesicht.« Der Meierssohn Korbi hatte es ihm so ausgedeutet. Die Verdammnis, die ewige Verdammnis, hatte die des Vaters Seele bekommen?
Ein Schmied hatte die Nägel geschmiedet, die sie dem Herrn Jesus durch Hände und Füße getrieben hatten. Aber doch kein Schmied hatte das getan. Der da auf das Kreuz gemalt war, der mußte es wissen. Die Frau zupfte Odilo am Mantel.
Gefragt, weswegen er allein gekommen sei, berichtete er ihr. Dann gab ihm die Alte Auskunft.

»Von hier sind die Unseren auf die Stadt zu, weil es dort sicher ist durch die Mauer, hinter der man sich bergen kann. Auch du geh hin, findest dort welche von den Deinen. Und den Unsrigen sag, daß sie zurückkehren mögen.« Anhören mußte er sich noch etliches über die Sündigkeit, die solche Plagen herbeigezogen habe. Ja, das Endgericht sei nahe, wenn sich die Menschen nicht zur Buße fänden. — Die Stadt, von der Odilo schon hatte sagen hören von den Händlern, die von dort gekommen waren mit den Eisenstücken. Die Alte war, wie er selber, noch nie dort gewesen. Meinte, leicht wäre auch die so eine Sünde, auch wenn dort Mönche wohnten. Am Fluß Isar läge die, aber wegen der sei dem Herrn Bischof vor Menschengedenken seine Brücke niedergebrannt worden, der Unfrieden übers Land gekommen und, recht besehen, seitdem nie mehr zu Ende gegangen. Aber er, Odilo, müsse hin, nur noch ein Fladen Brot sei ihr geblieben, da, die Hälfte davon gäbe sie ihm, selber könnte sie, die anderen abwartend, sich hinbringen mit der anderen Hälfte und dem, was sich noch so finden ließe. Nein, nur die Richtung könne sie ihm angeben, nur die und auch nur ungefähr. Aber er, so jung wie er sei, auch einen Irrweg könne er laufen und doch ankommen. Sie hingegen würde, falls sie es versuchte, gewiß von Schwäche übermannt und unterwegs verderben.

Einmal hatte Odilo in der Ferne Reiter auftauchen sehen. Zu Boden gekauert, betend, hatte er ihr Verschwinden abgewartet. Danach hatte er die Felder gemieden, sich in den Wald geschlagen. Nun, am Morgen des dritten Tages, ahnte er unbestimmt, daß er sich nur wenig weit von der ihm bekannten Umgebung bewegt hatte. Den Rest Brot aß er, und da er es auf dem Leib unter dem Kittel getragen hatte, erschien es ihm warm und wie frisch gebacken. Gelassenheit gab ihm das.
Ein Waldbach, den er schon mehrmals berührt hatte auf seinem Irrweg, der sollte nun seinem weiteren Marsch eine

Richtung geben. Der Strömung entgegen, da würde er zu einer Quelle gelangen, zu einer Weidetränke vielleicht, bestimmt also auch zu Menschen kommen. Zu Dorfleuten, Leibeigenen, wie er sie von daheim kannte, denn die würden ihm weiterhelfen. Vor den anderen, den Rittermäßigen, mußte er sich in acht nehmen, leicht konnten die ihn für einen Entlaufenen halten und mit ihm verfahren, wie sie gerade wollten. Nicht beweisen würde er ihnen können, daß er freigeboren war auf einem Schmiedlehen.

Vorsichtig blieb deshalb Odilo beim Bachlauf über den Waldrand hinaus im Gesträuch, das den ins weithin flache Land begleitete. Haidland erst, auf das Vieh zum Weiden getrieben wurde, aber hier gerade verlassen dalag, berührte er, dann mit Feldzäunen eingehegte Mahdwiesen, auf denen bald schnittlanges Gras stand. Bevor er es zu sehen bekam, roch Odilo den Herdhauch der Ansiedlung. Ein friedliches Dorf deckten die Schrohdächer, aber er wollte nur zu bekannten, nicht zu fremden Dörflern, fürchtend, daß die ihn sonst in Knechtslohn nehmen möchten als Hüter oder für sonst eine mindere Dienstbarkeit, die ihm, dem Schmiedsohn, mißfallen mußte. Diebsgleich schlich er sich durch die unbekannte Gegend. Weiter, nur weiter, an Feldrainen entlang, als sich der Bach als schmales Rinnsal in nassen Brachwiesen verlor. Müdegelaufen war er schon, als er ihrer ansichtig wurde. Hütten, die sich bewegten, langsam zwar, aber stetig. Konnte es so etwas geben?

Näher heran konnte er auch die Pferde ausmachen, die, vor die Hütten gespannt, diese bewegten. Wagen, unvergleichlich größer als die Bauernkarren und die Radscheiben halb so hoch wie ein erwachsener Mann, zudem auch noch mit einem eisenen Reifen beschlagen. Ein Staunen nötigte es Odilo ab, daß es so etwas geben konnte. Auch daß die vorgespannten Pferde nicht im Joch gingen wie die Zugochsen vor Bauernwagen, bemerkte er. Ächzend und knarrend bewegte sich der Zug über aufgeschütteten Kies. Die Straße also, von der Odilo wußte, weil die Bauern immer wieder

zu Hand- und Spanndienst für sie aufgeboten worden waren.
»Woaus und wohin?«
Der Odilo so anrief, war einer der Begleiter des Frachtzuges, einer, der ein beladenes Saumpferd am Zügel führte, in der anderen Hand einen langgeschäfteten Sauspieß hielt, ihn wie einen Wanderstock benutzte. Zudem hing ihm auch noch ein Kurzschwert in der Scheide am Gürtel.
Drei vierrädrige Frachtwagen waren es — Odilo hatte sie für bewegliche Hütten gehalten. Planen aus Leder, die seitlich weit herunterreichten über die mit Weidengeflecht verstärkten Wände der Ladeflächen. Ihnen folgten noch weitere zweirädrige Wagen, zweimal eine Handvoll, wenn man sie zählte, also zehn. Und hinter diesen kleineren Kaufmannsgefährten zogen her etliche Kleinhändler oder auch ›Factores‹ von Kaufleuten wie derjenige, der Odilo angeredet hatte, führten Lastpferde am Zügel. Sie brachten Salz aus den Bergen, Wein von drüberhalb der Alpen und aus dem Tirolischen, Glas aus Venedig und Kupfer und Eisen aus dem österreichischen Lande. Nachdem Odilo ein erstes Mißtrauen gegen sie vertrieben hatte, indem er freimütig von seinem Herkommen und seinem Ziel erzählte, erklärte ihm dies alles der gesprächig, ja sogar geschwätzig werdende Kaufmannsgehilfe. Kaum älter war der wohl, aber schon so weit herumgekommen im Land, daß Odilo ihn bewundern mußte.
Sein Auftauchen an der Straße, mutterseelenallein und wie er wie selbstverständlich mittrottete im Zug, es war von anderen nicht unbeobachtet geblieben, denn achtsam und vorsichtig waren die Handelsleute unterwegs.
Erschreckt hörte Odilo auf ein schnelles Hufschlagen, das herausfiel aus dem gemächlichen der Zug- und Saumpferde. Ein Reiter, gekleidet wie die Leute des Handelszugs, aber beritten auf einem kleinwüchsigen, leichteren Roß, zu wissen begehrte der barsch, wen sich der Factor da aufgelesen habe. Der tat, mit Fürbitte im Ton, kund, was er

von Odilo erfragt hatte. Und erfreut bekam Odilo zu hören von dem, daß er dabeibleiben dürfe bis zur Flußbrücke. Dann aber, beschied der herrische Reiter, möge er zusehen, wie er selber und alleine weiterkomme.

»Ein Prinzipal, ein Kaufherr aus Augsburg, der hat die teuerste Fracht bei unserem Geleit. Hat sich ausbedungen, daß er das Sagen hat bis München, von da zieht er allein mit seinen Wägen weiter, aber er hat hinreichend Leute, eigene.«

»Leibeigene? Fronleute?« Odilo fragte so, weil er keinen dabei sah, der kurzgeschnittene Haare trug. In seinem Dorf daheim waren außer seinem Vater, dem Schmied, und dem Zehentmeier, dem Lehensbauern auf dem größten Hof, der auch für den Bischof die zehnten Garben bei der Ernte einholte, alle kurzgeschnittenen Haares gegangen.

»Nein, im Knechtslohn stehen die. Bist du, Odilo, Leibeigener?«

»Wie gesagt bin ich auf dem Schmiedlehen geboren und niemandem zu eigen. Aber weswegen fragt Ihr?«

»Gleich wegschicken hätten wir dich müssen. Wer einem Entlaufenen hilft, der ist seinem Herrn den Schaden schuldig.«

Überlegen hatte dies geklungen. Odilo mochte es nicht, wenn sich einer über ihn stellte. Daheim hatte es keinen Gleichaltrigen gegeben, der das hätte wagen dürfen. Und der da?

Aus solchen Überlegungen riß ihn ein elendiger Anblick, Jammergestalten, angetrieben von einigen Reitern, seitlich der Straße kamen sie entgegen, schlurfend und mit hängenden Köpfen.

»Kennst du die Leute?« fragte der Handelsfactor, weil ihm Odilos Betroffensein nicht entgehen konnte, zu gebannt starrte der und voller Mitleid, dem Weinen nahe. »Leibeigene Bauern sind's, die Reiter, den Lanzenfähnchen nach, bischöfliche Schergen von Freising. Bringen sie nur auf ihren Grund zurück, weiter geschieht nichts.«

Odilo schluckte. Gab dann, der Leidenszug war schon nahe heran, doch Bescheid. »Leute vom Nachbardorf. Aber meiner Mutter Bruder ist nicht dabei.«

»Wenn er ein Freigeborener ist, wie du sagtest, dann wird er nicht mit den Schergen ziehen wollen. Kein Recht haben die über ihn. Und leicht mag er auch in die Stadt gekommen sein.«

»Alle wollten sie in die Stadt, sich bergen vor den Reitern des Grafen.«

Zweifel kamen den Factor an, ob der junge Dorfbursche ihm in allem die Wahrheit gesagt hatte. Eine Weile schwieg er, so lange, bis die Dörfler mit ihrer Bewachung und mit dem nachgetriebenen Vieh an ihnen vorbei waren, seitlich von der Straße ab, daß sich nicht einer davon in den Handelszug mengen, entlaufen konnte. Erst als sie schon nahe an die Hecken und Zäune eines Dorfes heran waren, begann er von den Rechten und Gerechtsamen zu reden, daß Odilo meinte, ganz wirr im Kopf werden zu müssen. Ob ihn denn sein Vater, wo er doch so viel hielte auf seine freie Geburt, nicht gelehrt hätte, wie es sich verhalten würde mit den Herrschaften rundherum, da er es doch wissen müsse, um frei zu bleiben. — Das Dorf da wenn man nehme, zum Sundergau gehöre es, unterstünde also dem vom Herzog eingesetzten Grafen, denen von Wolfratshausen eigentlich, aber weil die ausgestorben sind im Mannesstamm, hätten es die Grafen von Dießen-Andechs geerbt. Die bieten nun alle Freien zum Heerbann auf, halten das Gericht ab und nehmen auch die Bußen, Friedensgelder und wo es Brauch ist das Kopfgeld. Haithusen nennt man den Ort. Doch haben in ihm auch der Bischof von Freising, der Herzog, einige adelige Herrn und ein Kloster Besitz an dem Dorf. Und nicht anders verhalte es sich mit der Stadt, zu der sie zögen, München. Markt und Zoll gehören dem bischöflichen Hochstift, doch nur dem Namen und der Form nach, wirklich aber schütze der Herzog von seiner dabeigelegenen Burg aus die Stadtfreiheit, doch gefallen

lassen müsse er sich dabei, daß ihm der Freisinger mißtraue. Deshalb streiften dessen Schergen um Brücke und Zollstatt. Gesehen hätten sie ja nun eben, wie die verhinderten, daß allzu viele von den dem Freisinger gehörenden Leuten in die Stadt zögen, wo sie nach Jahr und Tag frei würden und abgängig dem Bischof mit Stiftgeld, Gült und Scharwerk. Die Bauern-Tölpel, hineingelaufen sind sie in die Wachen, meinte der Factor verachtungsvoll.
Mit den Wägen vorne ging es langsamer voran. Die Händler mit nur einem Saumpferd überholten sie seitlich. Einer, der seinen schwerbeladenen Zweirädrer mit zwei hintereinander gespannten Rössern fuhr, dessen vorderes er nun am Zügel führte, rief sie an:
»He, ihr da! Für das eine Pferd wird doch einer langen. Mag mir nicht einer helfen, wenn es den Steig hinuntergeht?«
Weil er verächtlich von den Landleuten gesprochen hatte, trennte sich Odilo nicht ungern von dem Factor. Den Hammer legte er auf dem Wagen ab, dann ließ er sich bedeuten, das Deichselpferd am Zügel zu führen. Und sah auch gleich die Ursache hierfür.
Steil führte mit einemmal die Straße abwärts. Furchen hatte der Regenguß in der Nacht davor in den Kies gespült, und die Achsen der Wagen stöhnten auf, wenn ein Rad hineingeriet und wieder herausgewuchtet wurde. Leichter wurde da wieder der Zug dem Gespann, doch die Fuhrleute stemmten sich mit Macht dagegen, wenn es weiter ausgreifen wollte, dazu redeten sie beruhigend ein auf ihre aufgeregt schnaubenden Tiere. Auch Odilo tat es. Vertraut war es ihm aus der Schmiede, wenn der Vater Herrenpferde beschlagen hatte. Nein, sagte er sich, nicht an daheim denken, an den Toten, an die Brandstelle. Mutter? Beim Bruder würde sie unterkommen, bis er selber als Mann zurückkäme.
Zu sehen gab es hier was. Eine Brücke über den grün daherströmenden Fluß, unbändig berannt von ihm, wo die

Stämme im Flußbett standen und doch fest, daß die gewichtigsten Frachtfuhren darüber poltern konnten, ohne sie schwankend zu machen. Und dann, im Abstand hinter den Lagerscheunen beim Brückenzollhaus, da war ein Dorf, wie ihm bisher noch keines vorgekommen war. Eingefriedet mit einer Feldsteinwallung, die noch erhöht war durch eine festgezimmerte Wand und die doch, obwohl höher als ein Reiter auf seinem Pferd, überragt wurde von den dahinter gelegenen Giebeln unter grauen Strohdächern oder grünlichem Holzgeschindel. Die Stadt! Odilo meinte, mehr Herdstellen mußte die haben, als der Dorfhirt, der am besten des Zählens Kundige, würde zusammenzählen können. Mit einem Mal stand für ihn fest, daß er da hineinkommen wollte — und nicht mehr so bald heraus.

Kein Auge, kein Ohr mehr hatte Odilo dafür, daß der Wagenführer den Zoll an den Einnehmer zu entrichten hatte und es entging ihm sogar, wie der ihn abschätzig betrachtete.

»Der da, ist er ein Roßknecht?«

»Er hat mir geholfen.«

Der Einnehmer sah es als Bestätigung an, winkte dem Spießknecht, daß der seinen Stecken hochnahm, den Weg freigab.

»Willst Roßknecht werden? Herumkommen im Land? Ich führe das Salz für den Herrn Propst über Land, er würd dich schon annehmen, wenn ich ein Wort für dich einleg.«

»Knecht?«

»Ja, Knecht mit Wegzehrung, Kleidung und einer Zugabe in gemünztem Silber, dazu frei von sonstiger Fron. Auf der Straße läßt es sich leben.«

Odilo war mit sich einig geworden, daß er in die Stadt gehen wollte. Das Tor im Turm der Mauer erschien ihm wie ein Mund, der ihm zurief: »Komm herein, komm!« und den Gedanken an die Mutter übertönte. Ja, wenn er seßhaft geworden sein würde, nachholen würde er sie. Sie und die

Schwester. Bis dahin würden die Dorfleute sie versorgen aus dem Gemeindegrund, und auch die Hütte auf die alte Stelle würden sie ihr richten. Mehr würde auch er nicht für sie tun können, wenn er zurückging.
»Ich geh in die Stadt!«
Schüttelte der Salzfahrer mißbilligend den Kopf. »Wenn du nicht einstehen kannst bei einem Stadtbürger, dann mußt du wieder hinaus, ehvor die Tore geschlossen werden am Abend. Bleib bei uns, auf den Straßen über Land ist es freier denn da drinnen.«

Wo sich die Straßen von Norden nach Süden und die von Westen nach Osten trafen, war ein freier Platz, und die Häuser um ihn herum waren aus Ziegeln gemauert bis hin zum oberen Stock, nur die Speicher darüber waren aus Holz aufgesetzt. Dasjenige von Gerold dem Kaufmann aber, es stand neben dem Turm, in dem Herzog Ludwig die Münzen schlagen ließ, war bis oben hin gemauert, und mit Holzschindeln war sein Dach gedeckt. Kaufmann Gerold hatte dies für nötig gehalten, denn so blieb das Tuchlager auf dem Speicher trockener als unter einem Strohdach. Die feineren Stoffe, die er von den Kaufherren drüberhalb der Alpen erworben hatte, sie lagen ohnehin im ebenerdigen Gewölbe hinter den zur Gasse zu befensterten Wirtschaftsräumen. Aber Gerold, der seinen Frachten um eine Stunde vorausgeeilt war, hatte nicht die Zeit, die Factores und Fuhrleute abzuwarten. Allein mochten die seine Handelswaren einbringen, ihm war gerade noch möglich, seinen als Haus- und Marktfactor dienenden Schwager anzuweisen, was zu geschehen habe und daß er sich um Taglöhner umsehen möge für diese Arbeiten. Danach wechselte er das lederne Reisekleid mit dem wolltuchenen, pelzbesetzten Ratsgewand. Ratstag war, und würde er nicht vor dem Läuten der Ratsglocke im Geschlechtersaal sein, war er eine Buße schuldig, soviel, wie ihn ein Knecht kostete eine Woche lang.

Ehrerbietig machten ihm die Leute auf dem Marktplatz den Weg frei. Bauern der umliegenden Dörfer, die wichtig waren für Handwerker herinnen, da sie hereinbrachten, was die zum Leben brauchten, Eier, Milch auch gelegentlich, Waldfrüchte, Geflügel. Und immer mehr mitnahmen an Dingen, die nur in der Stadt zu haben waren. Salz, Wein, eisene Gerätschaften, wenn sie den Preis aufbringen konnten. Daran, daß sie nicht Mäntel trugen, wie die Freien, konnten die Marktschergen erkennen, wen sie abends wieder aus der Stadt zu weisen hatten. Ihn, Gerold, hätte es nicht gestört, wenn noch etliche Bauern in der Stadt geblieben, Handwerker geworden wären, ihm ihre überschüssigen Waren überlassen hätten zum Fort- und Hinausführen übers Land.
Zwölf waren es, die sich pünktlich versammelten, wie es durch den Ratsboten eingesagt worden war. Gerold nahm als vorletzter seinen Platz ein, nach ihm kam nur noch sein Konkurrent, der Tuchhändler Arnold, auch er noch zur rechten Zeit. Arnold der Tucher war um etliches jünger als Gerold, sein langes Gewand unterstrich diese Jugendlichkeit noch, und er erhöhte seine Wirkung auf die anderen im Rat, indem er den Kopf vorstreckte, dafür die Schultern nach hinten zog und seine linke Hüfte und das Bein mit dem spitzen Schuh um den Fuß herausstellte. Ein hochmütiges, rittermäßiges Ansehen gab ihm das.
Der Schreiber nahm, bevor er die Tür versperrte, von einem Knecht den Weinkrug entgegen. Gerold fand, es wäre an der Zeit, dieses bemalte Holzding mit den aufgesetzten Geschlechterzeichen der Zwölf durch einen aus Zinn gegossenen oder aus Kupfer getriebenen Krug, wie sie von Meistern in Augsburg gefertigt wurden, zu ersetzen. Jedesmal in der letzten Zeit mußte er so denken. München, fand er, hatte sich in der kurzen Frist seit der Beleihung mit Markt-, Münz- und Zollrecht ansehnlich aufgelebt, da war man es sich schuldig, entsprechend aufzutreten. Ein Holzkrug im ›Rat‹ paßte da nicht recht.

Wohl aber paßte es zur vermehrten Gereiztheit von Gerold, daß ausgerechnet Kuonrad der Weinhändler, den sie den Ridler nannten, als erster seine Stimme erhob. Zusammengekommen seien sie diesmal, um Schwerwiegendes zu bereden. An dem sei es, daß man bei den derzeit unsicheren Zeiten überlegen müsse, ob es nicht erwägbar sei, sich zu verbünden mit dem eigentlichen Stadtherrn, dem Freisinger Bischof, und nicht minder wichtig wäre es, dem mit seinem angrenzenden Land im Süden der Stadt leicht gefährlichen, ja übermächtigen Grafen von Andechs gefällig zu sein, zumal der auch noch die Handelsstraßen beherrsche. »Zumalen auch noch, was Herr Kuonrad zu sagen vergaß, der Andechser auch drüberhalb der Alpen seine Herrschaft hat, sich Herzog von Meran nennen kann — woher der Herr Kuonrad seinen Wein herführt. Vielleicht gäben die Andechser Herrn Grafen und Herzöge Privilegien für den Weinhandel, wenn man ihnen in der Stadt München gefällig ist?« So entfuhr es Herrn Gerold, doch er bewirkte damit zunächst nur, daß sich Arnold der Tucher von seinem Platz erhob, um, wie es sich anhörte, eine vermittelnde Rede zu halten.
Richtig sei, da gäbe er dem Herrn Vetter Gerold recht, daß der Herr Herzog Ludwig der Wittelsbacher fern in Landshut sei, zudem auch Kelheim an der Donau mit seiner Eisenhütte der Stadt München vorzöge — Herr Gerold habe es nicht erwähnt, auch nicht Herr Kuonrad. Doch schicke sich der Herr Ludwig an, die Witwe des Grafen von Bogen, die böhmische Frau Ludmilla, zur Frau zu nehmen, da sei auch bei ihm ein nicht unerheblicher Zuwachs an Macht zu erwarten. Was die Stadt anginge, so seien die Wittelsbacher lange schon die Erbvögte der Freisinger, recht gut sichtbar daran, daß nicht des Freisingers, sondern des Wittelsbachers Schergknechte an der Brücke stünden. Außerdem sei zu bedenken, daß eben wegen dieser Bewaffneten des Bayernherzogs in und vor der Stadt der Freisinger bisher davon absehen mußte, die Brücke wieder zu

zerstören und seine eigene bei Föhring zu errichten. Was auch nicht mehr zu erwarten sei, auch wenn des Herzogs Kriegsvolk von der Stadt abzöge, dann würde an ihrer Stelle der Freisinger die seinen schicken, sonst bliebe es wie bisher.

Gerold war nicht entgangen, daß Arnold es vermieden hatte, für irgendeine Partei zu reden, weder für die Andechser noch für die Wittelsbacher und auch nicht für den Bischof von Freising. Nur ohnehin allen bekannte Dinge hatte der hergekramt, Dinge, die auf den vergangenen Ratsversammlungen schon mehrmals und immer wieder und gründlicher als gerade von ihm vorgetragen worden waren. Gerold kam es vor, als wolle Arnold wegen seiner Jugendlichkeit dartun, daß er doch über alles Bescheid wisse. Ja, großtun wollte er. Sich umschauend, gewahrte er auf den Gesichtern der übrigen Ratsleute kaum eine Bewegung, auch sie waren von der Ansprache seines Vetters unbeeindruckt. Nun war es an ihm selber, seine Meinung darzutun.

»Vom Innfluß komme ich eben erst her, und berichten muß ich euch, was zu sehen war auf dem Weg. Vom Rauch über verbrannten Dorfstellen, von streifenden Kriegsknechten, die Fronleute wegführten. Unbeschadet übers Land gekommen sind wir nur deshalb, weil es fahrenden Kaufleuten erlaubt ist, das Schwert zu führen, Fuhrleuten der Spieß und weil bekannt ist, daß wir uns zu wehren wüßten, wenn auch nicht gegen ein Heer, so doch gegen Streifscharen, wenn derer nicht zu viele sind. Diesmal waren es nicht zu viele. In der Stadt stellen wir Wachen wohlgerüstet auf die Mauer, daß wir nicht ohne Schutz sind. Auf den Straßen aber vertrauen wir darauf, daß uns die Herren durch ihre Barschalken Schutz und Geleit geben. Nun aber schicken sie uns kein solches Geleit, weil sie es selber nötig haben. Gesehen habe ich, wie Handelsleute aus Regensburg ihre Frachten nicht nur von spießbewehrten Fuhrknechten geleiten lassen, auch von wohlbewaffne-

ten Reitern, nebst etlichen Männern, die mit dem Bogen umzugehen wissen. Nachtun sollten wir es denen. – Weitab davon, irgendein Recht eines Herrn über unsere Stadt verkürzen zu wollen, möchte ich euch auch noch bedenklich machen, daß die geistlichen Herrn ihren Handel von fahrenden Mönchen erledigen lassen. Dies bedenkend, neige ich dem wittelsbachischen Herzog zu. Doch um keinen in Feindschaft zu bringen zu uns, sollten wir ihn und den Freisinger bitten, zu gewähren, daß wir unsere Schutzrüstung vermehren dürfen. Dem Herzog von Andechs-Meran aber sollten wir kundtun lassen, daß sich unsere Rüstung nicht gegen ihn richte, vielmehr wir nur darauf bedacht sein müßten, daß unser Markt und Handel nicht beeinträchtigt würden. Daß dies auch für ihn von Vorteil sei wegen der Landprodukte aus seinen Dörfern, die wir gerne hereinnähmen zu gutem Preis.«
Wohl bewußt war sich Gerold, daß er hinsichtlich des Andechsers nur schwach argumentiert hatte. Um so zufriedener vernahm er von den nachfolgenden Sprechern, daß sein Vorschlag Zustimmung fand, nur im Zweifel stand, woher die bewaffneten Knechte kommen sollten. Nahm man die von den Gesellen der Handwerker, so würden die aufbegehren wegen der geminderten Arbeit und damit Einnahme, Bauern dagegen würden nicht weggelassen von ihrem Dorf.
»Außerhalb unserer Mauer, aber innerhalb unseres Burgfriedens! Beim Anger und beim Dorf Altheim haben sich Leute Hütten gebaut, die weder zum Handwerk noch zu einer Fron- oder Grundhörigkeit zählen. Es sind junge Männer dabei, die uns taugen könnten als bewaffnetes Geleit.«
Nein, Gerold drang bei den anderen damit nicht durch. Die da draußen vor der Mauer, frei waren die zwar, aber Bettler, Habenichtse. Denen müßte man nicht nur Zurüstung und Waffe geben, Pferd und Zaum, die würden darüber hinaus auch noch Lohn in Form von Regensburger oder Münchener Pfennigen begehren. Es sei denn, man nähme

sie herein ins Haus hinter der Mauer, wie Hausleute eben. Das aber sei längst beschlossene Sache, es mit denen nicht so zu halten, weil es herinnen ohnehin schon zu eng wär. Versuchen könne man lediglich, von den Handwerkern der inneren Stadt doch den einen oder anderen zu bewegen, bewaffnet die Handelsfahrten zu begleiten.
Ohne Nachdruck widerredete Gerold noch einmal, gab zu bedenken, daß, wenn gegen jede Erwartung der eine oder andere Handwerker mitzöge auf Kauffahrt, er dann auch Handel treiben möchte auf eigene Rechnung und dies noch schädlicher werden könne als die Konkurrenz der Mönche, von der Judenheit möge er noch gar nicht sprechen.
Von den Weinhändlern kam nun die von Gerold erwartete Zustimmung. Ja, meinte der Ridler, das Spital für die unschuldig Verarmten und die Kranken, oft schon habe er dafür gesprochen, das könne Raum in der Stadt schaffen. Am Talbrucktor, seinethalben auch vor der Mauer, könne man es erbauen. Gottgefällig sei es, diesen von der Gnade und Nächstenliebe abhängigen Bürgern ein eigenes Haus zu geben. Außerdem machten die dann Platz frei für andere, die dem Gemeinwesen noch Nutzen und Vorteile brächten. Gebetet, sagte der Ridler, habe er für dieses Spital schon und auch darum, daß der Heilige Geist die Herrn im Rat erleuchten möge, der Stiftung beizutreten. Bedenken möchten sie auch, daß sogar der Herzog und auch der Bischof zugestiftet hätten, als die Stadt das Haus für die an Aussatz Kranken errichtet hätte — auch dem Spital würden sich die hohen Herrn nicht verschließen. Eifrig nickte Arnold der Tucher Zustimmung, indes sich die anderen gelassene Zurückhaltung auferlegten.
Wieder einmal fand Gerold bestätigt, daß sein Vetter Arnold eben zu jung für den Rat war. Ärgerlich für ihn war, daß, im Falle Arnold bei einer Handelsfahrt tot bliebe unterwegs, er durch solche sichtbar werdenden Tendenzen das dann an seine Familie fallende Erbe schmälern und ihm

damit Sorge für eine vermehrte Zahl Leute aufbürden würde. Denn keinen Zweifel hatte Gerold, daß Arnold auch zu einem erheblichen Teil zur Spital-Stiftung beitragen würde, wenn nicht gerade zu seinen Lebzeiten, so doch mit seinem Letzten Willen bei seinem Ableben. Zu jung eben, zu unerfahren im Leben. Erleichtert war Gerold dann, als kein derartiger Ratsschluß zustande kam. Mechanisch sprach er mit den anderen Räten die abschließende Formel, daß keiner außerhalb dieser Geschlechterstube auch nur ein Sterbenswort von gehabtem Rat und Zwiesprache verlauten ließe gegen irgend jemanden, eingeschlossen den Stadtherrn, den Beichtiger wie auch die nächsten Anverwandten. Dies bei Verlust aller Rechte bei Bruch des Versprechens und unter Anrufung der Heiligen Dreifaltigkeit.

Odilo trug seinen Schmiedhammer nun unter dem Mantel, was ihm das Aussehen eines Verwachsenen gab. Ob er gedächte, den Hammer zu verkaufen, war er von einem beim Beginn seines Rundganges gefragt worden, und als er erwidert hatte, er sei Schmied, hatte der ihn verlacht und gemeint, ein Hammer allein mache noch keinen Schmied, wo er denn Esse, Amboß und Zangen habe. Die Städter waren eben anders als die Dorfleute. Ertrugen, daß die von Regen und Kot morastigen Straßen nun beim Trocknen in der spärlich hereinfallenden Sonne greulich stanken, mehr noch beizte ihm der Geruch der Ledermachergasse die Nase. Höllengerüche? War doch etwas daran, daß die Stadt Teufelswerk war? Dafür sprach auch, daß die, denen er einen christlichen Gruß entboten hatte, ihm den nicht erwidert hatten, bis er selber es auch gelassen hatte. Hatte er sich damit nicht schon gemein gemacht mit der Sündhaftigkeit in der Stadt? Da eine nie gekannte Mattigkeit in seine Glieder zog, meinte Odilo, krank werden zu müssen: auch das eine Gottesstrafe? Gleich an der Mauer auf einem Hügel, Friedhof und Kirche, dort würde er Besinnung fin-

den, würde seinen Entschluß, hier in oder doch bei der Stadt zu bleiben, überdenken. Ein älterer Mann, verwildert im Aussehen durch die kotige, zerschlissene Kleidung, an der Kirchhofpforte hockend und ihm eine Pilgerschale hinhaltend, riß ihn aus seiner Besinnlichkeit. Der Arm, schmutzig und mit Schorf bedeckt, ragte mit der Schale wie ein dürrer Ast Odilo in den Weg.
»Gebt, in Gottes und des Herrn Jesus Namen!«
Das Flehen des Bettlers klang in Odilos Ohren weniger nach einer Bitte denn nach einem Fluch. Odilo gab mit seiner leer vorgezeigten Hand zu erkennen, daß er selber nichts besaß. Bekreuzigte sich sodann und wollte an der Elendsgestalt vorbei in den Friedhof. Dies brachte den Bettler gegen ihn auf.
»He, willst auch auf milde Gaben ausgehen? Nicht hier!«
Eine weitere Gestalt mit wüst geschwungener Holzkrücke sah Odilo auf sich zustolpern. Ein zahnloser Mund brüllte ihm Beschimpfungen zu. Odilo streifte dem einen im Vorbeihasten die Holzschale aus der Hand, die Kirchentür erschien ihm die Rettung, er rannte auf sie zu. Hinter sich das wütige Geplärr der Bettler, erreichte er sie in dem Augenblick, da sie von innen geöffnet wurde. Bauern. Eine Frau mit einem nassen Taufkind im Arm, andere Frauen, Männer, kraftvoll ausschreitend um sie herum. Wie selbstverständlich schloß Odilo sich ihnen an, fühlte sich geborgen bei ihnen, und die Frau mit dem Kind erschien ihm nicht unähnlich der Heiligen Gottesmutter. An den Bettlern vorbei spürte er wieder ein leises Grauen und stellte sich vor, daß er leicht auch so aussehen möchte, gelänge es ihm nicht, in der Stadt als Schmied sein Auskommen zu finden.
Die Gasse abwärts gelangte er mit den Bauern durch eine enge, gebogene Gasse zu einem Torturm und durch ihn hinaus über die Grabenbrücke auf die Anger vor der Stadt. Nicht nur Weidegründe waren da, sondern ein ansehnliches Dorf an der einen Seite, gleich neben dem Stadtgra-

ben voll von sumpfigem Wasser, auf der anderen Seite jedoch lehnten sich einige ärmliche Hütten aneinander.
Die Bauern wandten sich dem Dorf zu. Da fiel Odilo einem jungen Burschen auf, dem, der seit der Kirchentür sein Wegnachbar gewesen war.
»Wo gehörst du zu?«
»Nirgends noch. Eine Schmiede suche ich.«
»In Altheim ist keine Schmiede mehr. Lange nicht mehr, der Schmied ist in die Stadt. Wer etwas geschmiedet haben will, muß zu ihm am Markttag hinein.«
»Markttag?«
»Heute ist Markttag gewesen. Aber bald schließen sie die Tore zu. Dann, wenn der Dekan von Sankt Peter mit der Glocke zur Andacht läuten läßt. Bis zum Morgen ist dann die Stadt verschlossen. Doch Altheim liegt ja im Burgfrieden.«
Redselig wie ein Städter erschien Odilo dieser Dorfbursche. Taufe hatten sie gefeiert, würden sie weiter feiern. Odilo spürte plötzlich, wie hungrig er war, wie schwach schon. Es möchte sein, daß sie ihn mitfeiern ließen, wenn er bei ihnen blieb, er sich satt essen könnte, satt trinken.
»Es wird zu spät sein, zum Schmiede suchen. Morgen. Kann ich einen Platz finden bei euch für diese Nacht?«
Ein zweites Mal mußte Odilo an diesem Tag von seinem Herkommen berichten.
Ein grauhaariger und dennoch rüstiger Bauer, wie sich erwies der Dorfälteste, mischte sich ein. Im Hüterhäuschen sei für die Nacht ein Lager frei. Aber überlegen möge er sich, ob er nicht die Esse, die noch im Dorf stünde und kaum verfallen sei, wieder zum Rauchen bringen wolle. Ein Schmied sei in Altheim durchaus zu brauchen. Zwar sei er, Odilo, noch reichlich jung, aber wenn er sich zutraue, Sicheln, Messer und mal auch einen Spieß zu schmieden und die Pferde zu beschlagen, gäbe es da für ihn ein Auskommen. Zum Bau seines Hauses würden ihm die Dorfgenossen helfen.

Odilo zweifelte, ob es denn so ginge, ob nicht eine Herrschaft zu befragen sei, ob er sich ankaufen oder freistiften müsse?
Selbstbewußt reckte sich der Alte. Nur den Kirchenzehnten hätten die Altheimer zu leisten, denn älter als alle umliegenden Bauerngemeinden sei es, habe schon bestanden, bevor die Bayern die Isar entlang heraufgekommen seien. Von seinem Großvater habe er es und der wiederum von dem seinen, daß der römische Kaiser seinen Soldaten, die ihm dienstbar gewesen, das Stück Auwald zum Roden gegeben habe. Die seien Bauern geworden und seitdem geblieben, frei und niemandem zu Diensten, nun aber außerdem noch im Burgfrieden der Stadt und gleich zu schätzen den Stadtbürgern drinnen.
Auch der Becher Wein, den man ihm gab, konnte nicht bewirken, daß ihn die Fröhlichkeit der Leute aus Altheim ansteckte. Ja, sie feierten mit Überschwang, denn Glück bedeutete so ein gesundes Kind, das geboren wurde und in eine Reihe trat mit den Vorfahren aus alter, ältester, unvordenklicher Zeit, die Zukunft bedeutete es in dieser geraden Linie der Generationen, die Hoffnung. Der neugeborene Knabe, wachsen würde er, bis er groß und kräftig genug war, Vieh auszutreiben, späterhin den Acker zu bestellen, miternähren würde er können seine dann müde gewordenen Eltern. Sollte es Kriegsvölker einmal bis an die Stadt heran führen, was der Herr im Himmel verhindern möge, sollten die niederbrennen das Dorf, er würde es gemeinsam mit den anderen wiederaufrichten. Deshalb mußte seine Taufe gefeiert werden. Odilo dachte an daheim, an das vernichtete Dorf und wollte doch nicht seinen Kopf damit voll haben. »Schmied in Altheim . . . noch jung . . .« Er würde es ihnen aufweisen können, daß er bei seinem Vater die Augen offengehalten hatte. Flüchtig gedachte er der Mutter, des Mutterbruders, fand aber solche wehmütigen Überlegungen unzeitig. — Wenn er erst schmieden würde, Schwerter würden ihm gelingen, wie sie in den Geschich-

ten der Alten vorkamen, unbesiegbar würden sie die Altheimer machen, wenn Grafenreiter hierher kämen. Der ungewohnte Wein, Hoffnungen, Müdigkeit der ausgestandenen Beschwernisse: am Einnicken war Odilo, als ihn der Gemeindehirte anstieß, mitnahm zu einem Strohlager in einer Hütte am Rand der Ansiedlung an der Einfriedung, die, wie er im letzten Dämmerlicht wahrnahm, nicht nur eine Hecke wie anderswo, sondern ein hoher, festgefügter Zaun war.

Über dem Nachtgebet schlief er ein.

Im Haus des Dorfältesten blieb gegen sonstige Gewohnheit an diesem Abend das offene Herdfeuer noch länger am Brennen, denn in seinem Lichtschein hatten sich die Männer von Altheim versammelt, um über Odilo zu beraten. Was ihm gesagt worden war, entsprach nicht ganz der Wahrheit. Richtig war, daß der Schmied weggezogen war, hinüber ans Talbrucktor, wo es für ihn durch die hereinkommenden Frachtzüge ständig Arbeit gab, die mit Münzgeld gelohnt wurde, nicht mit einem Scheffel Brotkorn, einem Schlachthuhn oder Eiern, wie er in Altheim entgolten worden war. Der Sohn von dem, der nun das Handwerk übernommen hatte, verlangte auch von den Altheimern für seine gelegentlichen Arbeiten Geld, und das mußten die durch Verkauf von Waren auf dem Markt in der Stadt erhandeln, was nicht leicht war, denn nicht wenige der Städter besaßen selbst noch Vieh und Ackergrund, waren auf Zukauf nur gelegentlich angewiesen. Richtig war auch, daß da noch die alte Esse aufgemauert stand neben dem alten Schmiedhaus, das längst zu verfallen angefangen hatte. Aber die Gerechtsame war damals auf die neue Hausstelle übergegangen, was bedeutete, daß der Rat der Stadt angegangen werden mußte um die Erlaubnis, die alte Schmiede mit einem neuen Mann, einem zugezogenen zudem noch, wieder in Gang zu bringen. Denn dem Rat der Stadt war das hohe und niedere Gericht gegeben worden, die Gewalt über alle Bewohner innerhalb des Burgfriedens, und dazu

gehörten auch die Altheimer, die damit auf einen Teil ihrer einstigen Freiheiten verzichten mußten.
Abschlagen würde man es ihnen, meinten einige, andere aber gaben zu bedenken, daß der junge Mensch aus einem entfernteren Dorf über kein Werkzeug außer seinem Hammer verfüge, zudem keinen Hausstand besitze und von der Gemeinde vorderhand unterhalten werden müsse, wie der Hüter, zu dem man ihn gelegt hätte. Wenigstens versuchen müsse man es, riet der Älteste, da es doch von Vorteil wäre für alle. So karg die Fürrede war, sie gab bei den anderen den Ausschlag. Sie kamen überein, daß man einen Karren für Odilo anspannen würde, um von der Brandstätte des zerstörten Vaterhauses herzuholen, was des Holens wert war. Und in gottgebotener Nächstenliebe würde man ihm auch helfen, die Schmiedbehausung in bewohnbaren Stand zu setzen. Sollte sich dann aber herausstellen, daß er diese Fürsorge der Gemeinde nicht wert war, könne man ihn immer noch fortjagen und an seiner Statt einen anderen Zuzügler annehmen.
»Er wird geben, was er kann, hat er nicht den weiten Weg den Hammer geschleppt!« Der Älteste stand bei diesen Worten von seinem Hocker vor dem Herd auf. Zeichen für die anderen, heimzugehen. »Außerdem hab ich ihn mir angesehen. Laßt ihm Zeit, er wird für unser Altheim noch einigen Nutzen bringen. In Gottes Namen.«

Viermal war Odilo mit den Altheimer Dorfgenossen schon zur sonntäglichen Messe zur Kirche in der Stadt hingeschritten. Wie die Gemeinde beschlossen hatte, war es ausgeführt worden, er hatte ein Dach aus frischem Stroh über den Kopf bekommen, seine väterlichen Gerätschaften waren hergeholt worden, reihum hatten ihn die Dörfler zu Tisch geladen, sonntags der Älteste. Er hatte dafür mit Hand angelegt bei der Feldarbeit, hatte außerdem mitgetan bei der Verstärkung der Einfriedung und beim Bewachen des Viehs auf der Weide. Die lag zum Süden hin, da, wo der Burgfrieden der Stadt an das Grafenland grenzte. Doch so lange Odilo dabei war, hatte sich nicht begeben, daß Vieh gewaltsam weggenommen und fortgetrieben worden wäre. Auch Sicheln hatte er gedengelt — was ihn hatte hoffen lassen. Aber die Esse, obwohl sie inzwischen in guten Stand gesetzt war, hatten sie ihm in Betrieb zu setzen verwehrt.

Dort vorne in der ersten Reihe beim Altar, da knieten die Herrn vom Rat der inneren Stadt, er hatte sie erklärt bekommen von seinen Dorfleuten, sogar die Namen von einigen wußte er schon. Und daß es von ihnen abhing, ob er vor der Mauer draußen das gekohlte Holz zur Glut bringen durfte, das Eisen dazulegen, bis es auch die heiße Röte annahm mit der geduldig zugeblasenen Luft aus dem Balg. Herausnehmen dann, machtvoll und doch nicht kunstlos schlagen auf dem Amboß, bis es Form und Gestalt annahm, zwischenhinein es immer wieder erhitzend. Gezeigt hatte er an den vergangenen Werktagen, wieviel Kraft er besaß beim Einrammen der Pfähle in den steinigen Boden, als der Feldzaun zu einem dichten Wall aufgebaut worden war. Keiner mehr, der ihm nicht zutraute, den Hammer zu führen, nannten sie ihn doch Odilo, den Hammer. Nach der Meßfeier würde der Älteste versuchen, den Herrn Gerold anzureden, der bei ihm seine Pferde einstellte, wenn er ihrer nicht bedurfte. Versprochen hatte er es ihm, gemeint, der könne sich bei der Ratssitzung dafür verwenden, würde es auch tun, weil man wisse, daß gerade er sich für bessere Zurüstung der Stadtbürger einsetze. Gelegen an einem zusätzlichen Schmied würde dem sein, der Spieße für die Bürger und die Vorstädter fertigen könnte. — Das Kirchenlatein des dicklichen Dekans war Odilo unverständlich und ungeeignet, ihn von seinen zur heiligen Messe unpassenden, ja vielleicht, wie er sich selbst zugestand, sündhaften Gedanken fernzuhalten. Bei seinem ersten Verweilen in diesem Gotteshaus hatten ihn die Malereien an den Wänden, die bunten Gestalten der Heiligen tief beeindruckt. Besonders die des Patrons der Kirche, mit Schwert und Schlüssel in den Händen. Einmal, ein einziges Mal hatte sein Vater ein solches, das zerbrochen gewesen, zusammenzuschmieden gehabt.

Einem reisigen Ministerialen hatte dieses Schwert gehört. Odilo erinnerte sich, daß dieser fahrende Herr gegen eine reichliche Wegzehrung zum Abend am Dorfplatz einige Lieder vorgetragen hatte. Lieder, die man verstand und doch in kunstvoll gesetzten Worten. Er, Odilo, hatte den Sinn nicht verstehen können, aber es war ihm gesagt worden, daß es aufrührerische Lieder gewesen seien, Lieder, wie man sie noch nie gehört hatte bis dahin.

Als die anderen heimzogen, schloß sich Odilo ihnen als letzter an. Zögernd waren seine Schritte, und am Weg neben dem Stadtgraben blieb er stehen, wartend auf den Dorfältesten. Ungeduldig sah er den gemessen heranschreiten, wäre ihm umkehrend am liebsten entgegengelaufen.

»Er wird dafürsprechen im Rat.«

Mehr nicht? Doch mußte er zufrieden sein, nun einen zweiten Fürsprecher zu haben.

Woher, wußte er nicht, aber er hatte mit einemmal die Weise des wandernden Sängers im Kopf, summte sie vor sich hin. Nicht die des gerade gehörten Kirchenliedes. Vielleicht hatte er sie seitdem schon wieder einmal gehört, vielleicht hatte sie einer von der Ansiedlung drüben am Anger auf einer Sackpfeife geblasen?

Einen langen, heißen Sommer brachte Odilo mit ungeduldigem Warten zu. Herr Gerold hatte in diesem Sommer des Jahres 1201 hinreichend zu tun im Rat, Wichtigeres, als es eine Schmiedegerechtsame in der Vorstadt war. Schon das gute, eine reiche Ernte begünstigende Wetter war etwas, über das man sich bedenken mußte. Da gedieh der Flachs auch besonders reichlich, die Schafe standen gut im Futter, und man konnte ihnen viel von ihrer Wolle abscheren. Aber die mußte versponnen, verwebt werden. In den Jahren mit schlechterer Ernte fanden sich dafür genügend Ackerbürger in München bereit, damit sie einen Zuverdienst fanden, ein Zubrot, um ohne Hunger über den Winter zu kommen. Doch hatten die ausgiebig Ernte gehalten im Herbst, so sahen sich die weniger veranlaßt, solche Arbeit anzunehmen. Mit seinem Handel hatte dies alles hauptsächlich zu tun, aber war es nicht auch Ratssache? Brachte es nicht Wohlstand über die Stadt, wenn Tuche von hier ihren Weg übers Land antraten, nicht nur ihm und seinem Vetter Arnold, sondern auch den Färbern und Loderern, die dann mit vollem Beutel ihrerseits wiederum den Metzgern, Bäckern, Melbern Auftrieb geben konnten für ihr Gewerbe? War es so gesehen nicht Ratssache, daß man die Ackerbürger davon abhielt, allzusehr ihre Ernten zu hegen? Und wie?

Gute Gründe gab es. Da waren in den vergangenen Jahren vor den Toren Häuser und Hütten hingebaut worden, bis an den Stadtgraben reichten sie. Aber ungeschützt, wie sie waren, konnten sie auch zur Gefahr werden für die innere Stadt. Dann, wenn ein Brand entfacht wurde in diesen Vorstädten. Eine Herdstelle konnte ihn auslösen, ja, auch eine Esse von einem vorstädtischen Grobschmied, das auch. Eine schlimme Vorstellung war das, aber noch schlimmer, wenn die Vorstädter nicht zum Brandlöschen kämen, wenn herzogliche oder des Grafen Leute es ansteckten und die Vorstadtbewohner in die Flucht trieben. Über die Mauer würde die Lohe schlagen, die Funken würden herüberstieben, Vernichtung bedeuten auch für die Bewohner der inneren Stadt. Leicht konnte das eintreten, denn ergeben hatte sich bei den letzten Ratsversammlungen, daß rechtmäßig der Freisinger Bischof Herr über die Stadt sei, aber der landgierige Herzog sie ihm bestritt, dazu noch der ewige Streit zwischen beiden und dem Andechser nicht begraben war.

Da Gerold solche Schreckensbilder seinen Ratsgenossen ausmalte, wie hätte er da für eine zusätzlich Feuersgefahr bringende Esse in Altheim sprechen können! Nein, die mußten warten, bis es an der Zeit war. Inzwischen mußten Gräben gezogen werden, in die Bäche zu leiten waren, um Stadtfeinden die Annäherung auch an die Vorstädte zu erschweren, dazu feste Einfriedungen. Gerold kannte Salzburg, wo die Kaufmannsstadt unbefestigt außerhalb der Bischofsstadt ein unsicheres Dasein führte, und er hatte, wie die meisten, das reiche Regensburg schon öfter besucht, das hinter seinen festen Mauern die reichsten Handelsfamilien barg. Überzeugen konnte er seine Ratsgenossen mit solchem Beispiel. Wissen allein ist noch nichts, wenn es nur für sich vorgetragen wird, erst, wenn man es dartun kann, daß es für andere eine Zusammenschau wird, dann erst ist dieses Wissen dazu angetan, bei denen etwas zu bewirken.

Odilo sah als erster von den Weidewächtern die aufsteigende Rauchsäule am Horizont, in Richtung auf die untergehende Sonne zu. Aus dem Wald heraus schien es zu brennen, aber die anderen, junge, eingesessene Burschen aus Altheim, wußten, daß dort in der Hait die Rodungsdörfler wohnten, Klöstern zugehörig, aber auch dem Herrn von Baierbrunn und dem von Sigmarshausen, Parteigänger beide des Andechsers. Und eilig trieben sie das Weidevieh aus dem Auwald zusammen und heimwärts. Die Wagenpferde des Herrn Gerold fielen gleich in einen schwerfälligen, doch nicht zu langsamen Trab, die Rinder aber mußten sie mit Stockschlägen zu geschwinderem Schritt treiben.
»Odilo soll voraus, Kunde geben!«
Der Turmwächter auf dem Westtor, dem Kufringerturm, hatte auch schon die Brandzeichen bemerkt und Signal für die Gefahr gegeben. In Altheim näßten sie gerade einige vorhandene Viehhäute im Stadtgraben, und Odilo konnte

noch mithelfen, sie auf die nach den Außenseiten gerichteten Seiten des Dachstrohs der Häuser zu breiten und mit Steinen zu beschweren. Auf der Stadtumwallung wehten die Fähnlein der Handwerker. Doch hätte es dieser Wachsamkeit nicht bedurft, in der folgenden Nacht zogen nur einige geflüchtete Bauern aus der Hait vor die Tore, wo man sie bis zum Morgen warten ließ, bei aufgezogener Brücke und heruntergelassenem Fallgatter.

Hineinziehen ließ man sie auch dann nicht, sondern wies ihnen lediglich einen Lagerplatz am Anger zu. Ruhig um die Stadt blieb es in den nachfolgenden Tagen, und so rückte ein Großteil der Leute aus der Hait wieder ab. Eine Handvoll aber blieb und richtete sich dürftige Hütten für den Winter. Auch die Abgezogenen würden es kaum besser haben als sie, denn ihre Vorräte würden vernichtet worden sein. Die auf dem Anger Gebliebenen konnten mit der Mildtätigkeit der Stadt zählen. Für Odilo brachte dieser Vorfall, nur wenige Tage danach, die schon kaum mehr erhoffte Erlaubnis, in Altheim sein Handwerk zu betreiben. Dazu lud man ihn auf die Ratsstube, mit ihm noch drei Altheimer als Eidhelfer und Zeugen. Nur für den Bedarf der Vorstädter dürfe er schmieden, beschied man ihn, nur bäuerliche Haumesser, Spießspitzen, keinesfalls Herrenmäßiges wie Schwerter oder Lanzenspitzen, auch keine Schutzrüstungen wie Helme. Auch müsse er das nötige Eisen bei Händlern in der Stadt beschaffen und Überzähliges seiner Arbeit zu üblichem Preis dem Schmied in der Stadt, dem am Talbrucktor, zum Kauf anbieten. Für den First seiner Behausung sei er schuldig dem Kämmerer der Stadt einen Münchner Pfennig, einen und einen halben für die Feuerstelle in der Esse, was er abzugeben habe für das Gewerbe, würde man in jedem Jahr neu zur Schätzung bringen. Begierig hatte Odilo sich jedes Wort eingeprägt, das der Stadtschreiber gesprochen hatte. Wie es der Brauch war, wiederholte er es noch einmal und zog dabei zuerst ihn, dann den Ältesten von Altheim und schließlich noch

die beiden anderen am rechten Ohr, damit ihnen nichts in Vergessenheit gerate. Aufgegeben wurde Odilo noch, sein erstes Werkstück, das er fertigen würde, hereinzugeben, damit man es begutachte. Er versprach es.
Vor zu großem Überschwang warnten ihn die Altheimer danach. Nicht unter die Handwerker der Stadt sei er aufgenommen, und nur wegen der Unsicherheit im Land lasse man ihn werken und auch nur auf Widerruf. Doch mit ungezügeltem Eifer ging es Odilo an. Ein Bub, Sohn einer Magd, wurde sein nicht minder eifriger Gehilfe, und die Gemeinde erlaubte es ihm; sonst war der Zwölfjährige als Weidehüter und Streusammler nützlich gewesen, nun sammelte er im Auwald Klaubholz, das man verkohlen konnte. Odilo wußte, wie man den Holzhaufen sachgerecht schichten mußte, mit Erde abdecken, daß nur eben soviel Zug blieb, um die langsame Glut zu erhalten, die es brauchte, um schwarze, feinbrockige Kohle zu bekommen, nach einem Tag. Vor dem Dorf hatte er diesen mannshohen Hügel angelegt, und als er anderntags mit einem Korb voll noch warmer Holzkohle auf dem Rücken dem künftigen Platz für sein Tagwerk zuschritt, meinte er aus den Gesichtern der Altheimer, die ihm begegneten, etwas wie Anerkennung lesen zu können. Das halbe Jahr, hatten sie ihn da nicht wie einen zugelaufenen Knecht behandelt? Noch mehr Achtung, versprach er sich, würde er ihnen abnötigen. Beim Entfachen seiner ersten Glut kam ihn das Träumen an: Stolz würden die Altheimer auf ihn sein können. Die Vorstädter von rund um die Stadt herum würden herkommen in ihre Ansiedlung, sagen, daß Altheim den geschicktesten Schmied weit und breit habe, sogar aus der inneren Stadt ... Nein! Vorsichtig würde er sein müssen, hatten sie gesagt, sonst würde er alle Handwerker der inneren Stadt, nicht nur den Schmied dort, gegen sich aufbringen. Vorderhand war da auch gar keine Gefahr. Odilo mußte bald merken, daß ihm noch manches fehlte, was sein Vater gekonnt hatte. Mühsam hämmerte er zusam-

men, was ihm die Nachbarschaft an zerbrochenem, grobem Gerät brachte, und lange brauchte er dazu, viel zuviel Glut, daß er immer wieder zwischendurch Kohle herstellen mußte. Bitter wurde ihm diese Erfahrung, denn weil er keine anderen Verrichtungen mehr für die Bauern ausführte, war er zudem noch auf das angewiesen, was die ihm als Lohn für seine Arbeit reichten, und mußte das auch noch mit dem Buben teilen. Der Bub war ihm eines Abends einfach mit in die Hütte gekommen, nicht mehr heimgegangen auf den Hof, zu dem er zugehört hatte, sondern bei ihm geblieben. Da mochte Odilo nichts dawidersagen, denn er konnte dessen Hilfe gut brauchen. Aber da er den mit über den Winter bringen müßte, würde es eine noch härtere Zeit werden. Hoffnung war aber auch, denn von Woche zu Woche, mit dem Kälterwerden, ging ihm die Arbeit besser von der Hand. Und würde ihm nicht notfalls auch noch der Dorfälteste beispringen mit einer Zugabe? Fast das Dreifache der Aussaat hatte er geerntet, und das, obwohl er mit den Dorfleuten zusammen auch an der Bachumleitung am Anger drüben mit hatte anpacken müssen, wie es der Rat verfügte.

Am Tag der heiligen Barbara, ein erster dünner Schnee lag über den Wegen, konnte Odilo in die innere Stadt gehen. Den Herrn Gerold, war ihm geraten worden, sollte er zunächst um Gehör bitten. Vor der Ratsstube erreichte er ihn. Odilo erschien er in seiner modisch langen Gewandung beinahe fürstlich. Die bäuerliche Messerklinge, würde sie ihm gefallen? Glatt war die Klinge, ohne jede Unregelmäßigkeit, sorgfältig hatte er sie immer wieder mit Ruß bestäubt und angeglüht, nachgehämmert und schließlich mit einem Stein geglättet, bis ein harter Glanz daran gekommen war. Ein Stück Rindertalg hatte diesem Glanz noch Bestand verliehen.

Gleichmütig nahm Gerold die Klinge von Odilo entgegen.

»Mach weiter, bis jeder Mann bei euch in Altheim so eine hat. Dazu Spieße oder Äxte.«
Gerold ging in den Rat, um vorzutragen, daß man Bischof Otto von Freising bitten müsse, seine Schergen, die er statt denen des Herzogs in die Stadt gelegt habe, abziehen solle, damit nicht dessen Heerbann angezogen würde. Für den Fall, daß einer die Stadt doch bedrohe, könne die zusammen mit den Vorstädtern, die sich auch wohl rüsteten, einen Angriff abwehren. Außerdem solle man dulden, daß in den Vorstädten, auf dem Anger vor allem, alle ankommenden Bauern blieben, wenn sie wollten. Vieh brächten die mit, gut für Notzeiten, wenn über die Straßen nicht mehr heran und auf den Markt käme, außerdem auch die eine oder andere nützliche Handfertigkeit. Noch sollte er keine Zustimmung von allen Ratsgenossen finden. Die Weinhändler waren für Zuwarten, Arnold bewog bei sich, ob er nicht nach der sichereren Stadt Regensburg übersiedeln sollte.
Den Winter über geschah kein Übergriff des Herzogs auf München. Bis auf einen zogen im Frühjahr die Schergen des Freisingers ab, weil der sie zu Hilfe schicken wollte dem mit ihm verbündeten Erzbischof Eberhard zu Salzburg. Auch der war mit den Wittelsbachern in einen Streit um Grenzen geraten. Der eine, verbliebene wachte über den Brückenzoll, der Markt blieb den Stadtbürgern überlassen.

Zweites Kapitel

Als Heinrich, der Stadtgründer von München, der Welfe, im Jahr 1180 des Herzogstitels verlustig ging, war das Herzogtum an die Wittelsbacher gefallen, doch Bertold von Andechs hatte denen den Lehenseid verweigert. Deshalb, weil er meinte, ihm stünde diese Rangerhöhung zu, da er über den Besitz von sieben Grafschaften verfügte, bis hinunter ans Mittelmeer. Doch war Bertold von Andechs ein treuer Anhänger der staufischen Kaiser geblieben, entschädigt worden mit dem Titel eines Herzogs von Meranien, Kroatien und Dalmatien, einer seiner Söhne, Ekbert, war Bischof in Bamberg geworden, die beiden anderen, Otto und Heinrich, teilten sich den Landbesitz. Nicht genug damit, Otto von Andechs erhielt durch die Heirat mit der Nichte des römischen und deutschen Königs, Philipp von Schwaben, auch noch die Pfalzgrafenwürde von Burgund.

An diesem 21. Juni des Jahres 1208 befand sich auch der Vetter des Bayernherzogs Ludwig, Pfalzgraf Otto von Wittelsbach, unter den Hochzeitsgästen im Bamberger Bischofspalast. Nichts anmerken lassen wollte er sich, denn Otto war nicht festlich gestimmt, sondern zornig. Darüber, daß der Kaiser den Andechsern sein ihnen gegebenes Heiratsversprechen einhielt — ihm hatte er sogar eine Tochter aus seinem Haus zugesagt, aber dann aus politischen Gründen einem Papstneffen vermählt. Und wo er sich nun um Gertrud, die Tochter des Schlesierherzogs, bemühte, da, so meinte Otto von Wittelsbach, hintertrieb König Philipp ihm auch diese Ehe.

Pfalzgraf Otto von Wittelsbach soff. Kein Page kam hinter seinem Sitz vorbei, ohne ihm nicht seinen Becher mit dem kräftigen italienischen Wein gefüllt zu haben. Er kühlte nicht, die Trauben, aus denen er gekeltert war, hatten ihre Reife unter südlicher Sonne bekommen. Aber er, Otto, er beherrschte sich, ja, leutselig fing er eine Unterhaltung an über den im vergangenen Jahr verstorbenen Bertold von Andechs, über dessen Teilnahme am Kreuzzug. Dabei gewesen waren etliche von ihnen, die Edlen von Antdorf, Eschenlohe, Weilheim und Seefeld, und ganz nach ihrem Geschmack war so ein Gespräch über vollbrachte Heldentaten. Dabei tranken sie bei jedem vollen Becher dem Pfalzgrafen Otto zu.

»Eine tugendsame Zeit ist es gewesen, da die Rittermäßigen noch wußten, wie man mit Schwert und Lanze Land erwirbt. Heutzutage erwirbt einer sich Herrschaft im Brautbett.« Otto erreichte mit diesem scherzhaft hingeworfenen Brocken, daß sich die Trinkkumpane ereiferten, sagten, wenn nur Philipp von Schwaben, der König, sie aufriefe zur Heerfahrt, sie würden ihm schon folgen und zeigen, was zu leisten sie fähig wären. Honiggesüßte Kuchen wurden aufgetragen, dazu Würzwein, zum Abschluß des umfänglichen Festmahles. Danach erhoben sich der König, das Brautpaar. Ihnen voran trat der Truchseß von Waldburg, der übrigen Hochzeitsgesellschaft das Zeichen zum Aufbruch gebend.
»Seht, wie schwer unser ›Kaiser‹ zu Pferd kommt.« Otto sah sich um. Nur die jüngeren Edelherrn waren in seiner Begleitung geblieben, dazu einige seiner eigenen Gefolgsleute, von denen ihm nun einer das Schwertgehenk brachte.
Der König und der Truchseß gaben der Roßbarre, der geschmückten Sänfte mit dem Paar zwischen zwei Schimmeln, einem vorne, einem hinten, ein Stück weit das Geleit. Die sich dem Zug angeschlossen, hatten alle nicht weniger den üppigen Speisen zugesprochen, mühevoll wurde ihnen der Ritt in die Quartiere.
Otto von Wittelsbach und die jungen Edelherrn, die er um sich geschart mit derben Späßen unterhielt, blieben in der Nähe des Bischofspalastes zurück. Gedanken, die er für sich behielt, machte er sich auch über diesen weitläufigen Bau. Als Herr über Kaufleute und Handwerker, ja sogar über jüdische Geldverleiher konnte man es sich leisten, inmitten einer Stadt, direkt neben dem Kirchenbau solch einen Hof zu errichten, denn überreich flossen die Einnahmen aus Steuern und Geschenken. Er selber, Otto, verfügte nur über seine Burg, die nicht mehr als ein festummauerter Meierhof war, bäuerlich und nur geschmückt mit etlicher Kreuzzugsbeute, aus Byzanz, der eroberten Kaiser-

stadt des Römischen Ostreiches. Fester wurde sein Entschluß, mit dem er hergekommen war zu diesem Fest. Indessen spielte er vor, wie er gegen die Heiden im Heiligen Land fechten würde. Genoß die bewundernden Blicke der Jungen — und ließ sich nebenbei nicht entgehen, wie der schwäbische Philipp mit seinem Anhang zurückkehrte in den bischöflichen Palast, wie er sich behäbig hineinführen ließ und wie kurz danach der Medikus von den Torwächtern eingelassen wurde. Wer wohl zusehr geschlemmt hatte, daß er nun eines Aderlasses bedurfte?
»Wenn ich es unserem ›Kaiser‹ zeigen würde, was man, was wir mit dem Schwert anzufangen wissen, glaubt ihr, er würde zur Heerfahrt rufen?«
Die bewaffneten Begleiter des Pfalzgrafen Otto von Wittelsbach mußten vor dem Tor bleiben, er selber aber und die Edelherrn aus dem Gefolge des Andechsers, Bruder des Hausherrn, konnten hinein. Begegneten dem Medikus, der eben dem König durch einen Aderlaß Erleichterung bereitet hatte. Eine angemessenere, weil rittermäßige Kurzweil wolle er dem König verschaffen, versprach er den übermütigen Andechsern und begab sich hin zu dessen Ruhegemach. Nur der Truchseß von Waldburg war mit zugegen, als Pfalzgraf Otto eintrat. Eintrat mit blankem Schwert, daß der König vermeinte, Otto wolle ihn mit seinen gauklerischen Künsten unterhalten, wie er es schon öfters bei Gelegenheit zu seiner Kurzweil getan hatte. Verbieten wollte er es ihm, denn er bedurfte nun der Ruhe nach den Ausschweifungen.
»Spiel gilt es jetzt nicht!«
Der von Pfalzgraf Otto geführte Hieb trifft den König in den Hals, daß das Blut aufspringt. Der überraschte Truchseß versucht, dem Rasenden in den Arm zu fallen. Die Schwertschneide trifft bei ihm nicht in den Hals, doch sein Kinn empfängt eine klaffende Wunde, der Waldburger fällt lautlosen Mundes neben den König. Unbehelligt kann Pfalzgraf Otto flüchten.

Daß Heinrich von Andechs und sein Bruder, der Bischof Ekbert, als Mittäter an diesem Mord verdächtigt wurden, kam keinem gelegener als dem Vetter des Pfalzgrafen Otto, dem Herzog Ludwig, der darauf bedacht sein mußte, seinen Landbesitz zu erweitern, um Macht zu erhalten über die mächtigen Adelsgeschlechter seines Herzogtums und gegenüber der mächtigen Kirche, in Person des Bischofs von Salzburg zum Beispiel, der ihm nicht unwesentliche Teile des Landes streitig machte. Herzog Ludwig erkannte sogleich den Gegenkönig des gemordeten Philipp, den Welfen Otto IV., als rechtmäßigen Herrscher im Reich an. Und zu rüsten begann der Herzog, indessen der Andechser sich auf der Fahrt ins päpstliche Rom befand, um dem seine Unschuld vorzutragen.

Im selbigen Sommer brauchte Odilo zum ersten Mal, seit er in Altheim ansässig war, nicht den Feldbauern an die Hand gehen, weil er an seiner Esse ausreichend entlohnte Arbeit fand. Obwohl von niemandem dazu aufgeboten wegen der unklaren Besitzverhältnisse und Rechte über die Stadt, ließ der Rat ebenfalls rüsten. Odilo schmiedete für die Knechte des Herrn Gerold Spieße und Beile, beschlug Pferdehufe mit neuen Eisen, und hätte er vier Arme gehabt, den Hammer zu führen, so wären sie immer noch zu wenig gewesen. Niclas, der Magdsohn, war immer noch bei ihm, beherrschte inzwischen das Handwerk beinahe so gut wie er selber. Trotzdem waren sie nicht anerkannt als Schmiede wie die, deren Werkstatt innerhalb der Tore lag. Aber die Altheimer zogen nun Odilo zu, wenn die *Gemeinde,* die Männer mit Besitz an Haus und Hof, sich zur Beratung traf in der Stube im Haus des Ältesten. Zuhören konnte er da, denn was hätte er auch mitzureden gehabt, ging es doch fast nur um Vieh, Felder und Ernte. Ein Feld hatten sie ihm nicht überlassen, keine Weide, was einmal zum Schmiedeanwesen gehört hatte, war von seinem Besitzer zuerst noch selber bestellt worden, sein Sohn hatte es aber dann an einen Stadtbürger verkauft. Die eine Kuh, die Odilo sich hatte erwerben können, als Kalb und großgezogen, wurde von den anderen mit auf die Gemeindeweide genommen. Wegen des Grundverkaufes war die Schmiedfamilie am Talbrucktor auch zu wohlhabend, daß Odilo als Mann für eine der Töchter in Frage gekommen wäre, also auch dieser Weg zur Anerkennung als Stadtschmied ohne Aussichten. Lediglich zuwarten wie bisher auf die Fürsprache des Herrn Gerold konnte er, doch schon sich bei dem in Erinnerung zu bringen fiel ihm schwer, denn die Kriegsgerätschaften, die er für ihn fertigte, ließ er abholen von Knechten, Odilo selber war ja die Einfuhr seiner Arbeiten durch die Tore verwehrt.

Bei den Weidenbüschen neben der Straße, am Bachrain saß er, an der Grenze der Altheimer Gründe dem Angerviertel zu, eingeteilt von der Gemeinde zur Flurwacht. Alle Männer von Altheim traf es dazu umschichtig, und Odilo hatte diesen Dienst gerne übernommen, weil es als ein Anerkennen sein Dazugehören zum Dorf unterstrich. Niclas war mitgekommen nach Feierabend, und beide sahen sie nach der untergehenden Sonne, drehten den Armenhäusern der Angervorstadt den Rücken zu, obwohl die Bewohner dort der Grund für ihre Wacht waren. Selber ohne Bodenbesitz, vergriffen sie sich gelegentlich an den Feldfrüchten der Altheimer. Nach einer langen Weile, die sie schwiegen, jeder vor sich hin sinnend, schnaufte Niclas hörbar auf und begann: »Man sagt, eine neue Stadt wird gebaut, auch an der Isar, auch bei einer Brücke, wie München einmal . . .«
Als Niclas schon nicht mehr darauf hoffte, kam einsilbig die Antwort: »Hab's auch schon sagen hören.«
Der Jüngere ließ nicht nach, beiläufig bemerkte er: »Der Herzog läßt Handwerker ansässig werden, sogar Unfreie, die sich bei ihrer Herrschaft freikaufen. Und dabei ist man nicht engherzig.«
Odilo wurde hellhörig. »Willst du hinziehen, Niclas?«

»Ich nicht. Weil ich eine Schwester hab, die verdingt ist beim Tuchmacher Pütrich. Kann sie nicht allein zurücklassen. Aber du bist freizügig.«
Von einer Schwester seines Gehilfen hatte er bisher nie etwas gehört. Verdingt, sagte der, wie ein Ding, eine Sache für eine bestimmte Zeit zum Hausstand gehörig also, wie ein Tisch, ein Herdkessel. Nein, beim genaueren Hinsehen doch anders. Wenn ein Tisch nicht sauber abgerieben war, ein Herdkessel gründlich gescheuert, nicht den Tisch, den Kessel traf dann der zuweilen handfeste Tadel, sondern die Magd, der man abverlangte, daß sie sich ihr Essen und das Dach über dem Kopf redlich verdiente.
»Wie kommt es dazu, daß sie sich in die innere Stadt verdingt hat?«
Nun war es an Niclas, lange zu zögern.
»Es hat dir also noch keiner Bescheid gegeben über mich? Ich und die Agnes sind Sündenkinder.«
Gespannt blickte er Odilo ins Gesicht, prüfend, ob der nun unwillig würde, ob er ihn gleich wegschicken wollte. Unglück, sagte man, brächten Kinder einer Ledigen über das Haus, das sie aufnahm. So jedenfalls hatte es Niclas als Kind von den Bäuerinnen vorgesagt bekommen, die ihm dann doch gnädig einen Schlafplatz im Stall gegönnt hatten. Bis er Odilo zugelaufen war wie ein wildernder Hund.
Ein junges Pärchen schleicht sich, einen Steinwurf weit weg, zu den Weidenbüschen. Zieht Odilos Aufmerksamkeit auf sich, ohne Argwohn, die beiden meinen allein zu sein. Niclas hat sie nicht bemerkt, und so deutet er Odilos Schweigen als gründliches Überlegen, wie er es ihm gegenüber künftig halten werde. Der aber hat anderes im Sinn, Verwegenes, wie er meint, ja, schon fast Sündhaftes. Das Paar dort drüben hat seinen Gedanken diese Richtung gewiesen.
»Niclas, wie jung ist deine Schwester noch?«
»Zwei Sommer nach mir ist sie zur Welt gekommen, in dem, der die vielen Hagelwetter gehabt hat, sagt man.«

Unendlich zäh ging nun Odilo die Rede von den Lippen. Die Schwester, ob die nicht abkommen könne von dem Tuchmacher, dann ins Altheimer Schmiedhäusel ziehen, wo er, der Niclas, noch besser sein brüderliches Auge auf sie halten könne. Und wenn nicht nach Altheim, dann isarabwärts in die neue Herzogsstadt. Denn zu tun gäbe es schon bei ihnen, wie man wisse; ein Haferbrei, auf einem richtigen Herd bereitet und nicht über dem Essenfeuer, schmecke besser, und einen Krautgarten anlegen könne die Schwester bestimmt auch.
Unschwer hörte Niclas heraus, daß es dem um mehr zu tun war als um Bereicherung der unbestritten in den vergangenen Jahren recht eintönigen Mahlzeiten. Weil beide aber unbeholfen waren in der Rede, wurde es eine lange und umständliche Unterredung. Am Ende, da war das Paar aus den Weiden am Bach oberhalb längst heimgegangen in die Enge der Angervorstadt, kamen sie überein, zuzuwarten bis in den Herbst hinein, wo Niclas' Schwester Agnes aus ihrem Dienst ausstehen konnte. Doch weil es sich im Winter schlecht zog, wollten sie das Frühjahr in Altheim abwarten und erst dann, wenn die Straßen und Wege schneefrei würden, den Zug antreten nach Landshut, wie die Herzogsstadt genannt wurde.
Sein Vorhaben behielt Odilo für sich, schob es von einem Sonntag auf den anderen, wenigstens mit dem Ältesten darüber zu sprechen.
Auch als die Magd Agnes ihrer Herrschaft ledig wurde, suchte er nur um die Einwilligung von deren Zuzug nach, die widerstrebend gewährt wurde. Auferlegt wurde ihm dafür, daß er, im Falle sie in Armut komme, sie unterhalte und ihr Weggehen bewerkstellige, damit sie nie der Gemeinde zur Last falle. Auch habe er ihre und ihres Bruder Abgabe an die Kirche Sankt Peter und an den Rat zu erbringen. Da er ein mit Arbeit reichlich angefülltes Jahr gehabt hatte, fiel ihm dies nicht schwer. In geprägtem Metall, in silbernen Münchner Pfennigen, zahlte er seine Abgabe,

ohne etwas schuldig bleiben zu müssen. Aber nur für sich und den Niclas.

Zwar stand Agnes, die dunkelhaarige Magd, beim bisherigen Dienstherrn aus ohne Beschwernisse. Zwar zog sie zu in der Altheimer Schmiede, in den frischduftenden Holzanbau, der gerade für sie fertig geworden war. Aber was ihr Bruder Niclas und Odilo unausgesprochen und doch in einer überwiegenden Übereinstimmung ihr vermeint hatten in näherer Nachfolgezeit, vorderhand blieb es unerfüllt.

Niemandem hörig sein als dem Herzog, diese Ermahnung des Vaters war Odilo immer wieder in den vergangenen Jahren durch den Sinn gegangen. Aber er hatte lernen müssen, daß Stadtbürgerfreiheit und die Barschalkenfreiheit seines Vaters zwei verschiedene Dinge waren. Ja, wenn er wie die Herrn vom Rat schon seit Anbeginn dieser Stadt hier seßhaft gewesen wäre, hätte es sein mögen, daß er vielleicht zu denen gehört hätte, ausgestattet vom Herzog mit der Macht über die Gemeinde und diese noch gewachsen wäre mit dem Wachsen des Besitzes. Nein, denken mochte er nicht, nicht weiter bis zu Ende, wohin seine persönliche Freiheit gehen würde, wenn erst Altheim innerhalb der Mauer läge, wie ein Grundhöriger würde auch er nicht ausgenommen werden vom Scharwerk, vom Mauern und Steinekarren und späterhin dann vom Dienst auf dem Wehrgang — vielleicht konnte er mit dem Zuzug in die neue Herzogsstadt Landshut dem allen entgehen. Und, ohne ein Aufsehen zu schaffen, die Agnes ehelichen, den Niclas zum Schwager nehmen.

Verwegen erschien Niclas die Hoffnung, seine Schwester möchte, so Gott es schickte, die rechtmäßige Frau des Schmieds werden, einen Stand erlangen gleich zwei Stufen über dem jetzigen der Diensthörigkeit, wo man davongejagt werden konnte, wenn es dem Dienstherrn beliebte und selbst wenn der selber nur ein Grundlehensmann war. Schmiede wie der Odilo aber waren Freie von jeher.

Die niederträchtige Mordtat eines Markgrafen in Bamberg war es, die Odilos und Niclas' Pläne vereitelte, bevor einer von ihnen sie noch ausgesprochen hatte. In der Kirche Sankt Peter verkündete der Pater die vom Papst verhängte Strafe, Bann und Acht, über den Mörder und seine Helfershelfer und jene, die dafür gehalten wurden. Sie zu vollziehen beeilte sich der Vetter des Geächteten, der Herzog. Gelegen kommen mußte dem der Bannspruch, der ihn legalisierte bei der Ausbreitung seiner Macht und der Zunahme an Landbesitz. Zwei Wochen, nachdem die Kirchengemeinde in Sankt Peter den Spruch vernommen hatte, erschienen Berittene in der Stadt, schlugen das Adlerwappen ihres Herrn an die Marktsäule und ließen aussagen durch die Räte, daß sich die Heerschildpflichtigen versammeln möchten, um das Aufgebot zu vernehmen. Nicht zugestanden hätte dieses Recht den herzoglichen Sendboten, aber Herr Gerold und seine Reitgenossen, hätten sie sich auf die Rechte des Stadtherrn, des Bischofs berufen sollen, der ihnen keinen Schutz gegen den Herzog gewähren konnte?

»Geh hin!« riet ihm Niclas.

»Landshut, wollten wir nicht dahin, im Frühjahr?«

»Wegen Landshut müssen wir mitziehen. Du, Odilo, solltest mit dem letzten Heerschild ziehen, und ich als dein Knecht. Wie ein Kreuzzug ist es, gegen einen zu ziehen, der in den Bann getan ist. Gut für die Seligkeit und Vergabe der Sünden. Und in die neue Stadt wirst du einziehen können mit aller Freiheit. Die Richter und Dienstleute des Herzogs werden dich kennen nach Namen und Angesicht.«

Da er seinen Schmiedegehilfen und Knecht so reden hörte, wurden bei Odilo die Erinnerungen an den Tod seines Vaters wach, an die Kriegsleute damals. Einer wie die, sollte er so werden? — Sagen hätte er dem Niclas sollen, daß er mit seinem Knechtsverstande da nicht mitreden solle. ›Niclas, Herr im Hause bin ich, schweig also!‹ hätte er ihm ge-

bieten sollen, und der hätte geschwiegen. Aber Odilo sagte: »Wenn ich auch wollte, mir fehlt es an Gewappnung und einem guten Pferd.«
Hatte bisher Niclas es als recht vorteilhaft angesehen, daß Odilo so gar nicht herrenmäßig gewesen war, nachsichtig gegen ihn, ja freundlich wie mit einem Gleichgestellten, nun sah er den gefährlichen Nachteil davon. Wollte der doch die Gelegenheit vorbeigehen lassen, wo er seinen Stand befestigen, ja sogar mit etwas Glück erhöhen konnte. Gegen einen Königsmörder zu ziehen, das würde nicht mehr vorkommen in seinem Leben. — Selbst er, Niclas, der Knecht, er würde mit Glück sich hervortun können und, mit noch mehr Glück, erhöht werden. Odilo merkte nichts von seinem Eigennutz, als er wieder eilfertig Rat wußte — wie so oft schon, weil ihn die Not seiner Kindheit in der Vorstadt erfahrener gemacht hatte —, und er befahl ihm auch gleich die Erledigung.

»Recht auf Markt, Zoll und Münze hat der Freisinger Bischof!« Die Geschlechterherrn in der Ratsstube hatten zu diesen Worten von Herrn Gerold genickt. Bedenklich waren ihre Gesichter geworden, als er fortgefahren war: »Also ist es nicht Rechtens, daß des Herzogs Boten hier auf dem Markt den Heerbann ausbieten lassen, uns auffordern, dazu unser Teil zu tun, damit er zusammenkommt.« Gezögert hatte Herr Gerold an dieser Stelle, wirken sollte dieser Einwand erst, um so weniger würde gegen seinen aufgezeigten Ausweg ein Einspruch kommen. Nein, noch reichte ihre Bedenklichkeit nicht aus, verstärken mußte er ihre Befürchtungen noch: »Freising will uns, so ist es beredet und versprochen, das Recht der Stadt verbriefen und besiegeln auf alle Zeiten hin — aber hat es die Herzoglichen hindern können, ihnen wehren, bei uns aufzubieten? Können wir uns dem Herzog widersetzen? Nichts, sage ich euch, sollten wir tun, was uns als Rechtsbruch von dem einen oder anderen ausgelegt werden könnte.« So waren sie

übereingekommen, daß keiner der Geschlechterherrn in den vorletzten Heerschild eintreten möge, jedoch sie alles unternehmen würden, um den letzten Heerschild, den der freigeborenen Handwerker und Ackerbürger der Stadt, so zahlreich als möglich dem Herzog zuziehen zu lassen.
So sprach Herr Gerold zum bei ihm vorstelligen Altheimer Zehentmeier und Ältesten: »Jedem, der von freiem Herkommen ist und unserem hochedlen Herrn Herzog die Schuldigkeit erweisen will, soll nach Kräften beigestanden werden. Sehet zu, was ihr an Schutzrüstungen und Spießen aufbringt aus eueren Häusern, für die, denen es daran mangelt. Ich werde dazutun von dem, was sich bei uns findet, auch ein Pferd oder deren zwei oder drei.«
So überließ Odilo seinen bescheidenen Hausstand einige Tage darauf der Schwester von Niclas, zog mit dem als Gefolge und gewappnet mit einer alten Eisenhaube des Zehentmeier, auch dessen zerschrammtem Lederschild und der wieder blankgescheuerten Halsberge über den Schultern seines ledernen Schmiedewamses zum Sammelplatz neben dem Markt. Und wieder hinaus aus dem Tor mit den anderen, von denen die meisten eher noch minder gut gerüstet waren als er und noch schlechter beritten oder auch gar nicht. Der Klepper war eines der eingestallten Pferde des Herrn Gerold aus Altheim. Das behende Nebenherschreiten von Niclas wandelte sich bald in ein immer mühsamer werdendes Hinterdreintappen, doch blieb auf seinem Gesicht eine eifernde Unternehmungsfreude. Als der Zug bei einem Kirchdorf zum übrigen Aufgebot des Herzogs stieß, schon auf dem Land des Markgrafen Otto, war es Abend. Obwohl sich die Dorfleute für den Herzog und gegen ihren mit Bann belegten Herrn erklärt hatten, war das Korn aus dem Zehentstadel und Stroh aus den Scheunen geholt worden. Den Geschlechterfamilien in München war es geraten erschienen, einen Wagen voll Wein mitzugeben, kräftigen roten aus Italien, um sich für ihr Fernbleiben gleich wohlwollendes Verständnis zu verschaffen. So

nahm Odilo seine reichliche Brotration in Empfang, trank mit den anderen, indessen die Knechte das Strohlager für die Nacht richteten, selbst vielen Herrn vom ersten Heerschild mußte es genügen, das Dorf bot zu wenig Platz.
Ein derber Stoß seines Schlafnachbarn warf Odilo aus einem wirren Morgentraum. Vorahnen? Mit seinem Schmiedehammer hatte er sich eine hochauftürmende Burg berennen sehen. Mit jedem geführten Schlag hatte er einen Mauerstein zerschmettert, jedoch war im selben Moment die Burg um einen Fuß höher aus dem Boden gewachsen. Höher, immer höher, bis er gemeint hatte, ihre obersten Zinnen erreichten die am Himmel ziehenden Wolken. Eingefallen war ihm da, daß er nun diese Mauer hinaufsteigen müsse, er hatte zu klettern begonnen — bis er aufgeweckt worden war. Die Morgendämmerung war noch kaum zu erahnen, und er fror.
Zum Nachdenken blieb nicht Zeit, der herzogliche Marschall mit einigen Schergen ritt durch die Lagerreihen und wies jedem seinen Platz zu in der Ordnung des Heerbanns. Auf dem abgeernteten Acker stampften die Rösser die Furchen eben, Odilo hatte Mühe, die rechte Stelle zu treffen, und hätte sie ohne Niclas auch nicht gefunden, hätte der ihm nicht sein schon fertig gerichtetes Pferd vorausgeführt. Danach aber mußte der zu den anderen Knechten zum Belagerungsgerät. Zwölf Zugochsen waren da vor ein riesiges Lederzelt auf Rädern gespannt, das sich über einen an Ketten hängenden Baumstamm von acht Mannslängen wölbte, vorne mit einem Bronzekopf bewehrt, ein übermenschlicher Hammer, fand Odilo, als dieses Monstrum die Straße entlang an ihnen vorbeikroch. Nichts, meinte er, würde dem widerstehen können, dem nicht und nicht den langarmigen Steinschleudern, die ihm folgten. Dann zogen die Reiter des Herrenschildes hinterher. Besonders genau besah sich Odilo deren Ausrüstung, und es schien ihm, daß nicht wenige von denen kaum besser daherkamen als er selber. Beruhigend wirkte eine Weile dieser Heerzug

auf ihn, sein Anblick bestärkte ihn darin, daß ihm schon nichts zustoßen würde. Aber dann schob sich eine Überlegung wie eine Gewitterwolke, die mit einem Schlag die Sonne verdüstert, über sein Gemüt. Wenn, so dachte er, ein solcher Zug vor München auftauchte, was bliebe übrig von den Vorstädten außerhalb der Mauer? Agnes, wohin würde die sich flüchten? Da war er dem gewappneten Chorherrn dankbar, der nun vor sie hintrat und ihnen gebot, das Morgengebet zu sprechen und damit die Hilfe des Allmächtigen herbeizuflehen für die gerechte Sache und gegen die Sünder. Das Amen schallte vom Waldrand zurück, da gab der Unterführer schon das Zeichen zum Aufbruch.

»Nicht mehr weit hin ist es zur Burg des Pfalzgrafen. Und es ist auch die Stammburg des Geschlechts unseres Herrn Herzogs.«

Der ihn so anredete, neben ihm reitend, schien Odilo als einer, der sich mit Reden von der Angst befreien wollte. Viel erfuhr er von dem auf der kurzen Wegstrecke. Daß er bei einem Eisenerzfeld an der Donau, Kelheim genannt, vom Herzog ansässig gemacht worden sei und vorstehe einem Schmelzofen. Daß jedoch vom Regensburgischen Hochstift den Erzsammlern, Steinmüllern und Eisenhüttern bestritten werde, daß sie Bürger wären, und dem Herzog, sie zu solchen zu machen. Was Wunder, daß Odilo der neue Marktort Landshut in den Sinn kam bei solchem Gerede, seine ungenau gefaßten Pläne. Auch eine Antwort ward ihm sogleich zuteil. »Aber der ist mächtig genug, uns gegen Regensburg zu schützen.«

Würde das Hinziehen in dieses Landshut nicht bedeuten, daß er von diesem streitbaren Herzog ein ums andere Mal zu einem Heerbann aufgeboten würde? Wie aber wäre da sein Hausstand beschaffen?

Die Straße führte sie hinaus aus dem Wald, durch den sie gezogen waren. Die Morgennebel waren hier lichter, daß auch der Turm und die Mauern auf dem Hügel in Umris-

sen von allen zu sehen waren. Noch war es ein friedliches Bild. Ein kurzer Halt wurde geboten. Die Unterführer gaben dem Zug eine neue Ordnung, Odilo wurde in die vorletzte Reihe eines Reitergevierts eingewiesen, das die Nachhut zu bilden hatte. Über die Felder und Äcker rückten sie vor. Der Knechtshaufe mit den Belagerungsmaschinen hastete die Straßen weiter, und Odilo versuchte den Niclas auszumachen, glaubte ihn zu erkennen als einen in den ersten Reihen.
Die Dienstleute des geächteten Markgrafen waren vom Burgvogt schon Wochen davor angehalten worden, Mauern und Graben in wehrhaftesten Zustand zu bringen, hatten die Lehensbauern geschunden, auf halber Höhe des Abhangs unter der Hauptbefestigung einen mannshohen Wall aufzuführen und ihn mit Weidengeflecht zu verstärken. Von dort aus empfing nun ein Pfeilhagel die Angreifer. Geringen Schaden taten diese Geschosse zwar, weil die Entfernung zu weit gewesen war. Doch wurden die Ochsen vom Mauerbrecher abgespannt und die Knechte statt dessen zum Schieben des Ungeheuers eingewiesen. Nicht mehr zu finden für Odilo war sein Niclas in dem Gedränge. Hinter dem Adlerbanner des Herrenschildes her sprengte nun auch noch der Schwarm gutgerüsteter Reiter auf die notdürftige Außenumwallung zu. Odilo starrte hin, und ein Eisklumpen wuchs in seinem Bauch. Was von den Dienstleuten der Belagerten nicht eilends dem Burgtor zulief, verlor sein Leben unter den wuchtigen Schlägen, die mit langen Schwertern von den Rittern gegen sie niedersausten. Eisen auf menschliche Körper hörte Odilo treffen. Rufe, Schmerzensschreie. Er empfand es als eine halbe Ewigkeit, und doch hatte dieser erste Ansturm nur einige Minuten gedauert.

Niclas sah hinter sich. Der Herzog, sein Bannerträger, der Marschall, auf dampfenden Pferden hielten sie nur einen Steinwurf weit hinter ihm, aber damit auch außerhalb der

Pfeil- und Wurfweite von der Burg aus. Er, Niclas, er wollte sich hervortun. Der Herzog, sehen mußte er es, nie mehr in seinem Leben würde er ihm so nahe sein. Beim Wegräumen der Verschanzung, wie konnte man sich da hervortun? — Der neben ihm werkte, an einem Pfahl zerrte, ihn aus dem Boden reißen wollte, fiel plötzlich zur Seite und blieb reglos liegen. Niclas bückte sich nach ihm, schob ihm die Lederhaube aus dem Gesicht. Starre Augen unter halb gesenkten Lidern, an der Schläfe ein kleiner Wundfleck, blutig. Ein Stein also hatte ihn getroffen, geschleudert von dort oben. Knechte schleuderten Steine, und der da war auch ein Knecht gewesen.

Odilo wie seinem Haufen wurde absitzen geheißen. Setztartschen, Schilde, hinter denen sich ein stehender Mann bergen konnte, erhielten sie von einem Wagen herunter. In einer langen Reihe und mit nur schmalen Zwischenräumen zwischen den Schilden stapften sie schwerfällig burgwärts. Nicht lange, dann tönten harte Schläge von der beweglichen Wand, abprallende Geschosse. Tief beugte sich Odilo in die schützende Wölbung seiner Tartsche. Heben mußte er sie, weil ein Hindernis am Boden war. Odilo stieg über ausgestreckte Beine, Fersen bäuerlicher Schuhe. Neben ihm stöhnte es. Dem Liegenden steckte ein Pfeil in der Schulter und noch einer in der Haube neben dem Ohr. Odilo konnte nicht helfen. Niclas? Nein, der war nicht sein Gehilfe, nicht Agnes' Bruder. Aber wo war der? Dort, bei dem den Hügel aufwärts ächzenden Mauerbrecher? Da es mit den Schilden nur schrittweise vorwärtsging, die immer wieder abgesetzt wurden, gewann der etwas Vorsprung, zog deswegen aber auch die Anstrengungen der Verteidiger auf sich, Brandpfeile zischten auf das Lederzelt, unter dem sich die Schiebemannschaften in die Seile stemmten. Da war er, der Niclas, kletterte mit einem Holzeimer in einer Hand leichtfüßig die Hinterseite hinauf, goß schwungvoll das Wasser über die schon glimmenden Tierhäute.

Weitere Eimer wurden ihm hinaufgereicht, einer um den anderen. Triefend naß war das Schutzzelt schon, Niclas, herunter wieder mit dir!
Große Steinbrocken flogen über die Rücken der Belagerer hinweg. Donnerten vor ihnen gegen die Feldsteinmauern der Burg. Hinter Odilo war einer getreten, der einen Brandpfeil fertigmachte. Das lenkte ihn einen Atemzug lang nur ab, und dann saß keiner mehr rittlings auf dem First des Mauerbrechers. War er getroffen worden? Er, sein Gehilfe nur, aber einer, der ihm mehr war. Der sich besser auskannte und zurechtfand in der Vielfalt marktstädtischen Lebens und seiner zahlreichen Fußangeln. Nur deshalb, bedeutete er nur deswegen Odilo mehr als irgendeiner? Oder war es wegen dem Mädchen? Jetzt, unter der sturmreifen Burg des Königsmörders, mußte Odilo an Agnes denken und daran, daß er ihr vielleicht würde die Kunde bringen müssen, daß sie nun ganz allein und auf sich gestellt weiterleben müsse, weil der Bruder . . .
Nie in seinem bisherigen Leben hatte Odilo sich hilfloser gefühlt.

Die Besatzung der Burg Wittelsbach ergab sich dem Wittelsbacher Herzog Ludwig, als der Qualm der in Brand geschossenen Stroh- und Holzdächer sie am Weiterkämpfen gegen die Übermacht hinderte. Wie die Burg vollends zerstört, kein Stein mehr auf dem anderen gelassen wurde, bekam Odilo nicht mehr zu sehen. Die Bewohner des Pfarrortes Aichach sollten dies erledigen. In ihrer Kirche ließ der Herzog von einem Ordensritter eine Messe halten, gelobte, den Ort zum Gerichtssitz seiner Herrschaft zu machen, und forderte von seinen Bewohnern zwei Tagesrationen Brot und Fleisch für den Heerbann ab.
Niclas hatte sich wieder bei Odilo eingefunden. Als er auf dem Mauerbrecher sitzend einem Wurfgeschoß ausweichen wollte, war er heruntergefallen und hatte sich eine unerhebliche Schürfung am Kopf zugezogen. Statt seiner

war ein anderer Knecht mit Wasser hinaufgeklettert, Niclas hatte man in seiner Benommenheit unbeachtet zurückgelassen. Verdrossen mußte sich Odilo von ihm anhören: »Wir sind noch nicht zum Ende gelangt, nun geht der Zug ins Andechser Grafenland, gegen die Mitverschworenen des Königsmörders.«
»Ist das recht, wenn wir deine Schwester noch länger allein leben lassen?«
Nebenan auf dem Lagerplatz wurde ein Knecht von seinem freibürtigen Herrn geprügelt, weil das Pferd ein Hufeisen verloren hatte. Niclas sah hin, beobachtete, und als Odilo schon vermeinte, keine Antwort zu erhalten, gab er nachdrücklich und ungewohnt aufsässig heraus:
»Was Recht ist, bestimmt einer, der mächtig genug dazu ist. Des Herzogs Wille ist, daß wir gegen Wolfertshausen ziehen, Hauptort der Andechser.«

Zeit ließ man sich mit dem Marsch nach der Burg Wolfertshausen. Die Dörfler der Andechser Grafen hatten Brot zu backen und Ochsen zu schlachten, Nachtlager zu gewähren und Wege und Straßen gangbarer zu machen. Wo sie nicht auf eilfertige Unterwerfung trafen, brandschatzten die herzoglichen Gefolgsleute, und mancher Bauer überlebte nicht den Durchzug der kundschaftenden Vorhut. Bis sie, lange nachdem der Schnee übers Land gekommen war, zum Dreikönigstag des Jahres des Herrn 1209 heimkehrten, bekamen sie viele verbrannte Höfe zu sehen, Odilo und sein Schmiedgehilfe Niclas. Nennenswertes hatten beide nicht zugewonnen.
Einige Tage vor der Rückkunft der an der herzoglichen Kriegsfahrt beteiligten Münchner war der freisingische Richter von Föhring herübergeritten gekommen, begleitet von einem mönchischen Schreiber und etlichen Dienstleuten, die den Mohrenkopf, das bischöfliche Wappenbild, am Rücken ihrer Mäntel aufgenäht trugen. Ein solcher beinahe festlicher Aufzug lockte Schaulustige an. An der

Schranne, dem Marktplatz inmitten der Stadt, stiegen Richter und Schreiber von ihren Tieren, und die wappengeschmückten Dienstleute bildeten mit ihren unruhig schnaubenden Pferden hinter ihnen einen achtunggebietenden Halbkreis, zwei andere von ihnen aber stiegen ebenfalls aus den Sätteln und errichteten mit quer vor sich gehaltenen Lanzen eine Schranke gegen das sich ansammelnde Volk.

Herrn Gerold erreichte die Nachricht von der Ankunft des freisingischen Richters im Tuchspeicher. Obwohl er von diesem Vorgang alarmiert war, nahm er sich die Zeit, sich noch sorgfältig anzukleiden. Er zog über den Rock mit den engen Ärmeln einen zweiten, ärmellosen aus feingewalktem, blaugefärbtem Tuch, dazu hängte er sich auch noch den Mantel mit der angeschnittenen Kapuze um. Schon in den Schuhen und zur Haustür gewandt, besann er sich, nahm noch den Gürtel mit der Geldkatze und dem Schwertgehenk von der Wand, legte ihn sich um, bedachte sich dann ein weiteres Mal und ließ das Kaufmannsschwert zurück in der Truhe. Auf dem Schrannenplatz bildete sich für ihn sogleich eine Gasse durch die Menge. Trotzdem er jede Eile vermieden hatte, erschienen die übrigen Männer der Geschlechterfamilien erst gleichzeitig oder auch nach ihm. Etwa vier Schritte vor den Lanzenträgern, fünf vor dem Richter und dem Schreiber verhielten die Räte den Schritt, verneigten sich achtungsvoll. Das Gemurmel der Leute erstarb. Gerold begann:

»Hochedler Herr, Ihr habt Euch nicht angemeldet . . .«

Hochedel, eine schmeichelhafte Anrede für den Lehensträger des Bischofs. Aber der, unwirsch unterbrach er Gerold, daß er, das gemeine Volk hinter sich wissend, zuerst jähe Scham fühlte, die einem inwendigen, ohnmächtigen Zorn wich, den er jedoch nicht sehen lassen wollte, so daß sein Gesicht zur blassen, lächelnden Maske wurde. Seinen Daumen preßte er auf die Öffnung der leeren Schwertscheide, die seine Faust umschloß.

»Ihr seid also die Ortsältesten der *villa* Munichen?«
Er wußte es doch, der Richter, weshalb fragte er sie vor allem Volk und dann auch noch so? Ortsälteste hatte ein Dorf. Dorf hatte er München auch genannt, *villa,* lateinisch, gut, daß dies kaum einer verstand; diese Gaffer, absichtlich angelockt hatte der mit dem Richterstab sie, und Sinn hatte dies nur, wenn er den vom Herzog eingesetzten Rat im Ansehen herabmindern wollte. Gerold lächelte nicht mehr. Keiner antwortete, lediglich ein Kopfnicken und eine kaum wahrnehmbare erneute Verneigung, knapp, um sich nichts zu vergeben, konnte als Zustimmung gedeutet werden. Dann, steif aufgerichtet und mit unbeweglichen Gesichtern hörten sie, was der Richter den mönchischen Schreiber verlesen ließ. Zuerst in Latein las der. Doch die Erleichterung der Geschlechterherrn darüber war rasch vorbei — auch ihnen war der Inhalt der Rede nur unzulänglich eingegangen —, denn mit einer gewissen Geringschätzung im Ton seiner hell und weithin tragenden Stimme gab der die Mitteilung noch einmal und in deutscher Sprache kund.
In Erinnerung solle gebracht werden, daß der Herr über Markt, Münze und Zoll dieses Ortes das ehrwürdige Hochstift zu Freising sei. Es bestehe Anlaß, dies ins Gedächtnis zu rufen und auch, daß es bei diesem Sachverhalt ausschließlich dem hochehrwürdigen Herrn Bischof anstünde, hierorts Lehensleute wie Schutzbefohlene für jedwelche Dienste aufzubieten. Vernehmen habe man müssen, daß dem zuwidergehandelt worden sei. Annehmen müsse man, es sei dies aus Unkenntnis geschehen und deshalb gnädigst verziehen. Künftig aber könne man solche Gnade nicht mehr walten lassen. Zu wissen gebe man aber auch, daß des Herrn Wohlgefallen erlangt werden könne, wenn sich die Anwohner fernerhin als freisingisch erhielten und fremdem Ansinnen hinhaltend widerstünden. Erwogen würde in diesem Falle, München die Rechte als fester Markt zu verbriefen und zu besiegeln.

Nach diesem öffentlichen Schelten konnten die Geschlechterherrn den Richter endlich bewegen, ihre Ratsstube aufzusuchen. Versöhnlicher wirkte er da, aber er hatte noch ein Weiteres den Münchnern zu verkünden. Den Juden nämlich, die in einer engen Gasse bei der nördlichen Mauer behaust waren, solle der Bau eines Bethauses gestattet werden, vernahmen sie, und sorgen solle man dafür, daß diese dem Bischof so nützlichen Geldleiher, Krämer und Wechsler nicht zu Schaden kämen von abergläubischem Volk. Da Gerold diese fremdartigen Leute als ebenfalls nützlich für seinen Handel kennengelernt hatte, sicherte er es dem Richter bereitwillig zu. — Er blieb nicht in der Stadt, der Vertreter des freisingischen Rechts, denn trotz der Kriegsfahrt waren einige Herzogsschergen bei Zollbrücke und Burgstall geblieben. Sie zu vertreiben und durch eigene Dienstmannen zu ersetzen hätte dem Bischof, so, wie man nun den Herzog kennenlernte, schwerwiegende Nachteile eintragen können. — Beide Seiten waren vom Ausgang der Unterredung zufrieden. Aufgetragen war dem Richter gewesen, bischöfliche Vorrechte nachdrücklich in Erinnerung zu bringen, nebenher hatte er noch Zusagen wegen der Hebräer erhalten, was für das Hochstift zusätzliche Einnahmen an Schutzgeldern bringen würde. Die Geschlechter aber waren befriedigt darüber, daß nach bald dreißig Jahren handfeste Urkunden erstellt würden, damit ihre Privilegien, die sie bisher für sich schon in Anspruch genommen hatten, auf alle Zeiten gesichert sein würden, daß aber keine Verwicklung mit dem Herzog deswegen ins Haus stehen würde, weil die Freisinger darauf verzichteten, mehr als bisher in der Stadt präsent zu sein. Trotzdem würde man auf der Hut bleiben müssen.

So bekamen die Heimkehrer aus dem Heerbann keinen übermäßig freudigen Empfang, der, dem Richter hinterbracht, neue Verwicklungen hätte einbringen können. Agnes freilich war außer sich vor Freude, als der Bruder mit Odilo zusammen zurückkehrte ohne Schaden. Das Herdfeuer war klein, das Klaubholz, an der Außenwand geschichtet, hatte schon merklich abgenommen, und Agnes sparte. Neben dem Herd hatte sie sich während ihrer Abwesenheit das Lager gerichtet.

Sie entschuldigte sich dafür auch noch: »Gar zu eisig ist es im Anbau.« Nicht einmal in der Wohnstube war es warm.

»Freilich«, gab Odilo ihr zu, »und den Winter über bleib beim Feuer zum Schlafen.«

Odilo mußte an den nächsten Tagen in Altheim herumgehen. Einerseits, um sich zu zeigen und darzutun, daß er wieder bereit wäre, Arbeiten zu übernehmen, andererseits hatte er auch die Kerbhölzer mitgenommen. Gekennzeichnete Stäbe waren das, mit einem Symbol für jeden Haushalt. Im Herbst waren die Kerben in die Rinde geschnitten worden, wenn Arbeiten nicht sofort entlohnt wurden. Kleine Kerben für Anstielen von einer gebrochenen Sichel, tiefere und breitere für einen Hufbeschlag. Die Rechtmäßigkeit seiner Forderungen wurde ihm von keinem Altheimer bestritten, jedoch wo er hinkam, mußte er sich gefallen lassen, daß man Naturalien gab, Eier, Buchweizen oder versponnene Wolle und alles weniger reichlich, als er bisher in den Jahren davor bekommen hatte. Nur wenig an gemünztem Geld konnte er dem einen oder anderen abschwatzen, und doch hätte er das am nötigsten gebraucht, um von den Händlern, die im Frühjahr zum großen Markt erwartet wurden, frisches Roheisen kaufen zu können. Noch einmal bekam Odilo, diesmal anders, die Kriegszeit im Lande zu spüren, wegen der die Bauern, soweit sie ihre Ernten behalten hatten, sie festhielten. An manchen Tagen reichte es im Altheimer Schmiedhäusel nur zu einer einzigen Mahlzeit. Und gemessen an dem, was in den Hütten und Häuschen der Leute am Anger auf den Tisch kam, war das Leben der drei noch als üppig anzusehen.

Niclas nutzte die Tage und Wochen, in denen die Esse

nicht angeschürt wurde, zu ausgedehnten Streifzügen rund um die Stadt. Odilo sollte so oft und lange als möglich allein mit seiner Schwester sein — bis er seine Männlichkeit nicht mehr zurückhalten konnte. Eine enthaarte Kuhhaut, an etlichen Stellen schon durchlöchert, nahm er immer mit, umgehängt auf dem Rücken. Meistens brachte er sie abends gefüllt mit Klaubholz zurück, so daß langsam auch wieder ein Vorrat entstand zum Köhlern der Schmiedekohle. Eines Abends aber kam der Niclas nicht allein. Einer in einem kurzen Kittel begleitete ihn, ein junger, dunkelhaariger Mann mit der unterwürfigen Haltung eines Bettlers und doch wieder anders, aufrechter, geradeblikkender. Als die Kuhhaut von Niclas' Schultern auf den Stubenboden glitt, schepperte es metallen.

»Von denen am Anger ist der. Sagt, daß er Eisen gefunden hat beim Bodenausheben für den Hausbau. Schlechtes, nicht brauchbares Zeug, das nur noch zum Umschmieden taugt. Er will es uns geben, Odilo, wenn wir es ihm aufwiegen in Mehl.«

Rostiges Eisen, wie lange war es schon in der Erde gelegen? Ob Sensenblätter, Lanzenspitzen oder Schwertklingen, Odilo vermochte es nicht mit Bestimmtheit erkennen.

»Mag sein, daß es von den Ungarnreitern hiergeblieben ist. Oder von Walchen, die vor Zeiten hier waren.«

Niclas glaubte nicht daran, daß es früher andere Bewohner auf diesem Landstrich gegeben hatte, Walchen, Untertanen des heidnischen Kaisers in Rom. Daß einige Altheimer dies behaupteten und auch, daß sie von denen abstammten, konnte nach Niclas' Gefühl daher rühren, daß die ihren Besitz an Grund und Boden so rechtfertigen wollten. Aber daß Odilo dem Eisenfund eine solch unbestimmte Abkunft zuschrieb, verstand er. Eigentlich gehörte doch alles in der Erde Gefundene dem Grundherrn. Wer dies in der Angervorstadt war, konnte niemand mit Bestimmtheit sagen. Trotzdem war Vorsicht in diesen Dingen angebracht.

Abschätzend wog Odilo Stück um Stück mit seinen Händen, kratzte da und dort noch anhaftende Erde weg, versuchte eines zu biegen, ein anderes brach er an seiner dünnsten Stelle entzwei, um dann prüfend mit dem Daumen über die Bruchstelle zu reiben. »Den fünften Teil in Mehl?«

Der Angerviertler schüttelte den Kopf, verstockt, wie es Niclas schien. Deshalb mengte er sich in die Handelschaft.

»Der Schmied am Talbrucktor wird dir gar nichts dafür geben, eher meldet's der dem Stadtrichter, dann wird dir leicht noch der Kram genommen, und obendrein gibt's auch noch die Rute für dich.«

Der Mann aus dem Anger fuhr erschrocken auf. Stäuben mit der Rute, am Markttag und vor allen Leuten, diese Strafe konnte einem Vorstädter wie ihm schweren Schaden bringen. Nicht, weil die Schergen bei so einem besonders kräftig schlugen, sondern weil ihn das um das ohnehin nicht große Ansehen brachte bei den übrigen Bürgern. Seine Flechtkörbe, seine kunstvoll geschnitzten Löffel, wer würde die dann noch von ihm nehmen? Sein hungriger Blick ging auf Odilo. »Ein Viertelteil Gewicht von dem Eisen in Mehl.«

Odilo nickte zum Einverständnis. Agnes besorgte danach das Auswiegen, und Niclas blieb daneben, knappste hie und da noch etwas ab. Aber es ging doch ein erheblicher Teil von Odilos Mehlvorrat fort. Reichen würde es freilich noch lange genug, und sie würden nicht den Mehlbrei für die Fladen mit Kleie strecken müssen, wie es die Angerleute taten. Die nächsten Tage trieb es Odilo und Niclas zu vermehrter Geschäftigkeit. Schmiedekohle mußte gebrannt werden, und sie trotzten dem Frost, der immer noch die südlichen Frühjahrswinde aussperrte. An der Grenze der Altheimer Gemeindeflur trugen sie das Holz aus dem Auwald zusammen, ersparten sich so weite Wege. Als es abgedeckt war, nach harter Arbeit, und angeblasen, sie abwartend und wachsam bei dem dampfenden Hügel ver-

harrten, da war wieder einmal Zeit für Niclas, seine Gesprächigkeit von allen Hemmnissen zu befreien.
»Von den Angerleuten waren viele über die Alpen bei den Welschen. Haben sich umgesehen, was man dort kann. Sagen hab ich mir lassen, daß dort das glühende Eisen in Öl getaucht wird, dann aufs neue geglüht, geschmiedet, in Öl getaucht und so fort. Bis sich die geschmiedete Klinge biegen läßt wie eine Haselnußgerte. So ein Stück bricht nicht so leicht wie die unseren.«
»Hast du bei mir schon eine Lampe mit Öl gesehen?« Unwirsch war Odilos Erwiderung, das ließ Niclas schweigen, eine Weile nur, dann begann er wieder.
Daß es bei denen am Anger welche gäbe, die von einem heiligmäßigen Mann berichteten. Von Franziskus, der gepredigt hätte, daß Reichtum Unrecht sei und daß man keiner Kreatur, keinem Menschen und auch keinem Tier etwas zufügen dürfe, weil alles des Herrn Schöpfung sei. Wenn man danach ging, dürfe keiner mehr eine Fehde mit Gewalt austragen. Und Lehenszins und Kirchenzehnter müßten an Arme und Bedürftige verteilt werden — so plauderte Niclas das Gehörte von sich.
Zuerst ging Odilo noch alles bei einem Ohr hinein, beim anderen hinaus. Aber zunehmend aufmerksamer, fand er, daß viel von der Lehre dieses welschen Franziskus so übel nicht sei. Doch war es nicht Sache der einzigen und alleinseligmachenden Kirche, Sache des Pfarrherrn von Sankt Peter, die Lehre des Heils zu verbreiten? Niclas, brachte der sich nicht um seine unsterbliche Seligkeit, wenn der solche Reden von den Angerviertlern anhörte und sie gar auch noch weitertrug?
»Laß davon ab, Niclas, dir die Angerer zum Vorbild zu nehmen. Laß ab von ihren ketzerischen Reden.«
Erwiderte da Niclas, streitbaren Trutz in der Stimme: »Sie wandeln im Herrn, die Angerviertler, aber das sieht sich anders an, als wenn ein vermögender Handelsmann das tut.«

Odilos Zurechtweisung hielt ihn nicht ab, gelegentlich die Ansiedlung der Stadtarmen zu durchstreifen, die Gassen zwischen den niederen Hütten, in denen nur die Kinder herumwimmelten und nur gelegentlich ein alter Mann oder eine hochbepackte Frau zu sehen war, daß Niclas besondere Aufmerksamkeit erregte. Er wußte, alle Erwachsenen und auch die Halbwüchsigen, soweit ihre Kraft zur Arbeit ausreichte, spannen Wolle für die Tuchmacher, schnitzten, flochten — und doch brachten sie am Steuertag nur mühsam den ›Habnitt‹, den einen Pfennig zusammen, den sie als Stadtbürger mindestens zu entrichten hatten, wenn sie nicht vertrieben werden wollten.
Neben dem Frauenhaus, in dem die sündigen Menscher ihrem Gewerbe abgeschlossen gegen die Umgebung nachgehen mußten, standen die windigsten von allen Häusern auf dem Anger. In einem solchen hauste Ekbert, der alte Ekbert mit seinen Söhnen. Leibzinspflichtig den Andechsern, war er vor Jahr und Tag hierher entlaufen. Als Troßknecht war er in jüngeren Jahren mit über den Alpen gewesen, im kriegerischen Italien. Nichts mitgebracht hatte er von dort als das immer wiederkehrende Fieber in seinem Leib — und die Fähigkeit, sich notdürftig in der *Lingua,* dem Volkslatein der Leute dort, verständigen zu können. Mit dem jungen Castinus zum Beispiel, der von dort unten kam und der Wunderbares und Merkwürdiges berichtete von einem ehemals reichen Jüngling aus Assisi. Allen Reichtum hatte der hinter sich gelassen, um für die Erneuerung der Lehre des Herrn zu predigen und zu leben. Jeder sollte nur Brot essen, das er sich selbst erarbeitet habe, Armut, Arbeit und Reinheit seien neben der Liebe zum Nächsten die wichtigsten Gebote für einen wahrhaften Christen. Niclas zog es deshalb immer wieder zum alten Ekbert, um solch hoffnungsvolle Lehren zu hören, sie einzusaugen in sein Gemüt. Wenn Odilo, die Altheimer und auch die Herrn in der inneren Stadt sie aufnehmen werden, so dachte Niclas, und wenn sie über ihn auch in der neuen

Herzogsstadt verbreitet würden, ein besseres Leben könnte es werden für ihn und die Schwester. Arm war er ohnehin, auch gewillt zur Arbeit — und widerstanden hatte er bisher der Lockung des Frauenhauses, leicht, weil er nicht den Entgelt dafür hätte aufbringen können.

Weniger selbstzufrieden konnte Agnes sein. Mußte es sein, denn da war die eine Nacht gewesen, schneedurchstürmt draußen vor den Fensterläden und sturmvoll auch drinnen im Schmiedhaus vor dem glimmenden Herdfeuer war die gewesen. Niclas, der hatte Agnes hinterher gesagt, daß er wegen des unwirtlichen Wetters fortgeblieben und anderwärts genächtigt hätte, auch, daß so eine Sünde, wie sie dem Schmied beigewohnt hätte, läßlich und von jedem geistlichen Herrn zu vergeben sei.
So was hatte sie sich auch schon selber denken können. Als es geschehen war, ihre hitzigen Körper zueinander gefunden hatten, kein schwefeliger Rauch war da in die Stube gefahren. Keinen Bocksfuß hatte am drauffolgenden Morgen der Schmied. Lediglich etwas Blut war da am Strohlager gewesen, Märtyrerblut? Nein, von ihr selber, und schnell bei der Hand war sie gewesen, es zu verbergen. Hinterher war ihr der Zweifel gekommen, ob auch dies schon wieder Sünde gewesen wäre. Neue Sorgen mußte sie sich vom Bruder zerstreuen lassen, als sie, Wochen danach, die Veränderung an ihrem Leib merkte. Nein, wußte Niclas zu sagen, kein Antichrist und kein Dämon wüchse in ihr. Aber hoch an der Zeit wäre es, daß sie alle nach Landshut zögen. Da würde ohne Aufsehen alles zu einem guten Ende kommen.
Als die Straßen und Wege weichgetaut waren, so, daß auch nächtlicher Frost ihnen kaum mehr eine harte Oberfläche gab, da rückte viel Volk auf ihnen heran. Aus den Toren hinaus ging wenig, die Kaufleute hatten Kunde, daß Herzog Ludwig seine Kriegsknechte nun wieder vermehrt gegen die Andechser schickte. Brandschatzend und plün-

dernd trieben es die mal hier, mal dort, und niemand konnte unterwegs sicher sein, daß er nicht deren Begehrlichkeit weckte. Sogar die Weinfrachten nahmen ihren Weg vom Süden her über Augsburg und Ulm, so daß bald in allen Schänken nur noch vergorener Apfel- oder Birnenmost gereicht würde, wenn sich nichts änderte. Mit solchem Trunk bewirtet, ging den Hergezogenen dann bald der Mund über, ihr Erzählen vervielfältigte die Greuel, die jene erlebt hatten bei der Zerstörung ihrer Dörfer und Märkte und ihrer Flucht. Glücklich konnten sich von denen die Erstgekommenen schätzen, denen der freisingische Richter das Bleiben und Ansässigmachen am Anger erlaubte, zum Leidwesen der Altansässigen. Später Ankommende wurden weiter auf die Straße gewiesen. — Unter solchen Umständen wollte Odilo nicht fort, bleiben wollte er, zumal er ausreichend zu tun bekam mit Hufbeschlag, mit bäuerlichem Eisengerät. Wohin wäre Agnes ohne ihren Bruder, wohin Altheims Dorfschmied ohne seinen ehrgeizigen Helfer gelangt? Auf den Pranger am Markt? Oder, schlimmer, auf die Straße, fortgewiesen und ehrlos?

»Die Bruderschaft vom Heiligen Geist hat einen geweihten Herrn bekommen, der eine Messe halten darf in der Spitalkapelle.«

»Ja, für die armen Leute vom Heiliggeistspital. Aber wir hören die Messe in Sankt Peter, Niclas.«

»Der Bäcker Odschalk beim Oberen Tor hat sich des Fluchens auf offener Straße und dazu noch an einem Sonntag schuldig gemacht. Er hat darum und daß er Sühne und Vergebung erlange, verstiftet, daß er einen Seeltag das Spitalbrot gibt. Nun hat ihm das Spital verstattet, daß er nahe dem Spital das neue Backhaus errichtet. Ist eine Wohltat an dem Bäcker, weil seine Nachbarn nur ungern seine große Feuerstelle litten.«

»Die Altheimer nehmen an meinem Feuer keinen Anstoß.«

»Aber an sündhaftem Leben. Wegen der Agnes, mein ich, wenn man es bald wird sehen können . . .«

Es stand dem diensthörigen Niclas nicht an, seinem Hausherrn etwas zu- oder abzuraten, aber mit Geschick brachte er Odilo dahin, selber zu einer Ehe mit Agnes als bestem Weg zu stimmen, der ihn außerdem noch vor einem Schuldspruch des bischöflichen Richters bewahrte. Der nämlich tat sich von Woche zu Woche zunehmend mehr um in München, um den freisingischen Anspruch gründlicher als in der Vergangenheit zur Schau zu stellen.
Geschmiedete Kreuzbänder für die Türen der neuen Häuser schuldete der Odilo dem Spitalpropst dafür, daß der seine gütige Verzeihung über seine Sündhaftigkeit gebreitet hatte. Nicht einmal, nein, jedes Jahr sollte er eine solche Gabe machen. Und wo einmal keine Kreuzbänder gebraucht würden, dann eben Hacken oder anderes Gerät, aber auch eine entsprechende Spende in gemünztem Silber würde angenommen. Denn, ward Odilo beschieden, die begangene Sünde dürfe nicht in Vergessenheit kommen und so Platz geben für neuerliche Versuchung.
Das Jahr 1209 brachte keine Sicherheit auf Straßen und Wegen im Land vor den Alpen. Deswegen war der Handel der Geschlechterherrn zurückgegangen, was wiederum bewirkte, daß den Handwerkern weniger Gemünztes zugeflossen war. Wenig erlösten auch die Bauern für ihre Waren auf dem Markt. Im Herbst, da die Altheimer ihre Ernte eingebracht hatten, stand die Geburt von Odilos Sohn an. Reichlich gaben die Altheimer ihrem Schmied von den Feldfrüchten und dem Ertrag ihrer Ställe, als der mit den Kerbhölzern herumging, um die Forderung für seine Arbeiten begleichen zu lassen. Aber wieder einmal gab ihm kaum einer ein Geld. Solches aber forderte der Einnehmer des Heiliggeistspitals von ihm, denn, beschied der Odilo, an Schmiedeware bedürfe man nichts. Dafür, daß er ihn wegen der einzutreibenden Forderung nicht vor den Richter brachte, mußte er beschwören, zwei Tage mit Verrichtungen für den Stiftspropst zuzubringen. Zudem stand er noch mit zwei weiteren Posten im Schuldbuch.

Seine Hochzeit mit Agnes hatte Odilo, nachdem es feststand, daß er nicht in die neue Herzogsstadt würde übersiedeln können wegen den Kriegswirren über Land, mit der zu Gebote stehenden Bescheidenheit ausgerichtet. Doch hatte er die werdende Mutter davor noch freisprechen lassen müssen von den begangenen Sünden. Erlassen hatte auch ihr der Dechant von Sankt Peter das öffentliche Sühnen am Pranger beim Talbrucktor. Dafür sollte er den Wert seiner Arbeit von zwei Wochen, gerechnet von Sonnenaufgang des einen Montags bis Sonnenuntergang des anderen Samstags, als Sühnegabe dem Kircheneinnehmer beim Steuertag unaufgefordert reichen, und dies ebenfalls in gemünztem Silber.
Auch das Ehgeld hatte Odilo dann nicht erlegen können, auch das war er schuldig geblieben. Und beschworen, es mit der übrigen Schuldigkeit im Herbst zu erlegen.

Schweren Leibes saß Agnes beim Herd. Wohlbestellt hatte sie den Sommer über alles, was gebraucht wurde, sobald die Stunde heran war. Im Maimonat aus biegsamen Weidenzweigen den Korb geflochten, der das Kind aufnehmen würde, auf feinstes gewebtes Leinen bereitet, gebleicht an sonnigen Sommertagen für die Fatschen, die Binden, in die der kleine Mensch würde gewickelt werden, damit ihm die rauhen Lüfte des heraufkommenden Winters nichts anhaben möchten, dazu gesponnen, gewebt und gewalkt die Wolle, bis das wärmende Tuch schmiegsam und weich geworden war, die Decke, einzuhüllen das Schmiedskind. Minze, Melisse und Arnika hatte Agnes gesammelt und getrocknet, für eine, Gott steh uns bei!, allfällige Kur, wenn sich doch eine Krankheit über die Hausschwelle schleiche, als Strafe für doch noch nicht hinreichend bereute Sünde. Odilo hatte über einen Dorn eine Büchse geschmiedet und dazu passend einen Deckel. Er fand, so ohne Kanten und mit gleichmäßiger Rundung, wie dieses Stück war, schöngeformt und kaum besser zu machen.

Doch, auch geziert hatte er sein Werk, mit zwei Eisennägeln, die er in Kreuzform über den Deckel vernietet hatte. Die zwei Figuren, unter dem Kreuzbalken, ihn selber und Agnes sollten sie vorstellen, die waren freilich grobschlächtig, aus einer Sandform und danach über einem Stein geglättet. Davor hatte Odilo sich in solcher Fertigkeit noch nie versucht gehabt. Auf dem Balken über dem Herdloch am Kamin stand diese Büchse nun, aber in der letzten Zeit nahm Odilo sie jeden Abend herunter. Selten genug, daß er etwas hinein zu legen hatte. Meistens schüttete er bedächtig ihren Inhalt auf die Tischplatte. Es wurde und wurde nicht mehr. — So tat er auch an diesem Herbstabend. Ein Pfennig Silber mit dem Mönch geprägt, ein Münchner Pfennig, der minderste, den Odilo bekommen hatte. Er würde an den Stadtrichter gehen, doch der würde noch einen halben mehr fordern, den er noch nicht besaß. Der da blanker blitzte, der Pfennig war in Freising oder Föhring geprägt, und die beiden in der Mitte durchgeschnittenen waren aus der deutschen Königsstadt Regensburg. Wenn man ihm die beiden halbierten Münzen als einen ganzen Pfennig durchgehen ließ, dann fehlten ihm immer noch zwei weitere, um in zehn Tagen die Einnehmer zu befriedigen. Agnes und Niclas beobachteten den grübelnden Odilo. Sorgenvoll und mitleidend die Frau, der Schwager dagegen bald mit einer pfiffigen Überlegenheit.
»Odilo, merk auf!« Wie sich der Niclas seinem ihn einst duldenden Hausherrn gegenüber doch aufkröpfte! »Pfennig ist nicht gleich Pfennig. Der Abraham, so weiß ich es, gibt für einen halben Regensburger und einen Freisinger zwei ganze Mönche. Ich meine, dann fehlte uns« — ›uns‹ sagte der Niclas schon — »nur noch ein ganzer Pfennig. Ich hab für mich und Agnes aber ein und einen halben beiseite gelegt.«
»Du, Niclas? Beiseite gelegt hast du, von was?«
»Ich hab so gelegentlich meine kleinen Handelschaften. Aber nicht aus deinem Gut, nicht daß du denkst, Odilo.«

Agnes sah Ungemach aufkommen zwischen dem Bruder und dem Mann. So verstockt sah der Odilo drein und gar zu pfiffig und unbekümmert der Niclas. »Den Flachs, den ich mehr versponnen hab, als wir brauchen, den hat der Niclas dem Herrn Arnold verkauft. Der hat ihm außer dem Geld noch ein vierteltes Fuder ungebrochenen Flachs gegeben.«
Daß er, der Odilo nichts davon gemerkt hatte — ihre Hände, die waren darüber schwielig geworden, und er hatte es doch gespürt, wenn sie ihn vor dem Einschlafen zart und voller Minne gestreichelt hatte.
Agnes hätte ein Wort der Anerkennung erwartet, aber da Odilo beschämt still blieb, ja sogar ihrem Blick auswich und in eine finstere Stubenecke starrte, fügte sie noch an:
»Wenn der Flachs gebrochen und gehechelt wäre, würde ich noch ein Stücks Leinengarn schaffen, und das würde leicht erbringen, was auf die fälligen Gülten und Zehnten noch fehlt. Allein ist's für mich doch nicht mehr zu schaffen.«

Schuldenfrei war die Altheimer Schmiede, als der gerade wochenalte Knabe über das Taufbecken von Sankt Peter gehalten wurde. Dem sonst so kraftvollen Odilo zitterten dabei die Arme. Und erleichtert legte er das Bündel Kind in Agnes' Arme zurück nach vollzogener Taufe. Seinen eigenen, ehrlichen Namen hätte er diesem Kind mitgeben wollen, aber das hatte ihm der Kirchenmann verweigert, Odilo war mit dem heiligmäßigen Namen Eustachius dann auch zufrieden. Eustachius beim Schmied, vermerkt als Magdskind, nicht mehr heerbannfähig. Doch was tat's, das Jahr darauf wurde durch den Fürspruch des Freisingers München zur wirklichen, verbrieften und besiegelten Stadt. — Keiner nannte das Kind mit dem schwierigen lateinischen Namen. Der Bub wuchs heran als der Schmied-Stach.

Drittes Kapitel

Odilo und Niclas hatten in den letzten zehn Jahren hinreichend zu tun gehabt, obwohl sie nicht nach Landshut gezogen waren. Nun konnte ihnen auch schon der kleine Stach, der älteste der Schmiedsöhne, an die Hand gehen mit leichten Zureichungen. Den letzten Winter über, den des Jahres des Herrn 1220, waren es fahrende Sänger gewesen, die ihnen so viele Auftraggeber gebracht hatten. Sie, die in den Schänken aufgetreten waren und in der inneren Stadt sogar in den Handwerkertrinkstuben, sie hatten unablässig geschwärmt von dem gottgefälligen und heldenmäßigen Zug, den der Herzog Ludwig im Frühjahr von Tarent aus ins von den Ungläubigen bedrohte Heilige Land unternehmen würde. Diese Gesänge verfehlten nicht ihre Wirkung auf viele Handwerkersöhne, aber auch nicht wenige heruntergekommene junge Männer, über deren Herkunft nichts Genaueres zu erfahren war, taten sich als künftige Kreuzfahrer groß. Anmaßend gingen sie vermögende Stadtbürger an um Spenden für ihre Ausrüstung und Zehrgeld auf den weiten und beschwerlichen Weg. Kürzer war der Weg manch einer gespendeten Münze gewesen — wo sie nicht über einen Schanktisch geklimpert war für Wein in ewig durstige Heldenkehlen, war nicht selten eine auch auf den Amboß geflogen gekommen. Herrisch gegeben für allerhand Gewappnung, die so irgendeiner dem Odilo in Auftrag gab.
Stach sah sie ziehen. Durchs Südtor heraus und die Straße an Altheim vorbei, die erst seit ein paar Tagen frei von Schnee, aber noch hart gefroren war. Fortstehlen hatte Stach sich dafür aus der Schmiede müssen, der Vater mochte diese Reisigen trotz des schönen Geldes, das sie bei ihm gelassen hatten, nicht sonderlich. Als Stach eines Abends nach dem Gebet beim Nachtmahl ganz einfältig kindlich gewünscht hatte, schon größer und alt genug für den Kreuzzug zu sein, war ihm eine harte Hand auf den

Backen geschlagen, daß er noch lange schmerzhaft geglüht hatte. Dazu war ihm vom Vater gesagt worden, anhören solle er sich, was der Bruder Castinus vom Anger zum Ausfechten von Fehden zu sagen habe. Und ein Kreuzzug sei eine blutige und großmächtige Fehde.

Anders als Odilo von seinem Vater lernte Stach nicht nur von ihm die Dinge, die einer zum Leben braucht. Niclas war da, der dem Buben viel Stadtwissen beibrachte, und die Stadt selber, die Gassenleute, die absichtlich oder auch nur durch ihr Dasein wirkend das Kind mit Ein- und Ansichten beluden. Von den Angerern hatte Stach von anderen Leuten reden hören, daß die hergelaufene Habenichtse seien, vor denen man sich wegen ihrer Ketzerei in acht nehmen müsse, wenn man seine ewige Seligkeit behalten wolle. Und doch ließ man den Bruder Castinus gewähren, wenn er seinen Gottesdienst unter freiem Himmel abhielt, deswegen, weil in Sankt Peter, trotz aller Mächtigkeit dieses Kirchenbaues, bei der ohnehin zur sonntäglichen Messe herrschenden Enge der Platz für die Angerer gefehlt hätte. Außerdem wurde dem Castinus nachgesagt, er sei schon einmal bis nach Rom gepilgert und habe auf dem Weg dahin auch den heiligmäßigen Franziskus gesehen. Nein, nicht nur so gesehen, sondern gelebt habe der mit dem eine Weile, so sagten ihm die Angerer nach. Und so etwas von dessen Heiligmäßigkeit mitgebracht, auf daß die Menschen hier zum wahren christlichen Leben fänden. Aber der Schmiedsohn Stach fand, die Bürger aus der inneren Stadt täten recht daran, nicht auf das Armeleutsgerede zu hören. Auch sein Vater, den Stach verehrte, wie es in den Geboten stand, der sollte nach seiner kindlichen Meinung nichts auf dieses Bettelvolk geben.

War das nicht ein erhebendes Bild, wie der Pfarrherr den Kreuzzüglern das Geleit gab, beidseits umgeben mit den Geschlechterherrn, die ihm die Weihrauchschalen trugen und die Tragkreuze hielten. Kaufmanns- und Handwerkersöhne der inneren Stadt in weißen Überkleidern sangen

hinterdrein, engelgleich erschienen die Stach. Daß er so etwas mit ansehen durfte! Das Rumpeln des fähnchengeschmückten Altarwagens hörte Stach nicht, auch nicht das Schnauben des Ochsengespanns davor, nur diesen lateinischen Kirchengesang der Knaben, in den hinein der tiefere aus kriegerischen Männerkehlen folgte.
Gerade als sich Stachs Beine zu regen beginnen wollten, als er dem Zug hinterdreintappen wollte ohne weiteren Gedanken, da zog ihn einer von hinten am Ohr. Niclas. Müßiggang, seinem Vater gegen den Strich ging der, und es sei für ein Glück zu halten, daß er ihn dabei nicht selber erwischt habe. Er, Niclas, er könne es ihm aber nur verschweigen, wenn der kleine Vorwitz ohne Verzug zur Schmiede käme.
So blieb Stach verwehrt, zu sehen, wie ein überwiegend spärlich gerüsteter Haufe am Burgfrieden draußen seinen Abschied nahm und bereits da leicht fröstelnd sich der eine und andere in schleißige Decken hüllte für den weiteren Weg südwärts auf schlechter Straße. Und wie Geschlechterherrn, dies und das beredend, heimkehrten.

Etwas mehr als zehn Jahre war es her, daß der Freisinger Bischof als Stadtherr den Münchnern das Versprechen eingelöst hatte, ihnen das Recht als *civitas,* als Landstadt mit Markt und Zöllen, verbriefen zu lassen, zu beurkunden zu Regensburg, dem königlichen Gerichtsort. Aber Herzogsmannen lagen immer noch innerhalb der Mauern, im Burgstall, diesem Edelhof, den sich der wittelsbachische Ludwig nicht bestreiten ließ. In ihm hatten viele der kreuzzugswilligen Fremden den Winter über gelagert. Sagen konnte man also, daß der Aufruf für den Zug vom Burgstall aus in die Stadt getragen worden war. Nachdrücklich verwahrte Herr Gerold sich gegen jedes Gerede darüber, so auch nun, auf dem Rückweg in die innere Stadt.
»Nicht herzoglicher Heerbann, sondern Kreuzzug! Oft genug ist's schon beredet.«

Mit Kopfnicken pflichtete ihm der Salzsender Liegsalz bei, aber von den anderen, besonders denen, die Wein aus dem Süden holen und von München aus zu senden in alle süddeutschen Städte bis Ulm zu ihrem Gewerbe hatten, zeigten die meisten Bedenklichkeit.
»Nicht zwei Herren dienen!« brummte einer von denen.
Gerold hatte es vernommen, weil er es hatte vernehmen sollen. »Herren dienen? Sind wir Dienstleute? Doch nicht, sondern Stadtbürger, und wir dienen dem Stadtherrn nur, wenn wir das Gewerb und den Handel hochhalten.«
Mit Rücksicht auf den ihnen voranschreitenden Pfarrherrn, den sie nicht alles wissen lassen wollten, dämpften sie die Stimmen. Auch ließen sie den einen mählichen Vorsprung gewinnen, indem sie ihre Schritte verlangsamten. Die Erwiderung an Gerold kam noch heimlicher.
»Diesmal war es der Kreuzzug, der vom Burgstall aus betrieben worden ist. Und wenn der Herzog einsagen läßt zu einer Fehde, wenn er eine austragen läßt gegen den Salzburger Bischof — oder den regensburgischen, mit denen er um Land und Leute streitet? Wenn wir nachsuchten, daß Freising darauf dringt, allen herzoglichen Schergknechten und Reitern den Burgstall samt der Stadt zu verwehren, damit sie nicht mehr hereinkommen?«
»Mein Vater war auch herzoglicher Dienstmanne. Und die euren?«
Liegsalz, der Salzsender, sprang ihm bei.
»Wenn der Bischof den Herzogsreitern wehren kann, weiter in München umzutreiben, soll's uns recht sein. Kann er es nicht, müssen uns auch die Herzogsreiter recht sein. Und hat von euch noch keiner von denen welche in Sold gezogen, wenn die Straßen unsicher waren? Jetzt sind welche mitgezogen in den Süden, und schwach besetzt ist der Burgstall. Gelegen schwach besetzt, wenn es darum geht, neues Recht zu schaffen, indem es bei solcher Lage dem Bischof leichter fiele. Wir aber sollten zuwarten. Nichts mehr, nichts weniger!«

So vorsichtig verständigten sich die Geschlechterherrn. Wie drauflos und unverhohlen dagegen die Anrede des Bruders Castinus an sie, der sie bei der Gelegenheit an der Straße ansprach. Wie bekannt, hätten er und einige Mitbrüder nunmehr eine Ordensregel bekommen und die gebilligte Erlaubnis, sich in Zellen niederzulassen. Die Herrn, ob sie nicht möchten dazu spenden in Fürsprache beim Stadtrichter und durch Gaben, daß dieses gottgefällige Werk in den Stand gesetzt würde?
Der Liegsalz nickte ihm gefällig, doch unverbunden zu. Jedenfalls aber so, daß es Bruder Castinus für Zustimmung, wenn nicht gar schon für Versprechen halten konnte, wofür er den Weiterschreitenden mit segnend erhobener Hand nachblickte.
»Warum auch vielleicht noch ein eigenes Kloster für diese Vorstadt?«
Dem, der Liegsalz so anfragte, gab Gerold unangesprochen heraus. »Warum auch nicht? Wir, die Geschlechter der Stadt, werden aus vorstädtischen Händen noch manche Gaben bekommen. Was dagegen sind fürsprechende Worte, die wir für diese Elenden einlegen können?«
Auch wenn er es hätte mit anhören und ansehen können, der Stach, ob er es verstanden hätte? Bei einem ungleich schwerwiegenderen Geschehen, einige Wochen danach, da jedenfalls versagte das Vermögen des elfjährigen Schmiedsohnes, Gesehenes zum Nutzen aller in richtiges Handeln zu übertragen.

Aufgestockt hatten Odilo und Niclas, und die Altheimer hatten ihnen dazu geholfen. Mit Hand angelegt hatten die vielleicht auch deshalb, weil sie das Aufsetzen einer weiteren Stube über der alten vorzogen einem In-die-Breite-Gehen des Schmiedeanwesens, das Platz innerhalb der Dorfeinhegung weggenommen hätte. Odilo und Agnes waren da hinauf gezogen. Drüber, unter dem Dach aber, wo hinauf man nur über eine steile Stiege gelangen konnte, da

war für die Kinder das Nachtlager bereitet. Im Giebel hatten die Erbauer eine Luke gelassen, damit etwas Licht hereinfallen konnte, um den Kleinen die Furcht in diesem sonst dunklen Bodenraum zu nehmen. Den Winter über war diese Luke mit einem von dünner Tierhaut bespannten Rahmen verschlossen, nun aber, im schon tagsüber das Strohdach durchwärmenden Frühjahr blieb die Öffnung auch zur Nachtzeit unverschlossen. Den höchsten Giebel hatte in Altheim das Schmiedhaus. Und Stach fand, daß er darauf nicht nur stolz sein konnte, sondern daß er davon auch noch den Hauptnutzen hätte. Er konnte, wie kein anderer Altheimer, vor dem Einschlafen noch hinüber in die innere Stadt schauen, über die Mauer hinweg, auf der die Wächter ihre Runden schritten. Oder auch dösend in die Weite spähten, daß er manchmal meinen konnte, zu ihm hin lugten sie aus.
Stach fand sich in dieser späten Abenddämmerung gut zurecht im Dächergewirr. Unter denen gleich hinter dem Wehrgang der Mauer wußte er die Färber daheim. Bunte Fäden konnte man von ihnen einheimsen, geschenkt, wenn man bei Besorgungen in der Stadt bei ihnen stehenblieb mit sehnsüchtigem Kinderblick. Oder, nebenan bei dem Bäcker, ein Stück Würzbrot, das zu viel Ofenhitze bekommen und deshalb fürs Verkaufen zu unansehnlich dunkel geworden war. Wie Stachs Blick so gedankenvoll auf dem kaminüberhöhten Strohdach des Bäckers hing, da bot sich ihm ein, wie er meinte, himmlisches Schauspiel dar. Der Nachtwind entfachte den Ruß an der Kaminwand zu roter Glut. Und ganz gelegentlich hob sich von dieser Glut ein Funken ab und schwebte fort, tanzte über den dunklen Gassen und erlosch irgendwo ganz plötzlich. Einer nicht, er fraß sich dick zu einem Flämmchen, das rasch Geschwister bekam, in einer Reihe eine Dachschräge hinauf. Erst als die, mehr und mehr werdend, einen Reigen zu tanzen begannen, schreckte Stach der gewaltig schallende Hornruf des Türmers. Schlafen war er geschickt worden. Er

aber, gegen das Gebot von Vater und Mutter hatte er verstoßen!
Eilig kauerte er sich auf sein Strohlager. Die Zudecke zog er über den Kopf, und in sich hinein betete er, daß ihm diese Sünde möge vergeben werden.
Kein Regen hatte die Dächer seit dem letzten Schnee mehr gefeuchtet. Gierig schleckten die Flammenzungen schon auf das nächste, das über-, das drittnächste Hausdach hinüber, bis die aufgestörten Menschen angelaufen kamen mit den eilig im Färberbach gefüllten Behältnissen. Und da sie den ersten Schrecken überwunden hatten, sich die Ordnung gegeben mit zureichenden Händen von der Wasserstelle zum Brandplatz, fuhren neue Schrecken wieder in sie. Das Höllenfeuer sprang über die Gasse hinweg, schnappte auch da unersättlich. Das Ungeheuer, der Drache der Unterwelt! Das Krachen und Bersten der holzgebauten Wände und Stützbalken war, als zermalme ein unersättliches Maul das Menschenwerk. Noch war der Moloch nicht zufrieden mit seinem angerichteten Unheil, er tobte sich durch die Gassen der Kleinhändler, der Krämer. Nur kurz verharrte er an der Mauer, doch auch sie war ihm kein ebenbürtiger Widerpart. Wie sicher sich doch die Innerstädter hinter ihr gefühlt hatten!
Da die ersten Hütten am Anger brannten, rissen die Bewohner der noch heil gebliebenen angstgestoßen und mit berserkerischer Wut die Beläge von ihren Dächern. Mit den von dem Unheil verschont gebliebenen Altheimern rückten auch Odilo und Niclas ihnen zu Hilfe. Reichten mit hastigen Händen Eimer um Eimer weiter in der Reihe, an deren Ende das Wasser daraus in die bleckende Glut gegossen aufdampfte. Erst gegen die Morgendämmerung zu war das Feuer gebändigt.
Scheu zuerst wagte sich Stach, als die beiden Männer sich ihre Müdigkeit aus den angesengten und verrauchten Leibern schliefen, in das verheerte Angerviertel hinüber. Gründlich war dort das Löschwerk getan worden. Damit

die herbergslos gewordenen Opfer eine Bleibe bekämen, bis sie ihre vier Wände wieder errichtet, ihre Dächer wieder eingedeckt hätten, werkten die franziskanischen Brüder daran, der halbwegs aufgerichteten künftigen Klosterkapelle eine notdürftige Abdeckung zu geben. Darüber versäumten sie aber auch nicht, Trost und Mut da zuzusprechen, wo er gebraucht wurde. Viele hatten dies nötig.
Eine Unendlichkeit Schuld spürte Stach auf seinen Schultern lasten, als er bei den Brandstätten seinen Schritt verhalten mußte. Mit blassen Leidensgesichtern, roten, leergeweinten Augen knieten an ihnen die Frauen, gruben mit bloßen Händen in noch heißer oder vom Wasser zu zähen Fladen geronnener Asche nach vielleicht noch auffindbarem Hausrat oder Werkzeug. Er, Stach vom Schmied, bewahren hätte er sie alle können vor dem Leid, wenn er, statt sich lustvoll am goldenen Flug der Funken zu freuen, gleich zu denken angefangen hätte und sogleich zu seiner Firstluke hinaus geschrien hätte. »Feurio!«, immer wieder, bis es einer wahrgenommen. Oder hätte man eines Knaben Ruf gering geachtet? Niemandem mochte er von seiner Last berichten. Wem auch, wo nun alle viel zu beschäftigt waren.
Zusammenrücken mußten die heimgesuchten Menschen. Zwar, wo es die äußere Stadt getroffen hatte, erstanden in weniger als drei Monaten die Hütten neu, innerhalb der Mauer dauerte es länger, dort forderten Geschlechter und Stadtrichter, daß Sorgfalt darauf verwandt werde, Vorsorge getroffen, damit künftig solche Zerstörung weitmöglich vermieden werde. Aber da war schon, unhörbar und kaum zu sehen, eine neue Plage im Anzug, huschend flink, durch Löcher und Ritzen dringend. Ratten.
In normalen Jahren hatten diese grauen Schatten, verborgen auf den Speichern, ihre Steuer von den Kornvorräten erhoben, unerlaubt, doch niemand, der es ihnen hätte wehren können. Und wurde ein solcher Räuber ertappt und erschlagen, gleich rückten mehrere neue an seine Stelle.

Nach dem Stadtbrand, der so viele Vorratskammern gekostet hatte, da achteten die Menschen vermehrt auf das ihnen Verbliebene. Waren die Ratten findiger geworden? Oder mehr auf engerem Raum, wie zeitweilig ihre zornigsten Gegner, die Stadtbürger? Zusammengerückt auch sie in den unzerstörten Häusern ...

Nicht die vierbeinigen Langschwänzer mit ihren bleckenden Zähnen waren die aufziehende Gefahr. Unsichtbar auf ihrem Fellrükken saß sie, ritt als unaufhaltsames Heer durch Gassen und Plätze. Flöhe. Doch auch sie nur Träger der eigentlichen Feinde. Feinde? — Jahrhunderte sollte es noch dauern, bis sie von Menschen entdeckt und als Feinde bezeichnet würden, diese kleinsten Organismen. —

Die Pest, diese Geißel der Menschheit in dieser Epoche, entsprach sie nicht der Zeit, in der sie Bewohner weiter Landstriche heimsuchte? Und fand die Pest nicht eine Entsprechung bei diesen Menschen selbst? — Adel und Bauern waren vor dieser Zeit die bestimmenden Teile der Gesellschaft gewesen, dazu die Geistlichen und die wenigen Bürger. Als die Adelsfamilien begonnen hatten, sich gegenseitig Macht und Einfluß streitig zu machen, hatten sie der miles, *der treuen, tapferen Dienstleute bedurft. Die aber, denen das Schlachtfeld Acker war, was sollten sie ernten? Diese Landreiter der Mächtigen, sollten sie, wenn die Kriegsbeute verpraßt, darben wie Bettelmönche? Nein, sie gierten nach Ernte aus der Saat, die andere in die Erde gelegt hatten, reichlich wollten sie davon genießen, denn auf der nächsten Heerfahrt schon, da konnte es damit vorbei sein, ein Pfeil, ein Schwertstreich, eine Lanze ...*

Diese Reiter, sie begannen sich Ritter zu nennen. Sie priesen sich selber an, als treu, tapfer, folgsam ihrem Herrn und der Kirche. Und ihre Herrn, die Grafen und Bischöfe, sie konnten dieser Werbung nicht widerstehen, sie erlaubten den Rittern, reichlich zuzulangen, den hörigen und halbfreien Lehensbauern wegzunehmen von deren Ernte, was sie bedurften zur Erhaltung ihrer Tugenden, Rittertugenden. Da viel Streit war unter den Mächtigen in dieser Zeit, wurden viele Ritter gebraucht von ihnen. Kaum ein junger

Bursch, dem die Arbeit auf dem Acker zu mühsam war, bot sich vergeblich als Knappe an. Wenn er eine Waffe führen konnte, durfte er hoffen, auf kurze Frist Ritter zu werden im Deutschen Reich. War aber, nur kurze Zeiten in diesem 13. Jahrhundert, keine Kriegsfahrt zu tun, ruhmredig zogen da die Ritter als Sänger übers Land, werbend für ihren Stand. Und hatten sie etliche hörige Bauern verliehen bekommen, verlangten sie von ihnen außer der Abgabe von der Ernte noch Treue und Folgsamkeit ohne Überlegen. So verbreitete sich im Deutschen Reich und sogar über seine Grenzen hinaus wie eine Pest einmal die Gier, von Arbeit anderer so aufwendig wie irgend möglich zu leben, zum anderen, blinden Gehorsam als hohe Tugend anzusehen. — Die Pestbakterien als Erreger einer furchtbaren Krankheit wurden erst im Jahre 1894 entdeckt.

Zwei Männer gab es in der Stadt, die kundig waren im Umgang mit heilsamen Kräutern, mit Säften und Wurzeln und vertraut mit dem Schienen oder Einrenken von gebrochenen oder verdrehten Gliedern. Einer von ihnen hatte diese Kunst aus dem Kreuzzug mitgebracht, nahm teuren Lohn von denen, die seiner Hilfe bedurften, und war in der inneren Stadt behaust. Der andere Medicus war aus dem italischen Land hergezogen und hatte sich der franziskanischen Bruderschaft am Anger angeschlossen, ohne ihr eigentlich zugehörig zu sein. Ihn holte der Stach, wie ihn der Vater geheißen, als, Wochen nach dem Brand, Niclas von der Krankheit befallen war.

»Betet für ihn!«

Mehr wußte der Mann nicht zu raten. Doch er nahm auch keinen Lohn dafür. Niclas, den peinigte eine inwendige Hitze, und unter den Achseln schwollen ihm Beulen gelläpfelgroß. Das, wußte der Medicus zu sagen, sei das untrügliche Anzeichen eines Leidens, das in den vergangenen Wochen viele schon befallen habe. Die mehreren habe es hingerafft, andere, die so auf den Tod gelegen, hätten sich wieder erheben können nach langen Tagen. Und in der inneren Stadt, wo man versucht hätte, mit teurem Weihrauch gegen die Pestilenz anzugehen, wären nicht weniger von dieser Welt weggeholt worden als in den Hütten der Armen ohne solche Fürsorge.

Agnes wachte bei dem stöhnenden, röchelnden Bruder, wich nur von seinem Lager, wenn für Stachs kleinere Geschwister zu sorgen war. Dann kam das Übel auch über die, und Agnes bettete sie in die Stube zu Niclas, damit sie gleichmäßig für alle Kranken sorgen konnte. Nur der Älteste mußte nun vermehrt Odilo beispringen, und der, als wolle er mit seinem Hammer gegen die unheimliche Seuche angehen, schmiedete. Ungeachtet, daß keine Käufer seiner Ware kamen. Denn wie im Schmiedhaus schlich die Pest in viele Häuser, bis bald keines mehr verschont war.

Bei Niclas brachen nach einigen Tagen die indessen schwarz verfärbten Beulen unter den Achseln auf, entließen übelriechenden Eiter. Agnes meinte, einige Tage lang, sein geschundener Leib möchte sich besinnen zum Genesen. Doch dann wurde sein Röcheln beim Atemholen wieder angestrengter, seine lichten Momente des Wachseins seltener. Stach mußte den Bruder Castinus holen. Und Odilo schmiedete ein Kreuz aus Eisen, das dem Niclas mitgegeben werden sollte, wenn er in die Grube gelegt würde. Da war dann das eine Kreuz doch zu wenig.

Stachs jüngeren Bruder und die kleine Schwester riß die Pest noch fort. Dem kleinen Mädchen konnte Agnes schon nicht mehr das Geleit geben auf den Gottesacker. Denn auch sie lag da bereits mit den Beulen, die schwollen und schwollen. Scheu besucht von Stach, der den Tod auch aus ihren fiebrigen Augen schauen zu sehen meinte. Auch ihr gab der fromme Castinus, gerufen vom verzweifelten Odilo, das heilige Öl für den letzten Weg. Türangeln aus Eisen für seine Kirche zum heiligen Jacob versprach er ihm, wenn das Öl an seiner Frau verschwendet wäre. Und wirklich blieb Agnes ihm erhalten. Nachdem das schlechte

Blut aus ihrem Körper geflossen war, fiel sie keine neue Fiebrigkeit an, sondern ihr Leib kühlte sich mählich. Eine Woche, dann konnte sie mit schwachen Gliedern fort vom Pestlager. Aufgespart waren ihre abgezehrte Gestalt, ihre kunstfertigen Hände der klein gewordenen Familie.

Emsige Betriebsamkeit bestimmte in den folgenden Jahren das Leben in der heimgesuchten Stadt. Die Lücken, die gerissen worden waren, wieder gefüllt mußten sie werden. Gefüllt werden mußte daneben auch noch die Stadtkasse. Denn der bayerische Herzog hatte den Kreuzzug, dessen Zuzug Stach beobachtet hatte, so glücklos geführt, daß sein Heer in Gefangenschaft geraten war. Herzog Ludwig selbst war vom Sultan als Geisel behalten und nur gegen eine hohe Freikaufsumme von Kaiser Friedrich ausgelöst worden. Schon einmal, sieben Jahre davor, als Ludwig von den Brabantern auf einem Heerzug in ihr Land gefangen gewesen war, hatten die Bewohner der bayerischen Lande ein Lösegeld für ihn aufzubringen gehabt. Was Wunder, daß bei einem Herzog, der seinen Untertanen so teuer war, die zu tun hatten, ihren Wohlstand zu erhalten und zu mehren. Die handeltreibenden Geschlechter legten solche Sondersteuern um auf den Preis der Waren, die Kleinkrämer mußten es ihnen nachtun. Odilo, noch immer nicht erfahren genug in solchen Gebräuchen und ohne den Niclas, der sich ausgekannt hatte in diesen Dingen, bekam zu spüren, was es bedeutet, sein Augenmerk nicht auf den Markt zu richten. Zu den gewohnten Preisen hatte er die Gerätschaften abgegeben. So lange, bis er genötigt gewesen war, neues Metall zu erstehen. Seinen angesparten Kirchenzehnten und dazu die zurückgelegte Bürgersteuer mußte er drangeben, erhielt dafür aber lediglich zwei Dritteile der Menge Eisen, deren er bedurft hätte. Der Händler, er bestand aber auf der Abnahme der ganzen Menge, die herzuführen Odilo ihm vor Jahresfrist aufgegeben hatte, war zudem noch ungehalten. Drohte, er wolle Odilo beim Stadt-

richter einklagen. — Niclas, wäre nur dieser allzeit gewitzte Ratgeber noch am Leben.
Stach hielt an dem Vormittag eine niedere Glut in der Esse, bereit, sie schnell groß zu entfachen. Doch Odilo, der sogar die Pestzeit nicht von der Arbeit gewichen war, er blieb in der Stube. Daß er dort auf einen Ausweg sinnend, grübelnd hocken würde, konnte Stach sich denken, er hatte am Vortag mitgehört, wie der Überland-Händler sein Wiederkommen am heutigen Abend vor Torschluß der inneren Stadt angesagt hatte. Ein halbes Pfund Pfennige, woher sollte der Vater die noch nehmen? Castinus, der Franziskaner, kam Stach in den Sinn. Zog nicht die Bruderschaft tagtäglich durch die Stadt und erbettelte Gaben für den Bau der Jacobskapelle, würden diese frommen Mönche — als solche waren sie inzwischen anerkannt — einem Christenmenschen davon nichts leihen? Stach kannte schon längst die Schwäche des Vaters, seine Worte richtig zu setzen. Schwer kamen sie ihm stets dann von der Zunge, wenn er von anderen etwas zu erfragen oder gar zu erbitten hatte. Und die Mutter? Nein, auf eine Frau hörte außer Haus kaum jemand, auch das wußte Stach schon. Und auf ihn, den Schmiedsohn, der noch kaum den Hammer heben, geschweige denn ihn führen konnte, würde man auf ihn hören? Doch, der milde Gottesmann schon, meinte Stach schließlich, legte ein Stückchen Kohle nach, damit die Glut Nahrung habe bis zu seinem Zurückkommen. Solche Umsicht, von Niclas war ihm die beigebracht worden.
Schon auf Mittag zu ging es, als er, erfolglos, zurückkam zum weiteren Nachlegen. Ohne Geldversprechen von Castinus, aber mit einer weiteren Hoffnung. In Sünde begäbe er sich, wenn er leihen würde, hatte Stach zu hören bekommen. Derlei könne er nur von den Juden erwarten. An den Vorsteher der Judengemeinde, Abraham mit Namen, könne er ihm eine Empfehlung geben. Geld leihen sei deren einziges Gewerbe, das ihnen erlaubt sei.
Eilfüßig durchquerte Stach die innere Stadt. Bestaunte da-

bei doch kurz den herzoglichen Hofstall, den Bauleute eben mit Steinmauern verstärkten. In der bischöflichen Stadt? Von da bog er in die enge Gasse mit den schmalen Giebeln dicht an dicht. Seltsam fand Stach es, daß hier, wo es so nach Ärmlichkeit aussah, fast wie in der Angervorstadt, das Geld zu entleihen sein solle. Im von Castinus beschriebenen Haus, in das Stach sich ängstlich hineingedrückt hatte, traf er auf den Bärtigen — nur Juden und sehr alt gewordene Bauern oder Krieger trugen Bärte, den Juden war auf der Gasse zudem noch der safrangelbe Knopfhut geboten —, und der hörte seinem stockend vorgetragenen Anliegen zu, sogleich bereit, ihm zu seinem Vater zu folgen. Ein reicher Mann, der soviel Geld besaß, daß er es herleihen konnte, ein schmales Haus an der Stadtmauer bewohnte, nicht eines am Marktplatz wie die reichen Kaufleute, und der ging mit ihm, dem kleinen Schmiedsohn, weil einer Geld brauchte? Seltsame Leute waren die.

Wundern mußte sich Odilo über dieses Kind, das ankam mit diesem Fremden. Sein Sohn? Hatte der das, was Niclas gekonnt hatte und was ihm abging? Das Geschick, mit den Stadtleuten umzugehen, nötig dies, wenn einem daran gelegen war, seinen Stand zu erhalten.

Abraham, den verbrieften Schutz Freisings genießend, mußte für diese bischöfliche Gewähr für sich und seine Gemeinde höchste Kopfsteuern entrichten. Auf diesen Schutzbrief verzichten aber hätte bedeutet, sich der Unsicherheit der Straßen auszuliefern, und wie ein Stück Wild hätte jeder, der sich Nutzen davon versprach, einen Hebräer jagen und erlegen können, straflos. Die hohen Steuern an den Schutzherrn aber wollten erworben sein, die zwangen dazu, auszuschöpfen, was sich anbot an Einnahme. Abraham kannte die Schmiede an der Salzstraße, besser als ein Odilo, wußte um ihre mehr werdenden Einnahmen durch den zunehmenden Handel und damit verbundenen Frachtverkehr auf Wägen. Odilo vor dem Südtor draußen war sicher weniger begünstigt, aber auch er konnte sich, wenn erst einmal dieses gewandte Kind am Gewerbe teilhatte, gehörig verbessern. So dachte Abraham, war deshalb Stach sogleich gefolgt.

Stach war freilich nicht beigezogen, als Abraham mit seinem Vater den Geldhandel abschloß — zum ersten Mal, seit er in der Stadt war, ließ sich Odilo auf derlei ein. Erst als der Bärtige wieder gegangen war, wurde ihm bewußt, daß er künftig, wenigstens für die nächste Zeit, an Stelle von acht Hufen deren zwölf beschlagen mußte, weil er dem Juden den Zins leisten mußte. Und wenn er seine Schuld abtragen wollte, so würde er doppelt soviel Arbeit leisten und an den Mann bringen müssen. Seine Sorge darüber wurde kleiner, wenn er an seinen Vorrat Roheisen dachte, an die wieder in seiner Kasse klingende Rücklage an Kirchenzehnten und Stadtsteuer und daran, daß trotz Brandverheerung neuer Zuzug in die Stadt auch den Bedarf an Schmiedewaren hob.

Aber wofür brauchte ein Bischof, da ihm auch sonst reichliche Einnahmen aus seinem Landbesitz, Zehnten und Gülten, Zölle und Dienstleistungen zuflossen, auch noch das wucherische Judengeld? Das so wucherisch doch nur deshalb wurde, weil es belastet war von den hohen Abgaben an ihn, zum anderen durch die Willkür, mit der sich hochgeborene Herrn ihrer hebräischen Gläubiger hin und wieder entledigten. Nun, weil das Bistum umschlossen war von Herzogsland, dem Herzog mehr Dienstleute folgten im Streitfalle, wenn der sie aufbot und belohnte mit hörigen Bauern und ganzen Dörfern, wenn sie ihm gefolgt waren, mußte Freising zum Schutz seines Besitzstandes bewaffnete Dienstleute in Sold halten, dazu noch rüsten und aushalten.
Und doch reichten des Bischofs Gewappnete nicht hin, ausreichenden Schutz zu gewähren. Nicht gehindert von ihnen gingen die Herzoglichen daran, in München nach

dem Stadtbrand zunächst einmal den Burgstall mit Steinmauern zu sichern. Wer könnte dagegen etwas einwenden? Und die herzoglichen Wechselpferde für die Ritte über sein Land, sie brauchen einen Stallmeister und Knechte. Die aber wieder müssen geschützt werden, sonst könnte den Wehrlosen zum Trotz sich frevelnd einer vergreifen an den schönen, den wertvollen Herzogspferden. Nachsetzen müßten wehrhafte Männer können einem frechen Pferdedieb, ja, eine solche Tat überhaupt unmöglich machen. Also ist über den Burgstall ein Vogt zu setzen, zur Stadtburg wird damit der einstige Burgstall. Dem Vogt, bevogtet vom Herzog und kaiserlichen Reichsverweser und späterhin auch noch Vormund des Kaisersohnes, somit eines am höchsten gestellten Fürsten des Reichs, ist es dem zuzumuten, unter dem Oberregiment eines bischöflichen Stadtrichters zu stehen? Dessen Dienst- und Lehensherr zudem auch noch aus der feindlichen Familie der Andechser Grafen stammte? Doch hatte dieser Bischof mit Umsicht und Klugheit einen Stadtrichter erwählt, aus dem Geschlecht der Gollier, ansässig in der Stadt seit deren Gründung, den Bruder eines reich gewordenen Weinhändlers, so die Familie und die Verschwägerten dieser Familie, andere Geschlechterfamilien zum Rückhalt, war dieser Richter dem Herzoglichen an Macht überlegen.
Conrat Hirschperger war von bäuerlicher Abkunft und Kriegsmann des Herzogs gewesen, vor er zum Vogt gemacht worden war über diese Hofstatt, deren Rechtmäßigkeit zudem noch umstritten war. Er war den Städtern nicht geneigt, der Hirschperger. Schon in den Norden gegen den niederländischen Städtebund war er dabei gewesen, als Ludwig der Wittelsbacher eine Niederlage hatte einstecken müssen, gefangen worden war und seine Untertanen in Bayern ihn hatten freikaufen müssen. Mit solcher Abneigung war er nach München gesetzt worden mit seinem Halbdutzend noch unmündiger Kinder — oder auch wegen ihnen, denn seine Frau war ihm weggestorben und

sein Landsitz verkommen durch seine häufige Abwesenheit beim Heerbann. Dem Marschall, dem er darüber gelegentlich in den Ohren gelegen war, verdankte er dies. Aber wo war hier sein Auskommen, wo alle Einnahmen Rechtens dem Bischof zustanden?
Als ein erstes Ärgernis nahm Herr Gerold, daß seine und seines Vetters Söhne mit dem Hirschperger umtrieben. Den eigenen unterband er ihr kriegermäßiges Umherstreifen, er schickte sie mit einem Handelszug über die Alpen in den Süden, da wurde ihre beim Hirschperger erworbene Fertigkeit des Reitens und Fechtens sogar zur Tugend, denn sie gaben ein streitbares Geleit ab. Des Vetters Arnold Söhne hingegen konnte er nicht vor weitergehenden Einflüssen des Conrat Hirschperger bewahren. Das Webezeichen war denen mit einemmal nicht mehr fein genug, da mußte es ein ritterlicher Schild sein, eine obere Hälfte mit drei weißen Tuchbahnen auf schwarzem Grund und eine untere Hälfte mit einem ungekrönten Mohren von Freising auf weißem Feld. Daß der Vetter Arnold es zuließ, daß seine Jungen sich solchen Zierat sogar auf die Überröcke sticken oder weben ließen? Und ein zweites Ärgernis für Herrn Gerold war, daß sie, denen der Vatername nicht mehr gut genug war und die sich nun mit Familiennamen Tucher nannten, den Hirschperger unterstützten bei Übergriffen, die Freisinger Recht beeinträchtigten. Absehen konnte Herr Gerold, wie so neue Zwistigkeit und damit Widrigkeit für die Stadt heraufgezogen wurde.

Stach bemerkte als erster den Trupp, der auf Altheim angeritten kam. Den Hirschperger und sein Gefolge, einige herausgeputzte Jünglinge, Stach sah ihm gleich eine gewichtige Absicht an. Da die sich zunächst dem Hof des Zehentmeier und Ältesten zuwandten, eilte er zu seinem Vater an die Esse. Gleich einmal unwillig über die Störung, hörte sich Odilo die Kunde dann doch mit hellem Ohr an. — Sein anfänglicher Unwillen kam daher, daß er, entgegen dem Ratschlag des Hebräers, noch keinen neuen Gehilfen in die Schmiede genommen hatte, meinend, seine und Stachs Fäuste würden schon hinreichen, die Arbeit und entsprechenden Ertrag zu schaffen. Dann, wenn sie beide nur ohne Verzug und Ablenkung dabei blieben. — Aber herrschaftliche Reiter freilich, die mußte man in Acht haben, solche bedeuteten nie etwas Gutes.

»Stach, hast es auch wirklich gesehen, das herzogliche Panier tragen sie mit sich herum?«

»Vater, es ist kein anderes!«

Odilo beruhigte sich. Sollten sie ihn zu einem Heerbann erneut aufbieten wollen, würde er Gründe vorgeben können, daß sie auf ihn verzichteten. Und der Stach wäre noch nicht alt genug, zudem auch wegen des niederen Standes seiner Mutter kaum als Knappe angenehm. Was also konnten sie ihm wollen?

Vorsichtig abseits hielt sich Stach, als sein Vater gelassen dem Hirschperger gegenüber trat, an der Gasse und ihn so von seinem Grund fernhaltend.

»Schmied?«

Es freute Stach, wie aufrecht er seinen Vater denen, die ihn so von oben herunter ansprachen, seinen Gruß entbieten sah und die ihm den, ohne zwar vom Pferd zu steigen, erwidern mußten. Doch dann!

»Odilo, Schmied, einzufinden hast dich zum Dienst mit der Hand beim Burgstall. Gefallen hat es dem Herrn Herzog, den stattlicher errichten zu lassen, weil Schaden, wie er beim gehabten Feuer hätt entstehen können, vermieden werden muß. Morgigen Tags also, nach dem Frühläuten.«

Wort für Wort prägte Stach sich die Einwände seines Vaters dagegen ein. — Freibürtig sei er, bewiesen auch durch den teilgehabten Kriegszug. Doch nicht unwillig dem Herzog, nur wegen eingetretener Notlag außer Stande dazu. Zudem möge der Herr bedenken, daß da der Stadtrichter doch aufzubieten habe den Hand- und Spanndienst, soviel er wisse. Und bedenklich fand Stach, wie der Hirschperger

ärgerlich die Stirn krauste. Und doch einging auf des Vaters Worte, das wieder mußte er gut rechnen.
Nicht sicher sein solle sich Odilo des städtischen Rechtes von Freising für München, das zu gelten habe bestenfalls für die alte, die innere Stadt, nicht aber vor Mauer und Tor, da sei es herzoglich. Freilich, die Freibürtigkeit möge man ihm unbestritten lassen. Jedoch verhielte es sich bei dem Sohn nach dem Vernehmen anders, dann müsse der eben den Dienst leisten. Stach sah die zornig geballten Schmiedefäuste. Stumm, der Vater, darauf? Ein paar Augenaufschläge lang blieben seine Hände zur Faust noch beieinander, stand er noch aufrecht da. Wie suchend dann streiften die Finger den Rand des Fellschurzes entlang, neigte sich Odilos Kopf zur Zustimmung.
»Ja, dann werd ich eben selber kommen, mein Stach ist noch nicht kräftig genug für solchen Dienst.« Und, in das Abwenden, Wegreiten des Hirschpergers hinein, wohl vernommen noch von dem: »Aber aus freiem Willen und als Schmied.«
»Freilich als Schmied!« Nach einem Zugeständnis klang dieses letzte Wort des Hirschpergers nicht.
Dazu springen mögen hätte Stach, seit von ihm die Rede gewesen war, hinstehen und sagen: ›Hier bin ich und werd den Dienst schon selber leisten!‹ und war doch stehengeblieben, scheu im Hintergrund.
Unschlüssig beobachtete der Stadtrichter die nächsten Tage das Treiben in und um den herzoglichen Burgstall, der mit dem Aus- und Zubau sichtlich zur Burg, zur Stadtburg wurde. Mißfällig mußte es ihm sein, daß dies geschah und ausgeführt wurde von den Leuten der äußeren Stadt. Aber bewenden ließ er es trotzdem mit einem Bericht an den Bischof. Der stellte des Hirschpergers Tun als einen anmaßenden Übergriff des Herzogs auf seine Stadtherrnrechte dar beim Regensburger Hoftag, aber als darüber verhandelt wurde, war der Bau schon wieder vollendet. Odilo hatte auf dessen Drängen Stach mitgenommen,

an die Hand gegangen war ihm der beim Zurichten der Werkzeuge, Beile und Hacken schärfen, Nägel schmieden. Der Hirschperger hatte ihn geachtet, indem er ihn keine gemeinen Handarbeiten hatte verrichten lassen, wie sie den Leuten vom Anger angewiesen waren.
Stach, dem aufmerksamen Beobachter, entging auch nicht, daß sein Vater am Steuertag dem Einnehmer die volle Summe hinzählte, nichts in Abzug brachte, wie ihm der Herr Hirschperger zugesagt hatte, daß er es dürfe für seinen Handdienst beim Bau. So schon beredete er zusehends weniger mit ihm, dem wortkargen zungenungewandten Mann am Amboß. Obwohl ihm diese ungewöhnliche Sache, daß rares Geld weggegeben wurde ohne Pflicht, lange und drängend im Kopf herumging, schon gar nicht darüber hätte er zu sprechen vermocht. Denn einem Sohn stand es nicht an, Zweifel am Tun seines Vaters zu hegen, gegen das Gebot, die Eltern zu ehren und zu achten hätte dies gestanden. Und fiel es den Schmiedleuten außerdem nicht schwer, das Ihre zu entrichten, seit sie dem Hebräer, überhaupt in die Judengasse gegen gemünztes Silber von dem abgaben, was sie an Viktualien erhielten für den Bauern und Ackerbürgern getanes Werk. Kaum einem sonst in der Stadt wäre solcher Handel anzutragen gewesen, aber die Juden saßen auf keinem Grund, man ließ ihnen keinen solchen, daß sie sich selbst hätten Speise aus eigenem Feld und Acker hätten erwirtschaften können.

In rascher Folge verrannen dem zunehmend erwachsener werdenen Eustachius die nächsten Jahre, bis seine Körperkraft an die seines Vaters heranreichte. Jahre ohne Bedrängnisse, nicht nur für die Schmiede, sondern auch für die Vorstädte und das Dorf Altheim, sie brachten eine Weile zum Wachsen und bedächtigen Mehren des Wohlstands. Aber auch volkreicher wurden die Ansiedlungen vor der Mauer. In der inneren Stadt bauten sie deswegen eine neue Stätte für die Andacht der Gläubigen, die Kapelle der hochheiligen Frauen. Die bischöfliche Klage wider den Herzog wegen der Anmaßung von Rechten in der Stadt lag indessen zur Behandlung in Rom bei Papst Gregor IX. Der Papst, im Streit mit dem Kaiser, dem Staufer Friedrich II., schob es auf, über sie zu entscheiden, denn Herzog Ludwig sagte man nach, er neige der päpstlichen Seite zu. — Die Hirschpergersöhne erheiraten Gut und Ansehen, verschwägern sich mit den durch Salz und Tuch ständig reicher werdenden Kaufmannsgeschlechtern, meiden den Heerbann und zeigen sich doch ritterlich, aber den alten Hirschperger halten sie ab, weiter den Unfrieden zu schüren wegen des Burgstalls, der nun feststeht und unbeschadet. Doch dann, im Frühjahr des Jahres des Heils 1231, nachdem die Straßen über die Alpen gangbar sind!

Eustachius Schmied führt zwei frisch beschlagene Pferde, die dem Sendlinger gehören, dem reichen Herzogsdienstmann auf dem nahen Dorf, aus der Stadt hinaus entlang der Straße in den Süden. Den kleinen Bruder, den Nachgeborenen, nun Siebenjährigen, hat er aufsitzen lassen, und der jubelt vor Freude, hockt ohne Sattel und festgekrallt an der fuchsigen Mähne. Läßt die mit einemmal aus, daß er beinahe herunterfällt. Schreit.
»Reiter mit einer Fahne!«
Nun sieht Stach sie auch herankommen von fern.
»Sind keine Ritter, Hänschen. Ritter reiten keine Maultiere und Esel. Dem Fähnchen nach sind sie vom Papst in Rom.«
Auch dem Sendlinger erzählt der Bub von dem Aufzug, dem sie begegneten. Und der läßt sich daraufhin von Stach noch ganz genau beschreiben, wird aufgeregt dabei. Gibt ihm auf den Rückweg einen Knecht mit, der auskundschaften soll, was dies zu bedeuten habe. Vergißt nicht, Stach für seine Arbeit zu loben, und löhnt ihn reichlich, ganz gegen seine sonstige Art.
Nun packt auch Stach die Neugier, er geht nicht der Schmiede zu, sondern gleich zum Tor in die innere Stadt

hinein. Mönchisch, priesterlich hatten die Reisenden sich angesehen. Da mochte ihr Ziel Sankt Peter sein, dem Decanus ihr Besuch gelten? Da aber war keine Spur ihrer Reittiere zu finden. Das Stift zum Heiligen Geist? Auch da nicht. Da, beim Haus des Stadtrichters standen etliche Gaffer herum, Bettelvolk. Hier also waren sie eingekehrt.
Nicht lange, dann kam die Gesellschaft heraus, mit verschlossenen Gesichtern, dem Ansehen nach alle italische Römer, außer dem Stadtrichter, der sich ihnen anschloß, der Gollier, auch der ließ nichts merken, um was es sich drehte bei diesem ungewöhnlichen Besuch. Noch beim Hinterdreinblicken, noch in Hörweite des vielfältigen Hufschlags begann das Gerüchteflüstern der Leute. Stach hatte daran keinen Anteil, weg ging er, hatte genug Zeit von der Arbeit versäumt.
Am darauffolgenden Sonntag, nach der Messe, da sich die Jungen zum Reigentanz fanden, wußten alle Städter, welche Kunde die päpstliche Gesandtschaft über die Alpen gebracht hatte. Auch für Stach gab sie Stoff für Gespräch ab, diese Nachricht von dem Mandat wider den Herzog, weil er sich, wieder einmal, Rechte in München angemaßt, die dem Bischof von Freising zustanden. Mit dem Berthold vom Zehentmeier besprach er sich, dem Zweitgeborenen des Altheimer Ältesten. Spielgefährte war ihm der schon in den Kindertagen gewesen, wenn Stach ihn auch manchmal beneidet hatte, weil der Bruder Castinus ruhmredig über ihn gesprochen hatte und ihm sogar ein Quant lateinische Sprache beigebracht hatte, ihm, dem Berthold, als einzigem von den Knaben aus Altheim. Und jetzt?
»Ritterlich, wie es den Hirschpergern ansteht, ist der Burgstall zugerichtet, und ritterlich gehen sie um in der Stadt, wie es ziemlich ist den Dienstleuten unseres Herrn Herzog. Sollen sie Bettelmönchen gleich einem so mächtigen Herrn den Schild hier in der Stadt hochhalten, ihn so zum Gespött für das gemeine Volk machen?«
Des Zehentmeiers Berthold, Stach beobachtete es schon

länger und mit leisem Neid, trieb sich gern mit den Hirschpergischen um, trug bunt bestickte Kappen und Schellen an Wams und Hose, wie es welsche Mode war, und nannte sich gern Berthold von Altheim, obschon sein älterer Bruder dem Vater gefolgt war mit dem Amt, dem Ort vorzustehen, diesem Gemeinwesen, das doch mehr und mehr der Stadt zugehörte. Doch verschmähte darüber Berthold auch nicht den Umgang mit der bäuerlichen Jugend, besonders von den Mädchen ließ er sich anhimmeln, herrenmäßig aufgeputzt, wie er sich gern trug. Wie jetzt, wo er mit einer wegsprang zum Tanz, bevor noch Stach ihm seine Bedenken vortragen konnte, wo er sich doch mit ihm hatte bereden wollen, weil er ihm ob seiner Bildung zutraute, mehr Einsichten zu haben. Acht und Bann über den Herzog Ludwig, den Wittelsbacher und damit allen seinen Untertanen, daß die Priester die Kirchenpforten schlossen? Würden die sie schließen? Die Sakramente der Taufe, der Ehe verweigern? Sollte Stach sich darüber den Kopf schwer machen, wo die Fiedeln und Sackpfeifen den freundlich sonnigen Nachmittag noch fröhlicher machten? Wenn solche Dinge nicht schon von den mächtigen Herrn untereinander entschieden wurden, dann sollten sich darüber die Herrn in den Geschlechtertrinkstuben noch die Köpfe zerbrechen, hier am Anger würde doch nichts daran zu ändern sein.

Stach schritt artig auf ein Mädchen zu, eine vom Angerviertel, eine Dunkelhaarige mit eingeflochtenen Blumen in den Zöpfen. Öfter schon war sie Stach aufgefallen, darum wußte er längst, daß sie einer Witwe zugehörte als Tochter, bei der Pest war ihr der Vater hingerafft worden, und mit Lohnweben von Leinen für den Gerold brachten sie sich hin, Mutter und Tochter. Stach mit dem Buchenzweig an der Mütze, dem Kennzeichen der Altheimer, mitten unter die Angerviertler, die sich zu kennen Weidenreiser ansteckten. Nein, es rempelte ihn keiner, als Schmied hatte er auch deren Ansehen, außerdem traute man ihm zu, daß er mit dem lateinischen Messer, das ihm am Gürtel hing, auch umgehen konnte. Diesen langen Dolch, geschmiedet hatte ihn sich Stach selbst, gehärtet und geschärft, denn er wollte, eine kleine Eitelkeit, die Gott nicht strafen mochte, nicht wie ein Bauernbursch mit einem Reutel gerüstet sein, dem Stab, mit dem man das Pflugbett schabt.

Voll der Minne — so nannte Berthold es immer — neigte Stach sich vor Anna, zierlich und gar nicht wie ein Schmied reichte er ihr seine schwielige Hand hin, sie griff zu, begleitet vom mahnenden Blick ihrer Mutter, die auch den ganzen Reigen hin kein Auge von ihr ließ. Diese Witwe Gotlind, so eine war die, wie sie in den Liedern der fahrenden Sänger vorkam, wachsam würde die sein bis an ihrer Tochter Brautbett, und es war ihr das nicht übelzunehmen, war die doch die einzige Hoffnung für ihr Alter. Und dann ist da auch noch die Gemeinde, die auf einen solchen Frauenhaushalt besonders genau sieht, beobachtend, ob nicht vielleicht das Gesetz, das neue, kaiserliche des Friedrich in Sizilien, das Kuppelei streng verbietet, gebrochen wird. Bei der Witwe, bei den Geschlechterfamilien ist es doch was anderes, wenn die ihre Töchter und Söhne zusammenführen. — Odilo und Agnes schritten den südlichen Stadtanger entlang, umrundeten den Tanzplatz der jungen Leute, wo es nicht anders zugeht als auf den Dörfern, doch, vielleicht etwas gemessener schritt man hier den Reigen, weniger ausgelassen, als die Dörfler es taten, denn es waren hier mehr Zuschauer als auf dem Lande draußen. Agnes kam ein wenig Stolz an, als sie ihren Eustachius so gewandt Fuß vor Fuß setzen sah. Zufriedenheit drückte es aus, wie sie ihrem Mann die Führhand preßte. Dem aber mißfiel es, wie sein Sohn sich mit einem Angermädchen gemein machte, darüber zu sprechen jedoch fehlten ihm Worte und Laune. Mit Stach, meinte er, müßte er beratschlagen in der nächsten Zeit, doch er schob es hin von Woche zu Woche.

Indessen fand Stach immer wieder Gründe und Gelegenheit, bei Besorgungen und Gängen seinen Weg über die Angervorstadt zu nehmen, bei Anna vorbei, ihr einen Gruß zu entbieten. In der Gasse, in der das schmale Häuschen seinen Platz hatte, kannte schon jeder den Schmiedsohn. Die Angervorstädter begannen über ihn zu reden.

Eines Tages in aller Frühe war der Sendlinger mit großem Gefolge reisemäßig vor der Altheimer Schmiede.
»Eil dich, Schmied!«
Einen Herrn wie den Sendlinger konnte man nicht warten lassen. Da mußte der Stach den Balg treten, daß es krachte und die Glut auf der Esse hochflammte. Und die Hufeisen hinein, bis auch die in der Farbe der Morgenröte glühten. Aber noch immer stellte es den Sendlinger nicht zufrieden, vorausreiten wolle er mit den mehreren der Seinen, und nachrücken sollten ihm die übrigen Knechte mit den frisch beschlagenen Rossen, so bald und so rasch es sein könne, gab er an, die Straße auf Landshut zu. Odilo wußte, dort hielt des Herzogs Frau Ludmilla Hofstatt. Wißbegierig frug Stach dann doch einen Knecht des Sendlingers, ob wieder einmal eine Fehde anstehe.
»Gestrigen Tags kam Kunde von Kelheim, daß dort der Herr Herzog Ludwig gemeuchelt worden ist.«
Genaueres sogar wußte der Knecht. Geschehen sei dies auf der Donaubrücke, und ein lateinisches Messer, einen Dolch also, habe der Mörder geführt. Und zutrauen würde man es einem Bischof, dem regensburgischen oder auch dem freisingischen, daß sie den gedungen hätten — oder gar wäre der von Rom gesandt gewesen.
»Und den Mörder zu fangen seid ihr reisig geworden?«
Über den Unverstand des Vorstadtschmieds schüttelte der Ministerialen-Knecht mit wissendem Grinsen den Kopf. Freilich nicht, was zu hören gewesen sei, hätten sie diesen Mann gleich ertappt und zu Tode gebracht, deswegen sei auch nicht bekannt, wer ihm die Tat geheißen. Nein, der Herr Sendlinger müsse hin zu Frau Ludmilla und dem Her-

zogssohn, sich ihm zeigen, bereitstehn für zu vergebende Aufgaben — und auch Würden und Vorteile, versteht sich, so solche zu haben wären in den ersten Tagen der Macht in neuer Hand.
Durch die Eile und unaufmerksam wegen der erschrecklichen Nachrichten — würden diese Vorgänge nicht wieder Kriege bringen übers kaum erholte Land? — ließ Odilo die Hinterhand des dritten zu beschlagenden Rosses zur Unzeit aus seinem festen Griff.
Ja, unaufmerksam, er überhörte auch das tückisch-unmutige Schnauben des kräftigen Fuchswallachs. Da war es schon zu spät!
»Vater!«
Schon flog Odilo, vom mächtigen Schlag des Hinterhufs getroffen und wie er gebückt gestanden hatte, zur Seite. Gegen Odilos Schulter hatte der Gaul seinen Huf geschmettert, solche Schläge hatte schon mancher Schmied auszustehen gehabt und war nach etlichen Tagen, auch, wenn es schlimm gelaufen war, Wochen wieder an seinen Amboß zurückgekehrt.
Odilos Wundlager wurde lang.
Stach tat die Arbeit. Und noch mehr. Wie selbstverständlich bestimmte er, was zu geschehen hatte. An einem sonnigen Spätherbsttag, wie man sie in dieser Landschaft kennt und schätzt vor einem strengen Winter, da brachten sie den Vater auf den Friedhof. Auf den von Sankt Peter, durch eine besondere Gabe hatte Stach dies erreicht, sonst legte man die Verstorbenen nun bei der neuen, minderen Kirche von Sankt Marien zur Ruhe. Nach einer Woche der Trauer schon ging Stach zum Stadtrichter, sich unkundig stellend den zu fragen, ob er ihm den Todfall, die Abgabe für die Belehnung mit der vom Vater auf ihn gekommenen Schmiedstelle zu leisten habe, obwohl er wußte, daß solche Abgabe nicht von einem Stadtrichter genommen werden durfte.
Danach begab er sich zum herzoglichen Burgstall, wo nun

einer der Sendlinger bevogtet war mit dem Amt, das davor der Hirschperger innehatte.
»Schmiedlehen?« wurde er gefragt. War er doch von Kind an den Sendlingern bekannt als des lehensfreien Schmiedes Odilo, der sogar dem Heerbann gefolgt war. Gegen sonstige Gewohnheit redete Stach viel und umständlich, nur die geringe Geburt von Agnes, der Mutter, ließ er unerwähnt. Trotzdem gewann er das Wohlwollen des Sendlingers. Sogar die Freiheit, einen Wunsch zu äußern, wurde ihm gewährt. Zwar nicht darauf vorbereitet, wußte Stach schnell, auch einen solchen vorzutragen. Daß er, wie es sein Vater früher getan habe, selber Holz zu Kohle brennen dürfe, bat er, freilich nicht mehr so nahe bei der Stadt, vielleicht drüberhalb des Flusses, am Auwald, und wenn es ihm gewährt werden könne, aus dem Schwemmholz aus der Isar. Es wurde ihm zugesagt. Mehr, es wurde von einem Schreiber vermerkt.
›Eustachius Schmied zu Altheim negst Munichen zu Lehen gegeben gerechtsam am Auwalt nebst Quell und holzbrant.‹
Als im darauffolgenden Jahr der Sendlinger in der äußersten Stadt, nahe dem Heiliggeistspital, ein Haus errichten ließ und es ›Stadt Obergericht‹ nannte, obwohl er dieses Gericht vorderhand nur in der äußeren, der Vorstadt und da auch nur umstritten für den neuen Herzog Otto ausüben konnte, wurde Stachs Lehensrecht als erstes in das Verzeichnis der Gerechtsamen übertragen. Dazu noch der First in Altheim, unter dem Stach lebte und arbeitete. Umsichtig, möchte man meinen, hatte Stach sich so das Erbe seines christlich-rechtschaffenen Vaters gesichert.
Geschickt oder ungeschickt, er tat noch ein Weiteres. Hänschen, den Bruder, gab er, für Lehrgeld, das er sich in der Judengasse entliehen, einem Watmanger, also einem Tuchmacher, in die Lehre, nahe dem Marktplatz der inneren Stadt. Dafür nahm er einen Welschen von drüberhalb der Alpen, der schon einiges von der Behandlung von Ei-

sen verstand und den er in einer Herberge des Angerviertels ausgemacht hatte, zum Gehilfen an, was ihm einigen Argwohn der Altheimer eintrug. Und noch mehr, als er nach dem Trauerjahr für den Vater die Leinweberstochter Anna als Frau in sein Haus holte. Denn man begann in der Stadt davon zu reden, daß Leinweber vielleicht zu den unreinen Gewerben zählten, unrein nicht ganz so wie Abdekker, Henker, Müller und Kaminkehrer, aber eben weniger angesehen als Schmiede. Eine Ackerbürgerstochter wäre für Stach angemessener gewesen, meinte man. Doch den focht es nicht an, neben dem Hufbeschlag und Pflugrichten für die Nachbarn wurde er von den herzoglichen Dienstleuten immer mehr als Schwertmann angesehen, schmieden ließen sie sich von ihm die Schwertklingen, zum Schleifen und Blankfegen und Anfügen eines Griffes brachten sie seine Schmiedware zu einem anderen. Stach war es zufrieden, konnte es sein, weil der junge Herzog sich sein Erbe mit zahlreichen Fehden, wo viele Waffen verschlissen wurden, sichern und erweitern sollte. Untreue lag im Hinterhalt, Gewalt fuhr auf den Straßen, Friede und Recht wurden sehr wund. Und das gemünzte Geld, das eine immer größere Bedeutung erlangte, verlor an Wert. Nur noch zwei Pfund Rindfleisch gab es für den Pfennig, zwei Laib Brot für denselben Preis. Eustachius Schmied aber hatte sein Auskommen für sich, die Mutter und die Frau. Zu mehr als den zu erwartenden Kindern würde es nicht reichen, nicht zu einem Haus in der inneren Stadt, die sicherer gewesen wäre hinter Toren und Mauern in solch unsicheren Zeiten.

Zweiter Teil

»Mutter«, sagte er, nicht wie früher, als er noch ein Kind war, ›Mama‹. Auch nicht dialektgefärbt ›Muadda‹ sagt er, wie es geklungen hatte, wenn er mit den anderen Buben von seiner Schulklasse mal über sie geredet hatte. ›Mutter‹ mit einem harten T in der Mitte, hart, sehr hart, daß sie es merken mußte, wieviel Abstand er von ihr bekommen hatte, wie weit sein Erwachsenwerden ihn von ihr abgetrieben hatte und sie ihn nicht mehr dauernd ›Wolfi‹ nennen sollte, und trotzdem nannte sie ihn immer wieder so.
»Sie haben es mir in der Firma ausgerichtet, Mutter, daß du angerufen hast und daß ich vorbeikommen soll bei dir.«
Sie spürt seine kühle Sachlichkeit gleich an der Wohnungstür. Will sie nicht wahrhaben, wird eifrig, lädt ihn zu einem Kaffee in die Wohnküche, hat im Kühlschrank noch eine halbvolle Flasche Likör, Danziger Goldwasser, ganz hinten im Fach, nach dem Herausnehmen beschlägt sich die Flasche. Er ist von ihm, vor einem halben Jahr zum Muttertag steckte er in der Plastiktüte zusammen mit dem Sträußchen Frühlingsblumen, die er an den Türknauf gehängt hatte, als er sie nicht angetroffen hatte, weil sie doch, mit seinem Besuch nicht rechnend, einen Spaziergang in die Isaranlagen unternommen hatte.
Er mag den schwachaufgebrühten Kaffee nicht und trinkt doch zwei Tassen davon. Auch die billigen Kekse dazu sind nicht nach seinem Geschmack, und er knabbert einen nach dem andern, denn mit vollem Mund braucht er nicht zu reden. Nur das Likörglas läßt er stehen, nachdem er nur

einmal davon genippt hat. Daß sie dieses Gesöff so lange aufgehoben hat? Früher, wenn der Scheugenpflug so einen zu Weihnachten anschleppte, war er spätestens zu Silvester auf- und ausgetrunken.

»Also, Mutter?«

Wieder so ... geschäftsmäßig, konnte man sagen. Genauso würde ein Versicherungsvertreter vor ihr sitzen oder der Kundendienstmann einer Elektrofirma; abwartend, dabei bemüht, seine Ungeduld hinter einem Wall gemimten Interesses verbergend, doch mit direktem Blick auf sie Auskunft fordernd, unterstrichen noch durch eine nur scheinbar bequeme, wirklich aber gespannte Sitzhaltung, auf dem solches begünstigenden Küchenstuhl mit gerader Lehne. Warum war sie bloß nicht gleich ins Wohnzimmer mit ihm gegangen? Richtig, ja, da sah es immer etwas unaufgeräumt aus, weil sie lediglich abends zum Fernsehen ein, zwei Stunden dort saß — unaufgeräumt war nicht der rechte Ausdruck, vielmehr unwohnlich, ja, so war es dort.

»Wolfi, so geschickt, wie du immer schon warst, da hab ich gedacht, daß du mir helfen könntest. Nämlich, ich hab vom Sicherheitsschloß an der Wohnungstür einen Schlüssel verloren, hab nur noch den Ersatzschlüssel. Und weil ich ihn nicht mehr gefunden hab und man nicht wissen kann, wer den sich aufgehoben hat, drum möchte ich den Schloßzylinder auswechseln. In dem Geschäft, wo ich ihn gekauft habe, da haben sie mir gesagt, es wäre ganz einfach, aber ich bin dann doch nicht damit zurechtgekommen. Da hab ich dann an dich gedacht.« Wie sie so sein Gesicht ausforscht, da bewegt sich nichts darin, beunruhigt ist sie darüber, schuldbewußt plötzlich auch, muß daran denken, wie wenig Zeit sie gehabt hatte, mit ihm zu schmeicheln, als er noch das Kind gewesen war. Schnell fügt sie hinzu — bevor er zustimmen kann »klar doch, mach ich, wird gemacht!« —: »Wolfi, oder, dafür bist du doch mein Sohn, mein tüchtiger?« und merkt schon gleich,

bevor sie noch zu Ende gesprochen hat, am Krausen seiner Stirn, daß sie danebengetroffen hat.
»Klar doch, mach ich, Mutter. — Aber wer wird bei dir schon einbrechen, wenn er den Schlüssel gefunden hätte und auch noch wüßte, daß er für diese Tür gehört? Wäre schon ein besonderer Zufall, sag selber?«
»Wolfi, in der letzten Zeit, da sind überall in der Umgebung Ausländer zugezogen, wenn eine Wohnung frei geworden ist. Mögen ja anständige Leute sein, die meisten von denen, aber man hört auch immer wieder andere Sachen von denen. Ich will eben ein sicheres Gefühl haben, wenn ich außer Haus gehen muß. Das verstehst du doch, Wolfi, oder?«
Wolfgang Schmied machte sich gleich daran, ließ sich die Kiste mit dem alten Werkzeug geben — der Scheugenpflug war ein Bastler gewesen, fiel ihm ein, als er mit dem am Griff mit Isolierband umwickelten Schraubenzieher das Sicherheitsschloß von der Tür schraubte. Zusehend stand seine Mutter dabei. Ihr anfängliches Schweigen hielt nicht, reden mußte sie, wo sie ihn schon einmal da hatte.
»Von *meiner* Mutter weiß ich es, daß es schon immer Ausländer bei uns in der Stadt gegeben hat, und immer wieder. Welche aus Italien, die sind Ziegelbrenner und auch auf dem Bau gewesen. In Haidhausen, in der Au und Giesing, in den Vorstädten haben die gewohnt. Manche sind schon damals geblieben, haben hergeheiratet oder haben sich ihre Familie hergeholt.«
Frau Scheugenpflug lacht. Oder ist es plötzlich nicht mehr die verwitwete Frau des Oberpostsekretärs, sondern das junge Mädchen von damals, das sehr junge, in der Schule noch, zu der sie den Weg nehmen mußte durch die ›romantischen‹ Herbergengassen der Vorstadt Au?
Wolfgang Schmied hält das Türschloß nun in der Hand, hört dieses seltene Lachen, was lacht sie? Fort ist mit einemmal seine davorige Eile, er setzt sich ohne Hast in die Küche, fragt nebenher, ob noch Kaffee da sei, nein, aber sie

wird einen neuen machen. Jetzt traut er es sich auch zu sagen: »Aber nicht so dünn.« Und sie nimmt ohne Zögern zwei Löffel voll gemahlenen Kaffee mehr aus der Dose. Eine unausgesprochene Vertrautheit zwischen Mutter und Sohn, zart und verletzlich, ungeübt, ist mit einemmal da.
»Was war dir denn eingefallen, wo du gelacht hast?«
»Es war nur ... möchtest du auch noch ein Goldwasser? Aber dein Glas ist noch ganz voll!«
Wo dann Wolfgang so abwartend in seiner Tasse rührt, sie ihm gegenübersitzend nicht mehr ausweichen kann, wie sie es gerne möchte und doch wieder nicht, weil sie ihn möglichst lange nahe bei sich halten will, schwer fällt ihr da ein Anfang. »Also, eingefallen ist mir ...«
Daß ihm seine eigene Mutter etwas aus der Vergangenheit, aus der Geschichte, die ihn zu interessieren begann, geben konnte, wenigstens das Fenster ins Gestern aufstoßen, daß er darauf nicht früher gekommen war. Wie sie so erzählte und dabei die vielen Einzelheiten aus ihrem Gedächtnis kramen konnte, daß es Wolfgang ankam, als könne er dabei selbst Gerüche und Geräusche nacherleben und Bilder vor sich erstehen lassen in dieser Gegend, die ihm ganz anders vertraut war. Die Gegend, die ihr heutiges Kostüm erhalten hatte, als er selbst es noch nicht bewußt wahrnehmen konnte, weil er schon nicht mehr in dieser, sondern in einer anderen Vorstadt schlafen ging. — Viel war es nicht, was seine Mutter erzählen konnte — oder wollte. »... wie gesagt, schon in der Schulzeit hat es immer geheißen: Die Auer, die Krattler, bei denen fressen die vielen Kinder vor Hunger den Kitt aus den Fenstern. Und der sagt einfach, daß er ein Auer ist, der Stolz von der Au wie in dem alten Lied von dem Stadtviertel ...«
Wann es wohl einmal ein so bekanntes Lied über seine Betonvorstadt Neuperlach geben würde?
»... kannst dir ja denken, wie ich den angeschaut hab. Aber er, der Hans — dein Vater ...« Eine automatische, wie zwanghafte Traurigkeit färbt Frau Scheugenpflugs

Stimme einen halben Satz lang ein, dann redet sie etwas langsamer im Erzählton fort. ». . . nachgegeben hat er nicht, bis ich ihm das Mitgehen ins Kino zugestanden hab. Er war, das weiß ich noch wie gestern, wie er es mir eingestanden hat, ohne eine feste Arbeit. Deswegen, weil er gerade aus dem Arbeitsdienst heraus war, für ein Trinkgeld Erdschaufeln und so, und wegen dringender Familiensachen noch nicht zur Wehrmacht eingezogen war. Familiensachen! Sein Vater, also dein Großvater, ist eingesperrt worden, weil er so offen dahergeredet hat. Ein Auer, frech waren die immer, halt so Bauarbeiter und so was. Hat man bei den Nazis nicht dürfen, das hätte er sich denken können . . ., aber der Hans hat deswegen nicht gleich zum Barras müssen, wegen seiner Mutter, der hat er helfen dürfen. Die hat nämlich, solange es das damals gegeben hat, mit Hausieren was dazuverdient. Eine Seele von Frau! In dem Sommer damals, da hat sie auf den Hans und seine Hilfe verzichtet. Gemeint, der soll noch was vom Leben haben, bevor er zu den Soldaten muß. Ich war schon in der Handelsschule, ich sollte ja einmal was Besseres werden als Weißnäherin oder Friseuse. Ein schöner Sommer, viel Sonne, meine ich. Jedenfalls habe ich meine Aufgaben immer an der Isar gemacht. Im Liegen geschrieben auf einer Badedecke. Bei mir daheim habe ich zu hören bekommen, ich treibe mich rum, weil ich so pünktlich natürlich nicht daheim war. — Und dann hat der Krieg angefangen, und dein Vater hat doch einrücken müssen. Erst war er noch in Mittenwald. Er hat nach München kommen können, ein-, zweimal, vielleicht auch öfter. Und in den Ferien ich hin mit dem Fahrrad meiner Mutter. Wie er dann nach Norwegen gekommen ist, waren wir so gut wie verlobt. Bei seinem Verwundungsurlaub haben wir geheiratet. — Deinen Großvater, also seinen Vater, haben sie nicht herausgelassen dazu. Besuchen war auch nicht erlaubt.«
Nun kommt Wolfgang Schmied seine Mutter wieder alt vor, uralt, weit über ihre Jahre hinaus.

Wie sie bedächtig aufsteht, zur Küchentür hinaus und ins nebenan gelegene Wohnschlafzimmer schreitet, ja schreitet. Wie die Vergangenheit selber. Nein, die ist nicht mehr gegenwärtig, die ist vorbei. Unwiederbringlich? Mit einer altmodischen, am Verschluß reichlich abgegriffenen Damenhandtasche taucht die Mutter wieder auf. Im Hinsetzen schon läßt sie das Taschenschloß aufschnappen. Sie blättert den Inhalt durch, ohne ihn herausnehmen zu müssen, ist vertraut mit ihm, würde blind das eine oder andere davon finden. Verlegen trinkt Wolfgang Schmied den süßen Likör in einem Zug.
»Das hat mir dein Großvater geschickt zur Hochzeit. Selber gemalt hat er es.«
Ein postkartengroßes Stück Papier, gelblich, an den Kanten faserig angefranst und bereits brüchig, liegt armselig auf der neuen Plastiktischdecke. Fünf Nelken sind darauf gezeichnet, kunstvoll mit rotem und grünem Farbstift. Fünf Blütenköpfe nebeneinander auf Stengeln, die sich am unteren Rand eben noch treffen. Wolfgang streckt die Hand danach aus, er möchte die Karte genauer betrachten, die Rückseite lesen, seine Mutter kommt ihm zuvor, hält sie ihm noch einen Augenaufschlag lang zum Ansehen hin, steckt sie in die Tasche zurück und hat gleich wieder ein Foto in der Hand.
»Das war er. Mit deinem Vater, der ist das Kind dazwischen. Das sind lauter Straßenbahner. Er war ja vor neunzehnhundertdreiunddreißig bei der Straßenbahn untergekommen, weiß nicht, als was. Danach hat er wieder dort aufhören müssen und ist wieder zum Bau als Schlosser.«

Daheim, hinauffahrend mit dem Aufzug noch, hat er es im Kopf, das Gruppenbild freundlich dreinschauender Männer mit dem einen, dem mit dem Tintenstiftkreuzchen über dem Kopf, desjenigen, der dem vielleicht zehnjährigen Lederhosenbuben die Hand auf die Schulter legte, den zum Fotografieren stillhielt. Nahm sich noch vor, mit seiner Elli

über den zu reden. Reden mußte er über den mit jemandem, die Mutter, zu sentimental angerührt war sie ihm dafür erschienen.
»Hättest auch früher heimfinden können!«
Die war gereizt, sicher mit Recht, er hätte sie ja mitnehmen können zur Mutter. — Ja, er habe das Schloß gerichtet, sei nicht ganz so einfach zu machen gewesen, länger gedauert. Freilich, dann gleich gehen hätte er auch nicht können, aber bei ihrer Mutter, da käme man auch nicht gleich weg. — Nun war keine Stimmung mehr zum Miteinander-Sprechen, auch seinetwegen, obwohl er nicht einen ganzen Tag lang seine Freundlichkeit für Kunden verbrauchen mußte wie Elli an der Supermarkt-Kasse.

Anderntags, mit Kirti als Beifahrer auf dem Kühllaster, da war den Vormittag über keine Gelegenheit zu Gesprächen, sie lieferten in der inneren Stadt. Viel Verkehr, der die ganze Aufmerksamkeit eines Fahrers erfordert, dazu noch reichliche Einzelposten bei Kunden, die keinen Parkplatz vor dem Laden haben, froh waren sie da beide, als Beliefern einer Großgaststätte und Mittagszeit zusammenfielen. Den Vorsatz vom Abend zuvor jedoch hatte Wolfgang Schmied beibehalten.
»Die Au, Kirti, was für ein Stadtviertel war die? — Meine Mutter, die hat mir nämlich erzählt, daß mein Vater da her war.«
Deutsch und Geschichte, weiß Wolfgang, hätte sein Beifahrer an einer Realschule oder an einem Gymnasium unterrichtet, wenn man ihn als Lehrer eingestellt hätte nach seinem Studium. Und einiges zu sagen hat Kirti ihm über die alte Vorstadt am Isarfluß, da, wo der dem heutigen Stadtzentrum am nächsten kommt. Kirti erzählt von ärmlichen Herbergshäusern, von menschlichen Originalen und einigen außeralltäglichen Episoden, die sich dort einmal begeben haben sollten. Der Rest Mittagspause vergeht darüber, aber beim Einsteigen in die Fahrerkabine ist Wolf-

gang Schmied doch irgendwie unzufrieden. Doch er hatte viel zu hören bekommen, was ihm neu gewesen war, das schon. Was hatte er denn erwartet? Gezielt erfragen hätte er es nicht können. — Stumm saßen die beiden nebeneinander, Kirti war mit dem Steuern dran in Außenbezirke hin mit weniger hektischem Straßenverkehr. Auf einer geradlinig verlaufenden Strecke meldete sich Wolfgang wieder, beiläufig, betont sachlich klang es, wie eine Frage an Firmenkunden: Wann-sollen-wir-wieder-bei-Ihnen-vorbeikommen-oder-rufen-Sie-an.
»Kirti, warum hast du eigentlich nicht Lehrer werden können?«
Die Straße erfordert keine gesteigerte Aufmerksamkeit, einen anderen Grund mußte es haben, daß nicht sofort eine Antwort kam. Sie bogen bereits in die Seitenstraße mit dem Supermarkt inmitten der Reihenhaussiedlung, als Kirti sich beinahe ebenso beiläufig vernehmen ließ. »Nach meiner Anhörung gaben sie mir keine Planstelle.«
Kirti, warum versteckte er sich hinter solch einer Auskunft, die doch für Wolfgang Schmied keine war?

Im Zeitraffer ließ Kirti die vorangegangenen Jahre seiner Existenz rückwärts laufen, als nach dieser Warenlieferung sein Platz wieder auf dem Beifahrersitz war. Das Dreivierteljahr, bevor er bei der Wurstfabrik untergekommen war, vorgekommen war es ihm wie ein Lauf durch Nebel, ohne Orientierung. Der zunehmende Geldmangel dabei, der war ihm noch als der erträglichere Teil des Übels erschienen. Was sein Befinden am meisten beeinträchtigt hatte, war gewesen, daß er sich ausgeschlossen gefühlt hatte, ungebraucht, ausgesperrt von seiner Arbeit — ›gesellschaftliche Produktion‹ hatte er gelernt und sich angewöhnt, sie zu nennen — bis dahin, daß er sich in Zweifel gezogen hatte. Sich selbst, ob er unter solchen Bedingungen mitreden durfte über öffentliche, alle betreffende Dinge. Nicht so in den ersten Wochen, ein, zwei Monaten, nachdem er

den Bescheid seiner Nichtübernahme in den Schuldienst bekommen hatte. Ja, geschmeichelt war er da noch gewesen, als die anderen, die Mit-Studenten und die wenigen Gewerkschaftler, protestierend ihre Unterschriften gegeben hatten für seine Anstellung. Ein ›Fall‹ war er gewesen, ein Opfer der Behördenwillkür, eingeladen worden zu Versammlungen als Redner. Bis neue, andere ›Fälle‹ anstelle des seinen gerückt waren.
Die Anhörung: Hingegangen war er mit einem Kopf voll Idealbildern. Martin Luther vor dem kaiserlichen Reichstag, Galileo Galilei vor der päpstlichen Inquisition und auch, überflüssig, es zu beschönigen, Karl Liebknecht bei seiner Antikriegsrede ... Vom nüchternen Amtsgebäudekorridor hineingerufen in ein ebenfalls nüchtern-zweckmäßig ausgestattetes Sitzungszimmer, geschäftig-höflich zum Platznehmen eingeladen durch einen Herrn mittleren Alters und mit neutralen, emotionslosen Gesichtszügen und Bewegungen. Irgendwie, ja irgendwie hatte ihn dessen Aussehen an das eines Onkels seiner mütterlichen Familienlinie erinnert, der in einer provinziellen Kreisstadt Direktor der in diesem Bereich gelegenen Bankfilialen war. Trotzig hatte er, Kirti, sich stramm-aufrecht hingesetzt auf den gar nicht unbequemen, modernen Büroausstattungssessel ... Gott helfe mir, ich kann nicht anders! Im Sitzen? »Sie haben damals noch als Schüler der Abiturientenklasse des Theresiengymnasiums am Kaiser-Ludwig-Platz teilgenommen an der nicht angemeldeten Demonstration gegen den auf Staatsbesuch hier weilenden Schah von Persien ...« — »wurde ferner festgestellt, daß Sie nach wie vor Postbezieher der stark links orientierten Zeitschrift ...« Die Kommission, diese Herren in ihrer wohlgebügelten Ordentlichkeit, nicht etwa vorwurfsvoll erschienen sie ihm, vielmehr sachlich und fast unbeteiligt. Fast. Denn als er sich anschickte zu antworten, da forderte der onkelähnliche Vorsitzende, zustimmend benickt von den übrigen, prägnante Kürze und ledigliches Eingehen

auf die davor aufgeworfenen Fragen. Nein, das Grundgesetz wäre ihnen schon hinreichend geläufig, zu beurteilen, ob er, Kirti, mit dem in wesentlichen Punkten übereinstimme oder davon abweiche, ihre alleinige, unbeeinflußte Aufgabe bliebe dies.

Vielleicht wäre alles anders verlaufen mit ihm. Vielleicht, hätte ihn da nicht ein blinder, umweltvergessener, missionarisch zu nennender Eifer angefallen. Wie damals bei seiner ersten Teilnahme an einer Demonstration gegen den blutigen, völkermordenden Krieg im fernen Vietnam — war das zu Ostern 1966 oder 67 gewesen? — hatte sein anerzogenes Idealbild menschlichen Lebens funktioniert. Mit Formulierungen, die er seiner Schülerlektüre entlehnte, Büchners ›Hessischem Landboten‹, Heines Gedichten, Schillers Dramen, suchte er mehr als sich zu rechtfertigen, nein, er sprach eine flammende Anklage gegen die Mauer besorgter Gesichter der Kommissions-Herren.

Damals, achtzehnjährig, bei der Demonstration für den Frieden in der Welt, da hatte er sich erhaben gefühlt über die mit spöttischen Gesichtern am Straßenrand stehenden Leute, über die mit zornig-ungeduldig auf Weiterfahrt wartenden Gesichter hinter Windschutzscheiben. Für sie, die von höherer, humanistischer Bildung ausgeschlossen waren, trug er Protest, mutig, aufrecht, bekennend. Ja, selbstgerecht war er damals gewesen und hatte daraus eine unnatürliche, jugendunangemessene Gelassenheit geschöpft. Verlorengegangen war ihm die erst, als er auf die Suche nach einer Arbeit, nach einem Verdienst gegangen war, immer und immer wieder gefragt, warum er denn nicht eine Stelle entsprechend seiner akademischen Ausbildung bekommen habe. Bei der Wurstfabrik genommen worden war er, weil er da schon den Mund gehalten hatte. Aufgegeben, die Ideale? Nicht mehr aufrecht und gerade ... Wie Luther vor dem Reichstag der Fürsten und des Kaisers? Gib dem Kaiser, was des Kaisers ist? Nein, aber er brauchte diese bezahlte Beschäftigung, sie aufs

Spiel zu setzen erschien ihm frevelhaft, solange er keine andere Möglichkeit bekam, seine materielle und gesellschaftliche Existenz zu gewährleisten. Im Moment sah er keine andere, unter den Fahrerkollegen aber wurde ohnehin schon geredet über ihn und seine Vorgeschichte, wenn allzuviel bis zur Geschäftsleitung dringen würde, vielleicht würde ihm dann gekündigt. Der Schmied, sein Gespannkollege, war ein angenehmer Mensch, doch wieviel würde der für sich behalten, ginge er ihm gegenüber mehr aus sich heraus? Möglich, daß der ihm mehr anvertraut hätte, wenn der ihm sein gewecktes Interesse für den bei der städtischen Straßenbahn einst entlassenen Großvater eröffnet haben würde. Er hatte es nicht.
Gegen ihre wahre Bestimmung wird die Sprache immer noch zu oft zum Verschweigen verwendet.

Viertes Kapitel

Das Haus auf dem Steinfundament lag am Isarhang, gegen Sonnenaufgang zu, neben einem Quellbach, der die Flurgrenze zog zum Geisberg, und der Geisberg wiederum zählte zur Gemarkung des Dorfes Giesing. Giesing war im Besitz von Adeligen, vornehmlich der Familie der Sendlinger. Da aber, wo das Haus seinen First aus dem buschreichen Auwald reckte, hatten die Edeln von Sendling keine Rechte, Herr über dieses erbärmliche Landstück war der bayerische Herzog. Welcher?
Sagen mögen hätte es Aegid die Großmutter, die alte Kath, schon. Viel hatte Aegid von der vorgeredet bekommen, sonntags, wenn er bei ihr im Haus geblieben war, unterdessen die anderen ins Pfarrdorf Bogenhausen zur Kirche waren. Als sie noch ein Kind gewesen war und auf der anderen Flußseite drüben in der Stadt, da habe das Land nur einen einzigen Herzog besessen, oder der das Land, das

obere und untere Bayern. In der Stadt habe man auch zu wissen bekommen, wie das bayerische Unterland abgetrennt worden war und wie sich daraus der Erbstreit ergeben habe, fehdenreich und teuer dem dortigen Landvolk. Indessen, nun, im Jahr des Herrn 1306, hat auch das obere Bayern zwei Herzöge: den älteren Herzog Rudolf und dessen jüngeren Bruder Ludwig. Zwölf Jahre schon führte der ältere Rudolf das Regiment, beraten noch bis vor zwei Sommern von seiner Mutter. Dem Herzog Rudolf und seinem Regieren sei es zuzurechnen, daß sie, die Kath, ihr Sohn Leonhard, der einzig verbliebene, die Schwiegertochter Gretha, die Enkel auch noch, Aegid, Mathild und Magda, daß sie allesamt in dem Auwaldhaus und nicht mehr in der äußeren Stadt lebten. Denn Rudolf habe dem Rat der Stadt noch mehr Rechte verbrieft, als der davor gehabt.

Schon lange, zu ihres Schwiegers Lebzeiten, da sei verfügt gewesen vom Rat, daß keiner in der Stadt von der Steuer dürfe befreit sein. Stach, der Schmied, manches Jahr habe er diese Steuer nur erbringen können, indem er in die Judengasse gegangen sei. Und ihr Niclas, des Stachs Sohn, Gott hab ihn selig, nicht anders hätte der es wohl gehalten, doch den Hebräern war ihre Gasse verwüstet gewesen im Jahr 1285, und erschlagen die mehreren von ihnen, erschlagen und verbrannt. Wer das mindere Stadtvolk gegen die Juden aufgebracht habe mit dem Gerücht, sie hätten Christenkinder geschlachtet, ob die bei den Geldverleihern verschuldeten Weinkaufleute oder fanatische Mönche, sei hinterher nicht zu ergründen gewesen. Der Weinhandel jedenfalls habe sich in der Folge mäßig vergrößert.

Ihr Niclas aber habe nirgends Geld für die fällige Kopf- und Firststeuer entleihen können im folgenden Jahr, statt dessen hatte er gegen Stachs Widerrede für eine längere Frist seine Arbeiten gegen Vorauszahlung an einen Händler aus Nürnberg verkauft — zu dessen gedrücktem Preis. Die anderen Schmiede der Stadt aber wurden diese Handelschaft inne, hatte Kath zu berichten gewußt. Wiederholte Klage bei den Ratsherren darüber sei die Folge gewesen, aber bis zum Ableben des alten Stach wäre noch nichts entschieden worden, hätten die Schmiede in der äußeren Stadt (zu Altheim) München Bestand gehabt. Inzwischen hätten sich die Schuster eine neue Ordnung gegeben, sich zünftig zusammen und nach außen abgeschlossen, vom Rat, dem inzwischen noch mächtiger gewordenen, bestätigt. Die Schmiede daraufhin, zwar noch zu keiner Zunft gewachsen, hätten vom Rat dann erwirken können, daß Stachs Sohn und Erbe nicht fortführen dürfe innerhalb des Burgfriedens. Starrköpfig sei Aegids Vater geblieben, habe nicht nachgegeben, sondern sei ausgezogen mit Sack und Pack, mit der Margareth, der Mutter, die mit ihm, dem Aegid, schwanger gewesen sei. Freigestiftet habe er sich angesichts solcher weite Wanderung unmöglich machender Umstände gleich über dem Fluß, eben in der Au.

Aegid wußte, was es mit einem Freistift auf sich hatte. Für einen in diesem Fall niederen, aber doch mühsam zu erbringenden Betrag, der vom herzoglichen Schreiber Laudemium, vom Volk aber Herrengnad genannt war, hatte sein Vater das Recht übertragen bekommen, an dem bis dahin öden, wüsten Hang neben dem Quellbach eine Behausung zu errichten. Mit einer bloßen Freistift hatte er es erworben, was bedeutete, daß sie allesamt, ohne daß es eines Grundes dafür bedurfte, auch ohne eine Entschädigung für ihre auf dem Grund erbrachte Verbesserung, ohne Frist vertrieben werden konnten. Die Dorfbauern der über der Isar gelegenen Dörfer hatten wenigstens ihre Freistifte veranleiht bekommen, sollte es ihnen aufgekündigt werden, dann würde ihnen die Herrengnad herausbezahlt und auch noch alles, was sie auf die Höfe hingebracht hatten in ihrer Lehenszeit. Und andere wieder, die meisten, saßen auf Leibrecht in Achtel-, Viertel- und die Zehentbauern gar auf Halbhöfen. Aegids Vater, Handwerker, nicht Bauer, hatte gemeint, ohne Ackergrund hinlänglichen Unterhalt schaffen zu können für die Familie, denn Grund gehörte kaum zu der Leersölde. Mehr als ein kleines Gärtchen darauf anzulegen hatten die beiden Frauen, die alte und die junge, nicht vermocht. Er, Aegid, er hatte die Steinbrocken gesammelt und hergeschafft, die, aufgeschichtet zu einem kniehohen Wall, es hinderten, daß beim Frühlings- oder Herbstregen die Erde hangabwärts gespült wurde, in den Quellbach hinein und über den in den Isarfluß, der zu solchen Regenzeiten das tiefer gelegene Auland mit gierig schlürfenden Wellen überzog.

Das Frühjahrshochwasser war geschwunden. Deshalb konnte Aegid ohne die weiter flußabwärts gelegene Zollbrücke die Isar überqueren, an der tiefsten, der Au zugelegenen Uferseite tauchte er bis zur Hüfte ins Wasser ein. Dem Anstürmen des eiskalten Wassers sich entgegenstemmend, kam er Schritt vor Schritt setzend auf der seichten Stelle, der Furt, langsam voran, abkommen von diesem Weg aber würde Tod bedeuten. Der heidnische Flußgott, der hier noch Macht hatte, der würde ihn packen, hinunterziehen auf den steinigen Grund, seine strudelnden Töchter würden mit ihm tanzen, bis ihm der Atem verging. Warum wagte er sich auf diesem gefahrenreichen Pfad zur Stadt?
Kath, die Großmutter, sie hatte keine Gelegenheit versäumt, ihm zuzureden, daß er wieder Städter werden müsse, wie die in der Familie vor ihm Gewesenen, Stach der Schmied, dessen Sohn Niclas bis auf den Leonhard hin, der so unsinnig gewesen war, sich austreiben zu lassen. Was es darum für eine Bewandtnis gehabt hatte, erfuhr er jedoch von ihr auch nicht, und der Vater verbot jedes Reden von städtischen Dingen. Viel würde die Anna Kathrain, geweste Schmiedin zu Altheim nächst München, nicht mehr ausplaudern, dessen war auch Aegid gewiß. Schon lange hinfällig, hatte ihr der vergangene Winter den Rest Lebenskraft mitgenommen, daß sie nun dahinkümmerte.
Oberhalb der Stelle, wo die Flöße anländeten, stieg Aegid

am drüberen Ufer hoch. Der scharfe Geruch eines Schweinestalles wehte ihn an. Die Tiere, verschiedenen Bürgern gehörend, wurden vor der Mauer gehalten und von Buben für Taglohn gehütet. Nein, Aegid wollte nicht Hirte werden, das war ein verachteter Stand, Hirte zu sein. Bauholz, mächtige, schon behauene Stämme aus den dicht bewaldeten Voralpenbergen waren nebenan gestapelt. Nun, da sie die Stadtmauer so umfänglich erweiterten, hatten die Städter viel kräftiges Bauholz nötig. Und Bauleute! Er würde es bei denen versuchen, anzukommen. Zuvor aber, war sein Vorsatz, würde er nach Altheim hingehen, ins Angerviertel auch und sich umfragen, was sich da mit seinem Vater begeben hatte, ein Jahr vor seiner Geburt.
Der Torwächter an dem schmaleren, Schiffertor geheißenen Einlaß beäugte ihn mißtrauisch. Hielt Aegid für einen wegen der Steuerfreiheit hergezogenen Habenichts — Steuerfreiheit gab es für München vom Herzog deshalb, weil der davor der Stadt zugestandene Brückenzoll nicht hinreichte für den Bau der Befestigung. Sein »Woher, wohin?« wurde ihm von Aegid glaubhaft und befriedigend dahin beantwortet, daß er sich ja nicht länger in der Stadt halten, sich nur um Taglohn umsehen wolle und daß er gleich drüberhalb des Flusses behaust sei. Der Wächter beschied, er dürfe hinein, aber bei Torschluß müsse er wieder heraußen sein.
Altheim? Das Angerviertel? — Öfter schon war Aegid mit der Mutter in die Stadt hineingekommen, auf den Markt, wo sie Eier ihrer wenigen Hühner oder gesammelte Beeren oder Nüsse aus dem Auwald angeboten hatten. Nun suchte er sich zum ersten Mal rund um die frühere Wohngegend seiner Vorfahren zurechtzufinden, in den engen Gassen, die nach Urin und Kot von Mensch und Tier und nach Fäulnis aller nur möglichen Abfälle stanken. Mißfällig beobachtete Aegid, wie sich seine eben noch hellgelben Holzschuhe schmutzigbraun färbten. Zu kennen hatte er die Stadt geglaubt, von den Marktbesuchen und den Groß-

muttergeschichten her. Hier aber, in dem äußersten Viertel an der Mauer, sah und hörte und roch sie sich anders an, nicht großartig.

»Die gewesene Schmiede zu Altheim? Da vorne doch!« Der Alte, den Aegid gefragt hatte, ein Schuhmacher, werkelnd in der offenen Tür seines schmalbrüstigen Hauses, wies ihm mit einer bestimmten Handbewegung die Richtung in eine wenn möglich noch engere Gasse hinein. Da er dann vor dem ihm vom Erzählen eigentlich längst bekannten Haus stand, machte er es nur an dem großen, gemauerten Kamin aus, der den First noch überragte. Freilich, wo einmal die Lücken zum Nachbarhaus gewesen sein sollten, ragten enge Giebelfronten. Aegid, der Fremde in dieser Gegend, fiel, so dastehend und sich umsehend, zuerst den Kindern auf. Ihr Spiel unterbrachen sie, stellten sich nahe zu ihm und starrten wie er, rätselten, was es Besonderes zu sehen gäbe. Dadurch erst wurde sein Erscheinen hier den Umwohnern auffällig.

Der Kandelgießer im ehemaligen Schmiedhaus überzeugte sich mit einem Blick auf seinen Lötkolben, daß die Rotglut von der Kupferspitze gewichen war, hängte sie bedächtig über das Kohlebecken zum neu Anglühen, bevor er noch das Werkstück, eine zinnerne Ölkanne, beiseite stellte, aufstand, auf die Gasse hinaustrat.

»Gott zum Gruß, Bursch, was führt dich hierher?«

Aegid erwiderte den Gruß verlegen und brachte dann stokkend heraus, daß dies einmal das Haus seines Großvaters Eustachius gewesen sein müsse. Noch mißtrauischer musterte der Kandelgießer daraufhin den halb städtisch-bürgerlich, halb bäuerisch gekleideten Aegid, und es dauerte, bis er ihm bestimmt, beinahe grob kundtat:

»Das ist lange her, sehr lange. Bin ich doch schon länger als fünfzehn Jahr Rechtens behaust hier. Rechtens, versteh das, Bursche. Das Ankaufen hat mir die Mitgift gekostet, die mir meine Frau eingebracht hat.«

Beim letzten Satz wurde dem standesstolzen Handwerksmeister inne, daß er sich vor diesem hergelaufenen Burschen beinahe rechtfertigte, ja entschuldigte, wütend wurde er fast auf sich selber. Indessen formte Aegid schon eine Antwort, eine, wie man ihm beigebracht hatte, für die Stadt schickliche, in seinem Kopf.

»Herr Meister, niemand, zum allerwenigsten ich, wird Euer Recht bestreiten wollen.«

Schon nahmen an dem Zwiegespräch andere Handwerksleute Anteil, sahen und hörten zu aus ihren zu ebener Erde gelegenen Werkstätten, hielten ihre neugierigen Gesichter zu Türen und Fenstern heraus. Dem Kandelgießer wurde es zuwider, unwillig zog er Aegid mit sich, jedoch nicht in die Werkstatt, sondern zur anderen Tür hinein, hinter der eine düstere, steilangehende Treppe nach oben führte. Nein, gleich hinter der Tür blieb der Handwerksmeister stehen, darauf bedacht, Aegid auch wieder nicht ins Haus zu lassen.

Weswegen er herkäme, wissen wolle er es nun. Leonhards, des Stachs Sohn und wieder Sohn sei er also. Aber dessen, Leonhards, Bürgerrecht sei verwirkt und verloren, wie er wohl wissen müsse.

Verwirkt? Das war es, was Aegid daheim mit Andeutungen gehört, doch genauer nie erklärt bekommen hatte. Unbefangen erkundigte er sich nun beim ihm unbekannten Stadthandwerker. Weil der, unbeteiligt, kein Hemmnis haben würde für eine Auskunft über Geschehnisse vor seiner, Aegids, Geburt.

»Warum ist denn mein Vater aus der Stadt getrieben worden? Es geht mir nur um das Wissen, Herr Meister.«

Mit so einem Anliegen kam der ihm!

»Der Schmied Leonhard, sagt man hier, der hätte nicht hinaus müssen. Die Sondersteuer wegen dem Brand des Münzturms hat er nicht beibringen wollen, lieber ist er hinausgezogen in den Auwald. Davor hat er noch seinen hiesigen Besitz verkauft, alles, was nicht mitzunehmen war. So sagen hier die Leute, die es wissen.«

Er hätte es sich denken können, daß der Bursche nun gerade weiterfragte. »Wer ist denn einer, der es genauer weiß? Wo finde ich so einen?«
Hier! hätte er sagen müssen. Aber er log ihn hinaus, über seine Schwelle, den holzbeschuhten Habenichts. Mochte er dem Pfortenbruder der Franziskaner mit seiner Neugier die Zeit stehlen, nicht ihm. Aber dann ging dem Kandelgießer seine weitere Arbeit auch mäßig rasch von der Hand, weil er nachdenken mußte, weil ihm viele Erinnerungen kamen, ihn bedrängten, bedrückten.
Am Vortag des ungeheuerlichen Ereignisses war er damals auf der Gesellenkammer gewesen. Der Gesellenkammer bei seinem damaligen Meister, dem Gießer, der ihm und den anderen Gesellen die neue Kunst des Fertigens von zinnernem Gerät mit Gründlichkeit vermittelte. Doch an diesem Feierabend hatte er mit den anderen Gesellen keine Handfertigkeiten beredet, sondern sich ereifert. Ob sie schon eine neu ausgegebene Münze zu sehen bekommen hätten? Freilich hatten sie. Silberpfennige, noch roter, kupferhaltiger also als die bisherigen.
So viel Kupfer enthielten die Pfennige der Münzstatt zu München, daß es den fremden Kaufleuten, aber auch dem Viktualien anbietenden Landvolk an den Markttagen längst aufgefallen war. Und so forderten die für ihre Waren Münzen aus Regensburg oder Augsburg und, wenn solche nicht zu erlangen waren, in Münchner Münze einen höheren Preis. Wie, weshalb war das Kupfer in die Münze gekommen?

Zwei wittelsbachische Herzöge, Heinrich und Ludwig, hatten sich gemeinsam etliche Jahre in die Regierung des Landes geteilt. Als aber einer von ihnen starb, forderten seine zahlreichen Nachkommen und Erben die Teilung des ihnen hinterlassenen Landes und drohten sich gegenseitig mit bewaffneter Macht. Ihr Onkel, Herzog Ludwig in München, mußte, um seinem Schiedsspruch bei ihnen Gehör zu verschaffen, ebenfalls stark gerüstet sein. Schon kostete dies Geld, ritterliche Vasallen gehorchten einem Aufruf eines herzoglichen Oberherrn nicht mehr so einfach, kriegerische Gefolgschaft in den Städten war mit Privilegien zu erkaufen. Um schnell über eine größere Menge Geldes verfügen zu können, verpachtete der Münchner Herzog seine Münzstätte an den Münzmeister Schmiechen. Dieser Münzmeister wiederum mußte bestrebt sein, während seiner Pacht den dem Herzog vorgestreckten Betrag und einen angemessenen Gewinn darüber herauszuwirtschaften. Eingeschmolzen wurde das eingewechselte Münzgeld, gestreckt dann mit dem mindertwertigeren roten Metall.

Die hochwohllöblichen Ratsherrn hatten es nicht ungern gesehen, als sich die Handwerker mit ihren Gesellen zusammenrotteten vor dem Münzturm neben dem Markt. Zwar betraf sie der Verfall des Wechselwertes der einheimischen Münze, des Münchner Pfennigs, zum wenigsten, im Fernhandel spielte der kaum eine Rolle, aber Ansehen immerhin brachte beständiges heimisches Silbergeld ein. Ansehen und vermehrten Kredit an vermehrten Handelsplätzen. Fernhandel trieben fast ausschließlich lediglich die Patrizier, die Klöster und die Juden verdrängend.

Der Kandelgießergeselle von damals war inzwischen Meister, anerkannt in der neuen, strenggeordneten Zunft. Damals aber war er zusammen mit seinem Meister und mit dessen anderen Gesellen inmitten der aufgebrachten Menge gestanden.

»Schmiechen Münz — Teufels Münz!«

Rebellisch, von irgendeinem zuerst gerufen, hatte es so dumpf über den Münchner Markt gehallt. Immer wieder, immer lauter, drohender. Die Münzgesellen waren geängstigt herausgekommen, fortgestohlen hatten die sich, den Schmiechen allein lassend in seinem festgefügten, turmähnlichen Gebäu. Und der, im Vertrauen auf die bestimmt bald anrückenden Herzogsschergen, er hatte mit dem wuchtigen Querbalken das Tor von innen verriegelt, die Läden vor die ohnehin nur lukenkleinen Fenster zu ebener Erde gelegt, war danach hinauf in die oberen Stockwerke gestiegen. Auch da waren die Fensteröffnungen mit festen, eichenen Laden bewehrt. Traf sie ein von der Gasse heraufgeschleuderter Stein, gab dies innen einen gräßlichen Ton ab, aber sonst blieben die Wurfgeschosse ohne Wirkung. Immer kürzer wurden die Abstände zwischen den Treffern, und Schmiechen vermeinte, in einer großen Trommel eingesperrt zu sein. Zu einem Spalt in einem Fensterladen hinunterspähend, mußte er außerdem beobachten, daß der Aufruhr dort noch ständigen Zulauf erhielt. Die Herzogsschergen, würden sie bald kommen? Oder überhaupt? Oder gar nicht? Etwas über zwei Jahre war es, seit der alte Herzog Ludwig, dessen Münzpächter er geworden, gestorben war und seine Söhne Rudolf und wieder ein Ludwig geerbt hatten. Und, wie zu hören war, auch sie bald uneins übers Erbe wie die niederbayerischen Vettern, würden sie eins sein, um ihm, Schmiechen, ihre Gewappneten zu senden, ihn zu erlösen aus der bedrängten Lage? Oder würden sie ihn, da er ihrem Vater doch die große Summe Geldes erlegt hatte, in Stich lassen? Ja, freilich, wenn ihn das Volk vertrieb ohne ihr Dazutun, dann hätten die jungen Herzöge die Münze wieder in ihrer Hand, könnten sie selber nutzen oder neu vergeben, neue Pacht im voraus einnehmen. Ja, wenn der alte Herzog noch das Regiment führte, längst da wären die Schergen, vertrieben die Aufrührer. — Was Schmiechen nun zu sehen bekam, jagte ihm panischen Schrecken ein.

Der Kandelgießer war mittendrin gewesen, einmal gehoben von der Woge aus gerechtem Zorn und empörtem Geschrei, dann wieder bedrückt über das der Obrigkeit bestimmt nicht gefällige Tun, bei dem er sich fand. Bäcker, die für schlechtes Geld gutes Brot hergeben mußten, Gewandschlachter, denen keiner Wolle zum Verweben verkaufte, wenn sie es nicht mit vollwertiger Münze zahlten, nicht bestimmen konnte es der Kandelgießer, wer zuerst nach einem Schmied gerufen hatte, der die Tür der Münzstatt ausangeln möge.

»Da ist der Schmied Leonhard! Seht her, da!«

Er selber, der Kandelgießer, war's gewesen, der so auf den Leonhard aufmerksam gemacht hatte. Dessen verlegenes Gesicht damals, seinen vorwurfsvollen Blick, mit dem er ihn angesehen, noch nach so vielen Jahren konnte er ihn sich bildhaft ins Gedächtnis rufen. Und seine Antwort, diese Antwort in besonnener Rede. »Richtet nicht, auf daß ihr nicht gerichtet werdet! — Mein Handwerk ist es, Angeln ganz zu schmieden, sie zu brechen nicht.«

Ganz sicher war der Kandelgießer, daß er nicht der erste von den damals Umstehenden gewesen war, der mit dem Gelächter begonnen hatte. Und andere hatten inzwischen Holz hergeschafft, Reisigholz, Brennscheite, wie für ein Autodafé, hatten einen Scheiterhaufen für den ganzen Münzturm zu errichten begonnen. Und gedauert hatte es nur kurze Zeit, dann war der Brand daran gelegt worden, und der Schmied Leonhard hatte weggehen wollen, war aber am Platz gehalten worden, ja, verspottet hatten sie ihn.

»Der Münzmeister, der wird doch nicht dein Freund sein?«

Der Kandelgießer, hätte er das alles diesem Buben erzählen sollen? Dem Schmiedsohn, hätte er ihm davon berichten sollen, wie die Wochen danach das Strafgericht für die frevelhafte Brandlegung des Münzturms gekommen war? Wie der Schmied Leonhard standhaft dabei geblieben war, nichts beisteuern zu wollen zum Strafgeld, das die Stadt dem Herzog reichen mußte? Schließlich über den Fluß in den Auwald gezogen war der statt dessen, so gewichen dem Zwang seiner Nachbarschaft, nachdem sein uralter Vater, der Stach, ihm gestorben war, wie gesagt wurde, aus Gram über den Sohn. Welcher Vater hätte sich nicht gegrämt in der Stadt, über einen Sohn, der, statt zur Mehrzahl der Bürger zu stehen, auf sein Frei-von-Schuld-Sein pochte, sich über die Sünde stellte und neben die Gemeinschaft, auch wenn die schuldig sein mochte?

Aegid hielt sich an den Ratschlag seiner Großmutter Kathrin. Er blieb fern den größeren Häusern der Kaufleute in den Gassen der äußeren Stadt. Zu den Baustellen, zum Mauerbau! Wenn sie dich annehmen zum Gehilfen beim Bau der Wehrmauer, ist es soviel, als wenn sie dir das Recht als Stadtbürger unbestritten lassen. Auch diesen Ratschlag der alten Frau sagte er sich in Gedanken vor. Und den: Schmiedsohn von Altheim in der Stadt bin ich.
Bei einer Baustelle gelangte Aegid wieder auf eine breite Straße. Dicht bei der Mauer, hier wuchs eine neue Kirche in die Höhe. Bereitwillig war ihm ein Zuträger mit Antwort gefällig. Zu zahlreich sei das Volk in der Stadt geworden, daß es nötig geworden sei, hier an der Neuhauser Gasse eine weitere Filialkirche für die äußere Stadt zu errichten. Dem heiligen Nikolaus werde sie geweiht werden, Platz bieten dann zur Messe, festen, angestammten, er verstünde wohl, was das bedeute. — Nichts verstand Aegid davon, wie wichtig für einen Städter ein fester Sitzplatz in seiner Kirche war, wie sehr ein Stehplatz hinten bei der Pforte sein Ansehen drückte. Noch verstand er davon nichts, doch er bejahte trotzdem. Bejahte und begann zu ahnen, daß ihm viel Wissen zum Stadtleben fehlte wegen des Fortzugs seines Vaters von hier. Gleich noch mehr erfragen wollte er, wie er zu einer Arbeit am Bau kommen könne, doch der Steinträger wurde von den Baugesellen abgerufen, ungeduldig, dränglich. Auch meinte Aegid, daß der andere sich der Antwort der Sache gern entzog.
Bei der Gruppe der Bauleute vermeinte es Aegid deshalb klüger anstellen zu müssen. Den Nächstbesten, wieder einen Zuträger, redete er an, indem er sich ihm vorstellte, als Schmiedsohn von Altheim. Der, unschlüssig, sagte es den anderen weiter.

»Ein Schmied ist nicht in der Altheim, wenn die im Kreuzviertel gemeint ist.«
Höhnend rief es ein junger Zimmergeselle, belacht von einem guten Dutzend anderer, die sich herbeigestellt hatten.
»Doch!«
Tönte es, bedächtig, vom beinahe fertigen Wehrgang herab. »Doch, gegeben hat es dort einen.«
Aegids Hoffnungen bekamen ein menschliches Gesicht, schweißig, gutmütig und einem vielleicht vierzigjährigen Mann gehörig, der mit seinem Körper der vorgebundenen Lederschürze eine gewisse Rundung gab. Warten möge er, beschied ihm der gestandene Altgeselle, wenn sie späterhin eine Pause einlegen würden, wäre Zeit genug, lange wäre nicht mehr hin, ein Bursch sei schon um Braunbier geschickt worden zu den Franziskanern.
Als es dann endlich soweit war, die Werkelei ihre Unterbrechung fand zum Verschnaufen, redeten sie weniger mit denn über Aegid. Und der, dabei saß er, dankbar für das Maulvoll zu trinken, das sie ihm gönnten, hörte zu. Was da gewesen war mit dem Schmied Leonhard, das sprachen in dieser Runde viele zweideutig an, aber Genaueres wiederum erfuhr Aegid nicht.
»Herrenfreundlich« nannten sie den Vater Leonhard mit schmalzüngigem Spott. Und Aegid selber rieten sie, spottlächelnd ebenfalls, ob er nicht vielleicht als »Schutzbefohlener« ins städtische Recht schleichen wolle. Aegid verwirrten diese von ihm nicht deutbaren Anspielungen, deren Hintergrund und Sinngehalt er nicht entschlüsseln konnte, aber auch merken konnte er daran, wie wenig das von der Großmutter Erhörte ihm hinreichte im Umgang mit den Stadtmenschen. Augen und Ohren offenhalten würde er müssen und — er überwand eine Scheu davor — fragen.
Der eine, ältere Zimmermann schien ihm der Rechte, der ihm Antwort geben würde, der ihm Ungereimtes so einrichten würde, daß es ihm nicht weiter quer im Kopf lag.

Aegid wartete, bis alle zu ihrem Tagwerk zurückkehrten, wollte neben dem Älteren bleiben, der ihm dies jedoch wehrte, indem er ihm beschied, als Fremder könne er da nicht mit hinzu. Und kurz angebunden waren seine Auskünfte, die er ihm doch noch gönnte. Ja, herrenfreundlich sei sein, Aegids, Vater dessentwegen gescholten worden von denen im Kreuzviertel und überhaupt allen anderen in der Stadt, weil er schon beim Sturm auf den frevlerischen Münzmeister in seinem Turm verweigert habe, die eisernen Torangeln zu brechen. Darauf habe er gegengeredet, als andere es mit Reisigbündeln hatten anbrennen wollen, worüber, wie er wohl wisse, der ganze Turm schließlich dem Münzmeister zum infernalischen Autodafé geworden sei. Der Herzog sei fordernd geworden, zu Recht oder nicht, der Rat der Stadt habe den Einwohnern das Bußgeld überbürdet, aber der Schmied Leonhard habe dem für sich und seinen Hausfirst widerredet, da er doch an der Schandtat keinen Anteil gehabt. Und nachdrücklich darauf habe der bestanden, so lange, bis er sich habe selbst aus der Gemeinde ausgeschlossen. — Schutzbefohlener, mein, da hätten sie nur gescherzt, denn Christenmenschen könnten das nicht werden, nur die Juden in der Gasse an der Mauer, die dem Herzog das Geld liehen, die erhielten von dem den Schutzbrief. Dann bekam Aegid noch den Rat, Umschau nach Anverwandten von ihm zu halten. Anverwandten? Von solchen war im Haus am Auwald nie die Rede gewesen.

Als Aegid die Straße wieder hinuntergegangen war, dem Markt zu, da hatten die Bauleute zu reden die Menge über ihn.

»Wenn wir ihn hätten wissen lassen, welche von den Geschlechterfamilien dem Herzog gefällig sein will und deshalb noch schneller die Befestigung haben will — morgen schon wäre der bei uns auf dem Gerüst gestanden. Den Habnitt fürs Jahr hätten die Holzapfel oder Püttrich oder Gollier für ihn dem Stadtkastner hingelegt wie ein Nichts.«

»Ja, und wenn in ein paar Jahren dann die Türme, Tore und Mauern hochgezogen sind? Dann will so einer nicht wieder aus der Stadt hinaus, dann will er hinter der Mauer sitzen, damit nicht genug, er will auch noch in die Bauhütte, will Zunftmaurer werden, für guten Lohn. Wenn aber dann nicht viel zu bauen ist, so einer, der das Handwerk versteht und gut, der wird versuchen, einen Giebel auszuführen für weniger Geld. Für weniger Geld als ausgehandelt wurde, beschworen und versprochen! Oder er wird Unterhalt verlangen aus der Zunftkasse, denn Bauleute wird es geben übergenug. Die dann Arbeit haben, werden viel von ihrem Verdienst abgeben müssen, um die anderen, die ohne Arbeit, mit dem Nötigsten zu versorgen. Aber noch nicht genug damit, so einer wird dann auch noch eine Frau finden, mit der er Kinder zeugt, für die Kinder aber wird er nachher mit Fug und Recht fordern, daß sie von einem Baumeister in die Lehre genommen werden. Schon wird es noch mehr willige Hände geben, die sich darauf verstehen, die Eingesessenen um den Lohn zu bringen. Keiner wird mit dem Bau noch sein Auskommen finden, wenn es einmal soweit gekommen ist!«
Die Bauleute nickten zustimmend zu dieser Rede, die einer der Ihren, ein stiernackiger, breitgesichtiger, jüngerer Mann im weißen Kittel gehalten hatte. Aufgestickt an seiner Kappe trug er das Josefskreuz, daran konnte man kennen, daß er zugehörte der Bruderschaft der Bauhandwerker. Aber unter denen, die da werkelten, da waren auch noch andere, solche, die mit ihrem Handwerk als Schuster, Bäcker, als Kistler oder was sonst an weniger profitablen Gewerben nicht genug hatten, um einen Ersatzmann zum Mauerbau zu stellen. Sie alle grollten ohnehin schon über diese Arbeit am Stadtwall, Taglöhner-, Hilfsarbeit. Denn es war ihnen zugemutet, Sand, Steine, Balken zu schleppen, zu karren und zuzureichen. Anleiten taten die Baugesellen! Der gesprochen hatte, der Ziegler Pankraz, der war es auch, dem zu zürnen die Stadthandwerker am meisten

Grund fanden an ihrem Schanztag. Der Pankraz, der tat sich immer groß darin, sie anzurüpeln, unangemessen, als habe er es mit niederen Dienstleuten, mit Ehehalten zu tun. — So fuhr ihm der Kistler vom Heiliggeist-Viertel dagegen, er, der in und über die Stadt hinaus wohlangesehen war wegen seiner einfachen, aber zweckmäßigen Bänke und Hocker. Georg, der Kistler also ließ seinen Schubkarren mit beiden Händen aus, daß er dumpf auf den Boden schlug. Breitbeinig, mit den geballten Fäusten in den Hüften, rief er ans Gerüst hinauf:

»Pankraz, zum Reden halten hat man dich nicht in die Stadt gelassen, dafür nicht! Unser Geld kostest du. Und für wen? Für wen ist die Mauer not? Dem Herzog, damit ihm für den Fall einer Fehde die Stadt erhalten bleibt und nicht genommen werden kann von der Feindpartei, und wenn es die von seinem Bruder ist. Und wem noch? Den reichen Kaufherren, denen etwas genommen werden könnte, wenn sich ein Feind in der Stadt festsetzt. Aber wir sind's, die wir hier einen Tag unserer Woche verbringen mit Arbeiten, die unserem Gewerb fremd sind. Wer sagt dir denn, Pankraz, daß uns nicht lieber ist, statt unser so einen von vor der Stadt an der Mauer schaffen zu lassen? Du freilich, noch einmal, hast da nicht mitzureden, die zwei Brotjahre, die du in der Stadt bist. Überhaupt, das Mundhalten stünde dir besser an zu jeder Zeit!«

So kam ihm da einer! Wütig hieb der Pankraz seine Kelle in einen Gerüstbalken. Dann aber beherrschte er sich doch.

»He, he! Du, Bänkelschreiner, du und deinesgleichen haben aber auch nicht das große Rederecht. Das haben immer noch die Herren vom hohen Rat der inneren Stadt, da sind die Herren vom minderen Handwerke nur zum Zuhören geduldet, gelegentlich einmal. Und mir ist vom Rat der Aufenthalt erlaubt worden, nicht von euch!«

Immer noch hochfahrend genug, des Pankraz' Antwort Gar zu sehr verderben durfte er es sich mit den alteingesessenen Bürgern nicht. Deshalb ließ er sich noch etwas einfallen: »Und denkt doch, so ein Neubürger, der könnte ja, einmal hier niedergelassen, auch etwas anderes anfangen wollen als ein Bauhandwerk. Dann aber wäre es euer Brot, das er verkürzt!«

Trotz der unzureichenden Auskünfte an der Mauerbaustelle mußte Aegid beim Gebetläuten von den Kirchentürmen nicht ohne Erfolg aus dem Tor hinaus. Trotz der Mißgunst etlicher Bauleute war er doch noch an den richtigen Mann geraten — oder genauer der an ihn. Ohne es zu wissen, war Aegid an dem Platz stehengeblieben, an dem an den Aus- und Einstandstagen die einen Herrn suchenden Dienstleute sich sammelten, nahe dem Kloster der Augustiner. Ob er Dienst suche, war er von dem aufwendig mit einem faltenreichen Mantel gewandeten Herrn gefragt worden, was er freudig überrascht bejahte. Der Herr hatte prüfend an seinen Kittelärmel gegriffen, die langen Finger seiner schlanken Hand hatten aber seinen Oberarm nicht einmal halb umspannen können.
Nach dem Woher und nach seinem christenmäßen Leben war er noch befragt worden, und dann war ein Übereinkommen gewesen.
Schon morgigen Tages würde er bei der Brücke über den Fluß warten, bis ein Fuhrmann kam und ihn zum Mitfahren einlud. Ziegel würde er aufladen helfen, auch einmal Sand oder ausgehauene Fundamentsteine. Und auch wieder abladen, drinnen in der Stadt. Geld würde er kriegen, wieviel? »Was Brauch ist«, soviel er brauchen würde. Wieviel der Brauch war zu erfragen hatte er sich nicht getraut, auch nicht, daß er schon lieber innerhalb der Mauer ein neues Quartier bekommen hätte. Erst einmal, sagte er sich, war er über diese Arbeit für einen reichen Bürger mit der Stadt in festerer Verbindung, es würde sich dann schon Weiteres geben mit der Zeit.
Der erwartete Verweis von seinem Vater blieb aus. Statt dessen nahm der ihn, die kleineren Geschwister und die

Frauen legten sich da schon zum Schlafen nieder, beiseite und mit hinaus vor die Haustür.
Von lange Vergangenem erzählte Leonhard, Schmied in der Au nunmehr, seinem ältesten Sohn Aegid. Von Stach Schmied in Altheim und dessen Sohn Niclas, wie die auskömmlich zu leben und zu arbeiten gehabt hatten in der äußeren Stadt, auskömmlich, jedoch nicht zuviel, so viel, daß sie ihm als nächstfolgendem Erben hätten mehr nachlassen können als jenes Schmiedhaus in der äußeren Stadt. In der äußeren Stadt, in der schließlich auch nur galt, was die innere Stadt und in der die Geschlechterherrn ansagten. Als Kind, sagte Leonhard, sei ihm noch erklärt worden, daß sein Großvater abkünftig gewesen sei von einem Freien und, allerdings, von einer von dem dann geehelichten Dienstmagd. Dessentwegen sei Stach zwar nicht mehr pflichtig gewesen, bei Fehden dem Heerschild zuzueilen. Doch die Geschlechterherrn hätten dem Herzog in solchen Kriegsfällen beiziehen lassen mit knechtischen Haufen, und so wäre Stach doch wieder ferngeblieben manche Zeit der Schmiedeesse. Darüber sei sein Handwerk nicht eben hochgekommen, seinem ältesten Sohn hätte keine Tochter eines Handwerkers von selbem Stand ins Haus heiraten können, Kathrin, seine Mutter, sei aus einem minder angesehenen Weberhaus. Und der, sein Vater, dessen Brüder weggewandert wären in andere Orte, nur Gott weiß wohin, was hätte der schon in folgenden Jahren der Teuerung und des Herunterkommens des Münzwertes für ihn aufbehalten können, daß er hätte seinen Hausstand verbessern können, als es, spät genug, an ihm war, mit schon dreißig Jahren eine Frau zu nehmen?
Beim Wissen um all diese Dinge frage er nun Aegid, hätte er da mittun sollen mit den anderen Handwerkern, den Münzturm zu zerstören? Jenen, die ihm nicht eine ihrer Töchter gegönnt hatten, nicht eine ihrer Schwestern oder Schwägerinnen als Mutter? Und, habe er damals auch bedacht, war es nicht jener Münzmeister Schmiechen gewe-

sen, der den größten Vorteil aus den schlechtgeprägten Münzen gezogen habe, sondern eben der Herzog, dem der soviel Geld vorgestreckt habe für dessen Fehden, die der geführt habe, seine Macht im Land zu erweitern und zu befestigen. Also habe er zusehend dabeigestanden und auch, aufgefordert, nicht mitgetan. Und gekommen sei es dann, wie zu fürchten war, Buße habe die Stadt für die niedergebrannte Münzstätte zu zahlen gehabt. Als sie zu ihm gekommen seien, habe er darauf bestanden, nicht mitschuldig zu sein. Solange sein Vater Niclas noch lebte, da habe er noch von den Städtern Arbeit und Auftrag bekommen, danach wie abgeschnitten von der Gemeinschaft nicht mehr.

Alle Folgen wenn er hätte voraussehen können, vielleicht hätte er nachgegeben. Oder davor, noch ehe der Münzturmbrand war, laut dagegen gesprochen. Aber freilich, da hatte er noch geglaubt, er könne neben solchen Dingen stehen bleiben, als ging ihn alles nichts an.

Er, Aegid, verzeihen möge er es seinem Vater, daß er ihm seines damaligen Irrtums wegen solch erschwerte Umstände an den Anfang seines Erwachsenwerdens geschaffen habe. Und — selber müsse der Aegid immer überdenken, zu wem er zugehörig sei, in einer Stadt, in einem Gemeinwesen sei niemand allein. Aber nicht genug damit, müsse er dann dafür auch Hand und Fuß rühren, nicht nur Kopf und Mund.

Hand und Fuß?

Für den Patrizier Gollier rührte Aegid sie ein Jahr lang und noch ein zweites. Erst beim Fahren und Laden des Materials zum Bauen und danach zum Bauen selbst, wo man ihn als Helfer annehmen mußte seines reichen Fürsprechers wegen. Und meinte, recht sei es, daß er für den, der ihm Lohn gab, auch den Kopf und Mund zu rühren habe. »Das Mitreden wird man den Anwohnern der äußeren Stadt nicht mehr verwehren können, wo sie nur den Mauerring erbaut haben. Das Wohl der Stadt kann nicht länger von

den Geschlechtern der inneren Stadt bestimmt werden.« Redete so der Meister der Bauleute in die Runde der Baugesellen, hielt Aegid sich heraus, stellte sich abseits.
Von den anderen auf sein Abseitsstehen angeredet, fragte Aegid dagegen: »Was sollte es mich bekümmern, oder soll ich für die äußere Stadt in den Rat geschickt werden?«
Da redeten die ihm zu. Daß er doch die Teuerung aller Waren zu spüren bekomme und daß nur die großen Geschlechterfamilien ihren Vorteil davon hätten. Deswegen müßten auch Kaufleute und Handwerker aus der äußeren Stadt mitberaten, wie man diese mißliche Wirtschaft steuern könne.
»Wenn schon ein so großer Herr wie unser Herr Gollier es nicht kann?« Wer überhaupt konnte es? — Draußen vor der Stadt war alles viel übersichtlicher. Kam man über die Isarbrücke, lag da neben dem Wagenweg den Berg hinauf das feste Blockhaus des Wildmeisters des Herzogs. Nach dem mit Grenzsteinen merkbar gemachten Burgfrieden auf der anderen Wegseite, wo die Gründe aufhörten, die zum Aussätzigenhaus gehörten, da begann das Dorf Haidhausen, dem Bischof von Freising gehörig, der aber dort, für die vier Bauernhöfe, nur die niedere Gerichtsbarkeit hatte. Die andere Seite des Salzweges, wo sich am Berg oben die Felder und Weiden der Bauern des Dorfes erstreckten, gehörte bis vor fünf Sommern, dem Jahr ihres Aussterbens, den rittermäßigen Herrn von Giesingen, nun aber war sie dem Herzogsgeschlecht zu Eigentum, der ganzen Familie, auch die niederbayerischen Vettern hatten ihren Anteil daran. Unten am Fluß und auf dem Grund bis zum Berghang hin, wo die wilden Gebirgswasser immer wieder einmal einen neuen Lauf suchten, da hatte der Vater von einem Konrad Munsterer vor einem Menschenalter mit seinen Knechten einen Gutsbetrieb mit Viehwirtschaft geführt, er aber, Sohn eben, hatte es zu beschwerlich gefunden und war in die äußere Stadt gezogen. Das Gut, Hof und Gründe hatte er der Äbtissin Heilwig der Sendlingerin

verkauft, die dem St.-Klara-Kloster in München vorstand. Die Knechte aber waren auf dem Klostergrund ansässig geblieben, betrieben eine wenig einträgliche Weidewirtschaft und fingen Fische, und von allem hatten sie den zehnten Teil der Äbtissin abzugeben. Weitab von deren Holzhäusern, am oberen Lauf des Baches, ließ seit unvordenklichen Zeiten schon der Bischof von Freising durch einen Müller das unreine Gewerbe des Mehlmahlens betreiben, unrein deswegen, weil das zum Mahlen herbeigeführte Korn viel Maus- und Rattengetier anlockte und weil das in den Bach eingehängte Treibrad unheimliches Klappern verbreitete, Tag und Nacht. — Den steilen Hang, an dem Aegid großgewachsen war, beanspruchte niemand, so daß die Schmieds am Auwald sich der weltlichen Herrschaft nur des Herzogs und der geistlichen der Pfarre zu Bogenhausen zurechneten.

Die Zeit, die Aegid beim reichen Stadtbürger Gollier in Lohn sah, hatte sein Vater genutzt, sein Handwerk in besseren Stand zu bringen. Uneins waren die Brüder Ludwig und Rudolf, die beiden Herzöge Bayerns, und ihre jeweiligen Gefolgsleute sahen Grund, sich zu rüsten.

Spieße brauchten sie, eiserne Spitzen hämmerte der Schmied in der Au und erhielt dafür die immer knapper werdenden Münzen. Knapp war das Geld im Land durch die Kriegszüge der adeligen Herrn, die Sondersteuern, die dafür erhoben worden waren. Zwar waren die Bürger der festen Stadt München für sechs Jahre von solchen und anderen Abgaben befreit gewesen, hatten aber dafür mit der teuren Ringmauer ihren Ort noch fester und sicherer machen müssen. Nicht nur mit Mauern allein, auch selbst hatten sich die Bürger gerüstet — und die weniger wohlhabenden das Nötige dazu zu billigerem Preis über dem Fluß drüben in der Au gekauft. So viel war zusammengekommen, daß Aegids Vater ein Treibrad hatte zimmern lassen und es unten am Mühlbach mit einem Hammer verbunden hatte einhängen können. Kraft und Zeit sparte die Kraft des Bachs, wenn es die Welle trieb, die den mächtigen Hammer hob und fallen ließ auf den Amboß. — Viel Volk sah Aegid am Steuertag zusammenlaufen am Markt vor dem Haus des Viztums des Herzogs, als die sechs Jahre Steuerbefreiung um waren. Und in der Hand von manch einem war ein Spieß, von dem er nicht ohne Stolz meinte, der Spitze habe sein Vater die blanke Schärfe gegeben. Hundert oder auch vielleicht zweimal hundert Männer drängten sich da.

Das beängstigte Aegid. Hatte sich sein Vater doch, wie er es mühsam erfahren hatte, bei so einer Zusammenrottung der Bürger nicht für die richtige Seite entschieden und war hinausgedrängt worden deswegen. Mußte er sich auf eine Seite stellen? Er zog es vor, für die Golliers zur Ziegelbrennerei vor die Stadt zu fahren, da konnte er in nichts verwikkelt werden.

Als sie mit den Ochsengespannen den Gasteigberg auf die Brücke zu rollten, brannte es hinter den Mauern. In nichts verwickelt werden! Noch vor der Zollstelle bedeutete er den Gollierleuten, den anderen Dienstknechten, ausrichten möchten sie drinnen, er habe seinen Vater zu besuchen, und später käme er nach. Wer wollte da etwas Besonderes dabei finden, es waren ihrer genug an Begleitung für die Ziegelfuhren, und das Haus seines Vaters war nah. Aegid kehrte also nicht zurück ins Gollierhaus, wo im Raum unter dem Hausfirst die Dienstleute beherbergt wurden, über dem Speicher, der wieder über dem Wohnraum im Oberstock, dem mit der Altane, lag, in dem die Gollierfamilie wohnte. Im Erdgeschoß, wo Warenproben lagen, Verkaufsware auch und wo die Geschäfte abgeschlossen wurden untertags, lag abends ein bewaffneter Wächter. Die meisten Bürger Münchens waren nicht so reich wie die Golliers, gegen die mußten sie ihren Besitz schützen. Aber nicht auf Raub ausgehende Diebe veranlaßten den Wächter, vor die Tür auf die Gasse zu treten, sondern der Bürgerknecht.

Neben dem Turmwächter, dem Henker, Stadtschreiber, dem Stadtarzt und Stadtapotheker war der Bürgerknecht einer, den die Bürger mit ihren Abgaben in Sold hielten, dafür, daß er Wege und Gänge für die Herren vom Rat erledigte. Wegen des Brandes, richtete er aus, sei bei einigen Leuten das Gerede aufgekommen, sie hätten den Dienstmann Aegid, den schmiedischen Aegid also, zu derselben Zeit wegfahren sehen, wo es dann kurz später aufgelodert habe an ihren Häusern und bei der Hochbrücke, wo der vorbeigekommen und ein Gesicht geschnitten habe, daß man ihm zutraue, angezündet zu haben. Ratsam erschien es den Herren vom Rat deshalb, Aegid vom herzoglichen Richter befragen zu lassen. — Als er unverrichteter Dinge abzog, weil der Gesuchte nicht im Haus war, trug auch der Bürgerknecht einen Zug von Verdacht in seinem Gesicht.

Ein Geruch drang über den Fluß, als sei die ganze Stadt drüben eine einzige Köhlerstätte. Eine umfangreiche Brandstatt mußte es dort gegeben haben, dachte Aegid bei sich, als er morgens bei der Brückenauffahrt wartete, daß die Gollier-Knechte kämen. Oft hatte er es schon so gehalten, Herr Gollier hatte ihm diese Vergünstigung gewährt, daß er gelegentlich außerhalb seines Hauses über Nacht bleiben durfte. Und sicher konnte er sein, daß einer der ersten immer einer von Gollier war, nicht nur die zu den Ziegelöfen in einer Stunde Entfernung, sondern auch zu den Umschlagplätzen für Wein und Tuch, für Gewürz und Spezerei waren Golliers Frachtführer fast jeden Tag unterwegs, denn er war ein großer Handelsmann, beinahe der größte im ganzen Herzogtum.

»Aegid, du?«

Ohne einen Gruß, mit einem Gesicht wie einer, der ihn nicht kannte, dazu die Frage, als ob es so ungewöhnlich sei, ihn hier stehend zu treffen, Aegid mußte sofort Übles ahnen — und schob diese Ahnung über sich selbst erschrocken weg.

»Was ist? Soll ich nicht mit euch ziehen, ist Arbeit für mich in der Stadt drinnen?«
Der hielt das Gespann nicht an, ließ ihm die Zügel, er mußte neben dem Rosser hergehen, gemächlich den Gasteig hinauf, bis auf die Höhe des Wildmeisterhauses blieb er ohne Antwort.
»Geh weg! Drüben sagen sie, du warst der Brandleger. Sagen, von der Partei des Herzogs Rudolf hättest du Geld bekommen dafür, weil der seinem Bruder Ludwig schaden will.«
»Nie und nimmer! Aber der Herr Gollier, ihr, die ihr mit mir im selben Dienst seid, ihr glaubt das doch nicht?«
»Geh! Was ich, was wir glauben, es zählt nicht. Der Stadtrichter des Herzogs kann nur deine Unschuld beweisen, er wird ein Gottesgericht halten müssen.«
Aegid wurde es heiß in seiner Haut. Er lief weiter neben dem Fuhrmann her, beteuerte dem, daß er es ganz gewiß nicht gewesen sei, der in der Stadt einen Brand gelegt habe, was der lange ohne Antwort ließ.
Der Richter in der Stadt, das Gottesurteil! Die Kläger würden darauf bestehen, daß ihre Anschuldigung rechtens bestehe, seine Widerrede würde vom Richter als unbußfertiges Leugnen ausgelegt. Würden sie dann die Wasserprobe machen? In der Stadt hatte er es mit Gruseln etliche Male beobachtet, wie einer mit festen Seilen oder auch mit Ketten gebunden in den Kaltenbach, an seiner tiefsten Stelle bei der Roßschwemme geworfen wurde, wie der Bürgerknecht mit einer Stange den Verdächtigen untergedrückt hatte die drei Malen. Ja, gruselnd hatte er bei den anderen in der Menge gestanden und Genugtuung verspürt, wenn der Gefesselte im Wasser nicht mehr an die Oberfläche gestiegen war. Denn dann, so wußte er, wußte das Volk, hatte der Allmächtige dem Sünder nicht beigestanden, sondern vor aller Augen dessen schwere Schuld offenbar werden lassen. Oder würde da bei ihm die Probe des Feuers angewendet? Würde ihm die Gasse mit glühenden

Kohlen gelegt, und er hätte darüber zu schreiten mit bloßen Fußsohlen zwölf lange Schritte bis weit ans Ende, auch das hatte er schon einmal mit angesehen bei einem leugnenden Straßenräuber. Entsetzlich gebrüllt hatte der, und doch hatte er, vorwärtsgestoßen vom Gerichtsknecht und hinter dem Kreuz her, das ihm ein Franziskanerpater von der Seite her vors Gesicht gehalten, den Weg in die Flammen nehmen müssen, drei, vier Schritte. Da war dem das Schreiten schon vergangen gewesen, da war er hingestürzt, und Dampf war von seinem Körper aufgewallt, wo es ihn gesengt hatte. »Schuldig, schuldig!« hatten die Herumstehenden gerufen, und er, Aegid, inbrünstig hatte er es auch geschrien, obwohl er kurz davor noch nach dessen Gesicht geschlossen hatte, er sei unschuldig. — Und nun? Er, er selber war angeschuldigt.

»Nie wäre es mir eingefallen, einen Brand zu legen, niemals, bei allen Heiligen, bei der Jungfrau Maria, sie stehen mir bei.«

Sie hatten die Höhe erreicht, bei der Kapelle und dem Haus der Aussätzigen, der Leprosen, der lebendig Toten zogen sie vorbei. Aegid hörte sie drinnen beten und fand diese Stimmen schauriger, trostloser als je davor. Der Fuhrmann neben ihm faßte den Stiel der Peitsche fester, als wolle er sie gegen ihn gebrauchen.

»So hör mich doch an!«

»Auch wenn du ohne Schuld sein solltest, Aegid, geh! Ich möchte nicht als dein Kumpan verdächtigt werden, ich nicht, nicht gesehen werden mit dir zusammen. Geh! Vor acht Jahren hat der Herzog Rudolf den mächtigen Viztum seiner eigenen Mutter vom Henker an den Markt zu München gehängt, den Viztum, denk an! Ich mag nicht weiter drüber denken, geh, ehvor auch Zeugen gegen mich reden.«

»Wohin? Wo hilft mir einer?«

»Eine Kirche ist eine Freistatt, eine Kirchenbauhütte auch. Und wenn du Geld hast, so rufe das Gericht der Feme an, das ist in Westfalen und spricht als einziges im ganzen Reich noch das alte Recht. Vielleicht wird dir Hilfe von dem. Jetzt geh aber.«

Ein seltsamer Zug näherte sich der Schmiedstätte am Mühlbach. Leonhard, der Schmied in der Au, trat ihm entgegen, als er sah, daß er ihm galt — beim Hammer in der Nähe hätten sie schreien müssen, um sich neben seinem Krach verstehen zu können. Sie verstanden sich auch so nicht sonderlich. Der Richter zu Pferd, das ein Knecht am Zügel führte, neben ihm der Bürgerknecht und außerdem noch der Wildmeister. Ob sie kamen, ihm den Hammer am Wasser zu verbieten, den er sich nicht hatte erlauben lassen von denen, sondern nur vom oberhalb gelegenen Müller, der jedoch rechtens mit dem Stück Bachlauf und Grund belehnt war? Er würde sich schon rechtfertigen!
Ihr Anliegen, vorgetragen vom Wildmeister, daß sie nach seinem Sohn Aegid suchten, überraschte ihn so, daß er seine Zunge lahmen spürte. Seinen Sohn? Was sie von ihm, dem Unbedeutenden, so dringlich zu bekommen trachteten, daß sie zu so vielen und angesehenen Personen nach ihm suchten?
Kurz angebunden wurde da deren Rede, nicht er solle fragen, sondern sie hätten Auskunft zu fordern, es stünde ihnen zu. Der Richter führte nun das Wort, nicht mehr der Wildmeister.
Der Stadtrichter, endete dessen Recht nicht am Burgfrieden? Schwerwiegend mußte der Anlaß sein, daß der über seine Grenzen hinausging. Nun brauchte der Schmied nicht weiter fragen, der Brand, auch er hatte ihn gesehen am gestrigen Tag. Und der Sohn, Aegid, der war abends nicht zurück hinter die Mauer, war morgens weg, und wortkarg war er gewesen. Aber nein, Aegid würde nicht schuldig geworden sein um einen Brand! Er, sein Vater, er wußte es, glaubte es fest und sicher zu wissen. Weil in der Schmiedstätte alles zu überschauen und nichts zu verstek-

ken war, wendeten sie sich dem Haus am Hang zu, ohne den Schmied aufzufordern, ihnen zu folgen, aber doch schloß er sich ihnen als letzter an.
Er beherrschte seinen Zorn, als sie ohne Umstände das Richterpferd über das Gärtchen führten, das die Frauen mühsam am Hang angelegt hatten und deren Handarbeit nun achtlos den Hufen zum Zerstampfen überlassen wurde. Er beherrschte seinen Zorn, als der Wildmeister mit seinem Spieß die Ordnung der Holzlege zerstörte, die er übertrieben ausgiebig durchstocherte, bis kein Stoß Brennholz mehr aufgeschichtet lag. Als der aber ebenfalls mit dem Spieß die alte Großmutter von ihrem Lager trieb, diese alte, sehr alte Frau, deren Jahre ungezählt zwar, aber bestimmt alle übertrafen, die schon die Zeit erlebt hatte, in der das Land nur einen einzigen Herzog kannte, als die hinfällig und zitternd hinstehen mußte, da meinte er, seinen Zorn nicht mehr bezähmen zu können.
Und doch hielt er sich in seiner Gewalt, mahnte nur verhalten das ehrfurchtgebietende Alter an und auch gleich, daß er kein leibeigen Herkommen habe und deshalb der Umgang mit ihm der zu einem Freien sein müsse, auch wenn es in keinem Buch aufzuweisen sei. Erwidert wurde ihm darauf, daß dies nichts zur Sache tue, aber wenn schon die Rede darauf komme, sei bemerkt, daß er ein Nachlehen, ein Afterlehnen bewirtschafte, unten am Bach, hier aber, diese Hütte, auf dem wittelsbachischem Forstgrund stünde die, und das Lehen sei nicht eindeutig geregelt. Niederbrennen könne man die, wenn er sich nicht würdig erweise. So, indem er Sorge trage, daß der Aegid, Gott sei ihm gnädig, seinem weltlichen Richter zugestellt werde.
Dem Herzog Rudolf zugeneigt werde auch der Alte sein, der Vater des Aegid, verlautete auf dem Rückweg zur Brücke der Wildmeister dem Bürgerknecht. Von dem nämlich habe der Schmied das Lehen für die Sölde bekommen und das auch noch zehn Jahre frei von Steuer, lediglich be-

legt mit dem Pfarrzehnten. So erhärtete sich der Verdacht gegen den Sohn. Jedoch ergriffen wurde der nicht.

Wegen der Suche nach dem verdächtigen Aegid aber wurden die wahren Brandstifter nicht ergriffen. Geraume Zeit schon hatten sich nachgeborene Söhne einiger Kaufherrn in München zusammengetan, um sich einen Ausgleich zu schaffen gegenüber ihren älteren, erbberechtigten Brüdern, auch ihren Vätern, die allein über die reichlichen Einnahmen aus dem Handel verfügten. Zu ihnen gesellt hatten sich noch gewesene herzog-rudolfische Reiter, Einschildritter, die sich auf Fehdezügen so schwer verwunden hatten lassen, daß sie nicht mehr zu brauchen waren, um für weitere Kriegsfahrten in den Sattel zu steigen. Seit nun aber Ludwig immer mehr das Regiment zu führen begann, da wurde gespart mit allem in der Hofburg. Kein freies Quartier und keine freie Küche wurde diesen Rittern mehr gewährt, sie mußten selber dafür aufkommen, was ihnen zum Leben not war, und nicht gering war das anzusetzen, denn sie hatten sich daran gewöhnt, unbescheiden zu schlemmen, nicht unter vier Schüsseln bei einem Mahl, von reichlichem Wein nicht zu reden. — Wenn Diener von der herzoglichen Hofburg nachts noch zum Gollier mit Kannen und Wein geschickt wurden für den Umtrunk der Herrn, gaben sie leichte Opfer für die Überfälle ab, die Bürgerssöhne und heruntergekommene Ritter ausgeheckt hatten. Aber diese bei ihnen erbeuteten Trinkgelder waren der Zunft der städtischen Straßenräuber bald nicht mehr genug, es wurde eingebrochen erst in der äußeren Stadt, bald auch in der inneren, reicheren um den Markt herum. Dem entgegen sprachen sich wieder die Bürger ab zum nächtlichen Wachehalten, was den Männern der Diebszunft manche Wunden eintrug und wohl auch nicht wenige Totgeschlagene in den dunklen Gassen. Doch die ließen nicht nach, auch tagsüber suchten sie nach Gelegenheiten für ihr der Gemeinschaft schädliches Gewerbe, und

da legten sie schon einmal einen Brand, um die Städter mit ihrer ganzen Aufmerksamkeit auf das Löschen zu lenken und inzwischen zu plündern, was ihnen in die Finger kam.
An jenem Tage hätte der unmutige Auflauf wegen der Steuereintreibung schon als Ablenkung genügt. Eine Rotte der Diebszunft war auch schon im ›Gries Petrie‹ genannten Viertel in das Haus eines Bäckers gedrungen, hatte dem allein anwesenden Lehrbuben eines über den Schädel gegeben und war beim Durchsuchen der Stuben nach Wertvollem, ohne den erhofften Erfolg allerdings. Da fiel einem das Zunfthaus der Bäcker ein, in der Nähe gelegen und sicher, wie er meinte, wäre dort die mit Münze gefüllte Zunftlade zu erlangen, auch die Mehrzahl der Bäcker würde sich zum Gaffen auf dem Markt befinden. Die wenigen anderen, die Gesellen vielleicht, die könne man weglocken durch Feuer auf dem Dach eines Bäckers, dessen, in dem sie gerade sich aufhielten. Und so führten sie es gleich aus, gründlich und mit leichtfertigem Überschwang.
Da das eine Haus mit seinen hölzernen Balken ächzend über die Gasse hin in sich zusammenstürzte, trieb der Wind schon die Flammen ins nächste. Ins übernächste, über die Dächer aus Stroh oder Holzschindeln ins drittnächste, ins Zunfthaus, das kurz zuvor noch beraubt wurde. Das Feuer reinigte unparteilich auch die Stätten der Tat von Spuren. Lediglich die übermäßig gefüllten Beutel der Täter hätten in etlichen Badstuben und Schenken auffallen können, doch nach ihnen hielt niemand Ausschau. Erst nach Wochen, als man des Aegid, Schmieds-Sohn von der Au, immer noch nicht habhaft geworden war, gaben besonnene Bürger am ›Gries Petrie‹ in München, wenn das Gespräch darauf kam, zu bedenken, daß da auch ein Lehrbub verbrannt sei und ob es da nicht eine Schandtat von anderer Seite gegeben habe, als allgemein vermutet werde. Gehör fanden sie langsam, aber zu spät war's schon, eine Suche in dieser gewiesenen Richtung anzufangen. Auch

wäre dies unbequem gewesen, sah man bei diesen Herumtreibern nicht auch den dritten Sohn des hochehrenwerten Herrn Barth häufig, des Herrn Barth, Kaufherrn und Bannerführers der Stadt im Falle der Fehde? Und andere, Bettler, die es zu übermäßig zahlreich in der Stadt gab?

LIBER VAGANTURUM: *Merke, es gibt Blinde, die verbergen ihre Hüte, wenn sie in eine Stadt kommen und sagen zu den Leuten, sie seien ihnen gestohlen worden oder hätten sie verloren. Und so sammelt einer zehn oder zwanzig Kappen, die er hernach verkauft. Manche Blinde wurden wegen ihrer Missetaten und Bosheiten geblendet. Sie wandern nun durch die Lande, tragen gemalte Täflein und ziehen vor die Kirchen und geben vor, sie seien zu Rom, zu Jerusalem gewesen und in anderen fernen Städten und sprechen dann von großen Zeichen, die da geschehen seien. Das ist aber alles ein Betrug. Etliche Blinde sind vor zehn Jahren und mehr geblendet worden. Diese nehmen dann ein Tüchlein, binden das über die Augen und sagen, sie seien Kaufleute oder Krämer gewesen und in einem Wald von bösen Leuten geblendet worden.*
Es gibt andere Bettler, die, wenn sie in eine Stadt kommen, lassen die Kleider in den Herbergen und sitzen fast nackend vor den Kirchen und zittern vor den Leuten, daß man denken soll, sie leiden große Kälte und Frost. Etliche sagen, sie seien beraubt worden von bösen Leuten, oder sie sagen, sie seien siech, also krank gelegen und haben ihre Kleider bei gnadlosen Wirten verzehrt, etliche sagen, sie seien ihnen gestohlen worden und sie tun es darum, daß ihnen die Leute Kleider geben sollen.
Die ›Dallinger‹ sind Henker gewesen und haben ein oder zwei Jahre erst davon abgelassen. Nun stehen sie vor den Kirchen. Sie schlagen sich selbst mit Ruten und sagen, sie wollen eine Gottesfahrt wegen ihrer Sünden machen. So erbetteln sie sich oft viel Geld und Gut damit. Wenn sie das eine Weile getrieben und die Leute betrogen haben, werden sie wieder Henker wie zuvor. Gib ihnen, wenn du willst, es sind aber Buben, die solches tun.
Die ›Klenkner‹ sitzen vor den Kirchen mit bösen, gebrochenen Schenkeln, einer hat gar keinen Fuß, der andere keine Hand oder

keinen Arm. Einige haben Ketten bei sich liegen und sprechen, sie seien unschuldig gefangen gelegen, und sie haben gewöhnlich einen Heiligen, St. Sebastian oder St. Leonhard, bei sich stehen, um derentwillen sie mit jämmerlicher Stimme bitten. Das ist dreifach gefoppt, denn dem einen ist ein Fuß im Gefängnis abgefeilt worden um böser Sachen willen. Dem anderen ist seine Hand abgehauen worden im Krieg, beim Spiel oder um einer Metze willen. Mancher aber verbindet seine Schenkel und geht auf Krücken und fehlt ihm so wenig wie anderen Menschen.

Mit der Alten, der Kath, im Haus des Schmied in der Au ging es einem Ende zu, mochte sein, daß es auch wegen der vorigen Aufregung war. An ihren letzten Tagen murmelte sie, sich stets wiederholend, ihren Vorwurf an den Hausherrn. Ungeschickt sei es gewesen, aus der Ordnung der Mauern herauszuziehen, da man schon einmal dort ansässig und mit Recht versehen gewesen sei. Nun, da es an ihr Sterben ginge, müsse sie auf das Feld einer Bauernkapelle, dort neben Leibeigenen liegen bis zum Jüngsten Tag. Wenn es dem Schmied zu viel wurde, murmelte er, gut verständlich jedoch, dagegen: Dallinger und Klenkner versammelten sich immer mehr hinter den nun verstärkten Mauern, Dallinger und Klenkner!

Fünftes Kapitel

Von den Frachten des Herrn Gollier her wußte Aegid etwas über die großen Städte im Norden. Wußte, daß es viele Tagereisen an den Rhein waren und weniger an die Donau. An der Donau, da lag die größte und angesehenste, auch die älteste Stadt des Reiches, hatte er gehört. Dorthin wollte er. Die erste Nacht verbrachte er vor den Mauern der herzoglichen Stadt Erding. Hinein wagte er sich nicht, unsicher, wie weit ihn das falsche Gerücht seiner Schuld

verfolgen würde und einholen konnte, wenn er unvorsichtig war.
Wie er gekleidet war, in langen Beinlingen, den Hemdkittel darüber und den Gürtel, an dem das lange Messer hing, verdeckt durch den umgehängten Mantel, konnte er gut für einen Handwerksburschen auf der Wanderschaft zur nächsten Stadt, zu einem Meister hin gehalten werden. Lediglich an seiner Kappe konnte einer erkennen, daß er das nicht war, sie zierte ein kupfernes Schildchen, auf dem mit Glaßfluß das Zeichen aufgeschmolzen war, mit dem die Golliers ihre Warenballen versahen, außerdem eine gebogene Hahnenfeder als weitere Zier, was eigentlich Männern von niederem Stand versagt war. Aber alle Dienstleute des Gollier hatten wie er das Verbot übertreten. Mit dessen wohlwollender Billigung, denn so schmuck auftretende Knechte gaben gute Werbung ab für ihren Dienstherrn.
Obwohl Aegid den zweiten Tag in der Bischofsstadt Freising hätte Quartier nehmen können für die Nacht, mied er sie und zog ihr ein Lager in einer Dorfscheune vor. Es war dies für ihn dann aber noch ein besonderer Glücksfall. Nicht nur, daß er vom Zehentmeier des Dorfes unentdeckt blieb, was vielleicht eine sogar handfeste Vertreibung bedeutet hätte, er traf da noch einen, einen wirklichen Handwerksgesellen auf Wanderschaft.
Viel sah er dem in den folgenden Tagen beim Weiterwandern ab, und noch mehr bekam er von ihm zu hören, was sich als nützlich erwies. Ein Steinmetz aus dem Salzburgischen Land war der, also Untertan eines Bischofs, doch schon einige Monate von daheim weg.
Durch habsburgische Lande sei er inzwischen gezogen, durch die Herrschaftsgebiete der reichen Stifte in Schwaben, nun durch bayerisches Herzogsland, und auch er wolle nach Regensburg. Ob er noch nirgends in Lohn habe kommen können, fragte ihn Aegid. Wenn er gewollt habe, schon, doch, bestimmt, aber man dürfe nicht gleich zugrei-

fen, sondern müsse sich umsehen und abwägen, denn Lohn sei nicht gleich Lohn, auch wenn es den Anschein habe beim oberflächlichen Hinsehen. Da sei der Meister voran, der einen guten Ruf haben müsse, da einem solchen die Bürger nicht kleinlich kommen. Wenn auch der Lohn überall gleichviel sei, ein gut bezahlter Meister könne den Gesellen manche Gunst gewähren, Kohlebecken zum Heizen in kalten Tagen, einen zusätzlichen Zech- und Zehrpfennig, sogar eigene Musikanten an Feiertagen. So einen habe er in Augsburg angetroffen. Aber dann und wann habe den seine Ausgabe an die Gesellen wieder gereut, und dann habe er den einen oder anderen schon fast fertig behauenen Stein aussortiert, habe ihn den Steinmetzen vom Lohn abziehen lassen und sei so wieder auf seine Rechnung gekommen. Da wäre ein Palierer für die Gesellen gut gewesen, der dem Meister gegenüber einen festen Stand gehabt hätte, so einen hätte er in Kempten kennengelernt, aber der sei streng auch gegen die Leute der Bauhütte gewesen, ihm zum Beispiel habe er wegen zu spätem Beginn der Arbeit seinen Stein über und über mit schmieriger Farbe anstreichen lassen, daß er habe einen Vormittag damit hinbringen müssen, ihn wieder reinzuwaschen. Im Zorn darüber habe er den dann auch noch verhauen, habe ihn ausgemustert bekommen. Zu Grabe getragen hätten sie seinen Stein, sein Lohn sei fast dabei draufgegangen und noch ein nicht geringes Geld von ihm in die Lade der Bauhütte gekommen. Er wisse doch, eine Kirchenbauhütte habe ihre eigene Gerichtsbarkeit, nur das Hoch- und Halsgericht stehe ihr nicht zu.
Er habe davon gehört, tat Aegid groß, obwohl ihm das alles neu war. Wie es denn mit seiner Wanderkasse stehe, wollte Aegid von seinem geschwätzigen Weggenossen wissen.
In der Tat knapp, wie er sich denken könne — und mit einem mißtrauischen Seitenblick: es lohne sich ein Raubüberfall auf ihn nicht. Aber in fast jeder Stadt gebe es dafür eine Gesellenstube seiner Zunft, wo er vorsprechen könne

um Arbeit, Speis und Trank. Letzteres beides stünde ihm auf jeden Fall zu und dazu noch zwei oder drei Übernachtungen. Es sei nun noch ein schöner, warmer Herbst, da ließe er sich nicht einfangen. Er blinzelte Aegid vertraulich und beifallsheischig zu.
Wie, wenn sie ihn aber brauchten und dabehielten?
Wenn er nicht wollte, behielte ihn keiner da, nicht ihn. Bevor er in eine Stadt gehe, höre er sich davor nach der Mühle um und nach dem Ruf, in dem der Müller stehe. Und wenn er nicht das Bleiben im Sinn habe, erzähle er in der Gesellenstube nachher, so zweideutig wie möglich, von des Müllers schöner Tochter. Gefragt dann, ob er sich vielleicht mit so unreinen Leuten eingelassen habe, täte er einen Moment erschreckt, dann aber beginne er entschieden zu leugnen. So verdächtig, wie er ihnen dann erschiene, schickten sie ihn weiter, mit einem Zehrpfennig. Aber beweisen könne man ihm da eben auch nichts, geschickt müsse er es schon immer anstellen.
Und wenn kein Müller mit einer Tochter vor einem Ort sei?
Na, eben die schöne Tochter des Abdeckers oder Schinders, auch eine Leineweberstochter könne im Notfall herhalten.
Einen so gewitzten Gesellen wie den würde er so bald nicht wieder finden, meinte Aegid, und deshalb gedachte er sich von dem auch einen Rat zu erholen für seine Lage. Er schilderte sie ihm und fand in dem anderen einen geduldigen Zuhörer für seine Beteuerungen, nicht ein bißchen Schuld zu haben. Auch von seiner Hoffnung auf das alte Recht und die Gerichtsbarkeit der westfälischen Feme sprach er.
Nein, auf die dürfe er nicht setzen. Auch er habe von der gehört. Die dem Femegericht vorsitzenden Freigrafen und ihre Beisitzer seien zwar einfache Leute, Bürger und Bauern, aber um dafür berufen, ›Wissende‹ zu werden, zahlten die erkleckliche Summen, und man könne sich vorstellen, daß sie die im Amt wieder hereinholen wollten, deshalb sei

denen nicht zu trauen. Außerdem, gegen wen wolle er denn streiten, gegen die Stadt München vielleicht, weil die ihn mit falscher Beschuldigung schädige? Nein, das solle er sich aus dem Kopf schlagen, statt dessen könne er doch leicht anderswo sein Glück machen. Da er nirgends nach den Regeln einer Zunft gelernt habe freilich, müsse er es schon geschickt anstellen. Überlegt wolle das sein, er, Aegid, er solle den Kopf nur hoch tragen, ihm falle bestimmt etwas ein.

Der bei Aegid nun einen Tag alte Hunger meldete sich mit vernehmlichem Magenknurren. Den Weggenossen belustigte es. So also stünde es um den Herrn Handelsknecht, spottete er, aber aus seinem Bündel mit dem Werkzeug zog er auch ein Stück Brot, das er ihm schenkte. Natürlich, bemerkte er dazu, könne er nicht für zwei Mägen sorgen, aber sie könnten sich im nächsten Dorf zusammentun, um zu Essen und auch zu ein wenig mehr zu gelangen. Stehlen? Wie er, Aegid, auf stehlen käme? Kein Wort davon habe er gesagt.

Das nächste Dorf hatte eine Schenke, es war eine größere, stattliche Ansiedlung, in die sie gekommen waren. Aber nicht Bauern hockten in der geräumigen Stube beisammen, sondern einige fahrende Leute, Krämer, die ihre hochgetürmten Traggestelle neben der Tür stehen hatten und nicht ein Auge davon ließen, einige Gaukler und Musikanten, an ihrem bunten Gewand kenntlich.

Aegid legte, kaum daß sie an dem langen Tisch neben dem Herd einen Platz gefunden hatten, wie ihm der andere angewiesen hatte, die fünf halben und leeren Walnußschalen vor sich hin auf den Platz, unter eine schob er einen der sechs halben Heller, die ihm der dazu gegeben hatte. Und begann, sie wild und flink hin und her und durcheinander zu schieben. Wie ihm der andere geschafft hatte, ließ er die Schale mit der Münze dabei bis zuletzt nicht aus den Fingern, erst als er meinte, genug gemischt zu haben, schob er sie in die Reihe mit den anderen, als äußerste auf der linken Seite. Der andere tat überlegend, griff nach einer Schale in der Mitte, hielt aber im letzten Augenblick inne, die Hand zog er wieder fort, als ob er sich verbrannt hätte. Ein Seitenblick, unauffällig der, zeigte ihm die gewonnene Aufmerksamkeit der übrigen Tischgäste. Einer der Krämer versuchte ihm unauffällig ebenfalls mit Blicken die Schale mit der darunter vermuteten Münze auf der rechten Seite anzuzeigen. Mit einem unschlüssig sein sollenden Schulterwerfen aber griff er nicht dahin, sondern nach der richtigen Nußschale. Gleich belohnte ihn ein anerkennendes Murmeln etlicher Zuschauer. Aegid nahm eine weitere Münze aus dem Gürtel, wiederholte das Spiel, indessen sein Gegenüber die scheinbar gewonnene in seinen Beutel klimpern ließ.

Bei der vierten verspielten Münze rührte sich einer der Krämer, ein jüngerer Mann der, ob er nicht mitspielen könne. Nein, gab Aegid zurück, heute habe er keinen Glückstag. Aber wenn er wolle, eine Münze setzen könne er schon, er aber würde mit seinen Schalen mischen, keinen anderen ließe er da daran, denn an anderen Tagen seien sie seine Glücksbringer. Protest kam von Aegids Wegbegleiter, der einwendete, er sei doch mit dem Spielen im Vorrecht, er habe mit ihm angefangen. Man einigte sich darauf, daß abwechselnd immer der eine, dann der andere seine Münze setzen würde, Aegid aber solle mischen. Nun galt es. Immer wenn der Krämer dran war mit dem Einsatz, blieb die betreffende Schale bis zuletzt in Aegids Hand und sein Begleiter, dessen Kumpan er damit wurde, er ›erriet‹ sie, oder aber auch einmal nicht, um dem Mitspieler nicht vor der Zeit die Lust zum weiteren Einsatz zu nehmen. Aber nach zwölf verlorenen Einsätzen schließlich, da war der doch ärgerlich. Einen letzten Versuch, doch, einen solchen wollte er noch machen, aber um vielfachen Einsatz nun. Zwölf Kupfermünzen stapelte er zu einem Turm, halbierte den und forderte, es sollten ebenso viele dagegen gesetzt werden. Es geschah. Bei vier Durchgängen hob der

junge Krämer nicht ein einziges Mal die richtige Schale. Dreizehn Heller war der Gewinn! Dreizehn Heller! Dem Wirt den Erbsenbrei mit Speck und Brot und den Schoppen Most zu bezahlen langte es hin, und dann blieb noch etwas übrig.
Als die Zeit über Mittag hinaus fortgeschritten war, schloß sich ihnen ein Buntgewandeter, ein Gaukler an. Eine Strecke des Wegs blieb er wortlos, dann aber legte er los. Daß sie ihm ins Handwerk gepfuscht hätten und stümperhaft dazu. Und daß sie gut daran täten, ihm vom Rest des Gewinns etwas abzulassen, sonst . . . Die unbestimmte Drohung wirkte, er bekam zwei der Münzen, die er mit unzufriedenem Gesicht annahm. Wohin sie gingen, erkundigte er sich dann, und sie sagten ihm ihr Ziel.
Was sie sich erwarteten dort, sagte er ihnen, daß es keine Frage, sondern schon eine Antwort war, die er sich selber gab. Und er fügte an, von den Bürgern dort habe er wenig zu erwarten, bei denen seien seine Künste wenig gefragt, es sei denn, ein besonderer Festtag sei. Der fürstliche Bischof aber dort sei ein alter Mann, der Konrad von Lupburg, dem an zirzensischen Darbietungen nicht gelegen sei. Dabei, daß sie es nur wüßten, hätten sie in ihm einen wahren Künstler vor sich, mit sechs Bällen könne er jonglieren, und dazu sei er auch noch Feuerfresser und Feuerspeier.
Aegid macht für sich geltend, daß er derartige Kunst nicht zu seinem Gewerb gemacht habe, ob er, der Gaukler meine, daß er bei der Kirchenbauhütte unterschlüpfen könne, das nämlich sei sein Vorhaben. Mißvergnügt schon darüber, daß ihm sein Ratschlag nicht auszureichen schien, kam über des Gauklers Auskunft ein boshafter Zug um den Mund von Aegids Wegbereiter, der von dem aber unbeachtet blieb.
Er, Aegid, sehe keinem kunstreichen Bauarbeiter gleich, das werde der Palierer und der Meister auch merken, so daß er nicht glauben könne, er werde dort in Regensburg

ankommen. Das werde ihm der Kumpan Steinmetzer auch schon so gedeutet haben, der müsse es noch besser wissen. Habe der aber sein Wissen für sich behalten und nur Nutzen aus seiner Treuherzigkeit beim Glücksspielen ziehen wollen, sei der ein Frevler. Dies wolle er ihm, da er noch neu sei unter den auf Straßen wandernden Leuten, mitgeben, weitergeben, wie er es von einem alten und weisen Krämer gehört habe:

Vier Arten gibt es bei den Menschen, denen ist: Meines ist Meines und Deines ist Deines — dies ist der Mittelmäßigen Art; Meines ist Deines und Deines ist Meines — ein Laie; Meines ist Deines und Deines ist Deines — ein Frommer; Meines ist Meines und Deines ist Meines — ein Frevler, wie schon gesagt.

Der Steinmetzgeselle gab einen Moment lang den Anschein, als wolle er sich beleidigt zeigen und sich von dem Genugtuung holen in handgreiflicher Auseinandersetzung. Nur einen Moment, dann bellte er statt dessen herausfordernd, was denn der Vagant und Leutebetrüger, der sich gar Künstler nenne, so einem wie dem Aegid statt der Regensburger Kirchenbauhütte hatte raten können. Und, frage er sich weiter, weniger ihn, woher er denn seine Weisheiten bezogen habe.

Ohne auf den aufsässigen Ton einzugehen, gab der Gaukler zu, daß es freilich mit seinem eigenen Fortkommen nicht zum besten stehe, daß er vielmehr selber am Darben sei, weil statt mehrerer nur noch eine große Hofhaltung sei im Herzogtum, seit der Herzog Ludwig die Vormundschaft habe über seine minderjährigen Vettern in Niederbayern. Aber er sei mit vielen Menschen zusammengekommen und habe von denen viel Gutes und noch mehr Nachteiliges erfahren müssen, daß er schon etwas zu sagen habe. Denken könne er sich, daß der Aegid in der Wörth, der regensburgischen Vorstadt, ein Bleiben bekommen könne, aber das sei nicht die wahre Freude fürs Leben, sondern ein harter Teil davon, Taglöhner für Bürger zu sein, wenn die gerade einen Arm brauchten zum Zulangen und einem Bettler gleich, wenn gerade keiner vonnöten sei. Das war der Augenblick, da Aegid es bedauerte, einmal in die innere Stadt, hinter die Mauer gewollt zu haben und nicht hatte aushalten wollen beim Vater im Auwald.

In der unbefestigten Uferlandschaft der Donau vor den Mauern der Stadt Regensburg drängten sich die Hütten, die ›in der Wörth‹ genannt wurden, oberhalb und unterhalb der Bischofsmetropole, die sechshundert Jahre schon Bestand hatte als solche und davor den Römern ein Militärlager und den keltischen Noricern ein Handelsplatz gewesen war. Emmeran war der erste Bischof gewesen, erzählten die Leute in der ärmlichen Schenke in der Wörth, als er von seinem Herkommen aus der Nähe Münchens berichtete. Nämlich, den Emmeran, den heiligen Mann, habe ein bayerischer Herzog vor diesen sechshundert Jahren auch in der Nähe von München pfählen lassen, deshalb, weil der, wie überliefert sei, annehmen hatte müssen, dieser Prediger des Christentums habe seine Tochter verunehrt. Von nur wenigen Getreuen begleitet, habe der wütige Herzog dem vermeintlichen Schänder der Prinzessin nachgesetzt und ihn eingeholt bei einem Dorf im Forst nahe der Isar. Diesen Fluß und auf einem Floß sei der Leichnam des heiligen Märtyrers nach Regensburg zurückgekehrt. Seine Geliebte sei beinahe den Verführungskünsten eines geistlichen Herrn von den Benediktinern des Klosters St. Emmeran erlegen, murrte ein angetrunkener Fischerknecht, wer könne wissen, was damals so genau geschehen sei. Erschrocken verboten ihm die anderen den Mund.
Aegid war mit dem Steinmetzen bis hierher gelangt, der Gaukler hatte sie bald wieder verlassen und war auf einen anderen Weg gezogen. Von dem, was sie unterwegs erspielt hatten, war beim Teilen auf ihn eine Hälfte von immerhin dreißig Pfennigen und drei Hellern gekommen, also drei Heller mehr als ein Schilling. Und einen Schilling

wollte der Schankwirt nehmen, wenn er ihn für vier Wochen in einem Verschlag unter der Treppe in den Oberstock beherbergte, dazu noch eine einfache Morgensuppe reichte. Einen Rat nahm er von dem auch noch an. Den, sich wegen Lohnarbeit an die Regensburger Kaufleute zu halten, mächtiger als die zu München, so daß sie für ihren Fernhandel einen eigenen Hansgrafen wählten, einen, der ihre Interessen gegenüber anderen Städten vertrat, aber beim Stadtregiment kaum ins Gewicht fiel. Und in der Stadt hätten sie dem Bischof das Propstgericht und dem Herzog das Schultheißengericht abkaufen können, die Löbels, Reichs, Prunhofers, die Runtingers, Dürnsteiner und Ingolstätter. Die seien angesehen in Venedig und Paris und kämen mit ihren Lastfähren über Böhmen oder Ungarn bis nach Rußland. Daher zum Beispiel brächten sie die seltenen Pelze ins Land und auch nach Frankreich und Italien, mit denen sich die höchsten Herrschaften nunmehr die Mäntel ausfuttern ließen. Bei diesen Patriziern also solle er versuchen, einen Einstand zu bekommen, vielleicht als waffentragender Begleiter der Warenzüge, da käme er zu einer unterhaltlichen Flußreise zuerst, dann würde er fremde Länder kennenlernen und dafür auch noch mit zusätzlichem Lohn entgolten werden, wenn er ohne Verlust mit Fernwaren wieder zurückkehrte von solcher Kurzweil.

Die Handwerker hätten ihm in Regensburg wohl wenig zu bieten, von denen seien nur die Tuchmacher und Kramer von einiger Bedeutung, ja, es gebe noch weitere elf oder zwölf Zünfte, aber anders als in den Städten am Rhein hätten sie nichts zu sagen, sogar Leibeigene hätten sie in ihren Reihen, sie gehörten den Damenstiften Nieder- und Obermünster oder den Benediktinern von St. Emmeran. Nein, zu denen sei nicht zuzuraten, die hätten nichts zu bieten, obwohl die in jüngster Zeit Zuspruch erhielten vom hochedlen Geschlecht der Ritter Auer auf Prennberg. Aber man könne sich denken, daß die Herrn Auer andere Absichten hätten als die dummen Handwerksleute, die sich mit ihnen einließen und die noch einmal ihren Schaden davon haben würden, man würde es erwarten können.

Weil ein Markttag war, gelangte Aegid ohne Aufenthalt zum Osttor hinein. Die Patrizierhäuser zu finden fiel ihm dann nicht schwer. Diese nach außen hin abweisend aussehenden Wohntürme übertrafen an Höhe alles, was er an Bürgerhäusern von München her kannte. Am ersten, das er erreichte, wehrte ihm ein Türwächter in kriegerischer Ausrüstung den Zutritt. Aber da er dem dann erörterte, daß er beabsichtige, als bewaffneter Schutzmann bei einem Kaufherrn Lohn und Auskommen zu suchen, war der ihm zu Auskünften geneigt.
Ob er denn entsprechende Rüstung und Wehr besäße? Wo nicht, so könne er die zu günstigem Preis wie nirgends sonst in dieser Stadt erwerben. Was, auch an Geld mangle es ihm dafür? Mit einem biederen Gesicht überwand Aegid des Wächters zweifelndes Zögern für weitere Gesprächigkeit. Freilich könne er hier in Regensburg auch Geld leihen, er könne dazu ins Judenviertel gehen und dort einem Leiher den Ertrag seiner ersten Handelsfahrt verpfänden. In zwei Wochen schickten die Herren Löbel und Reich schwäbisches Leinen nach der Tartarei, mit Glück würde er bei denen angenommen werden.
Vergessen war bei Aegid sein Vorsatz, bei einem Kirchenbau eine sichere Freistatt zu finden, sicher vor dem Zugriff des Stadtrichters zu München. Er hatte Ferne, unbekannte und immer neu schillernde Ferne zu schmecken bekommen, wollte noch mehr davon. Ins Pelzland im Osten!
Befremdlich fand er es, daß die Bewohner der schmalen, engbrüstigen und Wand an Wand gesetzten Häuser in dieser ebenfalls engen Gasse die sein sollten, die ihm Geld leihen konnten, es sah ihm in dieser Umgebung gar nicht danach aus. Eher, meinte er, würde ihm in dieser Ecke ein Überfall drohen, der ihn der wenigen Habseligkeiten entle-

digte, die er mit sich trug. So faßte er, schon im Vorgefühl auf künftige Gefahren der Begleitung einer Kauffahrt, den Griff seines Bauernschwerts. Der erste gelbbehütete Mann — diese gelben Hüte mit dem Knopf auf der Spitze als Kennzeichnung zu tragen, war den Hebräern überall im Reich und in Italien von einem Papst bei Todesstrafe geboten worden —, dem Aegid mit unwillkürlich finsterem Gesicht begegnete, entbot ihm mit einer erschreckten Verbeugung den Friedensgruß »Schalom« und erkundigte sich dann nach seinem Anliegen, das ihn hergeführt habe. Wußte ihm da auch gleich ein richtiges Haus zu zeigen, dessen Besitzer er mit Kismas ben Ach benannte.
Das Innere des Erdgeschoßes hätte Aegid ohne Wissen nicht für das eines Judenhauses halten können, wie die Handwerkerhäuser in München war da die ganze Hausbreite zu einer Wohndiele gemacht, wo im hinteren Drittel ein Ofen und Herd Wärme spendete, zwei Frauen, eine ältere und eine jüngere, an Kleidern nähten und nebenher ein schlafendes Kind in einem Bettchen bewachten. Lediglich neben dem Eßtisch im hinteren Teil des Raums gab es, gleich vorn bei der Eingangstür und dem Besucher nur einen schmalen Platz mit einem Schemel lassend, einen zweiten, hinter dem der Hausherr, also Kismas ben Ach, saß und vor sich hin in einem Rollbuch laß, wozu er lautlos die Lippen bewegte, als buchstabiere er jedes Wort in Gedanken mit. Ein Mann mittleren Alters, also um die fünfunddreißig Jahre, war der und sah mehr nach einem Gelehrten, wie ihn sich Aegid vorstellte, denn nach einem Geldverleiher aus. Unterstrichen wurde dieses Ansehen noch dadurch, daß Kismas ben Ach seine Lektüre nicht abrupt unterbrach bei seiner Ankunft, sondern offenbar noch den begonnenen Absatz zu Ende studierte, wobei sich Aegid ein paarmal zwischendurch doch einen willkürlich wirkenden Blick, unbeabsichtigt scheinend, auffing und seinerseits gleichmütig erwiderte.
Auch der entbot ihm zunächst den Friedensgruß, als er sich

ihm zuwendete, und Aegid entgegnete ihm mit demselben Grußwort, da er es schon von dem auf der Straße kannte. Ob er sich Kredit von ihm erwarte, fragte Kismas ben Ach ruhig-gelassen, zu Aegids Erstaunen und Erleichterung, denn sein Anliegen wäre ihm nicht gleich leicht von der Zunge gegangen. So brauchte er nur zu nicken, und das Wofür zu erläutern fiel ihm leichter. So, einen Helm, Lederwams und Spieß, ob er denn zu den Wachten auf der Stadtmauer verpflichtet sei oder ob er zum Söldner für irgendeinen der adeligen Herrn werden wolle — im letzteren Fall könne er ihm nichts leihen, denn da würde ihm das Risiko zu groß sein. Nein, nein, mit einem Handelszug, als gewaffneter Begleiter wolle er ausziehen — und beim Kaufherrn Reich sei ihm schon zugesagt, log Aegid. Nach Osten gehe es, und bei der Rückkehr mit reichem Gewinn für die Kaufleute stehe ihm dann genug zu, um die eingegangene Schuld ohne Rest zu erstatten, samt dem Zins und Zinseszins, den er wohl würde leisten müssen.
Einen Vorwurf hörte Kismas ben Ach aus dieser Antwort heraus, bestimmte ihn, im beschaulichen Redefluß umständlich den Zins und seine Berechtigung zu erklären. Nun, auf einen Handelszug in den Osten also ginge es — mit quasi dem von ihm, Kismas, bezahlten und somit als sein Eigentum zu betrachtenden Spieß, Helm und Wams. Einmal ungeachtet, daß er selbst sich nicht derartig einrüsten würde, ungeachtet dessen also müsse er als Eigentümer dieser Werte daran denken, daß sie ein junger, unbestritten kräftiger und ehrlich dreinsehender Mann auf dem Leib tragen würde, ein Jahr oder länger bis zu seiner vielleicht glücklichen Rückkunft — die er, Kismas, ihm auf jeden Fall und von ganzem Herzen wünsche. Nun, zuerst würde also sein Eigentum, falls sie sich würden einigen können, auf seinem Kopf und Leib und in seiner Hand auf ein wankendes Boot gehen und mit dem auf einen gefährlichen und gewaltigen Strom, die Donau. Schon wenige Meilen stromab konnte ein Schifferknecht, unachtsam und

im Gedanken bei seiner Liebsten noch, die er eben hatte zurücklassen und verabschieden müssen, sein Ruder falsch in die Wellen tauchen und so dem Schiff die Richtung auf einen Felsen geben, furchtbar krachen würde es im nächsten Augenblick und aufstrudeln das Wasser, wenn das große Leck am Bug die Wellen einschlang — er würde ihm, wie er ihn vor sich sah, zutrauen, daß er auch in einem solch gefahrvollen Moment seines, Kismas ben Achs, Eigentum würde zu bewahren trachten, doch das Wams würde sich im Nu mit Nässe ansaugen, der eisene Helm ihn hinunterziehen, der Spieß seinen Händen entgleiten ... Nein, Schiffsknechte seien meist zuverlässige Leute. Ihn, den achtsamen Wahrer seines, Kismas', Eigentums, würden sie bis an die Enns oder noch weiter donauabwärts bringen und an einer günstigen Stelle anlanden. Umgeladen würden die Waren des hochwohlgeborenen und weisen Herrn Reich und ebenfalls die des Herrn Loibel, aber nicht unbeobachtet. Ein Kundschafter eines gierigen Herrn Ritters würde mit scharfem Auge alles beobachten und ein weiterer ihnen und ihren Wagen folgen, unbemerkt. An einer Stelle, da die Straße eben mit enger Spur durch einen dichten Forst führte, bräche eine wohlgewappnete Rotte von Strauchdieben aus einem Hinterhalt, und — der Herr möge ihn vor solchem bewahren, gelobt sei er — auf sein, Kismas', Eigentum sprenge auf einem mageren, aber flinken Pferd so einer an, bohre seine Reiterlanze durch sein Wams, haue ein häßliches Loch in seinen Helm mit einem vierkantigen Streitkolben, wie sie im Osten Sitte und Brauch sind. Oi, oi, oi!

Den schönen Spieß, den er ihn habe kaufen lassen, zu Bruch ginge sein Schaft. Und sein lieber Freund, er, Aegid nämlich, vergeblich würde er auf ihn warten, denn längst säßen die Raben des Böhmerwaldes über seinen traurigen Resten — oder die Aale der Moldau schlöffen über ihn hin, nein, der March. — Aber der Herr Kaufmann, sichere und scharfäugige Kundschafter schickten die mit ihrer

wertvollen Ladung auf die Reise. Merken würden die frühzeitig die Gefahr eines solch heimtückischen Anschlags und Vorkehrung treffen, ihm zu entgehen in eiliger Fahrt.
Aegid meinte nun, da der eine Pause einlegte, er habe nur eine Absage zu erwarten, und dafür auf dem Schemel zu hocken und zu bleiben fehlte ihm die Lust. Schon in Bewegung, bannte ihn eine begütigende Geste auf den Platz zurück.
Der Herr, gelobt sei er, würde schon vermeiden wollen, daß dem friedlichen Handelszug solche Übel widerführen. Aber habe der Herr nicht auch die Krankheit zugelassen gegen den Übermut der Menschen? — Sie führen also nun in den Winter hinein, ihm entgegen sogar, in den Osten. Die Wagen würden auf Kufen gesetzt werden, und weil alle dem Ziel entgegenharrten, würden alle, die zuvor zu Fuß die Begleitung abgegeben hatten, aufsitzen, und die Pferde würden sich in die Stränge legen, gescheucht vom Geheul eines Wolfsrudels. Mit klammen Fingern würde er, Aegid, sich irgendwo angekrallt haben, angenehm würde er sich fühlen und gar leichtsinnig werden — und es herbeiführen, daß er herunterfiele und die schweren Kufen über ihn gingen, sein, Kismas', Wams auch, daß von dem guten Stück die Fetzen hingen und es sich in der Eiseskälte mit Blut befleckte — aber verzeihen würde er es ihm gern. Wenn aber seine Aufmerksamkeit nicht nachließe, dieser Schaden von ihm fernbliebe, immer noch könne statt gebrochener Glieder auch eine geheimnisvolle Krankheit sich bei ihm einschleichen. Eines Morgens oder auch Abends würden seine Weggenossen auf ihn schauen mit entsetzten Blicken, würden von ihm wegweichen und unter sich tuscheln, und ein besonders Beherzter würde an ihn herantreten auf Armeslänge und würde, fragen, wie lange er schon solch ein schwärzliches Geschwür an seinem Körper verspüre. Eine Mattigkeit wäre in ihm, auch ein Schreck, keine Antwort würde er wissen. Geschähe dies bei einer Stadt, würden die Weggenossen ihn in der

Obhut des Spitals lassen, unter Menschen, deren Sprache er vielleicht nicht verstehen konnte. Wenn es ehrliche Leute sein würden, käme sein Wams, Helm und Spieß mit in die Grablege und nicht mehr zurück nach Regensburg. Nun, *wenn* er zurückkehren würde und sich erinnerte an all die überstandenen Mißhelligkeiten unterwegs, wenn er dann den ihm dafür gereichten Lohn in der Hand spürte, könnte es doch sein, daß er es nicht recht fände, ihm, Kismas, Schuld und Zins zu zahlen, weil er meinte, er allein habe dies alles geleistet, und auf Wams, Helm und Spieß vergäße, vielmehr ihm, Kismas, noch fluche, wenn er sich anzumahnen unterstünde.
Vielfältig seien die Möglichkeiten, daß er das geliehene Geld nicht wiedersähe, vielfältig aber auch die Belastungen, die sonst noch auf einem solchen Darlehen lägen. Denn es gäbe eine besondere Judensteuer, die von den christlichen Herrschaften eingehoben würden. Diese sagten, die müsse eingehoben werden wegen des besonderen Aufwands, den der Schutz der jüdischen Gemeinde nötig mache, jedoch werde er wohl wissen, daß es in Wahrheit mit diesem Schutz so weit nicht her sei, immer wieder komme es vor, daß Familienväter von nötigen Reisen der Geschäfte nicht heimkehrten, die Ihren unversorgt hinterließen, und das mache Almosen fällig von allen Mitgliedern der Gemeinde. Dies alles möge er, Aegid, nun berücksichtigen, wenn er ihm die Hälfte des benötigten Geldes müsse für Zins aufschlagen.
Als sich Aegid nun bedachte, redete Kismas ben Ach schon fort und weiter mit nun sehr praktischen Anweisungen. Hingehen möge er zu seinem Principale mercantiles, nachsuchen um einen schriftlichen Kontrakt, inzwischen würde auch er einen solchen vorbereiten für ein Darlehen. Dann verabschiedete er Aegid mit ausgesuchter Freundlichkeit, in dem er ihn auch noch beglückwünschte, wegen des Kredits geradewegs ihn aufgesucht zu haben.

Unterwegs vom Judengäßchen zum hochragenden Kaufmannshaus des Geschlechts der Reich ließ er sich die vielfältigen Gefahren durch den Kopf gehen, die ihm dieser seltsame Geldleiher mit solcher Eindringlichkeit vorgestellt hatte, fand schnell aber solche Gedanken nun für unpassend und drängte sie weg mit der Hoffnung auf eine gewinnreiche Fernfahrt. — Auch das Haus der Reich hatte einen Wächter. Gehört habe er von der bevorstehenden Fahrt nach Osten um seltenes Pelzwerk, offenbarte Aegid sich dem, er wolle sich der anschließen um Lohn, ob er dazu noch angenommen werden könne? Als ihn der Türwächter daraufhin erstaunt musterte, schwand Aegid etwas von seiner Hoffnung, aber als der dann meinte, bestimmt könne er, wenn er sich als geeignet erweise, dazu angenommen werden, war sein vorheriger Überschwang wieder da.

Aegid durfte sich dem Führer des geplanten Zuges vorstellen. Der befragte ihn nach allem, was ihm wichtig erschien, also dem Herkommen und bisherigen Tun, Aegid schnitt etwas auf mit seinem Lohnstand bei den Golliers in München. Ja, verstehen könne man, wurde ihm entgegnet, daß es ihn zu einer größeren Fahrt dränge, als er sie bei den Golliers unternehmen könne, neben den Kaufleuten in Regensburg seien die von München beinahe Kleinkrämer. Begutachten lassen mußte sich Aegid noch von einem sehr jungen Mann, einem Sohn des Herrn Reich, der diese Reise mitmachen würde. Bevor er den erbetenen Kontrakt ausgestellt bekam, mußte er auf ein Kreuz schwören, zur Zeit seinen Dienst anzutreten und von da an stets treu und redlich zu den Reichs zu stehen. Mit Freude tat er es.

Zwölf bewaffnete Knechte sollten den Zug nach Osten begleiten, neben den Fuhrknechten, die man ebenfalls mit Spießen versehen würde, außerdem sollten noch einige Reiter gerüstet werden zum Schutz der Wagen. Ungewöhnlich sei der Zeitpunkt, sonst würden solche Unternehmungen erst im Frühjahr abgehen, aber da sollten sie schon an den Pelzhandelsplätzen sein, um die erste Wahl zu bekommen vor anderen. Gute Waffenknechte zu werben sei schwer in diesen Tagen, denn seit dem Tod König Wenzels von Böhmen sei dessen Erbe strittig, und die böhmischen Stände, die Habsburger und die Lützelburger warben Kriegsknechte. Wenn Aegid gewollt hätte, heraushören hätte er können, daß man ihn für einen nicht so besonders guten Waffenknecht hielt und eben nur annahm, weil andere nicht zu bekommen waren. Aber er bezog es nicht auf sich, was ihm da gesagt wurde.

Kismas ben Ach forderte ihm anderntags den Kontrakt ab. In der Truhe, in die er das Stück Pergament verschwinden ließ, nachdem er es sorgfältig gelesen hatte, lag ein Stück Papier bereit, das er vorbereitet hatte für seine Unterschrift, Aegid malte ein Zeichen, das ein A, genauso aber auch einen Hammer darstellen konnte, der Querstrich über den Buchstaben hinaus den Stiel abgebend. Nun würde er die Münzen in seiner Hand spüren, einen Wert, wie er ihn noch nicht erfühlt hatte. Oder nicht? Weitere Papierstücke zog Kismas aus der Truhe.

Dies sei die Schuldverschreibung eines Plattners aus der Schmiedgasse in Regensburg. Vor einigen Tagen sei die Rückzahlung fällig geworden und mache mit dem Zins soviel aus, wie der Preis für einen guten Helm betrage, dazu auch noch ein Spieß. Aufsuchen möge er den und ihm das Benötigte abfordern, danach könne er dem Plattner das Papier herausgeben und habe somit bezahlt. Nein, da brauche er kein solch zweifelndes Gesicht hinmachen, das habe schon seine Richtigkeit damit. Wolle er es aber klug anstellen, so lasse er sich zunächst einmal Helm und Spieß von einem Wert bei vier Schilling Silber geben, und danach erst gebe er das Papier dafür, das genau dafür stünde gut. Sicher könne er dann sein, daß er um keinen Heller betrogen werde bei dem Handel. Schwieriger sei es bei dem Wams. Dies hier sei die Schuldverschreibung eines Gewand-

schlachters, eines nichtzünftigen allerdings, der an der unteren Wöhrde seine Behausung habe, eines ehrenwerten Mannes, der deswegen nicht in die Zunft aufgenommen sei, weil er vor Jahr und Tag einmal einer umgestandenen Ziege wegen nicht habe den Abdecker geholt, sondern mit eigener Hand das Verscharren auf dem Anger besorgt habe. So sei dies nun einmal, ausgeschlossen sei er deshalb lebenszeitlich von jeder Zunft, denn er selber habe den Abdeckern ihr trauriges Gewerbe geneidet und den mageren Lohn daraus nicht verdienen lassen. Er, Kismas, verstehen könne er dies schon, auch seine Gemeinde habe ihre, zwar anderen, aber eben Regeln, nach denen sich ein Mensch im Zusammenleben richten müsse. Auch hätte er dagegen etwas einzuwenden, wenn man der Judengemeinde das Geldleihergeschäft nehmen würde, das beinahe als einziges ihr verblieben sei. — Nun gut, bei diesem Gewandmacher würde er rechtzeitig bis zu seiner Abreise ein gutes Wams gefertigt bekommen, wenn er es noch heutigen Tages bei dem in Auftrag gäbe, doch beliefe sich dessen Schuld bei ihm um einige vierzig Pfennige höher, die er, Aegid, kassieren dürfe und als sein Zehrgeld betrachten — denn den Träger seines Eigentums bis zur Rückzahlung, den wolle er doch bei guter Kraft aus der Stadt ziehen sehen.
Mit einem unguten Gefühl unternahm Aegid die Gänge, um den Gegenwert seiner eingegangenen Schuld bei den Schuldnern des Kismas ben Ach beizutreiben. Bei dem Gewandschlachter ging es ohne jede Erschwernis vor sich, lediglich einige Pfennige ließ er sich gutwillig abhandeln von der Barzahlung, wofür ihm der aber versprach, das Wams besonders sorgsam zu arbeiten, daß er seine Freude daran haben werde. Bös schalt ihn der Schmied aber als Komplizen eines Halsabschneiders, als er, nach des Kismas' Ratschlag verfahrend, nachdem er die Ware ausgesucht, den Schuldschein hingab als Zahlung. Dabei hatte es ihn gerade hier mit dem Geruch von satter Holzkohle

und an den Wänden haftendem Rauch und Ruß angeheimelt, weil er an den Vater daheim im Auwald an der Isar denken mußte, auch was sich bei dem derzeit gerade zutragen würde.

Daheim wurde auch des öfteren an Aegid gedacht. Nicht nur wegen der Ungewißheit, was der aus dem Bannkreis Münchens geflüchtete Sohn machte. Da war auch noch, daß sich der Auer Schmied gehemmt sah, als es galt, einen Streit zu führen um sein Recht, weil ihm vorgehalten werden konnte, daß der Aegid sein Sohn sei.
Herzog Rudolf war es gewesen, der zuletzt das Lehen für das Haus am Hang bestätigen hatte lassen, das ihnen zur Wohnung diente, nun überwog immer mehr sein jüngerer Bruder Ludwig in München. Er war auch der Vormund der niederbayerischen Wittelsbacher geworden, zu deren Besitztum Giesingen zu zählen war, angrenzend an den Auwald. Der Auwaldschmied steuerte dem wittelsbachischen Viztum ohne Widerspruch ohnehin, nun aber forderte auch die Äbtissin des Klarissinnenklosters, Heilwig die Sendlingerin, von ihm einen vollen Zehnten und dazu noch den Ertrag in Geld seines besten Stückes einmal das Jahr, als ob er ein Leibeigener sei. Sie begründete ihr Beharren auf dieser Forderung damit, daß er auf ihrem Grund sein Handwerk betreibe, und wollte bei nicht erlegter Forderung ihn samt Hammer und Wasserrad an einen Bürger verpfänden, damit der ihr das Geld beitreibe. Doch, dem widerredete er, nicht zu verpfänden sei er in Person, denn er sei von Geburt frei. Nicht jedoch widersprach er dem Wildmeister, als der ihn namens des Herzogs aufforderte, in Person an einem bestimmten Tag mit Schaufel und Kreuzhacke zu erscheinen bei einer Stelle am Hang, an der ein weiterer Weg in die Höhe hinauf zum Dorf Giesing angelegt wurde. Es blieb aber nicht bei dem einen Tag, den er zusammen mit den Bauern Giesings damit zubrachte, durch Aufschütten von Kies, aus dem Isarbett heraufge-

führt mit Karren, durch Graben im hangseitigen Boden den vorherigen Trampelpfad auf die Breite zu bringen, daß zwei Reiter nebeneinander oder ein Pferd mit anhängender Schleppe, beladen mit erlegtem Wild über den breiten Weg ziehen konnten. Trotz der vielen Mühe, die in dieses Werk gelegt wurde, war erst ein Drittel der Strecke befestigt beim ersten Schneefall. Als die Tage dann wieder frühlingshaft wurden, mußte das neue Wegstück nachgebessert werden, denn die ablaufenden Schneewässer hatten Rinnen und Furchen hineingefressen. Und langsam wuchs dann das Band danach wieder hangwärts, von murrenden Bauern geschaufelt und mit Stempeln gegen Abrutschen in den Talgrund gesichert. Schon die herbstliche Feldbestellung hätten sie vernachlässigen müssen, nun aber ginge auch die Frühjahrsaussaat nur unzulänglich vor sich, weil sie tagelang davon abgehalten würden.
Leonhard Schmied tat das Fronden am Weg nicht weniger in seinem Gewerbe Abbruch wie den Bauern. Und gerade diese Bauern wollten ihre beim Hand- und Spanndienst abgebrauchten und beschädigten Geräte danach schnell wieder in guten Stand für ihre Feldarbeit gebracht bekommen, waren ungeduldig, und manch einer holte seinen eisenen Spaten oder seine Hacke wieder ab, um sie rascher bei einem Stadtschmied in München gerichtet zu erhalten, sogar eine Stunde weit weg gelegene Dorfschmieden wurden seinem Hammer am Mühlbach vorgezogen, so daß der schließlich mehr ohne Arbeit stand, als es der Frondienst am Bergweg und Leonhard Schmieds Abwesendsein nötig gemacht hätten.
Hilfesuchend wendete er sich an den Wildmeister, dem er darlegte, wie in seinem Hausstand zunehmender Mangel eintrete. Auch seine Sorge hinsichtlich der ungeklärten Forderung des Klarissinnen-Klosters offenbarte er ihm, mit der Bitte, sie dem herzoglichen Viztum vorzutragen und sich bei dem für ihn zu verwenden. Um sicherer der Fürsprache des Wildmeisters zu werden, gab er ihm einen

besonders kunstreich hergestellten Sauspieß. Ein Geschenk war dies, das eigentlich weit über die Verhältnisse des Leonhard Schmied ging, für einen Schilling Silber war das Eisen schwer, dazu ein und ein halber Tag geduldiges Werken daran verwendet. Und dieser Wildmeister nahm die Gabe von ihm hin wie einen ihm gebührenden Tribut. Es hätte stutzig machen können, dies. Doch zu sehr gewöhnt war der Schmied schon die hochfahrende Art der Ministerialen, wie die Dienstleute hochedler Herrn genannt wurden. Und war der Wildmeister auch noch nicht in diesen edlen Stand erhoben, so konnte er doch mit Fug und Recht darauf hoffen, es bald zu werden.

Dem Dienst der Nächstenliebe verschrieben hatte sich der Orden der Klarissinnen, in München erfüllten die heiligmäßigen Frauen diesen Dienst an den Armen, mit Vorliebe an denen des hoch bestifteten Spitals zum Heiligen Geist neben der alten Kirche zu Sankt Peter. Vergolten wurde den frommen Schwestern ihr Dienst von den Hinfälligen und Kranken dort mit Vermächtnissen bei ihrem Absterben, und weil Krankheit und Sterben nicht nur Arme betrifft, sondern auch diejenigen, denen das Leben mit Besitz und Wohlstand gesäumt ist, so kam mit solchen Vermächtnissen mehr zusammen, als daß es die Wohltäterinnen wieder mit Almosengeben für ihre eigenen, geringen Bedürfnisse hätten zur Gänze ausgeben können. So war einmal, vor zwanzig Jahren, der Betrag beisammengewesen, um dem Bürger Konrad Munsterer sein heruntergekommenes Gut abzuhandeln, das in der Au. Mit solchem Landbesitz schuf sich nämlich ein Kloster erhöhtes Ansehen, sogar die Gerichtsbarkeit, die wurde von verschiedenen anderen Klöstern auf solchem, erworbenem Landbesitz ausgeübt, wie zum Beispiel die von Regensburg — die Damenstifte waren dahin gelangt, als weltliche Obrigkeit nur noch den Kaiser über sich zu sehen.
Der Kaiser? Die Äbtissin, die als einzige Frau des Klosters

ihr Ohr offenhielt für die öffentlichen Dinge, sie konnte sich noch erinnern an die Zeit, da der Bruder des englischen Königs diese Würde eines deutschen Königs und römischen Kaisers übertragen bekommen hatte. Der bis dahin nur als Fehden- und Turnierfechter geübte Rudolf von Habsburg war ihm darin gefolgt, ein Graf aus den schweizerischen Bergen. In diesen Jahren, achtzehn waren es dann geworden, war ihr selbst, der Tochter eines edlen Geschlechts, zur Versorgung und Standerhaltung von Verwandten durch Geschenke an die Konventsfrauen des Klosters die Wahl zur Äbtissin bezahlt worden. Rudolf von Habsburg hatte seine Zeit genützt, dem böhmischen König in Kriegszügen Österreich, Kärnten und die Steiermark zu nehmen. Im Jahr 1291 war dieser Kaiser Rudolf in Speyer gestorben, und sie hatte Gebete für ihn sprechen lassen. Nur sechs Jahre lang konnte der von den Fürsten zu seinem Nachfolger gewählte Adolf von Nassau dem Reich vorstehen, ein Sohn seines Vorgängers im Bund mit den großen Reichsfürsten forderte ihn dann zu einer Schlacht heraus, weit weg am Rhein, da fand auch der seinen Tod. Und die Sendlingerin war immer noch die Äbtissin, aber sie riet nun ihren untergebenen Schwestern zu einem Bittgebet für einen starken und weisen neuen König und Kaiser, damit es ruhig werde im Reich und das Recht wieder sicher. Neun Jahre war da ihr außerhalb der Stadt gelegener Grundbesitz schon beim Kloster. Doch auch die Zeit seines nun gewählten Nachfolgers hatte dem Reich nicht die Ruhe gebracht, für die sie hatte beten lassen, und der nunmehrige König Albrecht von Österreich, ebenjener, der Adolf von Nassaus Tod in der Schlacht herbeigeführt hatte, er blieb weiter kriegerisch. Äbtissin Heilwig die Sendlingerin, in sehr reife Jahre schon gekommen, mußte weiter zuwarten auf spätere Zeiten, daß ihr in ihrem Stand mehr Macht zuwachse, so viel, wie einst ihre edlen Vorfahren besessen hatten, und daß ein deutscher König ihr die bestätigte gegen den im Land mächtigen Herzog. Aber in

diesen Jahren mußte sie so erschütternde Dinge erfahren, wie daß der französische König einen Streit mit dem geistlichen Oberhaupt der Christenheit, mit Papst Bonifatius VII., beendete in der Weise, daß er sich seiner gefänglich versicherte und ihn gefangenhielt in Avignon, einer Stadt in seinem Machtbereich. Geängstigt davon hatte Äbtissin Heilwig noch schlimmere Dinge danach gefürchtet, eines war eingetreten, nämlich war König Albrecht von einem Neffen, dessen Eigentum er verwaltet hatte als Vormund und ihm über die Vormundschaftszeit hinaus vorenthalten hatte, erschlagen worden.
Bei sich hatte Äbtissin Heilwig gedacht, nun bräche endgültig die Zeit des Antichristen an, ihre Mitschwestern hatte sie zu noch größerer Demut bei der Erfüllung ihres Dienstes angehalten, sie selber aber hatte empfindsam nach Zeichen Ausschau gehalten. Und war nicht auch so ein Zeichen, daß Klosterrechte beschnitten wurden durch einen Schmied ohne Rang und Stand, der ohne ihre Zustimmung die Kraft des zum Bereich des Klosters gehörenden Baches für sein Gewerbe nutzte, ohne auch den Klarissinnen dafür zu zinsen und zu fronen?
Dies war vor drei Jahren gewesen. Sie hatte diesem einfachen Mann aus dem Volk drohen lassen und sich dabei zugute gehalten, daß, folgte er daraufhin ihren Weisungen, sie damit auch zum Heil seiner Seele beigetragen haben würde. Da dies nicht geschehen war, hatte sie sich an den herzoglichen Viztum gewendet, doch der hatte sogar ihren Anspruch bezweifelt und gemeint, der Mühlbach sei dem Herzog eigen und gehörig, also stünde seinem Herrn die Abgabe aus der Hammermühle zu. So wartete sie nun auf den Schiedsspruch des Königs und Kaisers — Heinrich von Lützelburg hatte, eine Hoffnung dies auf Besserung der Zeiten, sich der alten Sitte folgend wieder in der heiligen Stadt Rom die Krone des alten Reiches auf sein Haupt setzen lassen —, denn dem hatte sie ein Schreiben mit der Bitte um einen solchen Spruch überbringen lassen. Freilich

wußte sie, daß ihr Kloster zu den unbedeutenden im Reich gehörte, doch um des Christentums willen hoffte sie auf die Rückkehr von Zeiten, die dem Recht wieder ihr Gewicht gaben und die allgemeine Unsicherheit endeten.

Der Winter, den Aegid im fernen Riga verbrachte mit dem Bewachen der erhandelten Felle des wohlweisen Herrn Reich, er ging auch ohne besondere Zuspitzung der Gegensätze in und um die Auschmiede vorbei. Schneereich waren die Monate gewesen, und entsprechend reichlich führte der Bach Wasser an die Mühlräder, viel zuviel, als daß es noch zu brauchen gewesen wäre. Auch die Beschlächte der Ufer litten unter der Gewalt der anrauschenden Wasser. In den vorangegangenen Jahren hatte es ebensolche Schäden gegeben, und dem Schmied Leonhard war das Beheben selbiger nicht schwergefallen, nicht einmal im vorherigen mit dem Straßenbaufron. Da war er zusammen mit den Müllern zu Werk gegangen, und in wenigen Tagen war der Bach wieder geregelt in seinem neu befestigten Bett geflossen.
Diesmal drückte sich der Mahlmüller vom Lauf oberhalb verlegen herum, als er ihn darauf ansprach. Und nachdem er es dem als Arbeitsunlust ausgelegt und ihn gedrängt hatte, ließ der ihn kurz angebunden wissen, daß ein Zusammenwirken mit ihm von der Grundherrschaft, dem Kloster zur heiligen Klara, verboten worden sei.
Leonhard Schmied kam beim Wildmeister um einen Rat ein. Sagte dem, zu wenig Kraft käme vom Bach herunter auf sein Mühlrad, daß es den schweren Hammer kaum mehr hochbringen könne — und deswegen, weil sich beim Mahlmüller und gleich unterhalb von dessen eingehängtem Rad ein Überlauf gebildet habe, jedoch noch auf dessen Grund, da fließe der halbe Bach auf eine Auwiese und versickere dort im Boden, den es dabei versumpfe. Sogar ein jagender Reiter könne bald seinen Schaden davon nehmen, wenn er unversehens in solch ein Sumpfloch gerate.

Mit Vorbedacht schilderte er so ausführlich die Verhältnisse — und sprach den Wildmeister damit genau richtig an, denn wenn den auch sein Zwist mit den Klarissinnen kaum kümmerte, so doch das Versumpfen einer Wiese, die zu seinem Jagdbereich gehörte, für den er eingesetzt war, für den er Aufsicht zu führen hatte. — Streng wurde allen Mahlmüllern am Bach geboten durch den Wildmeister, jeder habe seinen Teil des Bachufers so zu befestigen, daß keinerlei Überläufe mehr entstünden — bei Ungnade des Herzogs, dem er ein Zuwiderhandeln würde melden müssen. Da bei dem Mahlmüller nun gerade in dieser Zeit der Teil des Kornvorrates zum Vermahlen zu Mehl angebracht wurde, der nicht zur Aussaat verwendet worden war, der lange Winter hatte die Mehlvorräte aufzehren lassen, folgte er nicht dieser Anweisung des Wildmeisters, sondern ließ vielmehr der Äbtissin eine kläglich gehaltene Nachricht bringen.

Nun einmal in einen Streit um Rechte verwickelt, klagte diese ihrerseits wieder beim Herzog. Ihr Lehensmann, der Müller, werde in seinem Gewerbe beeinträchtigt, weil er von seiner Arbeit abgehalten werden solle, zum Bachverbauen gezwungen, obwohl er dazu sein Teil geleistet habe. Das könne ihn in die Lage bringen, die dem Kloster zu leistenden Abgaben schuldig bleiben zu müssen. Leonhard Schmied ließ sie unerwähnt — es sollte nicht aussehen, als führe die edle und fromme Äbtissin mit einem kleinen, gemeinen Mann ihren Streit.

Direkt gegen den zu wirken ergab sich bald eine andere Gelegenheit, die Heilwig als ein Werk der Vorsehung ansah. Der Altgeselle des zünftigen Schmieds im unteren ›Gries Petrie‹, also beim Tor zur Isar zu, der war von einem Roß geschlagen worden, in den Leib hatte den der Huf getroffen, so daß er nun im Spital lag und auf seine Genesung nicht mehr zu hoffen war. Sein Meister aber wußte, was ihm von wegen der Zunft wohl anstand, und brachte jeden Tag dem Kranken ein Zubrot, auch blieb er immer

eine Weile bei ihm, versuchend, dem Leidenden mit Erzählen etwas Ablenkung zu verschaffen. Äbtissin Heilwig wußte es so einzurichten, daß sie den Meister beim Heimweg vom Spital auf der Treppe traf. Geehrt fühlte sich der, als er von ihr angesprochen wurde.
Sie wisse nicht viel von seinem Handwerk, nicht genug, um mitreden zu können. Aber denken könne sie sich, daß es ein Vorteil für ihn wäre, auch die Wasserkraft zum Schmieden zu nutzen wie der in der Au drüben. Ersparen könne ihm das viele kräftige Arme von Gesellen, der dort werke allein mit seinem Buben, dem jüngeren, weil ihm der ältere Sohn entlaufen sei, niemand wisse wohin. Was denn die ehrenwerte Zunft der Schmiede dazu gesagt habe, bei dem Brand sei damals, soviel sie wisse, auch eine Scheuer von ihm selber verheert worden.
Der da draußen in der Au sei, vor Jahren schon, was der ehrwürdigen Frau Äbtissin bestimmt entgangen, von jeder Zunft frei erklärt worden vom Kreis der ehrenwerten Meister der Schmiede. Auch verrichte er sein Handwerk nun außerhalb des Burgfriedens der Stadt, sei, freilich nicht immer, einer, der den städtischen Schmieden Lohn und Arbeit wegnehme.
Wenn dies so sei, müsse doch die Zunft beim Stadtrichter Einspruch einlegen gegen solche Konkurrenz — auch wenn er außerhalb des Burgfriedens arbeite, so doch immer noch im Weichbild der Stadt, und die Stadt betreffe sein Tun deswegen eben auch. Aber sicherlich sei dies schon geschehen, oder ob sie sich damit irre?

In der Schwebe bleiben mußte dieser Streit, aber er schwelte untergründig weiter, wie der andere, große, der in diesem Frühjahr 1311 das Land beunruhigte. Die Herzöge Ludwig und Rudolf hatten sich im vergangenen Jahr darauf geeinigt, den ihnen zufallenden Teil Bayerns ein weiteres Mal zu teilen. Aber nun fühlte sich ein jeder von ihnen übervorteilt und glaubte, diesen Landstrich und

jenen Markt mit Zoll und Steuer beanspruchen zu müssen.
Die Bürger der Stadt München versprachen sich mehr davon, wenn sie Ludwig zuneigten, der ihnen versprochen hatte, sobald es sich zeitlich schicke, die Stadtrechte zu verbriefen auf alle Zeiten. Für Leonhard in der Au wirkte sich dies aus, ihm gaben die Herren von den Geschlechtern, die reichen Kaufleute also, die Zurüstungen für ihre Knechte in Auftrag, einen Ausgleich schaffte ihm dies für die mageren Einnahmen in den Zeiten davor.
Doch nicht voll entfaltete sich der Bruderkrieg in Bayern. König Heinrich der Lützelburger rief zu seinem Zug nach Italien, auch die verfeindeten wittelsbachischen Brüder waren aufgerufen, Pfalzgraf und Herzog Rudolf folgte ihm selbst, Herzog Ludwig hingegen ließ sich vertreten durch Bischof Philipp von Eichstätt und verpfändete dem dafür einen ganzen Markt, Gaimersheim, denn nur im Lande verbleibend konnte er sicher sein, seine Anhängerschaft bei Bürgern und Landadeligen zu erhalten und zu vermehren. In diesem und im folgenden Jahr wurden die Auseinandersetzungen nicht beendet, wiewohl Pfalzgraf Rudolf von Italien aus und zwischen den blutigen Fehden dort darauf angewiesen war, mit Briefen seine Beschwerden gegen seinen Bruder anzubringen. Als Ludwig seine Steuereintreibung auch auf die niederbayerischen Städte Landshut und Straubing ausdehnte, begannen sich untergründig Widerstände zu regen von den dortigen Bürgern und auch Adeligen. Doch Herzog Ludwig fühlte sich gerüstet, seinem Bruder überlegen, weil er, um den Rücken freizuhalten, auch noch mit Friedrich von Habsburg, dem Herzog in Österreich, ein Bündnis geschlossen hatte — mit dem Herrn der Handelsstädte an Donau, Enns und an den Pässen nach Italien, den Konkurrenten der Städte in Niederbayern und ihrem Handel. Er fürchtete auch nicht den Angriff der Panzerreiter der Erzbischöfe von Mainz und Köln, die seinem Bruder Unterstützung bringen sollten.

Pfalzgraf Rudolf konnte im Winter 1313 aus Italien zurückkehren. Kaiser Heinrich war auf einem Zug in den ihm unbotmäßigen Süden erkrankt und mußte umkehren. Rudolf betrieb es, nun die Städte, auch München, auf seine Seite zurückzubringen. Seine Sendboten hausierten, Krämern gleich, mit Vorrechten und Privilegien für die Ratsgeschlechter, aber bis in den Mai hinein dauerte es, daß Rudolf mit ihnen einen Schirm- und Bundesvertrag schließen konnte, in dem gegenseitige Hilfe im Kriegsfall versprochen wurde und ihm gelobt, andere Vereinbarungen, mit wem auch immer, von seinem Rat abhängig zu machen. München blieb diesem Bündnis fern. Herzog Ludwig aber blieb nicht, sondern reiste, gleich nachdem ihm das bedenkliche Anwachsen von seines Bruders Macht offenbar wurde, nach Wien, vorsorglich nahm er dorthin auch seinen Vetter, den niederbayerischen Erben, einen achtjährigen Knaben, mit, um diesen Garanten seiner Ansprüche nicht seinem Gegner in die Hände fallen zu lassen. Ein weiterer Herzog des wittelsbachischen Hauses war jedoch im Herbst des vorigen Jahres verstorben, und auch der hatte Ludwig zum Vormund seiner unmündigen Söhne bestimmt, gegen das Interesse des Österreichers, der von Ludwig zum Schiedsrichter im Konflikt mit Rudolf angerufen wurde. Da er bei dem nicht das erhoffte offene Ohr für die Beschwerden gegen den Bruder fand, kehrte er eilig wieder nach München zurück. Von Heinrich Barth, dem Sohn des Bannerherrn der Münchner Bürger, hörte Leonhard Schmied von all diesen komplizierten Dingen, als der bei ihm neue Bogen für die Armbrüste in Auftrag gab. Nun aber könne, sage sein Vater, der Rat Münchens froh sein, daß er sich für keinen der beiden bisherigen Widersacher entschieden habe. Nun nämlich hätten die Brüder endlich Frieden miteinander geschlossen.
Warum dann neue Kriegsausrüstung nötig sei, wie diese Armbrustbogen, wollte Leonhard von ihm wissen.
Wenn sich die beiden wittelsbachischen Herzöge zusam-

mentäten, was abzusehen sei, so müßten dies die Österreicher gegen sich gerichtet ansehen, und für die Stadt sei es da ratsam, stark genug eine vielleicht zu erwartende Belagerung von ins Land fallenden Heeren derselben zu erwarten. Dafür seien die Armbrüste, und er könne ihm schon jetzt Hoffnung auf mehr Arbeit machen.

Er hielt Wort, der junge Barth, schon einen Monat später kam er mit weiteren eiligen Aufträgen und barer Münze in die Au zu Leonhard. Herzog Ludwig sei dem Schirm- und Schutzbündnis des Pfalzgrafen Rudolf mit der Stadt Landshut beigetreten, dagegen rüste nun der adelige Rat Niederbayerns mit Einverständnis der Witwe des verstorbenen Herzogs. Geld sei aufgebracht worden, um die niederbayerischen Ritter zu bestechen, dem Friedrich von Österreich ihre Burgen zu öffnen, und der ziehe eben donauaufwärts auf die Stadt Landau zu. Auch habe die Herzoginwitwe dem die Vormundschaft für die unmündigen Söhne übertragen.

Als es Herbst wurde, wuchsen Lager auf den abgeernteten Feldern der Ackerbürger aus München, Laubhütten, einfache Zelte. Ritter und Knechte aus allen bayerischen Gauen, auch aus dem Nordgau und solche vom Rhein aus der wittelsbachischen Pfalz. Auch schwäbische und fränkische Rede war in den unregelmäßig gezimmerten Lagerstraßen zu vernehmen, auch außerhalb seiner angestammten Lande hatte Ludwig seine Sendboten mit dicken Geldkatzen am Gürtel werben lassen für die unvermeidlich erscheinende Auseinandersetzung.

Auch auf dem brachliegenden Feld in der Au, das den Klarissinnen gehörte, lagerten schon eine Woche lang gewappnete Knechte, nordgauische, als einer von denen an Leonhards Schmiedehammer kam. Nichts Besonderes war dies, denn schon einige von denen hatten gegen gute Münze, über die sie reichlich verfügten, bei ihm ihre Waffen in besseren Zustand bringen lassen. Dieser eine aber drückte sich schon geraume Zeit am Gatter herum, das die

Schmiedestatt begrenzte. Dann hatte der auch nichts bei sich, was danach aussah, einer Reparatur zu bedürfen. Keine Sorge brauche er, der alte Mann, zu haben, er wolle ihm nichts wegnehmen, sondern vielmehr etwas bringen, eine Nachricht oder vielmehr Kunde von einem Aegid, wenn der sein Sohn sei, was er Beschreibungen nach vermuten müsse. So redete der Leonhard an, als er schließlich neben ihm stand.
Aegid?
Ja, von dem, bekräftigte der Fremde. Zusammen mit dem habe er im Dienst regensburgischer Kaufleute gestanden, als Waffenknecht zur Begleitung von Kauffahrten.
Ob das der tot geglaubte ältere Bruder sei, wollte der Bub wissen, der sich dazugestellt hatte und neugierig mithörte.
Nein, tot sei der nicht, der Aegid, sondern quicklebendig, jedenfalls, als er ihn zum letzten Mal, vor zwei Monaten, gesehen habe. Da hätten die Regensburger sie abgelöhnt und ziehen lassen, weil wegen der mit Kriegsvolk überlaufenen Straßen wenig Frachten auf den Weg gingen, wären sie bei denen nicht mehr nötig gewesen. Er selber sei deshalb bei einem nordgauischen Ritter eingestanden, auch den Aegid hätte der gerne in Dienst genommen, aber der habe sich nicht von der Magd trennen können, die ihn seit einer Böhmenfahrt begleitete. Weibertroß habe jedoch der Ritter nicht leiden wollen, also habe Aegid auf einen anderen Einstand gewartet, sei vermutlich ins Heer der Österreicher geraten und von denen angenommen worden.
Leonhard erfragte noch den Ort an der Donau, an dem er seinen Sohn zuletzt gesehen habe. Bedankte sich dann freundlich bei dem fremden Kriegsknecht, verabschiedete ihn und begann sogleich, seinen Werkplatz zu ordnen. – Ob sie aufhörten mit dem Schmieden, wo doch so viel noch zur Arbeit anstünde, wollte der Bub wissen. Keine Antwort wurde ihm, lediglich ins Wohnhaus voraus zu laufen, wurde ihm aufgetragen, Brot sollten die Frauen backen.

Sechstes Kapitel

Manchmal bedauerte Aegid, daß er sich von seinem Vater damals bereden hatte lassen, nur manchmal. An einem nebligen Novemberabend war es gewesen im Jahr 1313. Wie sein zeitweiliger Gefährte auf dem Frachtgeleit für die Regensburger seinem Vater aufgesteckt gehabt hatte, war er beim österreichischen Heerhaufen angeworben gewesen. Dem Grafen Albert von Hals war es gleichgültig gewesen, daß einem angeworbenen Knecht auch noch eine Frau nachfolgte. Dem niederbayerischen Grafen auf der österreichischen Seite war Aegid auch noch deswegen dienstbar geworden, weil er sich noch immer nicht getraut hatte, mit Leuten aus München zusammenzutreffen.

Die Wochen davor waren sie damals stets auf dem Marsch gewesen, zuerst an den Inn, dem von dort anrückenden Heerhaufen des Marschalls Pilichdorf entgegen, dann, nach der Vereinigung mit dessen unendlich stark erscheinenden und glanzvollen Rittern, Reisigen und Waffenknechten war es westwärts gegangen, wobei sie aber um feste Plätze und Städte jeweils einen weiten Bogen geschlagen hatten. Erholsam war es deswegen, in einem sicheren Lager an der Isar zu liegen, nahe der Stadt Landshut, von der Aegid gemeint hatte, daß sie sich dem Heer demnächst ergeben würde, wenn es vor die Tore und Mauern rückte. Direkt beim Lager und den hohen Herren zu Quartier dienend, lag das Dorf Gammelsdorf, das zu plündern sich kaum gelohnt hätte, aber die Stadt, die würde reiche Beute hergeben müssen und so dafür bestraft werden, daß sie mit dem Herzog Ludwig ein Bündnis eingegangen war. Eine Stadt, Bürger, ein Bündnis gegen hochedle Herren! Zu hören war gewesen im Lager, daß der Herr Bruder von der anderen Seite her, von Vorderösterreich und der Schweiz, ebenfalls mit einem Heerhaufen unterwegs gegen die bayerischen Herzöge sei. Aegid also hatte alle Siegeszuversicht gehabt an diesem Abend. Mit Hedwig, sei-

ner Braut, war er, als vom Fluß die Nebel herwallten und feuchte Kälte brachten, in die grob zusammengeflochtene Laubhütte geschlüpft, die sie sich gemeinsam die vorangegangenen Tage errichtet hatten. Hedwigs warmer Körper hatte all seine Aufmerksamkeit gefangengenommen, so daß er den schnaufenden Vater erst bemerken konnte, als der schon hereingeschlüpft gekommen war.
Beinahe wortwörtlich war ihm das damalige Gespräch mit seinem Vater in Erinnerung geblieben, weil es das letzte zwischen ihnen gewesen war.
Wo sie sich allein besprechen könnten? Dringlich und mit einem verächtlichen Seitenblick auf Hedwig hatte er gesprochen.
Hedwig gehöre zu ihm, so daß sie so gut wie allein wären, er könne schon reden, wenn es auch wenig Zweck haben könne, so hatte er ihm hochfahrend herausgegeben.
Ob er sich für einen schon so weit hochgekommenen Herrn dünke, daß er sich eine Lagerdirne für sich allein hielte, eine Hure, hatte der Vater ihm böse zugeraunt, schämen möge er sich, wenn er dazu noch fähig sei. Hedwig war daraufhin von der Schilfunterlage aufgefahren und zornig hinausgewischt.
Da hatte der Vater einen anderen Ton angeschlagen, kurzatmig hatte er ihm erzählt, wie er auf der Suche nach ihm gewesen sei, wie es immer gefährlicher geworden sei, sich zwischen den Kundschaftern der beiden einander feindlichen Parteien hindurch zu schmuggeln und daß er es habe trotzdem tun müssen, weil er ihn, seinen älteren Sohn, vor größtem Unglück zurückhalten müsse. Denn, so glaube er, noch könne er ihn davor bewahren, auf alle Lebenszeit als Heimatloser in der Fremde, im Elend herumziehen zu müssen. Denn sollte es in den nächsten Tagen zum Schlagen zwischen den Heeren kommen und einer aus München würde ihn erkennen auf der österreichischen Seite, könne er nie mehr heimkehren.
Wie? Könne er es denn jetzt?

Es würde sich einrichten lassen, er, Aegid, würde schon sehen.
Nein, auf so unsichere Kunde hin würde er nicht in die Nähe Münchens gehen, um dort vielleicht dem Meister Hanf, dem Henker, überliefert zu werden, unschuldig hingerichtet und unehrlich außerhalb geweihter Erde verscharrt. Nein, er würde hier beim Heer des künftigen Kaisers bleiben, denn das habe sich hier schon herumgesprochen, daß Herzog Friedrich von Österreich, der auch in Gammelsdorf eingetroffen sei, dem im August in Italien verstorbenen König Heinrich nachgewählt würde.
Erst da hatte er bemerkt, daß sein Vater verwundet war, daß dem ein Armbrustpfeil in der Schulter steckte. Mit knappem Atem hatte der weitergeredet. Hatte ihm dazu flehentlich seine sonst gewaltige Schläge zu führen gewohnten Fäuste hingereckt dazu. Einflußreiche Bürger habe er kennengelernt in den Jahren seit seiner Abwesenheit, nun müsse er nur darauf vertrauen, daß die ihm helfen würden, sich vom damaligen Verdacht zu reinigen. Und außerdem könne er, wenn er gleich, noch in dieser Nacht, zum Heer des Herzogs Ludwig mit ihm ging, in den Haufen der Knechte treten, die den Heerbann aus münchnerischen Geschlechterherrn begleiteten — und mit dem vielleicht siegreich zurückkehren in die Au an der Isar. Wer würde gegen einen heimkehrenden Sieger eine alte Anklage erheben wollen, das könne er sich doch nicht vorstellen.
Eine Weile hatten sie dann noch, Vater und Sohn, darüber unterhandelt, daß auch Hedwig mitkommen müsse. Widerwillig hatte der Vater ihm schließlich nachgegeben. Eine Böhmische! Aber da er wohl gemeint hatte, ihn sonst nicht vom österreichischen Heerlager weglocken zu können, hatte er in dieser Sache nachgegeben. Wie Diebe waren sie später, mitten in der Nacht, dann aus dem Bereich der Wachfeuer geschlichen, unbemerkt glücklicherweise. Zu dritt waren sie flußaufwärts gepirscht bis zum Morgen,

der aber auch bergenden Nebel gebracht und so ihnen freundlich gewesen war. Gegen Mittag schließlich waren sie in die Nähe der anmarschierenden Verbündeten des Herzogs Ludwig gelangt, sein Vater hatte die Führung übernommen, und unversehens waren sie beim Banner der Bürger Münchens gelandet gewesen, bei Herrn Barth, auch das Fähnchen des Herrn Gollier hatte Aegid schnell erkannt und das der Liegesalz und Ridler. Glatt und schnell war er aufgenommen gewesen in die Schar der Waffenknechte, sein Vater aber war mit Hedwig schon voraus heimwärtsgegangen, und er hatte ihm angemerkt, daß die Verwundung ihm ein gefährliches Fieber brachte. So bald als möglich würde er heimkommen, hatte er ihm versprochen, und der junge Herr Barth hatte den Vater noch beruhigt, lange würde es nicht dauern, noch heute konnten sie zu einem siegreichen Schlag gegen den landesfeindlichen Friedrich von Österreich kommen, daß Aegid schon zwei oder drei weitere Tage später in der Au sein würde.
Noch am selben Nachmittag war er wieder da gelandet gewesen, wo er in der Nacht weggeflüchtet war. Zu sorglos hatte das österreichische Heer gelagert, daß der gewaltige Keil der Ritter hatte unter sie fahren können, bevor sie noch richtig kampfbereit standen. Aegid war erst mit dem Troß des Münchner Stadtbanners an die Walstatt gelangt, da waren die hohen Herrn bereits in Gefangenschaft geraten, der Marschall Pilichdorf und jener Graf Albert von Hals, dem er einige Wochen lang hatte dienstbar sein dürfen.
Ja, manchmal bedauerte Aegid, rückblickend, seine damalige Entscheidung, nämlich immer dann, wenn er zu Frondiensten aufgeboten wurde, entweder für das Kloster oder für den Herzog, der nun auch König und Kaiser des Heiligen Römischen Reichs Deutscher Nation war.
Aegid war nicht gleich nach der Schlacht bei Gammelsdorf nach Hause entlassen worden, sondern hatte beim Heerhaufen bleiben müssen, weil man diesen beisammenhielt

wegen der Besorgnis, mit ihm auch noch dem Angriff des von Westen her ankommenden österreichischen Heerhaufens standhalten zu müssen. Es war nicht dazu gekommen, in den Winter hinein waren die Geschlechterherrn aus den Städten abgezogen, die Knechte aber waren in einem Lager bei Landshut versammelt geblieben. Den Sommer hinein war dann ein weiter und umwegreicher Zug in den Norden gegangen, langsam und entbehrungsreich, denn immer wieder waren österreichische Streifscharen vor ihnen da gewesen, hatten alle aufzutreibenden Lebensmittel aus der Umgebung weggeführt gehabt.

Aegid war im Oktober vor der Stadt Frankfurt in einem Feldlager gewesen, als die Erzbischöfe von Mainz und Trier und König Johann von Böhmen, der Markgraf von Brandenburg und der Herzog von Sachsen-Lauenburg seinen Herzog, den Ludwig eben, zum deutschen König gewählt hatten, wo auf dem anderen Mainufer drüben unter Vortritt des Pfalzgrafen und Herzogs Rudolf, also Ludwigs Bruder, den Tag davor schon Friedrich von Österreich ebenfalls zum deutschen König gekürt worden war. Mit einer Sonderportion Wein im Bauch war Aegid noch weiter, bis in den späten November hinein, im zahlreichen Geleit für den König Ludwig gewesen zur Krönungsstadt Aachen. Erst von dort hatte er dann heimwärtsziehen dürfen, und als er endlich in die Au gekommen war, hatte er seinen Vater nicht mehr lebend vorgefunden. Die Wunde von dem Armbrustbolzen, den ihm eine Lagerwache nachgesandt hatte, als er auf der Suche nach ihm einer solchen auffällig geworden war, diese Wunde hatte bei aller Pflege, die Hedwig und seine Schwestern auf sie verwendet hatten, nicht mehr richtig heilen wollen, war ausgeschwärt einige Monate lang und hatte dem immer hinfälliger werdenden Mann die letzte Kraft genommen, bis er an einem kalten Herbstmorgen nicht mehr von seinem Lager aufgekommen war. Die Frauen und der Bub hatten dem bogenhausischen Pfarrer das letzte noch vorhandene Geld gege-

ben für Versehgang und Beerdigung. Um wenigstens das allermagerste Essen auf den Tisch zu bekommen, war eine seiner Schwestern zu den Klarissinnen gegangen, die sie bereitwillig gefunden hatte, einen kleinen Betrag zu leihen, bis er, Aegid, heimkehren und die Schmiede wieder in Gang bringen würde.
Anzuerkennen hatte er, Aegid, das Lehensrecht des Klosters auf die Schmiedstatt deshalb, aber auch die leere Sölde war zu Lehen und zwar immer noch vom Herzog. Zweifach wurde er deshalb von den Grundherrn in Anspruch genommen zu Dienstleistungen, die ihn immer wieder von seiner Lohnarbeit wegholten. Das Kloster zum Beispiel ließ Fischteiche anlegen, für den Bedarf der Fasttage. Sie auszuheben wurde von den in der Au ansässigen Lehensträgern gefordert. Und nach wie vor war immer wieder etwas an den Wegen und Straßen auszubessern, was der Wildmeister für den Herzog forderte, dazu ein Kirchenzehnt an den Pfarrer von Bogenhausen, Grundzins aber für die Hütte am Hang und für die Mühl- und Schmiedstatt zu entrichten an den Steuertagen. Auch dafür, daß er den von seinem Vater verlassenen Hammer erblich übernehmen hatte dürfen, war eine Zahlung an das Kloster zu erbringen gewesen, bei Abraham dem Juden in München hatte er die Summe hierfür entliehen, und zu zahlen hatte er immer noch an ihr, denn was er jeweils erübrigen konnte, reichte eben hin für den Zins.

Sechs Jahre waren nun seit dem Treffen bei Gammelsdorf vergangen, fünf seit Ludwigs Krönung in Aachen. Und immer noch herrschte Unfrieden im Land, der Handel und Gewerbe abträglich war. In der Stadt war Aegid mit seinem Bruder, um Roheisen zu kaufen. Mit dem vollgeladenen Karren, vor den sie sich gemeinsam gespannt hatten, waren sie schon unterwegs dem Tor zu und zur Brücke, als Aegid auffiel, wie sich aufgeregte Gruppen von Leuten zusammenstellten und auf offener Gasse etwas anscheinend

Wichtiges beredeten. Deshalb erfragte er bei den Torwächtern, um was es denn solche Aufregung gebe.
Ob er denn wirklich noch hinaus wolle, fragte der dagegen. Wieder einmal sei ein Heer des Friedrich von Österreich und seines Bruders Leopold unterwegs, desjenigen, der vor vier Jahren den freibürtigen Bauern von Uri unterlegen sei. Den festen Mauern und Toren Münchens scheine diesmal der Heereszug zu gelten, aber wie er wisse, hätten die hiesigen Bürger in den letzten zehn Jahren die Befestigungen fertiggebracht, so daß sie sicher gegen stürmende feindliche Hand wären. Deshalb fände er es für verwunderlich, wenn er nun diese sicheren Mauern verlassen wolle — denn ob er den morgigen Tag wieder Einlaß gewährt bekomme, sei zweifelhaft.
Nach kurzer Zeit des Bedenkens schickte er den Bruder allein in die Au. Er trug ihm auf, die Schwestern und Hedwig herüberzuholen, die sollten zuvor das verlassene Haus fest verrammeln und alles von Wert entweder in ein sicheres Bündel geschnürt mitbringen, und wo dies nicht anginge, in sichere Verstecke verbringen. Außerdem könne es nicht schaden, wenn er auch noch seine zu Waffen geeigneten Gerätschaften aus seiner Zeit als Waffenknecht herschaffe.
Der Torwächter, der mitgehört hatte, lobte seinen Entschluß und seine Anordnungen, die er dahin verstand, daß Aegid sich, im Fall es Ernst wurde, mit auf Wehrgang stellen und die Mauer Münchens würde verteidigen helfen wollen. Bereitwillig wies er ihm deshalb nahe beim Tor einen Abstellplatz für den Karren an. Dann aber mußte Aegid sich einen Platz überlegen, wo er und die Seinen für die Zeit des Aufenthalts in der Stadt ein Dach über dem Kopf und ein Lager für die Nacht finden konnten. Bei einem Gastwirt würde es sein knappes Geld kosten, bei zünftigen Schmieden würden sie ihn nicht aufnehmen — da blieben nur die Klarissinnen am Anger. Bei ihnen holte er Rat ein.
Doch, gestand ihm die Pfortenschwester gleich zu, da sie

es auch schon wüßten von der bevorstehenden Landnot um München herum, die Lehensleute des Klosters vor den Mauern würden von ihnen schon untergebracht, auch die anderen, denn wer sollte nachher die Abgaben an den Orden liefern, wenn sie alle weggeholt oder schutzlos den Feinden preisgegeben zu Schaden kämen. Als er zum Tor zu ein weiteres Mal die Gassen durcheilte, um die Seinen abzuholen, hatte sich inzwischen das Bild dort verändert. Die zu den nächtlichen Wachten in den Vierteln eingeteilten Bürger durchstreiften sie und hielten diejenigen an, die ihnen nicht bekannt erschienen. Da es wieder Herbst war und die Vorräte für den Winter überall in Speichern und Scheuern lagerten, würde im Fall einer Einschließung der Stadt von außen diese nicht durch Mangel an Lebensmitteln zur Übergabe kommen. Aegid verstand es, daß sich deswegen die Bürger davor zu schützen suchten, schon jemanden innerhalb der Mauern zu haben, der später den Belagerern Vorschub leisten wollte, einen gedungenen Brandstifter oder einen, der im Hinterhalt lauernd darauf wartete, bis er dem stadtschädlichen Feind den Weg herein bahnen konnte.
Am Marktplatz sah er die Herrn des äußeren und des weniger vornehmen inneren Rats der Ratstrinkstube zueilen, auch die anderen Stadtbürger wirkten auf ihn alle in einer unbestimmbaren Weise aufgestört, und er meinte, sie bewegten sich mit rascheren Schritten irgendwelchen Zielen zu. Um von keiner Viertelswache angehalten zu werden, zwang er selbst sich jedoch zu einer gelassenen Gangart. Ungehindert langte er wieder beim Tor an, wo er ungeduldig auf den Bruder mit den Frauen warten mußte. Da zogen schon andere Anwohner der Umgebung heran, wurden jedoch noch außerhalb des Tores gehalten, die Herden Vieh, gehörig wahrscheinlich den Landbesitz haltenden Bürgern Münchens, die sie hergetrieben hatten, sollten unter ihrer Bewachung noch auf der Weide bleiben. Im Falle der Einschließung durch die Österreicher jedoch würden

sie sie zwischen der inneren und der äußeren Mauer und auch auf den wenigen noch unbebauten Gründen innerhalb der Stadt verwahren. Nein, die Besorgnis einer Hungersnot würde gebannt sein, wenn vor der Stadt die gegnerischen Wachten an den Feuern sitzen würden.
Aegid wurde, so herumstehend, vom Torwächter angeredet, ob er sich schon für die Mauer habe einteilen lassen bei einem Viertelshauptmann. Da er dies verneinte, bot ihm der an, zur Verstärkung der Torbesatzung gemeldet zu werden. Aegid willigte sogleich ein, was hätte ihm besser gelegen sein können, als auf dieser Stadtseite zu bleiben, von wo aus er, sogar noch aus der erhöhten Warte eines Turms, dessen am Talbrucktor, hinüber auf sein Haus und seine Schmiedstatt schauen konnte, wenn er nicht mehr würde hinausgehen dürfen. Als die anderen mit Sack und Pack endlich anlangten, war es bereits so beschlossen. Aegid sollte, wenn der Alarm gegeben würde mit dem Sturmläuten der Glocken, zum Talbrucktor eilen mit allen seinen Waffen.
Aegids Leute waren unter den letzten, die Einlaß fanden. Der Ratsbote brachte das Verbot, keine weiteren von draußen kommenden Leute mehr einzulassen, weil sich unter die geflüchteten Bauern und anderen Dörfler auch Abgesandte der Österreicher mischen könnten in verräterischer Absicht. Das schwere Fallgatter wurde ächzend heruntergedreht, weit vor der üblichen Zeit, wer nun noch hinaus wollte, mußte durch das kleine Schiffertor seinen streng kontrollierten Weg nehmen.
Keine weitere Versäumnis wollte sich Aegid nun leisten, um die schützenden Vorkehrungen gegen den Angriff zu beobachten, er hatte es eilig, zum versprochenen Quartier der Klarissinnen zu gelangen. — Als sie dann später, von den Nonnen noch mit einer Suppe begastet, auf dem Strohlager nebeneinander lagen und doch der Schlaf nicht kommen wollte, in der Sorge um das ungewisse Morgen, da sprach die älteste Schwester aus, was Aegid und bestimmt

nicht nur er hoffen wollte: Vielleicht galt der Anmarsch der feindlich gesinnten Heerscharen gar nicht ihrer Stadt, sondern einer anderen, die Kundschafter konnten sich über die Richtung getäuscht haben.
Und in dieser ausnehmend bedrängt verlaufenden Nacht, in der die übrigen schließlich doch in einen unruhigen Schlaf fielen, sinnierte Aegid vor sich hin. Die Schwestern und der jüngere Bruder, abhängig waren sie, seit er dem Haushalt vorstand. Wie sehr abhängig, darüber hatte er sich bisher den Kopf nicht schwer werden lassen. Nun aber, auf einmal? Die Hedwig, die Böhmische, die inzwischen ihm angetraute Ehefrau, sie hatte zwar drei Kinder geboren, aber keines war über die ersten Wochen am Leben geblieben. Trotzdem würde sie anerkannt als berechtigte Erbin, wenn sie als Witwe wieder einen Mann heiraten würde, der die Schmiedstatt vom Kloster zu Lehen übernehmen würde. Seine beiden Schwestern aber, die er bisher als Bestandteil des Hauswesens und als nicht mehr angesehen hatte, sie waren bereits über das Heiratsalter hinaus, würden kaum mehr wo anders einheiraten, es sei denn bei einem Witwer mit unversorgten Kindern, aber auch da würden sie weiblichen Dienstboten gleich sein, der Bruder gar würde sein Lebtag lang nur einem Knecht ähnlich seine Tage hinbringen, ohne Aussicht auf eine Verbesserung. Solange er das Lehen hatte, war es, fand Aegid, für den erträglich, aber wenn er morgen mit den Füßen voran und auf den Spießen vom Wehrgang getragen werden mußte? Er wußte, daß seine Geschwister die Böhmische, die Schwägerin, nicht mochten und ihr dies auch gelegentlich zu verstehen gaben. Wenn sie allein mit ihnen in einem Haus sein würde, da war er sicher, würde sie ihnen diese Abneigung zurückgeben.
Wie er versprochen hatte, lief Aegid beim Sturmglockenläuten zum Taltor. Noch waren die österreichischen und salzburgischen Ritter von der Mauer aus nicht zu sehen. Aber der eine mit Aegid bekannte Wächter erzählte, daß

sich am frühen Morgen der Himmel über weit entfernten Dörfern rot gefärbt hatte, und nun stieg an der Stelle, an der sie das Dorf Haidhausen wußten, ein Rauchgewölk auf. Auch weiter in den Norden zu, in der Grafschaft Ismaning, die dem freisingischen Bischof Konrad Sendlinger gehörte, seit kurzem sogar mit beiderlei Gerichtsbarkeit, brannten Dörfer — also auch diese neutral erklärten Gebiete wurden nicht geschont, wunderte sich Aegid. Und war gleich darauf so eingespannt, daß er sich keine weiteren Gedanken machen konnte. Pech, schimmelig gewordenes Öl und Wasser wurden in umfänglichen Kesseln über scharf angeheiztem Feuer zum Sieden gebracht, um für die über die Mauern des Turms ragenden Pechnasen bereitzustehen. Eine solche Taufe würde einer, der mit einer Leiter versuchte, heraufzuklettern, nicht heil überstehen.
Vor der Mauer lief der Kaltenbach, dem sein neuer Lauf so gegraben worden war, daß er ein natürliches Hindernis zur Annäherung darstellte. Den in einer steinwurfweiten Entfernung stehenden Häusern waren von den Münchner Bürgern die Dächer abgenommen worden, damit nicht Feuer auf sie gesetzt und so ein Brand auch auf die Stadt übergreifen konnte. — Aegid, den Brandgeruch von den Pechkesseln in der Nase, sinnierte wieder. Was nun alles erlaubt war, wo sonst nur der Verdacht auf weit weniger schwerwiegende Taten Kopf und Kragen kostete. Nun, er konnte es zufrieden sein, niemand mehr sprach über den Verdacht der Brandstiftung gegen ihn, und er selber war klug genug, auch seinerseits nie die Rede darauf zu bringen. — Ob drüben, dreihundert Schritt weiter die Mauer entlang, ob dort König Ludwig, dem der Angriff auf die Stadt galt, auch auf der Mauer stand? Aegid wußte nicht, ob der überhaupt in der Stadt und auf seiner an der nördlichen Mauer gelegenen Burg weilte. Ungeachtet dessen kam ihm ein ketzerischer Gedanke: Wie, wenn König Ludwig hinausritte und den Friedrich von Österreich, der ja auch für sich in Anspruch nahm, deutscher König zu sein,

zu einem Gottesgericht herausforderte, zu einem ritterlichen Turnier? Wie viele Leben ersparte dies auf beiden Seiten!
Ob er schlafe, nun zögen die ersten Reiter den Gasteigberg herunter! Doch, nun sah er sie auch, Ungarn mußten dies sein, ihren flinken und leichten Pferden nach zu schließen. Aegid wußte, wie weit Ungarn, deren Heimatland also, entfernt war, auch für diese behenden Reiter etliche Tagereisen zumindest. — Beobachten konnte er nun aus der Schießscharte, wie die dem Wildmeister das Haus verwüsteten. Gleich danach waren die kleinen Hütten an der Reihe damit, in denen die Rottleute gehaust hatten, deren kärglicher Verdienst abfiel, wenn sie den Fuhrleuten über den steilen Gasteigberg herunterhalfen. Wenn auch die, gleich ihm, nach München hereingeflüchtet waren, schwer getroffen wurden sie doch mit der Zerstörung ihrer Behausungen, nur dürftig würden sie Ersatz dafür hinstellen können vor dem herannahenden Winter. Erleichtert sah Aegid, daß vorderhand sein Wohnhaus am Berghang stehenblieb, den Reitern lag es zum ebenfalls Abreißen an einer zu ungünstigen Stelle. Dafür bemerkte er kurz später, daß sie ihm in die Schmiedstatt eine Brandfackel geworfen hatten, wohl deswegen, weil sie nicht zu Unrecht annahmen, daß hier den Münchnern Waffen entstanden waren. Eine neben ihm auf der Mauer geführte Unterhaltung der hier wachenden Bäcker hörte Aegid mit. Besser, meinten die untereinander, wäre es schon gewesen, diese Häuser draußen in der Au drüben selber noch abzubrennen, nun zögen die Feinde daraus Bretter und Balken, um damit das Stück Brücke zu ersetzen, das wegen des Abwerfens des Belags unbegehbar geworden sei. Falsche Rücksichten seien es gewesen, den Auern ihre kümmerlichen Hütten stehenzulassen. Gleich darauf sah aber Aegid, daß die Reiter der Brücke nicht zu ihrem Flußübergang bedurften, sie ritten durch die seichte Stelle oberhalb herüber. Vom Angertor aus flogen ihnen Pfeile und Bolzen entgegen, aber

die konnten keinen Schaden anrichten, weil die Entfernung zu weit war und deren Durchschlagskraft minderte. Gegen Mittag erst war an diesem Tag der Ring der Belagerer um die Stadt geschlossen. Noch immer aber blieben hitzige Waffengänge aus, die Belagernden zwangen vielmehr eingefangene Bauern, mit Graben das Wasser aus den Wallgängen zu leiten, was wegen der immer wieder versuchten Beschießung von den Wehrgängen herab zwar langsam vor sich ging, aber am darauffolgenden Morgen schon ersten Erfolg zeigte. Kniehoch nur noch ging da einem, der am Fuß der Mauer hätte durchwaten wollen, die morastige Brühe. Obwohl noch lange keiner den Versuch machen wollte, versetzte dieses Absenken des Mauergrabens die Verteidiger in große Aufregung. Würden die Belagerer nicht bald damit beginnen, an einigen Stellen zuzuschütten, um mit Rammböcken die neue, sicherlich starke, aber eben nicht unwiderstehliche Umwallung einzurennen, und durch eine Bresche eindringen? Tage banger Anspannung vergingen. Auch Aegid verließ den Wehrgang in dieser Zeit nicht mehr, sondern schlief zwischenhinein einmal in einer Ecke an Balken gelehnt und schlürfte auch die Suppe dort, die von den Bürgerinnen bereitet und hinaufgebracht wurde.
Die Nächte über flackerten draußen rundum die Wachtfeuer, sahen sich an wie die gierigen Augen eines lauernden Wolfsrudels. Auch in der letzten Belagerungsnacht, doch waren dann am Morgen die Österreicher abgezogen, unbemerkt, nur eine kleine Nachhut ungarischer Reiter war zum Schüren der Feuer geblieben gewesen, im frühen Dämmern auch sie aber verschwunden. Jubel schlug in aller Frühe die gespannte, abwartende Stille in der Stadt drinnen kurz und klein, man lag sich froh in den Armen und klopfte sich vor Begeisterung auf die Schultern.
Als wenig später Aegid mit seiner Familie aus dem Tor und über die Brücke zur Au zog, war für ihn schon kein Grund zur Fröhlichkeit mehr. Die Äbtissin der Klarissinnen hatte

sie gemahnt, alle die Grundhörigen in der Au, die nächste Steuer müsse sie voll und pünktlich einfordern lassen, angelegen lassen sollten sie es sich sein, sie zusammenzubringen. Dazu hatte sein Bruder noch Versprechen gegeben an Leute von der Salzrott, daß er helfen würde beim Aufbau der niedergerissenen Häuser. Was für ihn bedeutete, daß er beim Instandsetzen der Schmiedstatt wenigstens zeitweilig auf ihn würde verzichten müssen — und es war ihm nicht entgangen, daß der mit seinem Entgegenkommen den Vater eines Mädchens bei diesen Rottleuten für sich einnehmen wollte. Da konnte er sich kaum dagegen äußern, ohne später einen steten Vorwurf des Bruders hören zu müssen, er hätte ihm eine Heirat verhindert.

Der folgende Winter machte Hedwig Schmiedin zur Witwe. Wie das anrückende Heer des Königs Ludwig die Belagerung fruchtlos gemacht hatte, so war der frühzeitig mit Eis und Schnee anrückende Winter es, der Aegids Mühe vereitelte, den Schmiedhammer am Bach wieder zum Laufen zu bringen. Aber der gab nicht auf, die Gedanken an die anstehenden Schulden trieben ihn an. Unbeachtet ließ er so auch eine schlimme Erkältung, bis er mit einem Fieber aufs Lager kam, von dem ihm auch die Stadtärzte in München kaum hätten wieder aufhelfen können, ihm, einem noch keine vierzig Jahre alten Mann.
Die Hedwig Schmiedin sah es in der folgenden Frühlingszeit als einen glücklichen Umstand an, daß Korbinian, der ›Kurbi‹, der eben erwachsene Bruder ihres verstorbenen Mannes, sich Aussicht auf eine Heirat machen konnte. Mit den beiden jüngeren Schwägerinnen vermeinte sie schon zurecht zu kommen, dem Regiment eines so viel jüngeren Mannes sich zu beugen wäre ihr aber entschieden zuwider gewesen. Deshalb war es ihr eilig damit, den ›Kurbi‹ bald außer Hauses zu bringen, seine junge Liebe sollte nicht ins Kraut schießen, übersah man das Kraut im Garten rechtzeitig zu ernten, so bekam es einen Stengel, die Blätter began-

nen leicht zu welken, und beim nächsten starken Wind riß es eines um das andere ab, bis nicht mehr viel übrigblieb, was von Nutzen war — genauso sah für die Witwe Schmiedin die Liebe aus, sie hatte mit ihrem Aegid dieses Ding genugsam erprobt.

Am Tag des heiligen Benediktus im März suchte sie die Leute von der Salzrott, die sich Sammer nannten nach ihrer Arbeit, in ihrem wieder feststehenden Haus auf. Als Witwe vertrat sie den Hausherrn, dies war an und für sich noch entsprechend der Regel, nicht mehr schon, daß sie es so früh im Trauerjahr tat. Es wurde ihr von den Sammern noch nachgesehen, war sie doch eine aus dem Böhmischen, die Hedwig. Wie sie aber geschickt das Gespräch in Gang brachte und dem Hausherrn um den Bart ging, trug ihr die Abneigung der Frauen ein.

Wen wunderte es, daß ein so stattlicher Vater so liebenswerte Töchter habe, und wundern dürfe es da keinen, wenn ein Jüngling eine von ihnen gesehen und sofort für sie lichterloh entflammt worden sei. Aber sei es da nicht geradezu die Pflicht eines weisen Hausherrn, einen solchen Brand in den Herd zu schieben, in den ehelichen Herd, daß er nicht in Schaden ausarten könne, tugendsam sei der ›Kurbi‹ allzeit gewesen, aber wenn er zu lange auf die süßen Früchte der Minne warten müsse, könne er auf sündige Gedanken verfallen, und, das sei von ihr unbestritten, wenn auch des Sammers Tochter jungfräulich und tugendsam gehalten sei, könne auch sie jäh einer Versuchung erliegen. Besser sei es da schon, den Pfarrer um vorzeitigen Segen für das Paar zu bitten, ohne das Ende des Trauerjahrs abzuwarten. Dem Aegid tue man da bestimmt ganz nach seinem Sinn, sie habe ihn gekannt wie niemand sonst auf der Welt, ungestüm sei der gewesen weit mehr als sein Bruder.

Gegen den Schmied Korbinian habe er nicht das mindeste einzuwenden, doch habe der nicht noch zwei Schwestern, die älter seien als er, und könne man leugnen, daß Gefahr

sei, daß diese unverheirateten Frauen ihm noch Unehre einbrächten, wenn sie länger noch ohne einen Mann gelassen wurden. Warum, frage man sich schon lange in der Au, habe man die nicht unter die Haube gebracht?
Ein verwegener Einfall kam der Hedwig Schmiedin in diesem Moment. Fromm, sagte sie, jungfräulich seien auch die Schwestern des Korbinian, beschwören könne sie es, wenn es jemand von ihr verlangen würde. Aber eben deswegen verlangte es die nicht nach der Haube einer verheirateten Frau, sondern mehr nach einem Schleier, auch nach klösterlicher Abgeschiedenheit und einem Leben in gottgefälliger Mildtätigkeit. Bevor sie aber diesen Schleier nähmen, wollten sie noch ihren Bruder, ihr Herzblatt, zur Hochzeit geleiten. Dieses letzte weltliche Fest, sollten sie selber sagen, das müsse man ihnen doch gönnen und es nicht aufschieben, sie damit von ihrem ersehnten Seelenfrieden noch länger abhalten. — Und da von diesem Vorhaben niemand wisse, dürfe sie doch darum bitten, es keinem Menschen weiterzusagen.
Abzuhandeln begann man nun die Bedingungen der Verheiratung. Das Mädchen, um das es ging, wurde von der Mutter flüsternd gemahnt, sich mit keinem Ton dazu hören zu lassen, stumm blieb sie beim Ofen hocken, bewacht auch von ihren Geschwistern, während die Hedwig Schmiedin mit dem Vater Punkt für Punkt besprach.
Morgensuppe und Mittagsmahl wollte Hedwig auf sich nehmen, dafür solle der Sammer für ausreichend Most und ein Faß Bier sorgen, letzteres solle nicht unter zwölf Eimer fassen, dazu solle er noch die Musikanten für den Brauttanz bestellen, Korbinian solle, so wurde bestimmt, den Vaterteil am Wohnhaus aufgeben, dafür jedoch den Hedwig gehörenden Witwenteil an der Schmiedstatt übernehmen und ihr dafür einen Kreuzer die Woche Nadelgeld schuldig sein. So sei Korbinian in der Lage, für Auskommen im jungen Ehestand zu sorgen. Eine Summe wurde festgelegt, die der Braut vom Sammer mitgegeben

werden solle, damit die Schmiede am Bach mit einem Wohnanbau versehen werden konnte, und es wurde die Möglichkeit eingeräumt, daß diese Leistung entweder in Geld oder in Naturalien gegeben werden konnte oder auch teilweise so und so. Man einigte sich.

Auch dem Landesherrn, dem König Ludwig, war sein älterer Bruder, und Gegner die meiste Zeit seines Lebens, im vergangenen Jahr gestorben, unversöhnt, und die Witwe, Pfalzgräfin Mechthild, lag in der Erbfolge mit ihm im Streit, verbündet wie der Verstorbene mit den Österreichern. Die waren in den Norden gezogen und belagerten dort die von Ludwig privilegierte Stadt Speyer — in der Au aber wurde zur Hochzeit gerüstet: *Hat Käse nur der gemeine Mann, des Reiches Wohl ist gleich ihm dann.* So hieß das Sprichwort am Tisch der Geschlechterherrn.

Mehr als nur Käse wurde angerichtet um die Zeit des Tages vor Urbani im Mai. Hedwig Schmiedin und ihre Schwägerinnen scheuerten, backten, brieten, kochten und putzten Korbinian und sich selber angemessen heraus.

Von den vier Schweinen, die ihnen gehörten und die vom Hütebub der Au, zusammen mit den Sauen der anderen Bewohner, zum Weiden getrieben wurden, hatten sie sich das fetteste zum Schlachten ausgesucht, auch drei Gänse aus der Herde, die in die Birkenau getrieben wurde, außerhalb der angelegten Gärten, auch diese mußten dran glauben für den Festtag.

Schon zur Morgensuppe, vor dem Gang zur Kirche in Bogenhausen, gab es etwas Besonderes: Clamirre. In einen gut gefetteten irdenen Topf wurden zuvor in Schweineschmalz gebackene Semmelschnitten geschichtet, dazwischen gekochte Zwetschgen, die im vergangenen Herbst geerntet waren und getrocknet, zu kaufen auf dem Markt hatten sie dazu frisches Kalbshirn, es mußte überbrüht werden mit dem Absud der Zwetschgen, fein gehäutet und in Scheiben geschnitten kam es ebenfalls in die Form. Sparsam mit Salz und Pfeffer gewürzt, garte es langsam zu ei-

ner delikaten Pastete, deren man sich selbst in einem Bürgerhaus nicht hätte schämen brauchen, und gab den Hochzeitsgästen gleich die nötige Unterlage, um die Mägen bereit zur Aufnahme größerer Mengen Getränke zu machen, ohne ihnen die zu Kopf steigen zu lassen.
Nur die Hedwig Schmiedin begleitete das Paar auf dem Kirchgang, die Schwägerinnen köchelten fort bis zur Rückkehr der ganzen Gesellschaft. Isarfische in saurer Sud, dick eingekochte Erbsen mit gebräunten Speckwürfeln, dazu krustiges Roggenbrot frisch und ofenwarm, sauer eingelegte Ganskrägen, gefüllt mit Waldbeeren und Gansschmalz, scharf gewürzt, wurden gesotten, die Gänse selbst aber lagen mit dickem Hirsebrei gefüllt und mit Gartenkräutern bestreut im eifrig geschürten Herd zum Bräunen und Braten, dazu die besten Stücke vom Schweinernen. Zerteilt war die restliche Sau zu kleinen Stücken, die in einer Brühe aus Essig und Senfmehl gesotten wurden. Später würde zum Eindicken dieser Soße noch ein Klumpen in Schmalz gelbgebrannten Mehls eingerührt werden. Und als Erinnerungsgabe für die Gäste waren am Vortag schon Honigkuchen in großer Zahl gebacken worden, hätten nicht die Frauen aus dem Sammerhaus mitgeholfen, wären den Schmiedschwestern ihre Hände zu wenig geworden.
Unten am Bach, bei der Schmiedstatt, war das Dach aufgerichtet, unter dem die Tafel auf Schragen gestellt wurde. Dieses Dach, von den Rottleuten gemeinsam errichtet, war Vorschuß auf ein künftiges Schmiedhaus am Mühlbach, gemeinsam würden sie auch noch die Seitenwände bauen, nach der Hochzeit, in den folgenden Wochen. Alle Anwohner der Au versammelten sich unter diesem Dach um die Mittagszeit, alle waren sie als Nachbarn selbstverständlich geladen, und keinem wäre es eingefallen, dieses so seltene Schlemmen und Saufen auszulassen. Ihre Füße stampften den Boden beim Tanz, der Firlei wurde geschritten, der Adelwanck und der Ridewanz, Figuren, die derb

ritterliche Formen nachahmten und in lustiger Verzerrung doch zu deren Parodie wurden. Die jüngeren Gäste ließen es damit nicht genug sein, sprangen den Schwingenvurz, wobei die Burschen die Mädchen hoch in die Luft zu heben hatten. Dazu holte einer, der mit den Musikanten über Land gekommen war und der eigentlich bei der Gesellschaft nichts hätte zu suchen gehabt, die ältere der Schmiedschwestern. Mißbilligend vermerkte die Runde, daß der sich dies getraut hatte und mehr noch, daß sich die Schmiedtochter und -schwester von so einem zum ausgelassenen Tanz führen ließ. Nicht gleich redeten sie darüber, nur vieldeutige Blicke wechselten zwischen einigen Auer Burschen über die Tafel hin und her.
Von einer Bauhütte wollte der herkommen, hatte er auf Befragen angegeben. Aber er war kein zünftiger Maurer oder Steinmetz, würde zwar, wenn er es darauf anlegte, in München drüben zur Arbeit angenommen werden, aber keinen festen Aufenthalt dort gestattet bekommen. Würde also, dachten sich etliche jüngere Auer, ihnen ins Gäu gehen, wo nicht gar sich hier sogar seine Hütte zimmern — mit dem Nachstellen nach Mädchen hatte er schon begonnen.
Der Brautvater wendete sich an die Witwe Schmiedin, grollend, es sehe nicht gerade nach einem heiligmäßigen Wandel bei ihrer Schwägerin aus. Kurz angebunden wurde ihm von der zur Antwort, es sei nichts dabei zu finden, denn noch habe die den Schleier nicht genommen. Die aufkommende Verstimmung in der Runde aber suchte Hedwig durch herumgereichte Krüge wegzuschwemmen. Für den Moment gelang es ihr. Die Eintracht am Tisch hielt an, bis sich das Brautpaar ins Schmiedhaus am Hang zum Lager begab. Most und Bier lockerten dann die Zungen, gefrotzelt wurde anzüglich, ob das leinerne Tuch für das Brautlager auch nicht vergessen worden sei. Denn man möge morgen schon den Beweis vorgezeigt bekommen, daß der Korbinian und die Walburga Sammerstochter nicht schon einen Vorschuß auf die Ehe genommen hätten. Laut und

unvorsichtig lachte grölend auch der fremde Gast mit. Zu spät merkte er, daß sich ihm ein Vetter der Braut, auch er ein kräftiger Helfer der Fuhrleute vom Gasteigberg, genähert hatte, und als er aufmerksam geworden war, lag er bereits am Boden, weil der ihm den Schemel fortgerissen hatte. Ob das ein Spaß gewesen sei, der auch ihn schon etwas anginge, wurde er angeherrscht. Ein anderer versuchte indessen, den Mörtelarbeiter zu packen, um ihn zum Gaudium der Runde in den Bach zu stoßen. Aber da hatte der sich zu viel vorgenommen, auch einem, der gewohnt war, schwere Lasten auf schwankende Gerüste zu schleppen, mangelte es nicht an Körperkraft. So war es sein zweiter Angreifer, der platschend ins Wasser sauste. Besonders das spöttische Kreischen der Mädchen fuhr nun dem in die Ohren, so daß er blindwütig ans Ufer stürzte und den Nächststehenden mit festem Griff an den Beinen zog, womit er ihn zum Hinfallen brachte, genau auf die beiden sich dort am Boden Balgenden, den Bauwerker und den Brautvetter. Nun war ein größeres Getümmel auch vom Brautvater, dem alten Sammer, nicht mehr zu hindern. Ein Glück, daß die Rauferei so schnell auf alle Jüngeren übergriff, sonst hätte er allein als Ziel ihres Übermuts herhalten müssen. Nun aber wälzten sich alle in einem wüsten Knäuel, und er bekam kaum mehr ab als die meisten anderen. Das teure Tongeschirr in Sicherheit zu bringen gelang mit Mühe nur den verstörten Frauen, und die älteren und gesetzteren Männer verlangten lautstark nach wassergefüllten Eimern und Kannen, um die Tollwütigen zur Abkühlung zu bringen.
Als danach die Runde wieder hart schnaufend und verbeult sowie von den besonneneren Alten hinlänglich begossen reuig auf den Plätzen hockte, konnte es der Fremde wagen, sich versöhnlich vernehmen zu lassen. Nun, da sie miteinander die Kräfte gemessen hätten, könnte er mit ihnen doch auch beim Bau helfen, denn davon verstünde er etwas, auch vom Bau mit Steinen und sie könnten ihn doch

erproben. Gegen Speis und Trank und nicht mehr würde er ihnen keine kleine Hilfe sein. Lockend fügte er hinzu, nicht nur die Kamine, sondern auch die Außenmauern seien aus Stein, ob das nicht vielleicht ein besseres Wohnen abgeben könne als in einem Holzhaus, gar bei einer Schmiede, wo die Funken zu fürchten seien, die leicht solch einen nicht feuerfesten Bau einäschern könnten in einer Nacht. Beim Heimgehen war noch nichts über seinen Vorschlag entschieden, doch er hatte aufmerksame Zuhörer gehabt, konnte hoffen. Mit den Musikanten durfte er in einer Holzlege über Nacht bleiben.

Als bei Aushängen des Leintuchs mit dem Flecken des Blutes, der Braut Jungfräulichkeit bis zur Ehe bezeugend, die Fiedel, Sackpfeife und Trommel noch zu einem Abschiedsständchen erklangen, denn die Musikanten mußten weiter auf den Straßen, da blieb der Mann unschlüssig nahe beim Schmiedhaus stehen. Aus dem Bündel mit seinem kärglichen und schon brüchigen Werkzeug sah der Griff einer Kelle hervor, kalkig weiß zerfressen das Holz. Aber er hatte es nicht ohne Absicht zu seinen Füßen hingelegt, wie ein Krämer seine Ware auslegt. Dies war seine einzige Ware, die er mit gutem Gewissen anbieten konnte.

Sein Taufname sei Urban, stellte er sich der Witwe Schmiedin vor, komme eigentlich aus den staufischen Landen, aus Schwaben. Er horchte nach, ob sie ihm daraufhin Günstiges für ihn entgegnen würde, vergebens, sie musterte ihn nachdenklich, ohne etwas zu reden. Ja, Urban, und Schwab sei er von den Leuten unterwegs genannt worden, Urban Schwab wiederholte er sich, verlegen werdend. Nun ja, und warum er ihr seinen Namen eintrichtere, als habe er eine Begriffsstutzige vor sich, eine Närrin. Wenn es ihm nur ums Schnorren sei, habe er Glück, es sei vom gestrigen Tag noch etwas an Suppe geblieben, die könne sie ihm heraus auf die Hausbank bringen, damit er den Tag nicht nüchtern unter die Sohlen nehmen müsse. Indem er die Gabe genüßlich in sich hinein schlürfte, bemerkte er zwischenhinein zu der Spenderin hin, noch wisse er nicht, wohin er diesen Weg nehmen solle. Wenn er an den gestrigen Abend richtige Erinnerung habe, sei ihm von den hiesigen Leuten nicht abgelehnt worden, als er sich erboten habe, die Bauerei am Ort auf einen höheren und besseren Stand zu bringen.

Gar so aufblasen brauche er sich nicht, wies ihn Hedwig zurecht, auf einen Schwab habe man dafür gerade warten müssen, jedoch würde es mit seinem Können erst noch auf eine Probe ankommen. Da, an der Hammerschmiede, er würde es schon bemerkt haben, hätten die Kriegsknechte das Wasserrad herausgerissen in verblendeter Zerstörungswut. Ein neues Lager müsse dafür auch gemauert werden und ein besonders harter Mörtel dafür gemischt — ob er, der Großsprecher, das auch beherrsche, ob er sich das zutraue. Denn auf Dauer hin hier ansässig zu werden, da müsse einer schon mehr können als mit unmündigen Burschen zu raufen, daß er dies im Kreuz habe, davon reiche ihr die gestrige Probe schon.

Beim Zurückreichen seines Suppennapfes nickte er zustimmend. Gut, die Probe würde er auch noch liefern — und eine weitere ihr selber, wenn sie nicht gerade Witwe wäre, es deshalb nicht schicklich sei.

Einige Tage lang werkten ›Kurbi‹ und der Schwab, dann war das Wasserrad wieder einzuhängen und konnte seine Achse wieder die Kraft des Baches zum Heben und Fallenlassen des schweren Hammers übertragen. Weitere einundeinhalb Dutzend Tage später mußte das Brautpaar mit der Hedwig und den Schwestern Kurbis die Nachtlager auf dem Boden der Stube nicht mehr teilen, denn da standen die Seitenwände. Der Urban hatte sogar noch mehr gewußt, hatte die kleinen Fensterrahmen mit sorgsam präparierten Schweinsblasen bespannt, so daß es drinnen nicht so dunkel war wie im Holzhaus oben, wo bei geschlossenen Läden gegen den Windzug nur ein dünner Lichtfinger zu einem Loch hereinfand. Und um jeden Tag, den er mehr bei den Schmieds blieb, saß er selbstverständlicher bei denen mit am Eßtisch, immer stärker dazugehörig. Nachdem das erste ganz aus Steinen, Bruchsteinen zwar nur, aus der Isar erbaute Auer Haus von allen Nachbarn ausreichend besichtigt und bewundert worden war, geizte keiner mit Anerkennung für die Baukünste des Fremden, des Schwaben, auch erhob sich keine Stimme mehr, die sich gegen sein Hierbleiben gewendet hätte. Und auch der Wildmeister hatte keinen Einwand dagegen, als er am Berghang, nahe bei dem zum ›Weiberhaus‹ gewordenen Schmiedhäuschen für sich selbst Mauern aufführte, die aber nur langsam hochwuchsen, weil er sich die Mittel für Sand, Kalk und Bauholz mit kleinen Arbeiten in der Umgebung verdienen mußte. Jedoch war es trotzdem noch vor dem ersten Schneefall dieses Jahres soweit, daß unter Mithilfe der näheren Nachbarn das Strohdach auf den ebenerdigen Bau gesetzt werden konnte.

Diese neue Art, in der Au zu bauen, also weder dörflich noch eigentlich städtisch — und noch genug Stadthäuser waren mindestens im Oberstock ganz aus Holz —, erregte auch größere Aufmerksamkeit bei den Klarissinnen im Kloster am Anger. Bedenklich fand man dort den Steinbau der Hammermühle am Neudeck genannten Flurstück, über dessen Besitzrecht man sich mit dem Viztum noch immer nicht hatte einigen können. Mit dem festen Bau jedoch war zu befürchten, daß dieses Recht noch entschiedener für die herzogliche Hand beansprucht wurde, wegen der Wertsteigerung, die mit solchen Bauwerken augenfällig gemacht wurde. Aber es gab auf der anderen Seite wieder Hoffnungen, man hatte ein Gerücht zu Ohren bekommen, daß die Schwägerinnen der Witwe Schmiedin das Bedürfnis hätten, sich dem Herrn zu verschreiben für den Rest ihrer Tage. Ermuntern mußte man sie, war die einhellige Meinung des Klosterkonvents, daß sie bald in das Kloster der heiligen Klara eintraten, dann träten zu den guten Gründen des behaupteten Anspruchs noch weitere, die beiden würden für ihren Eintritt in den Orden ihre Erbansprüche mitbringen. Mit der Witwe selber würde man sich verständigen können, glaubte man, und wenn sie unverheiratet bliebe, könnte man vielleicht auch sie ins Kloster bewegen oder ihr einen sorglosen Lebensabend im Heiliggeistspital bieten. Dann blieb lediglich noch der Korbinian Schmied, von dem zu vernehmen gewesen, daß er nun noch Waffen schmiede und gute, wie sie in diesen unsicheren Zeiten viel und gern gekauft wurden. Der sollte nur weiter sein Gewerbe ausbauen, entsprechend hoch würde der von ihm einkommende Lehenszins sein.

Da das Schmiedhaus am Berghang, das ›Weiberhaus‹, kein Trauerhaus mehr war, konnte Urban um eine der Nachbarinnen werben. Mit ihm hatten die Klarissinnen nicht gerechnet, mit einem wie ihm jedoch der alte Sammer, schon vor der Hochzeit und ohne den Urban Schwab selber zu kennen. Da der Sammer aber alle ihn oder seine Tochter betreffenden Dinge als geregelt ansah, wollte er sich nur mit Ratschlägen, die das sittliche Ansehen und die Ehrbarkeit betrafen, in die Sache mengen.

Überrascht war Urban nicht von seinem Besuch, obwohl er dem Sammer gleich beim Türhereinkommen ansah, daß der nicht nur gekommen war, um seinen junggesellenhaften Hausstand zu loben.

Er habe schon gehört, sagte der Sammer, daß er, der Urban, nun bei den Bauleuten des Meisters Oertlin in München drüben in gutem Lohn stehe. Ob dieser Lohn nicht hinreichen würde, auch eine Frau mit zu nähren und zu kleiden, oder ob er von solchem Geiz besessen sei, daß er einer solchen das Mitessen neide?

Eilfertig beteuerte Urban, daß auch er sich schon in solche Richtung gedacht habe, aber nicht wisse, ob es den Nachbarn und Anverwandten genehm sein würde, wenn er einen Ehestand in der Au beginne. — Das war eine Ausrede. Und Urban konnte nicht annehmen, daß sie vom Sammer

ernst genommen wurde, doch war es ihm darum zu tun, den aus sich herausgehen zu lassen mit seiner Ansicht. Und der Sammer tat ihm den Gefallen:
Da er sich doch schon häuslich niedergelassen habe in der Au, klänge diese seine Rede unsinnig. Auch habe die Nachbarschaft längst bemerkt, daß er vor dem Hausbau nicht immer in der Schmiedholzlege genächtigt habe, sondern im ›Weiberhaus‹, und man könne sich leicht denken, daß er sich für eine von den beiden entschieden habe, wolle nur wissen, für welche.
Erschrocken tat da der Urban Schwab, leid täte es ihm, erklärte er, wenn er deswegen den Frauen einen schlechten Ruf verschafft habe, aber nicht ungewöhnlich sei es doch, wenn in einem armen Haus Mann und Frau in einem Raum beisammen zur Nacht lägen, deswegen könne dies doch in aller Ehre sein.
Für welche? bestand der Sammer auf einer Antwort.
Nun, wenn er so direkt und unnachgiebig gefragt sei, die Hedwig, die Böhmische, die gefiele ihm ausnehmend, und dann habe die doch jetzt ein Jahr lang genug getrauert, und es stünde ihr zu einem neuen Ehestand nichts entgegen.
Mit allem nur nicht mit dieser Möglichkeit hatte der Sammer gerechnet. Der Schwab, dieser Heimtücker, irgendeinen noch nicht zu durchschauenden Plan mußte der gefaßt haben, daß er die Witwe den Jungfrauen vorzog, aber wenn der seinen Tochtersmann Kurbi betraf, wenn der dem Einbußen brachte, so würde er ihn durchzukreuzen wissen. — Ob er ins Schmiedgewerbe, ins unzünftige, wechseln wolle, fragte der Sammer, bereits aufgebracht.
Mit dem Lohn am Bau habe er genugsames Auskommen, keinen Gedanken habe er darauf verschwendet, dem künftigen Schwager ins Handwerk zu pfuschen, da dürfe er ganz beruhigt sein. Nein, wenn er die Hedwig erwählt habe, so sei dies einzig wegen seines Wohlgefallens an ihr geschehen — müsse doch der Sammer selber sagen, daß es sieben Dörfer weit keine so liebreizende Witwe gäbe wie

sie. Aber er solle es ihm ohne Einschränkung sagen, ob ihm ein Ehehindernis bekannt sei. Und wenn nicht, so möge er ihm die Bitte gewähren, sein Brautwerber zu sein, da er doch nun schon eingeweiht sei.
Auch König Ludwig warb für seinen Vettern, den wittelsbachischen Herzog in Niederbayern, eine Braut, die Margarete von Böhmen, doch ungleich aufwendiger mußte so eine Hochzeit vorbereitet werden, und die Kosten für sie sollten erst noch im Lande aufgebracht werden. Wegen des in Böhmen herrschenden Geschlechts der Luxemburger, die ihm einen starken Beistand abgeben würden gegen die Österreicher, durfte schon für eine solche Hochzeit nichts gespart werden, und so schrieben die Wittelsbacher eine Viehsteuer aus für diese Vermählung. Der salzburgische Bischof wieder war durch diese Sondersteuer in seinen Bistumsrechten beeinträchtigt, er sprach über die niederbayerischen Vettern den Bann aus und drängte die habsburgösterreichische Partei, ihm Nachdruck zu verschaffen. Wieder, wie vor drei Jahren, rückte von Westen Herzog Leopold aus Bayern zu, Friedrich mit seinen Verbündeten dagegen, Ungarn und Kumanen, Rittern des salzburgischen Bischofs und dem von Passau und Lavant, kam wieder vom Inn her aus dem Osten.
Dem König Ludwig mit ihren Bewaffneten zuzuströmen hatten nun auch die Handwerker in München Grund, war ihnen doch von ihm die Vertretung im Rat durch zwölf ihrer Männer gewährt worden, war ihnen außerdem für ihre Stadt das Salzmonopol auf alle Zeiten zu verbriefen in Aussicht gestellt worden, außerdem noch das Recht, jedes auf der Isar ankommende Floß, das keine feste Bestellung hatte, drei Tage an der Lände liegen zu haben und bei Bedarf kaufen zu können. Gewichtige Gründe also, die Stadtbanner Münchens für solch einen Landesherrn so zahlreich als möglich zu machen.
Im Morgengrauen des 28. Septembers 1322 ging das bayerische Heer bei Mühldorf über das Flüßchen Isen. Die

Ehre, den ersten Angriff führen zu dürfen, war der böhmischen Ritterschaft mit ihrem König Johann dem Luxenburger an der Spitze überlassen worden. Bis zum Mittag dauerte das rittermäßige Gefecht, manches böhmische Wappen sank mit dem Schild seines Trägers auf den Boden, manches österreichische auch.
Was war ein Ritter in dieser Schlacht mehr als ein Bürger? Wenn ihm sein Pferd verlorenging, war er in seiner schwereren Rüstung keinem Bürger in Helm und Brustharnisch mehr überlegen. Die Kämpfer aus den niederbayerischen Städten und aus München begannen deshalb, den österreichischen Rittern die Pferde unter dem Leib zu erstechen, die Reiter zu erschlagen, diese hochnäsigen, die unter Gebrauch ihres Faustrechts immer wieder die Handelszüge angehalten und mit wucherischen Zöllen belegt hatten. Bald folgten auch die bayerischen Ritter dem Beispiel der bürgerlichen Mitstreiter, bildeten mit ihnen einen langsam vorrückenden Igel aus eisenbewehrten Leibern und treffsicher geführten Lanzen. Unsicher wichen sie da zurück, die stolzen Adelsherrn auf ihren angstvoll schnaubenden Pferden, brachten sich gegenseitig ins Gedränge, wenn eines ihrer Rosse auszubrechen versuchte. Diesen in Unordnung gekommenen Reiterkeil vollends zu werfen rief nun König Ludwig den in Reserve gehaltenen Reitertrupp des verbündeten Burggrafen in Nürnberg heran. Schon wendeten sich die ungarischen und kumanischen Reiter zur Flucht, Reihe um Reihe sanken nun die österreichischen Adeligen aus dem Sattel, der Gegenkönig Friedrich wurde gefangen und dem König Ludwig übergeben.
Trotzdem der Gegenkönig Friedrich nun gefangen war — Jugendgespiele Ludwigs war er gewesen — und in rittermäßiger Haft gefangengehalten wurde auf einer Burg Trausnitz im Nordgau, vollkommener Frieden kehrte nicht ein. Da sich der Böhmenkönig nun nach diesem Sieg auf Lebenszeit mit dem wittelsbachischen König verbündete, bekam er beim Bündnisschluß hinter den sicheren Mauern

Regensburgs die Stadt Eger verpfändet und dazu noch 30000 Mark Silber, die auch wieder im Land, vor allem von den finanzstarken Kaufleuten, aufgebracht werden mußten. Doch dem böhmischen König wäre statt dessen lieber gewesen, wenn die Mark Brandenburg, die erbfrei gewordene, an sein Haus Luxemburg gefallen wäre als Belohnung für seine Bundesgenossenschaft. Dieses Land aber hatte König Ludwig für seine eigenen Anverwandten, für die Bildung seiner eigenen Hausmacht ausersehen. Sieben Monate nach dem Sieg bei Mühldorf erhielt Ludwigs Sohn das ebenso begehrte wie umstrittene Land samt fleißigen Bewohnern und aufstrebenden Städten zu Lehen.

Um so viele Steuern einzubringen, mußten viele Wagenladungen teurer Ware über die Alpenpässe gebracht werden, mußten auch unzählbar viele Flöße die Isar und Loisach heruntergeführt werden. Flöße aber brauchen eine stets zuverlässige Fahrrinne, möglichst unabhängig von Jahreszeit und Wasserstand. Bei der Stadt München aber verlief die Isar in drei Rinnen geteilt und Kiesbänke anschwemmend sehr unsicher. Deshalb hielt der Rat der Stadt den bewährten Meister Oertlin an, auf eine Möglichkeit zu sinnen, wie man den Widrigkeiten am Fluß abhelfen könne. Eine Stelle flußaufwärts solle er ausfindig machen, wo man ein Wehr anlegen könne, das die Wasser auf die westliche, stadtzugekehrte Flußrinne zu drücken imstande sei. Gleichzeitig würde mit einem solchen stets für gefüllte Stadtbäche und Stadtgräben an der Mauer gesorgt sein, damit man sich nicht wieder müsse ängstigen lassen durch erschienene Belagerer.

Urban Schwab war einer der Bauleute bei dem schwierigen Unterfangen, dem reißenden Gebirgsfluß einen Zaum anzulegen. Meister Oertlins Plan sah vor, einen schräg in das Flußbett hinein verlaufenden Riegel zu errichten bis hin zur westlichen Wasserrinne, bei der bisherigen mittleren Rinne aber eine Falle in festen Widerlagern anzubringen,

um bei hohem Wasserstand dem Wehr durch Ablassen eines Teils der Flut Entlastung zu schaffen, auf daß es nicht weggerissen werde. Sechs Sommer lang wurde an dieser Wasserverbauung gefront und gearbeitet. Schon im zweiten Sommer jedoch zeigte sich, daß am Ostufer damit neues Land geschaffen wurde, denn die im Frühjahr herabbrechenden Tauwasser von den Bergen überfluteten die angelagerten Kiesbänke nicht mehr so ungestüm und vollständig, das spärliche Gras, das im Herbst zwischen den Steinen angewurzelt hatte, trieb den Sommer über weitere Wurzeln und Halme, grün wurde das nun flacher zum Fluß abfallende Ufer.
Ehelich zusammengetan war Urban Schwab mit der Hedwig, Pate auch von einem Kind des Korbinian, Vater von zwei Söhnen selber. Dem vereinten Drängen der Sammer und der Klarissinnen hatte nur eine seiner Schwägerinnen nachgegeben und war in die klösterliche Obhut gegangen. Die andere aber war mit einem anderen Steinbauer zusammengegangen, der nun mit etlichen anderen hergezogen gekommen war. Obwohl die alle ihre Hände für knappen Lohn rührten, um den Kaufleuten der Stadt den Zustrom der gewinnträchtigen Flöße zu verbessern, gab der weise Rat ihnen kein Wohnrecht innerhalb der Mauern, und so wuchsen auf dem kargen Grund der Au weitere kleine Häuschen empor. Bauten die neuen Zuzügler auch auf dem bisher dem Flußbett zugerechneten Boden, so sah doch wieder das Klarissinnenkloster eine Bedrohung seiner Besitzrechte darin, drängender wurde wieder die Forderung der Äbtissin auf einen Entscheid. Aber auch der Rat der Stadt suchte seine Grenzen zu erweitern, ließ den Stadtschreiber ein Gutachten zu Pergament bringen, daß der nun auf einer Schotterinsel entstehende Anger München gehörig sei, weil er seine Entstehung der Errichtung des Wehrs verdanke, der an der Ostseite dieser Insel verlaufende Isararm, einem Bach gleich, sei also als neue Burgfriedensgrenze anzusehen.

Mächtige Gegner erstanden Ludwig, dem Landesherrn Bayerns und deutschem König, inzwischen, das Oberhaupt der Christenheit fand Grund, den Ludwig den Bayern mit dem Bann zu belegen. Nicht das Stück Papier, das in der fernen Stadt Avignon an die Domtore geheftet wurde, barg für den mächtigen Herrn über Land und Stadt eine Gefahr, der er begegnen mußte, sondern seine ferneren Auswirkungen, denn mit ihm wurden alle mit Bann bedroht, die ihm weiter Gefolgschaft leisteten. König Ludwig rüstete wieder einmal, diesmal für den Zug nach Italien, um sich in Rom die Kaiserkrone aufsetzen zu lassen, zum Schutzherrn des Papstes zu werden und auch dem seinen Willen aufzwingen zu können. — Er sollte sogar so weit gehen, den Papst für abgesetzt zu erklären und statt seiner einen ihm genehmen Franziskanerpater auf den Stuhl Petri zu setzen.

Unerledigt blieben die Beschwerden über die Besitzrechte auf dem östlichen Isarufer liegen. Hätte er ein Urteil gegen die Äbtissin mit dem ihr verwandten Bischof in Freising fällen sollen, so noch mehr die Kirche gegen sich aufbringen, besonders noch die seines Stammlandes, deren Wohlwollen er brauchte, damit nicht die päpstlichen Bannsprüche gegen ihn von den Kanzeln verlesen wurden? Aber gegen die Bürger der Stadt München, seiner Hauptstadt, in der die Reichskleinodien für ihn verwahrt wurden, deren reiche Kaufleute ihm Geld zur Werbung von Kriegsleuten vorstreckten, deren Handwerker ihm mitgeholfen hatten zum Sieg von Mühldorf, allen voran die Bäcker, und die er vielleicht wieder einmal in der gleichen Weise in Anspruch nehmen mußte, sollte er sich gegen die aussprechen in einem Schiedsspruch, sich damit deren Zuneigung verscherzen? Am ehesten noch konnte er auf eigene Rechte, wittelsbachische Rechte in der Au verzichten, aber auch das widerstrebte ihm, denn als deutscher König suchte er dem entgegengesetzt den Besitz zu mehren, wie sollte er hier, daheim Besitz verschleudern.

Es sollte gewartet werden, schließlich ging es nun um größere Dinge.
Wieder sollte eine Feuersbrunst bei den Schmieds in der Au eine Entscheidung bringen. In dem Jahr, in dem der König nach Italien zog, zerstörte sie den dritten Teil der innerhalb der Mauer gelegenen Stadt, riß mehr als dreißig Leute in die Flammen, zerstörte auch den Kirchenbau Sankt Peter, die königliche Burg — und das Heiliggeistspital. Dies, mit seinen zahlreichen Stiftungen, verwalteten die Klarissinnen, doch nun wären erhebliche Aufwendungen nötig gewesen, das Gebäude für die Alten und Bedürftigen wieder aus dem Brandschutt erstehen zu lassen. Dazu waren noch durch den Stadtbrand zusätzlich Bürger in Armut gekommen, für die im Spital ein Platz geschaffen werden sollte. Umfängliche Stiftungen und Spenden erwarteten die Klarissinnen von den Bürgern, doch denen ging es vor, zuerst ihre eigenen Häuser wieder zu errichten. Wenigstens auf den Gründen außerhalb der Mauern, zum Beispiel in der Au, erwarteten sie ein Entgegenkommen vom Rat, doch auch da stellten sich die Barth, Impler, Gollier taub. Sie hätten einen Verzicht rechtfertigen müssen vor den vierundzwanzig neuen Räten vom äußeren Rat, der sich dadurch bei den Handwerkern und kleineren nicht zum Patriziat gehörigen Kaufleuten im Ansehen hätte erhöhen, ja, denen gegenüber erstmals mit einem lautstark vorgetragenen Protest seine Berechtigung aufweisen können.
Wenn nichts ihren Wünschen Entsprechendes geschehe, dann müßte der weise Rat der Stadt es künftig selber übernehmen, das Spital zu erhalten, drohten schließlich die Klarissinnen, und sie drängten sich nicht danach und hätten sich nie danach gedrängt, außer um die Gottgefälligkeit, den Armen beizustehen.
Beim Rat nahm man dies als förmliche Aufforderung, das Heiliggeistspital in die Obhut der Stadt selbst zu nehmen, geschickt verhandelte man die Äbtissin hinaus. Zeit ließ

man sich dafür, und so traf inzwischen, vom nunmehrigen Kaiser Ludwig noch in Italien beurkundet, die Bestätigung der Stadtfreiheiten ein, im Februar des folgenden Jahres kehrte auch der Kaiser selbst, begleitet von franziskanischen Patres, zurück, brachte eine Reliquie, den Oberarm des heiligen Antonius von Padua, mit. Nicht nur Franziskaner hatten Nutzen von dieser Reliquie, die Wallfahrer zu ihr brachten Umsatz und Geld in die Mauern. Auch würden sich manche Spenden in den ausgestellten Opferstökken für das Spital ansammeln. Nun war die rechte Zeit gekommen, die Verhandlung mit dem Kloster am Anger zu Ende zu bringen.

Korbinians ältester Sohn half schon am Amboß, andere Schmieds waren zu den Sammern gekommen und würden ihr Brot künftig mit dem Salztransport nach München verdienen, da endlich wurde über die strittigen Mühlen der Au entschieden. Drei Mühlen, die in der Au zu Giesingen gelegen, gab Ludwig als Eigentum dem Heiliggeistspital — geschickt war das wittelsbachische Lehensdorf Giesing in der Urkunde erwähnt, so also eingeflochten, daß Ludwig auf Besitztum zugunsten der Bedürftigen Münchens verzichtete, aber auch der Rat konnte zufrieden sein, da er künftig die Aufsicht über den Stiftsbesitz des Spitals zu führen hatte. Und was hätte der mildtätige Orden der Klarissinnen noch dagegen sprechen können, da doch der Ertrag der Mühlen an Zins und Abgabe den von ihnen tätig betreuten Armen zufloß?

Der erste Griff der Stadt München nach der Au und seinen Bewohnern war es gleichzeitig, aber keine der dortigen Bewohner machte sich noch Gedanken dazu.

Dritter Teil

Ausgerechnet jetzt fragte sie ihn das. Er hatte sich doch vorgenommen, mit ihr, Elli, über ein Thema zu reden, ein *Thema.* Nicht über Gott und die Welt. Ein ernsthaftes Thema hatte er angeschlagen, im ledernen Wohnzimmersessel sitzend, im Sessel, nicht auf dem Sofa mit Platz für drei.

»Gefalle ich dir eigentlich noch?«

So hatte sie, mit Besorgnis in der Stimme, gefragt, und er hatte nun keine andere Möglichkeit, als: »Ja, freilich!« zu antworten.

Wenn sie nun nur nicht zu ihm herkam, sich auf die Armlehne hockte. Gegenüber auf dem zweiten Sessel war Platz, sie müßte es doch nun merken, daß er sie auf diesem Platz wünschte, daß sie sich beim Gespräch ansehen konnten, daß der Körper keine Rolle spielte und wenigstens für eine halbe Stunde nur das Wort galt. Aber nicht so eines, sondern . . .

Kirti hatte vor einigen Tagen mit der ihm eigenen, beinahe immer ernsthaften Stimme und dazu noch so beiläufig, jedenfalls ihm hatte es so geklungen, von ihm wissen wollen, welche Wünsche er ans Leben gehabt habe, als er mit dem Erwachsenwerden anfing — oder so ähnlich. Genug Geld haben, immer, hatte er ihn obenhin wissen lassen, und gleich darauf war ihm das als dumm erschienen, daß er sich dafür beinahe geschämt hatte. Geld, ja, aber zu was? Zum Leben natürlich. Wie leben? Was wie leben, leben halt! — Mit den anderen Fahrern in der Firma wäre so ein

Gespräch gleich verflachst worden. Fressen, Saufen, Weiber und so, damit wäre alles abgehandelt gewesen, und der dicke Kolb hätte noch einen saftigen Witz dazu gewußt. Nicht so mit Kirti, mit dem nicht. Wo Kirti es sagte, war er gleich mit ihm einer Meinung gewesen, daß noch mehr dazugehörte zum menschlichen Leben. Bestätigung, Anerkennung, ob er, Wolfgang, sie denn nicht brauche, ob er sie in der Freizeit bekomme, von seiner Frau vielleicht. Da hatte er zu witzeln angefangen mit Kirti, hatte »sich nicht hineinschauen lassen«, geblödelt, daß vielleicht in den Tarifvertrag gehörte, daß jeder Arbeiter nach einer gewissen Zeit festen Anspruch auf eine Anerkennungsurkunde haben müsse, in Bronze, Silber und Gold. Nachher war ihm klargeworden, daß Kirti mit seiner Frage ihm zu sehr auf den Pelz gerückt war, daß er in diesem Moment einen wunden Punkt berührt hatte, den er verstecken wollte, seine Frau, Elli.

»Ich möchte mit dir etwas bereden, Elli, setz dich doch einmal her.«

Elli bekam ein erschrockenes Gesicht, blieb unschlüssig stehen.

»Ist etwas bei deiner Firma?«

»Nein, was soll denn da sein? Reden möchte ich mit dir.«

Warum konnte er es auch nicht vermeiden, daß alles, was er sagte, gleich ungeduldig klang. Also einmal anders, wenigstens versuchen. »Setz dich halt hin, Elli, da auf den Sessel. Es ist . . . also, sag, was hast du dir eigentlich vorgestellt, wie es wird, wie wir geheiratet haben?«

Einen Augenblick lang meint er, Zorn aus Ellis Augen blitzen zu sehen. »Hast du irgendwo eine aufgegabelt?«

Nun spürte er einen Zorn hochkommen, schluckte, schluckte ihn hinunter. Nnnein! Halt, bloß nicht so, dann war kein Reden mehr.

»Aber, Elli, ist es denn so was Besonderes, wenn man mal miteinander redet, daß du dir gleich alles mögliche unangenehme Zeug einfallen läßt?«

Jetzt kam sie um den Tisch herum, setzte sich zu ihm auf die Lehne. Er ließ sich nicht unterbrechen, nicht durch ihr Streicheln seiner Haare, ihre Entschuldigung wegen des Verdachts gegen ihn.

»Elli, du hast dir doch was erwartet, vom Leben, mein ich, damals. Ist alles so gekommen, wie du dir das vorgestellt hast?«

Wolfgang Schmied merkte, daß er abredete, bei Kirti, wie man abschreibt, zum Beispiel in der Schule, wenn man etwas nicht gelernt hat. Und er spürte, wie sie nachdenklich wurde, überlegte, weil ihr Streicheln an seinem Kopf aufhörte.

»Eigentlich bin ich doch recht zufrieden. — Wie wir im Urlaub waren, hab ich einmal kurz gedacht, daß es uns hier doch viel besser geht wie den Spaniern, die haben da doch noch eine Diktatur gehabt, damals vor ein paar Jahren, jetzt ja auch eine Demokratie. Aber als Urlauber merkt man davon nicht viel, aufgefallen ist mir nur, wie wir mit dem Auto die Panne gehabt hatten, unterwegs, wie wir da in der Vorstadt von . . . wie hat die Stadt geheißen, weiß nicht mehr, wie die Leute da eng aufeinander gewohnt haben und wie die vielen Kindern herumgelaufen sind und so, daß es denen doch nicht so gutgeht. Abgesehen von dem sonnigen Wetter.«

Elli Schmied verfängt sich in einer Erinnerung, Wolfgang in einer anderen, aber er will das Gespräch, will davon nicht abweichen. Ja, jetzt hat er es wieder gegenwärtig. Elli hatte es damals ausgesprochen. Daß diese Spanier so viele Kinder hätten, was sie dächten, wie deren Zukunft aussähe. Im Hotelzimmer, nebeneinander gelegen hatten sie, er seine Hand zwischen ihren Schenkeln, hatte gemeint, sie wolle ihn zur Vorsicht mahnen, daß nicht auch sie ein Kind bekämen, dann, wenn er urlaublich ungestüm zu ihr rückte.

»Wir sind ja eigentlich nur wegen der Sonne hingefahren nach Spanien. Das hat so seine eigene Bewandtnis mit der

Sonne, meine ich. Früher, wo auch hier die Leute noch nicht so festgelegt waren mit ihrer Zeit, da haben sie hier auch genügend davon bekommen, aber du in deinem Supermarkt, du hast im Sommer nur noch am Abend was von ihr, wenn sie einmal scheint. Früher haben die Leute mehr im Freien gearbeitet, und da ist ihnen wahrscheinlich sogar bei uns die Sonne zuviel geworden. Oder auch nicht, was weiß ich, wie man früher hier gelebt hat. — Ich kann nicht einmal sagen, ob wir leben.«
»Sag mal, spinnst du? Mit was bist du denn so unzufrieden auf einmal?«
»Du nicht?«
Nein, ich nicht! hatte er erwartet. Elli Schmied schweigt. War sie oder war er wirklich unzufrieden? — Was fehlt mir denn? hatte er Kirti auftrumpfend gegengefragt, als er in eine ähnliche Richtung geplaudert hatte.
Unzufrieden? Ganz am Anfang mit Elli war er es einmal gewesen, vor vielleicht sechzehn Jahren. Das Münchner Oktoberfest war gerade, er mit ein paar Freunden und sie mit einer Freundin dort. Wolfgang, wie alt warst du damals? Achtzehn, ganz klar, er hatte schon den Bescheid für die Bundeswehr, seine Grundausbildung sollte wenige Wochen danach beginnen. »Schau, die Blonde da vorne, traust du dich, die anreden?« Einer aus der Runde hatte ihn so angestachelt, er hatte hingeschaut zu den beiden und dann großspurig gemeint, nicht die Blonde, die andere wäre »seine Kragenweite«. Es war »gelaufen«, eigentlich schade, hatte er sich gesagt, damals, wo er doch nun bald weg mußte, so eine wie die wartet nicht auf einen. Elli, hatte die aber doch getan, und er, jeden Tag, den er frei bekommen hatte, war er an die Autobahnauffahrt und zu ihr getrampt, für einige Stunden mit ihr zusammenzusein, ja, das war Liebe gewesen. Oder? Und sie erkannte ihn als Mann, wo war das her? Anerkennung, war es das, was er bei Elli damals gefunden hatte, wo er unzufrieden mit sich selbst als Schütze Arsch seine Zeit hatte zubringen müs-

sen? Hatte er deshalb dann nachher gemeint, es wäre die große Liebe und sie müßten heiraten? Erschrocken verbot er sich selbst solche Überlegungen — sinnlos wäre dann doch alles, nein, es war schon mehr, irgendwie mehr. Aber was mehr?

»Elli, solange wir zusammen sind, haben wir uns alles irgendwann leisten können, was wir haben wollten, stimmt's?«

»Erwarten haben wir es können.« Selbstgefällig kam das von Elli, sie rechnete es sich zu, daß es so gewesen war die vergangenen Jahre, ihrem Verdienst vom Supermarkt, auch ihrer Vorsicht bei größeren Einkäufen, wo sie immer gegen Ratenkäufe gemahnt hatte. Nicht wenige von ihren Bekannten waren mit Ratenkäufen in erhebliche Schwierigkeiten gekommen, sie beide nicht.

»Mein Stiefvater, der Scheugenpflug, der hat sein erstes Auto . . .«

Fang nicht mit dem an, sagt Ellis abweisendes Gesicht. Sie hat es nicht so mit ihrer eigenen Familie, mit seiner deshalb noch weniger. Er tut ihr den Gefallen, unterbricht sich, wodurch seine Gedanken in eine andere Richtung laufen, und schon fährt ihm heraus:

»Eine richtige Familie sind wir ja eigentlich nicht.« Eigentlich, was soll das nun wieder, daß er aber auch nicht vernünftig reden kann. Tagsüber mit Kunden, da schon, aber mit der eigenen Frau, da gerät ihm alles daneben. »Ich meine, zu einer Familie gehört mehr, Verwandte, Freunde, Kinder . . .«

»Meinetwegen braucht deine Mutter nicht nur einmal im Jahr kommen. Wenn du willst, laden wir sie ein nächsten Sonntag, wenn das Wetter nicht zum Wegfahren ist. Sonst eben einmal an einem Regensonntag zum Fernsehen oder so.«

»Es ist doch nicht wegen meiner Mutter.«

»Willst du Kollegen einladen?« Elli wird eifrig. »Vielleicht kommt eine Kollegin von mir auch dazu, da ist eine, die

freut sich bestimmt, die ist von ihrem Mann geschieden, seitdem viel allein, nur mit dem Kind.«
Wie wenig er doch über Ellis Arbeitstag wußte! Aber klar doch, die redeten auch untereinander, wenn einmal eine Lücke im Kundenstrom an der Kasse war, wenn das Transportband stillhielt, einige Sätze lang, nicht die Finger, Tippfinger, an die Registrierkasse zwang, die Augen auf die winzigen Preisschildchen an den Waren, die wie Gießbäche an ihnen vorbeirannen. Sekundenlang zwang er sich die Tatsache, daß dies eine Arbeit wie die seine, wie jede andere war, ins Hirn, dann ließ er seiner Arbeit wieder die Oberhand. — Reden!
»Allein, und ein Kind hat sie? Eins mehr wie wir.«
»Ach, wir waren uns doch immer einig, daß wir . . . ah so, darauf willst du hinaus.«
Daß sie hautnah neben ihm auf der Lehne saß, er aufschauend ihr Gesicht ausforschen konnte, die stummen Untertöne darin erfassen, wäre ihm nun doch lieber gewesen, aber fort wich sie nun, doch hinüber auf den anderen Sessel ihm gegenüber. Er fand, sie lauerte nun zu ihm herüber, widerspruchs-, kampfbereit.
»Ich meine, wenn deine und meine Eltern keine Kinder gewollt hätten, dann wären wir nicht hier, nicht auf der Welt . . .«
»Und schon, was haben wir davon?« prellte sie dazwischen, aber er ließ sich nun nicht herausreißen, wollte, mußte es anbringen.
». . . oder einer, ein Paar vor fünfhundert, vor hundert Jahren, wenn ich mir das vorstelle. Dann wärst du oder ich nicht hier, dein Vater oder deine Mutter vielleicht schon, ja, ganz sicher nicht.«
»Wolfgang, hör auf. Deine Mutter, die war es, die hat uns schon damals bei unserer Hochzeit geraten, macht keine Kinder, damit ihr nicht euer ganzes Leben angehängt seid. Und, hat sie gemeint, wer kann wissen, was noch alles daherkommt, in solchen Zeiten ein Kind? Mir hat sie dann

noch erzählt, wie schwer es die ersten Jahre mit dir war, daß sie nach dem letzten Krieg hat ihre Not gehabt, Sachen für dich aufzutreiben. Opfer, sagte sie, eines nach dem anderen hat sie wegen dir bringen müssen. Sogar den Scheugenpflug, nur wegen dir oder hauptsächlich deswegen hat sie ihn noch geheiratet, damit du besser versorgt bist.«

»Jetzt ist kein Krieg — und es soll auch keiner kommen.«

»Soll keiner kommen! Bestimmst du das? Fragen sie dich? Entschuldigen Sie, Herr Schmied, wir möchten einen Krieg machen, Sie haben doch nichts dagegen?«

»Elli, deswegen doch keine Aufregung, klar doch, du willst kein Kind, sind wir uns doch immer einig gewesen.«

»Einig? Du, deine Mutter, meine auch, alle haben sie mir eingeredet, daß *ich* kein Kind will. Was ich wollen soll, haben mir andere eingeredet, dir, denke ich, genauso. Sag es einmal: Hast du mir Zeit gelassen zum Überlegen, was ich wirklich will? Wenn wir beide, wir beide, hast du damals gesagt, wenn wir zusammenlegen, was wir verdienen, können wir uns nächstes Jahr ein Auto leisten. Haben wir uns geleistet, gut. Mit der Neubauwohnung hat es etwas länger gedauert, wieder ein Auto, in Urlaub gefahren sind wir. Erinnerst du dich, damals? Erzählt hast du, wie euer Versandleiter gekommen ist und angegeben hat, wie weit er drei Wochen lang weggefahren war, und wie du dann getönt hast: Aber nächstes Jahr, da macht uns der nichts vor, da liegen wir auch wo am Mittelmeer. Hast du das vergessen?«

»Nein, und dir hat es gefallen, oder?«

»So mein ich es nicht, Wolfgang, es hat mir schon gefallen. Aber bevor wir gefahren sind, hab ich es nicht gewußt, oder . . . Wolfgang, hören wir auf damit, ich mag nicht dauernd über solches Zeug reden. Wenn ich was sag, ist es was Falsches. Wie soll ich es ausdrücken, eigentlich, wenn ich zurückdenke, war ich schon oft mal nahe dran, mir ein Kind zu wünschen, nahe dran, sage ich. — Aber dann ist mir immer rechtzeitig eingefallen, daß ich dann nicht mehr

weiterarbeiten kann, weiterverdienen. Wo wir dann doch die größere Wohnung und so ... und dann hab ich die Kollegin, damals noch verheiratet, gehört, wie sich die hat abhetzen müssen. Der ihr Mann, nicht einmal vom Kindergarten hat er die Kleine geholt, auch sonst keinen Handstreich daheim mitgeholfen. — Du wärst anders gewesen, meine ich, du bestimmt. Aber was ich sonst so zu hören bekommen hab von der. Daß die Leute in der Nachbarschaft gekeift haben, wenn die Kleine im Hof beim Spielen einmal laut geworden ist. Solche Leute gibt es ja überall, die sich selber nicht mögen, geschweige ein Kind. Und wenn ich gehört hab, ein Kind ist auf der Straße unter ein Auto gekommen, da war ich froh, daß es nicht ein Kind von mir hat sein können. —Ja, das ist es, ich hab Angst davor gehabt, daß ein Kind, wenn ich eines gehabt hätte, auf irgendeine schlimme Weise umgekommen oder verstümmelt worden wäre. Aus Angst hab ich keines gewollt — und weil du und die anderen gesagt haben, daß es richtig ist, hab ich gemeint, das mit der Angst ist auch richtig.«
Wolfgang Schmied fragt sich, ob auch er vor irgend etwas Angst hat. Nein, nicht, oder doch? Er hat doch gelernt, daß es sich für einen Mann nicht gehört, vor etwas Angst zu haben. Unmännlich ist das, klar doch. Aber Kirti ist so einer, der Angst hat, erinnert er sich. Der hatte, konnte er, Wolfgang, sich vorstellen, auch Grund dazu. Erst jahrelang studieren und dann Kraftfahrer, kein Wunder, daß der nicht rausfliegen wollte aus dem Job. Nicht, weil er woanders nicht unterkommen könnte, so einen Job bekam der immer wieder, vielleicht sogar einen besseren. Aber der wollte auch einmal wo seinen sicheren Platz haben, er ja genauso. Sicher, war sie das, die Wurstfabrik, der Supermarkt, die Wohnung in der Schlafvorstadt? Rationalisierung oder Umsatzrückgang, schon werden Leute entlassen, nicht gerade er oder die Elli, mußte ja nicht sein, waren sie noch zu jung, auch zu lange schon in der Firma, da suchte man zuerst einmal andere aus. Aber wenn doch,

schon würde die Miete für die Wohnung ein Problem werden. Das Auto abschaffen oder auf einen Kleinwagen umsteigen wäre da zwar ein Ausweg, und außerdem, hatte er gehört, bekam man einen Zuschuß, wenn man weniger verdiente und die Miete dann zu hoch war. Wußte er zwar so genau nicht, aber irgendwie . . . gut, und irgendwie hatten sie alle ihr Leben gehabt, auch die Leute von früher, Vorfahren, sagt man ja wohl. Da lügt die deutsche Sprache, gefahren waren die ja nicht, so wie es sich ansah, die waren zu Fuß gegangen, gefahren waren die anderen, die wenigen, in mehr oder weniger aufwendigen Kutschen, wie sie im Museum an der Isar anzuschauen waren, gleich neben dem alten Viertel Au, aus dem sein Vater und Großvater herstammten. Das Museum, Deutsches Museum der Industrie und Technik, das besuchten die Fremden, wenn sie nach München kamen. Die Au, kaum jemanden interessierte die, klar doch, war von früherer Zeit her auch nicht mehr viel zu finden, ein paar alte Häuser noch und die Kirche aus dem vorigen Jahrhundert. Das engbrüstige Haus, in dem seine Großeltern einmal gewohnt hatten, gab es nicht mehr, es war wie die Wohnung seines Vaters und der Mutter zerbombt worden, bevor er zur Welt gekommen war.

»Elli, hab ich dir eigentlich erzählt, was meine Mutter über meinen Großvater gesagt hat, wie ich bei ihr war?«

Elli wunderte sich, denn das lag doch zwei, drei Monate zurück, daß er bei der gewesen war. Unsicher forschend suchte sie sein Gesicht aus nach einer Absicht, denn eine solche unterstellte sie ihm, würde er sonst auf das beinahe süchtig genossene Fernsehprogramm verzichten, um mit ihr dauernd herumzureden? Ein Bedürfnis, mit ihr zu schlafen, hatte er auch nie so umständlich eingeleitet. Aufmerksam hörte sie sich an, was er über den Großvater zu wissen bekommen hatte, und auch, was er sich selbst über den zusammenreimte.

». . . und wenn er gegen die Nazis gewesen ist, war er auch,

denke ich, gegen den Krieg. — Kaum ein Mensch will einen Krieg, trotzdem gibt es immer wieder welche. Überlegt hab ich mir, daß es irgendwie auch an diesen Menschen, die ihn nicht wollen, liegen muß, daß so was möglich ist. Weil sie nicht lernen, das zu sagen, was sie wirklich wollen. So wie wir auch.«
»Wieso wir auch? Ich sag's doch.«
»Vorhin, das, was du dir einmal vorgestellt hast, sagen hast du es nicht einmal mir können, nicht einmal mir. Und ich kann es auch nicht. Manchmal denk ich mir, daß wir uns so schwer gegenseitig verständigen können, als ob es nicht unsere Muttersprache ist, in der wir miteinander reden.«
Ins Bett zu gehen, entschloß sich Elli, einmal früher als sonst, das schade nichts, erläuterte sie. Bei gelöschtem Licht im Dunkeln lagen sie noch eine Weile wach nebeneinander, nein, stumm zueinandergerückt, bewegungslos, nachdenklich.
Wolfgang Schmied fiel ein, wie wenig Worte er gebraucht hatte, als er seinen Bundeswehrdienst abgeleistet hatte. Kommandos ausführen, Bescheid geben kurz und bündig, viel brauchte es dazu nicht. Dann, als er als Fahrer angefangen hatte, waren ihm wie Formeln vom Tourenleiter die Gespräche, die er mit Kunden zu führen habe, vorgesprochen worden, ja, es waren wirklich Formeln, sonst nichts. Mit den Kollegen waren Gespräche auch einfach zu führen gewesen, in Schlagworten wie aus der Zeitung, die damals noch zehn Pfennige gekostet hatte, Kollegengespräche waren auch beinahe wie Formeln gewesen, angereichert durch etliche Schnoddrigkeiten aus gängigen Fernsehserien. Nur mit Kirti war es anders, wohl daher, weil der studiert hatte, aber auch wieder nicht so direkt, denn er ließ das nicht besonders heraushängen. — Und mit Elli, wie hatte er sich der verständlich gemacht die vergangenen Jahre? ›Du magst doch auch zum Baden nach Starnberg fahren?‹ oder ›Du magst doch auch den Krimi auf dem ersten Programm, klar doch, oder?‹ Selten einmal, daß sie etwas anderes

wollte — oder hatte sie es ihm lediglich nicht sagen können? Im nächsten Jahr wurde er fünfunddreißig Jahre alt, mein Gott, fünfunddreißig, sie schon dreiunddreißig. Und beide waren sie sich noch nicht klar darüber, wohin es eigentlich gehen sollte, wie die nächsten fünfunddreißig Jahre aussehen sollten für sie.

»Scheiße!« fuhr es ihm urplötzlich heraus.

»Was ist?« fragte sie mit schläfriger Stimme etwas beleidigt.

»Ach nichts, nur so.« Innerlich verfluchte er sich, daß er noch nicht einmal den Mund halten konnte, wenn er nachdachte. »Entschuldige. Hat nichts mit dir zu tun. Schlaf, gute Nacht.«

»Du.« Ellis Stimme war nun nicht mehr so streitbar und rauh wie vorhin. »Du, jetzt wirklich, das mit deinem Großvater ist schon interessant. Ich meine, es interessiert mich schon, irgendwann einmal, wenn wir Zeit dafür haben, unterhalten wir uns darüber. — Gute Nacht.«

Siebtes Kapitel

»Wenn der Kaiser Ludwig noch lebte oder wenn er nur einen einzigen Erben gehabt hätt . . .«, seufzten die Leute in der Au. Das war fast ein halbes Jahrhundert her, seit dieser Kaiser gestorben war, im Ort erinnerte aber noch die Papiermühle an ihn, er hatte sie mit dem Privileg versehen, als einzige im Umkreis von München Papier zu schleifen und zu schöpfen, als einzige! Und die Mühle warf nicht nur ihren Besitzern von der Patrizierfamilie Schrenk aus München gutes Geld ab, sondern auch vielen Auern brachte sie guten Lohn ein. — Da keiner mehr am Leben war, der die glorreiche Kaiserzeit erlebt hatte, wurde sie von den jetzigen Auern für eine goldene gehalten, und sie meinten, hätte sie länger gewährt, so hätten mehr solche

Einrichtungen entstehen können. Die Auer hatten zwar einen Wittelsbachischen in ihre Nachbarschaft bekommen, sogar einen Ludwig, einen Herzog aus der Ingolstädtischen Linie, aber der brachte den Bewohnern des Ortes vor München keinen Vorteil ein.
Georg Schmieds Häuschen war das den herzoglichen Gründen auf und unterhalb des Berghangs am nächsten gelegene. Das erste steingebaute Haus sollte es in der Au gewesen sein, und ein von fern her zugezogener Großonkel von ihm habe es errichtet, war Georg Schmied gesagt worden. Eigentlich hatte er mit seiner Frau Theress die Stube mit seinen Schwägern im Holzhaus unten am Bach geteilt. Im Sommer hatte die Schwägerin sich eines Morgens nicht vom Lager erhoben, hatte sich matt und krank gefühlt. Tags darauf war es mit seinem neunjährigen Neffen so gegangen, denselben Tag um Mittag war der Schwager von der Papiermühle heimgekommen. Da waren bei der Schwägerin schon die grauschwarzen Beulen unter den Armen und am Hals zu sehen gewesen. Pest! Voll Schrekken war die Theress zu ihm an den Gasteig gelaufen gekommen, wo er den Fuhrleuten über den Berg herunterhalf. Seit die Münchner Bürger mit so schlechter Münze zahlten, daß sie von den auswärtigen Krämern nur mit einem Abstrich in Zahlung genommen wurden, war die Arbeit für die mit auswärtiger Münze zahlenden Fernfahrer recht vorteilhaft. Und von den Frachtführern hatte er auch schon vorzeitig gehört, daß die furchtbare Seuche wieder zu hausen begonnen hatte, wie vor vierzig Jahren schon einmal, daß andernorts bereits Bitt- und Bußprozessionen gegen sie gemacht würden. — Nachdem Theress ihm die Nachricht gebracht hatte, daß daheim die Schwäger beide und zwei der drei Kinder von der Pest befallen seien, hatte Georg Schmied, der Schmied-Jörg, das Haus am Bach unten nicht mehr betreten. Statt dessen hatte er mit der Theress und dem kleinen Jörg, dem er Pate war, seiner Schwester Kind, dem jüngsten von vier Jahren, einen einstweili-

gen Unterschlupf genommen in der engen Holzlege neben dem Steinhäuschen an der Bergleite. Das hatte da noch ein älterer Vetter mit seiner Frau inne, aber der war schon eine halbe Woche später auch auf den Tod krank gelegen, und danach hatte es seine Frau, die ihn gepflegt hatte, aufs Lager geworfen. Der Schmied-Jörg mochte nicht mehr an diese traurigen Tage denken, wie alle weggestorben waren wie die Fliegen, wie sie verscharrt worden waren bei der Dorfkirche bei Giesing oben.
Theress trug bereits schwer an ihrem ersten Kind, eine ungünstige Zeit, fand Jörg Schmied, ein Kind zur Welt zu bringen. Von den vielen Schmieds, die sie zu ihrer Verwandtschaft gerechnet hatten, waren keine über diesen Sommer gekommen, lediglich bei den Bauhilfsleuten in den Steinbauerhäusern an der Isar gab es noch welche, aber die waren nie zur Familie gezählt worden. Auch Jörg Schmied zählte sie nicht dazu, denn in seiner Kindheit war nur abfällig von diesen Schmied-Bastarden geredet worden. Sein und Theress' Kind würde kein Bastard sein, aber es würde die Sorge vermehren, die es schon gab mit dem kleinen Jörg, seinem Patenkind. Um das nötige Essen für sie drei zu beschaffen, hatte er nun im Herbst schon zweimal den Mühlbach aufwärts laufen müssen, eine Stunde weit und bis über das Isarwehr hinaus, hatte Schlingen gelegt und in sicherer Entfernung gewartet, bis sich ein Stück Wild darin gefangen hatte. Zweimal war er dabei nicht ergriffen worden vom Wildmeistergehilfen, sonst hätte es einen üblen Verlauf genommen. Doch, er stand jeden Tag bereit am Gasteigberg bei der Straße, aber die Pestseuche hielt viele Kaufleute von Fahrten nach München ab. Spärlich waren deshalb die Möglichkeiten für Lohn geworden. Nicht allein die Pest, wußte Jörg, war schuld am Rückgang der Fuhren nach München hinein. In der Stadt gärte es, Handwerker mißtrauten den Kaufleuten, vermeinten sich von denen um den gerechten Gegenwert ihrer Arbeit durch das schlechte Münzgepräge geprellt, meinten außerdem,

bei den städtischen Kassen würden Unterschlagungen vorkommen durch die Herrn vom inneren Rat. Hatte nicht schon vor fünfzehn Jahren einer von ihnen, der wappen- und siegelmäßige Herr Pütrich im Westen vor der Stadt das ritterliche Schloß Pasing erwerben können, tat seitdem wie ein Adeliger und trieb außerdem bedenkliche, andere Kaufleute in Mitleidenschaft ziehende Handelschaften, die kaum jemand durchschauen konnte. Einigkeit herrschte bei den Kaufleuten und den Patriziern nur gegen die Handwerker, denen sie die Menge der herzustellenden Waren, deren Qualität und Preis verschrieben kraft der ihnen übertragenen Stadtrechte. Sonst waren diese Geschlechterherrn uneins, geteilt in den Anhang der rechtmäßig in Oberbayern regierenden Herzöge Ernst und Wilhelm und den des verschwenderischen Stephan von Bayern-Ingolstadt und seinem rauflustigen Sohn Ludwig, dem Mitregenten.
Wenn der Schmied-Jörg den Bergweg, den die Jäger auf die Höhe hinauf gingen oder ritten, ein Stück aufwärtsging, konnte er auf den alten Rittersitz sehen, der des Herzogs Ludwig edelgeborenen Anhang Quartier bildete, wenn er mehr von seinen Leuten hergebracht hatte, als er sie in seinem Stadthaus in der Sendlinger Gasse unterbringen konnte. Theress fürchtete sich an solchen Tagen, denn diese Ritter und ihre Knechte langweilten sich und stellten den Dorfmädchen nach, wo sie nur einen Rock zu sehen bekamen. Jörg beruhigte sie, ihr, einer schwangeren Frau, würden die nicht Gewalt antun, und wenn wirklich einer von denen in seiner Abwesenheit dem Haus zu nahe käme, könne sie den kleinen Jörg nach ihm schicken. Aber in seinem Bauch wuchs ein schmerzhafter Zorn gegen diese Faulenzer mit den edelbürtigen Namen, und er wünschte sich eine Armbrust, wie sie die Münchner Handwerker führten. Seit einiger Zeit konnte man die beim Zielschießen von ferne beobachten. Über dem Fluß drüben, vor dem Angertor, hatten sich die vor einiger Zeit eine Zielstatt er-

richtet. Nach dem Schießen kam manchmal einer durch die Furt im Niedrigwasser zum Falterwirt herüber, in eine kleine Schenke, wo sich diese bürgerlichen Schützen dann gern von den Auern bewundern ließen. Mit reichlich Most im Kopf hatte da einmal einer gesessen, als auch der Schmied-Jörg dort einen seiner seltenen Besuche abstattete. Breit und rotgesichtig war der am Tisch gehockt, und Jörg war, mehr gegen seinen Willen, von dem zum Zuhörer gemacht worden.

Ob er vielleicht noch nicht wisse, daß die Städter längst den ritterlichen, ja sogar den fürstlichen Herrn ebenbürtig geworden seien? Einen Bund hätten die Städte vor ein paar Jahren schon geschlossen gehabt, wegen der Willkür der Herzöge mit der Judenbesteuerung in Regensburg. Schon im Jahr fünfundachtzig hätten sich die Münchner nicht scheuen brauchen, einen Fürstenfreund und Verräter, den feinen Ratsherrn Hans Impler, einen Kopf kürzer machen zu lassen, vom leibhaftigen Henker. Aber drei Jahre später, achtundachtzig, da erst habe das Heer der Städte richtig zeigen können, was die Fürstenmacht vor ihnen noch wert sei. Von Augsburg bis Regensburg und von da bis nach dem fränkischen Weißenburg hätten die gespornten Herrn vor den Armbrüsten der Bürger davonlaufen müssen, damals. Freilich sähe es gerade so aus, als fänden sich die bayerischen Herzöge zu einer gemeinsamen Regierung zusammen, wie es früher einmal gewesen sei, doch davon komme nun nur eine Sondersteuer. Den ›Zwanzigsten Pfennig‹ wollten sie verlangen, und für was? Doch wieder nur dafür, Unfrieden zu stiften. Da sei es wichtig, wenn man die Armbrust gut bedienen könne, kaum einer habe heute beim Schießen um mehr als zwei Ringe gefehlt. Die sollten nur vorsichtig sein, diese Herrn, auch die mit dem Pelz am Rock in der Stadt, die Herrn vom Rat.

Ob die Münchner Handwerker denn alle Obrigkeit für sich abschaffen wollten, hatte da der Jörg Schmied den gefragt.

Ach was, wo er, Schafskopf vom Dorf, hindenke, das na-

türlich nicht. Aber einige von den Herrn hätten inzwischen schon begriffen, wo sie sich künftig ihre Freunde suchen müßten. Der Herzog Ludwig von Ingolstadt zum Beispiel oder der Freund von dem, der Herr Warmund von Pienzenau, der sei einer. Das müsse er einmal gesehen haben, wie der in der Weinstube bei der Schimmelwirtin in der Burggasse in der Runde mit ihnen sitze, sich nichts dabei denke, daß zu seiner einen Seite ein Schwertfeger und auf der anderen ein Schäffler oder Metzger sitze. Und einen Krug um den anderen gebe der aus für die Runde.
Bei solcher Übung, mußte Jörg Schmied denken, war es kein Wunder, daß er es hatte bei dem nicht erwarten können, bis der seine Armbrust mit einem Rausch vergessen hätte. Eine Armbrust, vor deren Schuß ein Ritter kein Ritter, ein Kriegsknecht ein toter Kriegsknecht war. Wenn sie von der richtigen Hand geführt wurde — einen Freund hatte der trinkfeste Bürger diesen Warmund von Pienzenau genannt, er, Jörg, er kannte ihn auch, diesen faulen Umtreiber, einer von denen, die er gelegentlich im Giesinger Gutshof sah, war der.
Als man die Tage bis zu Theress' schwerer Stunde zählen konnte, auf den Neujahrstag 1397 zu, überwand sich der Schmied-Jörg und suchte einen der Schmieds auf, den die Seuche verschont hatte, von dem ihm aber im Kopf haftete, daß der nicht dazu zählte. Zwei Anliegen hatte er an den, und nichts sollte umsonst sein, was der für ihn tat. In den Steinbauerhäusern am Endebach genannten Isararm, da, wo die Burgfriedensgrenze an die Au heranreichte, hatte der seine Stube. Zunächst wollte er den bitten, seine Frau zu der Theress zu schicken, wenn es bei der mit dem Gebären soweit war. Da dieser Ulrich Schmied Klingen schmiedete bei der Klingenschmiede und Schleifmühle des Hans Platner von der Rose, meinte Jörg, an den auch noch einen anderen Wunsch für einen Handel anbringen zu können.
Da das letzte Jahr die einmal zahlreich gewesene Verwandtschaft klein gemacht habe, dürfe er sich nicht wun-

dern, wenn er nun seinen Weg zu ihm genommen habe, führte er sich entschuldigend bei dem Ulrich ein, vor zwei Generationen aber habe dem Vernehmen nach zwischen ihnen eine Verbindung bestanden, über die er aber auch nicht mehr wisse. Auch wolle er sich nicht auf diese entfernte Vetternschaft versteifen, sondern ihn um der christlichen Liebe willen bitten, seine Frau der Theress, der seinen, zum Beistand zu schicken. Und wenn es ein Sohn werden würde, wäre er ihm für die Patenschaft dankbar.
Ulrich zeigte sich gern bereitwillig, gestand zu, daß auch ihm in Bubentagen etwas von einer Vetternschaft bekannt geworden sei und er schon daran glauben könne, weil ihr Name darauf hinwiese, vielmehr der seines verstorbenen Vaters, er selber werde nun Klinger genannt. Wissen müsse man nämlich, daß der Hans Platner aus München, der vom Heiliggeistspital die Schmiedstatt mit dem Hammer erworben habe, nicht nach der herkömmlichen Weise nach Art der Zünfte arbeiten lasse. Bei dem werde von einigen Mannen das Eisen grob ausgeschmiedet, von anderen wieder gehärtet, die hätten an fertige Schwerter die Körbe zu machen, die lediglich Klingen mit einem Heft zu versehen, nun, und er gehöre zu denen, die Klingen fein ausschmiedeten und schliffen. Ulrich Klinger würde er deshalb gerufen. Aber daß sie Vettern seien, daran ändere sich deshalb nichts.
Jörg Schmied kam nun mit seinem zweiten Wunsch heraus: Einen guten Ruf hätten sich die Klingen aus dem Platner-Hammer erworben. Biegsam und federnd seien sie, wie die Schwerter der Heiden im heiligen Land. Ob er, da er doch dort im Lohn stehe, ihm nicht auch einen Bogen für eine Armbrust schmieden könne? Dazu vielleicht auch noch Zahnrad, Kurbel und Nuß? Schäften könne er sie sich dann selbst.
Bedauernd zuckte der neugewonnene Vetter mit den Schultern, nein, auch wenn er wollte, und das sei so, er könne dies nicht. Beim Platner-Hammer bekomme ein je-

der nur sein Werkstück zur Bearbeitung, nicht mehr als eines, und dies müsse vor Empfang eines nächsten dem Schmiedmeier, dem Aufseher und Verwalter des Hans Platner, getreulich abgeliefert werden. Selber habe er, um eine Türangel zu pfuschen, in die alte Spießmühle gehen müssen. Aber einen Armbrustbogen zu schmieden brauche es mehr an Einrichtung, als diese habe.

Sie beredeten dann noch die unsicher gewordene Umgebung, die übermütigen Gefolgsleute des Warmund von Pienzenau und Herzogs Ludwig in Ober- und Niedergiesing und ihre Umtriebe. Einen Rat wußte Ulrich dem Jörg da schon, meinte, besser als eine Armbrust könne gegen die wirken, wenn er und andere Auer, wenn sie auch nicht dem Heiliggeistspital zinspflichtig seien, Klage gegen den tollen Warmund führten beim Bürgermeister Münchens. Ulrich kannte ihn, weil der in Ratsgeschäften für das Spital die Mühlen visitierte, deren Erträgnisse ja dem zustanden.

In den ersten Januartagen wurde im steinernen Haus an der Bergleite das Kind geboren, eine Woche später trugen diesen Knaben seine Eltern und die Patenleute zur Taufe in die Dorfkirche nach Giesing. Balthes wurde er genannt. — Auf dem Hinweg schon waren sie am Gutshof vorbeigekommen, und da waren ihnen zwei Reitknechte des Pienzenauers begegnet. Angehalten worden waren sie von denen, und frech hatte der eine gefordert, zum Tauftrunk eingeladen zu werden. Sonst, drohte er, würde dieser Wurm da ungetauft in die Ewigkeit kommen müssen. Um die Frauen, die erschreckt das Wickelkind mit ihren Leibern verdeckt hatten, vor weiterer Aufregung zu bewahren, hatten sie schnell nachgegeben, Jörg hatte einen Krug Wein für den Tauftrunk versprochen, nachher, wenn sie zurückkämen, hatte er diesen frechen Erpressern gesagt. Dieser Balthes, der sollte sich einmal nicht ducken müssen, nahm er sich vor, der nicht. Und wußte nicht, wie er es würde einrichten können, diesem Kind solche Schmach zu ersparen. Die Stadtbürger? Die armbrustschießenden

Stadtbürger, gaben die eine Hoffnung auf Besserung der Verhältnisse her? So einer, wie der beim Wirt mit seinen auftrumpfenden Reden? Oder solche wie der Hans Platner von der Rose, der über die in seinem Hammer arbeitenden Handwerker so strenge Aufsicht führen ließ, daß die nichts mehr für ihren eigenen Bedarf schaffen konnten?
Zurück in die Au hinunter machten sie einen weiten Umweg, um nicht ein weiteres Mal mit den ungehobelten Reitknechten aneinander zu geraten. Das Wickelkind nahmen sie auch nicht mit in die rauchige Schenke des Falterwirts, die Frauen brachten es zuvor heim ins Schmiedhäusel, der kleine Jörg blieb bei ihm. Doch im Kienspanlicht der Wirtsstube erblickten sie gleich nach dem Eintreten die beiden grinsenden Gesichter der Pienzenauerburschen. Versprochen sei versprochen, außerdem habe es zu lange gedauert mit der Tauferei, so hätten sie schon einmal mit dem Trunk angefangen. Herhocken sollten sie sich, voran die Frauen, damit ihnen warm werde in diesem zugigen Loch von einer Bauernschenke. Jörg faßte den Griff seines kurzen, einschneidigen Bauernschwerts, da rumpelte der eine von denen auf, daß der Schemel hinter ihm gegen die Wand polterte.
Was, ob er seinem eingeladenen Taufgast drohen wolle? Der Wirt, der sich ängstlich dazwischen tat und mit begütigenden Handgebärden einen Streit hindern wollte, bekam von dem anderen einen Fußtritt. Wenigstens entwischten die Frauen in diesem Moment wieder zur Tür hinaus. Den Auer Hauptweg herauf kam den flüchtigen Frauen da ein Aufzug mit Berittenen und spießbewaffneten Fußknechten entgegen, so daß die Theress Schmiedin angstvoll meinte, nun zögen noch weitere zur Verstärkung der in der Schenke drinnen auf, gegen ihre Ehegatten. Die Klingerin aber wußte, daß dies der Bürgermeister Kazmair in Begleitung des Bürgerknechts sei, unterwegs zu den Heiliggeistspital-Liegenschaften. Eine Hilfe könne der sein. Gehetzten Schrittes erreichte sie vorauseilend diese

überraschten Männer, bat sie, sich verhaspelnd im Sprechen, um Eingreifen, damit ihrer beider Männer heil den Adelsknechten in dem Wirtshaus entkämen.
Außerhalb seiner Macht sei es, in der Au, außerhalb des Burgfriedens für Recht zu sorgen. Wenn, schränkte er danach gleich ein, wenn es sich nicht um landschändliche Leute dabei handle, die auch die Stadt befehdeten, was allerdings nicht bekannt sei. Auf der Klingerin Flehen hin ließ er sich aber bewegen, vom Pferd zu steigen, sein Auftauchen bewirkte, daß die beiden Reitknechte sofort von den beiden Auern und ihrem Wirt abließen. Ehrerbietig grüßten sie den Kazmair, der durch seine Kleidung und die umhängende Amtskette als Person von höherem Stand ausgewiesen war. Der mit ihm eintretende Bürgerknecht vollends, in den Stadtfarben Schwarz und Gelb bekleidet, flößte ihnen mit seinem Rennspieß hinreichend Achtung ein, mit dem sich anzulegen schien ihnen keinesfalls geraten. Und eben der Bürgerknecht fragte auch den Wirt, ob diese beiden Burschen schon ihre Zeche beglichen hätten, als die sich davonschleichen wollten, daß sie auch noch ein jeder eine Münze widerwillig auf den Tisch schmissen. Auskunft forderte der aber auch von den nun noch verbliebenen Gästen, Ulrich und Jörg, was sich da abgespielt habe. Unbewegten Gesichts hörte sich auch der Bürgermeister ihren kurzen Bericht an, ungeduldig, schien es Jörg, drängte er dann weiter. Ihm und auch Ulrich war danach die Lust auf den Tauftrunk auch vergangen, obwohl der Kazmair dem Falterwirt dafür ein Silberstück gelassen hatte beim Gehen.

Um drei Wochen fehlten auf den Tag, daß sich des Balthes Geburtstag jährte. Für München waren die Monate nicht ruhig-gelassen umgegangen, und der Bürgermeister Kazmaier war froh, daß er nun demnächst einem anderen Ratsherrn sein Amt weitergeben durfte. Zur am höchsten besteuerten Stadt des südlichen Reichslands war München

nun geworden, daneben zur unruhigsten. Nicht mit den Steuern brachten die Handwerker der Zünfte nämlich den Rückgang ihrer Einnahme, das Schmalerwerden ihres Speisezettels in Verbindung, vielmehr wuchs unter ihnen das Gerücht, die Ratsherrn hätten städtische Einnahmen veruntreut und unterschlagen. Waren da doch ähnliche Dinge in Köln, Frankfurt, Straßburg, Braunschweig und Lübeck offenbar geworden, hatten daraufhin die Zünfte in Köln zum Beispiel ihren Anteil am Stadtregiment erkämpft.
Sorgfältig ging Georg Kazmair noch einmal die städtischen Rechnungsbücher durch, untadelig sollten sie sein, wenn er sie in die Hände seines Nachfolgers legte. Gestört wurde er dabei durch einen aufgeregt eintretenden Bürgerknecht, der sich entschuldigte, jedoch habe er höchst Wichtiges zu melden, was für den Herrn Bürgermeister von Belang sei.

Geschehen wäre dies: Herzog Ludwigs Parteigänger war, wie es schien, nicht ohne Absicht oder sogar mit Auftrag zur Frühschoppenstunde in die Burggasse zur Schimmelwirtin gekommen. Er, der Warmund von Pienzenau, kein anderer habe den schon dort beim Schoppen sitzenden Herrn Herzog Ernst weder Grußes noch Blickes gewürdigt, sondern sich ungebührlich ans andere Ende seines von ihm innegehabten Tisches gelümmelt. Getrotzt habe er, Pienzenau, auch noch, als ihn Herzog Ernst habe verweisen wollen, mit hochfahrenden Widerworten herausgegeben, als gälten sie einem Fuhrknecht. Aufgebracht habe der Herzog Ernst daraufhin den Warmund einen Schmarotzer der Ingolstädter und einen Vergeuder fürstlichen Gutes beschimpft, sei von dem nicht mundfaulen Ritter Pienzenau jedoch mit gleicher Münze bedient worden und dadurch so gereizt, daß er seinen Degen gezogen und seinem Beleidiger eine klaffende Wunde gehauen habe.

Georg Kazmair war im Moment klar, was dies bedeuten konnte. Er besonders, weil er kraft seines Amtes und zum Wohl Münchens in den vergangenen Wochen mehrmals bei Herzog Ludwig im Haus an der Sendlinger Gasse und in dem Neubau außerhalb der Münchner Nordmauer, Neufeste genannt, bei den Herzögen Ernst und Wilhelm gewesen war, bittlich, dringlich geworden war, daß der wittelsbachische Hauszwist nicht innerhalb der Stadtmauern ausgetragen werden möge. Und geglaubt hatte er, Kazmair, daß er Gehör und Einverständnis gewonnen habe bei beiden Streitparteien. Und nun dies!

Im Laufschritt stürmten die Gefolgsleute unter der Führung des Herzogs Ludwig aus der Sendlinger Gasse hervor, über den Marktplatz und die Burggasse hinein. Scheu drückten sich die Bürger dort zur Seite, keiner wollte diesen kriegsmäßig gerüsteten Kerlen in die Quere kommen. Und auch im noch unfertigen Herzogssitz der Bayern-Münchner Herzöge fanden sie bei den überraschten Wächtern und Bediensteten keinen Widerstand. Im Handstreich konnte Herzog Ludwig sich der Neufeste bemächtigen und sie mit seinen Leuten besetzen.

Bürgermeister Georg Kazmair kam zu spät, um etwas durch seine neuerliche Vermittlung verhindern zu können. Und vor 1397 Jahren sollte das Heil auf die Welt gekommen sein, dachte er bei sich, nicht eingelassen vor dem Torweg stehend, denn es war der Weihnachtstag. Friede auf Erden? — Doch seine Zeit hier zu verwarten in demütigender Weise würde keinen Sinn und keinen Nutzen abgeben, der Rat, der gesamte Rat mußte zusammengerufen werden aus diesem Gefahr anzeigenden Anlaß und dies gleich, schnell, mehr Gedanken aus mehreren Köpfen mußten dazu gehört werden, denn wurde etwas falsch entschieden, so durfte es nicht an einem hängen, alle Zwölf des inneren und Vierundzwanzig des äußeren sollten geradestehen für die schließlichen Entscheide.

Vorbereitet schritten Gabriel Ridler, Ludwig Pötschner und Konrad Diener, Vertreter alter Ratsgeschlechter, zur Versammlung. Sie forderten von ihren übrigen Ratsgenossen, ein Entschluß solle darüber gefaßt werden, daß sich die

Stadt ihrer städtischen Freiheiten besinne, die Spießgesellen des Herzogs Ludwig für landschädlich erkläre und entsprechend mit ihnen verfahre. Dafür werde es nötig sein, die bürgerliche Wallbesatzung aufzubieten, denn nur noch bewaffnet könne man diese Meute aus dem eingenommenen Bau herausholen. Klug wäre es, sich, nachdem dies geschehen, für Ernst und Wilhelm, die rechtmäßigen Herzöge vom oberen Bayern, zu erklären, die aber sich dafür — oder auch schon zuvor — mit festgeschriebenen neuen Rechten für die Stadt erkenntlich zeigen zu lassen.
Georg Kazmair sah ihn mit einem mißbilligenden Blick an, den Ulrich Dichtl, was den nicht hinderte, sich gegen alle Ratsordnung mitten in den Vortrag des Ridler hinein von seinem Platz zu erheben und ihm das Wort abzuschneiden. Natürlich, der Dichtl stammte von einem Kaufherrn der äußeren Stadt ab, der mit Gewürz-, Wein- und Tuchhandel in den Tagen des Kaisers Ludwig so viel Reichtum erworben hatte, daß sein Sohn in die Familie Gollier hatte einheiraten und so patrizische Privilegien, so das der Ratsständigkeit, hatte erlangen können. Mindestens noch eine Generation würde so einer Abkunft anwachsen müssen, um alle nötige Form zu erlernen.
Was feilschen um Rechte? Böten nicht Herzog Ludwig und sein Vater, Herzog Stefan, alles, was man sich nur wünschen könne an Rechten für die Stadt? Wenn schon eingreifen, dann doch mit Bewaffneten für diese bürgerfreundlichen und dazu noch wagemutigen Herrn! Und noch etwas: Die Mehrheit im Volk, die Mehrzahl der Handwerker sei gewonnen für den Herrn Ludwig, weil der sich ohne Hochmut mit ihnen in den Schenken gezeigt habe — er, der Dichtl, wisse sehr wohl, daß die Herrn Ridler, Pötschner und Diener ihren ihnen anhangenden Viertelmeistern und Zunftvorstehern geboten hätten, sich bereit für das Läuten der Sturmglocken zu halten, um dann bewaffnet zu den Sammelplätzen zu eilen, begleitet von ihren Leuten.

Aber ob die Herrn auch daran gedacht hätten, daß nicht der geringste Teil von denen sich verweigern könnte, wenn es gegen Herzog Ludwig ginge?
Aufgebrachtes, erregtes Murren ging durch die Ratsstube. Unerhörtes begab sich da. Der Dichtl, wenn er wahr gesprochen hatte — und warum sollte es da Zweifel geben —, deckte mit seiner Rede eine Verschwörung auf, eine solche war es, wenn einige Ratsmitglieder ohne einen Beschluß des Rats das bewaffnete Bürgeraufgebot zusammenriefen.
Ob der Dichtl auch den Beweis liefern könne für solche Behauptung, fragte Kazmair und hoffte, damit den zur Rücknahme zu bringen, was die hochgehenden Wogen wieder etwas geglättet hätte.
Freilich könne er es. Möge nur der Herr Kazmair Nachschau halten lassen beim Zunfthaus der Bäcker im Tal Petrie, das sei am nächsten gelegen, da würden sie schon die Spieße und Glefen ausgeteilt haben, bis der Bürgerknecht hinkäme.
Bürgermeister Kazmair brauchte nur auf den Ridler zu sehen, um zu wissen, daß der Dichtl die Wahrheit sprach. Aber er tat dem nicht den Gefallen, jemanden auszuschikken, der dann bei seiner Rückkunft mit neuen Nachrichten noch weitere Unruhe in die Ratssitzung getragen hätte. Eine Katze, die auf eine Maus vor deren Loch ansaß, zierte den Helm seines Wappens, genauso mußte er nun geduldig anwarten, bis sich eine Gelegenheit bot, die entstandenen Gegensätze für den Moment zum gütlichen Ausgleich zu bringen. Aber der Moment war nicht danach, selbst wenn er statt der Katze den Löwen und dessen Kraft zur Verfügung gehabt hätte, ausgleichen ließ sich nichts. Der Ratsherr Konrad Diener verlangte nur, dem Dichtl entgegen, daß den — natürlich auf die gewesene Unruhe in der Stadt hin — zusammengeeilten Aufgebote mit der Stadtfahne voran zur Neufeste zu führen und sie so lange zwischen den gegnerischen Parteien stehen zu lassen, bis der

Rat habe entscheiden können, für wen sich die Stadt erklärte.
Unsinnig sei dies, sprach dawider Thomas Haidfolk, einer, der an persönlichem Reichtum von keinem im Rat übertroffen wurde und dessen Stimme in der Runde deshalb einiges an Gewicht hatte. Unsinnig deshalb, weil damit die Bürger in unmittelbare Nähe der Streitparteien zu stehen kämen und sie noch leichter an eine unwiderrufliche Verwicklung herangerückt würden. Außerdem müsse man sich auf die Seite der rechtmäßigen Stadtherrn stellen, und dies seien immer noch und unbestritten die Herzöge Ernst und Wilhelm. — Ridler, Pötschner und Diener fühlten sich bestätigt. Gabriel Ridler bat ums Wort. Als es ihm widerwillig von Kazmair gegeben war, stand er auf, drehte sich umsehend nach allen Seiten, bis ihn alle gespannt anblickten, erst dann redete er mit ruhig-gelassenem Ton. Weil nun nicht Wartens sei, weil Gefahr im Verzug für die Stadt, wolle er zum Handeln schreiten. Zuführen wolle er die gutwillige Bürgerschaft den rechtmäßigen Stadtherrn. Wer seiner Meinung auch sei, möge mitkommen.
Nochmals versuchte sich Kazmair als Vermittler, wie schon so oft davor. So, sagte er, sei es nicht nach der Ordnung. Wenn man aber schon von der abgehen wolle, so möge man ihm die Amtskette und das Amtssiegel abnehmen, zu schwer zu tragen hätte er sonst daran. Ridler, Pötschner und Diener drängten, nicht aufhalten lassen dürfe man sich nun. Dichtl, von der anderen Seite her, ging nun aber auf Kazmairs Worte ein, indessen Ridler seinen Anhang sammelte. Wenn es der Kazmair so wünsche, wurde Dichtl nun auf einmal sehr freundlich, dann solle man ihm doch vorläufig die Entlastung gewähren, da ja seine Amtszeit ohnehin gerade ablaufe, wer also dafür sei, solle sein Zeichen dazu geben.
Ein furchtbarer Tag, fand Kazmair; jede Ordnung, jede Regel wurde mißachtet, an der Tür stehend, ungeduldig schon, so gaben die zum Ridler stehenden Ratsherrn mit

dem Zeichen der Hand ihre Zustimmung zu seiner Amtsrückgabe. Als die hinausdrängten, hatte sich schon Dichtl wieder selber das Wort erteilt. Ob es nicht angebracht sei, gleich das Bürgermeisteramt neu zu vergeben, gab er zu bedenken, und als ob er es bestellt hätte, riefen gleich einige dazwischen, ob denn nicht er selber, der Dichtl, es übernehmen wolle, die Stadt in diesen ereignisreichen Zeiten zu vertreten.

Dem verdutzten Ratsschreiber ließ Kazmair die Kette und das Siegel hinklirren, ein letztes Mal zog er in dieser Ratsversammlung die Aufmerksamkeit auf sich. Nicht erwarten könne man von ihm, daß bei solchem Umstand seines Bleibens noch länger sei, jedoch stehe er immer zur Verfügung, wo es um das Wohl und Gedeihen Münchens gehe, und wenn man seiner bedürfe, so solle man ihm das kund werden lassen, sein Haus sei hinlänglich bekannt.

Georg Kazmair war erst wenige Schritte auf der Gasse, da tönten von den Türmen die Sturmglocken. Also doch!

Heimgehen wurde den Leuten im Platner-Hammer geschafft, als man die Glocken von München drüben hörte. Und im Heimgehen begegnete dem Klinger Balthes ein Haufen von ein paar Dutzend Kriegsknechten, die vom Giesinger Edelhof herunter unterwegs zur Isarbrücke waren. Eilig hatten es die — dem Auer, allen Auern wurde damit bewußt, daß sich in der Stadt drinnen etwas anbahnte. Aber sollten sie sich da einmischen? Und wenn, auf wessen Seite? Auf der von den Bürgern Münchens, die für Waren an ihren Toren Zoll einforderten, wenn sie solche hinüberbringen und verkaufen wollten? Den Handwerkern nun Hilfe leisten, die ihren Söhnen die Lehre und die Aufnahme in ihre Zünfte verweigerten oder nur gegen gutes Geld und als besondere Gnade gestatteten, wenn sie selber Mangel an jungen Burschen hatten? Aber auch diesen aufsässigen Kriegsknechten von Giesing eine Unterstützung zukommen zu lassen wäre den Auern ungerecht erschienen nach den fortlaufenden Behelligungen, die sie von denen zu erdulden gehabt hatten im verflossenen Jahr. Also blieb nur unsicheres Abwarten, wann von der einen oder anderen Seite weitere Unbill ins Haus stand.

Die dem Herzog Ludwig von Bayern-Ingolstadt zuneigende Partei des Münchner Rats hatte Ulrich Dichtl die Amtskette des Bürgermeisters umgehängt, diejenigen, die dagegen gestimmt hätten, waren derzeit bereits nicht mehr in der Ratsstube gewesen. Die aber, die eigentlich keine feste Meinung vertraten, hatten mit den anderen gestimmt und so eine eindeutige Mehrheit hergestellt. Ridler, Pötschner und Diener mit ihrem Anhang aber waren aus der Ratsstube auf die Gassen zu den Handwerkern geeilt. Auf das Sturmläuten hin waren auch die Unschlüssigen zu den Sammelplätzen gelaufen, die Tore waren verschlossen worden, nun bedurfte es nur noch der Angabe, welche Richtung die Züge zu nehmen hätten, und schon schob sich ein wirrer Haufen aus der einen und aus der anderen Ecke der Stadt auf die Neufeste zu. Von weitem her schon war Herzog Ludwig und seinen Vasallen und Kumpanen der Anmarsch der Zunfthaufen vernehmbar. Verunsichert rückten die auf einem zu verteidigenden Trakt der Baustelle zusammen.

Im stillen verwünschte Herzog Ludwig ein weiteres Mal die Vettern aus der Münchner Familienlinie, weil die nicht früher damit begonnen hatten, sich außerhalb der Mauer und sicherer vor den aufrebellenden Stadtbürgern ihre Residenz zu schaffen — ihm wäre es jetzt zugute gekommen, wenn dieser Bau bereits fertiggestellt gewesen wäre, nicht schmachvoll hätte er mit den Seinen auch nur einen Schritt weit zurückweichen müssen. Herrisch befahl er einen Schreiber zu sich und einen Boten: Seinem Vater mußte kund werden, wie weit heruntergekommen die Gewalt eines Fürsten bereits war, er sollte geharnischt dazwischenfahren.

Dazwischen kam indessen zuerst einmal der von Ulrich Dichtl dazu aufgestachelte Anhang unter den Handwer-

kern. Auch er gesellte sich zu denen, die schon von Ridler zur Neufeste gewiesen worden waren, und einige Wortgewandte unter ihnen begannen sogleich, nach Zunftgenossen Umschau zu halten, und wenn sie auf solche trafen, auf sie einzureden, daß es falsch sei, sich den Mannen des Herzogs Ludwig in den Weg zu legen. Nachher konnte keiner mehr mit Bestimmtheit sagen, wie und durch wen es zu den tätlichen Auseinandersetzungen gekommen war. Aber nicht nur auf ehrsame Handwerksmeister sausten die Prügel herab, sondern auch zu nahe dabeistehende Vasallen des Herzogs bekamen ihr Teil mit und mußten schleunigst Reißaus nehmen. Ludwig, eben im Begriff, dem Boten den Brief an den Vater, Herzog Stephan, einzuhändigen, erfuhr gerade noch rechtzeitig davon, um diese eigentlich nicht wesentliche, ihn aber schwer erregende Begebenheit in einer zornigen und zugleich alarmierenden Fußnote dem Schreiben anzufügen. Er erwähnte in ihr nicht, daß durch seine Leute auch einige Bürger Schaden genommen hatten.
Drei Tage nach der weihnachtlichen Messe in den Münchner Kirchen war ein fester Schorf auf der Wunde des Warmund von Pienzenau, auch auf den Schrunden der anderen, die Wunde Zwietracht in der Stadt aber wurde wenn möglich noch weiter aufgerissen. Herzog Ernst kündigte seinem Vetter Herzog Ludwig ein Gericht wegen der gegen alles Recht geschehenen Besetzung der Neufeste und wegen der körperlichen Schädigung der ihm untertanen Münchner Bürger an, mußte es tun von der alten Burg aus, in der ihr gemeinsamer Vorfahr Kaiser Ludwig das Reich von der Nordsee bis zum Mittelmeer regiert hatte — Herzog Ernst reichte mit seiner Macht kaum einen Pfeilschuß weit bis hin zu der von ihm in Auftrag gegebenen Neufeste, die Ludwig weiter besetzt halten ließ. Ulrich Dichtl, der in so zweifelhafter Weise zum Bürgermeister gewählte Anhänger des Bayern-Ingolstädtischen Herzogs, versäumte keine Gelegenheit, mit den Handwerkern zu reden,

um so den Einfluß der Ridler, Pötschner und Diener, überhaupt aller anderen Mitglieder des inneren Rats auf sie zu verringern. Er, selber zu dem Stand der Patrizier gehörig, schürte den Unmut gegen die Patrizier und ihr Stadtregiment, fordernd, künftigem Mißbrauch vorzubeugen, indem alle Bürger an der Gewalt beteiligt würden. Die Schlüssel zu den Sturmglocken müßten zum Beispiel in die Hand eines zuverlässigen Verwahrers im Vertrauen der Gesamtgemeinde gegeben werden, ebenfalls die Schlüssel zu allen Stadttoren und die Stadtfahne. Wegen der hohen Steuern müßte auch eine strenge Überprüfung der Stadtrechnung durch die Vertreter der Gemeinde vorgenommen werden. Die Zünfte, eine jede für sich, sollten Abgesandte wählen in einen Rat der Gemeinde, die Herren des inneren und die weniger einflußreichen des äußeren Rats sollten nur noch Beschlüsse dieses ›Großen Rats‹ ausführen dürfen. Insgeheim meinte Dichtl, ihm allein würden die Handwerksmeister es übertragen, das oberste Stadtregiment zu führen. Seine anhängliche Freundschaft zu Herzog Ludwig würde von dem belohnt werden, die Münze, das Salzprivileg, ihm würde es zugelegt, und die Dichtl würden vielleicht einmal mit italienischen Stadtherrn verglichen werden, die den Fürsten in nichts nachstanden.
Solchen Träumen Dichtls standen die den rechtmäßigen Stadtherrn der Bayern-Münchner Linie anhängenden Ratsherrn entgegen und vor allem die Herzöge Ernst und Wilhelm, die nun von den wittelsbachischen Vettern von Bayern-Straubing Unterstützung ihrer schwierigen Lage anforderten. — Als erstes, eben drei Tage nach Weihnachten, dem hohen Kirchenfesttag, lag dem Rat die Forderung des durch den Sohn alarmierten Herzogs Stephan von Bayern-Ingolstadt auf dem Tisch. Die Schuldigen, die solchen Zwielauf zwischen den Herrn und den Ihrigen anstifteten, die dadurch ihre Herrn hintereinander und in das Verderben bringen, sollten sogleich gefänglich eingebracht und zu seiner Verfügung gehalten werden.

Ulrich Dichtl stellte sich stolz vor den Platz am Stirnende der Tafel. Zwar hatte er noch nicht die Bürgermeister-Kette umgelegt, die Berechtigung dazu wollte er sich bei dieser Ratsversammlung geben lassen, aber diesen Platz nahm er schon ein, um keinen Zweifel mehr entstehen zu lassen, daß er dieses Amt übernahm. Stehend also überschaute er die Sesselreihen, die des inneren Rats um die Tafel, von denen nur die Hälfte besetzt war, sechs der zwölf, obwohl die Ratsglocke bereits zum zweiten Mal angeschlagen worden war. Und er sah auf die in Hufeisenform darum herum verlaufenden Reihen der vierundzwanzig äußeren Ratssitze, die außer zwei oder drei Lücken voll besetzt waren. Bevor er dem Bürgerknecht winkte, die Tür zur Ratsstube zu verschließen, forschte er im Gesicht des Georg Kazmair, der zu seinem Erstaunen erschienen war, nun aber keine Gemütsregung sehen ließ. Diese Gelassenheit Kazmairs, stutzen ließ sie ihn, sollte er sich in ihm getäuscht haben? Bisher hatte der ihm als einer der entschiedensten Gegner der Bayern-Ingolstädter geschienen, vermeint hatte er ihn nun bei den Herzögen Ernst und Wilhelm in der alten Burg, konferierend mit denen, wie München wieder unter deren Botmäßigkeit zu bringen wäre. Nun aber war er hier und beredete sich mit Gabriel Ridler, der ihm da so herausfordernd ins Gesicht blickte. Allein saß der Kazmair, zu beiden Seiten von ihm waren die Sitze frei — die Barth und Astaller fehlten, der Ludwig Pötschner. Der Kazmair also! Ulrich Dichtl gab den Wink, die Ratsstube wurde geschlossen.
Gabriel Ridler ließ den Dichtl seine nach seinem Verständnis angemaßte Gewalt nicht auskosten, vielmehr meldete er sich als erster zu Wort, erklärend, es handle sich um die vordringlichste Ratssache. Führte dann aus, der Streit zwischen den Münchner und Ingolstädter Herzögen habe nun seine Auswirkungen auf die Wohlfahrt der Stadt, auf die Sicherheit der umgebenden Straßen und damit auch auf Handel und Umsatz, zögen doch von Westen her schon die

Verstärkungen für jede der beiden Seiten kampflüstern und bedrohlich für München heran. Ratsam sei es deshalb und weise, in beide Lager Abordnungen zu schicken, zunächst mit dem Anerbieten, neutral der jeweils anderen Partei Nachrichten überbringen zu wollen mit dem Ziel, den männermordenden Kampf zu vermeiden, wo immer das möglich sei.
Wütig fuhr ihm Dichtl nun in seine wohlgesetzte Rede, brachte den Ridler zum Verstummen. Ausgerechnet er, höhnte der Dichtl, er, der doch Mitschuld an der entstandenen Verwicklung habe wegen des Aufbietens der Bürger ohne einen Ratsbeschluß, wegen des Sturmläutens auch — ein Verschwörer sei er! brüllte er schließlich mit überschnappender Stimme. Ja, ein Verschwörer! Da machte Dichtl eine Pause, lugte wieder zu dem Kazmair hin, der ihm aber nicht den Gefallen tat, einen mißbilligenden Gesichtsausdruck sehen zu lassen. Bewunderung nötigte das dem Dichtl beinahe ab und erinnerte ihn daran, daß der eben seit Generationen die Ratserfahrung trug. Selber zwang sich nun der Dichtl, ruhig das Schreiben des Herzogs Stephan vorzutragen, und ebenso scheinbar ohne Aufregung riet er dringlich dazu, sogleich die Gefangennahme schuldiger Rädelsführer anzugehen.
Mehrheitlich sahen die Anwesenden auf Ridler. Und der erhob sich, verneigte sich vor den Ratsgenossen und sprach eindringlich in die Runde: Wenn es der Stadt nütze und man zu dem Schluß kommen solle, ihn einer gerichtlichen Verhandlung aussetzen zu müssen, so wolle er es gerne über sich ergehen lassen. Aber schon jetzt müsse er kundtun, daß er nichts begangen habe zum Nachteil Münchens oder gegen seinen Ratseid. Im Gegenteil wäre sein Handeln immer vom Wohl der Stadt, das gleichsam sein eigenes sei, geleitet gewesen. Nun gab Georg Kazmair das Zeichen, daß auch er etwas zur Sache äußern wolle.
Jetzt, meinte Dichtl, würde er diesen Fuchs auch in die Falle bekommen, den Kazmair, den bisherigen Bürgermei-

ster, wenn auch der in den Stadtturm wanderte oder gar in den herzoglichen Kerker, dann würde keiner mehr im Rat gegen ihn aufstehen wollen, dann wäre auf viele Jahre seine Macht gesichert. Eilfertig gab er ihm das Wort.
Erfreut, betonte der, sehe er nun, wie sein Amtsnachfolger, getrieben von Eifer das schwere Bürgermeisteramt angehe. Man möge es ihm aber nicht als Besserwisserei oder gar Bevormundung auslegen, wenn er darauf anmerken müssen, daß die Stadt seit Väters Tagen die Gerichtsbarkeit selber besitze als unveräußerliches Recht. Wenn ein Bürger innerhalb der Mauern sich habe eines Vergehens schuldig gemacht, so müsse er — er, Kazmair, wäre der letzte, der dem sich entgegenstellte — vor den Stadtrichter gebracht werden. Nicht aber gehe es an, einen Stadtbürger außerhalb der Stadt vor Gericht bringen zu lassen, deshalb also auch nicht einem Herzogen ausliefern. Zum Ridlerschen Vorschlag müsse er zuraten, es sei schon zu seiner Amtszeit nötig gewesen, immer wieder zwischen den Ingolstädter und Münchner Herzögen zu vermitteln, damit nicht die Interessen der Bürger zwischen die Degenspitzen der Streiter geraten seien, leider habe sich immer noch keine Wendung zum Besseren ergeben.
Auf den Antrag Dichtls hin wurde der Beschluß gefaßt, alle Räte, die bei der besonderen Sitzung zu Weihnachten augenfällig geworden waren, insbesondere Gabriel Ridler, Ludwig Pötschner und Konrad Diener im Stadtturm in Haft zu bringen. Mit einem Zuversicht zeigenden Blick auf Kazmair fügte sich Ridler ohne Widerspruch darein, daß Dichtls Weisung an den Bürgerknecht, ihn in den Turm zu bringen, von dem sogleich befolgt wurde. Nach Pötschner, Diener, Barth, Preisinger und Astaller sollte die Scharwache geschickt werden, um sie ebenfalls einzubringen.
Als nächsten Punkt warf Dichtl nun, sicher geworden, die Forderung der Gemeinde auf, die Stadtrechnung prüfen zu wollen. Wie das denn vor sich gehen solle, wurde er von einem, dem Ulrich Stromair, gefragt. Da sprang Franz

Impler, der Ratsherr und Tuchgroßhändler, Dichtl bei, der Träger eines alten Geschlechternamens, dessen Oheim Hans Impler im aufrührerischen Frühsommer vor zwanzig Jahren auf dem Marktplatz enthauptet worden war, weil ihm Verrat der Bürgersachen an die Herzöge nachgesagt worden war. Franz Impler schlug einen harmlos klingenden Ton an. Was sei dabei, wenn man den Handwerkern zeige, wie verläßlich auch ihre Angelegenheiten von den Ratsherrn verwaltet wurden, wieviel mehr würden die Zünfte zum Rat künftig stehen, wenn sie des Vertrauens würdig gewesen wären, sogar die Stadtrechnung einsehen und prüfen zu dürfen? Und wäre es nicht gerade jetzt, zu dieser Zeit des Zwiespalts, nötig, daß alle Bürger ohne Unterschied zusammenstünden?

Noch einmal nahm Georg Kazmair das Wort. Ja, auch er meine, daß Zusammenstehen aller Bürger von Vorteil sei. Aber Zusammenstehen für was? Wenn die Handwerker bisher nichts zu tun gehabt hätten, mit den gewiß sehr schwierigen Kameralwissenschaften, dem Ordnen der Posten in mindernde und mehrende, in passive und aktive, in credite, debite und capitaliam, wie sollte da eine Prüfung von denen zu einem Ergebnis führen, das der Stadt förderlich sei? Nichtwissen und Nichtverstehen von Dingen erzeuge Mißtrauen, und vom Mißtrauen liefe schon genug in der Stadt um. — Gegen den Einspruch beschloß der Rat entsprechend dem Antrag Dichtls, denn allen steckte die Verlesung von Herzog Stephans Brief durch den neuen Bürgermeister als lähmendes Blei in den Gliedern und Hirnen, Angst machte sich breit unter den meisten, Dichtl könne es ihnen übel vermerken, wenn sie ihm widerstanden und er dann mit Hilfe der unter seinem Einfluß stehenden Handwerker und der Ingolstädter Herzöge auch ihre Gefangennahme bewirkte. Die ehrsamen, vorsichtigen und weisen Herrn vom Rat beugten sich, vorläufig und nur dem Zwang der Umstände, sagten sie sich selber. Und hatten sie nicht zu wahren reichen Besitz, den Generationen vor ihnen gesammelt hatten und den es zu vererben galt den folgenden Generationen, die Ligsalz, Guldein, Gollier, Gießer, Hundertpfund, Eisemann, Drächsel, Altmann, Preumeister, Rosenbusch, Scharfzant, Schrenk, Schluder, Stupf, die auch anderwärts ruhmreichen Sendlinger, die Tulbeck und Wilbrecht?

Georg Kazmair setzte sich an diesem Tag nicht mit seiner Mutter und der Schwester zusammen auf die Bank am Kamin, um mit ihnen den Verlauf des Tages zu bereden, wie er es sonst gerne tat. Zurück zog er sich in seine Schreibecke. Ein jungfräuliches, unbeschriebenes Buch lag da, sorgfältig geschöpfte Seiten glatten Papiers aus der Auer Papiermühle, einfach und zweckmäßig gebunden von einem Buchbinder im Angerviertel, einem Meister, der vielleicht gerade in diesem Moment mit anderen Handwerkern in der Schimmelwirtinschenke hockte und sich mit denen den Kopf heiß redete, wen man in den zu berufenden großen Rat der Dreihundert berufen müsse. Kazmair schlug den Umschlagdeckel auf, betrachtete sinnend die weißlichgelbe Seite, hielt unversehens einen Schreibkiel in der Rechten. Ordnen wollte er, wenigstens für sich, seine kaufmännische Tugend, die ihm von Kindestagen anerzogen war, verlangte es ihm ab. Nicht Ware, Kredit, Geld stellte er nebeneinander, Posten für Posten, sondern die Geschehnisse des vergangenen, nun dem Ende zustrebenden Jahrs. Die Teuerung, die Pest und ihre Auswirkungen schrieb er auf in sachlichen Sätzen, den wieder in Gang kommenden Handel, die oftmalige Anwesenheit der Ingolstädter Herzöge in ihrem Haus in der Sendlinger Gasse, den Vorfall mit Herzog Ernst und dem Warmund von Pienzenau, eine Buchführung mit vielen Passivposten und zugleich eine Chronik der anwachsenden Bürgerunruhen in der Stadt.
Franz Impler und Ulrich Dichtl waren an diesem Tag in den Sattel gestiegen und durch das Kaufinger Tor westwärts

geritten bis zu den Zelten der Heerhaufen, in denen sie auf die frierenden Anführer, die feindlichen Vettern aus dem wittelsbachischen Geschlecht trafen, unweit dem dörflichen Markt Pasing, nur eine knappe halbe Reitstunde auseinander. Impler und Dichtl handelten, verhandelten, ritten zwischen den Lagern hin und her. Die Heerhaufen blieben in ihren Lagern stehen und verbrauchten die Brennholzvorräte der Pasinger Marktbürger und der Bauern der umliegenden Höfe. Auch die Ratsherrn Barth, Preisinger und Astaller waren auf kalten, winterlichen Straßen außerhalb der Mauern unterwegs. Rechtzeitig, bevor die bürgerliche Scharwache sie wie den Ridler, Pötschner und Diener in den Turm bringen könnte, hatten sie flüchten können. Dichtl erörterte mit den ersten Meistern, die sich zum Rat der Gemeinde zählten, an diesem Beispiel, wie notwendig es für die Handwerker sei, die Torschlüssel in die Hand zu bekommen: Wenn die schon dieser Tage von ihnen verwahrt worden wären, hätte man diese patrizischen Verräter der Stadtsachen in der Stadt gehalten und nicht entwischen lassen, auch sie säßen jetzt gefänglich im Turm.
Zwei Wochen später war feierlich das Stadtgericht in der Ratsstube versammelt, hergeführt waren die drei Gefangenen, Emeran der Haßlanger, ein Edelherr Herzog Ludwigs, erschien und sollte in dessen Vertretung die vom Rat immer wieder in den vergangenen Tagen geforderten Beweise für Ridlers, Pötschners und Dieners Schuld für den Aufruhr gegen seinen Herrn liefern. Aber nichts von dem, was der Haßlanger vortrug, reichte dazu hin, auch das nicht, was im Namen Herzog Stephans Konrad der Preisinger vortrug, der zudem auch noch seine Ausführungen deswegen mäßigte, weil er mit einem der Entflohenen eine Vetternschaft hatte. So konnte selbst Dichtl, der Herzog Ludwig diesen Gefallen gerne getan hätte, nichts mehr gegen die Freilassung der Beschuldigten einwenden. Des Eingreifens mit zur Mäßigung mahnenden Worten von

Kazmair bedurfte es diesmal nicht. Aber am Abend auch dieses Tages schrieb er wieder auf, wie nach vierzehntägiger Haft die drei Ratsgenossen in die Freiheit entlassen wurden. Und er schrieb auf, als bei der Ratssitzung schon wenige Wochen später endlich Dichtl durchdrang damit, die Schlüssel zu Toren und Sturmglocken dem Rat der Dreihundert zu lassen, wie der von diesem Rat der Handwerker begründeten Stadtmiliz das ruhmreiche Stadtbanner mit dem Mönch auf goldenem Grund übergeben wurde, notierte er, und wie die inzwischen aus der Stadt entwichenen freigekommenen Gefangenen vom Dezember geächtet und ihres greifbaren Besitzes enthoben erklärt wurden, vermerkte er gewissenhaft. — Aber ebenso gewissenhaft ging er den vom Rat der Dreihundert benannten Handwerksmeistern zur Hand, als die verwirrt von den ihnen ungewöhnlichen Zahlenreihen und Aufstellungen im Stadtrechnungsbuch die Prüfung vornahmen, geduldig erklärte ihnen Kazmair auch zum dritten und fünften Mal den Sinn und Zweck einer jeden Eintragung. Auch mit der Führung der laufenden Kassenvorgänge hatte man ihn als einzig dazu befähigten und vorläufig im Vertrauen stehenden Patrizier betraut.

Im Frühjahr war das Bündnis geschlossen zwischen der Stadt München und dem Ingolstädter Ludwig, bald danach begann ein Plündern und Brandschatzen der den Münchner Herzögen gehörenden Nachbarorte, die Miliz bezog Sold und zog mit den adeligen Raufbolden des Ingolstädters durch das Land. Kazmair vermerkte in seinem Buch, daß im letzten Normaljahr, dem vor der Pest also, 1395 durch die Tore Münchens 26480 schwere Lastfuhrwerke mit bäuerlichem Gut und 3310 mit kostbarer Kaufmannsfracht hereingeführt worden waren, nun aber es sich so ansah, als würde nicht einmal mehr ein zehnter Teil davon eingebracht werden können. Bei den gestiegenen Ausgaben — Sturmhauben und Harnische mußten die Milizen bekommen, Verpflegung mußte ihnen nachgesandt wer-

den — fehlten die Marktgelder, die Zölle von den verminderten Umsätzen besonders, als er dann gegen die Sonderbesteuerung der Patrizier Einwände brachte, zum Maßhalten riet, da begannen die Handwerker auch Kazmair zu mißtrauen.
Jörg Schmied bekam den Rückgang der Fuhren nach München hinein hart zu spüren. Den steilen Weg den Gasteig hinunter waren in normalen Zeiten zehn und mehr Kaufmannswagen gegen gute Löhnung zu geleiten gewesen, dazu die kaum mehr gezählten Wägen mit den Produkten aus dem bäuerlichen Umland, genug Lohn und Arbeit für drei Dutzend Auer Anwohner. Hatte diese Einnahme schon nachgelassen im Pest- und Teuerungsjahr, so konnte man den Warenstrom nun als beinahe verdorrt ansprechen, und die bisher an ihm beschäftigt gewesenen Auer litten so unter der Dürre, daß sie abwandern mußten. Zuerst gingen die Jungen weg, die keine Frau, kein Kind am Platz hielt. Eines Morgens sah man dann einen mit einem dünnen Bündel auf dem Rücken, seiner ganzen Habe, auf der Straße hinschreiten, ein Stück weit begleitet von einem alten Vater oder einer Mutter.
Jörg Schmied wurde von zwei Kindern und einer wieder schwangeren Frau gehalten, zu bleiben und auf bessere Zeiten zu hoffen — und mit ihnen manchen Tag zu hungern. Als diese Hungertage mehr wurden, sah er es als besonderes Glück an, daß er auf den Mann traf, der ihm schon einmal hilfreich gewesen war, auf Georg Kazmair, der in Sachen des Heiliggeistspitals die Ansiedlung beim Mühlbach aufsuchte. Natürlich hatten Auer auch längst von den Veränderungen in München erfahren, aber der frühere Bürgermeister schien Jörg Schmied unverändert. Zeit war das, was er am meisten besaß, also folgte er Kazmair, bis der vom Pferd stieg, bei der unteren Mühle. Verlegen, wie er seine Bitte anbringen könne, trat er an ihn dann heran, untertänig grüßend. Sein Gruß wurde sogleich freundlich erwidert, bevor die begleitenden Stadtmilizen

ihn, den verdächtigen Landbewohner, daran hinderten, wozu sie sich schon anschickten.
Nein, der sei ein getreuer Nachbar der Münchner Stadt, erklärte Kazmair denen, dann nahm der Patrizier mit dem Pelz am Mantel den zerlumpt aussehenden Vorstädter mit sich, ins Müllerhaus hinein. Allein dort und unbeobachtet bekam Jörg Schmied zwei Münzen zugesteckt und dazu gesagt, er sollte Kazmairs Boten erwarten, der ihm weiteres Geld und auch einen Auftrag überbringen werde. Da nun der Müller aus der Mahlstube hereinkam, wurde er hinausgeschoben, verstand sofort und drückte sich vor der Tür an den wartenden Begleitern Kazmairs vorbei wie ein Bettler, dem eine fette Gabe zuteil geworden war, die er in Sicherheit bringen mußte.
Tags darauf schon, in die Mahlzeit hinein, die Jörg Schmied sich hatte bereiten lassen können von Kazmairs gespendetem Geld mit im Dorf Giesing erworbenen Viktualien, Weizen, Fett, einem nicht zu kleinen Stück Rindfleisch und Milch — mitten hinein also in sein Sattwerden trat ein alter Mann in seine Stube, ein städtischer, der ein schlichtes Kleid trug und feste Wanderschuhe.
Kazmair habe ihn hierher gewiesen. Nötig habe er eine Begleitung und Pferde, für sich und eben einen Begleiter, aber ohne Aufsehen müsse alles vor sich gehen. Jörg Schmied bekam mehrere Silberstücke in die Hand gedrückt — als ob es bereits abgemachte Sache sei, daß er diesen Auftrag annahm. Jörg wußte, daß bereits etliche Patrizier aus München geflohen waren und nach ihrer Flucht für geächtet auf Lebenszeit erklärt worden waren. Auch ihre Erträgnisse und Liegenschaften waren dann eingezogen und dem Gemeindevermögen zugeschlagen worden.
War das wieder so einer? Jörg sah auf das geprägte Silber in seiner Handfläche, konnte es nicht zusammenrechnen, erkannte aber das hochgeschätzte Münzbild von Regensburg.

Ob es reichen würde, die Pferde zu kaufen, fragte er den Stadtbürger. Und noch, wohin die Reise gehen solle.
Das sei nicht zum Kauf von Pferden bestimmt, vielmehr der Lohn für die Begleitung, die er, so schließe er aus der Frage, übernehmen wolle. Besser sei es aber, er sei nicht gleich über das Ziel eingeweiht, nur soviel als nötig: nordwärts gehe es, aber auf umständlichen Wegen, so daß der Hinweg zum Ziel auf zwei oder drei Wochen anzuschlagen sei. Ob er eine Waffe besitze gegen die Unsicherheit der Straßen? Wo nicht, so möge er auch noch eine solche anschaffen. — Jörg bekam noch einen Beutel gereicht, der schwer wog und sich gefüllt mit Münzgeld anfühlte. — Er möge das Nötige kaufen, an einen sicheren Platz im freisingischen Land verwahren und danach das Weitere hier in seinem Haus abwarten. Herr Kazmair glaube, seiner Findigkeit zutrauen zu können, daß er das sachdienlich erledige.
Sattsein und Dankbarkeit hielten in Jörg Schmied die Waage am Pendeln, nachdem der Fremde sie wieder verlassen hatte. Theress, die verlassen in ihrem Zustand? Doch, mußte er schon, sonst hätte er das Geld nicht annehmen dürfen. Und bei der Rückkehr würde er es sich ehrlich verdient haben. Ehrlich? Doch, denn was scherten ihn die Streitereien zwischen den Patriziern und den Handwerkern in München, den Bürgern, die sogar in solchen Notzeiten nicht zuließen, daß ihnen von außerhalb der Stadt Dinge hineingeführt wurden, die dort selber gefertigt werden konnten, wie geschnitztes hölzernes Gerüst oder Flechtwerk wie Körbe, Waren eben, die sie hier in der Au zurichten konnten ohne teure Vorrichtung. Also könnte ihm auch der Kazmair gestohlen bleiben? Nein, der doch nicht, denn der hatte seine Hilfeleistung bezahlt — Theress würde im Nofall auf die Klingerin zählen können. Er aber würde sich mit der lange erwünschten Armbrust versehen und die auch späterhin besitzen, wenn das Geld längst für den Bedarf fürs Leben draufgegangen war.

In der Münchner Ratsstube herrschte nicht mehr die alte Ordnung, die meisten Herrn des inneren Rats und viele von den vierundzwanzig des äußeren fehlten in der Versammlung. Statt dessen besuchten die von der ›Gemein‹, dem Rat der Dreihundert, den früher streng geheimen und abgeschlossenen Rat, wann immer sie gerade Lust dazu hatten, meldeten sich zu Wort zu jeder Zeit oder unterbrachen die Rede eines anderen, ohne Ansehen von dessen Person, mit Zwischenrufen, sagte gar ein Redner ein Unliebsames, wurde er niedergebrüllt und bedroht, er würde einer der nächsten sein, die geächtet würden, zuvor aber noch auf dem Pranger am Markt ausgestellt als stadtschädliche Kreatur. Franz Impler tat sich dabei gerne besonders hervor, und nachdem er einen Ratsgenossen auf solche Art gedemütigt und geängstigt hatte, drehte er sich zu den Handwerker-Räten mit dem stets gleichen Bemerken: Wisset, das sind die patrizischen Schelmengedanken bei denen, die ausgetrieben gehören. Auch ich selber war einmal so einer von denen, aber bin ich nicht zu euch hingetreten, einer von euch geworden, ihr Fleißigen? So kann ich euch am besten von Nutzen sein, indem ich euch vor patrizischem Verrat bewahre mit aufmerksamem Ohr und Mund und indem ich sie kenne bis zur innersten Wurzel. Da jubelten sie ihm zu, aber es waren nicht die Fleißigen, als die er sie angesprochen hatte, sondern jene, die meinten, mit Spekulationen nun die Privilegien der Geschlechterherrn ohne viel Zutun übernehmen zu können. Die fleißigen Handwerksmeister aber werkten in ihren Läden und Werkstätten. Die fleißigsten Bewohner der Stadt aber, die Gesellen nämlich, waren überhaupt noch nicht vertreten im ›Großen Rat der Dreihundert‹, ja, bei manchen Meistern hatten sie nun mehr auszustehen als früher, zum einen, weil an ihnen die allgemeine Verknappung ausging, zum anderen, weil die Handwerksmeister manches Mal meinten, eine uneingeschränkte Allgewalt sei in ihre Hände geraten. Begehrten Gesellen gegen Meister auf, weil Zustehendes ihnen vor-

enthalten wurde in Speis, Trank und Lohn, so wurden sie als Anhänger der Herzöge Ernst und Wilhelm oder der Patrizier verächtlich gemacht, zumindest aber dessen verdächtigt, und dann konnte es leicht sein, daß sie aus der Stadt gejagt wurden. Ins Elend gejagt, wie man es nannte.
Um dem Verkehr und Handel wieder etwas aufzuhelfen, wurde im Großen Rat beschlossen, ein Schützenfest auszubieten, dazu aus benachbarten Städten Schützen anzulokken mit teuren und wertvollen Preisen. Georg Kazmair wurde gebraucht, Geld kostete das Vorbereiten solcher Lustbarkeit, Geld, das aus Einkünften geächteter Patrizier zu ziehen war, und um dies zu können, bedurfte es eines Kundigen im Umgang mit Büchern: Georg Kazmair.
Georg Kazmair, der von Ulrich Dichtl immer mehr in eine wichtige Schlüsselstellung gerückt wurde und diese für einen Ausgleich unter den Parteien nutzen zu können glaubte. Georg Kazmair, der sich auch vor den ›Großen Rat der Dreihundert‹ hinstellte und mit aller Dringlichkeit zum Verhandeln riet, als die Bayern-Münchner Herzöge Ernst und Wilhelm ihrer Stadt München mitteilen ließen, daß von ihren Freiheitsbriefen nur jene weiterhin gelten sollten, die bis zum Tode ihres Vaters gewährt worden waren.
Bei weitem nicht so entschieden sprach Kazmair sich fürs Verhandeln aus, wie es die ihm nachfolgenden Redner, die Ratsherrn Haidfolk und Stromair, taten, nein, bei ihm war das bedächtige Abwägen bis in den Ton seiner Stimme hinein zu spüren — und trotzdem funkelte ihm aus den Augen der zuhörenden Handwerksmeister Mißtrauen und aus einigen blanke Wut entgegen. Dies, als er ausführte, daß die ehrenwerten Meister doch nicht glauben dürften, sie könnten nun aller Macht auf der Welt widerstehen, sogar den eisenbewehrten Pranken der wittelsbachischen Löwen, die mit dem Stadtregiment spielen könnten wie eine Katze mit einem Garnknäuel, das von einem ungeschickten Kind ihr vor die Fänge gerollt worden sei.
Ob er sie, die Räte der Gemein, mit Kindern vergleichen

wolle? Ob er sich dies in patrizischer Überheblichkeit immer noch unterstehe? So wurde ihm zugerufen aus der Menge, bis der Tumult allgemein war und keiner mehr den anderen verstand. Da schlug, um die Ruhe wiederherzustellen, Dichtl vor, Kazmair von dieser Versammlung auszuschließen.

Daß Ratsherr Thomas Haidfolk als nächster Redner nach ihm versuchte, die aufgebrachten Handwerker zu bewegen, den Herzögen Ernst und Wilhelm mit einem Unterwerfungsbrief zu versichern, die Stadt sehe sie noch immer als rechtmäßige Herrn an, und daß der Ratsherr Ulrich Stromair ihm beipflichtete und Konrad Triener gar anfügte, ein entsprechender Brief sei bereits entworfen, diese Kunde erreichte Kazmair in seinem Haus, wo er gerade dabei war, die Begebenheiten der letzten Tage auf das schöne Papier aus der Au zu verzeichnen. Daß man die drei Ratsherrn in Verhaft genommen hatte, wunderte Kazmair nicht, vielmehr nur, daß nicht eine aus Milizen gebildete Scharwache längst bei ihm erschienen war, um ihn gefangenzunehmen. Indessen die frische Schrift trocknete, machte er sich reisefertig. Von der Schwester und der Mutter nahm er Abschied, übergab ihnen die Schlüssel von Haus und Speicher, nahm sein längst vorbereitetes Bündel, in das er noch die angefangene Chronik schnürte, sorgfältig in die Mitte, um es unbeschädigt zu halten.

Achtes Kapitel

Daß Jörg Schmied die Theress mit ihren zwei Kindern und dem Geschwisterkind allein in der Au zurückgelassen und mit dem Kazmair gezogen war, hatte nur seinen Grund im Geld, daß er dafür bekam. Dieses Geld, das der Herr Kazmair zu einem Teil auch in die Au schickte, auf eine Art, die Jörg Schmied zunächst einmal mit tiefem Mißtrauen erfüllt hatte, bis auf seinen Wunsch der Dechant der Kirche zu Bogenhausen eine Briefnachricht gegeben hatte, daß die Theress Schmiedin durch die jüdischen Händler richtig ausbezahlt worden sei und es ihr wohl gehe samt den Kindern. Inzwischen hatte Jörg Schmied gelernt, wie sehr Herr Kazmair auch noch im Elend, in der Fremde, an seinen Geschäften Anteil nahm, wie er Anteile erwarb an Eisengruben und Hammerwerken in den Alpen, in Tirol, wie er solche wieder verkaufte, ohne eine Münze bar in der Hand zu halten, nur mit der Schrift. Mit dieser Schrift aber, so beobachtete er, wurde durch die Hand Kazmairs auch noch etwas anderes. Wann immer er mit Leuten zusammentraf, die aus München kamen oder die dort gewesen waren in den vorhergehenden Tagen oder Wochen, befragte er die eingehend, was sich dort zugetragen hatte. Als sie zusammen nach Straubing geritten waren, hatte Kazmair sich so erzählen lassen, wie in München das Gerücht von seiner eigenen Verhaftung umgelaufen sei. Von dort waren sie weitergezogen, meist im Gefolge eines Kaufmannszugs, nach Nürnberg, dieser riesengroßen Stadt mit ihren prächtigen Kaufmannshäusern, wie sie an der Isar noch unbekannt waren, und mit der weiträumigen Burg, in der König Ruprecht seinen Aufenthalt genommen hatte. Den bayerischen Vetternstreit zu schlichten war in Nürnberg ein Kongreß gehalten, doch Herr Kazmair, der sich immer wieder zu den Abordnungen der einzelnen Parteien gedrängt hatte, um Neues aus der Heimat zu erfahren und wohl auch, um seine Ratschläge anzubringen, war jeden Abend müde und niedergeschlagen in das Gasthofquartier zurückgekehrt. Dem Jörg Schmied hatte er später wie einem unverständigen Kind erzählt, daß sie den verbliebenen Kaufleuten willkürliche Bürgschaften für verlustträchtige Handelschaften aufgebürdet hätten, die neuen Herrn vom Rat der Dreihundert, daß manch alte, angesehene Familie in den Ruin gebracht würde, wenn dies noch lange so fort gehe. Da dachte Jörg Schmied an etwas

wie die Pest, denn von Handel mit Bürgschaft und Schuldverschreibung verstand er nichts. Als das Verhandeln in Nürnberg zu keinem guten Ende führte und König Ruprecht weiter nach Heidelberg ging, folgten Kazmair und Jörg Schmied als sein Begleiter ihm auch dorthin, wieder kamen auch die Abgesandten der herzoglichen Vettern dorthin nach, auch solche von den Münchner Bürgern. Da erfuhr dann Georg Kazmair von der Hinrichtung auf dem Markt zu München.
Zum Einholen dieser Neuigkeiten hatte Georg Kazmair ihn, den Jörg Schmied, unterwiesen. In die Schankstube, in der die Bürgerabordnung Münchens abends zum Schoppen saß, ging er und gab sich als einer aus ihrer Heimat zu erkennen, vorgebend, er habe das Gewerbe seines Vorfahren Aegid übernommen und begleite Kaufmannszüge.
So, den Thomas Haidfolk hätten sie scharfgerichtet, den Konrad Triener auch und den Ulrich Stromair? Was die Münchner gesagt hätten, was man denen habe vorgeworfen für ein so hartes Urteil zu fällen?
Jörg Schmied überlegte, was die selbstbewußten Handwerksmeister und der Herr Impler dazu geredet hatten, was er nicht so beachtet hatte, weil er dies für eine unwichtige Nachricht gehalten und das weitere nicht für so wichtig genommen hatte. Ja, doch, eine Verschwörung hätten sie gemacht gegen Stadt und Rat.
Eine Verschwörung? Nun, vor einigen Jahren wäre Verschwörung genannt worden, was Dichtl und Impler trieben. Verbrechen, Vergehen und was dafür zu halten sei, bestimmten eben immer die, denen gerade die Macht darüber in Händen lag. Und was noch, was habe sich noch begeben in der Heimat?
Das Frühjahrshochwasser habe die Brücke über die Isar weggerissen, und es werde an einer neuen gebaut. Das Haus mit seiner Frau und den Kindern daheim sei ja nicht vom Hochwasser zu erreichen, aber er habe so Fürchterliches davon gehört, daß er seinem Vetter, dem Klinger, et-

was zukommenlassen möchte, weil der vielleicht einen Schaden dabei genommen und weil der doch sonst seiner Theress nicht weiter beistehen konnte, wenn er an eigener Notdürftigkeit zu leiden habe.
Jörg Schmied erhielt das Versprechen Kazmairs, daß er ihm zu dieser Erledigung verhelfe. Eine schlimme Sache sei dieser Brückeneinsturz, denn noch mehr werde der darniederliegende Münchner Handel dadurch gestört, bestimmt bald so weit heruntergebracht, daß sie hinter den Mauern Hunger zu leiden hätten.
Das nicht, widerredete Jörg Schmied, gehört habe er auch, daß der Rat einen Weinkeller einrichte, und wo Wein hinkomme, daß man einen eigenen Keller dafür richte und nicht genug habe an denen der Weinkaufleute, könne die Not nicht groß, ja, könne überhaupt von Not nicht die Rede sein. Er lerne gut, lobte ihn Kazmair, jedoch verhielte es sich bestimmt so, daß die patrizischen Weinkaufleute aus diesem Handel gedrängt werden sollten, weil die Handwerker sich davon versprachen, den Gewinn aus solchem Handel künftig in ihre Taschen zu leiten — aber dazu fehlten ihnen Erfahrung und Geschick.
Ob den Herrn Handwerksmeistern nicht auch das nötige Wissen zuwachsen könne, ob die den Handel mit Wein und das Gewinnmachen damit erlernen könnten, fragte Jörg Schmied seinen Gönner. Verstimmt sah der da mit einemmal drein, daß Jörg sich nicht auf eine Antwort zu drängen getraute. Aber nach einer nachdenklichen Pause bekam er sie doch noch, anders, als er gemeint hatte.
Das sei es doch eben, was die ganze Unordnung in der Welt verursache: Ein Kaufmann solle ein Kaufmann bleiben und ein Schuster ein Schuster. Letzterer habe genug zu schaffen, dem Kaufmann die Schuhe zu fertigen, damit der sich zu seinen Geschäften auf Reisen begeben könne.
Nun wollte aber Jörg Schmied wissen, warum die Herrn Räte für die Schuhe so wenig, für den Weinhandel aber so viel Lohn festgesetzt hätten.

Ärgerlich sah Jörg Schmied zum ersten Mal Herrn Kazmair, seinen guten Lohngeber und freundlichen Befehliger auf der Reise. Angesteckt von diesen Strauchdieben aus den Münchner Gassen sei er worden, und ob er vielleicht meine, er, der Schmied-Jörg aus dem Dorf Au, könne urteilen in so schwierigen, verworrenen, verschlungenen Dingen gleich ihm, dem Erfahrenen, seit Generationen im Handel und in Politik Befaßten?
Beschwichtigend, untertänig gestand Jörg Schmied, daß er dies nicht vermöchte — aber der Herr Kazmair möge ihm mit seinem Unverstand nicht länger böse sein und ihm noch eine, eine letzte Frage gestatten, nämlich ob schon sein Sohn, sein Enkel oder Urenkel oder irgendeiner fernerhin in seiner Nachkommenschaft viel genug zugelernt haben würde, daß er dies vermöchte, wie in dieser Zeit eben der Herr Kazmair oder die Herrn Räte im großen Nürnberg.
In Gottes Hand liege die Zukunft, auf diesen Herrn solle er fest bauen, der Jörg und dann werde es schon eingerichtet für ihn und seine Nachkommen, beschied ihm versöhnlich Herr Kazmair. Dann drängte er ihn, weiter zu berichten vom Gehörten bei den Münchner Bürgern. Ohne ihn zu unterbrechen hörte er sich an, was die Gemein mit der Hochgerichtsbarkeit anstellte, daß nämlich beim Stadtgericht die nicht geständigen Angeklagten vom Scharfrichter behandelt würden in furchtbarster Weise, daß der sie ausreckte, bis ihre Glieder nicht mehr in den Gelenken gingen oder sie alles eingestanden, was von ihnen zu gestehen gefordert wurde. Da es dergleichen in München noch nie gegeben habe, fügte Jörg Schmied an, könne er es auch nicht glauben, daß etwas derartig Schreckliches eingeführt worden sei. Wenn aber doch, so würde es bestimmt nur gegen gemeine Verbrecher angewandt und müsse bald dazu führen, daß in der Stadt Diebe und Räuber ganz zum Aussterben kamen.
Georg Kazmair brummte etwas von seiner Einfalt und daß

er nun der Ruhe bedürftig sei, um an seinem Buch zu schreiben. Da fiel aber dem Jörg noch etwas ein, denn, so fragte er den Herrn Kazmair, gehört habe er neben diesen schrecklichen Dingen auch etwas, das ihn zweifeln lasse noch weiter, ob das andere nicht von den schon recht weinselig gewesenen Bürgern aus München übertrieben würde. In der Kirche der Augustiner entstehe ein Altarbild, das die Kreuzigung Christi vorstelle. Auf diesem Bild trügen die niederträchtigen Kriegsknechte die Tracht der Kriegsknechte des Herzogs, und ihre bösen Gesichter könnten einen erschrecken lassen, so echt wirkten ihre boshaften Fratzen, und ein Mitleid erfülle einen, wenn man dem Heiland ins leidende Gesicht sehe. Ob der Herr Kazmair nicht auch dieses Bild in seiner Chronik aufschreiben wolle? Er, Jörg, er wünsche sich nur, daß er dieses Bild bald zu sehen bekäme, daß er wieder daheim sei und sich bei den Augustinern von diesem leidenden Heiland würde anrühren lassen können.

Mehr zu tun sei ihm wohl darum, in der Au seiner Theress ein weiteres Kind zu bereiten, spottete Kazmair, aber er könne es schon verstehen, auch ihm sei an einer raschen Heimkehr gelegen. Wenn auch seine Rückkehr nötiger sei den Geschäften, seinem Handel, dem durch sein Fernsein bereits größere Verluste entstanden seien.

Wieder einmal folgten sie dem deutschen König in gebührendem Abstand, diesmal nach Augsburg. Unterwegs erlangten sie Neuigkeiten, die auch Kazmair zuversichtlich stimmten, da der Säumer, den sie bei Ulm und direkt von München kommend befragen konnten, berichtete, die Münchner hätten erneut ihren herzoglichen Herrn den Schwur geleistet, und nun stünde eine Verhandlung über eine gemeinsame Regierung der Vettern an. Doch als sie dann in Augsburg anlangten, wurde diese Hoffnung zunichte an neuer Kunde — und auch sie traf den Georg Kazmair, diesmal so schmerzlich, wie es der Jörg Schmied nicht gemeint hätte, daß diesen beherrschten Kaufmann

mit seinem strengen Denken in Zahlen, Gewinnen und Verlusten überhaupt etwas so treffen, so seiner Seele nahekommen könne. Und gewünscht hätte Jörg sich, daß er mit dem so getroffenen Kazmair mehr christliches Mitgefühl hätte spüren können — aber weil er ihn zu sehr als einen anderen als sich selber hatte kennenlernen können, gelang es ihm nicht. Vielleicht würden, sagte er sich, zu Zeiten seiner Enkel einmal die Menschen sich im Wesen und Sein so viel mehr gleichen, daß sie näher zusammengehen konnten in schweren Zeiten für einen oder einen anderen.
Der Apotheker Kray hatte seinen Gehilfen von München nach der großen süddeutschen Handelsstadt geschickt zum Einkauf der selteneren Ingredienzien, deren er zur Ausübung seiner Kunst bedurfte. Und diesen Gehilfen hatte Jörg getroffen auf der Suche nach Gewährsleuten für seinen Lohnherrn. Doch der, unter seiner Würde hatte der es gefunden, Fragen eines Mannes von so niedrigem Stand wie dem Jörg zu beantworten, daß er ihm schließlich den Weg zu Kazmair selber wies. Als Jörg ihm dessen Namen nannte, gegen jedes Gebot der Vorsicht, wie es ihm immer wieder eingeschärft worden war, gab der Münchner Apothekergehilfe seinem Drängen zu seiner Überraschung schnell nach, daß er seinen Leichtsinn schon bedauerte und mißtrauisch wurde, ob der nicht ein gedungener Meuchelmörder sei. Aber Kazmair hatte doch gesagt, der Kray gehöre zu seinen Freunden in München, und auf jeden Fall solle er dessen jungen Helfer ausfindig machen und zum Reden bringen?
Der ehrbar weise Herr Kazmair möge es ihm nicht übel anrechnen, aber von seiner Frau Mutter und Schwester habe er nichts Gutes zu berichten, denen sitze wegen seiner Flucht und seinem Abwesendsein von der Stadt die Gemein, der Rat der Dreihundert, auf. Verdächtigt würden sie, ihm, dem Sohn und Bruder, große Summen zuzuwenden, denn bekannt seien seine ausgedehnten Reisen im Reich herum geworden, und man habe sich einen solchen

Reim darauf gemacht, daß er gegen seine Widersacher im Rat allerorten Stimmung mache. Standhaft habe seine Mutter dagegen beteuert, sie selber wisse nichts über seinen jeweiligen Aufenthalt, ja, sogar von seiner damaligen Flucht habe sie vorher keine Kenntnis gehabt. Da habe man ihr nahegelegt, sie solle sich als alleinige Erbin des Kazmairschen Besitzes ansehen und gegen ihn, den Sohn, die ewigliche Verstoßung und Enterbung aussprechen und bekanntmachen lassen. Da sie sich auch standhaft dagegen gezeigt habe, drohe ihr nun das Stehen am Pranger, am Schandpfahl, und ebenfalls der Schwester. Alle Megären Münchens würden sich, sollte es soweit kommen, einfinden, um sie zu begeifern und zu bespucken, soviel sei gewiß. Also käme es nun auf den Herrn Kazmair an, dagegen Geeignetes zu tun.

Stumm, mit zerrissenem Gesicht sah Jörg Schmied seinen Brotherrn auf und ab schreiten, als ob ihm die enge Gästekammer zur Gefängniszelle geworden sei. — War seine, des Jörg Schmied, Liebe zu den Seinen geringer als die eines Herrn Kazmair zu den Seinigen? Die Theress, hätte die nicht mehr noch zu leiden gehabt, wenn aufgedeckt worden wäre, wer dem Kazmair bei der Flucht geholfen hatte? Hätte man gezögert, sie sogleich an den Pranger zu stellen oder gar gleich der neuen, furchtbaren Folter ausgesetzt wie sonst nur eine gemeine Dirne? Eine Diebin? Eine Kindsmörderin? Und was hätte Kazmair ihm zum Trost gesagt, wenn er über solche Nachricht in Klage ausgebrochen wäre, weil es ihm eben nicht gegeben gewesen wäre, stummen Schmerz zu tragen?

Wie er so reglos dabeisaß, hatte Jörg Schmied nicht bemerkt, daß Kazmair seine Fassung wiedergefunden, daß er schon Überlegungen angestellt hatte, wie er die mißliche Lage seiner Mutter und Schwester ändern, bessern konnte. Sein entschlossener Blick sagte ihm dies alles. Unverdächtig sei er, Jörg, könne sich auch aufs neue wieder einen Zuverdienst schaffen, brauche nicht meinen, wenn sie hier in

Augsburg gespart und im Hunoldsgraben ein billiges Quartier genommen hätten, er wäre bereits mit seinen Mitteln am Ende. Dann bekam Jörg Schmied den Plan zu hören, den Auftrag, dessen Erfüllung er hier abwarten wollte, der Herr Kazmair.

Obwohl die Wachen am Neuhauser Tor alle Ankommenden strenger Prüfung und Befragung unterzogen — man hatte in München Angst, daß sich Verräter und Brandstifter einschlichen —, kam Jörg ungehindert hinein, vorgebend, Arzneien dem Apotheker Kray bringen zu wollen, und dazu den Korb zeigend, den er vorsorglich mitbekommen hatte. Und willkürlich, für den Fall, daß er beobachtet würde, stattete er dem Apotheker in seinem Haus am Rindermarkt einen Besuch ab, der dem bereits angekündigt war, denn dessen Gehilfe war schon früher angelangt. Schnell von dem wieder verabschiedet, wuchs dann bei Jörg eine Versuchung, der zu widerstehen er bald nicht die Kraft gehabt hätte — durch das Angerviertel und beim Angertor hinaus, dann durch die Furt über die Isar, und er wäre drüben in der Au, seiner Au, und nach einem kurzen Stück Weg bei Theress und seinen Kindern gewesen. Aber angewiesen war er, vom Kray weg sogleich auf einem Umweg, und ohne über den Marktplatz zu gehen, die Judengasse aufzusuchen und dort dem Vorsteher, dem Isaak, den sie den Münchner nannten, weil seine Familie etliche Generationen lang Aufenthalt in der Stadt hatte, einen Brief Kazmairs zu bringen, dem beim Lesen und noch ein weiteres Mal Lesen Gesellschaft zu leisten und sodann das Papier zu vernichten, damit es keinem mehr in die Hände fallen konnte. Er führte diesen Auftrag aus, der Jörg Schmied, obwohl es ihn hinzog in die Au, zu Theress.

Daß Kaufleute mit den verachteten Juden Geschäfte machten, war Jörg seit seinen Reisen mit dem Kazmair nicht mehr neu, er wußte, daß sie mit denen zu tun hatten, diese nutzten, wie man ein Pferd, einen Wagen nutzt. Und er selber, war bei ihm ein Unterschied zu jenen in den Augen eines Patriziers? Dankbar nahm er die gebotene Gastfreundschaft Isaaks an, sein Glas Wein, seinen weichgepolsterten Stuhl zum Sitzen.

Da er um die Größe der Summe wisse, die der Herr Kazmair von ihm beheben lassen wolle und seine kurze Frist, die er ihm dafür lasse — in Zeiten, in denen Kazmair Bürgermeister gewesen sei, hätte er dem und jedem anderen Großkaufmann in zwei Tagen zwei-, ja dreitausend Schilling Silber beschaffen können, nun aber mache es Schwierigkeit, die gewünschten achthundert Schilling an einem Tag herzuschaffen. Achthundert Schilling, das seien hundert Pfund — oder, für ihn, Jörg, hundertzweiundneunzigtausend Pfennige oder viermal soviel in Hellern. Da müßten viele Angehörige der Judengemeinde in München ebenso viele Male ihren Bauchladen mit Bändern oder kleinen Spiegeln aus Venedig oder kleinen Portionen Gewürz ausverkaufen, geduldig in der angewiesenen Ecke des Marktes auf Kunden warten, bis sie dies erlöst hätten. Und er müsse die alle aufsuchen und ihnen verständlich machen, daß sie auf eine Weile diesen Gewinn herleihen müßten, um dem Herrn Kazmair damit zu helfen, weil der bedrängt werde von den Genossen seines Glaubens. Und doch täte er dies, aber einen Tag länger würde er dazu benötigen. Denn weil der Handel darniederliege, sei es nicht so schnell wie früher zu machen. Gemieden werde die Stadt München derzeit von den Kaufleuten der anderen Städte, dabei herrsche keine Krankheit hier, und die Handwerker seien mehrheitlich fleißig wie eh und je. Er meine, die anderen Städte sähen München an wie einen halbfreien Mann, der eine Sklavin geheiratet habe.

Sicher machte Jörg Schmied ein schafsköpfiges Gesicht des Nichtverstehens zu Isaaks Worten. Der goß ihm jedoch noch Wein nach und setzte sein Memorieren fort.

Wer zur Hälfte Sklave und zur Hälfte Freier ist, der diene einen Tag seinem Herrn und einen Tag sich selber. So haben es die Weisen unseres Volkes geordnet. — Vergessen wir die Steuern, die auch ein Freier zahlen muß, so ist München doch nur nach innen Freiheit gegeben, nach außen kann die Stadt nicht Bündnisse schließen, mit wem es ihr beliebt. Der Herr Ulrich Dichtl ist ohne Zweifel ein Patrizier, er vertritt die Stadt, aber mit wem verbündet er sich? Mit seinesgleichen aus dieser und aus anderen Städten? Nein, mit den Unfreien, denen aus der eigenen Stadt. Ich meine nicht, daß die ehrbaren Handwerksmeister Leibeigene sind, aber doch auch nicht so frei, wie sie sein müßten, um die Macht der Herzöge und der Patrizier ausgleichen zu können, das wären sie, wenn alle ihresgleichen zusammenstünden und wenn sie ihre Gesellen mit einbrächten — aber das tun sie nicht. — Die vom Lehrhause Schammais sagten: Ihr habt es im bezug auf seinen Herrn richtig geordnet, im bezug auf ihn selber aber habt ihr es nicht richtig geordnet: Eine Sklavin heiraten kann er nicht, eine Freie heiraten kann er nicht — soll er es ganz lassen? Ist es aber nicht so: Die Welt wurde zum Fruchten und Mehren erschaffen. Um der Weltordnung willen zwingt man seinen Herrn, daß er ihn zu einem Freien macht; und er schreibt einen Schein über die Hälfte seines Wertes.

Versteh und richte dem Herrn Kazmair aus: Er muß einwirken, wo er kann, daß München die Reichsfreiheit erhält, die soll vom König Ruprecht erwirkt werden, was sie auch kosten möge. — Ob er noch vor dem Schließen der Tore aus der Stadt müsse, fragte Isaak ihn nun ganz praktisch und sachlich, dann würde es Zeit für sein Gehen. Und warten solle er in den folgenden Tagen bei der Stadtfriedenssäule an der Straße gen Osten jede Mittagsstunde, er würde, so bald als möglich, erst einen Boten mit Geld für die Reiseausrüstung der Frauen senden, dann diese selbst geleiten lassen. Und vorsichtig solle er sein, damit nicht seine, Isaaks, Mühen zunichte würden mit einem von ihm zu vermeidenden Leichtsinn.

Am dritten August des Jahres 1398 war Jörg Schmied mit dem flüchtigen Kazmair aufgebrochen, auf wenige Wochen, wie er geglaubt hatte, und dementsprechend hatte er auch Theress und dem Klinger Bescheid geben lassen. Inzwischen waren es zwei Jahre geworden, die er von seinem Haus am Berghang fort gewesen war. Daß er nun den kürzeren Weg durchs Isartor und über die behelfsmäßig hergerichtete Isarbrücke in die Au lief und nicht über die unauffälligere Strecke durchs Angertor und die seichtere Flußstelle durchwatete, ist daraus erklärlich. Doch auf seinem Weg in die Au hielt ihn niemand an. Erstaunt betrachtete er im Vorübergehen die neu erstehende Gartenanlage um einen herrschaftlichen Bau, an der emsig gearbeitet wurde, in der Nachbarschaft des Platner-Hammers. Seinen Vetter, den Klinger, ob er den eben aufsuchen, begrüßen und gleich danach fragen sollte? Theress, seine Frau, die Kinder, sie gingen ihm vor, nicht mehr erwarten konnte er es, sie in seine Arme zu schließen.

Die Kinder, größer waren sie geworden und betrachteten ihn beim Ankommen scheu, wie einen fremden Mann. Das kleinste, ein zweijähriger Bub, gar versteckte sich hinter dem Rock der Mutter. Erst als die den Jörg umarmte, verflog seine Angst vor ihm. — Ob er nun endlich wieder daheimbliebe, wollte die Theress wissen, nachdem der erste Überschwang verflogen war. Keine Antwort wurde ihr darauf gegeben, da wußte sie auch so, daß sie bald wieder allein gelassen wurde. Um so fester klammerte sie sich an Jörg, als sie neben ihm zur Nacht auf dem Strohlager lag. Und Jörg genoß es, auch das Schilfstrohlager von der Isar, das bei ihren Bewegungen unter ihnen leise raschelte. Daheim!

Vor dem Einschlafen berichtete dann Theress über die Nachfragen nach seinem Verbleiben, mit denen sie die lange Zeit ihre Last gehabt habe. Er aber sann über den Geruch ihres Haares nach und achtete nicht ihrer Rede. Von den Bauleuten und ihren zudringlichen Blicken sprach sie flüsternd, schamvoll, kaum lauter als das Atmen der schlafenden Kinder nebenan. Jörg fragte dagegen, wessen der

neue Bau sei, der da in der Au entstehe, Konrads des Preisingers, Vertrauten des Herzogs Ludwig des Ingolstädters, antwortete sie ihm, nicht verstehend, warum er das wissen wolle. Jörg hörte nichts davon aus ihrem verhaltenen Ton heraus. Allein ihre Stimme zu vernehmen, die lange entbehrte, es genügte ihm.
Die Morgensuppe mundete ihm besser als die sicherlich besseren Speisen, die er auf der Reise hatte bekommen können. Ob sie mit dem Geld habe zufrieden sein können, das er ihr, durch die Geschicklichkeit Kazmairs in Geldsachen, habe zusenden können, fragte er Theress, und die bejahte es und fügte an, lieber hätte sie manchen Tag gehungert als sich in Angst verzehrt um ihn. Er wies auf die mitgebrachte Armbrust und gab großspurig heraus, daß sie diese Angst nicht haben brauche, zudem auch den Hunger nicht — und nun sehe es danach aus, als ob er bald wieder ganz hierbleiben könne. Und der Herr Kazmair, vielleicht würde der wieder Bürgermeister, und vergessen würde der nicht, wie er für ihn von Nutzen gewesen ... Rosiger sah er in die Zeit und Welt, rosiger als gestern abend noch.
In der Grafschaft Ismaning des Bischofs von Freising solle er gleich wandern, beschied ihm der Bote, den er mittags an der Grenzsäule traf und der ihm den Beutel Geldes brachte. So ein junger Jude, was wußte denn der! — Dann, weiter, solle er die Roßbarre, die Sänfte samt den Pferden ausleihen, die dem Viztum des Bischofs gehöre, und die an den Fluß führen bei Föhring. In zwei Tagen solle er dort bereitstehen, ein Floß würde anländen, und von den beiden Frauen, die mit ihm ankämen, würde er Lohn und weitere Aufträge erhalten.
Er habe nichts bei sich, was er für eine abermalige Reise brauche, müsse also zuerst einmal zu seinem Haus in die Au zurück. Und seine Frau, die Theress ...
Ihm sei nur aufgetragen, ihm dies auszurichten, jedoch könne er Nachrichten von ihm annehmen und weiterge-

ben, wenn ihm daran gelegen sei, nein, dagegen stehe nichts.

Einen anderen Sinn bekam das, was er zu hören bekommen hatte von dem Isaak am Vortag. War er also zwar kein Leibeigener, aber doch ein Halbfreier, einen Tag sich selber, den anderen schon wieder einem Herrn gehörig? Und wenn es noch ein halber Tag gewesen wäre, aber nur eine Nacht und ein halber Tag waren ihm gegönnt gewesen. Und dies nach zwei Jahren, die er ganz dem Kazmair verkauft hatte und die er ganz mit dem Dienst für ihn zugebracht? Ein untergründiger Zorn über den Kazmair, über sich selber stieg ihm auf. Dringlich aber wurde der Bote schon, sagte, nicht gut wäre es, so lange hier stehenzubleiben und vielleicht Aufmerksamkeit zu erregen.

Es fällt nicht leicht, selber für sich zu denken und zu planen, wenn man sich daran gewöhnt hat, einen anderen das für sich tun zu lassen. Immer war richtig gewesen, was der Kazmair hatte tun lassen, würde es richtig sein, wenn nun er selber . . .? Wenn er einen anderen Boten hätte als diesen jungen Juden, dann würde er ihn zu Theress schicken, daß sie zu ihm her eilte, ja, die würde es können, die Kinder bei der Klingerin lassen. Aber diesen Hebräer mit seiner gelben Haube, wie würde das aussehen?

Wenn er zu seinem Haus ginge, von keinem würde er sich sehen lassen, versprach der, als ob er seine Gedanken lesen konnte. Als Bekräftigung nahm er das gelbe Ding vom Kopf und ließ es in seine Tasche verschwinden. Jörg Schmied wußte, vogelfrei machte er sich damit, ein jeder konnte ihn eigentlich damit ungestraft unterwegs ergreifen und erschlagen. Doch sah er ohne das Kennzeichen nicht nach einem Juden aus, sondern wie jeder wandernde Handwerker-Geselle mit seiner Umhängetasche. Aus der zog er noch einen Kopfbund, wie ihn Steinmetzen trugen, und setzte ihn sich auf, der gab für Jörg Schmied den Ausschlag.

Er beschrieb diesem Boten sein Haus, trug ihm dann auf,

der Theress zu bestellen, sie möge die Kinder zu den Klinger bringen und danach gleich nach Föhring gehen, zu Fuß, so, daß sie noch bei Taglicht dort ankäme, am Dorfrand würde er sie erwarten — und dringlich solle er es ihr vorstellen.
Hätte er ihr in der Nacht genauer zugehört, denken hätte er sich dann können, daß sie einem, der nach einem Steinmetz, Baumann also aussah, nicht ohne weiteres trauen würde, die Theress. Umsonst stand er so bei Föhring, voll Ungeduld, versuchend, sich wieder den Duft ihrer Haare ins Gedächtnis zu rufen, ihrer Haut. Als ihm auch dies nicht gelang, ging er den Weg, ihr entgegen, wie er sich dachte, südwärts, der Au zu, jedoch immer auf dem bischöflich freisingischen Gebiet blieb er. Die untergehende Sommersonne färbte den Himmel hinter der Stadt München, auf der anderen Uferseite des Flusses bereits in der Tönung eines Pfirsichs, als Jörg Schmied die Grenze des Burgfriedens erreichte. Das städtische Brunnhaus sah er zwischen Büschen hindurch stehen, den Steg mit der Leitung aus gehöhlten Stämmen über den Flußlauf hinüber. Schon versucht, die Grenze zu überschreiten, hinderte ihn ein Gespräch von zwei Männern, das ihm unverständlich blieb, weiterzugehen. Wächter, beim Brunnhaus, seinen Blicken entzogen, die sich unterhielten. Theress, nun dachte er daran, daß sie seine Botschaft dem Juden nicht geglaubt hatte. Aber würde sie dann nicht doch noch kommen, unterwegs aber auf diese Brunnhauswächter treffen, von denen angehalten werden zu so später Zeit, befragt werden von denen, was sie sich herumtreibe?
Unaufmerksam waren die Wächter, merkten nichts davon, daß sich Jörg Schmied in weitem Bogen um sie herumdrückte. Und weiter trieb es ihn, vorbei am roh dastehenden Villenbau des Konrad des Preisingers, am Mühlbach entlang und zu seinem Haus am Berghang. Da waren die Läden schon vorgelegt, und die Tür war verriegelt, er mußte sich mit Klopfen bemerkbar machen. Wurde be-

merkt, nicht nur von Theress, die ihm nach einem spähenden Blick durch die Türspalte öffnete, sondern auch von einem anderen Wächter, der beim Preising-Garten die dort lagernden Baustoffe und Geräte vor Dieben zu schützen hatte. Bei der also, mußte der denken, bei der kein Zimmermann oder Maurer hatte ankommen können, bei der ist ein Mann zu Besuch. Bei ihr, der man nachsagte, sie hätte ihren angetrauten Mann vor zwei Jahren auf nicht geklärte Art verloren und behaupte noch immer, in der Fremde sei der. Und der Wächter an der Baustelle überlegte sich weiter, daß diese Frau aus der Ansiedlung vor der Stadt vielleicht ein geheimnisvolles Bündnis habe mit einem Bösen, einem Zauberer, wenn nicht gar mit dem Gottseibeiuns selber. Eine Teufelsbuhlerin, wenn die eine solche war, dann freilich wies sie jeden von den ehrsamen Bauleuten von sich, wenn der sie um ihrer Fraulichkeit willen ansprechen wollte.
Unterdessen war die Dunkelheit über das Tal der Isar gekommen, entgegen seiner Bestimmung schlich sich der Bauwächter den Berghang hinauf, bis hin zur Haustür des Schmiedhäusels, lauschte und fand sich in seiner Meinung gleich bestätigt. Die Geräusche von drinnen klangen ihm nach Buhlschaft mit dem Leibhaftigen, angstvoll fuhr er zurück, stieß dabei an aufgeschichtetes Brennholz vor dem Haus, daß der Stoß polternd einfiel. Die Tür wurde aufgerissen, ein nackter Mann legte eine Armbrust auf ihn an. Gellend schrie er auf, wollte fortrennen, aber er stolperte, stürzte selber wieder zu Boden. Jörg trat vorsichtig zu ihm hin, was er hier zu suchen gehabt, fragte er ihn, der verlor schnell seinen Schreck über der menschlichen Stimme. Trotzig gab er heraus, was er nackend und mit einer Waffe hier selber suche und warum er ihn so bedrohe. Mit einem kräftig geführten Schlag traf Jörgs Armbrust seinen Kopf, den zweiten Schlag empfing er schon im schlaff sich Hinstrecken.
Ein hastiges Beratschlagen wurde es zwischen Jörg und

Theress, wußten sie auch nicht, ob der für tot dalag oder ob noch Leben in ihm war, Ungemach würde er ihnen jedenfalls einbringen, wenn sie nicht sogleich Vorkehrungen dagegen trafen — richtige Vorkehrungen. Die Kinder zur Klingerin, aus dem ersten Schlaf gerissen und weinerlich, das Nötigste zusammengerafft und weg, beide, denn unter der Folter würde man sonst der Theress herauspressen, wer den Bauwächter niedergeschlagen und warum. — So wäre beinahe der feingesponnene Plan des Herrn Kazmair zur Flucht seiner Mutter und Schwester aus dem rebellischen München durch den Duft des Haares der Theress Schmiedin aus der Au zum Scheitern gekommen. Beinahe, aber die beiden Frauen wurden zwei Tage später an der Flußbiegung der Isar bei Föhring von Jörg Schmied erwartet. Gegen den Plan aber war der in Begleitung der Theress. Und die mußte zwei weitere, lange Jahre ›im Elend‹ und ohne ihre Kinder verbringen, zwei Jahre und einige Monate und Tage. Und die Kinder diese Zeit ohne Mutter und Vater bei fern Verwandten, die ihnen zwar Essen und Kleidung gaben von dem reichlichen Geld, das über den Kazmair und seine Vertrauten an sie kam, aber die sie auch zunehmend als eine Last ansahen.

Denn auch ein weiterer Versuch des Königs Ruprecht, in Amberg diesmal, zwischen den Streitparteien zu schlichten, verlief ohne Erfolg. Herr Kazmair schrieb darüber: »es war viel geredt und nichts geendt« in sein Buch aus Auer Papier. Über Jörg Schmied vermerkte er nichts. In München veranstalteten die Bürger trotz Mangel an allen Ecken und Enden ein glanzvolles Turnier auf dem Marktplatz, die Klarissinnen im Kloster am Anger bekamen von Papst Bonifaz einen Ablaß verliehen, in der Au wurde die Villa des Konrad des Preisingers fertig, dies alles erfuhr Herr Kazmair in der Ferne, ›im Elend‹. Und er schrieb es auf, alles unter den Begebenheiten des Jahres 1401.

Ein Einsehen hatte Georg Kazmair wenigstens gehabt und den Jörg zusammen mit der Theress gelassen als Beglei-

tung seiner Mutter und Schwester, denen sie in Augsburg dienstbar sein durften. Aber seine Zufriedenheit mit seinem Begleiter in den ersten beiden Jahren ›im Elend‹ hatte merklich nachgelassen, seit er erfahren hatte, wie der den Fluchtplan gefährdet hatte durch seine Begierden, die er einem so einfachen Menschen nicht gestattete.
Erst im folgenden Jahr, 1402, zeichnete sich wieder Hoffnung ab, als König Ruprecht den steten Unruhestifter, Herzog Ludwig, mit einer Grußbotschaft ins ferne Paris entsandte, aber da war es schon wieder ein August. Und wieder stürzte die Isarbrücke ein, die behelfsmäßig wieder instand gesetzt, und Jörg Schmied sorgte sich, wie er beim Gasteigberg nach einer Heimkehr Lohn finden würde, wenn keine Wagen über den Fluß ziehen konnten. Doch das mit der Rückkehr hatte noch Weile, denn München huldigte nicht wie andere Städte den Herzögen Ernst und Wilhelm, sondern weigerte standhaft denen den Eid, weil der Rat der Dreihundert und Dichtl und Impler in seinem Namen die Bestätigung von Freiheiten und Rechten forderten, vor dieser Unterwerfung, die von den Herzögen der Münchner Linie nicht bestätigt wurden. Georg Kazmair konnte noch in seinem Buch vermerken, daß zwei Heere der Münchner, der Landshuter und sogar der Straubinger Linie zur Belagerung der Stadt schritten, die Wasserversorgung abschnitten, die Isarbrücke nun ganz ruinierten und die Umgebung brandschatzten.
Als auch Jörg Schmied davon hörte, bat er Kazmairs Mutter um den Abschied, und sie gewährte ihm die Entlassung aus ihren Diensten, riet aber, er solle die Theress bei ihr zurücklassen, wegen der Unsicherheit, was er vor der Münchner Stadt vorfinden würde in der Siedlung in der Au, wo dem Vernehmen nach doch das feindliche Heer lagere. Jörg merkte nichts davon, daß es ihr auch darum zu tun sein könnte, seine Frau als inzwischen gewohnte Dienstmagd bei sich zu halten, bis auch ihre Rückkehr möglich sein würde. Sendboten nach Paris zum Herzog

Ludwig seien aus der belagerten Stadt herausgekommen, so erreichte es wenige Tage später den Buchhalter der Bürgerrebellion, und er verzeichnete es, nun schon mit Gelassenheit, denn er hatte auch erfahren, daß Herzog Stephan keine Anstalten machte, in die Händel weiter einzugreifen.
Man war im Frühjahr des Jahres 1403, Kazmair schloß mit Augsburger Kaufleuten Teilhaberschaften für Fahrten in den Süden, nach Italien, wenn die Frachtwagen zurückkehren würden, könnte er seinen Anteil schon nach München bringen lassen, dann würde alles vorübersein an Rebellion, dann würden seine eingebrachten Waren gute Preise erzielen, weil sie zu den ersten gehörten, die wieder hineinrollten zu den lange verschlossenen Toren. Aber nun packte auch ihn, den gelassenen Rechner, eine Ungeduld, auf den Magen schlug sie sich ihm. Ja, den Apotheker Kray, den würde er gleich nach seiner Rückkunft aufsuchen müssen, so plagten ihn bald die Krämpfe, sosehr brannte es in seinem Bauch.
Ohne Erstaunen schrieb Kazmair zu Ende Mai, daß unter der Bedingung, ihr Vetter Ludwig trete dem Vergleich bei, sie der Stadt die Freiheiten der Gerichtsbarkeit, der freien Rats- und Bürgermeisterwahl und der Beteiligung der Handwerker im Stadtregiment, jedoch nur mit sechsunddreißig und nicht mit den bisher dreihundert Sprechern der Gemeinde, dazu Salz- und Steuerprivileg bestätigten, die Herzöge Ernst und Wilhelm, die, deren Belagerungsheere eben noch die Stadt hätten niederzwingen sollen. Herzog Ludwig bekräftigte diese Freiheiten, dann war endlich die Zeit der Rückkehr aller Verbannten gekommen, im Juni, keine Woche, vor das Johannisfest gefeiert werden konnte.
Jörg Schmieds Rückkunft in der Au war weniger erfreulich gewesen als die seines Brotherrn der vergangenen fünf Jahre. Die Kriegsknechte hatten von seinem und dem Haus der Klinger nur die Steinmauern stehengelassen, die langen Bretter und Balken waren von ihnen für Schanzen und

andere Belagerungsanlagen verwendet worden, die dünneren und kürzeren Stücke aber zu den Lagerfeuern verschürt worden. Sein Haus, weil es verlassen gewesen war, hatte noch mehr gelitten als das seines Vetters. Zusammen gingen sie daran, das Fehlende an ihren Behausungen zu ersetzen. Dazu war es ein glücklicher Umstand, daß Jörg Geld mitbrachte, Gespartes aus den fünf Jahren in der Fremde. Denn an den früher baumbestandenen Hängen und Bergleiten war ebenfalls abgeholzt worden. Ein oder zwei Menschenalter, bis die Kinder Schmieds eigene Familien haben würden, konnte man sagen, daß es wieder größere Bäume an Stelle der früheren geben würde. So verbrauchten sie die angesammelten Gulden Jörg Schmieds bis auf einen kleinen Rest für Bäume und für Lohn an einen Sägmüller — Theress sollte bei ihrer Rückkehr, Heimkehr mit ihren Kindern wieder unter ein ganzes Dach ziehen können und Läden und Tür am Haus haben, samt einem Riegel. Denn nicht das erhoffte Gewerbe zu gründen reichten die übriggebliebenen Silberstücke und kupfernen Heller und Batzen. Als sie dann ankam, die Theress, lobte sie, daß er das Haus so fleißig repariert hatte und verlor kein Wort darüber, daß er umsonst dem Kazmair gefolgt war, daß umsonst die Kinder die lange Zeit ohne einen Vater und drei Jahre fast auch ohne die Mutter gewesen waren. Froh, sagte sie, könnten sie sein, daß sie bei dem Klinger-Vetter so heil und gesund geblieben waren in so gefährlicher Zeit. Daß sie mitgezogen war, bedauerte sie als einziges, denn der Klinger konnte berichten, daß der erschlagene Bauwächter — er hatte vor seinem Sterben noch einige Tage Leben gehabt, ohne das Sprechen noch einmal erlangen zu können — durchziehenden Raubbanden als Opfer zugeschrieben worden war, so daß Theress hätte bleiben können ohne Gefahr.

Kazmair saß bald wieder auf seinem Stuhl in der Ratsstube, denn die Ratsversammlungen wurden nicht mehr, wie in den Zeiten des Rates der Dreihundert, bei den Augustinern gehalten. Auch die anderen Patrizier nahmen ihre Plätze wieder ein, lediglich geändert hatte sich, daß die bis zum Jahr 1397 minder beteiligt gewesenen Ratsherrn des äußeren Rates, also der äußeren Stadtteile, etwas mehr Gewicht in ihrer Mitsprache erhielten. Auch den zünftigen Handwerkern mit ihren sechsunddreißig Vertretern, der Gemein, war ein kleines mehr Recht zugestanden, zuviel nicht, erlaubt wurde denen, Vorschläge zu machen zum Wohl der ganzen Stadt und die Prüfung der Stadtrechnung, einmal das Jahr, aber dieses Zugeständnis hatte keinen praktischen Wert für sie, verstanden sie sich doch noch immer nicht auf dieses Geschäft. Die Handwerker in den Zünften mochten jedoch nicht mehr fordern, denn ihnen wurde die Hauptschuld angelastet dafür, daß nun die Finanzen der Stadt zerrüttet und der Wohlstand der Bürger untergraben war und die Wirtschaft erst mühsam würde in die alte Höhe gebracht werden müssen. Ulrich Dichtl als einziger unter den Patriziern hatte als Rädelsführer eine hohe Buße, nämlich das Vermögen von fünftausend Gulden, zu erlegen. Zwanzigmal soviel war das, als der Jörg Schmied in den fünf Jahren bei Georg Kazmair bekommen hatte, oder der Erlös an Gewinn für einen Kaufmann, der zwölf Wagen mit Sechsergespannen voll Luxuswaren von Venedig heraufführte und mit glücklicher Hand verkaufte.

Neuntes Kapitel

Die viele Buchseiten umfassende Druckschrift, die Bürgermeister Kazmair auf gutes Papier der Auer Papiermühle geschrieben hatte, wer mag sie gelesen haben in damaligen Tagen? Bestimmt nicht die Patrizier, die ihre Ratssitze wieder einnahmen, denn fast ein jeder von ihnen hatte namentliche Erwähnung gefunden, und nicht immer ruhmvolle. Man kann sich denken, Kazmair habe sie seinen Vertrauten unter den nichtpatrizischen Bürgern zur verschwiegenen Lektüre überlassen. Vielleicht dem Isaak dem Münchner, Vorsteher der Judengemeinde? Vielleicht, aber wenn der sie bekommen hatte, mußte er sie auch wieder zurückgegeben haben an den Verfasser. Schon zehn Jahre nach Kazmairs Rückkehr nach München nämlich beschuldigte aufgeputschtes, abergläubisches Volk diese Judengemeinde der Hostienschändung, verwüstete die von ihr bewohnte Gasse, und noch einmal neunundzwanzig Jahre später werden die Juden mit Mord und Brand endgültig aus München vertrieben. Wäre die Schrift noch bei Isaaks Nachlaß gewesen, hätte sie die Zeiten nicht überdauert. Eher ist zu glauben, Kazmair habe sie dem heilkundigen Apotheker Kray zum Lesen gegeben, als er sich von ihm Mittel zur Linderung seiner Magenbeschwerden empfehlen ließ. Da, dies möge sich der Apotheker Kray ansehen und für sich behalten, gut verwahren, denn noch seien die Zeiten nicht friedlich, und wissen könne man nicht, welcher Strick einem daraus gedreht werden könne, wenn so etwas in falsche Hände kömme. Zwar werde nun jedes Jahr zur Ratswahl »der lange gewondliche brief« — die neue Stadtverfassung — verlesen, aber die Stadt liege in ständiger Fehde mit Rittern der näheren und ferneren Umgebung, die nun, nach dem Friedensschluß der wittelsbachischen Vettern, weiterhin plünderten, was ihnen auf den Straßen an Münchner Frachtwagen vor die Lanze kam. Und der Apotheker Kray mochte sich gewundert haben, daß der Kazmair überhaupt Papier für solch verfängliche Schrift vergeudet hatte. Er würde sie genommen haben und versteckt in seinem Haus am Rindermarkt zu München, eine gute Lage für ein Haus übrigens, am Rande der inneren Stadt. Und in diesem Versteck blieb sie liegen — bis sie jemandem in späterer Zeit in die Hände geriet, der sie las, interessiert und zweifelnd, daß es einmal aufständische Bürger in München gegeben haben solle. Denn die

Kunde von ihnen verlor sich schnell, gesprochen wurde wenig und bald gar nicht mehr von dieser Rebellion.
Andere, weniger verfängliche Bücher wurden in der Stadt geschrieben, so eines vom Franziskanerpater Hermann Sack über die Stifter der Barfüßer und Klarissinnen, auch in ihm werden die großen Familien genannt, die Patrizier und die Zunftmeister. Nicht die Schmieds in der Au. Schriftliches Zeugnis dieser nun wachsenden Ansiedlung findet sich zunächst einmal ausgiebig in den Grundbesitz verzeichnenden Büchern.
Der Edelsitz Niedergiesing, der Herzog Ludwig von Bayern-Ingolstadt gehörige, er geht im Jahr 1419 an die Münchner Vettern über. Drei Jahre nach diesem Besitzwechsel gerät Ludwig noch einmal, bei Alling, mit den Münchner Bürgern aneinander, verliert eine Schlacht — aufgezeichnet in den Stadt- und den Wittelsbacher Annalen. Und wieder in der Au, Heimat der Schmieds und Klingers: 1437 verkaufen die Klarissinnen vom Kloster am Anger die Fischgruben an Katharina Nußberger. Auch die Sommersitze Konrads des Preisingers und Emerans des Haßlangers in der Auer Gemarkung sind festgeschrieben. Vornehme Herren waren die, standen in wittelsbachischen Diensten als Obristen, Richter, Hofräte, solche Herrn gaben ihren Besitz nicht ohne weiteres den verheerenden Hochwassern der Isar preis. Auch von solchen Hochwassern, die der Au Schaden bringen, wird berichtet:
Im Jahre 1463 führte das Hochwasser wohl aus der Gegend von Tölz oder Lenggries ein Kreuz mit sich, welches beim Sinken des Wassers auf einem freien Platz in der Au liegen blieb. Das Volk sah dies als ein wunderbares Zeichen Gottes an, und man beschloß, ein Kirchlein mit einem Turme an dem Platz zu erbauen und das Kreuz auf dessen Altar zu setzen. Die Haus- und Gartenbesitzer und die Flößer in der Au, alle unterstützten sie den Bau, dessen Turm von schöner Bauart war. Der Freisinger Bischof Johann Tulbeck, ein Münchner und früherer Pfarrer bei Unserer Lieben Frauen Kirche, weihte es im Jahre 1466 zu Ehren des heiligen

Kreuzes ein. Elf Jahre blieb von da an die Au von Überschwemmungen frei, und die Auer glaubten durch diesen Kirchenbau alle Wassersnot gebannt zu haben und Häuser und Gärten könnten jetzt ohne Bedenklichkeit in der Niederung gebaut werden.

Im Jahr 1477 suchte also die Bewohner der Au wieder ein Hochwasser heim, all ihrer frommen Zuflucht zum Trotz. Auch andere Heimsuchungen gingen an der Au und den hier wohnenden Menschen nicht vorbei, denn dieses Jahrhundert war für Bayern und das Reich ein unruhiges. Bei dieser Unruhe spielte die Religion eine wichtige Rolle, in Böhmen fanden sich Gemeinden wahren Christentums zusammen, die ohne Unterschied von Rang und Stand auf dieser Welt leben wollten, da vor Gott alle Menschen gleich seien. Hussiten nach dem einen Begründer dieser Lehre nannte man sie, griff sie an, verfolgte sie, zwang sie, sich zu wehren, und sie wehrten sich nicht schlecht, die Hussiten. Der Münchner Rat stellte Geschütze auf die Türme der Kirche zu Unserer Lieben Frau, zur Verteidigung gegen die vielleicht anrückenden Hussiten. Die Auer hätten ungeschützt vor den Mauern gelegen, wenn diese wirklich gekommen wären — sie kamen nicht, jedoch raffte die Pest 1480 dreißigtausend Menschen hin, in der Stadt, die Toten der Au blieben ungezählt. Aber es überlebten Menschen dort, auch Schmieds. Als nämlich an einigen vom Hochwasser zurückgebliebenen, ausgeschürften Tümpeln am südlichen Rand der Siedlung eine Hoffischerei angelegt worden war, heiratete ein dort als Fischwächter und Fischer angestellter Andreas Melcher eine Klara Schmiedin, Taglöhnerstochter, und dies wurde verzeichnet im Bogenhauser Kirchenbuch. In Bogenhausen deshalb, weil die Heilig-Kreuz-Kirche der Au nur eine Filialkirche der dortigen war.
Das war schon in den ruhigen Zeiten in Bayern, ruhig gemessen an den vorangegangenen. Herzog Albrecht IV. hatte wieder die Herrschaft über das Land ungeteilt in sei-

ner Hand, die bewaffnet ausgetragenen Erbstreitigkeiten der hochwohlgeborenen und durchlauchtigen Wittelsbacher fanden ihr Ende. 1495 ließ dieser Herzog Albrecht den ›Ewigen Landfrieden‹ verkünden, der künftig jede Privatfehde verbot. Ewiger Landfriede! Im Jahre 1495 wurde er verkündet. Aber Albrecht IV. hatte auch seine Absicht aufschreiben lassen, *daß das löbliche Haus und Fürstentum Bayern in mehr Würde, Ehre und Aufnehmen kommen möge, wofür sich nichts Besseres und Füglicheres erfinden lasse, als daß dasselbe Fürstentum in eines einzigen Fürsten von Bayern Gewalt und Regierung komme,* ohne die Meinung seines Vetters, des noch lebenden Georg von Landshut, dazu einzuholen. Und dieser Georg hatte eine Tochter, Elisabeth, der er gegen frühere Erbverträge seinen Besitz weitergeben wollte.
Die Klara Schmiedin war erst zehn Jahre alt gewesen, als der Feldhauptmann Jörg Wisbeck mit dem Banner der pfalzgräflichen Wittelsbacher seine Truppen auf der Höhe am Gasteigberg hatte Lager machen lassen, in der schönsten Sommerszeit. Die Landsknechte in ihren bunten Wämsern und blinkenden Harnischen waren ihr recht passend zu dieser Jahreszeit vorgekommen, und nicht verstanden hatte sie es, daß sie der Großvater, der um diese Stunde der Ankunft des Heeres allein mit ihr beim Haus war, sie von dem Schauspiel weggerissen hatte, ins Haus gezogen und da alle Läden vorgelegt und verriegelt und die Tür verrammelt. Bald aber hatte sie zu wissen bekommen, weshalb der alte Mann in so ängstliche Vorsicht verfallen war. Vom Gasteigberg her hatten die Kanonen zu donnern begonnen, denn der Feldhauptmann ließ von da in die Stadt München hineinschießen. Da war sie, es würde unvergeßlich für sie sein, vor Entsetzen hinter den Ofen geschlüpft und hatte sich mit krampfigen Händen die Ohren zugehalten. Nur mit gutem Zureden war sie später dann wieder hinter dem Ofen hervorzubringen gewesen. Bis zum Abend aber hatte die Kanonade gedauert. Da war inzwischen die ganze Familie eng gedrängt und furchtsam

beisammengesessen, die Mutter, die beiden Brüder und der Vater. Der hatte aus dem Dachgebälk eine alte, brüchige und wurmstichige Armbrust heruntergeholt, von der aber der Großvater gemeint hatte, mit einer solchen könne man heutigentags, wo mit Pulver und Blei geschossen wurde, nichts mehr ausrichten.
Aber nun war eben doch Frieden, friedlich hatte der Sohn Albrechts, Herzog Wilhelm, das geeinte und nur um etliche Orte und Gerichtsbezirke verminderte Bayern vom Regentschaftsrat übernommen, der es seit seines Vaters Tod ebenfalls friedlich verwaltet hatte. Achtzehn Jahre alt war der Herzog, sie siebzehn, die Klara, als er die Hoffischerei in der Au einrichten ließ, dort, wo dem Vernehmen nach die Jagdfalken gehalten worden waren von einem seiner durchlauchtigen Vorfahren, wo die Flur deshalb auch Falkenau genannt wurde. Und der junge Herzog beließ es nicht bei der Fischerei, auch mit dem Bau eines Jagdschlosses wurde begonnen. Um die Zeit, da der Herzog seine Volljährigkeit erlangte und selbst das Regieren übernahm, im November des Jahres 1511, da brachten Klaras Brüder von ihrer Taglohnarbeit in der Papiermühle den Andreas Melcher mit, den Hoffischer, den sie beim Falterwirt getroffen hatten. Auch der Andreas war ein junger Mann, kaum über die Zwanzig, Sohn eines Roßknechts bei der herzoglichen Hofhaltung in der Stadt, weswegen er seinen Sohn an diese Stelle gebracht hatte. Dem war das Errichten einer Behausung bei den Fischweihern erlaubt worden und sogar das Bauholz dazu versprochen — das aber so spät im Jahr ihm zugeführt wurde, daß er nun, an dem Abend, da es den ersten Schneefall des Jahres gab, noch nicht fertig mit dem Bau war und andere Auer um ihre Hilfe angesprochen hatte.
Daß er geradewegs an die Schmied-Brüder gewiesen wurde, hatte seinen Grund darin, daß am Schmied-Häusel ein Anbau erstellt worden war, von Klaras Vater, als er es als nicht mehr schicklich ansah, daß sie mit den Brüdern in

einem Raum schlief. An der hangwärts gelegenen Seite hatten sie zu dritt das Dach angehoben, mit mannshohen Pfosten unterstützt dann und in den entstandenen Zwischenräumen die Mauern hochgezogen. Mauern mit eigener Tür und Fenstern nach den beiden Seiten und so sauber und egal, als ob Klaras Vater nicht bloß Kalkbrenner am Brennofen auf der Isarinsel, sondern wirklicher, zünftiger Maurer wäre und die Brüder ebenfalls Lehrlinge in dieser Zunft. Aber diesen Abend war an eine Hilfe beim Bauen für den Melcher-Andreas nicht mehr zu denken gewesen, in der Papiermühle war viel Arbeit. Die Offizin des Hans Schobser druckte in beachtlichem Umfang und wollte demnächst eine Gelegenheitszeitung auflegen, ein Blatt über Aktualitäten, dafür wurde Papier gebraucht, Papier die Menge, so daß vom Morgengrauen bis zum Gebetläuten am Abend gewerkt wurde. Auch später wußte Klara noch genau, daß er ihr nicht sonderlich gefallen hatte, als er zur Tür hereingekommen war, rundlich, rotwangig und mit einem Schnauzbart wie ein Landsknecht. Er war diese Nacht im Schmied-Häusel geblieben, bei den Brüdern im oberen Stübchen, und war den nächsten Tag wieder eingekehrt und hatte sich vorab für das Nachtlager mit einem gewichtigen Fisch, einem schönen Hecht, erkenntlich gezeigt. Von da an wurde der Andreas häufiger Gast bei ihnen, auch als mit Hilfe ihrer Brüder seinem Haus schon das Dach aufgesetzt war und sein Herd gemauert.
Argwöhnisch begann da Klara zu beobachten und zu lauschen, was der Hoffischer mit ihrem Vater an Heimlichkeit hatte. Von der Sündhaftigkeit des Frauenhauses in München redete er ihm, von der gottgewollten Zweisamkeit, wie sie die Bibel beschreibe, dann wieder. Unschwer erkannte Klara, daß dieser Andreas ihretwegen immer wieder ins Haus fiel. Immer drastischer wurde sein Herumreden, besonders, wenn er, wie es gelegentlich an Feiertagen oder an Vorabenden zum Sonntag geschah, einen halben oder auch einen ganzen Eimer Bier anschleppte.

Ob die Schmied-Männer schon einmal drüben gewesen wären beim Frauenwirt? Nein? Er auch nicht, aber von seinem Vater habe er es, der habe ihn davor gewarnt. Aber wo solle es denn ein gesunder Mann hinschwitzen, ha? Nicht beim Frauenwirt, denn sein Vater, Hofroßknecht, der habe sich bei so einem Besuch die Franzosenkrankheit geholt und nicht nur er, auch viele von den Gesellen, die nicht heiraten konnten, weil die Zunft ihnen keine Meisterstelle verschaffe — und ohne Meisterstelle sei eben kein Ehestand zu begründen. Oder die Zunft gebe einen jungen, tüchtigen Gesellen zu einer ältlichen, schon gänzlich kalten Meisterswitwe ins Haus, was bleibe da einem anderes übrig, als dem Frauenwirt ins Haus zu rücken um so ein Luder. Und dann so was! Aber sein Vater sei auch nicht faul gewesen, damals, als ihm das widerfahren sei, daß ihm seine ganze Männlichkeit ums Haar zuschanden geworden war. Zusammen mit den Gesellen habe er den Sturm aufs Frauenwirtshaus getan mit Wucht. Die Luderweiber, habe sein Vater jedenfalls berichtet, hätten nicht schlecht gekreischt . . .

Klaras Mutter war dazwischengefahren, hatte geboten, daß derlei in diesem Haus nicht breitgetreten werden solle, dies sei kein Hurenhaus. Und außerdem hockten die unmündigen Buben dabei, ob die denn von Grund auf verdorben werden sollten?

Vertieft hatte derartiges noch die Abneigung der Klara zu dem Fischer Melcher.

Als es in das Frühjahr hinausgegangen war, hatte sie der Vater eines Sonntags beim Kirchgang angeredet. Daß sie nicht denken dürfe, er habe sie weniger gern als die Buben, aber eben deswegen meine er, sei es an der Zeit für sie, in ein anderes Haus zu übersiedeln. Das Hecheln von Flachs, das sie für den Leinweber Nonnenpeck in München besorge, das bringe nicht so viel ein, daß sie auf Lebenszeit ihr Auskommen habe. Da wäre es schon mehr zu erstreben, daß sie Hausfrau werde, einen eigenen Haushalt be-

komme mit eigenem Herd und einen Mann dazu, der in einträglicher Löhnung stehe.
Ob er den Melcher meine — natürlich den Melcher, da könne sie aber gleich sagen, lieber ginge sie zu den Klarissinnen als zu dem ins Bett, erwiderte sie hitzig ihrem Vater, gegen alles christliche Gebot der Elternliebe.
So dürfe sie ihm nicht kommen, ob sie vielleicht meine, er wolle sie bis an sein Lebensende durchfüttern? Und ins Kloster gehe sie ihm auch nicht, da stehe er dafür ein, denn das sei nicht viel besser als das Frauenhaus, dem Vernehmen nach, auch eine Mitgift würden die außerdem verlangen, die schlauen Klarissinnen, und eine solche könne er ihr auch nicht mitgeben, ohne die Brüder zu benachteiligen. Nein, so übel sei der Melcher nicht, was sie denn wolle, einen Edelmann vielleicht? Sei noch jung, der Melcher, andere Mädchen würden von ihren Eltern einem alten Witwer zum Bettwärmen verheiratet.
Als sie bei der Heilig-Kreuz-Kirche anlangten, wartete der Hoffischer schon vor der Kirchentür, Klara musterte ihn eingehend und befand, daß er so aufgeputzt, mit weißen und blauen Federn am Barett, mit hautenger Hose und anliegenden Beinlingen aus gestreiftem Stoff eigentlich lächerlich aussah. Gefragt, was nun wäre, sagte sie mutig und entschlossen ja. So einen Gecken würde sie schon kleinkriegen, dachte sie sich dabei.
Einen Vorschuß auf die Ehe gab sie ihm nicht, warten ließ sie ihn die vier Wochen, bis sie der Franziskanerpater den Sonntag nach Georgii einsegnete. Auch an diesem Hochzeitstag hatte der Andreas, der nun der Ihre war und den sie verkleinernd Anderl rief, nicht viel bekommen. Beim Falterwirt, wo das Hochzeitsmahl ausgerichtet war, ermunterte sie geschickt alle anwesenden Gäste, dem Bräutigam immer wieder zuzutrinken — obwohl dies seit längerer Zeit durch den Herzog verboten war, um übermäßigen Biergenuß im Volk zu vermeiden, taten ihr alle den Gefallen, und gegen Abend zu lag der Anderl lallend unter dem

Tisch. Um ihn nachher bis in die Falkenau zu schleppen, brauchte es zwei ausgewachsene Mannsbilder, von denen Klara ein jeder besser gefallen hätte als der nunmehr Ihrige. Aber sie hatte es selbst so eingerichtet und legte sich dann zu ihm, sicher, daß er nicht mehr versuchen würde, bei ihr eine Öffnung zu finden — und es war so. Röchelnd und gurgelnd schnarchte er sich durch die Hochzeitsnacht. Ein zuwideres Gesicht konnte sie ihm anderntags hinmachen, ihm vorwerfen, daß er ihrer als Braut gegen jede Sitte nicht geachtet hatte. Wenn er aber versuchen sollte, es nun mit Gewalt nachzuholen, so laufe sie aus der Tür mit Geschrei, und er setze sich so der Lächerlichkeit der ganzen Au aus, habe er doch kein Leintuch der Brautnacht, das er aus dem Fenster hängen könne. Das könne er nun ohnehin nicht, fiel ihm ein, was da zu tun sei, jammerte er, denn lauern würden sie bei den Steinbauerhäusern drüben sicher schon drauf.
Eine Henne, eine der Mitgift, reichte sie ihm hin, die sie rasch eingefangen hatte. Da, der möge er den Kopf abschlagen und über das Leinen bluten lassen, aber nicht zu sehr, daß sie es ihm auch glaubten. Eine gute Suppe würde die danach abgeben, ihn wieder auf feste Beine bringen, denn eine sorgsame Hausfrau wolle sie ihm schon werden. Und er folgte diesem ersten Ratschlag, den sie ihm gab.
Aber mit unschuldigem Gesicht lief sie diesen Vormittag zum Nachbarhaus hinüber, ebenfalls einem neu erbauten, aber aufwendigeren, in dem der Heger der herzoglichen Stoßfalken mit der Frau und mehreren Kindern sowie seiner Mutter beherbergt war. Der Falknerin bekannte sie auf deren neugierige Frage, wie die Nacht verlaufen sei, daß der Melcher — unglücklicherweise, sagte sie — zu sehr besoffen gewesen sei. Aber sie brauche nur Salz, deswegen sei sie zugekehrt, Salz für eine Hühnersuppe, die Henne habe nach außen hin ihre Jungfräulichkeit vertreten, also solle sie doch gut gewürzt auf den Tisch kommen, das hätte die schon verdient. Aber wie es eben so sei, so ein

herzoglicher Fischerknecht habe nichts im Kopf, wie eine Kuchel für einen Haushalt gerüstet sein müsse. Die Falknerin, eine nicht mehr junge und unerfahrene Frau, mahnte sie, es nicht zu übertreiben mit ihrem Mannsbild, und zeigte dabei trotzdem spöttische Schadenfreude.
Bis auf Ostern vertröstete sie ihn, in demütiger Frömmigkeit auf die Fastenzeit verweisend, und auch ihr schließliches Nachgeben verstand sie so zu gestalten, daß es ihm nicht zu einer übermächtigen Freude wurde. Sein aufschneiderisches Maulheldentum, wenn er beim Falterwirt zukehrte, spiegelte Klara ihr Eheleben aber anders, soweit ihr das Wirtshausgerede ihres Mannes wieder zugetragen wurde. Begehrenswert machte sie die ruhmredige Übertreibung des Anderl, merkte sie bald, für viele andere Auer Männer. Aber Klara verfiel nicht in den Fehler, solchen versteckten Werbungen nachzugeben. Die ihr so zuwachsende Beliebtheit wollte sie wachsen lassen, aufsparen den möglichen Nutzen daraus für eine spätere Gelegenheit.
Kaspar Schmied, Klaras Bruder, der ältere der beiden, war mit den der Heirat der Schwester folgenden Jahren in der Papiermühle zu vollem Taglohn aufgestiegen, brachte einiges Gesparte vom Lohn zusammen, da nun der Drucker Schobser die lutherischen Schriften druckte, von denen der sich wieder guten Absatz versprach, seit Luthers Lehren, die Johann von Staupitz bei den Augustinern in der Klosterkirche an der Kaufinger Gasse in München gepredigt hatte. Auch Klaras Vater war in keinem schlechten Verdienst in diesen Jahren gewesen, denn der Schloßbau des Herzogs hatte schon vermehrte Aufträge an den Kalkofen gebracht, diesem Bau waren weitere gefolgt, denn Herzog Wilhelms Gefolge zu den Jagden bedurfte auch angemessener Unterkünfte, wenn es in die wildbretreichen Isarwälder hinausging oder wenn die Gesellschaft wieder von solchen Ausflügen zurückkam. Um dem neuen Bauen Platz zu schaffen, hatte eine alte Mühle weichen müssen, am Neudeck, sie war abgebrochen worden, und Kaspar

Schmied hätte dieses Material, Hartholztüren und Laden, Mauersteine für einen Kamin, den einen oder anderen noch guten Balken gerne erworben zu niedrigem Preis, um den Anbau am Schmied-Häusel noch weiter auszugestalten, soweit, daß auch er an eine Verheiratung denken konnte. Denn abzuwarten, bis der Vater ihm das Haus überlassen würde, und dann vielleicht, wie der es getan hatte mit seinem Vater, den noch über etliche Jahre mit am Tisch sitzen zu haben, war weniger nach seinem Geschmack. Das Baumaterial der niedergerissenen Neudeck-Mühle jedoch fiel unter die Verfügung des Herzogshofes, und zu dem hatte er, Kaspar Schmied, keinen, aber schon gar keinen Zugang — lediglich den Straßenfron hatte er zu leisten gehabt für seines Vaters Söldenanwesen, schon die mehreren Male, weil der Auer Hauptweg nach jeder Schneeschmelze vom Tauwasser angeschwemmt wurde und furchig, stellenweise wie ein Sturzacker, daß viel Kies aus dem Flußbett angekarrt und aufgeschaufelt und eingeebnet werden mußte, bis ein Jagdwägelchen mit den edlen Damen wieder unbeschadet darüberrollen konnte, ohne deren hochwohlgeborenes Mahl wieder aus dero Magen heraufzustoßen. — Nun, aber der Schwager, der war, wenn auch ein kleiner, so doch immerhin einer der vielen Hofbediensteten, wenn der auch nicht dem Herzog selber, dem durchlauchtigen, mit so einer geringen Sache kommen konnte, doch vielleicht einem der Herrn, oder einem Diener eines solchen Herrn, der gewähren konnte, wessen er bedurfte. Für so einen war es vielleicht, hoffentlich, ein Haufen Unrat, wenn der Melcher-Anderl es nur richtig anstellte. — Nein, beschied Klara ihren Bruder, der Anderl sei dazu nicht imstande, aber gleich der Nachbar drüben, Falkenheger und herzoglicher Jagdgehilfe, der könne das schon für sie ausrichten. Und wirklich erhielt Kaspar Schmied diese Reste der alten Mühle für wenig Gulden, sogar die Steine durfte er mit davonkarren. Dementsprechend geräumig wurde der Anbau an das alte Schmied-

Häusel und, vom Baumaterial her, auch noch eines der ältesten Herbergshäuser der Au. Einen eigenen Eingang erhielt es und eine Terrasse, die späterhin einen eigenen Würz- und Gemüsegarten aufnehmen konnte. Und noch eine Besonderheit hatte dieser Anbau. Oft hatte der Großvater, solange er gelebt und mit im Haus gewohnt hatte, von Kriegszeiten erzählt, von den Plünderungen und wie der letzte Heller von den Kriegsleuten ausfindig gemacht worden war. Nun stand zwar kein Krieg an, aber Kaspar Schmied schuf sich ein Geheimfach mit einem umständlichen Mechanismus, daß es sich nur öffnen ließ, wenn an der Außenfront ein vorstehender großer Nagel zuerst eine Handbreit angehoben, dann so weit als möglich nach innen gedrückt wurde. Danach erst konnte man im Raum innen einen Riegel so weit aufschieben, daß er die schmale Mauernische freigab. Ganz allein hatte er sich dies einfallen lassen, und nicht einmal sein jüngerer Bruder Ernst wurde von ihm eingeweiht. Sein restliches Gespartes verwahrte er darin. Dazu legte er einige Schriften, die er beim Hans Schobser in seiner Offizin mitgenommen hatte, unbemerkt, die er zwar nicht lesen konnte, aber doch besitzen wollte, wo er schon am Papiermachen dafür beteiligt gewesen war. Erste Andrucke der lutherschen Schriften waren das, es fiel auf ihn kein Verdacht, daß ausgerechnet er sie entwendet hätte — was interessieren solche geistlichen Dinge einen Taglöhnerlümmel, würde man beim Schobser gedacht haben.

Es gab viele Herbergen, in die eine Taglöhnertochter in der Au hätte einheiraten können, und wenige, die besser als die des Kaspar Schmied gewesen wären, aber dem jungen Papierer war nach diesem ersten Plan, der ihm aufgegangen war, nicht mehr jede recht, er wollte einen Ehestand mit einer besonders raren Jungfrau begründen, und eine der Töchter des herzoglichen Falkners und Jagdgehilfen schien ihm dafür die Richtige zu sein. Die Hofbediensteten, und wenn einer auch nur Jagdgehilfe und nichts weiter war, heikel waren die wie ihr oberster Brotherr. Achtzehnjährig hatte die Rede gegangen, Herzog Wilhelm würde die Schwester des polnischen Königs zur Frau nehmen, mit einundzwanzig Jahren sollte er nach dem Gerücht die Königinwitwe Margarete von Schottland ehelichen, und da hatten nicht wenige derjenigen, die in der Neufeste sein Brot aßen, befürchtet, er würde als Prinzregent nach Schottland gehen und sie um ihren Lohn bringen; ein Jahr später war etwas von einer Heirat mit der englischen Königswitwe Maria geredet worden, aber die vermählte sich dann anderwärts. Die bayerische Herzoginmutter Kunigunde, die selbst mütterlicherseits dem portugiesischen Königshaus entstammte, versuchte dem Sohn eine Schwester Karls V., des habsburgischen Kaisers, zuzubringen, hatte jedoch auch damit keinen Erfolg. Doch, ebenso heikel wie die Brautsuche eines bayerischen Herzogs um diese Zeit im europäischen Markt heiratsfähiger Kronenträgerinnen war, gestaltete sie auch ein herzoglicher Hoffalkner in der Au. Einem Müller wollte er keine seiner Töchter geben, denn noch immer hing denen an, daß sie in älterer Zeit als unrein gegolten hatten. Bäcker oder Metzger in der Au gehörten als in einem Landgerichtsbezirk und nicht in der Stadt wohnende Handwerker keiner Zunft an, blieben nur die Taglöhner, bei denen es allerdings vom Ansehen her erhebliche Unterschiede zu beachten galt — und wieder Hofbedienstete, die aber zum größeren Teil einen höheren Rang für sich beanspruchten, als ein Falkner ihn für sich reklamieren durfte, hätte einer von ihnen seine Tochter gefreit, wäre seine Mitgiftforderung erheblich geworden. Der Falkner hatte aber vier Töchter unter die Haube zu bringen, wollte er sie nicht unverheiratet lassen und späterhin im Alter auch noch die Plage der Versorgung der alten Jungfern auf sich nehmen. Dies alles beredete Kaspar Schmied auch mit seiner Schwester Klara, um deren Familiensinn dahin anzuspornen, ihm als Brautwerberin behilflich zu sein. Und die Klara versprach ihm, es zu versuchen. Ihr Anderl Melcher, wußte sie, würde nie höher steigen als er jetzt stand, würde Hoffischer bleiben all seine Tage. Ihr mehr Ansehen verschaffen würde ein Bruder, der eine Falknerstochter zur Frau bekommen hatte. Zunächst fädelte Klara die Sache bei der Nachbarin, der Falknerin, ein. Sie bedauerte den niedrigen Lohn, den Hofbedienstete erhielten und der ihnen so oft auch schuldig geblieben wurde, wenn der Herzog außer Landes zöge, wie zu dem schwäbischen Bundeskrieg gegen den Württemberger oder zu dem Treffen mit dem Kaiser. Ja, der Herzog reise, und seine treuen Diener, die sich wenig Schlaf gönnten, um den Diebstahl an den Fischteichen zum Beispiel zu verhindern, müßten Schulden machen bei den Krämern, Bäckern und Metzgern. Sogar die Manufakturarbeiter in der Klingenschmiede oder in der Schleif- und Papiermühle hätten es bei weniger hochgestellten Brotgebern besser. Von ihrem Bruder wisse sie, daß der mindestens vier Tage die Woche, wo nicht gar fünf oder sechs, zwei Kreuzer, also zweiunddreißig Heller zuverlässig auf die Hand gezählt bekomme. Doch, bestimmt wisse sie es, der habe jeden zweiten Monat wieder einen Gulden sparen können, daß er sich nun einen großen Anbau an den Söldenbau des Vaters habe hinstellen können, sie werde es doch schon gesehen haben. Natürlich müsse sich dazu einer zu helfen wissen, selber mit Hand anlegen. Aber könne einer von den kleinen Hofdienstleuten auch nur Ähnliches für sich erreichen? Wenn sie nur an den Andreas dächte, nein, sie wolle es lieber nicht, sonst schmecke es gallig in ihrem Mund.

Familienpolitik nannte man solche Anstrengungen bei den Großen, Mächtigen. Auch Herzog Wilhelm hatte Geschwister und die Herzoginmutter Kunigunde trat, gegen die testamentarische Verfügung ihres verstorbenen Mannes für die Fürstliche Ebenbürtigkeit ihrer jüngeren Söhne ein, verbündete sich mit dem Adel, den Prälaten der Klöster und den Patriziern der Städte, um ihnen, Ludwig und Ernst, mehr als den vorgesehenen Grafentitel und die jährliche Rente von viertausend Gulden zu verschaffen. »Ich bin eine geborene Fürstin von Österreich und habe einen Fürsten von Bayern genommen und bei demselben junge Fürsten und nicht Grafen erworben, oder Bastarde.« Klara Schmied ist keine Fürstentochter, aber ist sie mit weniger Talent ausgestattet von Natur aus als eine Herzoginmutter? Ludwig, der Bruder Herzog Wilhelms, erhält so eine pro forma Mitregentschaft ausgehandelt, wendet sich aber vom politischen Geschäft schnell ab, zieht nach Landshut, reist gelegentlich zu Vergnügen und Bildung, baut sich eine Residenz, läßt kleine Porträts von sich malen und schickt sie an die europäischen Höfe, die eine heiratsfähige Tochter aufzuweisen haben. In seiner Residenz umgibt er sich mit Gelehrten und Künstlern — und Frauen. Das von italienischen Bauleuten für ihn geschaffene Palazzo in Landshut enthält ein ›Venuszimmer‹, geschmückt mit der Liebesgöttin auf einem Schwanenwagen als Deckengemälde, dessen Bildumschrift lautet: »Bäder, Wein und Liebe schwächen unseren Körper, es erfrischen ihn aber aufs Neue: Bäder, Wein und Liebe.«

Kaspar Schmied und Seinesgleichen schwächte die Taglohnarbeit, der Kampf ums tägliche Brot, der ihn auch wieder stärkte, weil er ihn und Seinesgleichen findig machte, listig, auch wenn es aus Mangel an ererbter Macht dann nur hinreichte zu einem Bau mit schiefen Mauern aus altem Abfallmaterial.

Herzog Wilhelm verfügte für sich und seine Untertanen, daß alle bei der katholischen Religion zu bleiben hätten und nicht dem Luther anhängen dürften mit seiner »neuen teutschen Theologie«. Mit dem festen Beharren zur katholischen Religion sicherte er sich sein Recht der Erstgeburt, seine Erbschaft vor seines Bruders Ernst Zugriff, weil der, ohne eine kirchliche Weihe zu haben, versorgt werden muß mit geistlichen Territorien, mit dem Bistum Passau und Salzburg. Und dieser Oberhirte Ernst von Bayern hurt, zeugt ledige Kinder, herrscht in seinen Bistümern mit Willkür, Rechtsbruch und Vergeudung. Zum Beispiel läßt er einen zum Luthertum übergetretenen Priester, der zu seinem sterbenden Vater heimkehrt, sogleich festnehmen und hinrichten. Fürstbischof Ernst von Bayern

ist ein Beispiel dafür, gegen welche Auswüchse Luther und Thomas Münzer zu ihrer Zeit angetreten sind: gegen den Mißbrauch der Macht. Aber auch nach ihnen wird es immer wieder nötig, gegen Machtmißbrauch die Stimme, zu Zeiten auch die Faust zu erheben, wie es zu diesen Zeiten die Bauern in Thüringen, Schwaben, Franken und Tirol tun mußten — ohne den eigentlich verdienten Erfolg.
Weil die Wittelsbacher damals mächtig waren, konnten sie Kritik an sich und ihrem fürstlichen Haus unterbinden, eine ›Bayerische Chronik‹ des Gelehrten Aventin ist ihnen in den Jahren Herzog Wilhelms so unangenehm, daß sie kurzerhand die Drucklegung verbieten. — Aventin hielt sich, als Protestant, in der Reichsstadt Regensburg auf. In den Jahren der Atomforschung und der Raketenversuche lebt in Regensburg die fürstliche Familie Thurn und Taxis, in eben diesen Jahren verhinderte sie den Druck eines Tagebuchs, das Einzelheiten über fürstliches Leben in unseren Tagen enthielt. Weil es der fürstlichen Familie unangenehm dünkte. — Nicht ausgerottet haben die Mächtigen das einfache Volk damals, denn ohne dieses einfache Volk wären sie nicht mehr mächtig gewesen. Aber mit mehr oder minderem Geschick haben sie das Volk einfach gehalten, und nur wenige aus ihm sind ihrerseits zu Macht gelangt. Auch hatten die Fürsten damals nicht Mittel, mit einem Schlag ein Volk auszulöschen, 1525 nicht, solche Mittel würde es erst vierhundert Jahre später geben. Und das Volk, das einfache? Läßt es sich noch verbieten, was es selber glauben darf?

Klara Melcher mußte noch mehr tun, um ihrem Bruder eine Frau zu verschaffen. Die Falknerin, eine ältliche Matrone hatte sie halbwegs für ihn einnehmen können, sie geneigt gemacht für ihn als Schwiegersohn. Schwieriger gestaltete es sich beim Hausherrn und Familienvater, dem Falkner selber. Doch die Frau des Hoffischers wußte nun, für welchen Anlaß sie sich all die Jahre aufgespart hatte neben ihrem ungeliebten Mann. Sacht, sehr sacht begann sie den Nachbarn zu umschmeicheln, lobte seine stattliche Figur, neben der ihr Anderl, obwohl jünger als der Falkner, nur einem Bierfaß auf zwei Beinen gleich erschiene. — In der Tat soff Andreas Melcher seit dem Jahr, in dem in der Residenzstadt München drüben die Pest geherrscht hatte. Die Pest, die dieses Mal die Au fast verschont gelassen hatte. Aber Andreas Melcher hatte die Seuche als Vorboten für den kommenden Weltuntergang bezeichnet und sein ausgiebiges Saufen an den Sonn- und Feiertagen damit begründet, fröhlich müsse der Mensch die Welt untergehen lassen, wie die Schäffler in München drüben, die dazu einen Tanz einstudiert hätten. Fröhlich, wie eine Faßnacht, damit der Mensch nicht trübsinnig in den Himmel einlangte. Dabei waren seine Besäufnisse am Ende immer nichts weniger als trübsinnig. Und ein weiteres begann Andreas Melcher in der Erwartung des Weltendes. Bei der Brücke über die Isar hatte die Bäckerzunft der Stadt einen Laden bauen lassen, um die in der Au weilenden Personen von Stand mit weißem Brot beliefern zu können. Der dort arbeitende Bäckerknecht, ebenfalls ein Saufbold, aber des Lesens kundig, er gesellte sich gern zu dem Hoffischer und redete ihm vor von den Streitschriften Luthers gegen den Papst, der ein wahrer Antichrist sei. Zurück zum echten, aufrichtigen Christentum müsse die Menschheit finden, Schluß machen mit hurenden Pfaffen und unkeuschen Mönchen, sollten sich eben eine Frau nehmen statt ehrlichen Bürgern die Frauen und Töchter zu verführen. So richtig diese Ansichten auch waren, meinte Klara, wenn ihr Anderl sie von seinen Schenkenbesuchen heimbrachte und vortrug mit übertriebenem Pathos in seiner hellen und deshalb immer etwas streitsüchtig klingenden Stimme, so wahr und gut und unbestreitbar, er, ihr Anderl, wäre doch nicht der richtige Mann, sie zu verstehen.

Schwierig war es für sie, mit dem Falkner immer wieder einmal in eine kurze Unterhaltung zu kommen, denn für eine Frau war es nicht schicklich, außerdem mußte sie ein Mißtrauen der Falknerin vermeiden. Aber war es nicht ein Gebot der Nächstenliebe, wenn sie in Sorge um das Seelen-

heil ihres angetrauten Ehemanns die Hilfe des nächsten Nachbarn in Anspruch nahm? Wobei sie es so darstellen mußte, daß nicht ihr Anderl, der saufköpfige Narr, der einfältige Pinsel die lutherische Irrlehre angenommen habe, sondern bedroht sei, nur bedroht durch den ketzerischen Verführer, den Knecht von dem Bäckerhaus an der Brücke. Bei solchen Unterhaltungen lobte sie wieder, diesmal die Rechtgläubigkeit der Nachbarsleute, wie sie die auch gewohnt sei von ihrer eigenen Familie, dem Vater, der Mutter und den nicht minder frommen Brüdern. Beinahe kindlich naiv brachte sie dies alles vor, daß der Falkner ermutigt wurde, sie, Klara, die junge, unerfahrene Frau zu übertölpeln. Sie merkte, wie er sich immer mehr für ihren Leib, den wohlgewachsenen und auch durch die Schwangerschaft der einen Tochter nicht gezeichneten, zu interessieren begann, wie er sich so setzte, daß er scheinbar unabsichtlich mit seinem Knie an das ihre rührte. Wie er ihr, als sie scheinbar stolperte, beim Hinausgehen über die Türschwelle, fürsorglich den Arm hielt und länger, als es nötig gewesen wäre. Nun brauchte sie nur noch zu warten. Er würde bei nächster Gelegenheit einen Weg finden, unbeobachtet ein Gespräch mit ihr zu beginnen, nicht sie selber brauchte die Möglichkeit dazu suchen.
Schilfgras wucherte an den herzoglichen Teichen an der Isar. Andreas Melcher nahm seine Frau mit zum Schilfschneiden. Schilf war eine gute Nebeneinnahme, wurde gebraucht zum Flechten kleiner Körbe, die man auf dem Markt in München verkaufen konnte für etliche Heller Trinkgeld — wenn nun auch weite Umwege dazu nötig waren, weil die Handwerker zugestanden bekommen hatten, zum Schutz vor der Auer Konkurrenz das nächste, das Angertor, zu dem man nur über die Furt hatte gehen brauchen, zuzumauern. Heiß war es, die Sonne brannte einem auf den Buckel, wenn man mit der Sichel ständig Büschel um Büschel knapp über der Wurzel abschneiden mußte. Warum ließ er nicht seine Frau alleine, das Kind hatte sie in

einem Korb dabei, brauchte nicht weg vom Teich, aber er, etwas gegen seinen Durst tun, beim Kaiserwirt, auf Münchner Grund bei der Brücke, vielleicht fand er Gesellschaft auf einen Krug, den Bäckerknecht. Ihm war jeder recht, denn mit Klara war nicht zu reden — er hatte einen schlechten Griff getan, als er sie zur Frau genommen hatte. — Ihm fiele eben ein, er habe eine wichtige Besorgung vergessen, sagte er ihr, weiter Schilf schneiden solle sie, bis er zurück sei. Und nicht von dem Teich weggehen, in der letzten Zeit seien wieder einige Leute ohne durchschaubares Auskommen in die Au hergezogen, die sollten sich nicht an den Fischen des Durchlauchtigsten vergreifen können.

Klara Melcher hörte längst das Knicken der Zweige, das Knirschen von Steinchen unter seinen Schritten, aber sie blieb gebückt stehen, mit hochgeschürztem Rock im knöcheltiefen Wasser.

He, wen hätten wir den da, die schmucke Fischer Melcherin, und fleißig bei der Arbeit, indessen der liederliche Mann im Wirtshaus zeche, hörte sie ihn sagen und hörte heraus, daß er noch ganz anderes sagen wollte. Nur zu, Mut, graubärtiger Falkner, dachte sie, je weiter du dich von deiner männlichen Begier leiten läßt, um so fester hängst du mir späterhin am Band, und mein Bruder wird schließlich dein Schwiegersohn.

Daß er dem Überreiter des Wolfratshauser Landrichters schon vermeldet habe, welche lästerlichen Reden dieser Bäckerknecht gegen die heilige Religion führe, der aber nicht für den zuständig sei, sondern der Stadtrichter von München, weil der Bäckerknecht eben unter den Burgfrieden der Stadt falle. Ob es denn wirklich wahr sei, daß dieser Saufbold sich zu Schmähungen der heiligen Muttergottes habe hinreißen lassen, er müsse es wissen, bevor er vielleicht etwas Falsches weitersage, was nicht mehr gutzumachen wäre.

Doch, es stimme, gab sie ihm gleichmütig an. Aber wenn

sie ihn schon einmal allein vor sich habe, ob er sich denn auch Gedanken gemacht habe wegen der Heirat seiner älteren Tochter, die ja schon bald in ihrem, Klaras, Alter sei. Sie hätte nämlich da einen Hochzeiter, der sich geraume Zeit schon nach ihr verzehre. Ihr Bruder nämlich, ein Bursch ohne Fehl und Tadel, wie er wohl selber schon bemerkt habe. Der komme nämlich auf sie heraus, sei ihr in vielem sehr ähnlich.

Es war nicht mehr viel Redens dann, unter den Weidenbüschen beim Fischteich. Mit seinen von den Krallen zahlreicher Greifvögel malträtierten und vernarbten Fingern schrieb er so sachte, als es ihm gelingen konnte, die ersten Zeilen des Heiratskontraktes auf ihren von ihm entblößten Busen. Unsichtbar blieb seine Schrift, doch sie hielt, hielt auch in einer tiefergehenden Partie, Klara hielt still für ihren Bruder. Schamlos? Nein, aber sie hatte keine Räte, keine Pfarrer und keinen Kanzler, der schreibkundige Sekretär fehlte ihr und das Geld, ihr Ziel durch Bestechung zu erreichen oder durch einen gedungenen Totschläger, der Personen, diesem Ziel im Wege, wegräumte. Sie mußte alles selber erledigen, hatte nicht einmal einen Mann zur Seite, auf den Verlaß gewesen wäre.

Als sie meinen konnte, ihre Körper hätten genug an dem Ehekontrakt gearbeitet, glitt sie in ein deutlich merkbares Erschrecken. Ob er, der Falkner, denn auch ein Ketzer sei, daß er sie so schlimm in Sünde gebracht habe? Ob sie vielleicht gar auch so einem lutherischen Ketzer zum Opfer geworden sei?

Nein, sie solle eine Weile zuwarten, und dann würde diese Sünde schon wieder von ihr gehen mit einer Beichte bei dem ehrwürdigen Pater Franziskaner, von dem die Rede gehe, er habe nicht mehr sein volles Gehör.

Eine Weile warten? Nein, gleich heute, oder nein, morgen würde sie in den Beichtstuhl flüchten, denn sonst müsse sie ihre Sünde hinausschreien in ihrer Seelennot. Und das, wo nun ihr Bruder auch noch in seine Familie einheirate,

ob dies nicht eine Erschwernis der Sünde wäre, wegen der anstehenden Verwandtschaft?
Sie verwirrte ihn nicht wenig mit solcher Klage, er sagte ihr zu, alles für das Vorsprechen ihres Bruders bei sich daheim vorzubereiten, wenn sie nur nicht unüberlegt etwas Dummes unternähme oder sagte. Als Schwägerin solle sie vielmehr ihrerseits seiner Tochter bei den in den nächsten Wochen zu erledigenden Vorbereitungen zur Hand gehen, denn ein wirkliches Fest, von dem die Auer noch eine Zeitlang mit Achtung sprechen würden, müsse die Hochzeit einer Hoffalknerstochter werden.

Es ist uns nicht überliefert, wie gut, glücklich die Ehe des Papierers Kaspar Schmied mit der Hoffalknerstochter Elisa wurde. Nur die Tatsache seiner Verheiratung wurde ins Kirchenbuch geschrieben mit nüchternen Daten, im Jahr 1523. Die Gerichts- und Ratsprotokolle der Stadt München vermerken im selben Jahr, daß ein Bäkkerknecht auf dem Marktplatz »vor vielem Volk« enthauptet wurde, weil er die Muttergottes geschmäht habe. Kaspar Schmied hingegen blieb offensichtlich dem katholischen Glauben anhangen, denn in den folgenden Jahren findet er Erwähnung als Vater mehrerer Kinder, die in der Heilig-Kreuz-Kirche der Au oder in der Hauptkirche in dem eine Stunde weit entfernten Bogenhausen das Taufwasser bekommen. Es ist keine gute Zeit, Kinder in die Welt zu entlassen, denn der Streit, ausgelöst durch die Schriften Luthers, aber begründet in der Unmäßigkeit der damals Mächtigen, setzt sich fort. Kriege werden in diesem Streit geführt, Kriege mit Kanonen, mit starken, gerüsteten Landsknechtsheeren, und die Bewohner der an diesen Kriegen beteiligten Länder haben die Kosten für sie zu tragen, neben denen, die von den Fürsten sonst verursacht werden.
Kaspar Schmied, der Papierer war an der Herstellung der lutherischen Schriften beteiligt gewesen mit seiner Arbeit. Er hatte das Papier geschöpft, das bei Hans Schobser bedruckt wurde — und das im Jahr seiner Hochzeit mit der Falknerstochter auf strenge Weisung des Herzogs in der ganzen Auflage vernichtet werden

mußte. Hans Schobser und sein Sohn druckten jedoch weiterhin, nahmen Aufträge des Hofes für amtliche Verlautbarungen an, der Regierung und der Stadt, denn sie waren noch lange die einzigen Drucker in der Stadt München. Nur ein Exemplar von diesen Schriften, die anderswo gehörige Änderungen verursachten, überdauerten auch noch nahe ihres Druckortes, die Andrucke der lutherischen Schriften, gedruckt bei Hans Schobser, lagen im eigentlich überflüssigen Geheimfach im Schmied-Häusel in der Au, im Haus Kaspar Schmieds, sie wurden von keinem Unbefugten gefunden. Nach seinem Tode wird sie sein Erbe, ebenso lesensunkundig wie der Vater, gefunden und zum Anschüren des Herdes verwendet haben, vielleicht an einem ersten kalten Herbsttag, wo es nützlich ist, schnell einen kräftigen Brand zu bekommen gegen die zu den undichten Tür- und Fensterfugen hereingekommene Morgenkühle.

Die Schmieds in der Au, was sie an Wissen besaßen, sie konnten es durch ihre Kinder weitergeben über Generationen, indem sie ihnen erzählten, was gewesen war zu ihrer Zeit und was ihnen erzählt worden war von Müttern, Vätern und Großvätern über deren Zeit. Aber auch die Aufschreibung des Herrn Georg Kazmair war lange Zeit von keinem gelesen worden. Schriften sind und waren verfänglich, wenn sie nicht solche waren wie die des Hans Schobser im Auftrag der Mächtigen. Aber um ungefähr die Zeit, da Kaspar Schmied nicht mehr als Zahler der Söldensteuer in der Au auftaucht in den Listen der Lehensleute, genau im Frühjahr 1563 besucht eine Bürgerin aus altangesehener Münchner Familie, Anna Reitmor, die Witwe Anna Stockhammer, zu Hause am Rindermarkt. Wegen ihrer Herkunft aus alteingesessener, wohlhabender Familie kann sie lesen und schreiben, kann sie auch in den nächsten Tagen die Stadt verlassen zu einer Badereise. Denn wieder einmal herrscht in München die Pest, vor der will sie flüchten und zuvor noch Abschied nehmen von der Freundin. Doch sie fühlt sich leidend, die Anna Reitmor, die Angst, auf dem Friedhof draußerhalb des Sendlingers

Tores eine unbezeichnete Grabstatt wie eine Arme zu bekommen, denn da war ein neuer Pest- und Armenfriedhof angelegt worden, diese Angst rührte sich in ihrem Bauch. So sehr, daß sie den »unziemlich verworfenen« Ort des Hauses aufsuchen mußte zu ihrer Erleichterung.
Auch in einem gutbürgerlichen Haus wie dem am Münchner Rindermarkt, gehörig dem Ratsherrn und Kaufmann Stupf, dem Vater der Anna Stockhammer, auch in einem solchen herrschaftlichen Haus wird einem solchen Ort nicht die nötige Sorgfalt gewidmet, es fehlte der Anna Reitmor nach verschaffter Erleichterung das nötige Stroh oder ein Lappen zur Reinigung ihrer sicherlich ehrbaren Kehrseite, peinlich für eine Dame, denn eine solche war sie. Noch peinlicher, sie mußte in diesem fremden Haus gerade hier zu suchen anfangen, den Abtrittdeckel betreten, in spinnenwebenverschmutzte Fugen tasten. Und sie wurde fündig. Papier, aber es war beschrieben, eine alte, unleserliche Schrift bedeckte es. Zu schade dünkte es ihr für den eigentlich in Aussicht genommenen Zweck. Sie steckte das Buch unter ihre weiten Röcke, war neugierig, was es sein könnte, denn handgeschriebene Bücher stellten einen Wert dar. Auf ihrer Badereise konnte es regnerische Tage geben, dann würde ihr das Entziffern der alten Schrift vielleicht Kurzweil verschaffen.
Es wurde ihr ein mühsames Hineinlesen, wie ein Schulkind mußte sie sich von Zeile zu Zeile tasten in dem, was der Georg Kazmair vor genau einhundertsechzig Jahren zu Papier gebracht hatte. Geschrieben hatte ›im Elend‹ — und die Anna Reitmor war, als sie gelernt hatte, diese altertümelnde Schrift und Sprache zu verstehen, so gepackt von dem Geschriebenen, daß sie sich daran machte, das ganze Buch zu kopieren. Alles, was sie da aus den vergilbten Seiten erfuhr, war ihr neu, niemand hatte je von dieser Rebellion der Bürger in München ihr gegenüber ein Wort erwähnt, ja, längst vergessen waren die damaligen Vorgänge. So restlos und gänzlich vergessen, daß Anna Reit-

mor auf viele Zweifler traf, die diese Beschreibung für eine Erfindung, eine böse Verleumdung der Münchner aus früheren Tagen hielten — denn die Münchner in diesen Tagen waren wohlanständige Untertanen.
So verschwand für lange Jahre die von Anna Reitmor gefertigte Abschrift des Kazmairschen Buches in der Bibliothek der Familie Reitmor, die später zu Adel kam. Da wurde sie verwahrt, das Original aber, das die Finderin wieder ihrer Freundin im Haus am Rindermarkt, wo auch einmal der Apotheker Kray gewohnt hatte, zurückgab der Tochter des Hausbesitzers, es verschwand, blieb verschwunden für alle Zeit.

Vierter Teil

». . . und haut drauf, was ihr könnt. Zwei sind krank, da ist eine ganze Tour übrig, die von euch anderen mit hinausgefahren werden muß. Auf geht's!«
Gang rein, Kupplung, Gas. Erst auf der Straße, das Werkstor hinter sich, kommentiert Wolfgang Schmied, mit Blick geradeaus und wie für sich selber: »Arschloch. Soll er doch selber auf den Bock steigen, die Ladung ausfahren, der Herr Tourenleiter. Wir schlafen sowieso nie, oder?«
Kirti nickt nur zustimmend, Wolfgang erahnt diese Bewegung. Aber schon beim ersten zu liefernden Kunden hetzt Wolfgang mehr als sonst. Kirti läßt es sich gefallen, daß er auch ihn mit antreibender Bewegung zu rascherer Gangart ermuntert. Doch, auch Kirti packt sich einen Karton mehr auf als sonst, der Stoß wird genauso hoch, daß er ihn noch schleppen kann. Auf der Fahrt zum nächsten Lieferposten wird ihm das jedoch bewußt, er ärgert sich so sichtlich, daß es auch Wolfgang Schmied auffallen muß.
»Kirti, was ist?«
»Nichts — und selber Arschloch!«
Bis Mittag, bis zu ihrer Arbeitspause, hält die gereizte Stimmung zwischen ihnen vor, bis dahin wechseln sie kein Wort, das sich nicht unmittelbar auf die Arbeit bezieht. Den ganzen Vormittag über wurmt es Wolfgang Schmied, daß ihn sein Beifahrer hat auflaufen lassen. Dann passiert noch kurz, bevor sie an der ruhig gelegenen Vorortstraße einparken, der Beinaheunfall. Sprang da doch unvermutet ein kleines, vielleicht fünfjähriges Kind zwischen den am

Rand parkenden Personenwagen vor und seinem hüpfenden Ball nach. Wolfgang war schon auf die Bremse gestiegen und hatte das Steuer zum Auskurven fest im Griff, als Kirti mäkelte: »Paß doch auf, Mensch!«
Aber als sie nun nebeneinander saßen, die Flasche mit dem Fruchtsaft zwischen die Knie geklemmt und lustlos an den Wurstsemmeln kauend, brummelte Wolfgang Schmied so etwas Ähnliches wie eine Entschuldigung. Mit halbvollem Mund und ohne sich etwas vergeben zu wollen: »Es ist nicht wegen dem Tourenleiter, aber die anderen Kollegen kann man nicht hängenlassen.«
Kirti kaute und schluckte zuerst weiter, auch nachtrinken mußte er noch, Wolfgang bedauerte schon, angefangen zu haben. Aber dann, bevor er in neuen Groll fallen kann wie in eine übelriechende Dunggrube, da wird ihm Antwort: »Klar, oder klar doch, wie du immer sagst. Mir ist nur aufgefallen, wie leicht wir, ich eingeschlossen, einem ›Arschloch‹ voll auf den Leim gehen. Da braucht nur einer sein, der sich zum Vorstehen, Vorreden, zum Kommandieren aufgeschwungen hat, und schon wird einer zum folgsamen Mitläufer.«
Wolfgang konnte den versöhnlichen Ton nicht überhören, das »ich eingeschlossen«, aber etwas anderes besänftigte ihn: Auch Kirti, der Gescheite, Studierte, auch der kam ins Schwafeln, wenn er sein Gefühl mitteilen wollte — nicht besser ging es dem, wie ihm selber kürzlich mit seiner Elli. Gelassen konnte er nun zwischen zwei Bissen »Ist schon in Ordnung, klar doch, lassen wir's gut sein« herausbröseln. Mehr noch, daß ausgesöhnt war, zeigte er dem Kollegen, indem er ihn wegen Elli ins Vertrauen zog, alle vorherige Eile, jeden Druck für die restliche, den Nachmittag voll ausfüllende Lieferfahrt vergessend.
Ob die anderen Fahrer und die vom Lager, ob die auch gelegentlich Angst hätten? Bei ihm, Kirti, da sei er sich dessen ziemlich sicher. Wegen der Angst von Elli sei es und seiner eigenen auch, die er sich habe eingestehen müssen.

Außerdem hänge das auch noch mit einem Gefühl zusammen, das er habe, seine Frau wünsche sich nun doch noch ein eigenes Kind, er, nicht ganz sicher, vielleicht auch. Von dem Abend erzählte er dann und seinem Versagen, als er sich mit seiner Frau habe aussprechen wollen. Kirti hörte zu, aufmerksam, er nickte einige Male verstehend, aber er trieb Wolfgang Schmied in seinen Ausführungen immer weiter, weil er dazu schwieg. Längst wäre es zeitig zum Weiterfahren gewesen, da redete Wolfgang Schmied noch immer, er hatte einen Zuhörer. — Daß sie doch alles vor vielen Jahren ausgeredet und geplant hätten, und nun sähe es sich so an, als wäre dies alles für die Katz gewesen, für nichts, Unsinn. Früher, die Leute hätten doch früher auch nicht gerade rosige Aussichten für sich und für ihre Kinder gehabt, aber doch schließlich gelebt, oder etwa nicht? Auf was die denn hätten hoffen können, auf einen König, einen Hitler, einen guten und starken Mann, der . . . aber starke Männer, gescheite, die nehmen einem auch nicht alles ab.
»Soll ich jetzt ein Stück ans Steuer?«
»Ist schon okay, wir müssen los. Fahr du.«

Im Fernsehkasten flimmerte eine Show über die Mattscheibe. Elli hatte ihm eine Flasche Bier hingestellt, aber Wolfgang Schmied rührte sie nicht an, auch dem laufenden Fernsehprogramm konnte er nichts abgewinnen. Mitten hinein in den Vortrag eines Schlagersängers platzte er heraus, eifrig plötzlich, so daß Elli merkte, er hatte sich schon davor mit Gedanken darüber beschäftigt. Er schilderte ihr, wie er gerade noch vermieden hatte, das spielende Kind zu überfahren. Aber wie er seinen Bericht schloß, machte sie aufhorchen. ». . . und irgendwie ist das jetzt mein Kind, auch wenn ich es zuvor noch nie gesehen habe und wahrscheinlich auch nie mehr sehen werde. Auch wenn, es ging alles so schnell, ich würde es nicht mehr kennen. Aber wenn ich es nicht geschafft hätte mit den Bremsen, dann wäre es nicht nur das Kind, dann wäre

es vielleicht das Ende von einer langen Reise von Menschen, von Generationen von Menschen gewesen. Kannst du dir das auch so vorstellen?«
Elli ließ sich nur wie Kirti, von dem sie das nicht wissen konnte, auf ein zustimmendes Nicken mit dem Kopf ein. Ihm genügt es. Still für sich treibt er seine Überlegung weiter. Da war doch jeder nicht nur hinter einem Autosteuer mit verantwortlich, daß und auch wie ein Kind überlebte und nicht nur ein Kind, Kinder überhaupt, sondern auch schwächere Menschen, alte, kranke oder arbeitslose, junge ohne Beruf. Wieso »mit«, nicht verantwortlich, denn so suchte jeder einen anderen, der noch verantwortlicher war, nein, jetzt ging es ihm auf: Jeder war für seine Person für alles, was sich um ihn herum tat, verantwortlich. Genauso war's. Das konnte er wieder laut werden lassen.
»Jeder ist für alles, was um ihn herum vorgeht, verantwortlich.«
»Was meinst du damit?«
»Um bei den Kindern zu bleiben: Ich denke, auch wo wir keines haben, könnten wir zum Beispiel was für diese Bürgerinitiative tun, die jetzt, weil sie beim Neubau von unserem Viertel so was vergessen haben, einen Kindergarten einrichten wollen oder so, was ich gehört hab und gelesen auf so einem Flugblatt, das die verteilt haben.«
»Wir haben kein Kind, das wir hinschicken könnten. Oder willst du dich als Kindergärtner anstellen lassen?«
»Nnnein!« — Halt, nicht so, Wolfgang, das bringt nur Verstimmung und verleidet den Feierabend. »Ein paar Mark — oder wart, nein, ich glaube, wenn wir ihnen ein paar Dutzend Flugblätter zum Verteilen abnehmen, ich könnte welche in einen Hausbriefkasten stecken und du vielleicht welche bei euch im Supermarkt hinlegen. Wäre denen bestimmt geholfen, und sie merken, daß sie nicht ganz allein stehen mit ihrer Initiative.«
»Haben ja sonst nichts zu tun, Wolfgang, in letzter Zeit hast du schon komische Einfälle. Da soll sich die Stadt

drum kümmern, irgend so ein Beamter oder Stadtrat, schließlich werden die dafür bezahlt. — Übrigens, dieser Stilschrank mit seinen Zierleisten, der staubt sich viel mehr ein wie zuvor der glatte, moderne Kombischrank. Aber du wolltest ihn ja unbedingt haben. Abstauben muß ich.«
Ihr Gegenangriff, aber er entwaffnete sie: »Inzwischen finde ich ihn auch nicht mehr so besonders.«
In Fernsehfilmen über Bürgerfamilien des vorigen Jahrhunderts gehörten solche Möbel zur Ausstattung, so ähnliche mit Schnitzwerk und Zierleisten, herrschaftlich. In diesen Filmen gab es auch bei den handelnden Personen mindestens eine Nebenrolle, Diener oder Haushälterin. Beim Kauf, in seiner Begeisterung für Stil und ›Tradition‹, da hatte er nicht an solche Nebenrollen gedacht, und nun merkte er, daß er Elli, ohne es gewollt zu haben, in so eine Rolle versetzt hatte. Tradition? Welche denn? Daß die Großeltern, Urgroßeltern in ihre Auer Herbergshäuschen je ein solches Schrankmonstrum gestellt hätten, ein originales, eines »aus der Zeit«, reichlich unwahrscheinlich kam ihm das nun vor. Wem hätten sie denn auch damit imponieren sollen — und wem, wenn nicht sich selber imponiert damit? Vom Großvater, dem Straßenbahner und Bauschlosser, konnte er sich so etwas irgendwie nicht vorstellen. Und weiter zurück in eben jenes vergangene Fernseh-Jahrhundert fand er weder Zugang über sein Wissen noch mit seiner Phantasie. Kürzlich war ihm ein mehrteiliger Film ins Wohnzimmer geflimmert, angeblich den Lebenslauf eines Kriegsunternehmers aus dem Dreißigjährigen Krieg darstellend. Der dünkelhafte Sohn eines deutschen Dichters, der die Vorlage dafür geliefert hatte, war Wolfgang Schmied erschienen wie der besserwisserische Schalterbeamte der Kraftfahrzeugzulassungsstelle, auch eine gewisse Ähnlichkeit mit dem Tourenleiter in der Firma hatte er gemeint, bemerken zu müssen, als der Namens-, Berufs- und Ruhmerbe seines Vaters auch auf der Mattscheibe vor diesem Wallensteinfilm seine Anweisungen

ans Publikum gab, wie es sein Werk zu verstehen und gebührend ehrfürchtig entgegenzunehmen habe. Sollte sich Wolfgang Schmied nun wegen dem seine Vorfahren im siebzehnten Jahrhundert vorstellen wie diese herausgeputzte Kostümfigur? Nebenrollen, Hintergrundrollen hatte es auch gegeben, doch, Wallensteins reitende, schießende, mit langen Spießen marschierende und fechtende Soldaten, dann noch einen Elendszug flüchtender Bürger durch schaurig-schön verwüstete und malerisch rauchende Landschaft. Die Ruinen, die Wolfgang Schmied aus seiner Kinderzeit erinnerlich waren mit stellenweise bloßliegenden Zimmerwänden, an denen Hausgerät wie eine Zinkwanne oder in einem vierten Stock einmal ein verrosteter Gurkenhobel hingen, reale Verwüstung waren die gewesen, da hatte er sich die Leute vorstellen können, die in einen Keller gelaufen waren bei Beginn des Fliegerangriffs und dann nie mehr hinaufgestiegen, weil dort oben nichts mehr gewesen war, keine Treppe, kein Schrank, kein Bett mehr, nur eben der Gurkenhobel an der Wand, die Zinkwanne zum Kleinkinderbaden oder Fußwaschen für den Familienvater, der Postbote gewesen sein mochte — der Scheugenpflug, Stiefvater, der hatte seine Laufbahn so begonnen. — Mehr über die Gewohnheiten der damaligen Leute müßte man wissen, wünschte er, um sich so ein Leben vorstellen zu können, dann wäre man nicht auf solche Leute angewiesen, die einem einen Wallenstein als einen menschenfreundlichen Unternehmer schilderten, der, seiner Zeit weit voraus, den Krieg und das Elend der anderen zu seinem gut organisierten Geschäft ausbaut, den Krieg, das gelegentlich unabwendbare Naturereignis.
»Elli! Könntest du dir vorstellen, daß eine Bombe auf dieses Haus da fällt und was dann von unserer Einrichtung übrigbleiben würde?« Wolfgang Schmied erzählte, da Elli mit dieser überraschenden Frage nichts anzufangen wußte, aus seinen Kindergartentagen. Er schilderte, wie jene Mauer ausgesehen habe, auf die sie hatten schauen kön-

nen direkt vom Spielplatz mit dem grauen Sandkasten aus. Daß die Kindergärtnerin, danach befragt, gewußt hatte, daß die einstigen Bewohner im Keller verschüttet gewesen seien und nur einige lebend, die meisten aber tot geborgen worden waren. Wie er, der fünfjährige Bub, damals sich vorgestellt hatte, wie die Seelen dieser Leute vor den Zimmerwänden des zerstörten Hauses schwebten und ihr alltägliches Leben weiter verbrachten. Im ersten Stock mit der einen hellblauen Wandbemalung und dem Fleck mit weißen Kacheln neben dem Kamin habe er einen Vater, eine Mutter und ein Kind zu Mittag essen lassen, sich vor dem verwaschen-rosa Rechteck Betten vorgestellt, wo er diese Familie schlafen legte. Über diesen, vor der lindgrünen Wandfläche, habe er die Hausmeisterin wohnen lassen — die Hausmeisterin im Schulhaus mit dem Kindergarten hatte eine lindgrüne Schürze getragen —, und die habe in seiner Vorstellung dann hie und da in den Hof hinunter geschimpft, in den Hof, unter dessen darüberliegenden Schutthaufen die verschütteten Kinder gespielt hatten. Ungeheuer erleichtert sei er schließlich gewesen, als eines Morgens ein Lastauto und Arbeiter gekommen seien, den Schutt fortgeschafft hätten und bald danach das neue Haus hochgewachsen sei, verlassen habe ihn da endlich der kindliche Alptraum.

Lange war es her, daß Elli ihm so aufmerksam zugehört hatte, doch lag es nicht daran, daß er nie zuvor über sich und seine in ihm vergrabenen Erlebnisse gesprochen hatte? Und sie, nie daran gedacht hatte sie, daß ihr Wolfgang je einmal solche farbig-plastischen Phantasien hatte entwickeln können, er, der sachliche, nüchterne »Klardoch«. Waren die irgendwann abgeschlagen worden wie die Verzierungen der alten Häuser in den Jahren des Wiederaufbaues? An manchen dieser noch erhaltenen, damals glattgeklopften Fassaden wurden nun Spuren dieses einmal vorhandenen Schmucks sichtbar, die Zeit witterte die erwünscht gewesene Glätte weg.

Wie Frühlingssonne war, als sie sich danach zueinander legten, ihre Liebe zueinander. Noch vertreibt sie die Winterkälte nicht mit den einfallenden Strahlen, noch schmilzt sie nicht die Eisreste in Ecken und Winkeln und die schmutzigbraunen Schneefetzen im Nordseitenschatten weg, aber sie bringt mehr als Hoffnung, sie bringt die Gewißheit, lockt das grüne Leben hervor. Kein Nachtfrost kann sie dauerhaft vertreiben.

Beim Frühstück rührte Wolfgang Schmied überflüssig lange in der Tasse, und als auch Elli dabei saß, sagte er es leise: »Wenn du deine Pille nicht genommen hättest, könntest du jetzt ein Kind kriegen.«

Elli, ebenso leise wie er, entgegnete gelassen, ihm dabei ins Gesicht sehend: »Ich hab sie nicht genommen, vertrage dieses Hormonzeug schon seit einigen Wochen nicht, setze es gerade aus.« Wolfgang Schmied, nicht nach seiner Art forsch vom Leder zog er, blieb still. Bekam nur um Mund und Augen einen bedrückten Zug — es war kein Frühtau, kein Frost.

Der setzte erst Tage später ein. — Wegen der Krankheit der Kollegen waren die Touren vorübergehend anders eingeteilt worden, und Wolfgang fuhr ohne Kirti, den Vertrauten, statt seiner war mit ihm der dicke Kolb. Trotz seiner gelegentlichen Kraftmeiereien war der Dicke geschätzt im Kollegenkreis, hauptsächlich deshalb, weil man ihn als guten Unterhalter kannte, der einen beinahe unendlich erscheinenden Witzvorrat unter die Leute streuen konnte.

»Packen's wir beim Schmied? Heut wird einmal flotter hingelangt wie bei deinem papiergewichtigen Beifahrer sonst.« So hatte der Kolb die Lieferfahrt eingeleitet. Aber so gewaltig war der Vorsprung gegen sonst um die Mittagszeit auch nicht, lediglich ein Posten der Nachmittagstour war schon vom Wagen herunten. Der Kolb schäkerte derb mit einer Kneipenbedienung, einer Jugoslawin. Als sie ihm aber beim Essenservieren immer noch nicht angab,

ließ er seinem Ärger darüber freien Lauf, brummelte Wolfgang seinen Kommentar hin.
»Diese Ausländerweiber! Müßten froh sein, wenn sie was Deutsches, Bayerisches zwischen die Schenkel kriegen. Aber ohne Standesamt geht bei denen nichts. Da muß einer gleich eine türkische Großmutter mit dazu nehmen – aber so blöd ist keiner.«
»Die ist eine Jugoslawin.«
»Ist doch Wurst, oder? Überhaupt diese Ausländer, was wir die überhaupt brauchen. Wenn das so weitergeht . . .« Der Kolb meuterte so zu, rausschmeißen müsse man die, sonst würde man bald im eigenen Land nichts mehr zu sagen haben. Vom Nebentisch nickte ein Mittagspause machender Handelsvertreter eifrig und zustimmend herüber. Wolfgang Schmied schämte sich für seinen Kollegen, warf deshalb, um ihn zu bremsen und auch ihn zu ärgern, ein: »Hast du denn was zu sagen?«
Irritiert stutzte der Kollege, legte dann aber erst recht los: »Ich denk mir's schon. Du bist immer mit dem Studenten zusammen, der hat auf dich abgefärbt, Schmied, Schmiedel, denen tät ich das auch austreiben, das Studieren, denen tät ich eine Arbeit geben, dann wäre es gleich bei denen vorbei mit dem Gescheit-Daherreden. Uns hat auch niemand studieren lassen.«
»Wenn ich ein Kind hätte, und wenn es dafür taugen würde, ich ließe es schon auf eine höhere Schule gehen.«
»Ach du – wenn es deinen Kopf erben tät . . .« Nach dieser abschätzigen Bemerkung grinste er breit und herausfordernd, aber auch bereit, alles gleich ins Lächerliche zu ziehen, wenn Schmied beleidigt auffahren sollte. Er tat es nicht, sondern winkte um die Bedienung zum Zahlen der Zeche. Das meinte nun der Kolb unterstützen zu müssen, indem er grob und lautstark »Zahlen! Wir haben keine Zeit!« brüllte, daß sogar der Kneipenwirt aufmerksam wurde, der sich bisher nicht um sie gekümmert hatte. Da nun eine gespannte Stimmung zwischen ihnen hing, die

vor allem dem Kolb lästig erschien, gab er sich beim Weiterfahren wieder ernsthafter, Wolfgang Schmied fiel ihm darauf herein.
»Verheiratet bist du auch, Schmied? Sind wir froh, daß wir gesund sind und die Frau eine Arbeit hat und was verdient. Oder?«
»Du auch, Kolb?«
»Klar, ich auch.«
»Kinder?«
»Schau ich so dumm aus? — Vielleicht in einem fremden Nest.«
Wolfgang wußte, der schnitt auf. Obwohl er dieses Gerede durchschaute, irgendwie mußte er es aus Gewohnheit auf sich beziehen. Wortkarg blieb er den restlichen Arbeitstag, überließ Kolb die Unterhaltung.
Über ein Konservengulasch mit Nudeln hinweg — er hatte dieses Essen angerichtet, bis Elli kam — fragte er ohne Aufschauen und wie selbstverständlich: »Hast du schon was unternommen?«
Alltäglich, ein Frosthauch! Auch die Antwort:
»Unternommen? Was?«
»Du weißt schon. — Es sind doch jetzt so Stellen eingerichtet, wo man hingehen kann.«
Ebensogut hätten sie sich verständigt, wenn er einen Dialekt der Amazonasindianer und sie Sanskrit gesprochen hätte. Nach dem Abräumen des Geschirrs entzog sie sich ihm, indem sie das Fernsehen anschaltete. Informationsfetzen — Treffen der Außenminister und Präsidenten in Belgrad, Tankerhavarie an der westspanischen Küste, Tiefdruckfront von den Britischen Inseln im Anzug, weitere Aussichten ... Wolfgang und Elli zürnten sich nebeneinander müde, jeder für sich, allein. Mit unbeholfener Hand fühlte er nachher ihre Haut an. Warm war die und weich.

Zehntes Kapitel

Angefangen hatte es unter dem jagdeifrigen Herzog Wilhelm IV. Mit dem Jagdschlößchen, das der sich hatte hinstellen lassen am Rande der Au, war ein wenig höfischer Glanz in der Ansiedlung der Müller, Hammermüller, Papiermüller und Isarfischer. Wenn auch die alten Leute aus den Leersöldenhäuschen noch immer einzuwenden wußten, daß damit auch die Hand- und Spanndienste vermehrt worden seien, wegen der Ausbesserung der Fahrstraße, wegen der Jagdfron, zu der sie als Treiber gerufen worden seien. Glanz, höfischen Glanz hatte es davor nie gegeben an diesem notdürftigen Ort. Und des Herzogs Wilhelm vierter Sohn Albrecht hatte den Berghang hinauf den herrschaftlichen Garten anlegen lassen, mit Brunnen und Wasserspielen, daß er und sein Hofstaat manchen Sommer hier einen angenehmen Aufenthalt hatten nehmen können. Nun aber war wieder ein Wilhelm Herzog in Bayern, dem die Jagdlust von seinen durchlauchtigen Vorfahren überkommen war und der die ererbten Anlagen um das Jagdschloß noch erheblich prächtiger hatte erweitern und ausbauen lassen. Neudeck wurde ein wahrer Edelsitz mit einer Falknerei und einer Hoffischerei.
Viel meinte Hubert Schmied diesem Herzog verdanken zu müssen. Zunächst einmal seinen Namen, der ihm von seinen Eltern gegeben worden war in der Hoffnung, daß ihm der Jägerheilige Hubertus eine Anstellung bei Hof einbringen könne, als Jagdgehilfe, Jägerbursche, wofür man außer dem Freiessen aus der Hofkuchel und dem Bier aus dem Hofbräuhaus auch noch alle Jahr einmal einen Jagdrock bekam in den herzoglichen Hausfarben. Nein, es war nicht dazu gekommen, Hubert Schmied war zwar nicht wie seine Brüder zur Arbeit in die Messerschmiede am Mühlbach gekommen, sondern, nachdem sich eine Hofanstellung doch nicht ergeben hatte, in die Papiermühle, aber dort war nun auch ein gutes Auskommen. Der Herzog nämlich

hatte eine Hausdruckerei einrichten lassen für die vielen frommen Schriften, die gedruckt werden mußten gegen den gotteslästerlichen lutherischen Unglauben, und das Papier dafür wurde gemahlen und geschöpft in der Mühle am Mühlbach in der Au.

Und nun dies: Wenn es auch nichts geworden war mit der herzoglichen Livree eines Jägers für den Hubert Schmied, sah es sich neuerdings doch so an, als würde er zu einem Röckel in Herzogsfarben kommen. Verordnet war worden, daß alle herzoglichen Landgerichtsbezirke ein Fähnchen zu Fuß zu errichten hätten zwecks Verbesserung der Landesdefension, der Landesverteidigung; gegen die Türken, wie man sagte oder gegen lutherische Ungläubige, gegen Heiden eben. — Von den älteren Brüdern im Eisenhammer am Mühlbach wußte Hubert, daß für diese aufzustellenden Landfahnen, so sollten die herzoglichen Verteidigungstruppen genannt werden, bereits ausgiebig Waffen vorbereitet wurden. Nicht wie bisher geschah dies, daß einer, der sich wollte werben lassen zu einem Knechtshaufen, sich bei einem Meister Degen und Wehrgehänge nach seinem Wunsche anfertigen ließ. Nicht ein Stoßdegen nach dem anderen wurde kunstvoll ausgeschmiedet, sondern deren hundert oder mehr auf einmal, eine Klinge nach der anderen. Und die von der Zunft in München drüben verachteten Taglohn-Gesellen in der Au bereiteten so eine Waffe auch nicht mehr von Anfang bis Ende, sondern da schmiedete einer das Rohstück, der nächste härtete, wieder ein anderer schmiedete aus und gab sie dann dem, der sie glättete und schärfte. Und da waren dann welche, die nur den Degenkorb, den Griff oder den Knauf anbrachten. Ebenso entstanden Piken oder die Auflegegabeln für die Büchsen, die man nach der französischen Mode Forquett nannte. Die Messerschmiedgesellen in der Haupt- und Residenzstadt drüben fürchteten die Konkurrenz aus der Au, denn diese zwar einfachen, aber nicht weniger brauchbaren Degen waren zu einem niedrigeren Preis zu erwerben. Wenn das so weiterginge, sagten die in München drüben, dann könne keiner von ihnen mehr Meister werden, ja, es sei zweifelhaft, ob sie noch das Brot als Gesellen weiter behalten könnten in der Stadt.

Nun, daß er, Hubert, sich Hoffnung auf ein Gewand in den herzoglichen Farben machen konnte, hatte seine besondere Ursache. Der Kegelhofer, im Taufbuch als Kegelmüller aufgeführt, Viertelshofbauer auf der Insel zwischen den beiden Mühlbächen, hatte eine Magd, die ihm, dem zwanzigjährigen Papiermüllerburschen, besonders gefiel. So sehr, daß ihm die Sündhaftigkeit in der Hose gestanden, wenn er sie beim Falterwirt an Sonntagen einmal zu einem schnellen Tanz hatte erwischen können. Erwischt hatte ihn auch der Kegelhofer nachtzeitig, als er bei ihm in die Magdkammer zum Fenster hinein wollte, weil ihm die Natur übermächtig geworden war. Das Holzscheit, von dem geworfen, es hatte ihm das rechte Ohr blutig geschlagen, daß ihm für einen Moment alles vergangen war. Aber anschließend war der Kegelhofer nicht mit dem Prügel über ihn her — und dem Überreiter, wegen versuchter Unsittlichkeit hatte er auch nichts angezeigt. Die Folgen solch einer Anzeige waren ihm bekannt, zu schrecklich bekannt waren sie ihm gewesen. Ohne viel Nachfrage hätte ihn der Landrichter-Reiter geholt, der Landrichter selber, der von Wolfratshausen, gut fünf Stunden weit weg, der hätte ohne Anhören und Ansehen ihm und dem Mädchen je dreißig Streiche mit haselnussernen Ruten auf die bloße Kehrseite verordnet — und wieder daheim hätte er den Spott der jungen Leute aus der Au dazu gehabt. Längst hätte er wieder sitzen können, hätten die immer noch über ihn zu lachen gehabt, nicht wegen dem verbotenen Tun in einer Magdkammer, so weit ging ihre Sittsamkeit auch nicht, sondern wegen dem, daß er dabei erwischt worden war. Der Kegelhofer aber hatte ihn nun erwischt, aber ihm nichts angehängt, im Gegenteil. Eingefallen war ihm dies, beim Most in der Stube, in die er ihn geladen hatte zum Be-

reden: Er solle für den Kegelhof den Dienst in der Landfahne übernehmen! Er, der Schmied-Hubert statt seiner, dem Kegelhofer, weil er doch zu alt, die Söhne aber zu jung dafür. Und außerdem habe er die Bauernarbeit und mit ihr genug zu tun, brauche nicht noch den Sonntag nach dem Kirchgang eine zusätzliche Bewegung, wenn die Defensioner auf dem Platz beim Neudeck exerziert würden. Er, Kegelhofer, habe aber schon mit dem Pflegamtmann beredet und sich von dem versprechen lassen, daß er einen anderen für sich einstehen lassen dürfe bei der Landfahne. Und da er nun gesehen habe, mit welcher Gewandtheit er zu einem fremden Fenster hinaufsteigen könne, meine er, den Richtigen für diese Sache gefunden zu haben. Trotzdem es für einen jungen Menschen wie ihn doch eine lustige Sache werden könne, wolle er ihm sogar noch etwas dareingeben. Wohl wisse er, wo ihn der Schuh drücke, er sei einer der jüngeren Schmiedhäusler, das Haus werde jedoch dem Ältesten übergeben, seinem Bruder also. Er, Hubert, kein Drandenken sei bei ihm, einen eigenen Haus- und damit den Ehestand zu erlangen — wenn er aber als Einsteher für den Kegelhof herhalte, könne er in das kleine Zuhaus ziehen, das einmal als Wasch- und Werkstatthaus errichtet worden, aber nun doch nicht gebraucht worden sei. Dann stehe, das versprach der Kegelhofer ihm großartig, nichts mehr seinem Glück im Weg, dann würde er Leersöldner werden wie sein ältester Bruder nach dem Tod seines Vaters erst, heiraten würde er, nicht mehr fremden Mägden nachstellen müssen, kurz, ein neues, besseres Leben würde für ihn beginnen.
Mit Handschlag hatte er in der damaligen Nacht nach einigem Bedenken dem Kegelhofer den Verspruch als Einsteher gegeben. Und außerdem hatte ihn eine längere Zeit niemand daran erinnert, daß ihm schon Zweifel angekommen waren, ob alles seine Richtigkeit bekäme. Im selbigen Jahr noch war des fünften Wilhelms Sohn Maximilian zur Regierung im Herzogtum gekommen, es waren unruhige

Zeiten geworden in München drüben. Die Messerschmiedgesellen hatten sich zusammengerottet und einen unerlaubten Spektakel gemacht, bis sie mit Gewalt die herzogliche Ungnade und die Härte des Stadtgerichts getroffen hatte. Der alte Herzog, Wilhelm, der aber hatte seinen beständigen Sitz in Neudeck genommen, hatte etlichen Auern damit wieder zusätzlichen Verdienst eingebracht, Zimmerleuten und Maurern. Die hatten die Bauten des Hofmarktsitzes um Kapellen und Einsiedeleien für den durchlauchtigen Herrn vermehren dürfen für gute Münze. Und Hubert hatte gemeint, nun würde es auch bald beginnen mit der Rotte Schützen zur Landfahne. Daß es damit wieder nicht vorangegangen war, hatte seine Ursache, so vermutete man in der Au, am furchtbaren Brand des herzoglichen Zeughauses neben der Salvatorkirche in München drüben, weil der viel von den vorbereiteten Waffen zerstört hatte.

»Hätten die Durchlauchtigsten eben das Zeughaus zu uns in die Au stellen sollen, wir hätten's vor Brand bewahrt«, sagten die Auer. Und fanden neuerliche Lohnarbeit beim Neubau des Zeughauses, und im Jahr darauf, da schrieb man das Jahr des Heils eintausendsechshundert und fing ein neues Jahrhundert an, begann der Bau einer neuen Residenz für den jungen Herzog Maximilian.

Endlich war es soweit. Der Landpfleger mit seinem Gefolge war hergeritten gekommen und besichtigte die Landfahnenmannschaften der Au, eines Sonntags auf dem weiten Platz bei der Heilig-Kreuz-Kapelle und nach der Messe, die gerade alle Auer Bewohner außerhalb denen der Hofmark in und um sich vereinigt hatte.

»Halt, bleib da. Meinst, du hast seit drei Jahren bald auf meinem Grund und Boden umsonst hocken dürfen? Jetzt wird unsere Sache festgemacht mit Brief und Siegel.« Der Kegelhofer hielt ihn fest am Arm, obwohl er keine Anstalten machte, sich ihm zu entziehen. Schob ihn zu der sich bildenden Reihe Landfahnenmänner der Au und blieb voll

Argwohn neben ihm, bis sie vor dem Landgerichtsschreiber standen, dem ihren Handel bestätigten und der den Hubert Schmied auf die Liste geschrieben hatte. Aber anschließend, da bekam er nicht die erwartete Livree, auch keine Bewaffnung, sondern lediglich einen Stock. Zusammengestellt wurden sie, wie Puppen, von einem übermäßig ärgerlichen Weibel, der beim Landrichter als Büttel diente. Stapfen in gleichmäßigem Geviert ließ der sie über das Feld, dann nach rechts und gleich darauf wieder nach links schwenken, stets unzufrieden mit ihrer Bewegung, sosehr sie sich auch mühten, ihn zufriedenzustellen.
Wegen dem Kegelhofer! Dabei hätte er allen Grund gehabt, vom damaligen Versprechen abzurücken. Die Magd nämlich, die hatte er sich längst aus dem Kopf geschlagen für eine andere. Die andere aber, die war Tochter eines freisingischen Bauern, also Untertan des Fürstbistums.
»Wer ist denn der Lumpenhund, der da aus der Reihe tanzt?«
Aufpassen, der Büttel exerzierte sonst mit ihm allein noch nach, und schon jetzt machte ihm die herbrennende Sonne einen Durst, der ihn mindestens drei Kreuzer, wenn nicht sechs kostete, nachher beim Falterwirt. — Aber nun würde er bald eine Bestätigung vom Pflegamtmann haben, daß es seine Richtigkeit hatte mit der Leersölde, bald. Dafür lohnte es sich schon, wie ein Ochse im Haufen herumzutrappen, und das ging für diesen Tag endlich auch zu Ende. Und beim Falterwirt überraschte die Landfahnen-Mannschaften ein Freitrunk, gestiftet von den wenigen Wohlhabenden, die in der Au Grund besaßen. Weil das Dorfwirtshaus zu eng geworden wäre, waren davor notdürftige Tische und Bänke aufgeschlagen, wurde das den bürgerlichen Bräuern verhaßte Hofbräubier gezapft, das außerhalb der Zunftbegrenzung stehende Gebräu kraft herzoglicher Privilegien.
Die Wohlhabenden in der Au, das waren Bürger aus der Haupt- und Residenzstadt, die sich über die Brücke der

Isar hin Gründe erworben hatten. Konrad der Preisinger, Patrizier aus München vor hundert Jahren, war einer der ersten gewesen, der sich auf der Auer Seite einen großen Garten mit einer Villa in der Mitte erbaut hatte, Emeran der Haßlanger tat es ihm nach und ließ sich daneben ein Schlößchen errichten. Dann erwarb der Bürgermeister Schobinger aus München das Haßlang-Schlößchen und dazu noch die Schleifmühle der Familie Platner und bewirkte für diesen abgerundeten Besitz die Erhebung zum Edelsitz, den er nun Wageck nennen durfte und sich Schobinger, Herr auf Wageck. Ein solcher Herr hatte allen Grund, seinen außerhalb der sichernden Stadtmauer liegenden Besitz den Defensionern der Au ans Herz zu legen mit Freibier, die sollten ihn in vielleicht unsicher werdenden Zeiten mit Nachdruck gegen Feinde verteidigen.
Hubert Schmied dachte weniger an kriegerische Auseinandersetzungen, die er würde mitmachen müssen in der Montur, die ihm irgendwann demnächst zugeteilt würde. Vielmehr stellte er sich vor, wie er in ihr gewandet hintreten würde vor den Föhringer Freistiftbauern und sagen, er wolle ihm seine älteste Tochter von seinem Viertelshof heiraten. Gelbe Hosen und Strümpfe, schwarze Überhosen und schwarzes Wams mit gelbem Unterstoff würde es geben, eine weiße Kappe, und als Schütze sollte er dazu ein weißes Mäntelchen mit blauem Burgunderkreuz darauf gereicht bekommen. Eindrücklich würde er anzusehen sein, gar nicht wie ein Binnichts-Habnichts aus dem Taglöhnerdorf. Und überhaupt, mußte der Bauer aus dem Freisingischen nicht froh sein, seine ›überständige‹ Tochter loszuwerden, froh sein, daß ihm die überhaupt einer wegheiratete, bevor sie vielleicht noch mit einem ledigen Kind Unehre auf den Hof brachte? Nein, soweit war es noch nicht gekommen, aber er war an dem Frühjahrsabend nahe daran gewesen, wo er sie zum ersten Mal getroffen hatte nach der Föhringer Karfreitagsprozession und dem folgenden Fastenessen. Sie war vom Kräutelsuchen an der Isarau

unterhalb Bogenhausen gekommen und ihm direkt in die Arme gelaufen. Den Weg hatte sie verfehlt gehabt und war auf die bayerische Seite geraten, so daß er ihr die Gefälligkeit hatte erweisen können und sie ein Stück begleiten, wieder hinüber ins Freisingische, unbemerkt an den Grenzwächtern vorbei. Als er ihr unter die Röcke gelangt hatte, war es ihm gewesen, als sei ihr das so unrecht nicht gewesen. Doch, sie hatte ihn abgewehrt, ein um das andere Mal weniger nachdrücklich. Aber da war dann schon die Sonne so tief im Westen gestanden, daß er, in Erinnerung an einen weiten Heimweg, hatte aufgeben müssen. Denn wer sich nach dem Einbruch der Dunkelheit noch auf Straßen und Wegen umtrieb, den konnten die Überreiter, so sie ihn antrafen, dieses Umtreibens wegen aufgreifen und des Straßenraubes verdächtigen oder der Wilddieberei.

Leibeigen dem Hochstift zu Freising also war die Maria. Hubert dagegen war dem Herzogtum Bayern zugehörig und angebunden in der Au durch seine Papiermacherfertigkeit einmal und durch die Logie beim Kegelmüller zum zweiten, die zudem schon demnächst in eine Leersöldengerechtsame umgewandelt würde. Ein einfacher Knecht oder, wie man dazulande es nannte, ein Ehehalten, der hatte noch mindereres Recht als ein Leersöldner, denn ein solcher, der wenigstens den Grund, auf dem seine Behausung stand, direkt vom Lehensherrn hatte, konnte darauf ein eigenes Handwerk ausüben — und er konnte heiraten.

So rasch als möglich wollte das der Schmied Hubert, denn nun, da ihm die Landfahnenübungen die Sonntage verkürzten, blieb ihm zu einem heimlichen Besuch der Marie nur noch wenig Zeit und er wollte es nicht darauf ankommen lassen, daß ihm die ein anderer vielleicht entfremdete. Wort hielt der Kegelmüller auf dem Kegelhof, ließ es zu, daß er für das Häuschen am Bach mit den zwei engen Stuben und der Holzlege als Söldner eingetragen wurde vom

Landpflegamtmann, wofür jedoch noch fünfundzwanzig Gulden fällig wurden und erlangt sein wollten bis Martini im November. Mit dem Papiermühlenlohn konnte er sie nicht ansparen, soviel war gewiß. Unachtsam, fand Hubert Schmied, hatte er den Handel mit dem Kegelhofer abgeschlossen, denn, so dachte er sich, bestimmt hätte er von dem auch noch das Freistiftgeld draufbekommen, wenn er es gleich damals ausbedungen hätte. Nun aber würde er sagen: »Ausgemacht ist ausgemacht!«

Trotzdem überwand er sich und sprach ihn beim nächsten sonntäglichen Treffen vor dem Falterwirt an. — Da war das Üben und Exerzieren der Defensioner schon nichts mehr so Neues, daß es den Wohlbehausten, Wohlbestallten der Au noch Grund zum Freibierstiften gegeben hätte. Daß der Kegelmüller, kein Gewappelter zwar, aber einer mit Hausnamen, eitel war und im Kreis von Standesgenossen am Schanktisch hockte, war für das Gespräch von Vorteil. So schlug er das Ansinnen um eine Aufzahlung in Geld seines Einstehers nicht so abrupt aus, denn es schmeichelte ihm doch, daß so einer zu ihm kam, als sei er ein richtiger Herr, nicht grundhöriger Bauer.

Freilich, das Sach zusammenhalten gehörte zu seiner ersten Natur, soviel war ihm seine Eitelkeit auch wieder nicht wert. Aber einen Rat, der dem Bittsteller umgehenden Nutzen einbringen würde, wußte er schon.

Einem vom Hochstift also wolle er seine überständig gewordene Tochter vom Hof holen? Dafür könne der ihm nur dankbar sein. Ach was, dankbar, das solle er sich auch was kosten lassen, schließlich ziehe er ihm damit auch eine Esserin vom Tisch. Einfacher freilich wäre es, wenn er sich eine aus dem Bayerischen ausgesucht hätte, denn so müsse sich das Mädchen erst freistiften vom Bischof, dem ein Untertan verlorengehe durch solche Wegheirat. Dafür also ginge schon ein Gutteil der Mitgift ab. Er, Hubert, müsse also so viel verlangen, daß der Betrag zum Freistiften für die Sölde auch noch übrigbliebe. Das möge er seinem Vater ausrichten, bevor der zum Anhalten um die Braut für ihn nach Föhring hinüberginge.

»Mein Vater, weißt doch, ist vor Jahr und Tag schon bei den Floßbäumen geblieben!«

Huberts Vater war beim Einflößen der Stämme in den Mühlbach beim Einlauf der Isar oberhalb in den Fluß gefallen, und so ein langes, mächtiges Holz hatte ihn getroffen und untergetaucht. Als ihn die Müllerknechte und die anderen Taglöhner an jenem Frühlingstag vor fünf Jahren wieder herausgezogen hatten, da war schon kein Leben mehr in ihm gewesen, und glücklich geschätzt hatten sich die Schmied-Brüder, daß der älteste von ihnen schon Manns genug gewesen war, das Hauslehen zu übernehmen.

Der Kegelmüller wußte es, tat auch gleich väterlich: »Dann nehm ich es dir ab, den Gang zu tun, gleich in der nächsten Woche.«

Beifallheischig blickte er da in die Runde — so einer war er, ein guter Christenmensch, der für so einen armen Schlucker was übrig hatte. Schaut mich nur an, so bin ich! Und dann konnte er bei dieser Gelegenheit auch noch einen vergnüglichen Tag im Freisingischen verbringen, vielleicht sogar einen günstigen Kauf von Vieh oder Holz zusätzlich erhandeln, aber das wußten die anderen natürlich nicht. Ging sie auch nichts an. — Dann setzte er seiner Wohltätigkeit noch eine weitere drauf: »Fällt mir ein, wenn diese Marie anstellig ist, kann sie gelegentlich bei mir auf dem Hof einen Zuverdienst finden, wirst brauchen können, Hubert, für die Ausstattung deines jungen Hausstandes.«

Wenn überhaupt, so dachte der Kegelmüller dabei nicht an gemünztes Geld, das zum wenigsten. Zuverdienst, man würde sehen, konnte er dann, wenn es einmal dazu kam, in Naturalien geben, in Riedstroh, für das Dach auszubessern, in Rüben aus dem Wurzgarten . . . nun eben, was einem selber nicht abging. War da nicht der durchlauchtigste

Herr, der abgedankte Herzog Wilhelm, ein Beispiel und Vorbild für ihn? Daß der fromm lebte in seinem weiten Garten mit den Einsiedeleien, konnte keiner bestreiten. Aber verzichtete er deswegen auf gelegentliche Jagdgesellschaften? War zu einem wahrhaft christlichen Leben nicht ein gewisser, dem Stand entsprechender Wohlstand nötig, der einen schließlich dazu verpflichtete, ihn zu erhalten, damit man, ohne ihn zu gefährden, gelegentlich mildtätig sein konnte gegen Arme?

Indessen der Kegelmüller so vor sich hinsinnierend den Rest Sonntag beim Falterwirt hinbrachte, lief Herbert Schmied die Stunde Wegs zu seiner Auserwählten, um ihr die frohe Botschaft zu überbringen und auch wieder zurück nach einem kurzen, stürmischen Geschmeichel im Verborgenen der Isarauen — ein Vorgriff auf den mit Glück zu erlangenden Brautstand.

Nun war Hubert seinem Schicksal dankbar, daß er doch nicht früher zu einer Herzogslivree gekommen war, denn dann wäre er damit auch unter die Gerichtsbarkeit der Hofmark Neudeck gekommen und hätte untertänig um Erlaubnis bitten müssen, sich verheiraten zu dürfen. So aber brauchte er lediglich seine Absicht dem Gremium der Gemeinde kundtun lassen durch den Viertelshauptmann, und der war für das Bachviertel der Riegermüller, ein Schwager des Kegelmüller — und dann mußte er noch einen Pfarrer finden, der die Ehe einsegnete, dafür war der Pfarrer in Bogenhausen zuständig, auch von ihm war kein Einwand zu erwarten. Als der Kegelmüller die Nachricht brachte, er habe für ihn 75 Gulden bare Mitgift ausgehandelt, konnte alles seinen Verlauf nehmen.

Eine glücklichere Hand, die Anwesenheit des Herzogs in Neudeck am Rande der Au zu nutzen, hatte der Leersöldner Andreas Radl gehabt. Im Garten seines Häuschens, an der Hauptstraße gelegen, hatte er zunächst den an Sonn- und Feiertagen zur Sommerresidenz neugierig heranziehenden Hauptstädtern gegen Entgelt Erfrischungen ge-

reicht. Da war im Laufe der Zeit einiges hängengeblieben, ausreichend, daß er sich in den Stand gesetzt sah, zwei Kegelbahnen zu errichten. Da Kegeln die Münchner durstig machte, konnte er auch noch einiges mehr erzielen an Ertrag, als er statt des bäuerlichen Obstmostes nun, eigentlich unerlaubt, Bier ausschenkte und Wein. Und da nicht nur Gaffer, sondern auch einflußreiche Gäste die Wohnstatt des Herzogs besuchten, Herrn vom inneren Rat der Stadt München, von Tichtl, von Ridler, von Ligsalz, von Schrenk, von Hundertpfund, von Barth — ja, geadelt waren diese noblen Herrn inzwischen — so wurde ihm eine Gerechtsame vermittelt von der ehemaligen Schießstädte der Stachelschützen in München, die er übertragen erhielt auf seinen Grund in der Au. Denn die Stachelschützen hatten eine neue Schießstätte auf der auabgewandten Seite der Stadt, vor dem Neuhauser Tor, errichtet und eine neue Wirtsgerechtigkeit erlangt dafür.
Der Radlwirt war bald soweit, daß er auch noch ein Ballhaus errichtete, groß genug nicht nur für Feiern und Festlichkeiten, sondern auch dafür, daß man dort periodisch Gericht halten konnte. Die niedere Gerichtsbarkeit übte der Pfleger von Wolfratshausen, der in regelmäßigen Abständen auch in die Au geritten kam. Wen wunderte es da, daß die Klagen des Falterwirtes und der Wirte aus München gegen den neuen Konkurrenten, der ihnen Gäste und damit Verdienst fortlockte, wirkungslos blieben.
»Schmied, Hubert, Leersöldner und Taglöhner von hier, nach Recht und Billigkeit vierzig Kreuzer, gleich zehn Batzen Bodenzins fürs Jahr!« Zinstag im Radlwirt. Auch der wurde vom Kassierer des Hofkastenamts in dem neuerbauten Gebäude eingehoben.
Hubert Schmied schob den abgezählt in der Hand gehaltenen Betrag über den Tisch.
Ein gestrenger Blick quittierte es ihm.
»Verheiraten will er sich, hört man?«
»Ja, mit Verlaub.«

»Die Auer Landstraße ist voller Löcher, manche Löcher so schlammig, daß es sogar einer Sau zuwider sein muß.«
Hubert Schmied versteht nicht. Aber gleich soll er verstehen. Er wird zum Scharwerk eingeteilt, hat mit einer Schaufel zur festgesetzten Zeit am Morgen und das drei Tage lang zu erscheinen und von anderen, auch zum Scharwerk eingeteilten Bauern mit ihren Karren angefahrenen Kies aus dem Isarbett gleichmäßig zu verteilen.
»Aber da soll ich in der Papiermühle sein, für meinen Lohn!«
Dem Einnehmer, Kassierer des Hofkastenamts, haben Hubert Schmieds Worte des Einwands eine Spur zu aufsässig geklungen.
»Wenn dich der allergnädigste Herr, der Durchlauchtigste braucht, wird der Papiermüller auf dich verzichten!«
Der Nächste war dran. Und Hubert Schmied überlegte, daß ihm der Papiermüller keinen Lohn gab für die Tage, die er beim Scharwerken zubrachte.

Wenn auch mehr als die Hälfte der Mitgift der Maria für ihren Loskauf aus der Herrschaft Freisings abging, wurde es doch eine festliche Hochzeit. Fast alle Nachbarn aus dem Bachviertel beteiligten sich daran, in die Kegelhofscheune brachten sie alles Eß- und Trinkbare, was ihnen gerade entbehrlich war, Fladen wurde gebacken, Fische gebraten, einige Enten aus der südlichen Birkenau hatten dran glauben müssen, Gebäck wurde in Schmalz gebacken, und aus getrockneten Birnen und Äpfeln wurde mit Honig ein süßer Tauch aufgekocht. Ja, sogar eine herrschaftliche Suppe gab es für das Brautpaar, als es von der Kirche kam, aus gekochten Erbsen passiert und mit reichlich geröstetem Speck, grünem Gewürz und Pfeffer. Nach dem Mahl spielten Sackpfeifer auf und ein Trommler gab dazu den Takt, da sprangen die Jungen und auch die nicht mehr ganz so jugendlichen Hochzeitsgäste ausgelassen zum Tanz und wenn sie eine Pause einlegten, merkten sie nichts da-

von, daß der Wein sauer und von minderer Qualität war, so erhitzt, wie sie waren.
Da die armen Leute in dieser ruhigen Zeit auch ohne den besonderen Anlaß einer Hochzeit zusammenhielten, konnten die ersten Ehejahre des Hubert und der Maria Schmied unbedrängt von größeren Nöten verlaufen. In der Hauptstadt drüben kamen in diesen Jahren die Kapuziner-Patres an, denen ein Kloster erbaut wurde und die, kaum daß diese temperamentvollen Italiener der bayerischen Sprache mächtig waren, das Volk der Umgegend mit ihren farbigen, drastisch und bildhaft gehaltenen Predigten erfreuten, einen Ersatz boten für das mit herzoglichem Mandat verbotene Bauerntheater. Gebaut wurde auch umfänglich an der Residenz des jungen, nun regierenden Herzogs und, auf Rat seines Vaters, nahmen die Auer an, fanden Maurer und Zimmerleute aus ihrem Taglöhnerdorf dabei Lohn und Arbeit. Von diesem in der Residenz erworbenen Lohn hatten aber auch die anderen Gewerbe in der Au ihren Vorteil, Hubert zum Beispiel damit, daß er in seinem Häuschen, nach Feierabend in der Papiermühle, beim Ofen hockte und die oft schadhaft werdenden Arbeitsschuhe der Zimmerer flickte. Die paar Kreuzer Zuverdienst konnte er gut brauchen, seit auch noch Kinder zu nähren und zu kleiden waren. Drei waren es geworden, der Reihe nach Josef, Wenzel und Therese. Die Zimmerleute der Au erfuhren sogar eine besondere Erhöhung ihres Ansehens. — Die Hauptstädter sahen diese nichtzünftige Konkurrenz von außerhalb der Mauer nur ungern, und die Baumeister, Stadtbürger, nahmen Rücksichten auf die Meinung der Mitbürger, wo es ging. Auer Zimmerleute waren es, denen deshalb die Arbeit zufiel, Bauholz bereits an Ort und Stelle im Forst, bei Harlaching, zu behauen und zu schneiden. Harlaching aber, mit seinem Wildreichtum in den mit dichtem Unterholz überzogenen Wäldern, war auch beliebtes Ziel der Jagden des Herzogs Wilhelm. An einem spätsommerlich warmen Septembertag des Jahres sechzehnhun-

dertsechs geschah ihm dabei das Unglück, mit einem gebrochenen Schweinsspieß einem wütenden Eber gegenüberzustehen. Daß ihm die in der Nähe arbeitenden Zimmerleute mit Hacken zu Hilfe eilten, ein Unglück wieder war das für den respektlosen Eber vor dem hochgeborenen und gleichwohl frommen Jäger. Ein Glück aber für die Zimmerleute der Au, denen der von ihnen errettete Herzog das Recht verlieh, ein Bündnis zu errichten und eine Zimmermannslade zu führen. Fast, ja fast zu einer Zunft wurden sie damit, beinahe ebenbürtig den Stadtzimmerleuten in München. Solch gehobenes Ansehen aber mußte sich niederschlagen, wenn sie ihnen Geleistetes zu entgelten hatten. Hubert Schmied bekam viele Zimmerers-Schuhe zu flicken.

Diese Beschaulichkeit der Zeitläufte wurde eines Sonntags und nicht nur in der Au plötzlich und für nicht wenige Leute schmerzlich gestört. Dabei hatte es Vorzeichen gegeben. Daß ein Blitz in den Turm der St. Peterskirche drüben in München geschlagen und ihn zerstört hatte, war kein solches Vorzeichen — wer hätte dies auch laut sagen und sich damit des Verdachts des bösen Aberglaubens und der Hexerei aussetzen mögen? Nein, Vorzeichen war gewesen, daß Jesuiten- und Kapuzinerprediger sich nicht genug damit tun konnten, den Leuten in Predigten vorzustellen, wie in der Freien Reichsstadt Donauwörth die gottlosen und frechen Protestanten, die Lutherischen also, den rechtgläubigen Christen katholischer Konfession das Leben schwermachten. So schlimm hätte man es dort getrieben, daß der Kaiser über die Stadt die Acht ausgesprochen hätte. Wenn die Prediger dabei die herzoglich-bayerischen Untertanen belobigten wegen ihres Festhaltens an der einzig wahrhaften Lehre und sie ermunterten, nur immer so zu bleiben und treu zu ihrem Fürsten zu stehen, hätte das schon zu denken geben sollen. Kaum einer machte sich aber Gedanken darüber.

Ein Wintersonntag war's, da nach der Messe der Überreiter

die Landfahnenmänner aufforderte, auf dem weiten Platz um die Kapelle zu bleiben, weil er ihnen eine Botschaft zu verkünden habe. Aus den übrigen Besuchern der Sonntagsmesse waren sie gut heraus zu kennen, denn wenn auch im Winter nicht exerziert und geübt wurde, so trugen die Defensioner ihre schmucke Landfahnentracht trotzdem als Sonntagsstaat, gaben sich so ein besseres Aussehen als in der werktäglichen und eher dürftigen Kleidung. Mit überraschten und neugierigen Gesichtern stellten sie sich in der oftgeübten Ordnung zum Boten des Landrichters. Sollte denn in diesem kalten Wetter auch exerziert werden? So etwas war noch nie dagewesen, gegen jeden Brauch, so was! Wie wenig der neue Herzog, der durchlauchtigste Maximilian, sich an überkommenes Recht und alten Brauch hielt, wo es nicht die katholische Religion war, bekam Hubert Schmied wenige Tage danach von einem Auer Säumer zu hören. Noch immer gehörten die Rottleute als Weitergereiste zu denen, die am meisten erfahren und damit wissen konnten. Gewußt hatte der Säumer, daß den Münchnern mit einem Federstrich das Salzmonopol genommen worden war, das sie seit unvordenklichen Zeiten innegehabt hatten. Und der Säumer wußte auch, daß es deswegen geschehen war, weil sich der durchlauchtigste Herr Herzog die Einnahme aus diesem gewinnträchtigen Monopolhandel selbst zuschanzen hatte müssen, um die von seinem Vater und Vorgänger und von dessen Vorgänger in der Residenz zerrütteten Finanzen in besseren Stand zu bringen. Die Schulden seiner Vorfahren also zahlten die Bürger Münchens mit ihrem angestammten Salzmonopol.

Da waren sie, die Männer der Landesdefension, schon unterwegs zur Freien Reichsstadt an der Donau, nach Donauwörth. Etliche der Säumer waren verpflichtet worden, den Troß zu bewerkstelligen, auch geflößt wurde isarabwärts, das nötige Kriegsgerät, ein Stück weit. Die reichsstädtischen Protestanten, so berichtete der Säumer, sie seien

vom Kaiser abgemahnt worden, daß sie künftig die Prozessionen der katholischen Anwohner durch die Stadt ziehen ließen. Den Zuhörern, auch Hubert, war es unverständlich, warum die auf das großartige Schauspiel verzichten, ja sogar sich dem ganz widersetzen wollten, wo da von Adam und Eva und der Erschaffung der Welt bis zum Höllensturz alles so prächtig und anschaulich dargestellt wurde, daß es für einen gläubigen Christenmenschen einmal im Jahr eine Freude war, ihm beizuwohnen, eine fromme Ergötzlichkeit. Freilich, beim Höllensturz wurde auch der Doktor Martin Luther gezeigt, wie der vom Teufel geholt wurde, der Ketzer. Nun, erläuterte der Säumer, habe der Kaiser es dem Herzog Maximilian übertragen, die Donauwörther handfest zur Einhaltung des Reichsrechts zu ermahnen, denn der Herzog sei Oberster des ihnen benachbarten Reichskreises. Von regensburgischen Händlern, die er unterwegs getroffen habe auf seinen Rottfahrten, da habe er aufgeschnappt, daß zuerst der Herzog eine solch teure Unternehmung nicht gerne auf sich nehmen wollte. Ein sparsamer Herr sei der Maximilian, wie man wisse, sogar dem durchlauchtigsten Vater habe er die Rente gekürzt. Daß er den kaiserlichen Auftrag aber schließlich doch übernommen habe, hätten die Regensburger gewußt, hänge damit zusammen, daß er die Kosten für die Reichsexekution nach seinem Ermessen von der Reichsstadt eintreiben dürfe. Das habe den Ausschlag gegeben. Donauwörth, die Handelsstadt an der Grenze zum Gebiet der wittelsbachischen Vettern des Durchlauchtigsten, dem pfälzischen Kurfürsten, würde gut heranzuziehen sein, reich wie sie war durch den Flußhandel die Donau herauf. Dem bayerischen Herzogtum mangle es an vergleichbaren Handelsstädten.
Da zogen die Defensioner gleich lieber, bei solchen Aussichten, über die winterlichen Wege und Straßen. An der Spitze des Zuges ritten die Trabanten des Herzogs, ihnen folgten die Kriegsknechte, die für Geld geworben worden

waren, jeder von ihnen mit seiner eigenen, selbstbeschafften Bewaffnung, Raufdegen aus der bewährten Schmiede des Herrn Ständler, den Leib geschützt mit Harnischen, den Kopf mit eisernen, geschwärzt-glänzenden Helmen und Schützenhauben, diejenigen, die mit einem Spieß, der langen Pike, zogen, auch noch mit Schutzrüstung für die Schenkel, Krebs genannt, die Schützen dagegen, im Ernstfall darauf angewiesen, nach getanem Schuß schnell hinter den Pikenierhaufen zu laufen, wehrlos wie sie dann beinahe waren, prunkten mit buntbebänderten Hosen. Hinter den Fähnchen der Kriegsknechte rumpelten die Städter mit dem Belagerungszeug, den Kanonen und Pulverkarren. Die Bespannungen für ihre gewichtige Last hatten ihnen die Bauern der Umgebung zu stellen gehabt. Ebenfalls vom Bauernland kamen die zu beiden Seiten flankierenden Vasallenreiter, die von den landsässigen Adeligen geschickt worden waren, Knechte in der Mehrzahl und nur notdürftig für einen Krieg ausgerüstet mit Jagdspießen oder derben Büchsen. Sie, die Landfahnenleute der Gerichtsbezirke bildeten den Beschluß — nicht eben freudig, denn eigentlich, so hatte es einmal geheißen, sollten die nur für den Verteidigungsfall und da nur im eigenen Gerichtsbezirk verwendet werden. Aber wer hätte sich dem Befehl, drei Tagemärsche weit weg zu ziehen, widersetzen können?

Der Kapuzinerpater, der dem Landfahnenhaufen mitgegeben war, um auch unterwegs auf die Einhaltung der vorgeschriebenen täglichen Gebete in der gemäßen Form zu achten, er wußte über Donauwörth noch anderes zu berichten. Nicht genug, daß diese sündhafte Stadt mit in dem Schmalkaldischen Bund der Protestanten gegen Kaiser und Reich gewesen war, vor sechzig Jahren, da habe es auch die todeswürdigen Wiedertäufer gegeben, aus ihr stamme der Sebastian Franck, diese Ausgeburt der Hölle, der gegen die gottgewollte Ordnung und für die Obrigkeit gepredigt habe. Der böhmische Zauberer Kaspar Schwenckfeld außerdem habe da gewirkt, der hussitische Schwarzmagier, und der Adam Reissner aus Mindelheim, seinesgleichen, auch wisse man, daß immer noch Schüler von denen in Donauwörth wirkten. Ratsam sei es da schon, mit geweihten Amuletten jeden Leibes- und Seelenschaden von sich fern zu halten.

Als sie der Mauern der Stadt ansichtig wurden, hatte Hubert Schmied immer noch nicht ein solches geweihtes Amulett erstanden, gereut hatte es ihn, seine spärliche Barschaft durch so einen Kauf noch weiter zu verringern. Und dann: Schützten ihn denn nicht schon die Gebete hinreichend? Jeden Abend hatten sie um die Zeit, zu der daheim und in München die Glocken zum Ave-Maria läuteten, hinknien müssen, die Reiter vom Pferd gestiegen und die Fahrenden von den Wägen, mit barhäuptigem Kopf, den Hut in der Hand, hatten die Gnade des Allmächtigen für den Herrn Herzog und ihr Unternehmen herbeigefleht in andächtigem Gebet. Wozu also noch weitere Ausgaben?

Wenn auch zwischen den anrückenden Gegnern der Stadt noch die Donau lag, so regten sie doch bei den auf die Mauern berufenen Bürgern, die sie verteidigen sollten, Beklommenheit, der schon zahlenmäßigen Übermacht wegen. In der bald sechshundertjährigen Geschichte, auf die man in Donauwörth zurückschauen konnte, hatte schon einige Male ein Bayernherzog seinen Machtbereich auf sie ausgedehnt, vom Kaiser verpfändet war sie einmal gewesen an einen solchen, von daher leiteten seine Nachfolger einen Besitzanspruch her. Zwar führte die Reichsstraße von Augsburg her durch die wichtige Brücke über die Donau den Verkehr der Handelszüge nordwärts über Nördlingen nach Nürnberg und weiter, aber die reichste Stadt an diesem Fluß war sie nicht, das war Ulm. Nicht einmal eine führende Stelle nach den Großen im Textilhandwerk und Handel nahmen die Donauwörther ein, ja doch, einen behäbigen Wohlstand gab es hinter den Mauern, und seit über einem halben Jahrhundert durften hier eigene Münzen geschlagen werden, aber weder hatte er gereicht, zur Verteidigung zusätzlich eine reichliche Schar von Söldnern zu werben, noch, durch Zahlungen den kurpfälzischen Nachbarn zu einem Bündnis zu bewegen. Die oberschwäbischen Städte aber waren zur Unterstützung ebenfalls nicht geneigt, denn führende Handelshäuser Augsburgs waren in den vergangenen zwanzig Jahren der Konkurrenz norddeutscher und niederländischer Städte erlegen oder mit ihren Geldanlagen in den spanischen Staatsbankrott geraten.

Stolz waren sie in der Stadt gewesen, daß sie für ihr Spital hatten Land erwerben können und über dieses Land, einige Dörfer, keinen ganzen Reichswald wie die Nürnberger, Herrschaft hatten, Hoch- und Niedergericht wie edelgeborene Reichsstände. Nun aber hoben die Bayern die dort verbliebenen Bauern zum Schanzen der Belagerungsstellung aus. Stolz waren sie auch gewesen, ihre Herrschaft noch damit bestätigt zu erhalten, daß ihnen das Vogteirecht über das alte benediktinische Kloster Heiligkreuz in der Stadt gegeben war. Doch dies hatte sich gleichfalls zum Nachteil gewendet, ja, es war zur Ursache des heraufziehenden Verhängnisses geworden.

Länger als in den umliegenden pfälzischen Landen hatte man zu Papst und altangestammter Kirchenlehre gestanden in Donauwörth. Sogar vor siebzig Jahren noch war ein Webergeselle hier unters Henkersschwert gekommen, weil er Wiedertäuferlehren verbreitet hatte. Bald danach, im Schmalkaldischen Krieg auf seiten der verbündeten Städte, hatten die lutherischen Lehren Eingang gefunden in den Köpfen der Stadtbürger. Schwenckfeld aus Schlesien war gekommen und hatte gegen den verruchten Götzendienst mit Prunk an Heiligenbildern und Handel mit Ablaßzetteln gewettert und nach seinem Weiterzug hatte es eifernde Anhänger gegeben, die versucht hatten, sein Vorbild noch zu übertreffen. Gemäßigt bei der Mehrheit der Bürger hatte die neue Lehre jedoch trotzdem die Gemeinde, die den Brüdern vom Kloster Heiligkreuz anhangen blieben, hinschmelzen lassen wie den Schnee unter der Sonne. Als die aber, den Kampf um die Seelen und Kirchenspenden nicht aufgebend, mit Prozessionen durch die Stadt, zu denen auch die Bauern von vor den Mauern gezogen wurden, versucht hatten, Gläubige zu gewinnen, waren wieder die Eiferer auf den Plan gerufen worden. Verlacht hatten sie den Aufzug der frommen Schreiter, Mist und Kot geworfen auf sie, bis die Scharwache hatte einschreiten müssen. Was nützte es da dem löblichen Rat der Stadt, daß er solche Unruhen auf Straßen und Plätzen ablehnte und verurteilte, die Handwerks- und Zunftmeister zur Besinnung mahnten? Untersagen hatte man schließlich weitere Prozessionen den Benediktinern und ihrem Anhang müssen, denn Unruhe in der Stadt störte den Markthandel und den fleißigen Gewerbsbetrieb. Und berufen hatte man sich dabei auf den augsburgischen Religionsfrieden, nach dem galt, daß alles so bleiben solle in der Religion, wie es zu Zeiten war. Sollten die Brüder vom Kloster sich doch bescheiden mit denen, die ihre Messen in Heiligkreuz besuchten! Nein, geklagt hatten die beim Kaiser, so daß nun der Bayernherzog zur Belagerung aufgezogen war.

Als die Donauwörther dem Herzog ihre Stadt auf Gnade oder Ungnade übergeben hatten, durfte auch Hubert Schmied von der Au mit hineinziehen. Noch einmal deutlich vor Augen geführt sollte denen werden, wie mächtig und überlegen der Herzog ihnen war. Daß es den herzoglichen Scharen verboten war, zu plündern, bedauerte Hubert Schmied richtig, als er donauwörthisches Barchent zu sehen bekam, feingewebtes, im Lagerhaus des Rates am Markt. Und mehr noch wünschte er sich einen Webstuhl, auf dem man so etwas hervorbringen konnte. Nicht grobes, bäurisches Leinen, wie es außer den Hochgestellten alles Volk in der Au trug. Glattes, feingewebtes Barchent, damit, wenn es Maria daheim in ruhigen Stunden weben würde, könnte man genug erlösen, sich sogar seinen Verpflichtungen gegenüber dem Kegelmüller loszukaufen. Ein anderer würde an seiner, Huberts, Stelle dann am Sonntag nach der Messe exerziert werden, und nicht mehr würde er abgerufen werden können zum Übers-Land-Marschieren für den Herzog. Glimpflich zwar hatte es diesmal seinen Verlauf genommen, die Geschütze hatten nur wenig Donner hören lassen, und schon waren die Donauwörther Räte durchs Tor herausgeschritten mit den Stadtschlüsseln. Doch wenn sich der durchlauchtigste Herr Herzog zum Beispiel mit seinem durchlauchtigen Vetter, dem pfälzischen Herrn Kurfürsten, anlegte, dem ebenfalls in neuen Lehren befangenen Herrn Friedrich? Würde es da ebenso ohne Tod und Verderben abgehen?

Nur geworbene Kriegsknechte blieben als Besatzung in der eroberten Stadt, heim zu ihren Gewerben wurden die übrigen entlassen, damit des Herrn Maximilian von Bayern Steuereinnahmen nicht einen Ausfall erlitten.

Mehr als ein Dutzend friedliche Jahre konnte Hubert Schmied mit Maria im Haus am Kegelhof noch verbringen, trotz Nachrichten, die in der Zeit nach der Strafexpedition zunächst auf weitere kriegerische Verwicklungen hindeuteten. Da der Bayernherzog die Reichsstadt weiter besetzt hielt, Jesuiten und Kapuziner hinschickte, um mit Nachdruck die katholische Religion wieder zur Geltung zu bringen, häuften sich drohende Proteste der evangelischen Reichsstände gegen ihn.
Das 1609er Jahr brachte Hubert Schmied und mit ihm vielen anderen Auern, Haidhausern und Giesingern neuerlichen Herzogsdienst ein. Dringlich, wieder einmal, hatte der Landreiter des Gerichtes in Wolfratshausen aufgeboten zum Ausbessern der Fahrstraße im Bereich dieser Orte. Dringlich, aber weil der Richter und der Amtmann weit

weg, in der Marktstadt im oberen Isartal, saßen, folgten die Aufgebotenen nur halbherzig. Verständlich wurde den Vorstadtbewohnern der Sinn der außerordentlichen Straßenverbesserung Wochen später. Hubert Schmied war einer, der angetan in der Landfahnenmontur an der steilen Straße am Gasteig zu stehen hatte, seitlich an deren Rand, als der Fürstbischof von Salzburg mit den ihn umgebenden Prälaten und Äbten der Reichsklöster auf dem Weg nach München vorbeikam. Beinahe alle katholischen Reichsstände folgten der Einladung des bayerischen Herzogs. Die Stände tagten in München, aber auch in der Au quartierte sich ein weniger vornehmer Teil der Abordnungen und Gesandtschaften ein. Die dafür tauglichen Häuser, am weiten Kapellenplatz gelegen, waren neu, erst in den letztvergangenen Jahren erbaut als Wohnung für Hofdamen das eine, das andere für Pagen, die an der Sommerresidenz ihren Dienst versahen. Da es innerhalb der Mauern Münchens eng geworden war, seit dort Häuser für den Neubau des Jesuitenkollegs und der neuen, großen Residenz abgebrochen worden waren, errichteten auch Stadtbürger schön gemauerte Häuser mit umgebenden Gärten in dem bisher bescheideneren Ort, auch sie nahmen solch vornehme Gäste auf.

Das Auftreten der vielen vornehm gekleideten Leute in den Auer Gassen überzeugte die Maria Schmiedin langsam, daß der Plan ihres angetrauten Mannes, einen Webstuhl aufzustellen, zum Vorteil ausschlagen könne. Die Handfertigkeit des Webens, wenn auch nur von derberem Bauernleinen, besaß sie von daheim, wo man es für den Hausbedarf selbst hergestellt hatte. Und sie traute sich zu, mit gekauftem und somit feinerem Garn und einem guten Webstuhl Stoffe zu weben, die den höheren Ansprüchen der Standespersonen genügten. Der alte Herzog, Wilhelm, der hatte sich immer mehr seinen geistlichen Übungen ergeben, hatte seine Hausdruckerei aufgegeben, was erst einmal die Abnahme von der Papiermühle spürbar beeinträch-

tigt hatte, zwei Jahre lang, auch ihres Huberts Einnahmen, der zeitweilig nur tageweise Beschäftigung und Lohn erhalten hatte. Ausgleichen hatten sie es müssen mit Taglohn auf den Feldern. Dann hatte Hubert durch Vermittlung des Papiermüllers und des Landreiters die Erlaubnis erhalten, Lumpen sammeln zu dürfen, sich einen groben Karren gezimmert und war wie ein Vagabund mit den Rottleuten zuerst ein Stück weit ins Land hinaus, denn in der Stadtnähe gab es keine Lumpen mehr zu sammeln, sie waren längst in die Papiermühle gewandert. Wenn Maria ihn dann höchstens eine ganze Tagreise zu Fuß entfernt wußte, war sie trotzdem in ständiger Sorge um sein Wiederkommen. Trieb sich doch in den Forsten, die er zu durchziehen hatte auf seinen Wegen, allerhand vogelfreies Gesindel herum, entlaufene Knechte, aus dem Sold gefallene Kriegsleute, auch der eine oder andere nachgeborene Bauerssohn, vom widerrechtlichen Jagen auf herrschaftliches Wild und vom gelegentlichen Straßenraub lebten sie. Hubert mit seinem von Hand gezogenen Lumpenkarren bot zwar keine reiche Beute, aber er war auch, auf dem Rückweg oft allein ziehend, wehrlos. Leicht könnte er auch gezwungen mit so einer Bande mitgehen, wenn ihm keine andere Wahl blieb, sein Leben zu erhalten. — Mit einem Webstuhl dagegen, nicht mehr fort müßte er dann, und gewinnträchtiger wäre so ein Gewerbe ebenfalls.
Die Verwirklichung dieses Plans, über den im Schmiedhäuschen am Kegelhof stillschweigende Übereinstimmung herrschte, zog sich hin. Einmal wegen der Schwangerschaften der Maria, der Geburt von Kindern, die alle über ihr erstes Jahr Leben nicht hinauskamen, dann auch, weil im Jahr nach der Gründung der katholischen Liga sich Huberts Arbeit in der Mühle wieder erfreulicher gestaltete wegen der Neugründung einer Buchdruckerei in der Stadt drüben durch die Anna Berg, was vermehrten und geregelten Absatz bedeutete.
Endlich überlebte ein Kind, im zwölfer Jahr, dem, in dem

die hochwohlgeborenen und hochweisen Herren Landstände einberiefen, und, wichtiger noch für die Auer, ihr Ort zum Gerichtssitz erhoben wurde. Ein Mädchen war es, das am Magdalenentag, da das Jahr in den Sommer hineinging, zur Taufe getragen wurde, und so erhielt es auch den Namen der biblischen Sünderin. Nun erst recht drängte Maria ihren Mann, dem nun so nahe behausten Landrichter eine Webergerechtsame abzuhandeln, sie würde dann schon das Ihre für das Gewerbe tun und ebenfalls den Absatz besorgen — die Männer der Auer Zimmermannszunft standen in gutem Lohn durch die Arbeit am Residenzbau in München drüben, sie würden geldige Abnehmer sein, wenn sie zudem für den feineren Hemdenstoff bei ihr weniger zu zahlen hatten als in der Residenzstadt.
Ein Vorbild der Maria Schmiedin in der Au für ihren gewerblichen Ehrgeiz wurde die Witwe Anna Berg. Die war noch ein kleines Mädchen gewesen, als der überall, landauf, landab hochgeschätzte Meister des Buchdrucks, Adam Berg, vor vierzig Jahren zum Religionsverhör bei den Jesuiten geholt wurde. Angesehenere noch als er waren dermals vor das Inquisitionstribunal zitiert, alte Geschlechter der Stadt wie die Barth, Ligsalz, Ridler, Reitmor und Schobinger. Der lutherisch gewordene Teil der Handels- und der Zunftherrn kündigte, um solchen Pressionen zu entgehen, das Stadtrecht auf und übersiedelte mitsamt Vermögen, tausend Gulden, in evangelische Reichsstädte. Nicht so der damals in besten Mannesjahren stehende Adam Berg, der blieb und beteuerte, katholisch bleiben zu wollen, fand sich getreulich ein zu den Betstunden und gab seinen Inquisitoren, der Gesellschaft Jesu, beträchtliches an Geldspenden. Die freilich machte er und nach seinem Ableben seine Witwe bei weitem wett mit den Einnahmen aus Aufträgen für den Druck frommer Traktate und Schriften, wie sie nunmehr umfänglich gebraucht wurden. Anna Berg stand ihrem Mann in nichts nach, unter ihrer Führung be-

hielt, ja, steigerte die Druckerei noch ihr Ansehen, ihren Ruf landauf, landab.
Die Maria Schmiedin von der Siedlung außerhalb des Burgfriedens und die Druckermeisterin und Steuerbürgerin der Residenzstadt Anna Berg hatten wenig gemein. Lediglich einmal hatte Maria Schmied die Papiermachergesellen begleiten können, als sie ihre Ware nach München hinüberbringen mußten. Ihr Hubert hatte sie beigezogen, weil sie ihm eine Gelegenheit vorgerechnet hatte, vielleicht aus so einem Kennenlernen eine Möglichkeit für einen gelegentlichen Zuverdienst zu schlagen, sei es als Flickschneiderin auf Stör oder als Strickerin. Aber daraus war nichts geworden, sie hatte sich nicht den Mund aufmachen getraut, als sie beobachten konnte, wie die Berg mit gestreng herausgekehrtem Sachverstand den Männern die Lieferung abgenommen und ihnen beim Prüfen nichts nachgelassen hatte.
Seitdem kam es dann bis dahin, daß sie von einem Webstuhl zu träumen anfing, nicht nur von dem, sondern daß sie sich, so prächtig es die Kleiderordnung zuließ für eine Bürgerliche, im Tuchgewölbe des Münchner Rats ihr eigenes Barchent anbieten sah den augsburgischen und regensburgischen Händlern, Männern, denen sie dann krumm kommen durfte, wenn deren Gebot für ihre einwandfreie Ware zu niedrig lag.
Hubert Schmied, der Papiermacher, innerlich zu verfluchen begann er seine ›Donauwörther Idee‹ und daß er seiner Frau davon erzählt hatte. Es fing damit an, daß sie ihn mahnte, nicht zuviel Geld mitzunehmen, wenn er sich anschickte, zu seiner Schützenrotte zu gehen. »Denk an den Webstuhl! Wenn wir den zusammengespart haben werden, wird es dir nicht an Kreuzern mangeln für tyrolischen Wein.«
Bald suchte sie dann seinen Gürtel aus, wenn er seine schwarz-gelbe Defensioner-Livree antat.
»Denk an den Webstuhl!«

Einen Batzen, einen halben Kreuzer ließ sie ihm stecken, gerade genug für ein Quartelskrügchen Most.
Den großen Markttag in München drüben verdarb sie ihm, indem sie ihm freundlich kam, sagte, und liebevoll klang es:
»Ich geh ohnehin. Brauchst dir nicht selber den Weg machen. Und Schnupftabak kann ich dir auch mitbringen, aber dir rinnen immer die Kreuzer durch die Finger, gehst du auf den Markt. Zwei Batzen sind ein Kreuzer, und sechzig Kreuzer geben schon einen Gulden. Denk an den Webstuhl!«
Und mit brachte sie ihm den mindersten Tabak und die geringste Portion, eben soviel, daß es knapp über eine Woche reichte. Wenn sie nach dem Exerzieren beim Falterwirt einkehrten, fiel seine Ärmlichkeit bei den Kumpanen der Rotte auf, obwohl keiner von denen von begütertem Stand war. Und da er ihnen Aufschluß gegeben hatte, als sie ihm mit einigen ausgegebenen Bechern die Zunge gelöst hatten, hatte er viel Spott und Häme auszustehen. Er verteidigte seine Maria dann immer, solange sein Kopf klar und sein Geist nüchtern war, aber wenn ihm das selten genossene Bier oder der Wein ein vermeintlich klareres Sehen gab, da konnte es doch sein, daß er lospolterte.

»Bekenn es, daß du deinen Mann behext hast! Grad heraus, bekenn es! Schmiedin, leugnen hilft dir nicht, ich selber hab es deinen Mann sagen hören beim Falterwirt.«
Er hatte seinen Ehrgeiz, der junge Drittelsschreiber des Herrn von Haßlang, der die Maria Schmied vom Büttel in die Landrichterkanzlei hatte bringen lassen. Immer schon gehabt, diesen Eifer, der Sohn, der nachgeborene Sohn eines Hofbediensteten, Pastetenkochs in München. Schon in der Stadtschule sich hervorgetan, daß sie ihn zugelassen hatten bei der Lateinschule der Jesuiten und bei denen wieder so, daß die ihn empfohlen hatten bei dem Landrichter. Ein Schreiber jedoch wollte er nicht sein Lebtag lang blei-

ben, vielmehr würde er auf den gelehrten Schulen, der Universität in Ingolstadt zum Beispiel, die Jurisprudenz studieren, wenn er einen Mäzen auf sich aufmerksam gemacht hätte, der ihm dafür die Börse aufmachte — denn aus der Tasche seines hofbediensteten Vaters konnte er die nötigen Mittel nicht erwarten, der war mit seinem ältesten Bruder und dessen Fortkommen voll ausgeschöpft. Da nun der Herr von Haßlang in Rechtsgeschäften über Land war, da sah sich diese Frau, deren Mannes Wirtshausgerede er vernommen hatte, als so eine Gelegenheit an, sich hervorzutun und auf sich aufmerksam zu machen. — Hexerei, ein schlimmes, wenn nicht das satanischste, somit schlimmste Verbrechen überhaupt! Und er wäre derjenige, der es offenbar gemacht hätte!

Sie bekannte sich nicht zur Hexerei, gestand überhaupt nichts ein. Auch nicht, als ihr der Drittelsschreiber die Verhörgeräte des dritten Grades vorzeigte, den spanischen Stiefel mit den nach innen gerichteten Eisendornen, der einem, angelegt und zugeschraubt, Fuß und Bein zerfleischte und zerfetzte, die Schrauben für die Daumen, die einem diesen so verstümmeln konnten, daß er nicht mehr taugte für die feine Arbeit — an einem Webstuhl zum Beispiel. Sie gestand nichts, was auch hätte sie gestehen können? Dabei wußte sie nicht, daß der Drittelsschreiber sich anmaßte, daß er mit solchem Verhör weit über seine Befugnisse hinausgegangen war.

Daß sie die Maria geholt hätten, Hubert erfuhr es um Mittag von einer Magd vom Kegelhof, die solche Nachricht mit unverhohlener Neugier zu den pausierenden Papiermüllern brachte. Es schickte sich für Hubert Schmied aber günstig, daß er den Herrn von Haßlang im nahen Dorf Haidhausen wußte und weiter, daß er glaubte, bei dem etwas bewirken zu können, hatte der doch als weiteres Amt noch das eines Obersten der Landfahnen inne. Und er, Hubert Schmied, war er nicht einer der zuverlässigsten Defensioner gewesen in den vergangenen Jahren? Eine Malefizsache wäre unter das Hochgericht des Herrn von Haßlang gefallen, aber die Magd hatte von Verdacht von Hexerei geredet, schlimmer als Mord, Totschlag oder Straßenräuberei wurde im Land so etwas genommen und so ein Fall bald ans Inquisitionsgericht abgegeben. Kniefällig wollte er für seine Frau bitten, daß er sie nicht diesem überwies. Selten bekam man einen zu sehen, der die peinliche Befragung mit Daumenschrauben, spanischen Stiefeln und Streckbarre überstanden hatte und dann alles gestanden hatte, was man von ihm zu gestehen gefordert. Denn ein Geständnis zog die Hinrichtung nach sich. Aber bei den Siechen auf dem Gasteigberg hatten sie mildtätig einen aufgenommen, der die Folter ohne Geständnis überlebt hatte und der, verunstaltet und verkrüppelt, außerdem zum Bettler geworden, lange Zeit hin an der dafür ungünstig gelegenen Brückenauffahrt um Almosen gesessen hatte, bis er bei den Leprosen, den Ärmsten der Armen, sein Unterkommen gefunden. Hubert Schmied sah, indessen er über die Landstraße hetzte, dessen Klauen, die einmal Hände gewesen waren, vor Augen. Und er sah sie an den Armen seiner Maria und das trieb ihn zu noch schnellerer Gangart, schweißig und hart schnaufend kam er beim Hofmarkschloß Haidhausen an. Mißtrauisch betrachtete ihn deshalb der türwachende Diener, und nur mit Mühe gelang es ihm, den zu bewegen, den Gast seines Herrn, den Herrn von Haßlang, von seinem Kommen und seinem Anliegen zu verständigen. Dann mußte Hubert Schmied warten. Auch ihm fiel, weil von der daheim in der letzten Zeit soviel die Rede gewesen war, die Druckerfamilie Berg ein, und ein zwiespältiger Hoffnungsfunke erwuchs ihm daraus.

Der vor drei Jahren, 1610 mußte das gewesen sein, verstorbene Adam Berg, dessen Witwe die Anna Berg war, der war auch einmal eingekerkert und der Ketzerei angeklagt gewesen, wie die Leute wußten. Freilich war der Münchner Stadtbürger, aber untertan allein dem Herzog und als Hof-

gefreiter sogar von der Stadtsteuer frei. Also von seinem Stand her nicht mit ihm, Hubert Schmied, zu vergleichen, aber hatte der die Fürsprache des Herzogs selbst gehabt, so hoffte doch er nun auf die Fürsprache einer ebenfalls hochstehenden Person, seine Frau würde durch sie unbeschadet aus dieser Verwicklung hervorgehen.
Er wartete immer noch, als hinter den verglasten Fenstern das Licht entzündet wurde. Kerzenlicht.
Wenn es bei Hubert Schmied notwendig wurde, den Raum noch zu erhellen, wenn es einmal dunkelte und das Feuer aus dem Herd nicht hinreichend Helligkeit verbreitete, so bedienten sie sich eines Lämpchens, das mit Rübenöl gefüllt wurde, das sonst zum Braten verwandt wurde. Aber kein Gedanke von Neid kam in ihm auf, dieses hinter den Scheiben funkelnde Licht vermehrte nur seine Hoffnung — Standespersonen, Einfluß, so jemand konnte sich für ihn und seine Sache verwenden.

Daß Herr von Haßlang dem Mann, der ihn störte und vorgab, bei Donauwörth dabeigewesen zu sein, das Versprechen gab, die Sache seiner Ehefrau zum Guten zu wenden, hatte jedoch andere Ursache, als sich Hubert Schmied denken konnte. — Geschmeichelt war der Landrichter, daß dieser Mann sich an ihn gewandt hatte. Nicht an den Papierfabrikanten, den Bürgermeister aus München, der ihm Lohn und Arbeit gab und dessen Reichtum dem seinen über war. Vor einigen über hundert Jahren hatte sein Vorfahr, der Emeran der Haßlanger in der Au, neben der Brücke ein Schloß erbauen lassen, neben dem Lustgarten der hochwohlgeborenen Familie der Preisinger. Und Schobinger hatte dieses Schlößchen erworben und die Papierschleifmühle des Hans Platner von der Rose dazu, aber nicht genug damit, vor gut Ding vierzig Jahren hatte der Schobinger auch noch dieses mit Geld erworbene Besitztum durch neuerliche Zahlung zum Edelsitz erheben lassen können. Bürgermeister Schobinger, Herr auf Wageck nannte er sich nun mit Fug und Recht. Er dagegen, Haßlanger, aus alter Familie, er war beamtet nur und angewiesen auf die Gnade des regierenden Herzogs, von dem versehen auch mit hinreichend Aufgaben. Aber zu ihm eilte so ein einfacher Mann, er würde zeigen, daß ein Herr von Haßlang noch immer ein gewichtigeres Wort führte als ein frisch adelig gewordener Bürger. Auch wenn der auf dem Schlößchen der Haßlanger-Vorfahren seinen Sitz hatte!

Maria Schmied war im Arrest geblieben, die Nacht über, weil ihr standhaftes Verweigern eines Geständnisses sich so lange hingezogen hatte, daß darüber die Tore der Stadt drüben geschlossen worden waren und der Drittelsschreiber sie nicht mehr ans geistliche Gericht in der Residenzstadt hatte überstellen können. Schwach vor Angst und Erschöpfung hatte sie gnädig ein tiefer Schlaf gefangen, der am Morgen jäh endete, als sie ein Landrichterbüttel anstieß und ihr bedeutete, sie könne nach Hause gehen, sei frei. Aber! Unterstehen solle sie sich ja nicht, groß Gerede um ihr Verhör draußen zu machen, sonst ...

Obwohl er mit seinem Wirtshausgerede den Anlaß für ihre Einvernahme gegeben hatte, war sie ihrem Hubert fortan noch mehr als bisher zugetan, war er es doch auch gewesen, der sich vor sie hin gestellt hatte, ungeachtet der Gefahr, selbst in den Verdacht der Zauberei zu geraten. In einem jedoch ließ sie nicht nach: das Webergewerbe anzustreben, das ihr nun noch mehr einzubringen schien, hätte sie es einmal erreicht. Oder hätte sich vielleicht ein Drittelsschreiber erlauben können, eine wohlhabende und wohlangesehene Bürgersfrau so ohne weiteres mit seinem Verhör zu schrecken? — Auch Hubert Schmied steuerte in den folgenden Jahren mehr diesem hoffnungsvollen Ziel zu. Da es in München nunmehr wieder zwei Druckereien gab, nämlich noch die des ehemaligen Buchdruckergesellen und nunmehrigen Schwiegersohns des Berg, des Nikolaus Heinrich, war auch der Absatz für die Papiermühle im

ständigen Steigen, damit also auch sicherer Lohn gegeben für die Papiermacher. Und sobald die heranwachsende Tochter sie begleiten konnte, übernahm es die Maria Schmiedin, Lumpen heranzuschaffen, den Erlös davon füllte mit dem übrigen Ersparten die Kassette unter den Bodenbrettern neben dem Herd im Schmied-Häusel auf dem Kegelhof schneller.
Bald! Ein Webstuhl. Ein Barchentwebstuhl, ein feiner! Auch wenn er nicht, wie der Nikolaus Heinrich, eine reiche Meisterstochter erheiratet hatte, doch würde er sich hochgearbeitet haben und nur aus eigener und seiner Maria Hände Arbeit!

Elftes Kapitel

Als Veit Förnbacher das erste Mal an die Isar und nach München kam, war sein Taufname noch vielen Leuten, nämlich denen seiner Rotte in des Königs weißem Regiment Fußvolks, bekannt. Bekannt deshalb, weil er des Schreibens kundig war in der deutschen und auch ein wenig in der lateinischen Sprache. Nun schrieb man das Jahr 1632, vor sieben Jahren jedoch war Veit Förnbacher noch ein Kind gewesen, hoffnungsvoller Sohn des Herrn Pflegers von Berndorf im Lande ob der Enns. Er hätte noch mehr erlernt, meinte er, wenn dieses sein Herkunftsland nicht in die bayerische Pfandschaft geraten wäre.
Als der alte Kaiser Matthias gestorben war und die Kurfürsten den katholischen Erzherzog Ferdinand zu seinem Nachfolger gewählt hatten, versagten die Stände im protestantischen Böhmen und Mähren dem ihre Anerkennung, und die adeligen Herrn und Stände im Land ob der Enns, weiten Wegs von denen getrennt zwar, am Alpenrande, wollten mit denen ein Bündnis eingehen und noch größere als die bisher erreichte Freizügigkeit erlangen.

Aber der neue Kaiser Ferdinand, selbst ohne größere Militärmacht, gab seinem Vetter, dem Bayernherzog Maximilian, Auftrag, sein unbotmäßiges Land zu unterwerfen und bis zur Erstattung der Kosten für seinen Heerzug es zum Pfand zu behalten. Der Obrist Alexander von Haßlang hatte die bayerischen Söldner, geworbene Männer aus allen katholischen Ländern des Reiches, über die Grenzen geführt und jeden Widerstand blutig unterdrückt. Eine Zeit nach der Besetzung war dann der steiermärkische Graf von Herberstorff zum Statthalter gemacht worden, auch er ein Kriegsmann. Es war Krieg, seit in Prag die Ständeherrn zwei kaiserliche Statthalter aus dem Fenster in den Burggraben gestürzt hatten. — Der Kriegsmann und Statthalter Graf von Herberstorff, der selber Protestant gewesen, aber zu den Katholiken übergegangen war, sah es als seine Aufgabe, die Oberösterreicher vom Land ob der Enns katholisch zu machen, evangelische Prediger und Schulmeister wurden über die Grenze ausgewiesen.
Veit Förnbachers Vater hatte sich derzeit gut evangelisch erhalten, war geblieben, denn er besaß ein wohlgebautes und eingerichtetes Haus, verwaltete ein einkömmliches Amt und war angesehen bei den Leuten. Da nimmt man es schon auf sich, nach außen hin den von einem geforderten Schein an den Tag zu legen. Wäre er weggegangen, wie es einige wenige getan hatten, hätte er allen nicht mobilen Besitz vielleicht unter Wert veräußern müssen und vor seiner Auswanderung auch noch den zehnten Teil seines Vermögens als ›Nachsteuer‹ zurücklassen müssen. Geblieben war er, hatte gemeint, schlimmer würde es schon nicht werden und abwarten müsse man können. Und seine beiden Kinder selbst im Schreiben, Rechnen und der Heiligen Schrift unterrichtet, nachdem der Schulmeister fort war.
Veit Förnbacher erinnerte sich, da war dieser unglückliche 11. Mai gewesen. Im Markt Frankenburg, war angesagt worden, sollte der katholische Priester installiert werden. Die Räte, der Richter und die Gemeindeältesten waren

dazu befohlen vom Marktpfleger Grünbacher, und sein Vater hatte zu Veit Förnbacher gesagt, er wolle sich an diesem Tag der Kirche fernhalten, denn viel Bauern- und Handwerkervolk gebe den Anschein, als wolle es bei dem Anlaß rebellieren. Er, Veit, verkneifen hatte er es sich nicht können und hatte wenigstens von fern das für einen halbwüchsigen Knaben aufregende Schauspiel beobachtet.

Erst war der Marktplatz leer geblieben. Das Glockengeläut lockte an dem Tag nur wenige zum Portal hinein, auch die Räte und den Richter von Frankenburg nicht, wie es ihnen anbefohlen gewesen, erfuhr Veit später. Aber nach einer Weile, die er im Hoftorwinkel des Tafernwirts beobachtend gestanden, da zogen die Bauern auf, wie sonst nie an einem Samstag, sie hatten Prügel in den Händen, Stangen, Spieße, einige vom Handwerkerstand traten hinzu mit schußfertigen Büchsen. Bewundert für sein streitbares Eintreten für die rechte Religion hatte er den Frankenburger Schuhmacher Hans Scheichel, der auf die Friedhofsmauer gestiegen war und zu den Versammelten geredet, nein, gepredigt hatte. Davon waren die Leute begeistert worden, hatten zu rufen begonnen gegen den papistischen Priester, lauter und lauter. Ein paar hatten sich des Glockenstrangs im Kirchturm hierauf bemächtigt und mit Geläut den inzwischen begonnenen Gottesdienst drinnen gestört. So, daß der Pfleger Grünbach herauskam, um Nachschau zu halten. Froh war in dem Moment der Veit Förnbacher gewesen, daß dies nicht seinen Vater getroffen hatte, solches zu tun, denn nicht wenige waren auf den los, mit erhobenen Waffen, so daß der einem Hasen gleich flüchten hatte müssen. Auch mit dem folgenden Pfarrer und Priester war die Menge so verfahren.

Ihm, unfertigem Knaben, der er gewesen war, als großer Sieg der evangelischen Sache war ihm dies alles erschienen, und heim war er gelaufen, seinem Vater davon zu berichten. Der aber hatte ihn streng zurecht gewiesen, mit

Maulschellen, was er sonst nur selten getan. Aber nicht derentwegen würde ihm dies alles zeitlebens im Gedächtnis bleiben.
Drei Tage lang belagerte das aufgebrachte Volk den Pfleger Grünbach im Pflegschloß, das dem als Gesandter in Madrid weilenden Herrn Grafen Khevenhiller gehörte, bis zum folgenden Dienstag, und es waren deren fünftausend Köpfe, die dazu von allen umliegenden Gemeinden herangezogen waren. Als aber kund wurde, daß der Statthalter Herberstorff viel Kriegsvolk heranführte, verliefen sie sich. Veit Förnbacher aber hatte von seinem Vater gesagt bekommen, so ginge es immer aus, wenn sich das gemeine Volk anlege mit der Obrigkeit, auch mit so einer, die das überkommene Recht mißachte. — Wieder war Veit Förnbacher gelaufen, um sich das Schauspiel, nunmehr der Kriegsknechte, nicht entgehen zu lassen. Ein nicht enden wollender Zug war dies, zwölfmal hundert Musketiere mit geschultertem Gewehr und in eisenen Hauben und Brustharnischen gekleidet, drei Geschützen und dazu Munitionswägen. Prächtig gekleidet ritt der Statthalter mit seinen Begleitern daher, und dann kamen auch noch fünf Dutzend Reiter mit dem Herrn von Tattenbach von der bayerischen Grenze an und zogen ins Schloß. Auch die waren ein eindrucksvoller Anblick gewesen, wie sie daherschepperten mit viel geschwärztem Eisen am Leib und mit offenem Helmvisier, aus dem ein ernstes Gesicht blickte. Botschaft war über die Amtspersonen hinausgegeben worden, es möchten sich alle Untertanen der Ämter, selbst die Knechte, anderntags zwei Uhr bei der großen Linde im Haushammer Feld einfinden, bei Verlust der Gnade des Statthalters bei Nichterscheinen.
Hier in München, vielmehr vor dieser Stadt an der Straße von Freising her und über der Isar auf der Höhe oben stand nun Veit ähnlich den Musketieren damals auf dem Haushammer Feld und schaute begierig, was die schwedische Majestät Gustav Adolf über die von der Stadt heraus mit

den Schlüsseln erschienenen Bürgermeister und Räte verhängen würde.
Begierig, denn damals hatte der Statthalter Herberstorff die Richter und Räte der Märkte Vecklamarkt und Frankenburg und die Pfarrgemeinderäte der dazugehörigen Dörfer heraus aus dem Volk rufen lassen. Als deren vierunddreißig beisammen waren, hatte er verkünden lassen, daß, da die Rädelsführer der Rebellion entflohen seien, man ihrer nicht habhaft werden könne, statt dessen diese geachteten Männer würfeln sollten um ihr Leben. Veit Förnbachers Vater war unter denen gewesen, die verspielt und somit ihr Leben verwirkt hatten. Der Freimann, den der Statthalter mitgebracht hatte, hängte ihn mit noch sechzehn anderen an die große Linde.
Zwei Tage später schon war der Aufstand der Bauern vom Lombach im Hausruckviertel losgebrochen, ein Jahr später war das ganze oberösterreichische Pfandschaftsland in Aufruhr gewesen. Veit Förnbacher aber war da schon mit seinem Bruder und seiner Mutter auf der Flucht vor dem ›Alba Oberösterreichs‹ auf der Reise nach Böhmen gewesen, nun doch fort von Haus und Hof in Berndorf. Landfremde, denen man gegen Bezahlung da und dorten Quartier gegeben, aber noch lieber wieder weiterziehen sah, das waren sie gewesen, und die Mutter war darüber und wegen der Reisebeschwernisse so krank geworden, daß sie bei einem minderen Gasthof nicht weiter konnten. Da war dem Veit sein Bruder abgeworben worden von Werbern des Wallenstein, Herzog von Friedland. Deswegen oder aber, weil es derzeit um die evangelische Sache so schlecht bestellt war im Reich, hatte sich Veits Mutter noch mehr verhärmt und war schließlich dorten gestorben.
Nie und nimmer hätte, Gott sei sein Zeuge, er, Veit, bei dem Friedländer Sold genommen, wäre auch noch nicht angenommen worden wohl bei denen, es sei denn als Pferdejunge. Heruntergekommen war er, zerlumpt und drekkig weiter nordwärts gezogen auf staubigen Straßen, hatte

sich für einen fahrenden Scholaren ausgegeben. Im Gürtel eingenäht hatte er den letzten Rest des Geldes bei sich getragen, aber aufgespart für den Notfall und sich mit Betteln hingebracht. In Sachsen war die Kunde an ihn gekommen, daß der König von Schweden mit seinen Schiffen über die Ostsee gekommen sei und den Protestantischen beistehen wolle. Kein Halten war mehr gewesen für den Veit Förnbacher, nun hatte er zu wissen gemeint, wem er sich als Rächer seines hingemeuchelten Vaters an die Seite stellen konnte.
Da lagen sie auf Knien, die Räte der Residenzstadt München. Gleich würde der König einen Adjutanten heranwinken, der dann wegeilen und wieder mit einem Profoß zurückkommen. Ein Gerüst würde errichtet, den Männern in den schwarzen Talaren Stricke um die Hälse über den weißen Halskrausen gelegt werden. Die hinaufsteigen, der Balken unter ihnen weggezogen, würden sie noch ein wenig im Wind zappeln, mit roten Gesichtern und herausgestreckter Zunge aus verzerrten Mündern. Vielleicht wäre dann das schreckliche Traumgesicht, das seines Vaters, dadurch verwischt, würde er, Veit Förnbacher wieder seinen ruhigen Schlaf finden.
Nichts Derartiges geschah.
Die hochgeborenen Herrn, neben der schwedischen Majestät der König von Böhmen und Pfalzgraf Friedrich, Pfalzgraf August von Sulzbach, ein protestantischer Wittelsbacher der, dann die Herzöge Wilhelm von Weimar und Johann von Holstein ließen sich mit den Räten aus München aufs Verhandeln ein. Genau zwei Tage nach dem sechsten Jahrtag war es, daß die Bayerischen seinen Vater gemordet hatten, mußte Veit Förnbacher ingrimmig denken. Die Majestäten und Durchlauchten nahmen dann noch Wohnung innerhalb der Mauern, den Soldaten aber wurde lediglich ein Lager vor der Stadt erlaubt und jegliches Plündern streng untersagt. Viele der Kameraden waren jedoch mit Plündergut aus den bayerischen Dörfern

hoch bepackt. Da ergab sich am anderen Tag ein munterer Handel vor dem Neuhauser Tor. Denn die Stadtbürger nahmen gern die günstigen Angebote in Anspruch, kauften die zinnernen Teller, die kupfernen Tiegel und Häfen, die wenige Tage davor noch die Zierde eines bäuerlichen Haushalts gewesen waren, zu niedrigem Preis, niedrigstem Preis, denn es war ein Überangebot da, auch Stoffe, Dekken, Kittel, sogar geraubtes Vieh. Die Soldaten wollten die Zeit im Lager zum Zechen nutzen, konnte es doch, wer wollte es wissen in Kriegszeiten, das letzte Gelage sein, an dem einer teilnahm.
Veit Förnbacher, abends im Zelt ruhend, bekam es da mit, wie sich zwei Zeltgenossen mit einem dritten Söldner aus einem anderen Zelt darüber verständigten, daß sie, weil die Marketender ihnen nur gegen bare Münze ausschenken wollten, ihre leer gewordenen Börsen füllen wollten. Nachdem ihnen die Stadt verschlossen, wollten sie in den Vorstädten auf Beute gehen. Veit war in Versuchung, den dreien anzubieten, daß er auch mitginge. Die Enttäuschung darüber, daß die schwedische Majestät mit den Räten der bayerischen Residenzstadt nicht verfahren war, wie die Bayerischen dermalen mit seinem Vater, gab ihm den Antrieb dazu. Vor sich sah er aber im anderen Moment dessen im Winde schaukelnden Körper, und dabei war ihm, als schüttle der, trotz des straffen Stricks um den Hals, seinen Kopf, dringlich und verneinend. Die Worte, daß man nicht gegen Obrigkeit rebellieren dürfe, fielen ihm dazu ein. Strenge Disziplin war dem schwedischen Heer verordnet, dagegen zu handeln, kam das nicht einer Rebellion gleich?
Den anderen Morgen war für Veit nicht Zeit, weiter darüber nachzudenken. Vor seinem Abrücken aus seiner Residenzstadt hatte der bayerische Herzog — und inzwischen war er zum Kurfürsten aufgestiegen — Kanonen vergraben lassen, vielmehr nur deren Rohre. Die schwedische Majestät und seine Offiziere hatten jedoch inzwischen

herausbekommen, wo nach denen zu suchen war, das Graben danach sollten die Bauern aus der Umgebung der Stadt erledigen. Auch das Regiment, in dem Veit stand, ordnete Soldaten ab, solche Bauern auszuheben und in die Stadt zu eskortieren. So zog Veit mit anderen durch Münchens Hauptstraße und im Osten wieder zum Tor hinaus, über die Isarbrücke und die Gasteigstraße hinauf. Einige Mannschaften bogen in die Vorstadt Au ein, durch ein Säulentor mit einer Schranke. Die, mit denen Veit weitermarschierte, waren der Meinung, in diesem Haufen kleiner, unregelmäßig zueinander gebauter Häuser würden sich nicht die richtigen Arbeitskräfte finden lassen, kräftige Bauern mit bärenstarken Knechten wohnten hier sicher nicht. Auch das nächste Dorf, Haidhausen, bestand nur aus vier größeren Höfen, doch in denen waren die Kanoniere des Schwedenheeres bereits plündernd eingefallen, so daß die Bewohner nach solchen schmerzlichen Erfahrungen sich weggeflüchtet hatten. Die Kanoniere, stehengelassen hatte man sie auf den östlichen Höhen über der Stadt, damit sie die im Fall eines unverhofften Angriffs beschießen und in Schutt und Asche schießen konnten — in Schutt und Asche, wie das Bayernheer unter dem Feldherrn Tilly es mit der Stadt Magdeburg getan hatte. Nicht gebraucht worden waren sie, diese Artilleristen, weshalb sie sich die Zeit mit den nahen Ortschaften vertrieben hatten. Auch in den kleinen Schwaigenhäusern beim Dorf, in denen Handwerker und Arbeiter der nebenbei gelegenen Ziegelei wohnten, bot sich nun den Soldaten ein Bild der Zerstörung und Plünderung. Haustüren und Fensterläden waren aus den Angeln gerissen, Truhen und Regale waren der sicher nicht wertvollen Stoffe und Geschirre entleert, nicht geschätztes Gut war mutwillig zerschlagen. Veit war solchen Anblick längst gewohnt, er selber hatte schon oft mitgewirkt, solchen zu hinterlassen.

Nachdem sie die Ziegelbrenner, jene im Umgang mit Schaufeln geübten Männer zur Grabstelle bei der Münch-

ner Residenz des Kurfürsten, einem weitläufigen und überaus prächtigen Neubau, hineskortiert hatten, erwartete sie schon neue Beschäftigung. Unterwegs hatte Veit Förnbacher von den Haidhauser Schwaigeleuten erfahren, daß der Kurfürst Maximilian zeitweise zweihundert Männer und dreihundert Frauen am Wall um die Stadt München hatte arbeiten lassen und der trotzdem nicht fertig geworden war. Und er verglich sein Soldatendasein mit dem der Arbeitsleute. Immer hatten die Oberen in der Welt eine Beschäftigung für einen, er mußte, kaum mit einem späten Morgenessen versehen, in Reih und Glied mit seiner Rotte, denn die schwedische Majestät ließ sein Heer vor dem Stadttor paradieren, um den Standespersonen aus München recht auffällig seine militärische Macht vor Augen zu führen. Dabei, wußte Veit, hatte die vor wenigen Tagen nicht ausgereicht, um die bayerische Festung Ingolstadt zu erobern. Am meisten beeindruckte jedoch der König die Münchner damit, daß er vom Pferd stieg und, einem Musketier sein Gewehr wegnehmend, vorführte, welche Haltung einzunehmen sei beim Abfeuern einer Salve. Veit und seine Kameraden beeindruckte er damit jedoch nicht mehr, Gustav Adolfs praktische Art, mit Leuten umzugehen, war ihnen lange geläufig.
Verstört aber wurden die Männer im Lager bald darauf. Da ging ein Profoß herum und verkündete, daß drei Soldaten auf dem Marktplatz in der Stadt drinnen gehenkt werden sollten, weil sie beim verbotenen Plündern ertappt worden waren. Tamm-tamm schlug es nach dieser Ankündigung, tamm-tamm auf der Trommel, dumpf und bedrohlich. Die gleichen Trommeln wurden gerührt, gaben zum Tanz beim Marketenderzelt, zusammen mit den Pfeifen, Takt und Melodie zu ausgelassenem Tanz. Veit mußte an die drei Kameraden denken, deren Unterredung am Abend, er verspürte geringe Lust zu Vergnügen mit den Soldatenweibern aus dem Troß. Doch bald bekam er einen von den Zeltgenossen zu sehen, den er schon an einem Strick hän-

gend gewähnt hatte. Freilich, die drei Gehenkten würden zu einem der drei Regimenter gehört haben, die in der inneren Stadt einquartiert worden waren.
Warum wurden die Bürger dieser Stadt solcherweise geschont, warum schreckte man die Streiter für die rechte Religion, wenn sie sich so geringfügig vergangen hatten, feindlich gesinnten Papisten etwas von ihrem errafften Besitz genommen, gleich mit einer hänfernen Halskrause? Veit hörte das Gerücht, daß die Räte der Stadt schon nach Freising entgegengezogen waren, Tage vor ihrer Ankunft zu München, und ausgehandelt hatten, gegen eine Summe von dreißigtausend Reichstalern verschont zu werden von weiterer Wegnahme ihres Gutes. Der französische Gesandte in Bayern, Saint-Etienne mit Namen und also Vertreter einer mit Schweden verbündeten Macht, habe vermittelnd mitgewirkt. Dreißigtausend Reichstaler, das waren an fünfundvierzigtausend Gulden! Soviel ungefähr, als Steuer dem König Gustav Adolf aus seinem eigenen Land in fünf Monaten zufloß! Der König durfte eine solch ungeheuere Summe erpressen, dem einfachen Soldaten jedoch war das Wegnehmen von dagegen unscheinbaren Werten untersagt.
Die Reiter, die in weiterer Umgebung der Stadt streifen durften, wovon gelegentliche Rauch- und Feuersäulen am Horizont kündeten, sie waren besser dran, denn die Dörfer zu rauben und zu brandschatzen war nicht verboten. Kam eine Schwadron von ihnen zurück, so war sie bepackt wie eine Handelskarawane. Und die Münchner kauften, billig wie sonst nie: Weiberschleier, Weiberröcke, Mäntel, Schüsseln und Kannen aus Zinn und Kupfer, Schweine, Rinder, Pferde, Leinwand, Garn, Wachsstöcke und Kelche aus Dorfkirchen. Billig, denn sie hatten die Lösegeldsumme an den König zu erlegen.
Aus des Kurfürsten Maximilian Schatzkammern ließ der König wertvolle Bilder wegschaffen. Nach Augsburg, wohin auch die acht Landshuter Geiseln geschafft wurden.

Auch Münchens Bürger brachten nicht die Summe in einem auf, nur die Hälfte davon und von der auch einen Teil lediglich in edlen Geschmeiden. Veit Förnbacher machte sich nichts aus gemalten Bildern, auch nichts aus Schmuck, den er unpraktisch fand, aber ein Pferd wünschte er sich. Ein Pferd, dann würde er mit einigem Glück zu einem Reiterregiment überwechseln können, wenn er sich gegen eine gehörige Summe von seinem Obristen loskaufte, damit der an seiner Stelle einen anderen Mann anwerben konnte.
Er sollte bald Gelegenheit finden, die ersten Schritte in diese Richtung zu tun. Zweiundzwanzig Geistliche von den Jesuiten, Augustinern, Franziskanern und Kapuzinern und zwanzig weltliche Herrn aus den Geschlechterfamilien Münchens wurden als Geiseln für das noch nicht beigebrachte Lösegeld der Stadt ausgewählt und wie die acht aus Landshut nach Augsburg gebracht. Veit Förnbacher gehörte zum Geleit für diese wertvolle menschliche Fracht. Während das Heer nordwärts, Nürnberg zu rückte, neuen, verlockenden Beutemöglichkeiten entgegen, um die Veit die Kameraden beneidete, rumpelten auf schlechten Straßen die Geiseln, Faustpfand des Schwedenkönigs für fünfzehntausend Reichstaler, westwärts. Voran eine Abteilung Reiter, bewegten sie sich langsam dahin. Bei der ersten Rast schon sprach einer der Weltlichen, ein Patrizier aus der Familie der Camerloher, den Veit darauf an, ob er ihm nicht zu einer Mahlzeit verhelfen könne, ihm solche aus dem Dorfgasthof in der Nähe holen wolle.
Der, ein Gefangener, ein Katholischer, Papist, abscheulicher, der wollte ihn, den Veit Förnbacher zum Lakaien mißbrauchen? Der, wenn auch Person von höherem Stande, erlaubte sich dies?
Der Camerloher hielt ihm einen realen Gulden hin, eine gute Münze, keine von der schlechten Art, wie sie einmal zu Anfang dieses Krieges geprägt worden waren — zur Deckung der Kosten für die Heeresrüstungen. Solch ein

Gulden wurde zu sechzig Kreuzer gerechnet. Fünfzehn Kreuzer nur oder höchstens zwanzig forderte ein Wirt für ein umfängliches Mahl, vierundzwanzig Kreuzer bekam ein Maurermeister als Taglohn, rechnete Veit.
Camerloher deutete sein Zögern dahin, daß er mehr wolle für diesen Dienst. Widerwillig zog er noch einen weiteren Gulden aus seinem Gewand, hielt ihn lockend vor ihn hin.
Ein Pferd, Veit, ein Pferd und der Loskauf vom Fußregiment! Dein Vorsatz, Rache für den Vater zu nehmen, er hatte Zeit auf ein anderes Mal, wenn du als Dragoner oder Arkebusierreiter gegen die Katholischen ins Gefecht gehen würdest!
Veit nahm die Münzen schnell an sich. Wenn er sie nur behalten würde? Dann würde diese Einnahme die einzige bleiben, keine weiteren Gulden folgen. Oder er würde sie auf eine Beschwerde dieses Papisten hin bei einem Offizier wieder hergeben müssen.
Ein weiterer Mann, nein, Herr, Valpichler hieß der, wußte Veit, bat, ja durchaus bat er ihn, ohne jeden Befehlston, ob er ihm ein Maß Wein mitbringen möchte. Dreißig Kreuzer, mehr würde der nicht kosten, und der Valpichler hielt ihm vier silberne Viertelsgulden hin, wollte also nichts davon heraus haben.
In die Schüssel mit der Bratensoße spuckte Veit Förnbacher, bevor er sie dem Camerloher brachte. Diesmal spuckte er noch in dessen Essen. Unterwegs und auch in Augsburg, wo er zu den Wachen der Geiseln gehörte, füllte sich sein Gürtel wieder, jede Gefälligkeit mußten sie ihm zahlen in barer Münze, sonst konnte er auf beiden Ohren sehr taub sein. Aber bei aller Widerwärtigkeit, die er gegen die Gefangenen an den Tag legen konnte, ins Essen spuckte er ihnen nun nicht mehr.

Als Veit zum zweiten Mal vor München kam, kannte keiner mehr seinen Namen, er selber hörte nicht mehr auf ihn. Von den Kameraden wurde er ›Frankenburger Falb‹ gerufen, und selber hätte er nicht mehr genau sagen können, ob sich der Falb auf die Farbe seines gelblichen Pferdes bezog oder auf seine einmal blond gewesenen, nun aber grauweißlich gewordenen Haare, die nur noch ein wenig strohfarbenen Glanz behalten hatten. Mehr als sechzehn Jahre seit seinem ersten kurzen Aufenthalt waren inzwischen vergangen.

Im verregneten Frühjahr war sein Regiment mit der schwedischen und der französischen Armee unter dem Kommando des Marschalls Karl Gustav Wrangel und des Vicomte de Turenne durch schwäbische Lande marschiert. Im Mai waren sie bei Lauingen über die Donau gerückt und bei Zusmarshausen auf die kaiserliche und bayerische Armee getroffen. Der hatten sie eine Niederlage beigebracht und, was den Soldaten am wichtigsten erschien, dreihundertfünfzig Troßwagen abgenommen. Da nun aber die Kaiserlichen und Bayerischen ohne Lebensmittel waren und sie sie vor sich her bis an den Inn trieben, kamen sie durch schon von denen ausgesogenes Land. Und es regnete weiter! Als sie mit der Armee am Inn bei Wasserburg standen, hatte der ›Frankenburger Falb‹ Hoffnung, daß es in seine Geburtsheimat hinüberginge, nach Oberösterreich. Aber der Fluß führte hohe Wasser, der Regen wusch den Winterschnee von den Bergen, außerdem wurde die Stadt wegen ihrer günstigen Verteidigungslage nicht erobert, dann aber zogen sich auf der drüberen Flußseite kaiserliche Truppen zur Verteidigung zusammen. — Der Krieg, hörte Veit, lag in den letzten Zügen, was man auch an der besonderen Raubgier des schwedischen Marschalls Wrangel merken konnte, der an sich raffen ließ, was zu bekommen war, und das war wenig, denn Mißernten hatten das von Männern sehr entvölkerte Land schon reichlich ausgeblutet. Auch war die Pest, der Schwarze Tod, in den vorangegangenen Jahren Opfer sammelnd über Bayern gefallen gewesen. Wrangel ließ also nur den Rest besorgen, hinterließ brennende Schlösser und Dörfer, Rauchwolken

verkündeten bei Tag und vom Feuerschein geröteter Himmel bei Nacht, wo sie ihren Weg nahmen.
Der Regen! Fünf Tage im Juli hatte es ununterbrochen vom Himmel heruntergeschüttet wie aus Eimern. Da waren die Wege so morastig geworden, daß sie, nachdem sie schon den Übergang über den Inn aufgegeben, hatten lagern müssen bei einem Marktflecken, ein trauriges Lager bei Eggenfelden. Nicht nur für den Veit, der sich von seiner Heimat wieder entfernte, sondern für alle. Das Lederzeug an den Pferden begann zu schimmeln und brüchig zu werden von der Nässe, die auch bei dem gelegentlich spärlichen Sonnenschein nicht vertrieben werden konnte. Muffig und modrig rochen die Kleider, Helme und Harnische mußten immer wieder geputzt werden, sonst rosteten sie. Dazu kam der Hunger, und für die Pferde wuchs nicht genügend Futter auf den Weiden, so daß sie die aufgegangene, kaum kniehoch stehende Kornsaat von den Feldern holten und sich keinen Gedanken machten, daß sie damit für den kommenden Winter den Anwohnern die Nahrung nahmen.
Bei Straubing dann hatte Veit seinen Falben verloren. Von einer starken Abteilung kaiserlicher Reiter hatten sie sich beim Futterholen überraschen lassen. Der brave Gelbe war gestolpert, als er sich schon zur Flucht gewendet hatte. Ein Glück, daß er dabei aus dem Sattel gefallen war, denn der ihm nachsetzende Kaiserliche hatte seiner, am Boden liegend, nicht geachtet und nur sein Pferd am Zügel ergriffen und mit sich geschleppt. Veit hatte nicht Zeit gehabt, ihm einen dankbaren Blick nachzuwerfen. Denn ein anderer kaiserlicher Reiter war in seiner Nähe von einer Pistolenkugel getroffen worden und hatte, verwundet, sein Pferd, einen kräftigen Schecken, unter Freunden in diesen Zeiten seine zweihundert Gulden wert, zum Halten gebracht. Schnell hatte er sich da aufrappeln müssen, hinlaufen zu dem, so gut es seine morschen, unförmigen Stiefel zugelassen. Zu spät hatte ihn der Kamerad mit dem roten Feld-

zeichen der Katholischen bemerkt, er hatte ihm den Degen in die Seite rennen können, so daß er auf der anderen Seite vom Sattel rutschte, wo er selber auf der einen sich hinaufschwang.
Der Scheckhengst hatte ihn brav den ganzen August über an der Isar aufwärtsgetragen, rasch hatte sich Veit an ihn gewöhnt. Wo Isar und Ammer zusammenfließen, waren sie wieder in ein Lager gegangen, doch gerächt hatte sich nun, daß sie beim Hinmarsch so sehr aus dem vollen oder vielmehr viertelsvollen geschöpft hatten. Bald mangelte es am Allernötigsten, nichts mehr war zum Beißen zu kriegen, die Fußsoldaten sahen schon aus, als habe man Tote aus den Gräbern geholt und in Lumpen gesteckt, den Krieg zu Ende zu führen. Und viel besser stand es bei Veit und seinen Reiterkameraden auch nicht. Im September dann verlegte eine Armee des kaiserlichen Befehlshabers Piccolomini den weiteren Weg nach der bayerischen Haupt- und Residenzstadt, im September gar besetzte die München selbst.
Zweifel hatte Veit gehegt, als beim Abmarschieren die Offiziere sie beredet hatten, es ginge nun in fette Winterquartiere an den Lech, bei Landsberg, weil diese Gegend geschont sei und ein gutes und fettes Unterkommen bieten würde. Fett? Der Herr Karl Gustav Wrangel hatte sich noch überall das Beste an Beute auf seine Wagen verpacken lassen, die mühsam dem Heerzug vorangeführt wurden, nach ihm hatten die Offiziere, entsprechend ihrem Rang ihren Anteil in den Packtaschen ihrer Beipferde verschwinden lassen, und was für sie, die einfachen Reiter, geblieben war, nicht mehr als die blanke Lebensnotdurft stellte es dar. Was sollte er, alt geworden wie er war, noch lange diese Mühseligkeiten auf sich nehmen? Er, Veit, hatte er mit Glück nicht hinlänglich seinen Vater gerächt die langen Jahre? Wegen der fünfzehn Gulden Sold den Monat?
Vor zwei Tagen hatten sie den Forst bei Dachau passiert. Ein seltsamer Befehl erreichte da Veits Schwadron. Wegen

des bemerkten Wildreichtums solle in diesen Wäldern Jagd gehalten werden. Zum Schutz vor Störungen durch plötzliche Angriffe der nicht fernen Gegner aus München sollten sechshundert Reiter den Waldrand in dieser Richtung sichern. Mißmutig hatte er den angeordneten Posten bezogen, ärgerlich dem Bellen der Hundemeute gelauscht und nebenher überlegt, wie er für sich den Krieg beenden könne. Erst als ihn das Alarmblasen der Heertrompeter aus seinen Gedanken riß, bemerkte er die Linie der heranpreschenden bayerischen Reiter. Nicht weniger überrascht als er selber waren die in weit auseinander gezogener Linie stehenden Reiter seiner eigenen Partei, so daß keine gute Ordnung hergestellt war, als die anderen heran waren. Nicht weiter verwunderlich war es da gewesen, daß sie im Nu abgedrängt worden waren in dem Moosgrund zwischen dem Dorf Allach und dem von fern hersehenden Schloßbau auf dem Berg über dem Marktort Dachau. Veit hatte an einem schmalen Flußlauf in einem Weidengestrüpp ein halbwegs günstiges Versteck gefunden, als der Schecke zu lahmen anfing, eines verlorenen Hufeisens wegen. Doch, verborgen geblieben war er den nachsetzenden bayerischen Reitern. Gefechtslärm war noch zu ihm hergedrungen, dann hatte sich auch der mehr und mehr in der Ferne verloren. Was hätte er tun sollen?
Vor dem Gefecht hatten seine Überlegungen ihn zu der Einsicht geführt, er müsse noch länger bei den ihn nährenden Fahnen bleiben. Denn wenn es auch nie viel war, was für ihn, einen einfachen Reiter oder später als Korporal, abgefallen war, gar kein anderes Gewerbe konnte er sich denken, das ihn hätte am Leben halten können. Aber nun? Wenn er Katholik gewesen wäre, hätte er glauben können, die Mutter Gottes habe ihren Schutzmantel um ihn gehalten, daß er verschont geblieben war. Doch als Protestant — war er eigentlich noch evangelisch? —, als Protestant konnte er es nur als göttliche Fügung ansehen. Zu sehr wollte er die aber auch nicht in Anspruch nehmen.

Helm, Harnischbrust, eben alles, was allzu augenfällig auf seine Kriegerherkunft wies, verstaute er im Futtersack des Schecken, dazu die Sattelhalfter der Pistolen, diese selber steckte er sich geladen in den Gürtel und zog das Lederkoller darüber, auch der Degenkorb verschwand darunter. Schließlich wagte er sich auf den Platz, wo das Gefecht stattgehabt hatte und fand dort nach einigem Suchen den Hut eines Trompeters. Er riß von dem die Federn ab, so sah der dann einem Bauern- oder Handwerksburschenhut gleich. Erst als es zu dämmern anfing, am späten Nachmittag, ritt er ostwärts, der Stadt zu, mied jedoch Straßen und Dorfansiedlungen. Nach einer Stunde lahmte der Scheck wieder so stark, daß er absitzen mußte und ihn am Zügel weiterführen. Über eine nahegelegene Straße hörte er durch die Dunkelheit herdringend ein Rumpeln von Wagenrädern, das ihn zu noch vermehrter Vorsicht trieb. Bauern, wußte er, hatten in ihrer Verbitterung schon oft einzelne Soldaten oder kleine Gruppen überfallen, hatten ihnen Nasen und Ohren abgeschnitten, die Augen ausgestochen, ja, erzählt worden war, daß sie ihre Gefangenen bis zum Hals in die Erde eingegraben hatten und dann auf die herausragenden Köpfe mit Kanonenkugeln Kegel geschoben hatten.

Später sollte er erfahren, was die Ursache des so späten Transports gewesen war: Beim Gefecht am Allacher Forst gefallene schwedische Offiziere wurden zum außerhalb Münchens gelegenen Pestfriedhof gebracht, wo sie, Protestanten, zwei Tage später in allen Ehren bestattet werden sollten. — Lange schon hatten ihm die beiden Türme mit den runden Kuppelhauben die Richtung angegeben, nun aber, über einen Hang hinuntersteigend, zeichnete sich der Umriß der ganzen Stadt hinter wuchtigen Wällen vor dem Nachthimmel ab. Immer im gehörigen Abstand folgte er den weithin hörbaren Fuhrwerken. Als die — beim Friedhofsfeld — anhielten, schlug er jedoch einen weiten Bogen, um ja nicht durch Geräusche auf sich aufmerksam zu machen. In den Sattel mußte er steigen, als ein Bachlauf zu überqueren war, unwillig duldete es sein müdes Pferd. Kurz danach rauschte der breite Fluß, die Isar, vor ihm. Wenn er die überquert haben würde, wußte er, konnte er sich erst sicherer fühlen. Am Morgen nämlich würden die Scharwächter der Stadt herauskommen, um die Umgebung abzusuchen, und ihn, fänden sie ihn, als Kundschafter, Spion verdächtigen und aufgreifen. So sicherten sich die Städte vor feindlichen Überfällen, erst danach wurden die Stadttore geöffnet.

Siebzehn Jahre Kriegshandwerk hatten Veit gelehrt, wie vorsichtig einer sein mußte, um am Leben zu bleiben. Sein erster Heerführer, die schwedische Majestät Gustav Adolf, hatte schon im selben Jahr seines ersten Aufenthalts hier bei München der Tod ereilt. Bei Lützen war dies gewesen, wo dieser König weniger vorsichtig als er, Veit, im Schwäbischen auf Erkundung geritten war. Andere waren dann an seine Stelle getreten, mehr oder weniger glücklich. Doch wer hätte für ihn, den Veit, an Stelle des ›Frankenburger Falben‹ treten sollen, er mußte schon selber und in Person für sich stehen. Auch jetzt. Umsichtig suchte er das Ufer nach Spuren ab, die einen Hinweis lieferten, daß man an einer seichteren Stelle hinüberkommen konnte. Als er eine solche gefunden zu haben glaubte, zog er die schweren Reiterstiefel von den Beinen und band sie an den Sattelknauf. Würde er ins Wasser fallen, so würden die ihn nicht hinunterziehen, und mit einer Hand an der Mähne des Schecken würde er sich ans andere Ufer schleppen lassen.

Bockig stieg sein Roß in die eisigkalte Strömung, und nach drei, vier Schritten verlor Veit, der es zunächst am Zügel gezogen hatte, den kiesigen Boden unter den Füßen. Erschrak darüber, daß der Scheck die Richtung nicht hielt, sondern flußabwärts geriet. Nun, an die Mähne gekrallt, flüsterte er ihm schmeichelnde, anspornende Worte zu, da bekamen sie wieder festen Boden, eine überspülte Kies-

bank, die eine Hälfte war geschafft. Dann würden sie auch die andere Hälfte, den östlichen Seitenarm, bewältigen, dachte Veit. Aber das Pferd, wieder in tieferem Wasser, es ließ sich treiben, vor ihnen war ein künstlich angelegter Überfall, an dem das Wasser schäumte. Eine Uferverbauung tauchte zum Greifen nah vor Veit auf, eichene Bohlen und Pfosten. An sie klammerte er sich, doch die andere Hand griff ins Leere, er konnte den Zügel des Pferdes nicht erhaschen. Auf seinen Falben wäre mehr Verlaß gewesen!
Mühsam kroch er, kältesteif, das Ufer hinauf. Der Scheck, er hörte ihn weit entfernt, mußte auch irgendwo abwärts an Land gekommen sein. Barfüßig schlich er sich nun am Fluß entlang und merkte bald, daß er sich nunmehr auf einer Flußinsel befand. Den Schecken mit seinen Stiefeln, er erreichte ihn nicht. Lange würde er es nicht mehr aushalten, ihn zu suchen, die Kälte der Oktobernacht drang ihm durch die nasse Kleidung bis ans Mark, zittern ließ ihn der Frost. Wenn überhaupt, so würde er das Pferd am Morgen einfangen können, doch nur, wenn er sich inzwischen irgendwo in einer Scheune in wärmendes Stroh oder Heu gepackt wieder erholt haben würde. Jedoch waren Feldscheunen selten geworden in diesem Land. Streifende Reiterabteilungen hatten in den vergangenen Jahren lagernde Vorräte requiriert und dann die leeren Holzbauten zu Wachfeuern verheizt. Nach der einen Seite zu, erkannte Veit, war die Flußinsel lediglich durch einen schmalen Bachlauf vom festen Land abgetrennt, und es machte ihm keine Mühe, hinüberzukommen. Dahinter erhoben sich niedrig die Schemen einer Ansiedlung. Er drang in seine Erinnerung. Damals, gleich über dem Fluß neben der Brücke, die Torsäulen und die Schranke, hinter der schon verwüstete Landsitze und sonst nur mindere Häuschen — hier ungefähr mußte er sich befinden.
Durch schmale, krumme Gäßchen tastete er sich vorwärts, seine Gliederkälte trieb ihn dazu, einen Unterschlupf zu suchen. Endlich erschien ihm ein Häuschen tauglich. An

dem waren die Fensterläden abgerissen, an der Tür das Schloß herausgebrochen, Veit hielt es für schon längere Zeit unbewohnt. Zu sehr ermattet von diesem Tag verzichtete er nun auf weitere Achtsamkeit, er stolperte hinein. Seine Pistolen waren ihm noch geblieben, doch deren Schloßsteine waren genauso naß wie jeder Faden an seinem Leib, nicht gelang es ihm, daraus einen Funken zu schlagen, um wenigstens für einen knappen Augenblick einen Lichtschein zu bekommen. Seine tastenden Hände fühlten in einer Ecke Stroh. Stroh? Ein Nachtlager? Wer schlief hier?

Unbeweglich stand Veit so lange, bis sich seine Augen mehr an die Finsternis gewöhnt hatten, und schwer fiel ihm dies, denn gewaltsam mußte er das Zittern seines Körpers unterdrücken. Wenn es ein Mann war, der sich ihm so leichtsinnig in den Weg gelegt hatte, würde der den Morgen nicht mehr erleben. Schwer wog der Pistolenknauf in seiner Hand. Ein wuchtiger Schlag damit würde dafür reichen. Und kein Schrei würde aus dessen Mund mehr entfliehen, um Leute aus der Nachbarschaft zu alarmieren.

Ein Mann war der nicht. Ein Knabe? Dürr, schmalschultrig war der Mensch, der sich in dieser Ecke unter einem ausgefransten Lumpen von Decke zum Schlaf hingekauert hatte. Wer auch immer, Veit wollte sich, verzehrt plötzlich von einem Bedürfnis nach menschlicher Nähe und Wärme, neben den legen. Nun wieder in der oftgeübten Vorsicht traf er Anstalten dafür. Fast lautlos hob er den Tisch, ein leichtes und ärmliches Möbel, mit der Platte so gegen die Eingangstür, daß die von außen nicht mehr zu öffnen war. Wie Galgenarme ragten die Tischbeine in den Raum, nur wahrzunehmen im spärlichen Mondschein, der zum Fenster hereinrann wie flüssiges Blei. Und bleischwer legte er seine Hand auf den ertasteten Mund des menschlichen Wesens, dem er Wärme für seinen rasch der feuchten Fetzen entledigten Körper abnötigen wollte.

»Ruhig, oder du stirbst.«

Was sich da angstvoll neben ihm wand, kein Knabe war das, sondern ein mageres, knochiges Mädchen.
»Still, keinen Ton, dann geschieht dir nichts!«
Doch drang ein wehes Wimmern durch seine derben Finger. Trostspendend, wie sie es noch nie zuvor versucht hatte und dementsprechend rauh streichelte seine freie Hand über das filzige Kopfhaar, Veit war es in diesem Moment, als habe er mit seiner eisenen Rüstung einen Teil seiner bisher geübten Brutalität abgelegt. Er wälzte sich nicht über sie, wie er es sonst getan hätte, sondern schlang lediglich ein Bein um die ihren, ja, als er sie zu sich her zog, führte er seine Bewegung mit Sanftheit.
»Wer bist du?«
Obwohl er ihr den Mund zum Sprechen freigab, bekam er nicht gleich eine Antwort. Sie schnaufte nur gequält auf. Ihr jungfräuliches Blut spürte er an seinem Schenkel. Er alter Kerl, lange war ihm so etwas nicht widerfahren.
»Wo sind deine Leute?«
»Fort!« stieß sie kläglich hervor und er: »Leise!«, drohend, einem gereizten Wolf gleich.
«Weh hat es mir getan.« Gehorsam leise klagte sie es nach einer Weile. Er schlief noch nicht, war noch vorsichtig. Mußte erst sicher sein, daß sie nicht in die Nachbarschaft lief, Hilfe gegen ihn zu holen.
Überlegend kam ihm die Meinung, daß es nicht Fügung gewesen war, die ihn hatte am Leben gehalten. Nein, sondern sein Vorausdenken, wie beim Schachspiel um mehrere Züge, wann immer er es gekonnt hatte, hatte ihm das Leben bewahrt. Was würde er am Morgen anstellen? Sein Regiment, was davon geblieben war, es würde zu weit weg sein, daß er es ohne sein Pferd einholen konnte, das Pferd, dieser verrückt gewordene Heuter aber würde in fremde Hände fallen, und von einem Glück würde er reden müssen, wenn man nicht nach seinem Reiter suchte.
Nach Frankenburg? Ohne Stiefel? Allein?
»Wo sind wir hier?«

»In der Au, am Kegelhof auf der Insel, in der Schmiedsölden.«
»Sind viel Leute im Ort?«
»Es sind viele nach München hinter den Wall, wie die Schweden heranmarschiert sind. Die, die einen Besitz haben. Bist du ein Schwed?«
Er log — und auch wieder nicht, so daß sie ihm glaubte.
»Aus Oberösterreich komm ich, vom Land an der Enns.«
Erst als er merkte, daß sie wieder in Schlaf fiel, mühte auch er sich nicht mehr, seine Müdigkeit zu überwinden.

Als das erste Frühlicht hereinkam, erwachte er, frierend, sie hatte ihre Augen noch geschlossen. Nackt noch hielt er im Haus Umschau. Zwei Stuben, beide beinahe leer, in der hinteren führte ihn eine Leiter auf den Boden unter dem Dach. Für Gerümpel sah er es an, was sich dort fand. Zerschlagene hölzerne Leisten mit sicher einmal sinnvoll gewesenen Einkerbungen. Nun, vielleicht einmal war das ein Webstuhl gewesen, dessen Reste er hier vorfand.
Ein paar Lumpen, die er dazwischen hervorklaubte, um sich damit notdürftig anstelle seiner noch nassen Kleidung zu bedecken, bestärkten ihn in der Meinung, daß hier einmal, dem Ansehen nach vor längerer Zeit, gewebt worden war. Kriegsknechte, Soldaten wie er würden sie, diese einmal nützlich gewesenen Gerätschaften und Werkzeuge mit Mutwillen zerschlagen haben oder aus Bequemlichkeit, weil sie nicht weiter nach Brennholz für ein Wachtfeuer hatten suchen wollen. Wie oft hatte er in den vergangenen Jahren es ebenso gehalten?
Wieder unten traf er das Mädchen wach mit offenen Augen, aber noch liegend an.
Antwort auf seine Fragen sollte die geben, damit er sich, wie es nun notwendig schien, hier einige Tage sicherer Rast einlegen konnte, bevor er weiterzog — oder auch nicht?
»Wohin sind die anderen, die hier wohnen?«

»Fort.«
»Wohin fort?«
Stumm schüttelte sie den Kopf, zuckte die Schultern, ihr Gesicht bekam einen wenn möglich noch verstörteren Ausdruck. Für den Augenblick verzichtete er deswegen darauf, weiter in sie zu dringen, sondern trat neben die Fensteröffnung und sah über einen Hof zu dem dort stehenden bäuerlichen Anwesen hinüber. Auch das sah heruntergekommen aus, verlassen, es regte sich nichts dort.
»Gehst du wieder weg?«
Nun ließ er sie auf eine Antwort zu ihrer angstvoll klingenden Frage warten, kehrte ihr weiter den Rücken und rührte sich nicht vom Fleck. Offenbar beunruhigte sie sein aus dem Fenster Sehen, er hörte sie vom Stroh aufstehen und dann ihre auf dem Lehmboden tappenden Füße zu ihm hin. — Weggelaufen waren in der Vergangenheit fast alle, wenn er mit seinem Haufen Kampfgefährten aufgetaucht war, sogar wenn er allein sich wo gezeigt hatte, in einem Dorf oder Markt unterwegs, waren die Leute im weiten Bogen ihm ausgewichen. Die da, die kam zu ihm, das rührte ihn an. Dieses knochige, häßliche Mädchen, halb noch ein Kind, das doch Grund gehabt hätte, sich vor ihm zu bergen, es näherte sich ihm vertraulich, wie davor noch selten ein Mensch. Oder hatte sie eine Waffe, mit der sie sich anschlich? Er sah sich um. Nein, leer waren ihre Hände an den dünnen Armen, die sie hängen ließ, als sei sie zu schwach, sie zu heben.
»Woher bekommst du was zum Essen?« Da streckte sich ihm eine offene Hand hin, er verstand, sie hatte sich in der letzten Zeit ihren Lebensunterhalt erbettelt. Ein Bettelkind also war sie — oder erst geworden, nachdem sie von den Anverwandten verlassen war?
Er bückte sich nach seinen immer noch feuchten, auf dem Boden verstreuten Kleidern, nach seiner Hose, fühlte nach, was sein Hosenbund noch enthielt, dabei mit seinem breiten Rücken ihr die Beobachtung behindernd. Gewöhnt war

er es, keinem, auch einem solch schwächlich aussehenden Mädchen nicht, zu trauen. Einen silbernen Viertelsgulden legte er in die noch immer offengehaltene Hand. Sie starrte die Münze ungläubig an, einige Male mußte er ihr mit dem Kopf ermunternd zunicken, bis sie sie unter ihren schmutzigen Kittel irgendwo verbarg, aber doch abwartend stehenblieb. Auch als er ihr den Tisch von der Tür fortnahm und damit den Weg frei machte, zögerte sie noch.

»Geh, schaff was zu essen her!«

»Bleibst du da?«

Was mußte dieses häßliche Kind ihn das fragen! Wo er es selber nicht genau wußte! — Einige Brocken Französisch hatte er sprechen gelernt, leidlich schwedisch konnte er reden, soweit hatte er es gebracht, aber nun Bescheid zu geben, daß es Vertrauen erweckte, das ihm jetzt so nottat, das geriet ihm nur unzulänglich.

»Wenn dich Leute anreden und fragen, wer sich bei dir einquartiert hat, sagst du ihnen am besten, ein Vetter von dir sei gekommen, vom Land herein, von was weiß ich . . . — es könnte sein, daß ich einige Tage bleiben muß, denke ich.«

Wie toll trieb sich das Mädchen aus dem Schmied-Häusel am Kegelhof in der Gegend herum. Zunächst lief sie zum Brothäusel neben dem Kaiserwirtshaus an der Brücke. Die Bäcker aus München boten dort ihr feines Brot zum Verkauf an, und Kinder aus der Au und Haidhausen lauerten in seinem Umkreis auf Käufer, die sie anbetteln konnten. Dieser Schar berichtete sie ungefragt und voll unterschwelligem Triumph, daß ein erwachsener Vetter von auswärts zu ihr gekommen sei. Dumpf, fand sie, glotzten die auf solche Nachricht, gönnten ihr nicht die erwartete, mit Neid gemischte Bewunderung. Sie hatte vorgehabt, ihr Ansehen bei den bisherigen Mitleidensgenossen noch dadurch zu erhöhen, daß sie vor deren bewundernden Augen den Viertelsgulden gezückt und einen frischen Laib weißes Brot erstanden hätte. Rechtzeitig fiel ihr ein, daß dies vielleicht unvorsichtig gewesen wäre. Ausgelassen hüpfte sie wieder zwischen den Torbegrenzungen hinein in den Ort. Ziellos streunte sie den Mühlbach entlang durch die Fischergasse, beobachtete dabei, wie auf der anderen Uferseite, an der Bachgasse, sich etwas regte, bei einigen Hütten dort die Läden aufgeschlagen wurden — es war noch früh am Morgen.

Aber zu kaufen, gar Lebensmittel, würde sie auch dort nicht bekommen. Weiter hüpfte sie, bis zum Kirchplatz, wo gerade die ehrwürdigen Paulanerpatres auf die neue Karl-Borromäus-Kirche zuschritten. Richtig, die hielten gleich ihre Morgenandacht, im seitlichen Anbau hatten die ihre Franz-von-Paula-Kapelle. Dorthin, zu dem dort stehenden sehr alten Bild hatte sie gebetet voll Inbrunst, zu diesem Muttergottesbild, von dem die ehrwürdigen Herrn Paulanerväter sagten, der heilige Lukas habe es mit eigener Hand gemalt.

Gebetet und gefleht hatte sie, daß wieder jemand zu ihr käme, weil sie sich gefürchtet hatte im Alleinsein, nachdem sie alle verlassen hatten in dem kleinen Haus auf der Insel. Erst die Mutter, da war sie noch ein kleines Mädchen gewesen, ein Kind von vielleicht vier Jahren, genau wußte es nur einer der Herrn Patres, wenn er im Auer Kirchenbuch nachsah. Auf den Friedhof war die Mutter gefahren worden, nachdem mit den spanischen Kriegsvölkern auch die Pest gekommen war, in München schon schlimm gewütet und an siebentausend Menschen hingerafft hatte, jeden dritten Bürger dort, schlimmer noch in der Au, wo an die Hälfte der Bewohner gestorben waren. Einen Vater hatte sie nicht gekannt, doch die Großmutter, die in den Jahren für sie gesorgt und dazu fleißig am Webstuhl gewerkt hatte, die hatte von ihrem Sohn, dem Mann ihrer Mutter erzählt und auch von einer Tochter, erinnern konnte sie sich aber nun nicht mehr, wer von den beiden

mit dem Regiment des Herzogs von Weimar, den Grünkitteln in die Ferne gezogen und nicht wiedergekommen war und wer mit den Kaiserlichen, als Marketenderweib und als Troßknecht. Die Magd vom Kegelmüller behauptete aber, ein schwedischer Reiter sei ihr Vater gewesen und dafür sprach, daß sie bei der Taufe den Namen Magdalena bekommen hatte, nach der Sünderin, der biblischen. Lena rief man nach ihr, aber seit auch die Großmutter auf dem Friedhof lag, weil ihr ausgezehrter Körper die Flucht vor dem heranrückenden Heer nicht verkraftet hatte, sie trotzdem mit ihrer Enkelin gegangen war, mit ihr und wegen ihr — seitdem wurde sie von niemandem mehr gerufen mit Namen.
Weil die meisten der Patres Welsche waren, aus Italien herauf, deshalb ihre Sprache einen fremden Klang hatte, traute Lena ihnen nicht. Aber einer, ein Grauhaariger, stammte aus der Heimat der schon lange verstorbenen durchlauchtigsten Frau Kurfürstin, der ersten, Maximilians zweite Ehefrau war die Kaisertochter Maria Anna, ein Lothringer war dieser geistliche Herr. Ihn hatte sie schon manches Mal zur Beichte aufgesucht, und dem, meinte sie, konnte sie auch unbesorgt erzählen von der Erhörung ihres Gebets vor dem Marienbild. Außerdem wollte sie ihn bitten, die Silbermünze, die allen Leuten aus ihrer Hand verdächtig erscheinen würde, in viele kupferne umzutauschen, mit denen sie dann unbesorgt einkaufen konnte.

Da ihm die Zeit bis zur Rückkunft des Mädchens zu lange zu werden begann, hielt Veit weitere Umschau in dem Haus. Vordringlich nach Holz oder anderem Zeug, mit dem er Feuer im Kamin in Gang bringen wollte. Da er nun unter einem festen Dach ein Unterkommen gefunden, wollte er, nach Wochen, endlich auch wieder eine getrocknete Kleidung. Er hoffte nur, daß wegen des Rauchs dann niemand nachsah und ihn entdeckte, bevor sie zurück war. So lange mit dem Feuermachen zu warten aber hätte er nicht vermocht, seine Gier nach Wärme überwog diesmal seine Vorsicht. Die Reste des zerstörten Webstuhls waren trocken, gaben wenig Rauch beim Verschüren. Aber gleich bereute er es schon wieder. Da gab es nämlich Lärm, Gesang in einiger Entfernung, so daß er von den Fenstern aus nicht erspähen konnte, wer die singenden Männer waren.

»Der Wrangel tät eins wagen
Von Dachau aus zu jagen
Wilde Tier zu fangen.
Hierzu nahm er viel Reiter
Und etlich Bärenhäuter
Ohne Spieß und Stangen.
Anstatt der Netz
Sie hielten Stötz,
Bis unsere Soldaten
Sonderlich Crabaten
kamen sie zu b'statten.«

Kaiserliche oder bayerische Soldaten! Denen er mit Glück entkommen war, keine anderen konnten dieses eben erst entstandene Lied kennen, das gestern erst einem eingefallen sein würde. Sein Säbel! Als er ihn in der Hand wog, wußte er schon, daß er mit ihm gegen eine Übermacht nichts würde ausrichten können. Ein anderer Gedanke kam ihm. Sogleich machte er sich daran, eine handbreite Stelle an ihm an einem Stein scharf zu schleifen. Als er sich daran den prüfend geführten Daumennagel spaltete, schabte er sich damit den Bart ab. Mit Spucke schabte er sich noch völlig glatt. Aussehen mußte er wie ein Taglöhner, dann würde er unbehelligt bleiben, falls er aufgestöbert wurde.
Den Rücken dem Kamin zugewendet, an der Stange über sich die Hose, das Hemd und Wams zum Trocknen hängend, den Reiterdegen in der Faust, so fand Lena ihn vor bei ihrer Rückkunft. Zwei Reiterpistolen lagen griffbereit neben ihm. Daß er aber das gebrachte Brot mit ihr teilte, nahm sie als gutes Zeichen. Nachdem sie den ganzen Zweipfünder weggeputzt hatten, wollte er wissen, warum

sie so lange aus gewesen sei. Und ob sie, wenn er sie nun nach Wein schicke, ebenso lange brauchen würde.
Das mit dem Geldwechseln erklärte sie ihm und daß sie auch gleich gebeichtet hätte bei den Paulanern.
»Was gebeichtet?«
In seinem Ton lagen Abscheu und Schrecken, das ließ sie auf der Hut sein.
»Weil ich hab lügen müssen — wegen dir als Vetter vom Land. Und wegen der Unkeuschheit heute nacht.«
Da Veit grimmig mit dem Degen fuchtelte, redete sie eilig weiter. »Ein heiligmäßiges Leben führen die Paulaner, das wird jeder Mensch bezeugen. Arm und in Keuschheit leben sie, wie die Herrn Franziskaner, aber sie essen kein Fleisch, ja, nicht einmal Butter, Eier oder Milch. In dem Garten, der einmal dem äußeren Rat Valpichler von München gehört hat und den ihnen der Herr Kurfürst gekauft hat, bauen sie sich das Nötigste selber an . . .«
»Geschwätz. Aber der Martin Valpichler, sag, ist der hier ansässig?« Sein erster Aufenthalt bei der Stadt München, Zug mit den Geiseln nach Augsburg, die erpreßten ›Serviergelder‹, dies ging ihm durch den Kopf, was Lena nicht wissen konnte.
»Nein, hier sind die Valpichler nicht mehr begütert, die sind Handelsleute, und wegen Krieg und Pest haben die auch Verlust gehabt, sagen die Leute.«
Wenn sie ihm in dieser Stunde noch etwas von dem Lebzelter Camerloher und dessen Hofmark Wageck in der Au erzählt hätte, er wäre in sein Zeug gefahren und barfuß weiter getippelt bis an die Enns. So aber hörte er sich, beruhigt, von ihr an, was der Paulanerpater ihr außer der Absolution noch an Ratschlägen und dringlichen Ermahnungen mitgegeben hatte.
Der Kurfürst Maximilian habe ein Mandat erlassen, vor etlichen Jahren schon gegen Leichtfertigkeit, Ehebruch, Gotteslästerung, Fluchen und Schwören. Danach wurden heimliche Zusammenkünfte von Manns- und Weibsperso-

nen streng untersagt. Auf den Bauernhöfen sollten danach Männer und Weibsleute getrennte und abschließbare Schlafstätten haben. Leichtfertigkeit wurde genannt, wenn ein unverheiratetes Paar seiner Natur nachgab, und dafür drohte dem Mann das Sitzen im Stock, der Frau das Anschlagen an die Geige. Veit kannte dieses Prangerstehen, er hatte es auch bei Evangelischen gesehen, wie brave Bürger vor dem Gottesdienst in der Kirche schadenfroh bei den angeketteten Sündern gestanden und sie verhöhnt und angespuckt hatten. Aber erst mußte ihn einer kriegen und einen Beweis seiner Schuld bringen, das würde schwerfallen, wenn der Pater sein Beichtgeheimnis achtete. — Was noch verboten sei, wollte er wissen. Heiraten, sagte sie, arme Leute durften nicht heiraten. Wie sie denn auf so etwas käme, davon sei keine Rede gewesen.

Doch, ereiferte sie sich, der Pater habe es dringend geboten, denn sonst könne sie des Landes verwiesen werden, wenn etwas aufkomme davon. Nun, und wer denn die Einhaltung der kurfürstlichen Mandate überwache, fragte er sie.

Eine Heirat, berichtete sie und wurde direkt, müsse vom Gerichtsschreiber des Landrichters ob der Au ins Heiratsbuch verzeichnet werden, samt allen Abreden und Regelungen. Dem müsse dann die Grundherrschaft noch zustimmen, dies mit dem Rentmeister nämlich zu bereden aber würde der hochwürdige Herr Pater ihnen abnehmen, der Rentmeister nämlich vertrete die Hofkammer, die hier die Grundherrschaft ausübe. Sonst könne auch die Hofmark zuständig sein, sie wisse es so genau auch nicht, ihre verstorbene Großmutter habe die Sachen mit der Obrigkeit erledigt. Von der wisse sie jedoch, daß es einen Anspruch auf Erbfall gebe für ein Söldenhaus an der Bergleite, über dem Bach drüben, wo man zum Lilienberg hinaufging. Dort seien seit unvordenklichen Zeiten schon Verwandte gesessen, von denen aber in den letzten zwei Jahrzehnten keiner mehr geblieben sei. Wenn er nicht hierbleiben

wolle, könne er mit dem Geld, das er vielleicht habe, das Haus dort übernehmen und instandsetzen.
Herrisch gebot er Wein herzuschaffen, zum Überlegen brauche er einen Trunk. Und Schuhe, ob sie wisse, wo man die bekäme und was sie kosteten. Schuhe, wußte sie, die hämmerte einer für zweieinhalb Gulden zusammen und trug sie verstohlen nach München hinein, wo er sie bei Handwerksgesellen absetzen konnte, weil sie billiger waren als die von städtischen Schuhmachern. Von einfacherer Art seien die von dem allerdings. Bauernstiefel eben.
Verfluchter Scheck, ein papistisches Roß eben, seine guten Reitstiefel hatte er mitgenommen und war inzwischen sicher wieder den bayerischen Papisten zugelaufen. Doch ein Gutes war auch dabei: Mit den katholischen Bauernstiefeln würde er weniger auffallen in dieser Gegend als mit seinen verlorenen soldatischen Reitstiefeln.
Eine gewisse, ihm selber unerklärliche Trägheit hinderte Veit am Weiterwandern. So blieb er denn bis zum folgenden Sonntag immer in der Stube hocken. Daß er sie wohnlicher richtete, frisches Schilfstroh von der Isar holen ließ und dies zu einer breiten Matte flocht, daß er Läden zum Vorlegen vor die Fensteröffnungen und eine Lampe und Rüböl besorgen ließ, entschuldigte er vor sich selber als gönnerhafte Fürsorge für Lena und auch aus seiner Langeweile. Den Sonntag aber drängte ihn Lena.
In die Kirche gehen müsse er, das sei auch ein Mandat. Längst wisse man in der Nachbarschaft von seiner Anwesenheit und wenn er den Gottesdienst versäume, würde er sofort als Protestant verdächtigt oder als gottloser Ketzer, was noch schlimmer wäre. Er richtete es so ein, daß er mit Lena unter den letzten war, die durch die Kirchentür kamen. Dicht gedrängt war es drinnen schon, er konnte unauffällig hinten stehenbleiben und brauchte den anderen Leuten nur nachahmen. Nach der Messe aber schleppte ihn Lena noch in die beiden anderen Kirchen auf dem Platz, in die Wallfahrtskirche Maria-Hilf und in die alte, baufällig

aussehende Kirche zum Heiligen Kreuz. Besonders die Maria-Hilf-Kirche sei wichtig, erklärte sie, denn die Marienfigur darin sei wundertätig. Sogar die Münchner, die selber viele Kirchen in der Stadt besäßen, kämen hier heraus, sie, Lena, sie habe die Wundertätigkeit erlebt. Als sie die langen Monate allein gewesen sei, seit ihre Großmutter gestorben war, habe sie von den Almosen der hierher wallfahrenden Bürger soviel zusammenbekommen, daß sie nicht habe verhungern müssen. Wenn er sich in der Au gut einführen wollte, solle er sich bemühen, in die Rosenkranzbruderschaft bei dieser Kirche angenommen zu werden. Die Bruderschaft unterstünde zwar den Dominikanerpatres von Landshut und nicht den Paulanern von der Au, jedoch könne deren Fürsprache ihm auch nur Vorteil bringen. Der Kurprinz, der Herr Ferdinand Maria, der sei das vornehmste Mitglied der Auer Rosenkranzbruderschaft, das solle er bedenken, wenn er meine, er vergebe sich damit etwas.

Als über eine Woche später von München herüber das Läuten aller Glocken tönte und die darüber aufgeregten Leute, meinend, ein neuerlicher Heerzug bedrohe ihre Stadt, sogleich beruhigt wurden mit der freudigen Nachricht, daß überall im Reich nun der Friede einkehre, da war Veit immer noch in der Au. Der Haderlumper Michael Mayr, einer aus der Nachbarschaft, hatte ihn sogar schon eingeladen, mit ihm über Land zum Hadernsammeln für die Papiermühle zu gehen, bis sich etwas Besseres für ihn fände. Dem Mayr verdankte er auch, daß die Auer ihn als ›Schmied-Veitel‹ anredeten.

Zwölftes Kapitel

Du sollst Vater und Mutter ehren. Die ehrwürdigen Patres von den Paulanern, die hatten leicht reden, fand der Bub, seine Mutter, ja, das ging an, die zu ehren. Der, war er überzeugt, verdankte er zum Beispiel den schönen Namen Max, nach dem verstorbenen Herrn Kurfürsten. Aber den Vater! Erzählt war ihm worden, daß der noch im ersten Friedensjahr von der Pest befallen worden war, aber dank der Pflege seiner Mutter die fürchterliche Seuche überstanden hatte. Und nach seiner Genesung, hieß es, sei er noch in den Ebersberger Forst hinaus zum Wolfjagen. Sogar belobigt vom Herrn Rentamtmann sei er dazumal worden, weil er sich bei der Jagd auf diese schlimmen Raubtiere besonders hervorgetan habe. Nun ja, seit Max seinen Vater bewußt wahrgenommen hatte, saß der schon auf der Bank neben dem Ofen und schnitzelte an einem Stück Holz herum. Mal wurde dann ein Löffel daraus, mal aus einem größeren Prügel eine hölzerne Heugabel oder ein Rechen. Das sei deswegen, sagte ihm seine Mutter, weil er, seitdem ihn ein Wolf angefallen hatte, mit seinem verkrüppelten Fuß nicht mehr herumlaufen konnte. Mochte schon sein, aber in der Au liefen viele Invaliden mit einem bleibenden Körperschaden herum, abgedankte Soldaten waren die, von aufgelösten bayerischen Regimentern. Einige von denen waren lustige Leute, die den lauschenden Kindern wilde Geschichten erzählten, von ihren vollbrachten Heldentaten. Sein Vater tat nichts dergleichen, hockte eben nur trübsinnig auf seiner Ofenbank und nörgelte gelegentlich, wenn er ihm kein ganz passendes Prügelholz für seine Schnitzerei mitbrachte. Das trug er ihm nämlich immer auf, wenn er ihm gestattete, zum Spielen in den Auwald zu laufen.

Dorthin mußte er zuerst über den Kirchplatz, dann am Schloß Neudeck und am Falkenhof vorbei, dahinter noch ein Stück Wegs den Entenbach entlang, und wo der seinen

Ursprung bei zwei Quellen hatte, begann gleich der lichte Wald — war Wald, Gesträuch mit dünnen Birkenbäumen durchsetzt und ganz wenigen höheren Stämmen. Wegen der immer wieder über die Ufer tretenden Isar konnte ein richtiger Wald hier nicht groß werden. Zum ›Türk und Christ‹-Spielen war es hier gerade recht. Dann stellte für die Kinder der Mühlbach die Raab vor oder auch die Donau, und Stecken gaben die Waffen ab, gerade für die Christen und gebogene für diejenigen, die Türken spielen mußten. Den Max Schmied ärgerte dabei lediglich, daß er immer zur türkischen Partei gehören sollte, dagegen der Sohn des Hoffischereimeisters stets die Rolle des kaiserlichen Feldherrn Montecuccoli für sich in Anspruch nahm. Und wenn er dagegen protestierte, spotteten alle anderen Kinder im Chor:

»Bist der Schmied-Veitel
Hast gar nix im Beitel!«

Wenn er darauf wütend entgegnete, er sei der Max, der Veit sei sein Vater, und der habe schon mal etliche Heller im Beutel, kugelten sich die nur vor Lachen. Den festen Vorsatz faßte er dabei, daß er, erwachsen geworden, auf jeden Fall nicht so eine traurige Gestalt wie sein Vater werden würde, sondern ein richtiger Hofbediensteter, einer, vor dem die einfachen Auer ihren Hut ziehen müßten.

Den Großtürken zu spielen hatte freilich auch eine recht lustige Seite: Waren Mädchen mit dabei an der Birkenau, gehörten die selbstverständlich zu seinem Troß, waren Harem und manches Mal, wenn das Türkenheer im Versteck zwischen den Weidenbüschen nicht gleich entdeckt wurde, nützte er diese Vorzüge nach Kräften aus. Da schmiegte er sich dann eng an das eine oder andere, daß ihm schon Zweifel kamen, ob dies nicht an Unkeuschheit grenzte. Die Mädchen duldeten das gerne, war er doch ein hübscher Bursch, blond und mit einem sehr frühen Bartflaum über den Lippen. Die Nachbarn bestätigten es auch immer wieder seiner Mutter, und er konnte sich nicht an-

nähernd vorstellen, daß sein Vater früher so gut ausgesehen habe. Er, der die Schuld hatte, wenn sein Sohn immer nur den Türken spielen durfte.
Gezählt waren schon die Tage der Hofbediensteten in der Au und genauso die des alten Veit. Ganz im Gegensatz zu seinem unfriedlichen Leben war ihm ein friedvolles Sterben beschieden. Genüßlich schlürfte sein zahnloser Mund die warme Morgensuppe, daß ihm der Mehlpapp in den Mundwinkeln hängenblieb. Zufrieden stellte er danach die Schüssel neben sich auf die Bank. Um Mittag sah es so aus, als sei er eingenickt, Mutter Lena bedeutete Max, er solle still sein und ihn ruhen lassen. Doch er konnte es nicht geraten lassen sein, als sie nicht hinsah, stupste er den Alten an, besonders deshalb, weil der einen Holzlöffel noch immer fest in einer Hand hielt. Sacht, ganz sacht legte sich sein schon lange hinfällig gewesener Körper zur Seite, als wolle er sich auf der gewohnten Ofenbank zur noch bequemeren Rast legen. Doch da wurde Max gewahr, daß sein Vater vielleicht schon seit ein paar Stunden einer anderen Liegestatt bedürftig geworden war. Wunderlich fand er es, daß seine Mutter, von ihm aufmerksam gemacht, nicht sogleich in Tränen ausbrach, wie sie es sonst bei weit geringeren Anlässen tat.
Wenige Nachbarn gaben dem Veit Schmied das Geleit an den Friedhof zum Berg hinauf, trotz des warmen Frühlingstages, die fünfzehn Jahre in der Au war er immer als Fremder mißtrauisch beobachtet worden, und seit die Gemahlin des durchlauchtigsten Kurfürsten die vielen Italiener nach München geholt hatte, war man gegenüber Nicht-Eingesessenen noch unfreundlicher geworden. Nicht daß man seinen Vater mit den Schauspielern, Stukkateuren, Posamenteuren oder Orangenbaumgärtnern gleichgesetzt hätte, das nicht, ebensowenig mit den italienischen Kaufleuten und Tandkrämern, die sich mit Luxuswaren für den Hof in München, aber auch in den kurfürstlichen Landhäusern breitmachten, von denen war sein Vater doch zu

verschieden — gewesen mußte er nun sagen. Das, und nicht die bescheidene Speisung der trauernden Gäste war der Grund für das Fernbleiben vieler Nachbarn gewesen — die Leib- und die Geistverwandten mußte man nach der Sitte laden, eigentlich hatte der Tote außer der Mutter niemand hier gehabt, fand Max. Er, nahm er sich vor, würde in wenigen Jahren viele haben, beliebt würde er sein wollen bei den Auern — und den Auerinnen.

Schon nach wenigen Tagen wurde es fällig, daß die Schmieds beim Schreiber des Landgerichts am Lilienberg erschienen, um den Erbfall zu beurkunden — nichts durfte im ganzen Land unbeurkundet bleiben. Verlesen mußte ihnen der Text von dem hochnäsigen Gerichtsschreiber werden, und sichtliche Freude machte es dem, die gedrechselten Sätze auch noch in affektiertem Ton vorzutragen, so daß sie Mühe hatten, den Sinn mitzukriegen. Für diese Amtshandlung riß es Lena Schmied zudem noch die allerletzten Gulden aus der Kasse. Draußen auf dem Platz wieder, da warf sie dem Sohn vorwurfsvoll, aber leise hin: »Dein Vater hat die Schrift beherrscht.« Nur das, mehr nicht. Wenn schon. Dafür war er inzwischen kräftig genug, jeden von den Buben, der ihn noch Schmied-Veitel zu nennen wagte, in unverhofft plötzlichem Stoß zu Boden zu werfen, um dann allerdings wegzurennen. Sein Gesicht nämlich wollte er sich makellos erhalten. Das würde er noch brauchen, mit einem solchen kam man bei einflußreichen Leuten besser an, konnte aussichtsreicher auf einen angenehmen Erwerb hoffen.

Einige Male schon, wenn das kurfürstliche Paar mit der Galakutsche eine Ausfahrt gemacht hatte, begleitet von Hofbeamten und Adeligen, hatte er sich auffällig in die Nähe gestellt. Bei den Paulanern, denen das Brauen von Braunbier erlaubt worden war, da war der Hofstaat einmal eingekehrt, da hatte ihm einer der Kavaliere die Zügel seines Pferds zu halten gegeben, auf sein treuherziges Gesicht hin. Nachher hatte der ihm auch einen Viertelsgulden

zugeworfen, zusätzlich, wo er doch schon stolz gewesen war, das herrlich gezäumte Prachtroß halten zu dürfen. Wäre das einem verbuckelten, schelchmundigen oder sonst verunstalteten Burschen passiert? Ein paar Wochen ließ seine Mutter herumgehen, bis sie ihn zu mahnen anfing, er müsse sich eine Taglohnstelle suchen, Sommer sei jetzt, und in den Herbst hinein müßten sie die Grundlehen für die Sölde zahlen und auch einen Vorrat beschaffen können, Lebensmittel für den Winter. Daß er nicht sogleich etwas Passendes fand, nahm sie ihm nicht weiter übel, doch wiederholte sie ihre sanfte Anmahnung, erst alle paar Tage, dann jeden zweiten, schließlich aber jeden Morgen. Aber er strich nun ohnehin jeden Tag beim Tor zu Neudeck herum. Die Gärtner und Gärtnerburschen kannten ihn schon, verschmähten es auch nicht, sich hie und da von ihm bei den Verrichtungen an die Hand gehen zu lassen, doch Lohn gaben sie ihm nicht ab. Mehr Glück als er hatte da ein anderer, etwas älterer Bursche, der ebenfalls nicht übel anzusehen war, aber dazu auch noch von besonders kräftiger Gestalt, also breiten Schultern und kraftvollen Beinen. Sebastian Gaisreitter hieß der, und gerufen wurde er Bastl. Als der einmal ihm gegenüber am Neudekker Gartentor herumlungerte, kam ein Bediensteter heraus und fragte, ohne einen von ihnen beiden besonders anzusehen, wer mit einem Brunnen zurecht komme.
Am Berghang stand ein achteckiger Bau, in den die Quellen eingeleitet worden waren, um daraus in einer hölzernen Röhre Wasser unter Druck in den Garten zu führen, wo sie die Wasserspiele speisten. Max Schmied hatte sie schon manches Mal bewundernd beobachtet, jedoch keine weiteren Gedanken dazu verloren. Die Bewohner der Häuser in der Au entnahmen ihren Wasserbedarf aus dem gesammelten Regenablauf der Dachtraufen. Zu lange blieb er unschlüssig stumm, bis ihm der Bastl zuvorkam und ihm damit diese Gelegenheit wegschnappte. Er wurde Brunnknecht.

Es nützte Max Schmied gar nichts, daß er darüber verächtlich aufschnaufte und sich insgeheim seiner Schadenfreude hingab. Weil er nämlich von dem neuen Schloßbau einer Sommerresidenz hatte läuten hören, die der durchlauchtigsten Kurfürstin in der Schwaige gebaut wurde, der Italienerin, die wegen ihrer Feingliedrigkeit von den gebildeteren Leuten ›la Tenerina‹ genannt wurde. Deswegen, vermuteten die Leute und sprachen darüber, werde der zur Belohnung für den geborenen Sohn ein neues Schloß gebaut, weil ihr der alte Bau auf dem Land in Schleißheim unter der Fuchtel ihrer Schwiegermutter, der Kurfürstin-Mutter und Kaisertochter, in ihren ersten Ehejahren vergällt worden war. Von der nämlich war sie dort sogar zum Stallmisten eingespannt worden, wie eine einfache Magd, sie, die putzsüchtige Italienerin! Inzwischen hatte sie sich längst von der Bevormundung dieser derb-herrschsüchtigen Frau befreit, ebenso wie der durchlauchtigste Herr, der Kurfürst Ferdinand Maria, dessen Bevormunder in der Kindheit und Jugend die Jesuiten gewesen waren, denen er nun in jeder Weise die Franziskaner, die Paulaner und die neu hereinkommenden Theatiner vorzog. Gemunkelt wurde auch, daß seine Frau jedoch die Freizügigkeit so weit getrieben hatte, daß die durchlauchtigsten Kinder nicht ihm, sondern dem welschen Hofmedicus und Leibarzt Stefano Simeoni entstammten. Doch konnte dieses Gerede auch Gehässigkeit gegen den Italiener sein und — wenn einen einfachen Mann beim Verbreiten solcher Gerüchte eine Amtsperson erwischen würde, ginge es mit ihm unnachsichtig auf den Pranger, wenn ihm nicht noch Schlimmeres geschähe.

Max Schmied hatte auch Wichtigeres zu tun. Tageweise vermietete er immer wieder mal seine Arme, wo man ihm etwas dafür bieten wollte: als Helfer bei den Floßleuten auf der anderen Isarseite drüben, zum Eindriften des Brennholzes in den ›Hofholzgarten‹, am Mühlbach auch einmal, über den die Stämme dem Sägemüller zu seiner Gattersäge geführt wurden. Immer aber waren es nur einige Tage, die er sich verdingen konnte. Erlassen wurde ihm von der Mutter ein größerer Beitrag zur Haushaltung, so blieb ihm genügend übrig, um sich für den Dorftanz in und vor dem Radlwirt gehörig herauszuputzen, geradesoviel, wie es die Kleiderordnung für Leute minderen Standes erlaubte, dazu ein Trinkgeld. Wenn Kirchweihfeste in der Umgebung, in Giesing, in Haidhausen oder gar weiter weg in Trudering oder im freisingischen Föhring über der nahen Grenze, zu feiern waren, hielt ihn nichts zurück, er mußte mit dabeisein. Die Hausväter der so beehrten Jungfrauen begannen, kein Wunder bei solchem Lebenswandel, dem Max Schmied zu mißtrauen, meinten, dieser junge Bursch würde es nicht dabei belassen, nur das Tanzbein kräftig zu schwingen, sondern würde genauso kräftig auf schlimmste Liederlichkeit aus sein, wenn ihm eine Gelegenheit dazu geboten wäre.

Am Weg von der Höhe ins Tal hinunter, wo die Salz- und Holzfuhren zum Südende der Au die steile und schlechte Straße herunterkamen, betrieb ein fleißiger und gottesfürchtiger Handwerksmann sein Gewerbe in einem recht ansehnlich aufgemauerten Haus, das von einem mit Obstbäumen bestandenen Garten umgeben war. Der Kreuzelgießer-Sixtus, so hieß er, war nur mit einem Unglück geschlagen, bei sonstigem Wohlstand. Vor Jahren war ihm die Frau weggestorben und hatte ihm unversorgt drei Töchter hinterlassen, keinen Sohn. Und die waren alle um die tausend Wochen alt zu dieser Zeit. In seiner Bubenzeit hatten Max Schmied und andere Herumtreiber das Gelände des Kreuzelgießergartens eingehend erkundet, wegen der dort stehenden Apfelbäume. Inzwischen galt sein und das Interesse anderer Burschen mehr Bäckchen, die gelegentlich aus einem Fenster lugten, Max' besonders denen, deren Besitzerin den Namen Agathe führte.

Wenn Max Schmied wieder einmal erfolglos am Tor vor dem Neudeck herumgewartet hatte, nahm er gern den Umweg beim Kreuzelgießer vorbei. Da war im ebenerdigen Anbau der Sixtus noch am Werk. Er fachte immer wieder die Glut an, die ihm das Zinn flüssig hielt, das gab seinem Gesicht im roten Widerschein ein ganz unheiliges Ansehen, im Gegensatz zu seinen Werkstücken, die seinen einfachen Formen entsprangen. Kleine Kreuzchen für die Wallfahrer, Anhänger zu deren Rosenkränzen, blechflache Figuren der Maria im Schutzmantel nach der Gnadenfigur der Maria-Hilf-Kirche, kleine Kruzifixe für die häusliche Altarecke bei den ärmeren Leuten daheim, der hatte schon ein gutes und einträgliches Geschäft. Und die Töchter beschäftigte er damit, die Gußgrate mit scharfen Messern von den Figuren zu schaben, wozu sie auf der anderen Seite des Hauses in der Stube beisammensaßen. Auch den Verkauf ließ er sie an besonderen Wallfahrtstagen auf dem Kirchplatz besorgen. Absatz war genügend, denn in diesen Zeiten der heraufziehenden Türkengefahr, der erobernd vordringenden Heiden im Osten, brauchten die Leute viele Zeichen der Frömmigkeit.

Keine Heiligenfigur der Welt aber kann ein gesundes, lebfrisches junges Mädchen von Blicken und Gedanken an einen ebenso frischen jungen Burschen abhalten, geradezu wider die Natur wäre dies. Max Schmied war ein solcher Bursch. Immer öfter bot er am Zaun stehend den drei Kreuzelgießer-Töchtern seinen Anblick gegen den eines zinnernen heiligen Franz von Paula oder Sankt Georg oder Sankt Leonhard. Drei lustige Gesichter erschienen am Fenster, erhobene Finger vor begehrenswerten Lippen bedeuteten Schweigen, doch die Verständigung gelang mühelos auch ohne Worte, die den Alten alarmiert hätten. Spaßig gespitzte Lippen, von heftigem Kopfnicken beantwortet, ja, wäre schön, aber der Abstand, der Zaun dazwischen, zu weit — hinübersteigen? Deutender Daumen, in Richtung der Gießwerkstatt, der Vater? Hände auf beiden Ohren — Hände als Scheuklappen seitlich der Augen? Ach, er sieht und hört bei der Arbeit nichts. Wenn das nur stimmte.

Aber die Mädchen mußten es ja wissen. Nur zu dritt waren sie, wachten eifersüchtig, daß die in allen Ehren verteilten Zärtlichkeiten von Max gerecht auf sie alle verteilt wurden.
Die jüngere, fand er, ähnelte irgendwie einer Forelle aus der Isar, wozu ihr allerdings die eleganten Bewegungen einer solchen fehlten, vielmehr schienen die ihren eckig, als hätte sie die alle bei den Pikenträgern der Landfahnenmannschaft anexerziert bekommen. Die ältere dagegen wies eine gewisse Rundlichkeit auf, wie sie bei den Fuhrleuten der vor dem Haus vorbeiziehenden Salzsäumerrott an den Lastpferden geschätzt war, welchen Eindruck die kräftigen, länglichen Zähne in ihrem Mund noch bestärkten. Allein Agathe, die mittlere im Alter, gefiel Max Schmied so ausnehmend, daß er das Risiko, vom Alten in der Werkstatt bemerkt zu werden, auf sich nahm und nach einem erkundenden Rundblick in die Nachbarschaft den Zaun überstieg und zu dem Fenster hinpirschte. »Übermorgen bin ich beim Verkaufen vor der Kirche.«
Die ältere belohnte ihn für seinen Mut mit dieser Verheißung. Die Ältere!
»Und wann bist du damit dran?«
Agathe, im Geiste schon seine Agathe, zierte sich auch nicht, ihm den Sonntag als ihren Tag zu verraten. ». . . denn ich bring da dem Vater mit Verkaufen an die noblen Pilger am meisten ein.«
Was konnte dagegen eine noch so scharfe Predigt des Paters in der Kirche, eine strenge Ermahnung des Kreuzelgießers ausrichten, was schon auch dabei finden, wenn ihm nun die Agathe von allen seinen gewesenen Haremsbräuten am besten gefiel und es ihn deswegen danach verlangte, ihr nach der Messe verstohlen die Hand zu drükken? Doch, freilich, nach ihm, dem Max, wenn es ging, sollte es dabei nicht bleiben. Zustatten sollte ihm dabei kommen, daß dem Kreuzelgießer die Arbeit am kleinen Schmelzofen Durst bereitete, den er sich für den Feier-

abend aufsparen mußte, wie es sich schickte. Dann aber sandte er eine seiner Töchter zum Falterwirt um eine Kanne Weißbier, soff dies genüßlich und die Malzspelzen gelassen fortspuckend in sich hinein, was ihn zu einer rechtschaffenen Müdigkeit führte, der er nicht lange widerstand. Weckt es da einen wieder auf, wenn eine leichtfüßige Tochter flink aus dem Fenster und über den Apfelbaum aus der sonst sorgsamen Bewachung flieht? Und Max Schmied waren genug einsame Ecken in der Birkenau bekannt und verschwiegene Wege dorthin, daß sie nicht in die bösen Mäuler der Nachbarn fallen mußte.

Denn dies wäre schlimm gewesen. Wurde einem Mädchen Liederlichkeit durch verräterische Mitbürger nachgewiesen, so bekam es vom Bannknecht mindestens dreißig Streiche mit einer Rute verabreicht — auch wenn beim Hof nun wieder lockerere Sitten eingerissen waren, galten doch fürs einfache Volk noch die strengen Mandate aus den Zeiten des Kurfürsten Vater.

Was die Kreuzelgießer-Tochter für geschickte Finger hatte, auch wenn sie keinen Grat von Heiligen nahm! Das nahm einem hitzigen Burschen keinen Grat, das schuf ihm erst einen, einen unbändigen, daß ihm in der Hose nicht mehr wohl war. Das also meinte der Pater mit der höllischen Versuchung, der langschwänzigen Teufelsbrut. Hundert Teufel rasten da durch seine Adern, doch er würde sie schon hineinstoßen in die Höllenpforte. Das wurde ein heißes Ringen mit den bösen Geistern, und die Kreuzelgießer-Tochter hatte keinen geringen Anteil daran, lange, sehr lange und immer aufs neue, wenn sie beide meinten, den Luzifer schon überwunden zu haben. Aber auch die Pein, die sündige, aus der Unterwelt gefahrene, verlor sich, wenn sie sich angestrengt und inbrünstig im kühlenden Gras hinter den Weiden wälzten, eng aneinander geklammert und sich so Beistand gebend gegen das Böse. Und auch danach, wenn sie ermüdet vom Teufelaustreiben nebeneinander liegend ausruhten und zu den Nachtsternen aufsahen, gab es noch manche Belohnung für den durchstandenen Kampf, die Hände wurden dabei zu sanften Boten der Dankbarkeit und Zuneigung. — Max Schmied war als Kind nicht einer gewesen, den es zu Kirche und Frömmigkeit gezogen hatte, viel lieber entwischte er der Mutter von der Hand und erntete dann während der Gottesdienstzeit besonders ungefährdet süße Rübchen aus dem Paulanergarten. Dabei aß er die Rüben an Ort und Stelle, steckte aber das Kraut wieder in die Erde, so eine vorzeitige Entdeckung des unerlaubten Requirierens des Paulanergemüses vermeidend. Diese Art Frömmigkeit aber fand er seinem Wesen so zuträglich, daß er jeden Abend auf die zu besiegenden Teufel der Agathe gewartet hätte, sie aber gestand ihm lediglich und erst nach schmeichelndem Drängen höchstens jeden dritten Tag zu. So blieb es zwischen ihnen, bis der Kreuzelgießer-Sixtus sich mit seinem Schwager, einem Kerzenzieher, und mit seiner Tochter zur großen Jahrtagswallfahrt nach Altötting begab. Ausgerechnet die Agathe nahm er mit auf diese mehr dem geschäftlichen Interesse dienende Reise über eine ganze Woche. Wohl hatten sie den Abend davor noch heftig ihren Übungen oblegen, aber eine Woche ist für ein heimliches Paar in der höchsten Verliebtheit lang, entsprechend schmerzlich empfanden sie ihren Abschied. Zurück im Kreuzelgießer-Haus blieben die anderen beiden Schwestern. Nanna, der älteren, war seit längerer Zeit schon ein Verdacht gegen Agathe aufgekeimt.

»Schmied-Veitel Max!« rief es ihm frech und aus dem vertrauten Fenster zu. Nanna, das unverschämte Luder! Aber seinen Spaß, den mochte er sich schon gönnen, nicht mehr, nur den Spaß.

»Na, du Kreuzelgießer-Nanna? Mußt du das Haus hüten, damit du auf dem Markt in Altötting nicht die Käufer vertreibst mit deiner sündhaften Schönheit?«

Für bare Münze nahm sie seine Spottworte. Sogar zu sich hin winkte sie ihn, wie es ihre lieblichere Schwester sonst

getan hatte. Auch gut, er spielte schon weiter, und sie würde weiter den Spott davon haben.
In der Birkenau solle er bei Einbruch der Dunkelheit ihrer warten, trug sie ihm da herrisch auf. Und als er, eine Spur zu lächerlich, ihr dies versprach, kam sie ihm drohend: »Untersteh dich, wegzubleiben, ich bin etwas inne geworden zwischen dir und meiner Schwester.«

Der Block auf dem Kirchplatz, die Befragung durch den Landrichter! Ihn und die Agathe! Von der Unvorsichtigkeit kam es!
Gieriger, inbrünstiger trieb sich mit der Nanna ein ganzes Regiment Teufel aus! Freilich war er auf ihre Drohung hin gekommen. Aber er hatte sich eher eine Moralpredigt erwartet, die sie ihm aus Feingefühl wegen der jüngeren Schwester in der Nähe nicht gleich hatte halten wollen. Und nun polierte sie seinen Grat so, daß er meinte, es verginge ihm Hören und Sehen. Alle himmlischen Heerscharen in sich sammelte er, um Sieger über die Höllenglut zu werden, es nützte ihm nichts, er hätte mit des Erzengels Schwert gegürtet sein müssen. Kunstreich jedoch straffte sie das schlaff gewordene schwache Fleisch ein zweites und drittes Mal, wozu ihr sogar der kräftige Mund nicht zu schade war. Dabei kamen ihm ihre furchtgebietenden Zähne bedenklich nahe, was nützte es, er mußte in dieser sündigen Feldschlacht bestehen. Und Max Schmied bestand sie, bis die Altötting-Fahrer zurückkehrten.
Nicht einfacher wurde es damit. Verstecken mußte er jeden Überdruß vor Nanni. Verbergen das Vorgefallene auch vor seiner Liebsten. Wechselweise besuchten ihn die Kreuzelgießer-Töchter in der Stauden gemäß den jeweiligen Verabredungen. Vorteilhaft traf es sich, daß er tagsüber gerade Lohn erlangen konnte, indem er die zahlreichen Kutschpferde des Posthalters der kurfürstlichen und Thurn und Taxischen Poststation von der Hauptstadt — so war sein Titel — auf der vor der Stadt liegenden Weide be-

wachen durfte. Die Augen offenzuhalten genügte für diese Beschäftigung meistens, lediglich wenn welche zum Umspannen geholt wurden, hatte er sie zuvor noch glänzend zu striegeln. Eines Tages um die Mittagszeit überraschte ihn Lena, seine Mutter, dabei, wie er dösend auf einem Zaunpfosten hockend den Gras malmenden Mäulern seiner Schützlinge zusah. Zufrieden, denn die waren stattliche Rösser, deren er sich nicht zu schämen brauchte. Wenn er sie zwischendurch bewegen mußte, also reiten nur mit Trense und Kandare, jedoch ohne Sattel, konnte er sich wie ein hochgeborener Herr oder aber tapferer Reiter vorkommen. Nun war sie heran, Lena, die Mutter von Max. Sie, die ihn sein Lebtag lang begöttert und gehätschelt hatte, wo sie nur konnte, war nun aufgebracht, zornig über ihn, weil er angefangen hatte, sie zu enttäuschen. Er sah es ihr gleich an, daß es ihm schwerfallen würde, sie zu besänftigen, und dies erschreckte ihn nun wirklich. Ohne sie zuerst ihre Vorwürfe anbringen zu lassen, verkündete er schuldbewußt und in seiner ersten Zerknirschung:
»Ich geh weg, außer Landes. In Venedig werben sie Soldaten gegen die Heiden, da kann ich unterkommen.«
Schon brach das Donnerwetter über ihn herein.
Feig wolle er sein, weglaufen, sich hinter Soldatenröcken verstecken? Sein Vater, den er sich angemaßt hatte zu verachten, ein einziges Mal wisse sie, daß der sich vor etwas gefürchtet habe, nämlich, daß ihn der alte Camerloher habe entdecken können, wegen einer alten Sache. Sonst habe sich der aber vor niemandem versteckt! Nun, der Kreuzelgießer werde wohl richtig gehört haben? Überlegen solle er sich etwas, sie warte inzwischen.
Was ihr der Sixtus wohl aufgesteckt hatte, der Mutter? Wirr gingen ihm die Gedanken durch seinen Kopf.
Laban aber hatte zwei Töchter; der Name der älteren war Lea, der Name der jüngeren war Rachel. Die Augen der Lea waren matt; Rachel aber war schön von Erscheinung und schön von Gestalt. Jakob liebte die Rachel, und er sagte: Ich will dir sieben Jahre dienen

um deine jüngere Tochter Rachel. Laban sprach: Es ist besser, ich gebe sie dir als einem anderen, bleibe also bei mir. So diente Jakob sieben Jahre um Rachel und sie waren in seinen Augen wie nur einige Tage, weil er sie liebte.

Aber Max Schmied, Sohn der Söldnerwitwe, war kein Jakob, und die Arbeit, die er eben ausführte, war nur zwölf Kreuzer den Tag wert. Der Kreuzelgießer jedoch hatte sich mit seinen Devotionalien seit dem großen Krieg zu einem kleinen Wohlstand gebracht, viel Widerwärtigkeit von den zünftigen Kandelgießern, denen er nach deren Meinung ins Handwerk pfuschte, ausgestanden und mit Hilfe eines aus seinem Anteil aus einer geraubten schwedischen Regimentskasse herübergeretteten Betrags zahllose kleine Geldgeschenke an untere Beamte für seine Fürsprache eingesetzt. Wie lange würde ein Habenichts Max Schmied so einem dienen müssen, ganz abgesehen davon, daß man für eine Heirat die Obrigkeit zur Zustimmung brauchte.

Dann sagte Jakob zu Laban: Gib mir meine Frau, denn meine Tage sind um, und ich möchte nun zu ihr kommen — er war schon zu ihr gekommen — *da versammelte Laban alle Männer des Ortes und bereitete ein Mahl. Am Abend ging er mit seiner Tochter Lea zu ihm und führte sie ihm zu.* — Nanni! Würde die ruhig bleiben?

»Nun, ist dir was eingefallen, Sohn?«

»Wenn mir der Posthalter eine andere Arbeit für mehr Lohn tun läßt, kann es dann sein, daß der Kreuzelgießer mir dann seine Tochter zum Heiraten gibt? Mir gibt, bevor jemand von der Schand erfährt?«

Das Gesicht der Lena Schmiedin kam dem ihres Sohnes, dem schönen, wohlgeformten, sehr nah, ihre Augen forschten es in aller Gründlichkeit aus, bevor sie ihm, sichtlich erleichtert, antwortete: »Er wird schon, glaube ich, so schnell bekommt er die Nanni nicht mehr aus dem Haus. Wo er heute die Agathe dem Brunnknecht Gaisreitter versprochen hat, wird er dabei nicht kleinlich sein, die ältere an einen Mann zu bringen.«

Stehen ließ sie ihn, eilte zurück zu ihrer Arbeit, und er stand da, als habe ihn ein Roß geschlagen. Über die Schulter zurück rief sie ihm noch zu: »Wie auch immer, mutiger als zu den Soldaten laufen ist mir das schon.«

Es wurde kein leichter Handel mit dem Sixtus. Daß der Brunnknecht Sebastian Gaisreitter ihm als Schwiegersohn auf den Tag sofort einzuspringen bereit war, kostete ihm schon einen Haufen Brautgeld, soviel, wie eine Mitgift für einen mittleren Bauern. Dabei mußte er froh sein um den Brunnknecht. Die Geschichte mit seinen Töchtern, würde sie unter die Leute kommen, die Existenz konnte ihm das kosten. Denn würden nicht alle an seiner gottgefälligen Lebensführung zweifeln, wenn so etwas herumkam, und würden sie bei so einem weiter Heiligenfiguren teuer erstehen? Gar nicht daran zu denken, was die Patres mit so einem Devotionalienhändler und Gießer anstellten, ob sie ihn beim Ruchbarwerden der Sache noch vor ihrer Kirchentür dulden würden, wäre sehr fraglich. Nein, da schon lieber das Opfer an Geld bringen, dann war die Agathe, dieses Luder, doch unter der Haube, bevor jemand auf ihren Zustand aufmerksam wurde. Der Sebastian, der Gimpel, so schlecht war der bei dem Geschäft wieder nicht gefahren, der würde sich am Lilienberg ankaufen können und einen Hausstand gründen. Aber der andere, der Schmied-Bub, der sollte auch nicht ungeschoren davon kommen, die ältere mußte vor der jüngeren verheiratet werden, und die sollte er gefälligst nehmen, wo nicht, hatte er auch seiner Mutter gleich gesagt, bestünde für ihn der dringliche Verdacht, daß der zur Verführung seiner Tochter zauberische Mittel angewandt habe. Bei seinem Kreis von Verbindungen, bis hin zum Hofkastenamt, da würden sich schon berufene Leute finden, der Sache auf den Grund zu gehen.
Seit der Rückkunft von Altötting war dem Kreuzelgießer-Sixtus ein Getuschel zwischen seinen Töchtern aufgefal-

len. Weil er nicht dahintergekommen war, welche Heimlichkeiten da ausgetauscht wurden, hatte er schließlich seine Jüngste beiseite genommen und unter einigem Fuchtel aus ihr herausgebracht, was ihn dann zu so schnellem Handeln getrieben hatte. Die Hadernsammler-Söhne Christof und Kaspar Mayr, auf die er zunächst sein Auge geworfen hatte, erwiesen sich nach vorsichtigem Anfragen als ungeeignet. Diese beiden sparsamen jungen Männer, bekam er schnell heraus, waren insgeheim schon wohlhabend genug, daß sie auf absehbare Zeit die Errichtung einer eigenen Papiermühle planen konnten. Belangloses schwatzend hockte er mit denen noch am Wirtshaustisch beim Falterwirt, als der Brunnknecht auftauchte.
Der Gaisreitter war nicht wenig erstaunt, als ihm bei hellichter Frühschoppenzeit eine Hochzeit vorgeschlagen wurde. Denn bisher hatte er keinen Gedanken daran verschwenden können, zu wenig lag in seiner Mietstube bei den Paulanern auf der hohen Kante, um damit einen Hausstand anfangen zu können. Aber rasch erkannte er seinen Vorteil, merkte, daß es dem Kreuzelgießer besonders eilig war, und ließ den zappeln mit seiner Antwort. Als er meinte, der würde auf sein Angebot nichts mehr zulegen, erst dann bequemte er sich zu einer Zusage. Doch, freilich, die Agathe gefiele ihm schon — aber er sei nicht sicher, ob er mit dem Anheiraten des noch ungeborenen, aber eben sündhaften Kindes nicht auch schwere Sünde auf sich selber lade. Wenn er doch einwillige, dann nur, weil er ein christliches Mitgefühl für ihn, den geprüften Vater spüre. Ja, er nehme es auf sich, aber nur, wenn neben dem Geld auch noch Sicherheit sei, daß niemand in der Au oder sonstwo von alldem erfahre.

Max Schmied erlangte beim Posthalter keine bessere und mit mehr Lohn versehene Stelle. Auf dem flachen Land war ein Posthalter an seinem Ort sehr bald nach der Verleihung des Privilegs ein reicher und angesehener Mann,

denn die Reisewagen brachten ihm die Gäste ins Haus, das meist in weitem Umkreis das einzige war, in dem die anspruchsvollen Reisenden ihren Ansprüchen gemäß bedient werden konnten. Aber der Hanns Christoph Prix in der Residenzstadt München lag mit seinem Haus im Adelsviertel beim Rindermarkt weit weniger günstig fürs Geschäft. Da waren nicht selten Reisende schon an ihrem Ziel und wurden vom Kutschenschlag weg von Münchner Freunden abgeholt, bevor sie auch nur einen einzigen Kreuzer Zeche bei ihm hatten machen können. Die anderen aber, die auf Umspannen und Weiterfahrt warteten, nützten den kurzen Aufenthalt gern, um die Sehenswürdigkeiten der Stadt zu erkunden. Da hieß es eben, die Erträge aus den Gebührnissen beisammenzuhalten, um die Tafel mit dem klangvollen Titel ›Kaiserlich und Kurfürstlicher Reichsposstallmeister‹ am Tor nicht zu verlieren. Wie sollte er es sich da leisten können, auch noch für einen Roßknecht besondere Fürsorge zu leisten — schenkte ihm von seinen zahlreichen Konkurrenten vielleicht einer etwas? Mußte eben jeder sehen, wo er selber blieb!
Schon trug sich Max Schmied wieder mit dem Gedanken, doch noch zu den Soldaten zu gehen, als einzige Ausflucht, um nicht vom Landrichter ausgehoben und verurteilt zu werden, da gab ihm ein altvertrauter Gärtnerfreund neue Hoffnung. Sommersitz und Jagdschloß Neudeck war zwar seit dem Fertigwerden des Schlosses Nymphenburg zunehmend verlassener, sogar den Paulanern habe der Hof Grundstücke davon überlassen. Aber bei Hof habe man für die Au einen ganz neuen, noch geheimen Plan. Florentiner und Pariser Seiden belasteten den kurfürstlichen Haushalt so sehr, daß man darangehen wolle, eine eigene Seidenzucht und damit verbunden eine Spinnerei und Weberei zu errichten. Und bereit erklärte sich der Freund, bei einem ihm bekannten Herrn am Hofkastenamt ein Wort für ihn einzulegen. So gut wie sicher könne er sein, daß er dann angenommen werde.

Mit solchen Aussichten im Hintergrund unternahm er den nun immer unaufschiebbarer werdenden Gang in die Gießwerkstatt. Und gleich hier und nicht in der Wohnstube erging die wohl nicht vermeidliche Schimpfkanonade über ihn.
Rasch aber kam der Sixtus aufs Sachliche und holte die Nanni als Zuhörerin dazu. Ein Diktat wurde es, und am Ende lag dessen geschaffene Stimmung wie der haftende Geruch des Gießmetalls über dem Raum. Ja mußte Max dazu sagen, daß, immer vorausgesetzt seine Anstellung beim Hofkastenamt, er die Nanni in den nächsten Wochen schon zu seiner Frau machen würde. Ja auch dazu, sich künftig deren Schwester Agathe nicht mehr als unvermeidbar zu nähern, ja, nie ein Sterbenswort über seine gehabte Verbindung zu ihr jemandem zu verraten, sogar dem stimmte er nicht einmal zu ungern und deshalb bereitwillig zu, daß vorläufig auch nach der Hochzeit die Nanni in seinem, des Kreuzelgießers, Haus bleiben würde, bis er es mit seinen Ersparnissen von seiner Arbeit geschafft habe, das Söldenhaus seiner Mutter in angemessenen Zustand zu bringen, nachdem es ihm, das könne man wohl verlangen, von ihr übergeben worden sei.
Mit dieser Vereinbarung war aber Nanni nicht glücklich, räsonierend gab sie ihrem Vater zu bedenken, daß die Leute doch noch aufmerksam werden könnten, wenn sich ihre Heirat auf solch ungebräuchliche Weise zeige. Und der jüngeren Schwester, der habe er schließlich auch ein kleines Vermögen zugesagt, daß die gleich zu ihrem Brunnknecht ziehen könne. Sie sei die älteste, die Leute, die würden sich allerhand denken können! Dazu sah sie Max auffordernd an, erwartete, daß der gleich mit ihr in dieselbe Kerbe haue, doch der blieb einsilbig. Auch als sie ihm ein schmeichelndes, schmachtendes Gesicht hin machte, bezweckte sie damit nicht, daß er den Mund auftat.

Schon wenige Tage war alles, was mit der Verheiratung der Kreuzelgießer-Töchter zusammenhing, beim Landgerichtsschreiber fürsorglich beurkundet. Und auch die Lena Schmiedin ließ eintragen, daß die Sölde auf ihren Sohn übergehen solle an seinem Hochzeitstag, wofür ihr jedoch bis zum Lebensende Wohnrecht, Speis und Trank, Licht und Feuer zustehen müsse. Ein weiteres hatte Lena getan und für eine bescheidene Morgengabe dem Max zwanzig Gulden beiseite gelegt, wofür siebzehn erlöst waren für die über all die Jahre versteckt gehaltenen Pistolen des Vaters. Weiter war ein Ansagen der Doppelhochzeit mit den Paulanerpatres vereinbart und beim Falterwirt ein Essen für die Gesellschaft der Hochzeitsgäste vorsorglich bestellt und nur der Tag dafür noch zu bestimmen. Nur die Errichtung des kurfürstlichen Seidenhauses in der Au zog sich hin, die Annahme des Max Schmied zum Hofbediensteten. Da blieb dem Sixtus, dem geschlagenen Vater dreier unverheirateter Töchter, nichts anderes mehr übrig, als auch dem zweiten Schwiegersohn einen Betrag zuzuschießen, der hinreichte, gleich in der nächstfolgenden Woche vor den Altar zu treten. Auch der Aufwand zu einer solchen Festlichkeit war ja durch Mandat des Landesherrn je nach Stand der Brautleute vorgeschrieben und durfte nicht überschritten werden, wozu allerdings bei dieser Hochzeit auch niemand mehr Lust und Mittel dazu gehabt hätte. Lustig fing es trotzdem an. Drei Bettelmusikanten spielten zum Brauttanz auf, jeder hatte satt zu essen, und sogar mehr zu trinken gab es, als manchem guttat. Aber zwischenhinein, zum Ausrasten der beim Drehen ermüdeten Tänzer, sangen die Musikanten ein Lied, das sie vom Österreichischen herüber angenommen hatten — Bettelmusikanten kamen eben weit herum in den Landen.

»... drauf gingen die zur Kirchen,
mit Braut und Bräutigam,
damit die beiden derfen,
was sie schon lang getan.«

So sangen sie von einer Bauernhochzeit von St. Pölten. Bisher war Max seinem Mithochzeiter Gaisreitter immer vorsichtig ausgewichen, und vermieden hatte er, den zu reizen, doch jetzt fuhr der auf ihn los.
»Du Lump! Möchtest mir auch noch den Spott nachwerfen?«

».. . und als sie waren trunken,
da huben s' ein Hader an,
sie schlugen sich die Bäuch und Nas
mit Stühlen, Glas und Pfann.

Und von der ganzen Gemeinde
ein einziger übrig ist,
das war des Richters Esel,
der lachet auf dem Mist.«

Aufgeregt warf sich Nanni zwischen die Streithähne, gestandene Mannsbilder, erwachsene Nachbarn trennten sie derb und gründlich, verstockt hockten sie danach den Rest der Feier einander gegenüber, und die übrige Tischgesellschaft hatte Grund, sich Gedanken zu machen.
Auch Pater Franziskus Gebhard machte sich welche. So war das also, schloß er, der Brunnknecht hatte schon einen Vorgriff getan auf die Ehe. Dem und seiner Agathe würde er dringlich ins Gewissen reden müssen, gleich morgen, damit sie die tätige Buße für diese Sünde auf sich nähmen.
— Verstockt erschienen dem jungen, eifernden Asketen Pater Franziskus die frisch einander angetrauten Gaisreitters. Sie bestanden fest darauf, nicht vor der vergangenen Nacht einander beigewohnt zu haben — wahrheitsgemäß. Aber Pater Franziskus ließ nicht ab damit, ihnen von den furchtbarsten Seelenstrafen zu predigen, die sie für die Sünde der Unkeuschheit befallen würden. Auf Agathe wirkten sie. Nicht gleich, daß sie sich verplappert hätte, das nicht. Aber wenn sie allein blieb im neu bezogenen Haus, das ihr noch so fremd war, vervielfachte sich die Lautstärke des Ächzens und des Knackens der frischen Balken unter

dem Dach, das Geräusch der frischen Dielen, wenn sie ihre Spannung nachließen, wurde in ihren Ohren zum gequälten Stöhnen. Von der Arbeit heimkommend fand sie Sebastian Gaisreitter eines Tages blaß und fiebrig auf dem ehelichen Lager liegend, krank. — Hätte sie sich nicht auf diesen Handel einlassen dürfen, dachte er zum wiederholten Mal, doch da seine Frau in irrsinniger Angst in ihn drang, mit ihr eine Wallfahrt zu unternehmen, nach dem zwei Tagmärsche zu Fuß entfernten Altötting, gab er ihrem Drängen wieder nach, versprach es ihr. Bei sich denkend, daß so eine Wallfahrt etwas Abwechslung bringen würde auch ihm, und er nicht in so viele bekannte Auer Gesichter würde schauen müssen, die ihm in den letzten Tagen insgeheimes Wissen mit sich zu tragen schienen, wie er sich einbildete.

Max Schmieds ehelicher Hausstand ließ sich nun ebenfalls langsam an. Endlich hatte er seine Einstellung bei der ›kurfürstlichen Seidenmanufaktur‹ zugesagt erhalten. Als Knecht allerdings nur, der die Maulbeerbäumchen ziehen und pflegen sollte, deren Blätter den Seidenraupen zur Nahrung dienen würden, bis sie sich einspannen in die begehrten Fäden, die von ihnen erwartet wurden. Im Garten der nun noch wenig gebrauchten Falknerei würden diese Unternehmen beginnen, aber der Neubau eines Fabrikhauses wuchs schon aus dem Boden heraus, und man konnte die Ausmaße sehen, die er einmal haben würde. Großmächtig. Kein anderer Bau in der Au und nur ganz wenige in München hatten eine solche Ausdehnung — und er, Max, er war einer der ersten, die an diesem Unternehmen mitarbeiten durften, wenn später der volle Betrieb aufgenommen würde, von den nachkommenden Neuen würde er nach oben geschoben, ja, auf einen Rang würden die ihn heben mit ihren arbeitswilligen Schultern. Max Schmied war wieder obenauf, bei solchen Aussichten, sogar Nanni verzieh er ihre Häßlichkeit in solchen Momenten. Dann aber wieder, zu anderen Zeiten, fraß ihn im Inneren ein

Zorn, daß er der Knecht von Raupen geworden war, von Gewürm, nur weil dieses Tierzeug einen Faden bereitete, der zum Weben der geschätzten Seiden- und Damaststoffe nötig war. Ihm und Nanni, Leuten seines Standes, aber waren solche Stoffe für die Kleidung streng verboten. Trotzdem war er Raupen-Knecht, beim daran Denken kam er sich selbst als nicht mehr als eine Raupe vor. Mit keinem Menschen hätte er über solche Gedanken zu sprechen gewagt, und er vertrieb sie sich, wenn sie ihm ankamen, mit einem Branntwein beim Falterwirt. Seidenhaus-Knecht war er, noch nicht einmal Hof-Seidenhaus-Knecht durfte er sich nennen!

Bis es Sebastian Gaisreitter zum Hofbrunnknecht gebracht haben sollte, mußten auch noch einige Jahre ins Land gehen. Inzwischen hatte Nanni schon vier Kinder zur Welt gebracht, von denen allerdings nur eines das erste Lebensjahr überstand. Nicht überlebt hatte das Sündenkind der Schwägerin Agathe, es war ihr tot zur Welt gekommen, was der Gaisreitter, nicht zu Unrecht, der Altöttinger Wallfahrt als Erfolg zuschrieb. Sie blieben von da ab auch kinderlos. Als im sechzehnhunderteinundsiebziger Jahr das Hochwasser der Isar großen Schaden an den Au-Häusern angerichtet hatte und Nanni ihrer Schwester mit dem Ersuchen kam, sie möge ihr ihres noch im Wickelkissen stekkenden Söhnchens wegen beispringen mit einem geringen Betrag, fand sie Agathe schon geneigt, ihr diese Hilfe nicht zu versagen. Dies verbot jedoch der Brunnknecht und Hausherr entschieden. Deshalb, weil er einen Plan hatte, die ersparten Gulden anderweitig und für sich in einer besonderen Weise nutzbringend anzulegen.

Zu frömmeln hatte Sebastian Gaisreitter begonnen, war der Rosenkranzbruderschaft beigetreten und wollte seine Frömmigkeit nach außen noch besonders sichtbar machen, indem er demnächst, sobald das Geld dafür zusammen war, an den Zaun seines Grundes zur Straße hin ein Andachtsbild aufstellen lassen würde. Als es zwei Jahre später

soweit war, hatte sich die Schwägerin mit ihrem ›Balg‹ längst selber beholfen, Gaisreitter aber konnte beim kurfürstlich hochlöblichen geistlichen Rat in München vorstellig werden. Die auf offener Straße vorbeikommenden Leute wolle er mit einer Figur mit der Passion Christi zur Andacht bringen. Zu derer und seines und seiner Frau Seelenheil wolle er für das Bildwerk eine kleine Kapelle errichten lassen. Da der geistliche Rat dies bewilligte, wurde man in München auf den kirchenfrommen Brunnknecht aufmerksam. Als es aber mit dem Zusatz ›Hof-‹ zu seinem Berufsnamen noch nicht zu reichen schien, trieb er Agathe, seine schwer büßende Gaisreitterin, sie solle um die Kapelle das ganze Jahr über einen blühenden Blumengarten errichten und instandhalten. Dies zu dürfen ließ er sich selbstverständlich wieder bewilligen von der Kammer des geistlichen Rats, sonst hätte man dort vielleicht nichts davon bemerkt.
Diesmal allerdings kam das Gesuch in die Hände eines gründlichen Sekretarius. Warum reichte dieser Mensch ihm solch ein Schreiben ein? Hätte er es getan, wenn amtlicherseits nichts dazu zu veranlassen wäre? Wurde dadurch nicht sogar eine persönliche Augenscheinnahme nötig? Sebastian Gaisreitter erhielt einen Bescheid der Bewilligung, nachdem das Gärtchen anzulegen erlaubt wurde in zwanzig Schuh in der Weite und dreißig Schuh in der Länge, so sich am Berg beiläufig entlang erstrecken. Dafür seien er und alle nachkommenden Inhaber des Gärtleins allzeit schuldig, die Kapelle sauber zu erhalten, die Ampel darinnen anzuzünden, auch das Gitter vor dem Altar nachts und morgens zu- und aufzumachen. Und, da es die Grenzen des ihm zu Lehen seienden Lehensgrundes überschritt, Steuern und Abgaben dafür zu entrichten, Hofbrunnknecht wurde er immer noch nicht.
Gerade zu dieser Zeit kamen wieder die Schmiedschen Schwägerleute an. Bittfällig fielen sie den Gaisreitters ins nach Weihrauch und Weihwasser duftende Haus. Die kur-

fürstliche Seidenmanufaktur arbeitete nicht mit dem erwarteten Gewinn, die Schmieds mußten befürchten, daß ihr Ernährer sein Brot verlöre, und wollten um Kredit bitten für die Begründung einer eigenen Strumpfwirkerei. Auch Gaisreitter wußte, wie es um die kurfürstliche Seidenunternehmung stand und daß man von seiten des Hofes nichts in sie investieren würde, um sie an der Existenz zu halten. Denn in der Residenz in München war ein Brand gewesen und hatte teure Schäden hinterlassen, die der Durchlaucht dem Herrn Kurfürsten vordringlicher zu beheben waren als das Seidenhaus.

»Ein Gewerbe beginnen, und ohne Geld oder vielmehr mit dem meinen?« Darauf wußte Max schon, daß er von seinem Schwager nichts zu erwarten hatte. Aber Nanni versuchte es noch einmal.

»Es ist wegen der beiden Kinder, die wir haben. Die sollen einmal einen besseren Anfang haben, als wir ihn gehabt haben.«

»Kinder? Erzieht sie gottgefällig, dann werden sie zu einem besseren Leben geführt werden als der Herr Max Schmied.« Da klang der alte Vorwurf heraus, wegen des beinahe mit der Agathe gehabten Kindes, da war auch unterschwelliger Neid wegen der lebenden Nachkommen herauszuhören. Die Schmieds gingen.

Heimzu, da bemerkte Nanni leichthin, die Schwäger würden das Sach schon beisammenhalten und schließlich ihren Kindern vererben. Schlimme Monate hatten die Schmieds danach zu durchstehen. Zwar wurde dem Max Schmied vom kurfürstlichen Amtmann des Kastenamts fest zugesagt, er würde, sobald als eine für ihn passende Stelle verfügbar sei, in diese eingestellt. Aber das Seidenunternehmen des Hofes fand sein Ende, und das dafür inzwischen errichtete Haus blieb leer stehen. Max Schmied war also wieder darauf angewiesen, seinen und seiner Familie Unterhalt mit Taglohn zu verdienen, unterstützt nur gelegentlich durch Zuwendungen von einigen Kreuzern

durch den alten Kreuzelgießer. Aber immer noch zog auch der den Brunnknecht ihm vor, war der doch einer, mit dem er auch bei den Paulanern sein Ansehen erhöht hatte.
Als Kurfürst Ferdinand Maria starb, übernahm sein Bruder für den unmündigen Kurprinzen Maximilian Emanuel die Regentschaft für ein Jahr. In der Zeit davor schon hatte das Kurfürstentum Bayern eine Armee geworben und an kriegführende Staaten vermietet. Was von den vermieteten Regimentern aus Italien oder vom Rhein wieder zurückkam, was nicht unterwegs desertiert oder abgedankt war, trieb sich in der näheren und weiteren Umgebung der Haupt- und Residenzstadt herum. Mancher invalide oder auch nur mittellose Mann suchte sich in einer Scheune oder Holzlege in der Au ein Nachtlager. Denen sollte nun Lohn und Arbeit geschaffen werden, dazu sollte das für die Seidenfabrikation vorgesehene Gebäude zur Tuchfabrik umgerüstet werden. Und was Max Schmied nicht zu hoffen gewagt hätte, trat ein, man erinnerte sich an ihn. Aufseher bei der Tuchwalke sollte er werden, bei der Walke, die am Hang der Giesinger Anhöhe hinauf, oberhalb der Falkenau errichtet wurde. Beaufsichtigt mußte die Walke deswegen werden, damit keine Unterschleife vorkamen, keine Tuche von den Trockengestellen im Freien weggenommen wurden, möglicherweise von den in der kurfürstlichen Tuchfabrik zu niedrigem Taglohn eingestellten Invaliden und herangezogenen unsicheren Elementen. Als Maximilian Emanuel selbst die Regierung übernahm, wurde bestimmt, daß die Erträgnisse aus dem Auer Tuchhaus mit zur Ausrüstung der neu aufzustellenden bayerischen Armee dienen sollen. Der junge Kurfürst nämlich sah es als sein erstes und wichtigstes Ziel an, Ruhm und Macht für sein Haus Wittelsbach als Kriegsheld zu vermehren.
Zehn Gulden erhielt Max Schmied nun für den Monat. Da die Seidenraupenzucht neben der Tuchfabrikation noch in kleinem Umfang fortgeführt werden sollte, erwuchs ihm ein Zusatzverdienst daraus, daß er in seinem eigenen

Haus, unter dem Dach oben, Raupen fütterte und diese, wenn die sich eingesponnen hatten, an den Strumpfwirker gab, der das Privileg zum Herstellen von Seidenstrümpfen übertragen bekommen hatte. Fünf oder sechs Gulden brachte ihm das in günstigen Monaten zusätzlich ein. Sechs Tage vom Tagesanbruch bis zum abendlichen Gebetläuten war er dafür auf den Beinen.

Max Schmied hatte streng darauf zu sehen, daß die ihm untergebenen Tuchwalker-Knechte ihre Arbeit erledigten, auch an den Montagen, die sie gern langsam angehen ließen, weil sie den freien Sonntag zu sehr gefeiert hatten. Da Nanni nun, wie eine Unteroffiziersfrau, zur Ausschmükkung ihres Kirchengehkleides Samt verwenden durfte, besaß auch er ein etwas gehobeneres Ansehen, besonders bei den Fabrikarbeitern, so daß sein Wort einiges Gewicht hatte. Aber manchmal bedurfte er seines schon sehr geduldigen Zuredens, daß er seine Mannschaft vollzählig bekam. Doch vermied er es, den Bannreiter des Landrichters zu seiner Unterstützung zu holen, der »Gesellen, welche auf Werktagen die Arbeit ohne bewährte Ursache als da wäre Krankheit verlassen, für den ersten Tag eine Strafe von fünfzehn Stübern, für den zweiten Tag eine von dreißig Stübern, sodann für einen dritten Müßiggang acht Tage in Arrest bei Wasser und Brot« hätte verabreichen können. Gegen seine Natur wäre es ihm gewesen, Tag für Tag mit Leuten zusammensein und ihre verstockten Gesichter sehen zu müssen, weil die ihn fürchteten. Es wurden immer mehr Leute mit der Zeit, die Tuchfabrikation florierte, schon mehr als tausend Leute fanden hier ihren Lohn, ihr Brot. Auch ohne einen Titel kam Max Schmied aus. Er und Nanni mit den Kindern, und zwar nicht üppig, aber es lebte sich ganz beschaulich.

Von Europa aus war eine Krankheit an der menschlichen Gesellschaft gewachsen, die noch keinen Namen bekommen hatte. Es ist dies die Sucht, andere Menschen nicht mehr nach ihrem Mensch-

sein zu bewerten, sondern nach dem Rang, den sie vorstellen oder vorgeben vorzustellen. Nicht mehr daran gemessen zu werden, was einer selbst leistet und schafft, es führt dazu, daß nur noch wenige aus eigenem Antrieb etwas vollbringen. Dafür wird ihnen auch nur in seltenen und besonders glücklichen Fällen Anerkennung zuteil.
Laffen und hohle Strohköpfe aber geben den Ton an.
Anmaßend sind sie es, die bestimmen, was den Menschen zu nützen hat, was außerdem das Normale und was das Unnormale, das zu Verachtende, das zu Verbietende zu sein hat. So verordnen die dazu mit Macht und Mitteln Ausgestatteten denjenigen, die Unterwerfung heucheln, ihre eigene Strohköpfigkeit zur Norm.
Anmaßende Dummheit frißt sich wie Säure in die ›öffentliche Meinung‹, Vernunft und Weisheit aber werden, zunehmend um jede Generation weiter, als verderbliche Abweichung verurteilt — denn die aufgeblasenen Figuren mit ihrer angemaßten Machtfülle fühlen sehr wohl die Gefahr, die ihnen von ihr drohen könnte.
»Der Klügere gibt nach.«
So trichtern es die, denen die Macht über die Belehrung der Kinder gegeben ist, denen ein. Die Klugen also sollen den Dummen alles Bestimmen und damit letztlich Schadenanrichten überlassen, sie sollen ihr Klugsein für sich behalten, ist das klug?
Anmaßung und Heuchelei wuchern aus den ersten Anfängen der von einem Kopf abhängenden absoluten Verwaltung, wuchern aus den Amtsstuben und Kanzleien, wuchern durch die lobdienernden Bürger vor Rang und Titel führenden Perückenköpfen von Marionetten. Selber werden diese Bürger Marionetten, die es aufgeben, eigene Gedanken zu haben. Die Mode der Perücken würde aber nur ein Jahrhundert überdauern. Die der Dummheit? Der Furcht vor dem Denken?

Sebastian Gaisreitter wurde noch zum Hofbrunnknecht ernannt. Das war schon, als der Kurfürst Maximilian Emanuel mit dreißigtausend Soldaten dem habsburgischen Kaiser gegen die Türkenheere beigestanden hatte. Heimgekehrt waren, begrüßt von jubelnden Bürgern schon vor der

Stadt weit draußen im Dorf Haidhausen, bei weitem weniger Soldaten und mitgebracht hatten sie neben einiger prunkvoller Beute für ihren obersten Landes- und Kriegsherrn nur einige hundert Gefangene, Muselmanen, die in der Au zum Teil ihr erstes Quartier fanden.
Noch immer und nun bestimmt endgültig ohne Nachwuchs geblieben, richtete der Hofbrunnknecht in diesen für Bayern so glanzvollen Jahren eine Art klösterliche Zelle neben seiner Kapelle ein. Das Sühnenmüssen von jugendlichen Sünden hatte er sich selbst so sehr eingeredet, daß er drei recht zweifelhaften Jungfrauen dort Unterkunft bot, und später verkaufte er all seinen Besitz einem ihm in der Frömmelei ähnlichen Bürgermeister der Haupt- und Residenzstadt München zur Übernahme bei seinem und seiner Frau Agathes Ablebensfall. Er heuchelte nicht, er war selbst zur leibhaftigen Heuchelei geworden.

Fünfter Teil

In einem oberbayerischen Kreisstädtchen war der Gründer der Firma vor ungefähr dreißig Jahren noch ein geschätzter und geachteter Metzgermeister gewesen. Metzgermeister war auch schon dessen Vater, doch bei dem hätte noch niemand Grund gefunden, von einer Firma zu sprechen, der hatte noch, wie auch sein Sohn zu Anfang, jede Woche einmal von Bauern einige Stück Vieh gekauft — was heißt, gekauft, sachverständig erhandelt, ausgehauen, einen Teil Fleisch verwurstet und seiner Frau in den Laden gelegt zum Verkauf. Nahe dem Bahnhof eines Münchner Ausflugsortes war dieser Laden gelegen gewesen, und die Ausflügler hatten irgendwann zu schwärmen begonnen von der guten Wurst, die da zu haben sei. Zulauf hatte dieser Laden bekommen auch von Städtern, sogar einen Vorrat hatten die mitgenommen, wenn sie abends wieder heimzu in ihren Zug gestiegen waren und später, ein, zwei Jahre, in ihren Kleinwagen. Der Großvater hatte noch ein Stückchen Landwirtschaft betrieben, einige Tagwerk — das Tagwerk zu drei Hektar gemessen, soviel hatte man früher mit Knecht und Magd an einem Tag bestellen oder abernten können —, und aus dieser Zeit stand hinten, zum Hof hinaus, noch die alte und reichlich baufällige Scheune. Statt der hatte der Firmengründer ein neues, größeres Schlachthaus hingestellt und mit modernen Maschinen eingerichtet, Schulden dafür gemacht bei der Raiffeisenkasse, soviel, daß ihm zeitweise kein Quadratmeter des ererbten Grundes und kein Stein darauf mehr gehört hatte

— so jedenfalls hatten die Nachbarn darüber am Stammtisch im ›Seewirt‹ oder im ›Bayerischen Löwen‹ gemunkelt. Die Zeit nach dem Krieg war so einem Gewerbe günstig, da war noch der Hunger in aller Erinnerung. So war es immer weiter aufwärtsgegangen, bis schließlich hundert Leute im inzwischen auf dem einstigen Metzgeracker errichteten Fabrikbau Wurst herstellten, nur Wurst. Und die ersten, kleineren Lieferautos hatten bereits ausgedient, und größere mußten angeschafft werden. Die nächste Station beim Aufstieg des einstigen Metzgerbetriebs war das Kühllagerhaus gewesen, großstadtnah und in günstiger Verkehrslage. Dies zu erwerben war der Wurstfirma nur möglich gewesen durch feste Lieferverträge mit einer Supermarkt-Ladenkette, dazu noch Bürgschaften von diesem Konzernbetrieb.
Wolfgang Schmied, als er nach seiner Bundeswehrzeit bei der Firma angefangen hatte, war dem Firmengründer in seiner ersten Zeit dort gelegentlich begegnet. Überall hatte man den treffen können, denn der war noch wie ein Großbauer gewesen, verbunden mit allem, was ihm etwas einbringt und in allen Dingen um Sachverstand bemüht, wenn auch der ihm gelegentlich schon nicht zuwuchs. Wolfgang Schmied erinnerte sich, wie er nachhaltig und nichtverstehen wollend über den Fahrtenschreiber den Kopf geschüttelt hatte, zur Heiterkeit aller beschäftigten Kraftfahrer. Natürlich hatten sie die dem nicht sehen lassen, soviel Respekt hatten alle vor diesem kräftig gebauten, ein wenig kurzbeinig gewachsenen älteren Herrn. Im dritten oder vierten Jahr war Wolfgang Schmied in dieser Firma gewesen, da hatte es plötzlich eine Änderung gegeben, da war der Alte, der Senior, wie ihn manche schon länger Beschäftigten genannt hatten, weggeblieben, und sie hatten einen vorgedruckten neuen Arbeitsvertrag vorgelegt bekommen und vom Personalchef dazu gesagt, daß sich nichts zum Nachteil ändern würde, eher im Gegenteil, denn alle würden sie übernommen in die Belegschaft des

Konzerns mit Sitz in einer rheinischen Großstadt, der nun die Fabrik ganz erworben habe. An den Namen des Firmengründers auf den Lieferlastwagen war ein ›K. G.‹ angehängt worden, auf Lieferscheinen und Rechnungsformularen und an die Leuchtschrift über der Werkseinfahrt ebenfalls. Wirklich, sonst hatte sich nichts geändert.
»Ihr habt es euch aber lange überlegt.« Wolfgangs Mutter, zu Besuch, sagte es ohne Vorwurf zu Elli, die ihr Kleid daraufhin ohne Grund über dem Bauch glattstrich. Nur ihr und der eigenen Mutter, so waren Elli und Wolfgang nach dem Besuch beim Arzt übereingekommen, wollten sie vorläufig etwas wissen lassen, niemandem anderen, solange es sich verbergen ließ. Und, natürlich, dem Personalbüro des Supermarkts wegen des Kündigungsschutzes in der Schwangerschaft, dem schon früher, im zweiten Monat, nun war es der dritte.
Dann berührte auch Wolfgangs Mutter dieses Thema nicht mehr, hatte gemerkt, daß damit nur Verlegenheit entstand, betretenes Schweigen, das auch sie nicht mochte. Dafür lobte sie die Einrichtung, die Ordnung in der Wohnung, den von der Schwiegertochter selbstgebackenen Kuchen. Doch als das alles keinen Stoff mehr hergab, jedes Gespräch versiegen wollte, klagte die alte Dame, und das war als Vorwurf zu nehmen: »Weit ist es schon heraus von mir zu euch in die Trabantenstadt.« Wolfgang Schmied beeilte sich, seiner Mutter bereitwillig zu versichern: »Klar doch, daß ich dich heimfahre, außerdem kann ich dich das nächste Mal auch abholen, mit dem Auto sind es nur zwanzig Minuten.«
»Nein, ist ja schon gut, mit Straßenbahn und Bus geht es recht bequem. Früher, komisch, da, meine ich, wie es früher noch die Felder und Äcker der Perlacher Bauern waren, da hätte ich hierher es für einen Sonntagsausflug angesehen, aber nicht gedacht, daß du einmal hier heraußen wohnen könntest.«
Nun fällt auch Wolfgang Schmied wieder etwas ein. Zu-

nächst einmal holt er aus dem sonst leeren Bücherfach in der Schrankwand ein abgegriffenes Bändchen, fast nur ein dickeres Heft.

»Hab ich unlängst, wie wir wieder auf die Auer Dult geliefert haben, bei so einem Büchertandler gefunden und gekauft. Ist eine alte Stadtbeschreibung von München.«

Er blättert, beginnt dann zu lesen, ungeübt und auch langsam wegen des für ihn unüblichen Schriftbildes: »München erstreckt sich vom Gasteig bei Sonnenaufgang bis zum Galgenberg bei Sonnenuntergang. – Das Gasteig im Osten und der Galgenberg im Westen heißt das, sagt der Student bei uns in der Firma. Gasteig, das ist doch da, wo du in der Nähe aufgewachsen bist, Mutter?«

»Ja, das war schon mitten in der Stadt, über der Isar, aber schön.« Sie wundert sich über ihren Sohn, ihr Staunen hört man heraus.

Wolfgang blättert suchend weiter, läßt sich nicht ablenken. »Über die Gegend, aus der Vater herstammt, ich meine, meinen, nicht den Scheugenpflug, steht auch eine Menge: Nach der Au kömmt man durch das Isartor, wo, wenn man die innere und die äußere Brücke vorüber gegangen, rechter Hand ein immer geöffnetes Tor dahinführt. Die Häuser selbst sind unregelmäßig und nach Zufall angelegt, welcher von Zeit zu Zeit einzelne Einwohner zu dem Entschluß brachte, sich daselbst häuslich niederzulassen.«

»Seltsam hört sich das an«, warf Elli dazwischen, Wolfgang klang es interessiert.

»Ist vor ungefähr zweihundert Jahren geschrieben worden, da hat es diese Au also schon gegeben, sogar schon länger davor. Hört zu: Durch die Mitte der Hofmarkt Au führt eine krumme Straße, auf der man auch nach Giesing kommen kann. Die vielen schönen Gebäude, der alte Herzogsgarten etc. sind Beweise, daß die Au von jeher ein sehr lebhafter und angenehmer Ort, wo anfangs die Münchner ihre Lustgärten anlegten, gewesen seyn müßte. – Sein schreiben die mit Ypsilon, komisch. — Die Au wird in vier Viertel, das Isar-, Samer-, Bach- und Klafter-Viertel ausgeteilt und durch diese laufen von der Isar an zween Seiten Kanäle. Gleich beim Eingang sieht man linkerseits, weiter hinauf auf den Lilienberg ist das Nonnenkloster, unter anderem das große Fabrikengebäude. Diese Fabrike war einst eine beträchtliche Nahrungsquelle für die Einwohner in der Au, in dem viele hundert mit Wollspinnen, Stricken etc. von da ihren Unterhalt zogen. Es wurden auch für arme Leute und Kinder eigne Häuser errichtet, wo dieselben zum Wollarbeiten gewöhnt und wohl erzogen werden sollten. In dem großen Gebäude selbst fanden sich in verschiedenen Zimmern Tuchmacher, Färber, Wollkämmer, Walcher, Presser, eine Schönfärberei, große Tuchpressen und andere Arbeiter in Menge.«

»Von einer Textilfabrik in der Au ist mir aber nichts mehr bekannt. Kann sein, daß früher . . .«

»Sag ich doch, Mutter, vor zweihundert Jahren. Aber kann es sein, daß die Vorfahren von meinem Vater dort einen ›Lustgarten‹ besessen haben? Oder eines von den unregelmäßig angelegten Häusern?«

»Glaube ich fast nicht, Wolfi, wie ich deinen Vater kennengelernt hab, hat er mit seiner Mutter zusammen in einer kleinen Mietwohnung am Kegelhof gewohnt, in einem der kleinen Häuser am Mühlbach. Warum willst du so etwas überhaupt heute noch wissen?«

»Halt so.« Elli hilft ihm, sie verteilt den Rest Kaffee auf die Tassen, inzwischen kann er seine momentane Verlegenheit überwinden. Verlegen war er deshalb, weil er im Begriff gewesen war, seiner Mutter vorzuwerfen, daß die Schmieds der Vergangenheit keinen Besitz an Haus und Grund an ihn vererbt hatten — darauf wäre es hinausgelaufen. Aber mußte nicht sein früherer Chef, der ursprüngliche Firmeninhaber, auch Kinder gehabt haben? Die, vielleicht hatten sie an der noch größeren Firma, dem Konzern, einen kleinen Anteil erhalten, wer wußte das schon. Sonst

war nur Erinnerung, Name an der Hauswand, den Autos und Firmenpapieren geblieben, nichts weiter.
Selbstverständlich brachte er seine Mutter nach Hause, die Rückfahrt allein bot ihm Gelegenheit, seinen Gedanken ungestört nachzuhängen. Diese nun auch schon alt erscheinenden Häuserreihen, sie waren, vor knapp hundert Jahren beginnend, in die bäuerlichen Dorffluren hineingebaut worden. Ob hinter dem oder jenem Fenster noch ein Nachfahre derjenigen lebte, die zuvor die minderen Böden hier bebaut und abgeerntet hatten? Irgendwo mußten sie doch geblieben sein, die Kleinbauern, Knechte und Mägde von damals, ihre Kinder und Enkel? Der Boden, unter den Häusern, er war noch da.
Elli hatte sich nicht hingelegt, sondern erwartete ihn noch im Wohnzimmer. »Was hast du denn im Sinn gehabt, daß du deiner Mutter so altes Zeug vorgelesen hast?«
Er ging nicht darauf ein, bevor er sich zu ihr setzte, holte er sich eine Flasche Bier aus der Küche. Kein Ausweichen war das, er wollte reden. Aber keine Unterhaltung wurde es, sondern Wolfgang Schmied lud bei seiner Frau einen Monolog ab, so wie er wochentags die Ware bei einer Kundschaft anbrachte und es ihn erleichterte, wieder einen Posten weniger auf der Ladefläche zu haben.
»In den letzten Wochen ist es mir immer wieder im Kopf herumgegangen, was Eltern ihren Kindern außer dem puren Leben mitgeben, vererben. Leben ist ja so wenig nicht, es gibt, hört man, viel größere Planeten in unserem und anderen Sonnensystemen, die sind ohne alles Leben. Es sollte einen Kraftfahrer bei einer Wurstfabrik nicht kümmern, was im Weltall los ist, gut, aber ich hab meinen Kopf auch zum Denken. Denk ich also. In unserer Gegend hat man Gräber gefunden von Menschen von vor ein paar tausend Jahren, was weiß ich. Ein bequemes Leben war's für die bestimmt nicht, aber die haben sich fortgepflanzt, fort und fort. Haben ihren Nachwuchs das Überleben gelehrt, das Jagen und Pflanzen und Waldroden, Feuermachen, was

man sich eben so denken kann. Generation um Generation hat von sich aus etwas dazugelernt und weitergegeben, Metall schmelzen und schmieden, neue Werkzeuge herstellen, Lebensmittel konservieren, schließlich sogar Wissen konservieren mit der Schrift und mit Büchern. Aber irgendwann auch hat es angefangen, wann, weiß ich auch nicht, daß einige von diesen Menschen ihrem Nachwuchs haben mehr hinterlassen können als andere. — Was red ich da, so genau lernt man das in der Schule auch nicht. — Das mit der Schule ist an sich gut. Inzwischen wissen die Menschen so viel, ich meine, alle zusammen, daß es Eltern von einem Kind allein nicht mehr wissen und weitergeben können.«

»Eine Kollegin bei mir im Geschäft hat ein Kind in der Schule und sagt, sie kommt bei vielem nicht mehr mit, was die lernen müssen, und bei den Hausaufgaben helfen könnte sie sowieso nicht, weil sie dafür abends zu müde wäre.«

»Ich meine es anders. Außer in der Schule lernt ein Mensch auch noch woanders. Meine Mutter hat mir zum Beispiel beigebracht, daß ich zu allen Leuten höflich und freundlich sein soll, da tut mir dann keiner was, hat sie gesagt. Gestimmt hat das nicht immer so ganz. Und mein Vater, mein leiblicher, und mein Großvater, was die mir vielleicht beigebracht hätten, wenn ich sie erlebt hätte? Und wenn wir in einem halben Jahr unser Kind haben werden, dann fehlt mir ein Stück, was ich ihm nicht sagen kann, wenn es einmal größer wird und danach fragt. Aber vielleicht kann man es auch nachlernen bis dahin. Was meinst du?«

Elli ist müde, fühlt sich durch solch ausschweifende Überlegungen ihres Manns bedrängt. »Wolf, du schnappst mir noch über wegen dem Kind. Wenn früher eines gekommen wäre, hättest du es leichter genommen. Aber ich bin dafür, daß wir es erst einmal auf die Welt kommen lassen, daß wir solange uns nicht den Mund darüber zerreden.«

Wolfgang Schmied ist es nicht recht, aber er stimmt trotzdem zu, er ist freundlich, muß er es denn nicht sein? Wieder einmal — wie oft schon davor? — hat er Elli mißverstanden. Es rührt sie an, wie sehr er offenbar schon an ihr Ungeborenes denkt, wie er sich darauf einstellt. Diese Seite kennt sie nicht an ihrem Wolfgang. Zufrieden läßt sie ihn allein im Wohnzimmer hocken, er hat ja noch sein Bier nicht ausgetrunken. Aber sie will nicht riskieren, daß es ihr wieder so komisch wird, morgen im Supermarkt, will ausgeschlafen sein. Denn die sollen noch nichts merken, denen soll ihr Kind kein Gesprächsstoff werden. »Was, Sie, Frau Schmied, hat es doch noch geklappt?« und so, da ist sie nicht sicher, ob sie es sich daraufhin nicht doch noch überlegen würde, den Koffer packen und nach Österreich oder Holland in eine Abtreibungsklinik fahren.

Als Wolfgang auf den Ladehof kommt am anderen Morgen, Montagmorgen, dem manchmal träg-schläfrigen, gewaltsam-betriebsamen, fehlt ihm gleich etwas, das er nicht bestimmen kann. Kollegen blödeln nicht lauthals, sondern stehen beisammen, wenn sie eben schnell Gelegenheit dazu finden, sprechen mit gedämpften Stimmen irgend etwas.
»Hast gehört, der Rauswurf?«
Kirti! Dem Kirti haben sie etwas angehängt! Sein erster Gedanke, Zorn steigt dabei in ihm hoch, denn ungerecht findet er dies, der war doch ein zuverlässiger und umgänglicher Beifahrer, wegen seiner Arbeit war dem nichts anzuhängen und sonst: Immer hatte er dem Kirti gesagt, daß heutzutage und hier jeder immer jede Meinung haben und auch vertreten dürfe.
»Hätte auch keiner gedacht von dem Kolb.«
»Wieso, was ist mit dem Kolb?«
»Geklaut hat er, die Masse, jetzt ist er aufgeflogen.«
Wolfgang Schmied spürt eine Erleichterung — also nicht Kirti. Der allseits beliebte Kolb also, dem keiner so etwas

zugetraut hätte. Wieso eigentlich, wie sieht einer aus, der klaut, weist er sich in Gedanken selber zurecht. Nebenbei hört er mit einem Ohr zu, wie einer die näheren Umstände zum besten gibt, sich damit großtut. Schon seit längerer Zeit wären immer wieder einmal größere Posten Dauerwurstwaren verschwunden gewesen. Der Kolb habe die, soviel man jetzt wisse, auf eigene Rechnung und gegen bar an Kunden verkauft, schön blöd der Kolb, jetzt habe ihn einer der Vertreter aufgebracht und gleich der Geschäftsleitung weitergemeldet. Wolfgang Schmied kommt es vor, als ärgerten sich nun die Fahrerkollegen darüber, daß sie es dem Kolb nie zugetraut hätten, so etwas. Ja, so hörte es sich an.

»Ist denn das schon bewiesen?« erkundigte er sich beiläufig.

»Der Tourenleiter ist mit ihm gerade in der Geschäftsleitung oben.« Wolfgang spürt, wie einige ihn abschätzig ansehen — als ob er mit dem dicken Kolb gemeinsame Sache gemacht hätte, genauso. Ausgerechnet, wo er dem von allen Kollegen, außer dem Kirti, am wenigsten nahe gewesen war. Der, Kirti, kam gerade an, wie immer genauso, daß niemand ihm Zuspätkommen vorwerfen konnte, aber auch keine Minute früher. Sie mußten mit dem Laden ranklotzen, knapp setzte Wolfgang dabei auch ihn rasch ins Bild. Kirti zweifelte. »Kann ich mir nicht vorstellen. Klauen kann hier keiner, wird zu gut kontrolliert.« Als der Kolb vom Büro herunter auf den Hof kam, waren alle acht Lieferfahrzeuge fertig zum Abfahren, Wolfgang Schmied und Kirti brummten als vorletzte zum Tor hinaus, an der Laderampe blieb lediglich der eine, Kolbs Laster.

Betroffen brachte Wolfgang seinen Arbeitstag hinter sich. Mundfaul verständigte er sich mit seinem Beifahrer weiter über diesen außerordentlichen Vorfall.

»Geht einem an die Nieren.«

»Mir auch.«

»Schlecht, jetzt arbeitslos werden.«

»Kann man wohl sagen.«
»Wenn mir so was passieren tät! —Ich meine, geklaut hab ich nie, aber so gekündigt, aus einem anderen Grund. Würd' mich sauber reinreißen.«
Kirti nickt dazu nur, erst nach einer Weile, mittenhinein sagt er, entschieden: »Jedem würde das eine reinhauen.«
Wolfgang Schmied versucht, seine bisherige Abneigung gegen den dicken Kolb zu ergründen — dies würde ihm helfen, jetzt auch kein Mitgefühl mit dem haben zu müssen. Doch dabei kommt er darauf, daß er dem Kolb vor allem geneidet hatte, wie der sich bei den übrigen Kollegen beliebt hatte machen können, er, Schmied, er hätte gern genauso geglänzt bei den anderen wie der. ›Fähig‹ war er von denen immer gelobt worden, geneidet hatte er ihm diese Anerkennung. Und jetzt? Schadenfroh getuschelt. Über ihn, Schmied, wären sie da nicht noch gehässiger hergefallen, wenn es ihn betroffen hätte? Mit einemmal wurde ihm die Schwäche bewußt, eine Abhängigkeit von einer ihm unbekannten Macht, deren Gesicht er nicht kannte, nicht der des Tourenleiters, nicht der des Geschäftsführers. Wenn da irgendwo in einer Stadt am Rhein — in welcher eigentlich? —, wenn da einer auf den Gedanken kam, die Wurstfabrik rentiere sich nicht genügend, was wäre dann? Gut für ihn, daß sie gerade bei einem Großkunden zu warten hatten. Denn bei offenen Augen überfiel ihn ein Alptraum: Gesichtslose Männer hinter einförmigen Schreibtischen redeten monoton auf ihn ein. ›Gut, Sie haben lange bei Ihrer vorigen Firma ausgehalten, aber . . . Wenn Ihnen die Miete zu hoch wird, müssen Sie sich eben eine billigere Wohnung suchen . . . Kraftfahrer? Und was können Sie sonst noch . . .?‹
Elli, was wollte die denn da? Elli im Sessel der Ledergarnitur, vorwurfsvoll: ›Sparen? Wo soll ich denn etwas einsparen!‹
»Du, was ist, wir können abladen!« Kirti, der hatte ein Gesicht, ein fragendes jetzt.

Am Nachmittag ging es auf dem Werkshof laut her, als Wolfgang an die Rampe steuerte, rief ihm gleich einer zu: »Mit dem Kolb, das war ein Schmarrn, ein Irrtum, hat sich herausgestellt.«
Auf dem Gang, wo sie die Barverkäufe an einem Schalter abzurechnen hatten, erfuhr er dann Genaueres. Lediglich einen verkauften Posten aufzuschreiben hatte der Kolb vergessen, das Geld aber doch an die Kasse gegeben. Der Tourenleiter, »der alte Sack«, natürlich, der habe dann den Kolb gleich in der Frühe vor allen deswegen zur Sau gemacht, deswegen sei die Meinung aufgekommen, der werde fristlos gefeuert. Doch, habe sich so angehört.

Als abends Elli heimkam, ihn wie üblich fragte: »Wie war's? Was Besonderes?«, brummelte Wolfgang Schmied abwesend: »Alles klar.« Aber eine Viertelstunde später erstaunte er sie. »Nichts ist sicher.« Er brummte ungehalten, zornig. Sie fragte nicht weiter.

Dreizehntes Kapitel

Seiner Mutter Nanni verdankte er viel, einiges seiner Großmutter Lena und ein wenig auch seinem Vater Max, dem zum Beispiel seinen Vornamen, aber da war er nicht sicher, ob nicht auch seine Mutter bei seiner Taufe auf den Vaternamen gedrungen hatte. Als sein Vater zum Vorsteher und ›Zunftmeister‹ der türkischen Sesselträger gemacht worden war, hatte seine Mutter darauf bestanden, daß er die Schreib- und Lesekunst in der Schule der Auer Pfarre erlernen mußte. Als Grund hatte sie ihm angegeben, er müsse es deshalb einmal können, um das Amt seines Vaters zu übernehmen. Es half ihm nichts, daß er in widerwilligem Knabentrotz eingewendet hatte, auch der Vater könne weder lesen noch schreiben. Da hatte dann die

Großmutter eingegriffen und von seinem Großvater, den er nicht mehr gekannt hatte, behauptet, der wiederum habe es gekonnt und sein Vater es nur deshalb nicht erlernt, weil zu dieser Zeit die Umstände dafür schlecht standen, wenige Jahre nach dem großen Krieg. Er war im Jahr 1672 zur Welt gekommen und bis zum Jahr des Sieges des Christenheeres vor Wien in die Schule beim Kirchplatz gegangen. Nach der kurbayerischen Lands- und Polizeiordnung sollte ohnehin kein Kind gemeiner, also einfacher Leute, das älter als zwölf Jahre war, noch die Schulbank drücken. Es hätte sich schon eine Möglichkeit gefunden, ihn dort noch weiter zu halten, aber zu den eifrigsten Schülern hatte er nicht gehört, sonst wäre seine Mutter beim Vater damit durchgedrungen. Dem hatte die immer vorgeredet, er solle an den Tagwerkersohn Corbinian Prielmair aus Erding denken, wie der vom Kanzleijungen, der er geworden war mit neunzehn Jahren und im zweiundsechziger Jahr, es bis zum Wirklichen Geheimen Rat und zum Adeligen gebracht hatte. Aber Max war nun schon um ein Jahr älter als der Prielmair, wie der damals von der Schule in Dienst ging. Ja, wenn die Gaisreitters damals etwas beigeschossen hätten, wenn! Dann hätte er ins Münchner Gymnasium gehen können. So aber war er als Botenjunge bei der Tuchfabrik eingetreten. Und trotz seiner Jugend war ihm bald die Stelle als Aufseher bei der Walkerei zugefallen, die bis dahin sein Vater innegehabt hatte.

Auch das hatte seine Mutter angerührt, denn sein Vater hatte bei dieser Gelegenheit gemeint, zu früh solle er, der ohnehin schon in bessere Zeiten hineinwachsende Sohn, auch wieder nicht in die sichere Stelle eines Beinah-Hofbediensteten kommen. Gefahr laufe man sonst, daß er hoffärtig, sogar gegen die eigenen Eltern werde. Doch dafür, daß er dies nicht wurde, sorgte wieder die Großmutter, so lange die lebte. Werktags ließ die ihn die geflickten und umgeschnittenen Kittel auftragen, die einmal sein eigener Vater getragen hatte. Nur an den Kirchgängen wurde er

herausgeputzt, wie es dem Stand seines Vaters angemessen war.
Darauf gesehen hatte seine Mutter auch, daß er als Kind nicht zu viel mit den Haderlumperkindern und den gewöhnlichen Dorfbuben umgetrieben hatte, sondern mit den Buben des Verwalters der Hofmark Wageck gespielt hatte. Der Verwalter, der für die ehemalige Lebzelter- und zu Ratsehren aufgestiegene Patrizierfamilie Camerloher das Haßlangschlößchen in gutem Zustand und den dazu gehörenden Platner-Hammer zu betreiben hatte, war zwar kein großer Herr, dazu waren seine Einnahmen zu gering. Aber auf diesem Bereich der Au vertrat er in dessen Abwesenheit das Familienoberhaupt der Camerloher, dem die Gerichtsbarkeit zustand für kleinere Vergehen und für Verheiratung und Erbfallangelegenheiten. Ein Mann von Ansehen also, und wer mit seinen Söhnen spielte, hob sich etwas ab von den übrigen Kindern niederer Herkunft. Max Schmied also hatte von seinen Spielgefährten lernen können, wie man sich gegen Standespersonen zu benehmen hat, wie man den Hut zieht und wie man nicht zu plump, sondern zierlich vor einer solchen, einem Herrn Hofkastner oder Amtmann oder Pflegamtmann etwa, zu stehen hat, abwartend, bis der das Wort an einen richtet. Viel hatte ihm das schon geholfen, seit er die Anstellung in der kurfürstlichen ›Fabrik Wollwerk-Haus‹ innehatte.
Die meisten der um die zweitausend Taglöhner, die in der Fabrik arbeiteten, waren dienstunfähig gewordene ehemalige Soldaten aus den Feldzügen gegen die Türken oder Witwen und Waisen von solchen, die von Ungarn, dem Land der blutigen Schlachten und der trostlosen Winterquartiere überhaupt nicht heimgekehrt waren, weil sie Seuchen oder brandig gewordene Verwundungen der schlechten Versorgung wegen hingerafft hatten.
Bei den Schmieds waren sie genauso knapp mit Geld wie in den anderen Haushalten, denn nun war der Kurfürst als Statthalter in den Norden gegangen, in die habsburgisch-

spanischen Niederlande. Die Steuern des ganzen bayerischen Landes für ein ganzes Jahr hatte er mit dorthin genommen, zwei Millionen Gulden, soviel wie zwei Gulden von jedem ansässigen Landesbewohner. Seine Frau, habsburgische Kaisertochter, sie hatte den Kurfürsten nicht dorthin begleitet, sondern war nach Wien gereist, um dort den Kurprinzen ans Licht der Welt zu bringen, einen Kurprinzen, der einmal König des spanischen Weltreichs sein würde, wie die Leute sagten. Die Leute redeten auch, wenn keine Amtsperson sie hörte, von der durchlauchtigen Mätresse Anna Franziska von Louchier, die die Kurfürstin in den niederländischen Betten vertrat.

Auch der Mutter Nanni verdanke er es, meinte Max Schmied, daß er nun schon einige Monate lang ohne Lohn für seine Arbeit war, denn würde er nicht in der kurfürstlichen Tuchfabrik angestellt sein, sondern bei einem Handwerker in Dienst stehen, würde er seinen Lohn halbwegs pünktlich bekommen haben. Obwohl auch die Kammschneider, Seidenstrumpfwirker, überhaupt alle, die für höhergestellte Herrschaften und deren luxuriösen Bedarf arbeiteten, schwere Einbußen in ihren Einnahmen erlitten. War doch der Hof weit weg nach Brüssel gegangen, und folgten ihm nun alle, die es sich leisten konnten, hoffend, dort Ämter und Würden erhaschen zu können. Max Schmied wäre auch ganz gern mit irgendeinem Herrn dort hinaufgezogen — näher hin zu einem vielleicht auf ihn wartenden Glück, Glück, das doch nur in der Nähe der allerdurchlauchtigsten Fürsten zu finden war.

Diese Meinung bezog Max Schmied von einem Sesselträger, der unter der Aufsicht seines Vaters stand. Getauft war der, nun mit einem christlichen Namen versehen, Franziskus Antonius Joseph, wobei Joseph gleich zu seinem amtlichen Familiennamen geworden war. Mit weit über dreihundert seiner Leidensgenossen war er bei der Eroberung der ungarischen Stadt Ofen gefangengenommen und nach Bayern gebracht worden. Diener eines türkischen

Agas war er gewesen, eines Offiziers der heidnischen Feinde also, und deshalb nicht mit der Mehrzahl der anderen damit beschäftigt worden, Sklavenarbeit beim Graben schiffbarer Kanäle beim Schloß Schleißheim und Dachau, beim Bau des Schlosses von Lustheim oder zum Waldroden im westlichen Umkreis von München zu leisten. Erst war er wieder Diener geworden, denn türkische Diener waren in Mode gekommen nach den kurfürstlichen Siegen auf den ungarischen Feldzügen. Und als Diener hatte Joseph gelernt, die Landessprache zu erlernen, so konnte er Max Schmied erzählen. Viel erzählen, wenn sie auf der Hausbank abends beisammensaßen.

›Der Mavi Kral‹, so nannte der getaufte Türke den Kurfürsten in seiner Muttersprache immer noch, den ›blauen Kurfürsten‹ also, wie er dem feindlichen Heidenheer in seinem blauen Uniformrock aufgefallen und nach ihm benannt worden war. »Der Mavi Kral ist nach dem christlichen Kalender am 6. Juni 1686 ins Lager vor der Stadt Ofen gekommen. Den 22. ist das Pulvermagazin unserer Stadt in die Luft geflogen und hat uns großen Schaden getan, aber der Mavi Kral hat seine Soldaten im Graben vor den Mauern gehalten noch sechs Wochen lang. Mein Aga hat mir von der auf dem Hügel gelegenen Citadelle der Stadt gezeigt, wie es im Christenlager zuging. Wenn sie dort einen von unserer Seite gefangen haben, ist ihm die Haut abgezogen und die gedörrt worden. Nun weiß ich ja, daß die als ›Mumia‹ den Ärzten und Apothekern als Heilmittel verkauft wurde, wie das gedörrte Menschenfleisch auch. Damals aber habe ich, wie viele Türken, die Soldaten des Mavi Kral für Menschenfresser gehalten, für gefährliche Wilde. Noch mehr haben wir das glauben können, wie es zur Eroberung der Unterstadt am Wasser kam. Dabei sind auch die Frauen und sogar viele Kinder erschlagen worden. Ein- und zweijährige Kinder spießten sie auf Lanzen oder warfen sie gegen Mauern, bis sie tot waren. Zwei Tage danach mußte auch die Citadelle übergeben werden, aber der

Mavi Kral lud meinen Beg zu Tisch und hat ihn nicht umbringen lassen. So bin ich mit ihm als Gefangener nach München gekommen. Mein Glück war der Mavi Kral auch weiter. Weil mein türkischer Herr ins Gefängnis kam, wo man ihn zwang, Briefe zu schreiben in seine Heimat, damit Geld für seine Freigabe geschickt würde, konnte ich bei ihm nicht bleiben. Mein Beg aber bat beim Mavi Kral für mich, daß ich nicht zum Bäumefällen in den Wald mußte. So bin ich dann zu deinem Vater in die Manufaktur gegeben worden, da war dein Vater noch Vorsteher der Tuchwalke. Zweiunddreißig Kreuzer habe ich dort jede Woche bekommen, dazu eineinhalb Pfund Brot und ein vierteltes Pfund Schmalz. Bei meinem Beg bekam ich keinen Lohn, aber Kleidung und Essen in ausreichender Weise! Trotzdem war es ein Glück, denn von denen im Fort sind viele krank geworden von der ungewohnten Arbeit und der schlechten und kalten Unterkunft im Winter, sechsundzwanzig sind noch im selben Winter gestorben. Mich hat die Fürsprache beim Mavi Kral gerettet.«
Zwei Jahre, wußte Max Schmied, war Joseph, der ehemalige Diener des türkischen Beg, in der Tuchfabrik gewesen, und weil er einer von denen gewesen war, die am raschesten die deutsche Sprache gelernt hatten, war er von seinem Vater ausgewählt worden, Sesselträger zu werden. Zuerst war es Mode bei den höchsten Persönlichkeiten gewesen, sich gegen Lohn von sechs Kreuzern im Tragsessel durch München tragen zu lassen, voran noch einen Läufer in ungarischer oder türkischer Gewandung, bestaunt von den einfachen Bürgern. Reiche Einnahmen hatte das der Sesselträgerzunft gebracht. Seit aber der Hof von der Stadt abwesend war, flossen diese Einkünfte, aus den Taschen nobler Bürger, spärlicher und doch immer noch reichlich genug, daß diese Landfremden besser gestellt waren als mancher Hofbediensteter, der seinen Jahressold von vierunddreißig, vierzig oder auch sechzig Gulden nur zur Hälfte oder auch nur zu einem Viertel erhielt und mit dem

Rest auf spätere Zahlung vertröstet wurde. Vater Schmied schaute streng darauf, daß keiner herumgetragen wurde, der diese Beförderung auf Kredit haben wollte.
Aber wenn Max Schmied beim Falterwirt auf dessen nasse Waren keinen Kredit bekam? Wo er nun alt genug war, ein Wirtshaus zu besuchen, endlich alt genug, um mit noch älteren zusammenzusitzen und deren renommierende Reden zu verfolgen, selber ein wenig zu renommieren und sich Gewicht zu geben, mangelte es nun an Kreuzern! Mangelte es, trotzdem er seine Tage mit Arbeit verbrachte. Am Deckenbalken über dem Schanktisch dort, da standen seine Initialen, M und S und daneben ein Zaun aus Strichen, von denen jeder für einen Viertelgulden stand. Weitere Striche würde der Wirt nicht machen, hatte er Max gesagt, außer, es stünde sein Vater dafür gerade. Der aber durfte überhaupt nichts von solchen Strichen wissen.
Andere Auer waren noch weit dringender auf Kredit angewiesen als Max Schmied. Das waren diejenigen, die in den niedriger gelegenen Teilen des Ortes wohnten, denn sie waren von der Isarüberschwemmung von 1689 schwer betroffen worden, ihre Häuser waren beschädigt, und Hausrat, ohnehin nur der allernotwendigste, war verdorben oder verlorengegangen. Unter den so geschädigten Aubewohnern waren auch die Mühlenbesitzer gewesen, und die Handwerker, die ein Triebwerk am Mühlbach eingehängt hatten. Sie alle hatten gemeint, für künftige Zeiten solche Hochwasserschäden verhindern zu können, indem sie das ganze Jahr über mehr Wasser in ihren Bach einleiteten. Die Bürger in München jedoch hatten befürchtet, die ihnen wichtigere Floßlände auf ihrem Ufer des Flusses erhalte bei niedrigem Wasserstand nicht mehr die schiffbare Tiefe, hatten deshalb einen Trupp Bauarbeiter unter dem Schutz der Stadtsoldaten ausrücken lassen zum oberen Einlaßwehr und dieses niederbrechen lassen. Klage erhoben die betroffenen Triebwerksbesitzer vom Mühlbach, und ein Glück für die war es, daß sich ihnen der Herr von Schlich-

tinger anschloß, dem der Kurfürst den ehemaligen herzoglichen Falkenhof zum Eigentum verliehen hatte. Herr von Schlichtinger durfte sich ›auf Falkenau‹ nennen, nach seinem Besitz, der hauptsächlich aus Wildnis bestand, südlich der Au und entlang am Fluß, der hier besonders wütete, wenn er Hochwasser führte — und hier wollte sein Eigentümer alle ansiedeln, die Lust verspürten, sich nicht mehr als heimatlose Vagabunden auf den Straßen treiben zu lassen. Jeder Pfuscher und Störzer war ihm recht, wenn er nur aus irgendwelchen zusammengestohlenen oder erbettelten Abfällen hier seine Hütte errichtete. Ihm mußte also auch besonders daran gelegen sein, daß eine Eindämmung der Isar vorankam und daß sie von den Münchnern übernommen wurde, denn die hatten im Gegensatz zu den Auern die dazu nötigen Mittel.

Wenn den Handwerkern vom Mühlbach Herr von Schlichtinger sehr gelegen war, wegen der Prozeßkosten, an denen er sich beteiligte mit einem erheblichen, die Kostenanteile aller anderen übersteigenden Betrag, die Leute, die er auf seinem Grund ansiedelte und über die er als Hofmarksherr auch noch die niedere Gerichtsbarkeit besaß, waren bei den übrigen Auern in Verruf, sie nannten sie die ›Schlichtinger-Leute‹, was durchaus abfällig verstanden wurde, oder Falkenauer. Die anderen in einer Hofmark Gerichtsbaren, die Wagecker, Hintersassen der Familie Camerloher und redliche, wenn auch nichtzünftige Handwerker, Schuhmacher, Flickschneider, Grob- und Feinschmiede, Schreiner, sie hatten gegen die anderen Hofmarkler ein weit höheres Ansehen.

Max Schmied hätte daran denken sollen, was er seiner Mutter, der Schmied-Nanni, zu verdanken hatte, als er von einigen Falkenauern angeredet wurde, es war in der Schankstube Sixtnitgern im grünen Viertel, wo die Landkrämer aus der nebenan gelegenen Gasse zukehrten. Eine ebenfalls und beinahe so anrüchige Gegend der Au wie die Falkenau war dies, und Max Schmied war nur hierhergekommen, weil er beim Falterwirt mit den Kreuzern die Zechschuld hätte begleichen müssen und nicht hätte zechen können. Vertraulich war einer der Falkenauer vom Nebentisch zu ihm herübergerückt. Mißtrauisch war Max Schmied zuerst geworden, und seine Hand war unwillkürlich in die Rocktasche mit den Münzen gefahren. Der Falkenauer aber hatte es nicht auf die Kreuzer abgesehen gehabt.

Bieder und lobhudelnd hatte er den ›jungen Herrn‹ gelobt, daß er auch einmal im Sixtnitgern zukehre. Er kenne ihn, er sei doch der Sohn vom Sesselträger-Zunftmeister, selber aber ein angesehener und wichtiger Herr in der Tuchmanufaktur. Schade sei es, daß er da nur mit den hinfällig gewordenen Invaliden von den alten Türkenkriegsregimentern zu tun habe, die freilich kein so besonders feines Tuch herstellen könnten. Dagegen er und seine Freunde am Nebentisch, sie beherrschten die Kunst des Tuchmachens, im pfalzneuburgischen Höchstädt nämlich hätten sie allesamt einmal als Tuchwalker gearbeitet, bei zünftigen Webern und Tuchern noch dazu — eine Schande sei es da doch recht eigentlich, daß man in der hiesigen Gegend noch immer auf ihr Können verzichte.

Max Schmied meinte nun, einen Versuch, ihn um einen Freitrunk anzuschnorren, abwehren zu müssen. So erfreulich sei es auch wieder nicht mit der Löhnung in der Tuchmanufaktur, er zum Beispiel habe einen ganzen und einen halben Lohn für die zurückliegenden Monate ausstehen, und gerade heute sei ihm darauf wieder nur ein Teil ausbezahlt worden, kühlte er das vermeintliche Interesse seines Tischnachbarn ab.

Es sei ihnen nicht darum zu tun, gleich so weit aufzusteigen, daß sie eine Stelle mit monatlicher Gage bekämen, zufrieden könnten sie schon damit sein, wenn sie ihre einmal erworbene Fertigkeit und Kenntnis im Taglohn anwenden dürften. Und umsonst müsse er seine Fürsprache dazu auch nicht geben. — Der neben Max Schmied winkte ei-

nen anderen vom Nebentisch hinzu. — Der da, sein Freund, der sei, als er vor einem guten Jahr in der Au ansässig wurde, noch so übermütig und voller Zuversicht gewesen, daß er von einem Landkrämer eine preiswert erscheinende Fuchspelzmütze erworben habe, auf die er beinahe ein Drittel seiner damaligen Barschaft gegeben habe. Nun, so rosig sei es auf der Sölde in des Herrn von Schlichtingers Hofmark nicht geworden, heute habe sein Freund da weder Anlaß noch Freude daran, mit so einem schönen Stück herumzulaufen, denn jeder wisse, daß es mit seiner Barschaft nicht mehr so weit her sei. Er aber, er sei doch in einem ehrengeachteten Ansehen im Ort, bekommen könne er die Mütze, ohne etwas daraufzahlen zu müssen, lediglich dafür, daß er ihm, seinem Freund und noch einem weiteren Nachbarn der Hofmark in den Winter hinein wenigstens jede Woche drei Tage Lohn bei der Manufaktur verschaffen könne, durch seine Fürsprache oder sonst irgendwie.
Der Freund, offenbar weniger wortgewandt, reichte eine wirklich prächtige, herrschaftliche Pelzmütze. Wenn Max Schmied mehr von solchen Dingen verstanden hätte, bemerken hätte er allerdings können, daß die Mütze aus einem dünneren, kurzhaarigeren Sommerfell geschnitten war — Pelzmützen trugen nicht einmal die Verwalter der Camerloher auf der Hofmark Wageck —, außerdem war das gute Stück keinesfalls bereits ein Jahr lang aus einer Kürschnerwerkstatt, sondern noch sehr neu, vom vergangenen Sommer. Mit einer begehrlichen, besitzergreifenden Bewegung streifte seine Hand über das weiche Fell.
Wirklich nicht mehr als diese Vermittlung und Fürsprache? Drei Wochen waren noch hin bis zum Kathreintag, da würde es Tanz geben beim Damenwirt, beim Radlwirt, beim Kaiserwirt auch auf Münchner Burgfrieden, die Auer und sogar welche von München würden kommen, und etliche Eheleute würden ihre heiratsfähigen Töchter mitbringen. Und er, wenn er mit einer solchen Mütze ankäme,

nicht mit dem üblichen Filzhut, ein Aufsehen würde er damit machen und hinterher gehörig die Auswahl haben, eine zu finden, die gern mit ihm zum Tanz schritt.
Max Schmied war selber ein Fuchs geworden, der von einem Köder an das Schlageisen gelockt, noch vor der Falle hin und her tappt, der aber schon seine feine Witterung, seine Vorsicht ablegt.
Nun, wenn er nicht soviel Einfluß hätte bei den Herrschaften der Manufaktur, weniger, als sie von ihm gemeint hätten, dann freilich wollten sie ihn nicht mehr damit belästigen. Dann könnten sie ihm die Mütze nur zum Kauf anbieten, ihm immerhin einen guten Preis machen. Gut und gern drei Gulden wäre sie schon wert, aber weil sie alle zugegeben schlecht bei Kasse wären, könne er sie für einen Gulden und fünfzehn Kreuzer bekommen, geschenkt wäre das. Daran sähe er aber, wie viel ihnen an ehrlicher Arbeit gelegen sei — ja, ihnen sei schon zu Ohren gekommen, welche Vorurteile gegen die Falkenauer umliefen, aber sie seien eben ehrliche und eben nur in einer Notlage stekkende Handwerksleute.
Sollte er sich von denen, ausgerechnet denen, so etwas nachsagen lassen, daß er in der Manufaktur kein Gehör finden würde, daß er dort nichts zu sagen hätte, er, der Max Schmied? Nein, dann schon lieber, was lieber, dann die Mütze her und denen irgendwie zum Taglohn verhelfen, das war schon gar keine so ungünstige Handelschaft.
»Wenn ich also ein Wort für euch einlege und man euch annimmt in der Tuchfabrik, wie soll ich dann wissen, ob ihr mir die zugesagte Mütze wirklich gebt?«
»Er gibt sie Euch jetzt gleich — wir haben ein Vertrauen gefaßt. Ihr werdet bestimmt für uns sprechen.«
Zu, die Falle, der Fuchs steckte mit dem Vorderlauf in den eisernen Zähnen des Schlageisens fest. Die Gier ließ ihn den Schmerz übersehen, nicht bemerken, daß er nun nicht mehr zurück konnte.
Was wäre, gesetzt den Fall und nur einmal angenommen,

er würde zwar fürsprechen, aber sie würden nicht angenommen aus irgendwelchen Gründen?
Nein, da brauche er sich keine Sorgen zu machen, dann könne er die herrlich warme Mütze auch behalten und gelegentlich, wenn er einige Kreuzer übrig hätte, sie kleinweise bezahlen.
Ganz anders hätte die Schmied-Nanni über ihren Sohn geredet, wenn sie von dieser Handelschaft gewußt hätte. So aber lobte sie ihn auch gegenüber dem Vater, dem alten Schmied. Da sehe er es, wie der Sohn auf sich hielte, habe er sich doch eine Kopfbedeckung erworben, mit der er sich sehen lassen könne. Habe nicht, wie er argwöhne, alles vom Lohn übriggebliebene Geld ins Wirtshaus getragen, sondern aufgespart für so ein schönes Stück. Bei einem Schelmenstück aber wurde Max Schmied zu einer Hauptfigur.
Wie er ihnen geraten, standen die nächsten Tage die Falkenauer beim Tor der Tuchfabrik, wenn es am frühen Morgen Zeit war, anzufangen. Unversehens reihten sie sich unter die anderen Taglöhner, und Max Schmied deutete auf den einen oder anderen von ihnen, wenn er seinen Trupp aussuchte, der bis zum Abend in der Walke arbeiten sollte. Die ersten Male teilte er sie zum Sägen und Spalten von Brennholz ein — Brennholz zum Schüren der Bottiche, in die das gewebte Tuch geworfen wurde, in gehitztes Wasser, bis die Wolle an dem Stoff zu filzen anfing. Herausgenommen wieder, mußte an einer Walze das Wasser aus der Tuchbahn gepreßt werden, sodann das immer noch feuchte Werkstück zum Trocknen ausgespannt auf einer dafür außerhalb des Fabrikhofs am Berghang angelegten Aufhänge, deren es dort zehn gab, jede angerichtet für einen Ballen mit hundertundzwanzig Ellen. Dieser Trockenplatz mit den überdachten Aufhängen war von einem Zaun umgeben, und diejenigen Tuchwalker, die mit einer Trage das Tuch hinzubringen hatten, hatten vor allem eine Abneigung gegen die oberste, an diesem Zaun gelegene Auf-

hänge, weil zu ihr mit der schweren Last die meisten Stufen im Hang zu steigen waren, daß sogar die allerkräftigsten Männer unter ihnen hart schnaufend oben ankamen. So überraschte es, daß die beiden beim Walken angenommenen Falkenauer sich freiwillig dafür meldeten. Mißtrauisch begleitete sie Max Schmied, doch sie führten diese Arbeit richtig aus, es war nichts zu bemängeln.

Von da an schoben die anderen Walker den beiden Falkenauern so oft als angängig die Schlepperei zu den Aufhängen zu. Da fehlten eines Abends beim Abnehmen an die zehn Ellen niederländisch gewebtes Tuch aus spanischer Wolle, blau eingefärbt.

Hinreichend für einen Offiziersrock war dieses abgängige Stück, Max Schmied hatte gleich einen Verdacht, wer es sich unter den Nagel gerissen haben könnte. Die beiden Falkenauer waren einmal sehr lange mit ihrer Last unterwegs gewesen. Aber sie konnten es noch nicht hinaus gebracht haben, der Zaun wurde von einigen Invaliden bewacht, damit nicht einer herüber stieg, zu Diebereien oder Unfug. Als er die beiden in Augenschein nahm, erschienen sie ihm eine Idee zu wohlgenährt. Also unter ihren Kitteln hatten sie sich den Stoff um den Leib gewickelt. Als er den einen beiseite zog, kam ihm der gleich unverschämt. Er solle sich nichts auftun, er werde selber ja gar nicht verdächtigt und das Tuch fehle keinem Armen — und außerdem solle er an seine neue Mütze denken, die aus einem gewilderten Fuchs aus dem kurfürstlichen Forst sei und die er so stolz beim Kirchgang getragen habe.

Gewildert, von einem Landkrämer hätten sie die doch gekauft? So tun, als ob er die Einfalt selber sei, solle er jetzt auch, sonst würde er auch gleich gefragt werden, wie sie, die verrufenen Falkenauer, in die Fabrik kämen.

Max Schmied ließ es fürs erste ein Bewenden haben. Aber weil es noch einmal gutgegangen war, die Diebe unentdeckt blieben, übersah er anderntags die Falkenauer am Tor, ließ sie umsonst um Arbeit anstehen. Und den näch-

sten und übernächsten. Den Sonntag aber begegneten sie ihm auf dem Weg zur Kirche, sie erwarteten ihn, sprachen ihn an. Ob er vielleicht meine, er könne ihnen so wortbrüchig werden.
Nicht auf offener Straße sollten sie sich bereden, wenn noch etwas zu bereden sei, mahnte der andere zu Max Schmieds Erleichterung zur Vorsicht. Den Nachmittag solle er auf einen Schoppen in den Sixtnitgern kommen, da könnten sie sich ohne Aufsehen besprechen. Max Schmied ließ sich wieder mit den Falkenauern ein, ging wieder in die verrufene Schenke — jedoch mit der eigentlichen Absicht, diesen liederlichen Gesellen mit dem Landrichter zu drohen, mit dem Hofmarksgericht des Herrn von Schlichtinger. Aber dazu kam er nicht. Ein Mädchen saß mit an dem einen Tisch, schwarzhaarig und so schön, daß Max Schmied trotz ihrer dürftigen Kleidung sie wie eine Dame begrüßte — was ihm ja im Umgang mit den Kindern der Camerloherschen Hofmarksverwaltung geläufig war. Als eine Cousine wurde sie ihm vorgestellt, von einem Falkenauer, und geschickt räumte er ihm den Platz neben ihr ein.

Einen Aufstieg des fürstlichen Hauses der Wittelsbacher hatte dem Kurfürsten Maximilian von Bayern seine erste Ehe mit der Tochter des Kaisers geschienen, eine Königskrone, wie sie anderen deutschen Reichsfürsten eben in dieser Zeit zufiel. Und die Kaisertochter hatte ihre Pflicht erfüllt, war Mutter geworden vor ihrem Tod, Mutter eines Sohnes, Joseph Ferdinand, der Erbe eines Weltreiches werden sollte, Spanien sollte er einmal gebieten, den spanischen Niederlanden, den Kolonien in Amerika. Vater Max Emanuel stand in den spanischen Niederlanden als Feldherr im Krieg gegen Frankreich, eroberte mit seinem Heer und seinen Verbündeten die Stadt Namur, den dreijährigen, in München zur standesgemäßen Erziehung verbliebenen Kurprinzen besuchte am Nikolaustag 1695, in der

Zeit, da Max Schmied mit der Fuchspelzmütze prunkte, ein als heiliger Nikolaus verkleideter Mann. Der Kurprinz ging ihm etliche Schritte entgegen, machte eine schöne Reverenz und küßte ihm die Hand. Der als Heiliger Verkleidete nahm Platz, der Kurprinz kniete vor ihm nieder, betete laut das Vaterunser und das Ave Maria. Darauf wurde der Prinz vom Nikolaus gelobt und getadelt, besonders wurde ihm hervorgehoben, daß er bei der heiligen Messe immer so unruhig und eigensinnig sei. Die Gräfin Perousa, seine Erzieherin, hatte den Prinzen schon darauf präpariert, daß er darauf antworten müßte, er wolle sich schon bessern. Beschenkt wurde der Kurprinz Joseph Ferdinand dann unter anderem mit zwei Trommeln, Turnierköpfen und Lanzen. Dieses Kind wurde, wie es einem künftigen König zustand, mit einem eigenen Hofstaat umgeben, begehrte Stellen, da der sonstige kurfürstliche Hof keine solche Anstellungen abwarf, weil der Kurfürst eben in den Niederlanden weilte und sich nur die Steuergelder Bayerns dorthin nachschicken ließ. Dreißig junge, unverheiratete und unbescholtene Frauen mit ebenmäßiger Erscheinung und schlichtem Gebaren bewarben sich um eine einzige Stelle als Kammerdienerin beim Hofstaat des Kurprinzen, die Vergabe der Stelle eines Portiers konnte Gräfin Perousa davon abhängig machen, daß der Anwärter auf diesen Posten die Witwe seines Vorgängers heiratete und dessen vier Kinder versorgte. Kurfürst Max Emanuel hatte einem Bewerber vom fernen Namur auch schon Aussichten machen lassen, doch der war bereits fünf Jahre mit einer anderen Frau liiert, die er in Ermangelung eines ausreichenden Einkommens nicht hatte kirchlich heiraten können, zu der Portierswitwe aber konnte er keine Zuneigung fassen, er verzichtete deshalb. Gleich bewarben sich zwei andere um Stelle und Witwe.
Das folgende Jahr wurde für den Kurprinzen kein gutes. Er erkrankte, litt unter Erbrechen, und die Ärzte behandelten ihn. Gegen eine vermutete Kieferentzündung bekam er

Einreibungen des Zahnfleischs mit Linderungsmitteln wie Veilchenwurzeln und ähnlichem. Wegen der auftretenden Verdauungsstörungen wurde er mit Abführmitteln und Klistieren behandelt, dann zwang man den Patienten zum Essen größerer Portionen von Suppen, Braten, Pasteten, Soßen, in Wein eingeweichtem Backwerk, jedoch kaum Obst oder Gemüse, wie es gewöhnlichen Leuten zur Nahrung diente, die wiederum kaum Fleisch auf den Tisch bekamen. Der Prinz erbrach einmal in drei Tagen über zwanzigmal.

Durch die Gassen der Au lief am Nikolaustag ein Mann, den die Kinder wegen seiner wilden Vermummung Pelzmörtel genannt bekamen. Er brachte in die Häuser, die ihn bestellt hatten, eine kräftige Weidenrute. Die Schmied-Nanni machte sich an diesem Nikolaus Gedanken, ob sie und ihr Mann vor zehn Jahren diese Weidenrute nicht zu wenig verwendet hätten, denn der Sohn, der hatte nun auf alles vergessen, was ihm mit den Jahren eingegeben worden war an Wissen über das rechte Leben einfacher, aber rechtschaffener Leute. Am Kathreintanz sah ihn der halbe Ort, soweit der zu der rechtschaffenen Au gehörte, mit einem Weib aus der Falkenau, und man redete darüber. Er, der Max, der sich schon als Zehnjähriger hatte zierlich verneigen können wie ein Prinz, er führte eine Falkenauerin von der Diebs- und Schwindlerbrut aus der Schlichtinger-Hofmark zum Tanz!

Nein, Max Schmied scherte sich nicht mehr darum, was er seiner Mutter Nanni verdankte.

Gertrud Langen, die schwarzhaarige Schöne aus der Falkenau, tat alles, um das Vorurteil gegen die Leute von der Schlichtinger-Hofmark und besonders gegen die Frauen aus dieser Umgebung nicht zu bestätigen. Doch, der Schmied-Max gefiel ihr ausnehmend und hatte bessere Manieren als die Männer aus ihrer Verwandtschaft. Die waren rauh und ungehobelt, aber wie sie selber war die Landstraße ihre Kinderstube gewesen. Die Franzosen hatten ihr Vaterhaus abgebrannt mit dem Krieg, den deren König die Reunion, zu deutsch Wiedervereinigung, nannte. Um für die darauffolgenden Wochen und Monate das Essen für sich und seine Familie zu erfeilschen, hatten der Vater und sein Vetter nebenan die Hausruine verkauft, und mit viel Hoffnung waren sie dann ostwärts, weiter ins Reich hinein und von der unruhigen Grenze weggezogen. Der Vater war Kleinhändler gewesen, der hatte deswegen gemeint, für die Umzugszeit sich als fahrender Landkrämer fortbringen zu können, aber nicht aufgegangen war diese Rechnung, er hatte mit Verlust gewirtschaftet, und bald waren sie einfache Landstraßenvaganten gewesen. Nach Ungarn hatten sie dann gewollt, weil die Rede an sie gelangt war, daß dort an Christen Land vergeben würde, das den heidnischen Türken abgenommen worden sei. Aber als sie in der Nähe von München gewesen waren und der Vater krank auf dem Wagen gelegen war, das eine übriggebliebene Pferd davor auch schon lahmte, da hatte die Mutter sich dafür entschieden, zu bleiben, und die unbevölkerte Hofmark des Herrn von Schlichtinger war ihnen nach den Plagen und Mühen auf den Straßen wie ein Paradies vorgekommen. Doch der Hofmarksherr wollte nur eine Grundpacht und kümmerte sich nicht, wie seine Pächter zu einer Einnahme, zu Brot gelangten. Was ihre Brüder und Vettern — den Vater hatten sie bald auf den Friedhof bringen müssen, und wenig später war ihm die Mutter gefolgt, den Onkel aber hatte früher schon die Strapaze der Landstraße gefressen — mit gelegentlichem Taglohn zur Existenz herbeischaffen konnten, reichte nur unzulänglich hin, daß die dann bald auf Wildbret im kurfürstlichen Forst ausgingen. Dazu kam eine schnell erworbene Findigkeit, Leichtsinn und Ungeschick anderer zu eigenem Vorteil zu nützen, was von diesen, wenn es — zu spät — bemerkt wurde, als Betrügerei und Beutelschneiderei angesehen wurde. Hätten diese jungen Männer ohne Vorurteile öfter und regelmäßiger Arbeit bei den Alteingesessenen bekom-

men, wären sie aber nicht zu solchen unrechtmäßigen Einnahmen gezwungen gewesen. Nun, da sie es jedoch schon einmal gelernt hatten, Gelegenheiten auszubaldowern, wurden ihre Gaunereien immer gewagter, daß es Gertrud angst und bang um sie wurde. Einer wie der Max Schmied war ein leichtsinniger und ungeschickter Kerl in ihren Augen, aber solche Gefahr wie die Brüder und Vettern standen bei so einem nicht ins Haus. Wenn sie eine Schmiedin würde, wäre es gegen das bisherige ein geruhsames Leben. Sie dürften sich nun nicht mehr, nicht ein einziges Mal mehr auf Ganovenart bereichern, mahnte sie ihre Verwandten. Denn würde etwas anhängig werden beim Landrichter, wäre abzusehen, daß dieser Anfang keine Fortsetzung fände, daß sie alle abgeschoben würden nach der Strafe über die bayerische Landesgrenze, wenn nichts Schlimmeres passierte, wie daß einer von ihnen den Venezianern für ihre Galeeren überstellt würde, und dann bestünde keine Aussicht mehr, daß sie einen Alteingesessenen zum Mann bekäme, was wieder mit sich bringen könne, daß auch die Brüder und Vettern hierorts Ansehen zugewännen und darüber zu fester Existenz gelangten. Zu hören bekam sie daraufhin, daß sie es sich zu einfach mache. Eine Morgengabe sei das mindeste, was sie mitbringen müsse und dann ein Brautgewand, ob sie meine, das fiele vom Himmel? Nein, gerne ständen sie ihr bei, dies alles zu beschaffen, aber wie sollten sie dies können, wenn es ihnen versagt sein solle, dazu in eine fremde, wohlgefüllte Tasche zu langen, in der die paar Gulden auch nicht abgehen würden?
So wurde Max Schmied denn von den Langen-Brüdern und -Vettern ein weiteres Mal zu einem Gespräch gezogen. Daß er ihrer Schwester nachstelle, seit dem Kathreintanz, daß er es so auffällig täte, hätte sie zu dem Gedanken gebracht, er wolle sie vielleicht ehelichen. Dagegen hätten sie nichts, rein gar nichts. Aber wie er wohl so gut wie sie oder besser wisse, sei zu einem ehrlichen Brautstand einiges

Geld nötig. Dies wollten sie ja gern ihrer Schwester mitgeben, doch sei dazu ein Erwerb unerläßlich, und den hätte er ihnen wieder weggenommen, weil er, zu Recht oder Unrecht, ihnen einen Diebstahl anlaste. Ein Brautstand ihrer Schwester aber sei ihnen so heilig, daß sie bestimmt nicht mehr in einen solchen Fehler verfallen würden, wenn er ihnen nur den Taglohn in der Manufaktur wieder verschaffte.

Max Schmied suchte ihnen verständlich zu machen, daß dies schwer, wenn nicht beinahe unmöglich sei. Deshalb, weil nun die Fabrik nur noch Tuch für die Soldaten des Kurfürsten herstellte, denn sonst wäre es so schlecht gewebt, daß man es nicht an den Mann brächte. Weil aber das Hofrechnungsamt immer noch meinte, daß der Verkauf von Tuch die Fabrikation auch der Uniformtuche mit zu tragen habe, blieben immer mehr von den Manufakturarbeitern einfach daheim und suchten sich einen anderen Erwerb, denn sie hätten es leid bekommen, nur jeden dritten Tag den Lohn zu erhalten, schon Ausstände von sieben, acht, zehn oder noch mehr Tagen gutgeschrieben hatten und wenig Hoffnung, bare Münze zu sehen. Sie sollten selber sagen, ob ihnen damit gedient sei? Neue Leute sollten vorläufig nicht angenommen werden, bis den alten ihre Rückstände an Lohn ausbezahlt worden seien.

Im vergangenen Jahr hatte sich auch eine stille, von seiner Mutter Nanni gehegte Hoffnung zerschlagen. Der Schwager und Onkel Sebastian Gaisreitter war gestorben, nachdem er seine im Winter 1695 erworbene Erkältung nicht hatte auskurieren können, war er an einem 30. März einfach gestorben, mit zum Beten gefalteten Händen. Aber im Brief, den er im kurfürstlichen Hofkastenamt hinterlegt hatte, stand nichts, daß er einem Schwägerkind seinen Besitz hinterlasse, auch nicht seiner Witwe, Nannis Schwester Agathe, sondern drei frommen Jungfrauen, die Kapelle, Gärtchen und dazu gebaute Klause in gutem Zustand halten sollten. Seiner Witwe Agathe sollte ein Wohnrecht in dem Haus verbleiben. Ein gründliches Mißtrauen mußte der verstorbene Hofbrunnknecht also gegen seine Frau gehegt haben, daß er es so eingerichtet hatte, um zu verhindern, daß sie später doch noch etwas an die Kinder der in seinen Augen so sündigen Schwägerin gab. Da aber der Erblasser nicht das Geld hinterließ, das die Unterhaltung seiner klösterlichen Klause entsprechend seiner Erbverfügung gebraucht hätte, mußte ein Käufer für Haus und Grundstück gefunden werden. Der nicht minder als der verstorbene Gaisreitter frömmelnde Maximilian Alberti, Kaufmann und Abkömmling einer von Italien vor zwei Generationen nach München gezogenen Familie, außerdem des inneren Rats Bürgermeister in München, landschaftlicher Zahlmeister des Kurfürsten und des kurfürstlichen Bruders, inzwischen Kurfürst von Köln, Truchseß, erwarb es zu den bedingten Auflagen. Vielleicht waren des Herrn Alberti Sünden in dieser Welt doch erheblicher als die des Gaisreitter, oder er sah es seinem Stand als angemessen an, jedenfalls ließ er das Haus und die Kapelle am Gasteigberg aufwendig aus- und umbauen, daß es nun wirklich zu einem ansehnlichen Klösterchen wurde. Und Max Schmied drängte seine Mutter Nanni, sie solle sich für die Langen-Brüder verwenden, die Tante Agathe solle beim Alberti erreichen, daß sie bei dem Bau Arbeit bekamen.

So begünstigte die Hinterlassenschaft seines Onkels, Sebastian Gaisreitter, doch noch indirekt den Max Schmied, weil der schließlich im Frühjahr 1697 die Gertrud sich anverloben und im Herbst desselben Jahres heiraten konnte. Es wurde kein übermäßig aufwendiges Fest, diese Hochzeit, aber auch keine Bettlerhochzeit. Der Haus- und Kapellenbau des Herrn Alberti wurde noch mehr ein glücklicher Umstand für die Brüder Gertruds im folgenden und in den nächsten Jahren, denn auch der kleine Hofstaat des erkrankten Kurprinzen zog von München weg und zu sei-

nem Vater in die spanischen Niederlande, das bayerische Land diente augenfällig diese Zeit lediglich noch als Steuerquelle, um die dortigen Bälle, Hofjagden und festlichen Aufzüge zu finanzieren, Max Schmieds Aussicht, durch Annäherung an höfische Standespersonen zu einer Rangerhöhung zu gelangen, schwand vollends hin.
Sein Vater, Maximilian Schmied, der Zunftmeister der Sesselträgerzunft, hatte den jungen Eheleuten widerstrebend zugesagt, daß er bei Ankunft des ersten Nachwuchses mit der Nanni in das Zunfthaus umziehen werde, in die Hauptstraße zum Tor am Gasteig. Bis sie ihm aber seinen Enkel vorweisen würden, sollten sie sich mit der Kammer in seinem Haus am Kegelhof begnügen, die Gertrud sollte so lange ihrer Schwiegermutter im Haus zur Hand gehen. Gertruds Brüder aber fanden schon bald eine andere Möglichkeit. Beim Albertischen Bau fanden sie Gelegenheit, neue, schön gebrannte Ziegel mitgehen zu lassen, dies konnte niemandem auffallen, denn der kunstvollen Errichtung von Mauern und Treppen nach und nach das Material für vier Wände zu einem Anbau am Kegelhofhäuschen zu entziehen fiel nicht ins Gewicht. Im selben Jahr, in dem der Kurprinz in den Niederlanden starb, konnte auf diesen Anbau das Dach gesetzt werden, es war höchste Zeit dafür, denn Gertrud war schwanger und zeitig zum Gebären bald, der alte Schmied jedoch nun doch nicht gesonnen, sein gegebenes Versprechen wahr zu machen, was ihm auch nicht zu verdenken war, denn die Einnahmen der Sesselträger waren noch weiter heruntergekommen als die der Arbeiter der Tuchmanufaktur, da hält man alles fest, was einem an Besitz zusteht.
Ein Mädchen, Ursula, wurde das erste Kind der Schmieds, und als die alte Kapelle des Hofbrunnknechts Gaisreitter selig niedergerissen wurde, im April 1700, wurde der Sohn geboren, den sie, wie seinen Vater und Großvater, Maximilian nannten und so ins Taufbuch verzeichnen ließen, bei den Paulanern, die ihn auch über das Taufbecken hiel-

ten in der Kirche des heiligen Karl-Borromäus am Neudeck.
Auch die Paulaner sahen in diesen Zeiten besonders auf ihren Besitzstand. Die Pfarrvorstehung hatten sie über die Au, aber ungefragt setzte ihnen ein Münchner Bürger, dieser Alberti, eine Kapelle vor die Nase, seine Pläne gingen dem Anschein nach auf ein größeres als das vom Hofbrunnknecht gestiftete Projekt, mehr nach einem regelrechten Nonnenkloster sah es sich an, was da entstehen sollte. Ein Kloster, das würde Gläubige aus ihrer Kirche abziehen, Beter und Spender in die Opferstöcke.
Brotlos für zwei Wochen machte der Protest des Abtes der Paulaner die Langen-Brüder, weil Alberti das Bauen einstellen ließ, da ihm andernfalls die Exkommunikation durch den Dechant der St. Peterskirche zu München angedroht war. Sein Truchseßamt beim kölnischen Fürstbischof Clemens-Joseph von Bayern aber gab ihm Gewicht genug, um solche Hemmnisse rasch zu überwinden. Der Bischof von Freising hob die Sanktionen gegen ihn auf, die Paulaner mußten nachgeben. Im Dezember war der Kapellenneubau vollendet, ein auf acht Säulen ruhender Rundbau im italienischen Stil mit einer Kuppel. Aus München kam der Maler Andreas Wolf herüber, um das Innere prachtvoll auszumalen. Das geschnitzte Ecce-homo-Bild des Hofbrunnknechts kam auf einen der beiden Seitenaltäre, was für das Heil im Jenseits von einer Person niederen Standes immer noch als überaus hinreichend angesehen wurde.
Hinreichend schien auch die Versorgung der Schwester von Max Schmied geregelt, die den Witwer Schöttl heiraten konnte, einen geschickten Zeugmacher, der auf seinem Webstuhl gutes und begehrtes Hemdenleinen herstellte. Daß er um ungefähr zwei Jahrzehnte älter als die Margarethe, geborene Schmiedin, war, wurde nicht als ein Nachteil angesehen, mehr schon, daß er kein eigenes Haus besaß, sondern bei den Paulanern zur Miete wohnte und in

einer weiteren gemieteten Stube in diesem Gebäude an der Färbergasse seine Werkstatt eingerichtet hatte. Hinreichend geregelt schien die Schmied-Familie ins neue Jahrhundert zu gehen, die Regeln genommen an den überwiegenden Verhältnissen der Handwerkersiedlung vor München.
Solche Regelmäßigkeit, konnte sie verändert werden durch den Tod eines älteren Mannes in Madrid? Wenn dieser Verstorbene der König von Spanien war und keinem bayerischen Kurprinzen etwas vererben konnte, weil der Kurprinz an falscher Ernährung schon vor ihm, dem königlichen Erblasser starb? Ein französischer Prinz erbte nun, bestritten wurde ihm die Erbschaft durch einen habsburgischen Österreicher, aber was betraf davon die Bewohner der Au, von denen nur wenige soviel Hinterlassenschaft haben würden, wie der Hofbrunnknecht Gaisreitter gehabt hatte? Es betraf sie, Kurfürst Max Emanuel räumte dem französischen Erbanwärter die spanischen Niederlande, die altgedienten bayerischen Soldaten kehrten heim, ebenfalls der Kurfürst selber. Seine Regimenter, die er vom Norden mitbrachte, schienen ihm jedoch nicht auszureichen, er erklärte, ungewöhnlich für einen Reichsfürsten, der dem deutschen Kaiser zu Gefolgschaft verpflichtet war, seine Neutralität im Erbstreit. Und es begann eine ungewöhnliche Rekrutenwerbung in Bayern — um diese Neutralität zu gewährleisten? Die Au, besonders die Tuchfabrik, bevölkerten neue Gesichter, Invaliden, die nicht mehr für den Dienst in den Regimentern geeignet schienen, sie fanden hier bei der wieder verstärkten Produktion Lohn und Brot.
Bald hatte es für die Auer den Anschein, als ob das Militärische überall im Lande den Vorrang bekomme. Dies bewog den Vorstand des Zimmermannsbündnisses von 1606, den Matthias Gelb und den Papiermüller Kaspar Mayr, beim Landrichter gehorsamst anzuregen, ähnlich den Münchnern, die fünf Kompanien Stadtsoldaten auf-

stellten, für den Fall eines Angriffs durch Landfeinde und zur allfälligen Verteidigung der Au gegen sie ebenfalls eine Kompanie, eine Auer Ortskompanie errichten zu dürfen. Nicht uneigennützig dachten die beiden und die, deren Zustimmung zu dem Projekt feststand. Es waren dies durchweg Auer Bürger, die in ihren Werkstätten mehrere Männer im Lohn stehen hatten. Etliche von denen würden weggeholt werden zu den Landfahnenregimentern, deren Neuaufstellung man nun von seiten des Hofes ebenfalls betrieb. Stadtsoldaten, wie sie die Münchner in der Haupt- und Residenzstadt aufstellten, blieben hingegen daheim und wurden nur am Sonntag nach dem Kirchgang exerziert. So blieb also kein Gerät, kein Werkzeug in den Auer Werkstätten unbedient, denn der Vorschlag der Auer Bürger wurde wohlwollend angenommen.
Christoph Mayr, er betrieb wie sein Bruder Kaspar seit achtzehn Jahren eine Papiermühle, für die er die Kegelmühle auf der Insel erworben hatte, erinnerte sich nun, da die Mannschaften für die Auer Kompanie gemustert wurden, daß es eine alte Vereinbarung gab, die eigentlich die Stellung eines Defensioners für die Landfahne betraf, und er übertrug diesen Vertrag sinngemäß auf diese neue Rüstung, verlangte, daß ein Schmied wieder für den Kegelhof einzustehen habe, wie in früheren Zeiten, oder aber diese sollten einen Einsteher auf ihre Kosten ausrüsten und sich durch ihn vertreten lassen. Als im September 1701 im nördlich von München gelegenen Dorf Schwabing vom Kurfürsten für den französischen Gesandten ein Übungslager der ganzen kurbayerischen Armee abgehalten wurde, war wegen der Streitfälle um ihre Aufstellung die Auer Kompanie noch nicht so weit gediehen, daß die Auer Kompanie bereits hätte in Erscheinung treten können. Also blieb es Max Schmied auch erspart, als Ausschüsser, so wurden die Landfahnenmänner ernannt, an diesem Lager teilzunehmen. Aber die Ankunft der Landfahnen-Truppen von Wolfratshausen und Tölz, den beiden Oberlandsorten,

an der Floßlände auf der Münchner Isarseite konnte er gut beobachten. Nicht den gut uniformierten Kavalleristen in den Kasernen auf der Isarinsel und bei den Salzstädeln am Roten Turm waren die vergleichbar, schmucklose blaue Röcke aus Auer Tuch trugen die, und ihre dreifach aufgeschlagenen schwarzen Hüte zierte keine Borte. Einen Monat lang blieben die Soldaten im Lager in Schwabing, bis man sie nach und nach wieder zu ihren übers Land verteilten Standorten abrücken ließ. Zwiespältigen Gefühls beobachtete Max Schmied dies alles, denn unangemessen hätte er es empfunden, auch in eine solch mindere Uniform gesteckt zu werden als ein engerer Ausschüsser.
Beim Gerichtsherrn erhob er vorsorglich Einspruch. Nicht dem Papiermüller Mayr habe einer seiner Vorfahren das Einstehen verpfändet, sondern einem anderen. Auch sei ihm vom des Lesens kundigen ehrwürdigen Herrn Pater von den Paulanern erkundet und offenbar gemacht worden, daß dieses Einstehen gegolten habe für die Landfahne Wolfratshausen, nun aber gehöre seit neunzig Jahren die Au nicht mehr zu diesem Landgerichtsbezirk, sondern habe ein eigenes Gericht. Zwar sei er schon über achtzehn Jahre alt und noch keine fünfundvierzig, wie es für die Landesdefension verlangt sei, aber nicht mehr ledig, sondern verheiratet und Vater unmündiger Kinder, als solcher aber nur zum weiteren Ausschuß zu verpflichten. Als im Januar des folgenden Jahres aber die Landfahnen zu Feldregimentern ›reguliert‹ wurden, bedauerte er schon, in solche Einzelheiten gegangen zu sein, als er sich gegen des Papiermüllers Anspruch beschwert hatte. Befürchtete er doch nun, in das ›2. Bataillon Oberlands‹ gesteckt zu werden. Im Frühjahr rückte die bayerische Armee an die Grenzen, aber noch blieb es friedlich, obwohl der habsburgische Kaiser mit den Franzosen den Krieg bereits begonnen hatte, letztere bedrohten mit militärischen Aktionen die Reichsgrenze am Rhein. Aber war dies nicht alles weit weg von Bayern? Und gingen nicht noch die Gesandtschaften

aller Seiten, die habsburgische und die französische, in München und im Schloß Dachau aus und ein?
Diese Rüstungen kosteten das Geld der bayerischen Untertanen. Wie alle hatten auch die Schmieds eine Sondersteuer von vier Gulden zu entrichten, die für jedes Haus zu entrichten war, die außerdem auch von den Armen unnachsichtig eingetrieben wurde. Im umliegenden Bauernland mußten Pferde und Maultiere für die Reiterei abgegeben werden, und da sich auch nicht die kräftigsten Söhne oder Knechte vor den Pflug spannen konnten, wo kein Zugtier mehr vorhanden war, weil eben diese zu den nun wieder aufgefüllten Landfahnen geholt wurden, blieb die Frühjahrsbestellung der Felder hinter der früherer, auch schon nicht üppiger Jahre zurück. Futtermittel für die Kavallerie wurden eingetrieben, kurz vor der Ernte verfügte Kurfürst Max Emanuel eine weitere Sondersteuer, auf Getreide sollte pro Sack ein halber Gulden erhoben werden, von dem die Hälfte vom Käufer, die andere vom Verkäufer zu zahlen gewesen wäre. Aber als sich Max Schmied für den Winter eindecken und einem Händler einen Sack Weizen zum Mahlen in der Mühle abkaufen wollte, verlangte der von ihm den ganzen Aufschlag und machte noch eine Gnade daraus, ihm überhaupt etwas abzugeben. Denn, sagte er ihm, es sehe danach aus, als ob er demnächst noch mehr erlösen könne für die Ware. Die Ahnung des Getreidehändlers trog nicht. Zur Erntezeit kam eine neue kurfürstliche Verordnung herum: alle Bauern, Häusler und Untertanen, die mit der Landwirtschaft zu tun hatten, mußten je einen Sack Roggen und einen Sack Hafer in die Magazine einliefern, ohne dafür einen Entgelt fordern zu dürfen, denn das Geld, das dem Kurfürsten für den Unterhalt der ›Neutralitäts-Armee‹ gezahlt wurde, verwendete der für Garderoben, Schmuck für sich und seine zahlreichen-Geliebten, für Schloßneubauten und dergleichen, da mußte für die Verpflegung seiner Soldaten das gemeine Volk herhalten. Der frühzeitige Einkauf war, so stellte sich

heraus, ein wahrer Glücksfall, denn nach dem Überfall einer bayerischen Truppe auf die Reichsstadt Ulm war der Friedenszustand für das Land zu Ende. Die Verteuerung von Getreide und Mehl steigerte sich danach noch ungeheuer dadurch, daß die Händler die Verknappung steigerten, in dem sie Vorräte zurückhielten, einen höheren Gewinn abwartend.

Die Langen-Brüder hatten noch Arbeit und Lohn, sie hatten auch Glück damit, denn nicht bei der Instandsetzung der Wälle um München verdingten sie sich in dieser Zeit, sondern sie waren Bauhelfer beim Hofmaurermeister Zwerger geworden, wo ihnen nicht nur einige Kreuzer mehr zustanden, sondern auch ausbezahlt wurden — bei den öffentlichen Bauten blieb man den Bauleuten immer einen Teil schuldig. Die Adeligen ließen sich, dem Vorbild des Landesherrn folgend, Landhäuser errichten, wie sie sich hatten Palais rund um die Münchner Residenz bauen lassen vor der Abwesenheit Max Emanuels in Holland. — Für den Schloßbau Max Emanuels sollte die Tuchfabrik in der Au aus den Händen der hungernden und maroden Invaliden und Taglöhner zwölftausend Gulden jährlich ziehen, aber dieses Bauwerk, das alle königlichen Vorbilder übertreffen sollte, ging nur langsam voran.

Trotzdem sie also Lohn erhielten, die Schwagern des Max Schmied, meinten sie damit nicht mehr hinreichend versorgt zu sein, und es traf zu, Fleisch wurde auch an Sonntagen rar auf ihren Tellern, wie bei allen kleinen Leuten nicht nur in der Au, sondern überall im Land. Max Schmied sah es ungern, daß sich die Anverwandten seiner Frau wieder aufs gelegentliche Wildern verlegten. Er warnte sie davor, aber er fragte seine Gertrud nicht, wenn sie einen Braten auftischte, der mit einem Kalb wenig Ähnlichkeit hatte.

Und nun seien ihr jüngerer Bruder und ihr liederlicher Vetter auch noch zu der Auer Freikompanie getreten, daß sie von den nicht in die Kompanie eingetretenen Leuten hier Kosten verursachten, weil man ihnen Hut, Rock, Weste

und Gewehr bezahlen müsse — wenn sie es selber beschaffen müßten, hätten sie sich wohl nicht so leichtfertig dazu gedrängt. So redete er an die Gertrud immer wieder einmal spitz hin, bis der die Geduld riß.
Zugute halten brauche er sich da nichts darauf, daß er sich habe erfolgreich darum drücken können. Ihrem Bruder ginge es zum Beispiel nicht so sehr darum, dieses trist gewordene Stück Landes zu verteidigen, sondern mehr darum, nicht weggeholt zu werden zu einem regulierten Regiment. Da verschmerze einer noch eher die wöchentliche Übung auf dem Bereiter Anger. Und auf dem Heimweg nehme, das gestehe sie ihm schon zu, leicht einer mit der Muskete auf dem Rücken die weitere Strecke ins Jagdrevier, so eine Muskete wenn einer erst gelernt habe zu handhaben, springe ihm leicht einmal ein Wildbret davor, und schon habe er, der Aufseher über die kurfürstliche Tuchwalke, auch seinen Teil davon.
Nein, denken habe er es sich schon können, aber da er es nun mit Bestimmtheit wisse, könne er nichts mehr davon nehmen, und auch ihr als seiner Frau müsse er es verbieten. Denn bald würden in Bayern auch wieder bessere Zeiten einkehren, die wolle und dürfe er sich und den Kindern nicht verpatzen mit so einer Hehlerei. — Große Zeiten, wahrhaft, stünden bevor, der durchlauchtige Herr Kurfürst, erhöht würde er in seinem Stand durch das Bündnis mit der französischen Majestät. Große Siege habe es schon gegeben, er habe da eine Druckschrift gesehen und sich vorlesen lassen, wie die bayerische Armee mit dem listigen Handstreich die Stadt Ulm eingenommen und wie sie bei Schardenberg und Eisenbirn den österreichischen Feldmarschall Schlick mitsamt seinen sächsischen Verbündeten zum Laufen gebracht habe, daß sie erst wieder über der österreichischen Grenze drüben zum Stehen gekommen seien.
Ob ihm ein Stück Fleisch zwischen den Zähnen lieber sei, oder solch glorreiche Geschichten von bayerischen oder

sonstigen Siegen, fragte sie ihn herausfordernd. Er könne ja die Dummheit begehen und seine eigenen Schwäger dem Gerichtsherrn melden, dann würde sie aber künftig statt eines Essens für ihn ruhmredige Traktate servieren. Auch solche Traktate wußten bald für Bayern nicht mehr ruhmreiche Nachrichten zu bringen, doch solche wurden nicht innerlandes gedruckt, sondern kamen von außerhalb. Jener Feldmarschall Graf von Schlick unterwarf in einem Anlauf im April des seiner anfänglichen Niederlage im Januar folgenden Jahres schon die Stadt Vilshofen, belegte sie und das umliegende Land mit Kriegssteuer, räumte sie aber dann wieder nach Zerstörung ihrer alten Stadtmauer, weil die bayerischen Generale Maffei und Tattenbach sich mit Truppen bei der Reichsstadt Regensburg sammelten und den Anschein gaben, sie wollten sie erobern lassen. Am Ostersonntag des Jahres 1703 besetzte auch wirklich der bayerische General Maffei die bisher neutrale Donaustadt mit dem Sitz des Reichstags. Die Kunde davon brachte ein berittener Bote dem Hofstaat und der Kurfürstin auf direktem Weg; in die Au brachten Bauern, die vor den Einfällen der Österreicher und ihren Plünderungen geflüchtet waren eine andere, nämlich, daß die schlechtbewaffneten Landfahnen und die regulären und regulierten Regimenter die östliche Landesgrenze nur unzureichend verteidigen konnten. Deshalb waren sie in die Nähe einer größeren Stadt gezogen mit aller beweglichen Habe, erwartend, daß sie hinter den Mauern und Wällen bei weiterem österreichischem Vordringen Schutz fänden. Zur selben Zeit zog der Kurfürst mit einem Teil seiner Armee westwärts, von wo Truppen des französischen Verbündeten zu seiner Verstärkung ins Land kommen sollten. Die Verbündeten kamen und vermehrten vor allem die Aussaugung des Landes, denn die Offiziere waren der Meinung, eine Weltmacht würdig vertreten zu müssen, die Bayern waren für sie Bewohner einer unbedeutenden Provinz mit nur dem einzigen Vorzug gegenüber den übrigen

Einwohnern deutscher Provinzen, dem, daß sie die Bedeutung ihres Landes und Königs schon erkannt hatten und sich ihm ohne Vorbehalt anschlossen. Denn das ganze Deutschland war eine einzige Provinz, geteilt in viele kleine Staaten. — Nach und nach stellten diese kleinen Staaten dem habsburgischen Kaiser ihre Armeen zur Verfügung, gegen Geld oder auf Grund alter Verträge, Kreiskontingente von Soldaten zur Reichsarmee, um dem Kaisersohn Spanien, die städtereichen Niederlande, den Süden des italienischen Stiefels und die Goldgruben Amerikas erobern zu helfen. Englische Kaufleute mit ihrem König und der Königin und auch die Kaufmannsadelsrepublik der Generalstaaten von Holland traten dem Bündnis bei. An der Seite Frankreichs war das bayerische Land in einen Weltkrieg geraten.

Die kleinen Leute in der Au begannen, dem durchlauchtigsten Herrn Kurfürsten zu fluchen, ihm und seinen ›Perükkenhanseln‹ — die fein in Locken gelegten, langen Perükken waren das modische Kennzeichen der Standespersonen, Adelige, Offiziere, die Beamten gaben mit der Allongeperücke ihrer Person das nötige Ansehen. Perückenhanseln waren es auch, nämlich der Gerichtsherr ob der Au und sein Gerichtsdienerknecht sowie der Verwalter der Hofmarken, die zum Scharwerk für die Straße aufboten. Von den Torsäulen beim Gasteigberg bis zur Falkenau im Süden des Ortes durchzog die Hauptstraße die Au, war gleichzeitig Landstraße nach Tegernsee, ins an der Grenze gelegene Oberland. Pulverwagen, Munitionskarren, Proviantwagen, Kanonen, mit sechs, acht oder mehr Pferden bespannt, sollten diesen Weg notfalls nehmen können, ohne Radbruch oder Festfahren in einem morastigen Straßenloch.

Max Schmied war angewiesen worden, für einige Tage der Manufaktur fernzubleiben und statt dessen die Scharwerkarbeit der dafür Aufgebotenen aus dem Bachviertel zu überwachen. Ungern nur tat er diesen Dienst. Die Leute, seine Nachbarn, murrten darüber, von ihrer Brotarbeit wegbleiben zu müssen und sich mit dieser Dreckarbeit die ohnehin spärliche Kleidung zusätzlich zu ruinieren. Außerdem wären in den letzten Jahren die Lasten hoch genug gewesen, das Fressen hingegen knapp und schlecht, schon sei man gezwungen gewesen, im letzten Winter den Brotteig mit aufgeriebener Baumrinde zu strecken, wie es seit Menschengedenken, seit dem großen Krieg nicht mehr der Fall gewesen.

Beim Scharwerk an der Hauptstraße erreichte Max Schmied auch eine Nachricht, die ihn mehr als alles andere aus dem Lot brachte. Der zum Fuhrdienst verpflichtete Spießmüllerknecht kam damit an, er führte den Kies vom Isarbett her. Seine Schwagern, berichtete er, und eine Miene des Bedauerns gelang ihm dazu nicht, die Schadenfreude zu verbergen, hätten eine Nachfrage gehabt vom Gerichtsdienerknecht, wegen einer neuen, hirschledernen Hose, die einer von ihnen am verflossenen Sonntag getragen habe. Der Gerichtsdienerknecht habe aber nur das Kebsweib angetroffen, das bei denen unverheiratet untergeschloffen sei. Die sei dann an die Stelle gelaufen gekommen, an der die drei als Scharwerk Kies ausgeschaufelt hätten. Die Schaufeln und Hacken hätten sie daraufhin weggeschmissen und wären kopflos durch die Isar auf die andere Seite gewatet. Das Weib hätten sie noch wissen lassen, nichts anderes könne ihnen mehr helfen, als daß sie sich bei einem Regiment anwerben ließen, das erspare ihnen die Verfolgung durch ein Gericht. Nun, und er, der Schmied-Max, solle für die nun hinüber und die fünfzehn Gulden abholen, denn das hätten sie der Konkubine des ältesten Langen-Bruders versprochen, das solle sie für ihren Unterhalt hierbehalten. Und wenn sie späterhin wieder etwas vom Sold erübrigen könnten, so würden sie es ihr zukommen lassen, bis ihnen nach dem Krieg selber eine Rückkehr möglich sei.

Vierzehntes Kapitel

Es ist das vierzehnte Jahr, daß der älteste Sohn des Kurfürsten Max Emanuel, der Kurfürst Karl Albrecht, das Land regiert, ein zeitweilig frommer, nach den Wallfahrtsorten pilgernder, dann wieder ausschweifender und prassender Herr, der gerne mit schönen Frauen sündigt — denn was sollte ein frommer Mann beichten, wenn er nicht zuvor wieder ausgiebig gesündigt hätte? Seine Brüder, Clemens August, Fürstbischof und Kurfürst von Köln, und Johann Theodor, Bischof von Regensburg und Freising, stehen ihm darin kaum nach, ungeachtet ihrer geistlichen Würden.

Im Haus am Bachviertel in der Au lebt der Sohn des kurfürstlichen Tuchfabrik-Bediensteten und Enkel des Zunftmeisters der Sesselträger der Haupt- und Residenzstadt, der Flickschuster Max Schmied mit seinen beiden Söhnen Georg und Krispin, seine ältere Schwester führt ihm den Haushalt, denn seine Ehefrau ist ihm weggestorben bei der Geburt seines dritten Kindes, und die Schwester war in den mageren Jahren ihrer Jugendzeit zu keinem Mann gekommen, weil Männer überhaupt im Lande in der Minderzahl gewesen waren. Und weil in Wien am Kaiserhof die männlichen Nachkommen sich ebenfalls nicht hatten einstellen wollen, mußte sich der Flickschuster Max Schmied so seine Gedanken machen. Denn sein oberster, durchlauchtigster Landesherr, der sollte zum neuen Kaiser gewählt werden, wenn der kranke alte Kaiser in Wien nun wirklich zum Sterben darniederlag, wie es gesprächsweise verbreitet wurde. Wollte nicht schon sein Vater auf höheren Rang und Stand kommen? Und war nicht deswegen auch die kleine, unbedeutende, aber eben auch heimatliche Au zu großem Schaden gekommen? Da waren im Jahr 1705 mit den Bauern des Oberlandes auch drei oder vier Dutzend Männer mit Stecken und Prügeln gegen die österreichische Besatzung aufgestanden, weil Hunger und Elend auch

dann noch kein Ende genommen hatten, als der Kurfürst schon mit den Franzosen über den Rhein abgezogen war. Sein Onkel, der Zeugmacher Schöttel, war in der Weihnachtsnacht von den wild herumschießenden Reitern verwundet worden, als die über die seichte Isarstelle hinüber und den Bauern am Torturm vor den Mauern Münchens in den Rücken gefallen waren. Er, Max Schmied, wußte es nur von seiner Tante, die bei den Benediktinerinnen im Kloster Liliental für ihre fünfzig Gulden Erspartes ihrer Witwenschaft einen sicheren Ort gekauft hatte, denn ein Kind war er damals gewesen, unverständig noch, noch lange. Denn daß sein Vater durch die damaligen Umstände um den Lohn gebracht worden war, hatte er auch erst viel später begriffen. Unter der österreichischen Statthalterschaft war die Tuchfabrik reduziert worden, sie sollte österreichischen Tuchmachern nicht Konkurrenz sein. Dem Vater hatte später, nach der Rückkehr des Kurfürsten nach dem Krieg ums spanische Erbe, das der geteilt hatte unter Bourbonen und Habsburger, der Gerichtspfleger, den er um Wiedereinstellung gebeten hatte in den Dienst bei der kurfürstlichen Fabrik, ein Papier gegeben. Doch, daß sein Vater stets treu zum angestammten Haus Wittelsbach gestanden habe, es würde schon einmal anerkannt, wenn sich die Zeiten gebessert haben würden, war ihm gesagt worden. Ihm, oder seinem Sohn würde es dann vergolten werden, später. Flickschuster war dann der Vater geblieben bis zu seinem Tod, und er, der Max Schmied, er hatte die Kundschaften in der Haupt- und Residenzstadt aufgesucht um Arbeit, scheel und mißgünstig und nicht selten heillos verdroschen von den Lehrbuben in den Gassen Münchens. Denn die sahen in den Auer Schustern, von denen es bald mehr gab als ganze Paar Schuhe am Ort, eine unerwünschte Konkurrenz ihrer Meister.
Würde nun endlich dieses ›Später‹ sein? Wenn München Kaiserstadt würde, mußten Gesandtschaften der größeren Mächte herkommen. Da gab es in der Au immer noch den

Fabrikbau der ehemaligen Tuchfabrik, hier sollte der Gesandte des Divan, der muselmanischen Türkei, einziehen, denn Nichtkatholischen war der Aufenthalt innerhalb Münchens selber nicht gestattet. Max Schmied ging deshalb mit dem Papier, das seinem Vater statt einer Anstellung gegeben worden war, zum Pflegamtmann beim Gericht, um sich für eine Stelle bei der Gesandtschaft zu erinnern. Würde etwas daraus werden, würde er seinen Schusterhammer weglegen können?

So alt wie sein Sohn Georg jetzt war, war er gewesen, da hatte er gemeint, er würde seine Profession ändern können. Auf dem Weg zu Kunden seines Vaters in der inneren Stadt war er gewesen, da war ihm ein Gerücht zu Ohren gekommen, es gäbe einen preußischen Soldatenwerber in der Stadt, der fünf Gulden Handgeld gäbe. Auch gute Montur und gute Behandlung gäbe es bei den Preußen. Die neu besohlten Schuhe hatte er abgeliefert, aber kein Geld genommen dafür, gesagt, das würde schon sein Vater selber holen. Dann war er auf die Suche gegangen nach dem Werber, eine Woche lang, ohne ihn zu finden. Heruntergekommen war er in dieser Woche, denn es war Winter gewesen, und er hatte nur gelegentlich einen Happen ergaunern oder erbetteln können, und vor den Stadtwachen hatte er sich des Nachts in Holzlegen oder unter Treppen in Hauseingängen verstecken müssen. Trotzdem wollte er weg von der ärmlichen Au und der minderen Arbeit in der engen Stube, in der er mit der Schwester und den Eltern auch noch seine Schlafstatt haben mußte. Eine Montur, eine dunkelblau-rote für den preußischen König aufzutragen, das war ihm als das für ihn allein seine Lage verbessernde Mittel erschienen.

Dann, an dem erbärmlich kalten Februarmorgen, es war 1726 gewesen, hatte er sich schwach vor Hunger auf die Treppenstufen vor dem Franziskanerkloster gesetzt, neben der Residenz in München. An den Rand der dort schon auf eine gespendete Suppe wartenden Gruppe zerlumpter Ge-

stalten hatte er sich gehockt. Immer würde er sich daran erinnern.
Der älteste der Bettler, neben dem er zu sitzen gekommen war, der hatte zu reden angefangen.
»Unser allergnädigster, durchlauchtigster Herr, heute geben ihm die Herrn Patres, auch die von den Franziskanern, das letzte Geleit. Nicht Zeit dafür werden die deshalb haben, uns unsere Bettelsuppe zu reichen.« Der Alte zog sich seinen verbleichten Rock noch etwas enger um die Schultern, der Schneewind fuhr ihm gar zu arg an die frostgerötete Haut. Dann fügte er murmelnd hinzu: »Das letzte Mal, daß ich unter dieser Durchlaucht zu leiden hab. Das letzte Mal! Aber eine Nachfolge ist schon bereit.« Den nebendran sitzenden Lumpengestalten klangen diese mit wenig Atem gesprochenen, leisen Worte des Leidensgenossen wie Ketzerei in den Ohren. Gegen die Obrigkeit, die gottgewollte Ordnung hatte sich das angehört. Leiden, unter dem allerhöchsten Landesherrn? Frug ihn da einer, ob er für sein Hocken beim Franziskanerkloster gar dem Herrn Kurfürsten, Gott hab ihn selig, Schuld geben möchte, ein anderer, mahnend, riet dem an, solches niemanden sonst hören zu lassen, es könne ihm Übles eintragen. Aber andere Bettler, die dabeihockten, hofften auf eine unterhaltsame Erzählung — und Max Schmied erinnerte sich, einen beobachtet zu haben, schon in diesem Moment, der plötzlich ein verschlagen-gieriges Gesicht bekommen hatte, dann aber wieder unbeweglich und scheinbar gleichmütig dabei hocken geblieben war — aber das mochte er sich vielleicht auch später selber eingeredet haben.
Dem Alten hatte er, Max Schmied, damals wie die anderen gespannt gelauscht.
»Als Kind hab ich's immer gesagt bekommen, daß meine Mutter schwangeren Leibes mit mir bei den Bittprozessionen dabeigewesen ist, wegen dem, daß die durchlauchtigsten Eltern in Sorge waren um einen männlichen Erben. Meine Eltern hätten meiner nicht mehr bedurft, denn mein

älterer Bruder stand schon vorgemerkt im Zunftbuch der Zimmerer. Mein Vater war ein Zimmermann. Hat bald nach der durchlauchtigsten Geburt Arbeit bekommen durch ihn, weil da der Baumeister Barelli aus Italien hergeholt worden ist und dem der Auftrag für die St. Cajetankirche beim späteren Theatinerkloster.«

Max Schmied war mit dem einer Meinung gewesen, der dazwischengeworfen hatte: »Der Bau der Kirche zur Erinnerung an unseres durchlauchtigsten Landesherrn Geburt hat also deinem Vater Verdienst eingebracht. Wo ist da ein Schaden für dich gewesen?« Und gewundert hatte er sich, als der Alte das scheinbar noch gelassen bestätigt hatte.

»Ich klage nicht darüber, obwohl recht oft der Lohn für erbrachte Arbeit schuldig stehenblieb und inständig angemahnt werden mußte. Des Herrn Kurfürsten Vater, der vormalige Kurfürst also, er und seine allerhöchste Gemahlin, aufwendig führten die ihr Leben und hielten Hof, als sei kein Schwedenkrieg durchs Land gegangen davor. Darüber sind die Kassen nicht selten leer geworden, sagt man, und das Volk hat sie aufs neue füllen müssen. Aber das ist so nach Recht und Ordnung, ich klage nicht darüber. — Als ich vierzehn Sommer erlebt hatte, da war der fürchterliche Brand dort drüben in der Residenz. Den zu löschen hab ich meinem Vater helfen dürfen. Die Zunft der Zimmerleute ist immer dabei, wenn es einen Brand zu löschen gilt. Seht hinüber, auch aufgebaut ist alles wieder, längst schon, doch damals ist die durchlauchtigste Frau Kurfürstin Mutter darüber gestorben, aus Gram über das Brandunglück, sagte man. Und als drei Jahre darauf auch der durchlauchtigste Herr Kurfürst Vater ins Grab gelegt werden mußte, da wurde der, den sie heute eingesargt haben, sein Erbe. Selbiger Zeit wurde ich inne, daß es mit mir nichts werden würde in der Zimmererzunft, sagen ließ man mir, nicht einer, ein einziger mehr könne aufgenommen werden in diesem Gewerbe. Mein ältester Bruder sollte Meister bei ihnen werden, mein anderer Geselle zu-

mindest. — Für des Kurfürsten jüngeren Bruder, den Herrn Joseph Clemens, stand damals immerhin ein geistliches Fürstentum bereit.«
Lachte da einer dazwischen: »Hättest vielleicht du gemeint, dir tragen sie das kurkölnische Fürstbistum an?«
»Mein Sinn ging in diesen jugendlichen Jahren auf einen eigenen Hausstand, auf eine Ehefrau. Und solches stand damals für mich hierorts nicht zu erreichen, darum vermeinte ich es anderswo zu erlangen. Bei den Floßleuten verdingte ich mich, die Isar ging's hinab und die Donau weiter, mal bis Regensburg, mal bis Wien sogar. Und auch wieder zurück. Dabei war ich so auch, wie die prachtvolle Brautausstattung von dort hergebracht wurde, diejenige der ersten durchlauchtigsten Gemahlin, der Kaisertochter Maria Antonia. Davor und auch danach noch, da haben wir viele junge Bauernburschen und Handwerkergesellen die Donau hinuntergebracht, einheitlich gekleidet, Rekruten eben der kurbayerischen Regimenter — und Kriegsgerät. Das war, weil unser Herr Kurfürst seinem kaiserlichen Herrn Schwiegervater gegen die Türken beisprang. Und eines Tages hatte auch ich so einen schlecht genähten Rock am Leib. Trotz Teuerung und Türkensteuer für diesen Krieg bin ich bis dahin immer an ausreichend Essen gekommen, aber weil ich mit einem Hauptmann, dem ein paar Mann abgingen für seines Herrn Oberst Regiment, weil ich mit dem zur Nacht gegessen und getrunken habe, mußte ich danach argen Hunger leiden. Trotzdem habe ich dann mithelfen müssen, dem Kaiser das Land Ungarn zu erobern, bis Neuhäusel und Ofen sind wir gezogen. Zwei Paar Schuhe habe ich durchlaufen dürfen, und es wären drei oder vier gewesen, wenn wir zur Zeit welche neu bekommen hätten, wo sich die alten in Fetzen aufgelöst haben. Das Marschieren hat für mich dann noch kein Ende genommen, als die Türken vorderhand mit ihren Händeln vorbei waren. Da ging es, weil ich nicht abgedankt war wie andere, hinauf nach Holland. Ihr wißt ja noch, unsere

Durchlaucht war dorten für die spanische Majestät Statthalter geworden. Deswegen, weil sein Sohn, der durchlauchtigste Kurprinz, von dem hätte Erbe werden können, zu denen diese Niederlande zählten. Die Mutter des Erbprinzen war ja bei seiner Geburt gestorben, doch der Durchlauchtigste hatte keinen Kummer darüber, dieweilen er sich jederzeit ausreichend mit Mätressen vergnügen konnte. Bekümmert hat ihn dann aber der Tod des durchlauchtigsten Kindes. Starb doch mit dem auch die Anwartschaft auf das spanische Reich. Ich war dabei, als man das Leichenbegängnis hielt in Brüssel.«
Max Schmied meinte sich zu erinnern, daß er an dieser Stelle der Erzählung des Alten schon den Mund für die Frage offen gehabt hatte, ob er meine, daß damals die ruhmreiche brandenburgische Soldateska ebenso schlecht gehalten gewesen sei. Aber da hatte einer der anderen Bettler in die besinnliche Pause, die der gelassen hatte, hineingefragt:
»Was klagst du, ich versteh es nicht? Du warst in diesen Jahren in den Niederlanden, im Bayernland aber wurde eingetrieben mit eiserner Hand, damit der Durchlauchtigste das Geld bekam zur dortigen Hofhaltung. Denn nur wenig, hab ich sagen hören, hat dort in jenen Jahren der Kurfürst zugestanden bekommen an Abgaben von den niederländischen Ständen. Es ging die Rede, damals, er brocke das bayerische Brot in die niederländische Suppe.«
Nachsichtig, meinte Max Schmied, habe der Alte den Einwurf des anderen übergangen.
»Nicht meinen darf man, wir Soldaten wären dabeigewesen bei Bällen und Jagdvergnügen, bei Bootsfahrten und Landpartien. Wir lagen auf die Festungen verteilt, Delinquenten gleich auf stinkendem Stroh in den Kasematten. Da des durchlauchtigsten Herrn Schulden übermäßig wuchsen und sein Bankier kaum noch Kredit auftrieb, blieb uns der Sold oft aus, und knapp und dürftig war unsere Montur, von der Fourage ganz zu schweigen. Schim-

meliges Brot erschien uns da manchmal schon als köstliche Labung. Gott sei mein Zeuge, daß wir nie an etwas Überfluß hatten, außer an Ungeziefer. Etlichen Soldaten sind die Zähne ausgefallen, mir aber sind sie — noch — geblieben. Damit hatte es bei mir noch Zeit, sonst wäre ich entlassen worden von den kurbayerischen Fahnen. Wegen der aufkommenden neuen Flinten nämlich mußte ein Soldat seine Zähne besitzen, zum Patronenabbeißen. Mancher hat sie sich vom Feldscher wieder festklopfen lassen, oder statt der verlorenen Leichenzähne. — Wir sind auch wieder abgerückt aus den niederländischen Festungen, statt unser sind Franzosen da hinein, zum Ärgernis seiner Kaiserlichen Majestät und der holländischen Stände. Wir sind in die Heimat zurückgekehrt, sobald unsere Quartiergeber von unseren Offizieren die Schulden bezahlt bekommen haben, und daheim sind wir bei den armen Landleuten ins Quartier gelegt worden. Und wie wir im Jahr darauf nach Tirol eingerückt sind und uns verstattet war, wie die Türken zu hausen — dabei hatten die Muselmanen so arg wieder nicht gehaust —, hatte unsere Not noch lange ihr Ende nicht. Hinausgetrieben sind wir wieder worden aus dem Land in den Bergen, durch die tirolischen Bauern dort, die uns als Diebsgesindel angesehen haben. Und wieder ward uns ein Winterquartier dann, bei armen Leuten, denen es selbst am Notwendigsten mangelte. Neue Regimenter waren aufgestellt worden, wegen dem Vertrag von unserem Durchlauchtigsten mit dem Franzosenkönig. Dessen Soldaten sind, nicht weniger hungrig als wir, zu Tausenden, regimenterweise auch noch ins Bayernland eingefallen, die kaiserlichen, feindlichen taten es ihnen gleich, und niemand konnte unterscheiden von den geschundenen Landleuten, wer sie von denen schlimmer bedrückte.«

Kann das so gewesen sein, hatte Max Schmied damals gezweifelt. Von seinem Vater hatte er zwar ganz allgemein gesagt bekommen, daß Krieg eine schlimme Sache sei, und seine Kindheit hatte er unter der österreichischen Besat-

zung erlebt, von der seine Mutter ihm verstohlen beigebracht hatte, sie sei eine arge Plage — aber war es denn wirklich so gewesen, wie dieser alte Bettler es sich zu erzählen unterstand? Auch die bayerischen Soldaten waren doch keine landstreichende Räuberbande gewesen, oder? Eingeworfen hatte dann einer: »Du mußt uns nicht erzählen, daß es viele Jahre Krieg gegeben hat. Krieg ist eine Gottesgeißel, wie Pestilenz und Hungersnot nach einer Mißernte. Der sündige Mensch hat es zu tragen, wie der Herr, der Allmächtige, es dem Menschen zumißt.«
»Wenn du es so sagst«, hatte der Alte geantwortet, »hat es Gott gefallen, daß ich nicht dabeisein mußte, als im Sommer des Jahres des Heils 1704 das Heer des Durchlauchtigsten und die Armeen der katholischen Majestät von Frankreich so fürchterlich geschlagen wurden, bei Schellenberg nahe Donauwörth und bei Höchstätt an der Donau. Geschlagen von der Armee des Heiligen Römischen Reichs Kaisers und seiner anglikanischen und protestantischen Bündnisvölker. Durchlaucht Maximilian Emanuel mußte sich danach und für lange Jahre an den unteren Rhein begeben, begleitet vom Rest der kurbayerischen Truppen. Der durchlauchtigsten Frau Kurfürstin in München war nur eine Leibgarde zu behalten erlaubt worden, außerdem verboten, das Rentamt München zu verlassen. Für eine Königstochter muß dies hart gewesen sein — ihr wißt doch noch, die zweite Gemahlin unseres gnädigsten Landesherrn war des Polenkönig Sobieskis Tochter. Über das bayerische Land aber fielen die Kaiserlichen her wie Belsazar über die zehn Stämme Israel.«
Da hatte der Alte für einige Augenblicke geschwiegen, in die dumpfen Gesichter in seiner Runde gesehen. Bei einem war sein Blick länger hängengeblieben, nachher hatte sich Max Schmied eingebildet, als habe er dabei besonders listig zu dem hingeblinzelt, überlegen, darauf der ihm den Rücken zugedreht, Kopf und Hals tief in den zerlumpten Umhang gezogen hatte, daß es den Anschein gegeben

hatte, als beginne er zu schlafen. Einzuschlafen aber war dem nicht Zeit gelassen worden, sondern der alte und Max Schmied zunehmend weise erscheinende Mann hatte weitergeredet: »Ich war zu der Zeit schon zwanzig Jahre im hellblauen Rock der kurbayerischen Infanterie, aber nicht zu Frau und Hausstand gelangt. Hatte nur hie und da mit einer Lagerdirne Kurzweil gehabt und war nun mit einem halben Jahr Sold in Rückstand als Korporal abgedankt worden. Das daniederliegende Gewerbe im Land wollte keinem wie mir auch nur einen einzigen Taglohn geben. So war ich aufs Betteln geworfen, in Städten und Märkten den Inn entlang, denn ich hoffte, bei den Floßleuten doch noch angenommen zu werden. Viele meiner gewesenen Kameraden nahmen bei kaiserlichen Werbern Handgeld und zogen Uniformen in neuer Farbe an, um wenigstens wieder Brot in den Magen zu kriegen. Ich aber sparte mich noch für ein größeres Unglück auf. Da die Bedrückung durch die kaiserliche Besatzung und deren Statthalterschaft zu sehr überhandnahm, begann sich das Volk zu erheben. Wie mich da eines kalten Herbsttags mein hungriger Magen vor das Stadttor von Burghausen treibt, sagt mir der Torwärter, hereinkommen möge ich ohne Verzug. Ein Landtag wäre abgehalten worden wegen der anstehenden bayerischen Belange. Da die Obrigkeit keine Ordnung habe machen können, die dem Land und Volk dienlich gewesen sei, würde man es nun selber in die Hand nehmen, alles zur rechten Wohlfahrt zu richten. Gut, meinte ich, Wohlfahrt wäre gut, aber ich sei eben nur ein Bettler, Bettler geworden durchs Militär. Eben drum, meinte der Torwärter dagegen, da ging ich hinein — und gehörte bald danach schon zur Mannschaft des Oberstleutnant Wormbs, zu dessen erster Kompanie, an hundert Mann stark. Zog mit zur Belagerung des kaiserlich besetzten Marktes Braunau, die, schlecht geführt von unerfahrenen Anführern, nur noch fünf Dutzend unserer Kompanie übrigließ. Blutig ließ sich der Aufstand des bayerischen Volkes an, allerorten wurden unsere unzulänglich gerüsteten Rebellen hingemetzelt. Ich selber entkam mit halbwegs heiler Haut dem Blutbad bei Aidenbach, wo es dem letzten Haufen von einer großen Übermacht ans Leder ging. Ja, ich sah es dann als mein Glück an, daß ich im Frühjahr danach mit dem Nachschub für den Prinzen Eugen als Roßknecht über die Alpen hinauf und hinunter an die italienische Front ziehen konnte. Nicht lange, denn der Teil unseres Wagenzugs, bei dem ich war, fiel einer französischen Streifpartie in die Hände. Und wieder glaubte ich, dabei Glück zu haben, denn weil ich ein bayerischer Landsmann war, gab man mich zu den bayerischen Überläufern, und sobald wiederum angelangt unter den weiß-blauen Fahnen, in Holland, gehörte ich dem Chevalier de Bavière. Der, unser Obrist und Regimentsinhaber, er war ein lediger Sohn unseres Durchlauchtigsten. Nun, ein mächtiger Herr braucht für seinen illegitimen Nachwuchs eben nicht auf Gottes Gnade und schickliche Fügung vertrauen, er kann da selber helfen. — Ich mag nicht alle Nöte und Unbilden aufzählen, die uns getroffen haben, solange der Spanische Erbfolgekrieg währte. Nur soviel: Auch ich verlor meine Zähne, die Gicht kroch in meine Glieder, tauglich für einen Infanteriekorporal war ich nicht mehr, als Frieden geschlossen wurde. Zuflucht fand ich für die traurige Rückkehr in unsere Heimat bei der Roßpartei als Pferdeknecht, weil der Weibel bei denen ein Einsehen und Erbarmen mit mir erzeigte. Seitdem versitze ich meine Zeit auf Kirchenstufen, denn nicht einmal für Hilfsarbeit bei dem immer noch nicht zu Ende gebrachten Bauen von Schlössern und Lustkanälen konnte ich dem Durchlauchtigsten von Nutzen sein. Ich sag es offen heraus, liebe christliche Zunftgenossen vom Bettelstab: Entlaufen sollen hätte ich unserer weiß-blauen Fahne schon damals in Ungarn, Muselmane wenn ich geworden wäre, ich hätte ein besseres Los gehabt denn als Untertan unseres allerchristlichsten, durchlauchtigsten Herrn Kurfürsten.«

Als von den Kirchtürmen die Totenglocken zu klingen angefangen hatten, da hatte der alte Mann seine Lumpen noch einmal fester um seine magere Brust gezogen, sein Nachbar auf der Treppenstufe hatte beiläufig bemerkt: »Denen es schlechter ergangen unter der Herrschaft des nun verstorbenen Herrn Kurfürsten Maximilian Emanuel, laß dir sagen, sind an die viel Tausend, glaube ich. Und viel, sehr viel besser erging es nur ganz wenigen, etwas besser vielleicht manchen.«
Derjenige, von dem Max Schmied später meinte, er habe ihn von Anfang an verdächtig gefunden, inzwischen war er weggeschlurft, wiedergekommen war der mit einem gestrengen Herrn Pater. Als der den Alten hatte ansprechen wollen wegen der geführten lästerlichen Rede, da war es vergebens gewesen. Da hatte der dem nur noch ein flüchtiges Sterbegebet murmeln und die starrblickenden Augen zudrücken können. Seine letzte Ruhestatt würde der Namenlose ohne großes Zeremoniell irgendwo an einer abgelegenen Friedhofsecke gefunden haben, Max Schmied wußte es nicht so genau. Denn er war damals aufgestanden und zur Stadt hinaus, über die Isarbrücke und in die Au hin geschlichen, heim in die Kärglichkeit der Schusterstube seines Vaters, die ihm nach dem Gehörten gar nicht mehr so eng und dürftig erschienen war. Gebeichtet hatte er dem Vater seine gehabte Absicht und auch, wie er sich mit jener Magd Anna eingelassen hatte im vorigen Herbst. Nun, die hatte er heiraten müssen, daß er es konnte, dafür war ihm das Hausrecht in der Herberge im Bachviertel übertragen worden, er war Flickschuster geworden.
Flickschuster sollte auch der eine Sohn werden, der Georg. Vierzehn Jahre war der nun alt, und diese vierzehn Jahre waren friedliche gewesen. Den jüngeren, den Krispin, nahm der einbeinige Langen, sein Onkel von der Mutterseite her, gelegentlich mit, wenn er mit seinem Schleifzeug auf dem Karren in die Umgegend zog, um den Leuten die Sägen zu feilen. Daher hatte der Krispin die Begehrlichkei-

ten ins Haus geschleppt und auch den Georg verrückt damit gemacht, daß er es ihm nicht mehr herausprügeln konnte. Auch der einbeinige Langen hatte schuld daran, der für sein Alter zu wenig Weisheit gewonnen hatte, dabei war der weit herumgekommen in halb Europa, denn der war Soldat gewesen, bis ihm ein Feldscher sein Bein hatte absäbeln müssen, brandig, wie es von einer Schußwunde schon gewesen war. Aber nicht wie der Bettler damals berichtete der aus der vergangenen Zeit, sondern der schmarrte von hohen und höchsten Herrn daher, denen er einmal in der Nähe gestanden hatte. Nein, der Georg durfte ihm nicht in einigen Jahren zu irgendwelchen Fahnen entlaufen, er, sein Vater, war auch noch im rechten Moment davon abgestanden.
Wenn er den Georg vor sich sitzen hatte bei der Arbeit, wie jetzt, da konnte er den mehr lehren als nur Sohlen haltbar auf Schuhe aufbringen mit gut geknüpfter Naht.
»Schau dir den Herrn von Schönberg an, den der durchlauchtigste Herr vor drei Jahren zum Bürgermeister gemacht hat in der Stadt drüben; ist der vielleicht als junger Mensch in eine Uniform geschloffen? Nein, der hat geheiratet, kaum daß er in die Stadt geschlichen gekommen war. Freilich hat er Glück gehabt damit, daß ihn die Witwe vom Hofsporermeister genommen hat. Aber mit dem erheirateten Geld hat er sich kein Offizierspatent gekauft, sondern er hat denen die Uniformen geliefert und als das Reiterregiment ausrücken mußte, um dem Herrn Kurfürsten Bruder in Köln gegen die Franzosen beizustehen, was hat der Schönberg da getan? Kredit hat er dem Durchlauchtigsten gegeben und das Regiment eingekleidet. Ich hab ihm damals nicht getraut, wie er nicht gleich die dazu nötigen Stiefel zahlen wollte, damit er die Schuster hat entlohnen können, hat er allen beweglichen Besitz zum Pfandleiher gegeben. Ein schönes Vermögen hat er aus den Kriegslieferungen gewonnen und seinen Adel dazu. — Dabei ist der Schönberg hergekommen als Handwerksbursch, ohne

einen Besitz, vor noch nicht einmal zwanzig Jahren. So heruntergekommen hat er ausgesehen, daß sie ihn beim Neuhauser Tor abgewiesen haben. Nicht nachgegeben hat er, ist beim Sendlinger Tor herein. Das nenn ich mir ein Durchsetzen. Und du, Georg, du bist hier daheim und kennst dich aus. In München kann einer sein Glück machen. Und in der Au auch! Der Rat der Stadt hat ja vor Jahren schon einmal unseren Ort eingemeinden wollen in den Münchner Burgfrieden. Noch ist daraus nichts geworden, aber es wird werden, dann haben wir das Bürgerrecht der Haupt- und Residenzstadt, das ist mehr als das von irgendeiner Reichsstadt, glaub mir. Und der Herr Kurfürst, Kaiser wird der jetzt werden, die anderen Kurfürsten stehen ihm dazu bei. Dann wird unser Anspruch auf eine Anstellung wieder etwas wert sein, denn das gewesene Tuchhaus in der Au wird nicht wieder eine Fabrik für müde Invaliden, sondern eine Gesandtschaft. Ich werd eine Anstellung haben in dem Haus der Gesandtschaft, und du wirst mir nachfolgen auf dieser Stelle — wie dem Gerichtsdiener Nußbaum sein Sohn beim Gericht ob der Au nachfolgen wird. Wenn du, dableibend, nicht doch noch was Besseres, Einträglicheres für dein Auskommen findest.«
Seine eigene, matte Hoffnung malte Max Schmied seinem Sohn so glänzend aus, weil er ihn dabehalten wollte. Denn in eine ihm unheimlich erscheinende Ferne zog es den Buben, seit sein Bruder ihm von der Hofhaltung des Bischofs und Kurfürsten-Bruders in Ismaning erzählt hatte. Unheimlich, weil der, einmal von zu Hause weggelaufen, sicher nicht das Glück haben würde, auf so einen Bettler zu treffen, wie er ihn getroffen hatte. Er, Max Schmied, er glaubte nicht daran, daß die Erhöhung des Landesherrn zum Kaiser so ohne Erschwernisse verlaufen würde. »Ja, Vater, ist schon recht.« So eintönig gab ihm der Bub Antwort, daß es manchmal zum aus der Haut fahren war.
»Und noch was: Die Prügel, die du manchmal von den Schusterbuben in der Stadt drinnen beziehst, die sind zu

spüren, das geb ich dir gern zu — ich hab sie in deinem Alter auch schon zu spüren gekriegt. Das war, wie sie die Fabrik zugemacht haben, da sind viele von denen, die deswegen ohne Lohn geworden waren, als Pfuscher in der Frühe nach München hinein und abends wieder heraus, und die Zunfthandwerker dort, die waren noch schlimmer hinter uns Auern her, die wir als Flickschneider und Flickschuster unsere Kreuzer verdienen wollten, als Pfuscher, wie es die genannt haben. Aber diese Prügel sind nichts gegen das, was ein Korporal dir mit einem Stock verabreichen kann, wenn du bei den Soldaten eingestanden bist und nicht einmal weglaufen darfst, weil es sonst die Gasse gibt. Die Gasse, das ist eine Kompanie, links und rechts aufgestellt, und jeder hat eine Weidengerte zum Zuschlagen. Und da führen sie dich durch, ein Unteroffizier mit der umgekehrten Pike vor dir und die Pikenspitze vor deinem Bauch, daß du nicht zu schnell durchrennen kannst, und ein weiterer Korporal geht hinter deiner her und hat auch eine Pike in dein Kreuz gerichtet, damit du auch nicht umkehren kannst. — So, und das alles, laß dir gesagt sein, ist das wahre Vergnügen gegen das, was du von mir erlebst, wenn du dich unterstehst, mit einem Rekrutenwerber anzubändeln, und ich erfahr was davon.«
»Aber Vater, muß ich denn nicht zu den bayerischen Ausschüssern?« Über solchen Vorwitz kratzte sich Max Schmied seinen dreitägigen Bart, bevor er dem Buben herausgab:
»Von den Auern kommt kaum einer in den engeren Ausschuß, wenn gemustert wird. Die sind denen zu minder gewachsen, was ja auch kein Wunder ist bei dem Fraß, den wir zu uns nehmen müssen, wenn es im Land Notzeiten gibt. Und den weiteren Ausschuß, den sie früher in die Landfahnen gesteckt haben, den haben sie ziemlich abkommen lassen, weil der schon in früherer Zeit keinen Nutzen gebracht hat. — Die schlauen Münchner haben ihre Stadtkompanien, wie in anderen Städten auch, die hat

es dazu noch nie erwischt. Nur für die Ausrüstung haben die Städter aufkommen müssen, die den kurfürstlichen Soldaten gegeben wird.«

»Du sagst doch immer, wir kommen noch zu München, Vater, dann komm ich auch zu den Stadtsoldaten, mit einer Grenadiermütze. Und du wirst in die Zunft aufgenommen, bei den Schustern.«

Angst vor dem Krieg, das war es, Angst, daß eines seiner Kinder in einen solchen geraten könne. Vor zwei Jahren hatte der habsburgische Kaiser noch gelebt, und gegen die Türken war ihm ein bayerisches Hilfskorps von elftausend Mann geschickt worden. Daß derselbe bayerische Kurfürst nun der Tochter dieses Kaisers ihr Erbe streitig machen wollte, war mehr, als ein Auer Flickschuster verstehen mußte, er wußte nichts von den komplizierten Eheverträgen aus dem Jahr 1546 und den Möglichkeiten, sie verschieden auszulegen. Er wußte aber, was der letzte Krieg seinem Land, seiner Familie eingebracht hatte — besonders in dem Jahr, in dem er zur Welt gekommen war, 1705. Davon konnte er auch in einer abgegriffenen Druckschrift nachlesen, die er neben dem Papier der Tuchfabrik von seinem Vater nachgelassen bekommen hatte. »Relation über die Münchnerische Metten, so die rebellischen Bauern denen Kayserlichen zu singen vorgehabt, den 25. Decemb. 1705 . . . dieses währte, bis der Tag anbrach und Herr General von Kriechbaum über der Isar mit seinem Corpo anlangte . . .« Das war am Gasteigberg gewesen, beim Leprosenhaus und beim Nonnenkloster Lilienberg. ». . . und mit denen Bauern, so bei der sogenannten Au an der Brucken postiert gewesen chargierte . . .« In aller Frühe, es war noch dunkel gewesen in den Auer Gassen, da haben die Kaiserlichen den Roten Turm an der Isarbrücke drüben gestürmt, war ihm erzählt worden, und wir sind von dem Geschützdonner und dem Gewehrfeuer geweckt worden, dann sind die Husaren gekommen und haben einen verlangt, der ihnen den Weg durch den Fluß zeigt und einfach einen mitgenommen. Der Schöttel, der mit einigen anderen, vor allem mit Maurern und Zimmerleuten den Bauern zu Hilfe gekommen war, hat da etwas abbekommen. Am selben Tag haben sie noch die restlichen Bauern, die nicht beim Isartor, sondern bei dem Dorf Sendling gestanden haben, zusammengeschlagen und -geschossen, die Überlebenden gefangen, bis aufs Hemd ausgezogen und so in die Stadt München geführt. Die fast Nackten haben sie vor dem Jesuitenkolleg auf der Straße in der Eiseskälte stehen lassen. ». . . damit machte diese Münchnerische Tagmetten uns kayserlichen eine freudige, denen Herrn Bayern aber ein traurigen Einzug, dies geschah um 1 Uhr Nachmittag.« — So mischte sich bei Max Schmied Erzähltes von den Eltern und das, was nachzulesen stand. Aber der Bub, der Georg, hatte keinen Krieg erlebt, wie sollte er dem das aus zweiter Hand beibringen?

Zwei Jahre später nahm ihm ein Ereignis, wie er es sich fern gewünscht hatte, das Erklären ab.

Was in die Au nur durch ihre fahrenden Gewerbsleute und nur gerüchtweise bekannt wurde, wußte man im Münchner Rat mit Sicherheit und in genauen Einzelheiten. Als im vergangenen Jahr die bayerischen Soldaten über die östliche Grenze abgerückt waren, um der Kaisertochter Maria Theresia einen Teil, wenn nicht die ganze habsburgische Erbschaft zu entreißen, waren durch den Kurfürsten schnelle Erfolge möglich gewesen, weil große Teile der österreichischen Armee mit den Preußen in Schlesien und mit den Franzosen in Italien zu fechten hatten. Kurfürst Karl Albrecht hatte sich im Oktober in Linz zum Erzherzog und im Dezember in Prag zum König von Böhmen krönen lassen. Trotzdem hatten die Räte der Stadt fast ohne die Ausnahme eines von ihnen alles mit Bedenklichkeit zur Kenntnis genommen, bestätigt hatten sich dann ihre Bedenken. Seit dem Januar dieses, des Jahres 1742 kamen schlechte Nachrichten herein. Der österreichische General Khevenhüller war im Dezember von Italien heraufgerückt,

hatte seine Soldaten über die Alpen geschunden, über winterliche Pässe durch Schnee und Eis. Gleichzeitig rückte der General Bärnklau von Wien her mit einer furchtbaren Armee aus Ungarn, Kroaten und beutegierigen Pandurenfreikorps wie dem berüchtigten Obristen Trenck an Bayerns Grenzen. Am dreizehnten Januar fiel den Österreichern Vilshofen, die Stadt im getreidereichen Niederbayern, in die Hände, und am 17. Januar mißlang dem bayerischen Oberbefehlshaber Graf Törring der plumpe Versuch, bei Schärding den General Bärnklau zu überrumpeln. Da war es für die Herrn aus den alten Ratsgeschlechtern schon gar keine Genugtuung mehr, daß am 25. Januar Kurfürst Karl Albrecht in Frankfurt einstimmig zum Kaiser des Heiligen Römischen Reiches Deutscher Nation gewählt wurde, im Gegenteil, dies ließ sie erwarten, daß ihre Landgüter und Gartenschlösser nur um so schneller der österreichischen Verwüstung und Plünderung anheimfallen würden.
Am 10. Februar durften livrierte Herolde den Münchner Bürgern, begleitet vom Schlagen von Pauken und Blasen silberner Trompeten verkünden, daß ihr Kurfürst an diesem Tag von seinem Bruder, Erzbischof zu Köln, in der Stadt Frankfurt die Kaiserkrone aufs Haupt gesetzt bekam. Josef Anton von Schönberg, verordneter Oberlands-Bürgermeister zu München, aber wurde von den Ratskollegen, diesem erlesenen Gremium unter weißgepuderten Zopfperücken, am übernächsten Tag zusammen mit dem Amtsbürgermeister Benno Ferdinand von Reindl auf die Reise geschickt, um mit dem General Khevenhüller, den man schon in Landshut, einen halben Tagemarsch isarabwärts wußte, über günstige Bedingungen der Übergabe der bayerischen Haupt- und Residenzstadt an die Österreicher zu verhandeln. — Ein seltsames Gespann schickte man da als Komplimentäre. Fünf Jahre lang, von 1732 bis 1737 hatte der mit altehrwürdigen Patriziergeschlechtern verschwägerte Herr von Reindl sich zum Wortführer derer im inneren Rat gemacht gehabt, die dem neureichen ehemali-

gen Sporergesellen seinen Eintritt in den äußeren Rat vereitelten. Dann aber war dieser Schönberg mit einem gesiegelten Schreiben des Kurfürsten eines Tages in die Sitzung geplatzt, hatte dem Herrn von Reindl dieses gereicht und gleich, ohne eine Aufforderung dazu abzuwarten, den freien Platz neben ihm eingenommen. Gestanden hatte in dem Schreiben, daß Josef Schönberg als achter Bürgermeister in den inneren Rat aufzunehmen sei. Herr von Reindl hatte seitdem des öfteren Anlaß gehabt, sich über diesen Emporkömmling zu ärgern, und einmal war ihm hitzig während einer Debatte herausgefahren: »Herr Schönberg, vergessen Sie nicht, daß Sie als Sporergeselle nach München hereingekommen sind!«
Was ihm darauf von dem zur Antwort geworden: »Ganz richtig, Herr von Reindl, aber wenn Sie als Sporergeselle hereingekommen wären, würden Sie auch heute noch Sporergeselle sein!« — Aber auch der sonst so erfolgreiche Herr von Schönberg war diesmal zu spät dran. Am selben Tag noch rückte von Osten her eine Abteilung österreichischer Soldaten auf die Höhe über dem Gasteig.
»Die Kroaten sind da und gehen über die Brunnwasserleitung durch den Fluß!« — Von der Höhe, wo ein Brunnhaus das Quellwasser sammelte, ging eine Leitung aus Holzröhren zu Tal und über einen schmalen Steg nach München hinüber, zur Wasserversorgung der Residenz und der großen Bürgerhäuser, die ärmeren Häuser hatten keinen Anschluß daran, sondern da holten die Hausfrauen das Wasser aus den städtischen Brunnen. — Der diesen alarmierenden Schreckensruf in die Au trug, war Max Schmieds Sohn Krispin. Der nun dreizehnjährige Bub war ausgestellt worden, weil die Auer, von Gerüchten und der Abreise der beiden Bürgermeister aus München aufgestört, auch ihrerseits Vorsorge treffen wollten gegen feindliche Bedrohung und Bedrängnis. Die alten Leute wußten es noch aus der Zeit der österreichischen Besatzung, wie diese aussehen konnte, und die jüngeren, die eine lange Folge von Jahren

ohne fremde Soldaten im eigenen Land erlebt hatten, erfuhren es in den letzten Tagen durch hereinströmendes Landvolk, das vor der Bedrückung durch die Soldaten hatte flüchten können. Alle Vorräte waren den Flüchtlingen weggenommen worden, samt dem Saatgut, in die Mägen der schnurrbärtigen Kroaten mit den fremdartig verschnürten roten und blauen Jacken und Hosen, die eng an den Beinen anlagen. Fremd und deshalb bedrohlicher war auch deren Sprache, daß man sich nicht getraut hatte, denen nur das geringste zu verweigern, das Getreide nicht und nicht die Ehrbarkeit der Frauen und Töchter. Etliche Männer trugen am Leib auch den Beweis, daß eine Gegenwehr nicht ratsam war, sie hatten Wunden von krummen, aber scharfschneidigen Säbeln, kaum verschorft und wieder aufbrechend, wenn sich die so verwundeten Leute bewegen mußten.
Auf dem Platz mit den fünfzigjährigen Lindenbäumen rund um die Kirchen lagerten die Landleute, gepflanzt waren sie auf diese weite Fläche, um den Marien-Wallfahrern Schutz vor Regen und Sonnenbrand zu geben. Nun hoben die Bäume ihre entlaubten und schneebedeckten Äste wie zur Klage erhobene Arme gegen den Himmel. Wie Klageweiber über Toten! Nicht fühllos, aber ohne ihnen helfen zu können in ihrer eigenen Dürftigkeit, liefen nun die Auer den Kirchen zu, versammelten sich in der Maria-Hilf-Kirche vor dem Gnadenaltar, wer nicht mehr darin Platz fand, drängte sich in die Heilig-Kreuz-Kapelle daneben und warf sich vor das vor Jahrhunderten angeschwemmte Kreuz aus der Isar, betend und göttlichen Beistand herbeiflehend. — Und mancher schrieb der Wirkung des Marienbildes oder des Kreuzes zu, daß die Kroaten seine rasch verborgenen kleinen Werte nicht gefunden hatten, später, wenn er wieder in sein verwüstetes Haus oder seine Mietstube zurückkehrte. — Die beiden Bürgermeister von München hatten beim Oberkommandierenden der österreichischen Eroberer erreicht, daß sie nur ein

deutschstämmiges Regiment in die Stadt als Besatzung nehmen mußten, bis zu ihrem Weiterziehen blieben also der Au und den Vorstädten die Ungarn und Kroaten. Für einen lothringischen Prinzgemahl und eine österreichisches Kaisertochter, die Maria Theresia, durch winterliche Eiseskälte Tag um Tag zu marschieren mit schlechter Verpflegung und ohne wärmenden Wein, das machte einen Mann nicht nur begehrlich, das machte ihn gereizt, böse. Und da war nun eine Stadt, eine fette mit vielen Kirchtürmen und hohen Hausgiebeln, wie man von der Höhe aus schon über die Wälle hinweg sehen konnte. Und dann durfte man nicht hinein! Blieb ausgesperrt von einer, wenn auch nur kurzen, wenige Tage dauernden, aber immerhin Leib und Magen wärmenden Völlerei? Die Kaisertochter und der Erzherzog waren fern, aber die Vorstädter waren nah, greifbar, an ihnen konnte man seinen Zorn auslassen. Und sie blieben bis zum Ende des Monats April, zur allgemeinen Erleichterung, die eine Woche später aber einer Enttäuschung Platz machen mußte. Sie kamen wieder! Schlimmer wüteten sie, Karlstädter, Kroaten, Panduren und Husaren. Die fielen diesmal über die Vorstadt Lehel her, wo die kleinen hofgefreiten Handwerker bei der Holzdrift von der Isar, wo das Brennholz für Stadt und Residenz angelandet wurde, ihre bescheidenen Behausungen stehen hatten, gegenüber der Insel mit dem Kalkofen. Übermütig steckten sie diese an allen Ecken und Enden in Brand, denn sie wußten, daß bei ihrem ersten Hiersein bereits nichts mehr aus denen herauszupressen gewesen war. Angstvoll beobachteten die Auer, ob nun nach dem in Flammen stehenden Lehel auch ihre Ortschaft völlig zerstört würde. Anderntags kam die Kunde über die Isar, viele Leute, die den Brand hätten löschen wollen, hätten dies mit dem Leben gebüßt, so der Aumeister, der Gschlößl-Wirt und der Knecht des Hofwachsbleichers. Verwundeten Leuten, die sich mit einigen Habseligkeiten hätten wegstehlen wollen, seien weitere Wunden geschlagen worden, und

dann hätte sie die entmenschte Soldateska in ihre brennenden Häuser zurückgestoßen, darunter auch kleine Kinder. Andere seien von den Slowenen und Kroaten mit Händen und Füßen an die Haustüren genagelt und erschossen worden.
Für ein Glück hatte es Max Schmied angesehen, einen wohlhabenden Nachbarn in dem Papierfabrikanten Mayr zu haben, vielmehr stand dessen Papiermühle nebenan auf der Kegelhofinsel, er selber hatte sein Haus in München drinnen. In den acht Tagen ohne Besatzung war er zu ihm gegangen und hatte ihn um Arbeit nachgefragt und auch bekommen, dazu noch den erbetenen Lohnvorschuß. Begonnen hatte er damit, das zum Teil in Lagerfeuern der Besatzer verheizte Dach notdürftig zu ersetzen, aber mit dieser Reparatur war er noch nicht weit gekommen, und nun fehlte ihm die Lust dazu, wenn es doch gleich wieder für die Katz sein konnte. Freudlos hämmerte er die Reisestiefel des Herrn Mayr fertig. Mit ihnen schickte er gegen Mittag den Georg los, in die Stadt hinein, denn wenn er um diese Zeit ankam, würde er vielleicht in der Mayrschen Küche mit Resten gespeist werden, die immerhin noch besser waren als das, was sie selber auf den Tisch bringen konnten. Nein, der junge Mayr dachte nicht an solche Guttat für den Flickschusterbuben aus der Au, der war nicht ein so gutherziger Mann wie sein Vater Virgil, der den heiligen Johann von Nepomuk aus Stein für die Auer gestiftet hatte, gegen die Wassernöte. Der Georg kam hungrig aus München zurück und führte ein kleines Mädchen an der Hand, das auch noch hungrige Augen machte. »Was soll das Kind bei uns?«
Es war kein hartherziger Mann, der Flickschuster Max Schmied. Aber nun bedrückten ihn schwere Sorgen, die er nicht noch um ein wahrscheinlich elternlos gewordenes Kind vermehren wollte. Der Georg mit seinen sechzehn Jahren, der wußte noch nichts davon, was es an Arbeit und Sparsamkeit kosten würde, dem Haus das fortgestohlene

Dach, die Tür und die vor Kälte schützenden Fensterläden wiederzugeben, noch einmal würde er den Mayr um einen Vorschuß angehen müssen, um so viel, daß er dem zeitlebens die Schuhe umsonst aufsohlen würde müssen, um ihn wieder abzudecken. Und dann dies Kind!

»Wir haben mit uns selber genug zu tun. Bring es zu den Nonnen ins Lilienthal oder auf den Lilienberg.«

»Du müßtest doch wissen, daß die keine Kinder mehr aufnehmen können, Vater. Und es wäre doch nur, bis . . .«

»Bis wann?«

»Bis der Kaiser, unser durchlauchtigster Landesherr, wiederkommt. Dann, hast du gesagt, wirst du Bediensteter in der Gesandtschaft.«

Max Schmied konnte darauf nur ungenau und wenig überzeugend sagen: »Ja, schon, das schon, aber jetzt . . .«

Als die Österreicher am 6. Oktober zum zweitenmal aus München abrückten, hatten sie auf viele Stunden im Umkreis das Land so ausgesogen, daß nirgends mehr ein Stück Vieh im Stall stand, die Scheunen leer waren, weil Hafer und Heu die Pferde der österreichischen Kavallerie und des Trosses gefressen hatten, und der vielleicht da und dort vorhandene Rest war mitgeschleppt worden. Die unermeßlich gestiegenen Lebensmittelpreise konnten nur die reicheren von den Bürgern in München zahlen, die ärmeren von ihnen schickten ihre Kinder und alten Leute zum Betteln vor die Pforten der Klöster, der Kapuziner oder Franziskaner, und was die dort ergattern konnten, mußte für die ganze Familie reichen. Fraglos waren die Auer in ihrer Vorstadt noch schlechter dran, nicht wenige von ihnen lebten nach, was sie von den Soldaten der Kaisertochter abgeschaut hatten, sie verlegten sich auf Diebstahl und Straßenraub. Andere aber standen eines Morgens nicht mehr von ihrem Strohsack auf, waren zu schwach dazu, und irgendwann merkte ein Nachbar, daß er oder sie verhungert waren. Wer konnte es da dem Flickschuster Schmied verdenken, daß er eines Tages dem fremden Mädchen die Tür gewiesen hatte, wo es schon für die eigenen Söhne nicht gereicht hatte und seine Schwester nur jede zweite Mahlzeit, Wassersuppen mit gekochtem Gras oder vom Feld geklaubte Rüben, wenn Krispin manchmal sich bei einem wachsamen Bauern der Umgebung sich solche hatte flink aneignen können, mitgegessen hatte?

»Geh, schau, daß dich der Schreiber Pöppel mit zu seinen anderen Waisenkindern nimmt!« hatte Max Schmied ihr noch als Rat mitgegeben.

Michael Pöppel war der Sohn eines Faßbinders aus der Au, der in seiner Kindheit zu den Jesuiten gegeben worden war, um etwas mehr zu lernen als einige Gebete aus dem Gebetbuch zu lesen. Bei des Kurfürsten Bruders Waisenhaus zu Freising war er danach in Lohn gekommen als Gehilfe — jenem Johann Theodor, der an sein fürstbischöfliches Lustschloß zu Ismaning über den Eingang schreiben ließ: »Glücklich sind jene, die sich fern von ihren Geschäften halten«, allerdings lateinisch, denn für seine Untertanen sollte dies nicht zutreffen, im Gegenteil. »Beatus ille, qui procul negotiis.«

In die Au zurückgekommen, hatte er sich mit Unterrichtgeben an junge Schüler aus besitzenden Familien einen geringen Lohn verdient. In diesen letzten Wochen aber sah man ihn durch die Gassen gehen und die streunenden Kinder ansprechen. So außergewöhnlich fanden das einige, daß sie Pöppels Betragen als verdächtig dem Gerichtsherrn ob der Au, Herrn Franz Karl Freiherr von Widnmann vermeldeten, jedoch brauchte der nicht mehr seinen Gerichtsdiener nach ihm schicken, der als Kinderverführer Verdächtigte suchte ihn selber auf.

Im Vertrauen auf das christliche Erbarmen mit der leidenden Kreatur, vorab den elternlos gewordenen getauften Kindern, denen die Kriegsläufte auch noch das Dach über dem Kopf genommen hätten, werde er beim Herrn Baron vorstellig. In den verflossenen Wochen habe er schon im-

mer bei den Brotläden der Münchner Bäcker an der Brücke deren altes Brot erbettelt, um die sonst dem Hungertod preisgegebenen Waisen mit etwas Speise zu versorgen. Aber nun komme der Winter heran, nach dem verregnet gewesenen Sommer lasse er grobe Kälte erwarten, und die Kleinen bedürften eines Unterschlupfs, aber mehr noch, um die Streuner davon abzuhalten, in Verkommenheit zu versinken und geistig zu verrohen, bedürften sie der Unterweisung. Er habe selber schon in Freising und Erding in Waisenhäusern sein Brot verdient und wisse, wie nötig den Kindern dies sei, aber auch imstande sei er, ihnen dies Nötige zu geben, wenn er nur die dafür erforderlichen Mittel bekommen könne. Nein, er wisse schon, daß die Kasse der Gemeinde so gut wie leer sei, daß derzeit auch vom Hof nichts zu erwarten sei, deshalb bitte er lediglich darum, bei den einsichtigen Bürgern selber Spenden für diesen guten Zweck sammeln zu dürfen.
Franz Karl Freiherr von Widnmann irritierte dieser aufrechte Mann in ärmlicher Kleidung, wie der vor ihm stand, seinen Glatzkopf ohne Perücke entblößt und den Hut mit beiden Händen vor der Brust haltend. Aber eigentlich, befand er, nahm er ihm eine nützliche Arbeit ab. Was würde aus den Kindern, jedenfalls denen, die ohne Hilfe trotzdem überleben würden, anderes werden als solches Pack, mit dem er sich ohnehin schon Tag für Tag in diesem unseligen Gericht ob der Au herumzuschlagen hatte — Diebe, Betrüger, Räuber, Wilddiebe. So gesehen würde das Tun von diesem Schreiber und Hilfslehrer ihm künftige Arbeit verringern helfen.
Gut, eine Spendensammlung also wolle er sich genehmigen lassen, aber wo wolle denn der Pöppel mit seiner Brut unterschlüpfen? Verwüstet seien doch die meisten Häuser in der Au durch die Soldateska.
Auch das, gab Pöppel zu, sei etwas, um das er bitten möchte. Derzeit müßten die Kinder nächtens sich einen Unterschlupf in allerlei Winkeln und Holzlegen suchen,

wenn er für sie nur einen einzigen Raum fände, wo er Unterricht halten und ihnen zur Nacht ein Lager bereiten könne, würde dies vollauf ausreichen für die nächste Zeit.
Fragend wendete sich der Gerichtsherr an seinen Diener, den Christoph Nußbaum. Da habe er doch von ihm gehört, daß er in seinem Haus beim Gasteig ein Zimmer vermieten wolle, um seine Einnahmen aufzubessern. Ob nicht er . . .?
Christoph Nußbaum war von Pöppels Handeln angerührt. Auch hatte er ihn schon beobachten können, wie er beim Münchner Brothäusel für seine Schützlinge die größten Grobheiten von den Bäckerknechten klaglos ertragen hatte, wenn sie ihm nur dann ihre Abfälle überlassen hatten; Nußbaums Haus lag direkt neben dem Brothäusel. Ohne Überlegen sagte er dem Baron Widnmann zu, daß er ihm die größte Stube überlassen werde, dem Pöppel, notfalls umsonst. Und eine Kammer habe er auch noch, für den Pöppel selber, damit der sein Unterkommen bei den Kindern habe. Nun mochte auch Widnmann nicht länger zögern, er gab die sehr vorsichtig und sparsam ausgegebene Genehmigung zum Sammeln — der biedere Pöppel würde sie nicht mißbrauchen, konnte er annehmen. Wenn aber doch ein Mißbrauch vorkäme, würde es der Gerichtsdiener, der ja ein scharfes Auge darauf halten konnte in seinem Haus, frühzeitig bemerken.
Sieben Wochen lang vom Abzug der Österreicher an bettelte sich der Auer Faßbinderssohn von Tür zu Tür, von Haus zu Haus für Spenden, bis er am Andreas-Tag des Jahres 1742, am 30. November, mit dreißig Waisenkindern im Gerichtsdienerhaus die ›Gemain Waysen Stuben‹ eröffnen konnte. Bevor er mit ihrer Unterrichtung begann, führte er sie in die Maria-Hilf-Kirche und ließ sie für das begonnene Werk beten.
Ursula Lindl, das kleine Mädchen aus dem Lehel, war noch mit dem Waisenvater Pöppel unterwegs zu den Türen der Reichen gewesen, hatte manchmal bewirkt, nur durch ihr Anwesendsein, daß sie statt handfester Grobheiten doch

kleine Gaben spendeten. Daß sie nicht bei dem Flickschuster und seinen Söhnen hatte bleiben können, erwies sich nun doch nicht so schlimm, dabei war sie deswegen schon ein zweites Mal verzweifelt gewesen. Als der Vater, Holzgartner bei der Trift im Lehel, von der Säbelwunde nicht mehr aufgekommen war, die er von einem Panduren erhalten hatte, da war noch die Mutter gewesen, die sie über diesen Verlust hinwegtrösten hatte können, dazu noch dem Vater in dem ruinös dastehenden Häuschen eine trokkene, nicht einzuregnende Ecke für sein Kranken- und schließliches Sterbelager. Dann aber war auch die Lindlin, ihre Mutter, krank geworden, niemand in der Nachbarschaft hatte gewußt, was ihr fehlen könne. Geraten hatten alle nur, sie solle sich etwas Kräftigendes zum Essen gönnen. Aber die hatte immer das mehrere dem Kind, der Ursel, zugeschoben, und selber war sie dabei immer hinfälliger geworden. Eines Morgens aber hatte sie sich noch einmal aufgerafft, hatte die Tochter an der Hand genommen und war mit ihr über die Isarbrücke gegangen mit schwachen Schritten. Zu einer entfernten Verwandten hatte sie gewollt, aber sie hatte der fünfjährigen Ursula nicht gesagt, wo die zu finden war, nämlich im Klösterchen Liliental. Als sich nun die Mutter vor Schwäche hatte hinsetzen müssen, war das Mädchen zuerst bei ihr stehengeblieben und hatte geduldig gedrängt zum Weitergehen. Aber dann war es, weil es ihr gar zu lange gedauert hatte, einfach ein Stückchen in die Au hineingehüpft, hatte sich die Zeit damit vertrieben, Steinchen in den Bach zu werfen und sich manchmal umgesehen, ob denn die Mutter nicht bald käme.

»Eine von den Flüchtlingen, die wird an Entkräftung gestorben sein!« meinte zu der reglos daliegenden Frau ein Stadtbrunnknecht und verständigte im Vorbeigehen die Brückenwärter am Roten Turm. Kein Renommee für die Stadt, fanden die, sei eine Tote auf der hereinführenden Brücke, und verlangten dringlich nach dem Totenkarrer, damit er sie auf den Friedhof beim Sendlinger Tor schaffe. So hatte Ursula Lindl keine Mutter mehr gefunden, als sie nachsah, wo die denn blieb, auch von keinem erfragen hatte sie die mehr können, die sie angesprochen hatte, waren nur achtlos und gleichgültig an ihr vorbei, bis auf den Georg Schmied, der sie heulend angetroffen und getröstet hatte mit streichelnder Hand über ihr Haar.

»Was weinst du? Deine Mutter, gestorben wird die sein!« hatte der ihr gefühllos, aber ehrlich auf die Frage geantwortet, die sie schon etliche Dutzend Male anderen gestellt hatte. Da sie darauf noch lauter aufgeheult hatte, wie ein verwundetes Tier, hatte er sie bei der Hand genommen und ihr dann warten geboten, als sie beim Tor zur Stadt hinein angelangt waren.

»Bestimmt komme ich gleich wieder, bestimmt, warte nur.« Und er war gekommen.

»Hast denn sonst niemand? Gar niemand?«

Als sie darauf den Kopf geschüttelt hatte, zugeredet hatte er ihr da. Daß sie, wenn dem so wäre, nun die letzte ihrer Familie sei. So, Lindl, gut, dann müsse sie die Lindl vertreten und stolz darauf sein, auch tapfer, denn rosig ginge es nun nicht her. Und mitgenommen hatte er sie fürs erste.

Weil der von Maria Theresias Armee belagerten Stadt Prag eine französische Armee von sechzigtausend Mann Entsatz schaffen sollte, waren die Österreicher von München abgezogen, und der bayerische Feldmarschall von Seckendorf war mit einer Armee in Bayern eingezogen, die in dem ausgesogenen Land Quartier und Verpflegung suchte. Aber acht Monate später mußten die Bayern ein drittes Mal den Österreichern weichen, die Armee erklärte sich in einem Waffenstillstandsvertrag für neutral. Münchens Bürgermeister von Reindl zog, vorbei am Waisenstübchen im Gerichtsdienerhaus am Gasteig, den anrükkenden Besetzern entgegen, um ihnen die Schlüssel der Stadt auf silberner Schüssel zu überreichen. Wenn sie eine

solche silberne Schüssel zu verkaufen hätten, erklärte der Waisenvater seinen Zöglingen, die den Auszug beobachteten, dann hätten sie für die nächsten Monate volle Teller.
Vier Monate blieben die fremden Soldaten in der Stadt, aber daß sie danach schon abzogen, war nicht der bayerischen Armee zu verdanken, sondern den achtzigtausend preußischen Soldaten, die das industriereiche schlesische Land für ihren König besetzten. Kurfürst Karl Albrecht, als Kaiser nun Karl IV., kehrte erst ein Jahr später in seine Haupt- und Residenzstadt München zurück, krank zwar, aber noch in der Lage, diejenigen, die ihm in besonderer Treue zur Führung des sinnlosen Krieges verholfen hatten, angemessen zu belohnen.
So erhielt der ehemalige Sporergeselle Schönberg ein Stück Grund auf der Stadtumwallung zum Bau eines Schlößchens, nahe bei dem Sendlinger Tor, durch das er drei Jahrzehnt, zuvor beinahe nicht hineingelassen worden wäre. Und Titel, neben der Kreditrückzahlung, die dafür etwas länger dauern durfte: ›Hochedelgeborener Herr Josef Anton Edler von Schönberg auf Egl- und Huglfing, des Heiligen Römischen Reichs Ritter, Seiner Kurfürstlichen Durchlaucht in Bayern Pfleger und Kastner von Vilshofen, gemeiner löblicher Landschaft in Bayern Verordneter Oberlands-Bürgermeister zu München‹ durfte er nun seine Briefe unterzeichnen.

Fünfzehntes Kapitel

Da sein Vater zu kränkeln angefangen hatte, begann er damit, den Georg Schmied zu drängen, sich nach einer Frau umzusehen und Geld zu sparen, um eine Heiratskonzession kaufen zu können. Diese neue Abgabe war vom neuen Kurfürsten neben anderen eingeführt worden, der Durchlaucht Max Joseph, weil ihm sein Vater, der Kaiser

Karl VII., bei seinem Tod vor fünf Jahren, 1745, Schulden hinterlassen hatte in einer Höhe, die sich ein einfacher Mensch nicht vorstellen konnte. Georg Schmied würde von seinem Vater keine Schulden erben, seit drei Jahren flickschusterte der nicht mehr, sondern hatte sich im Paulanergarten verdingt, wo der Kurfürst, ebenfalls um seine zerrütteten Staatsfinanzen zu verbessern, eine Porzellan-Manufaktur eingerichtet hatte. Keinen großen Zulauf hatten die Paulaner mehr gehabt, denn es ließ sich auch außerhalb des Klosters für gewöhnlich ganz gut nach den Regeln des strengen Ordens leben, ohne fleischliche Nahrung, so war ein Teil des Klosterbaues lange schon leer gestanden, Platz gewesen für das einträgliche Gewerbe der Herstellung von ›Türkenbechern‹, kleinen Moccatassen, die in großen Mengen gebrannt wurden und unbemalt zur Grundlage für eine Hausindustrie wurden. Verleger brachten sie dann auf den Fernhandelswegen die Donau abwärts zu den kaffeetrinkenden Käufern im Osmanischen Reich. Georg hörte oft noch seinen Vater sagen, vielleicht würde doch noch eine türkische Gesandtschaft eingerichtet, er glaubte nicht mehr daran, wichtiger war ihm, daß der Vater Lohn in barer Münze erhielt. So konnte das Haus in einen Stand gebracht werden, daß es ihm wirklich eine junge Frau herzog, wie der es sich nun so dringlich wünschte. Er verstand ihn, denn seit des Vaters Schwester in dem harten Winter vor zwei Jahren gestorben war, keine Frau mehr im Haus wirtschaftete, entbehrte das aller Annehmlichkeit, ja, der Haushalt war heruntergekommen. Besonders an der zerrissenen und dürftig geflickten Kleidung sah man den Schmieds das auch draußen auf der Gasse an, aber obwohl der Alte beklagte, daß er mit einem solchen verlotterten Aufzug keine bessere Stelle wie bei einer Gesandtschaft annehmen könne, versagte er die Ausgaben für einen der vielen in der Au ansässigen Flickschneider sich und seinen Söhnen, denn das wenige Geld sollte zur Abdeckung der Schulden beim Sägmüller für das gelieferte Bauholz und beim Papiermüller Mayr für das geliehene Geld dienen. Georg, der das bisher vom Vater geführte Gewerbe der Schusterei betrieb, fand geschickt immer neue Kunden unter denjenigen Münchner Bürgern, die im Frühling und an warmen Sommertagen die Wirtshäuser und Wirtsgärten der Au besuchten. Die sprach er auf nötige Reparaturen an und erhielt davon erkleckliche Einnahmen.

Anders als die Kunden seines Bruders Krispin, dem Sägfeiler, sähen die Leute bei ihm auf einen ordentlichen Anzug, begann er seinen Vater zu bedrängen, nicht nur auf seine Schuhe, da habe er sich selber helfen können und sich neue über den Leisten geschlagen und hergerichtet, wie sie besser und schöner keiner von den zünftigen Schuhmachern aus München zustande bringen könne. Und so teuer werde es mit dem Anziehen auch nicht werden, wenn er bei Werle ein Stück Tuch kaufte und es einem Auer Schneider zum Zuschnitt und Nähen bringe. Zwar dürften die eigentlich nur Flickarbeiten annehmen, aber ihm sei einer bekannt geworden, der Simon Röckl, der auch den Zunftschneidern nicht nachstehe, was das Können angehe, wie er selber den Zunftschustern, wenn man ihn nur lasse. Mit solchem Zureden hätte er aber bei seinem Vater nichts erreicht, wenn ihm nicht schließlich eingefallen wäre, noch anzuführen, daß er keinem ordentlichen Hausvater als Schwiegersohn und keinem Mädchen als Mann gefallen könne, in solchen Bettellumpen, wie er sie wegen seines Geizes auf dem Leib tragen müsse.

Besorgt erkundigte sich da endlich der alte Max Schmied nach den Kosten für so eine Einkleidung, wie sie dem Georg vorschwebte. Er vergaß dabei nicht, an die seit dem ersten Januar gültige Kleiderordnung zu erinnern, die dem einfachen Mann auferlegte, auf jeden Putz und Aufwand zu verzichten — auch bei seinen Untertanen sparte der Kurfürst.

Dreieinhalb Ellen Tuch für den Rock, sieben Gulden würden die schon kosten, wenn er auch das einfache nahm, in dem die Waisenknaben eingekleidet gingen, für viereinhalb Ellen Futterstoff und eine halbe Elle Leinwand vielleicht noch einmal einen Gulden dazu, zwei Dutzend zinnerne Knöpfe seien um vierzig Kreuzer zu kriegen, sparen könne man am Macherlohn, ein Schneider in München würde zehn oder zwölf Gulden verlangen, ein Auer wie der Röckl würde sicher nicht mehr als fünf Gulden nehmen. Was nicht gar, fünfzehn Gulden, wenn nicht mehr für einen Rock! Wenn er, was nicht oft vorkäme, ein Paar Schuhe neu machen und verkaufen könne, mehr als zwei Gulden bekomme er dafür nicht und müsse dafür noch das Leder kaufen. Ja, ob er denn ein Verschwender werden wolle, ob es nicht auch ein getragener, alter Rock von einem Kleiderkrämer täte, da wäre einer schon für acht oder neun Gulden zu bekommen, einer, der einmal einem gutgestellten Bürger gehört habe und an dem noch Tressen wären, die man abtrennen und weiterverhandeln könne.

Die Lindl Ursel, dreizehnjährig und bald darauf angewiesen, außerhalb des Waisenhauses das Leben zu bestehen, beobachtete gelegentlich den schmucken Mann, der ihr als junger Bursch einmal geholfen hatte mit seinem Zuspruch. Sieben Jahre hatte sie beim Michael Pöppel im Nußbaumschen Gerichtsdienerhaus verbracht und allerhand Handfertigkeiten wie Stricken, Sticken und Nähen beigebracht bekommen, daneben noch etwas Lesen und Schreiben, sogar ein einfaches Rechnen. Mehr konnte sie damit als die meisten Mädchen der Au, und so war es ausgemacht, daß sie der Metzger Lotter als Dienstmagd ins Haus nehmen würde. Trotzdem sah sie dem Tag ihres Dienstantritts mit Bangigkeit entgegen. Lieber wäre sie nun bei dem Waisenvater geblieben, wo es nun mehr Raum gab, seit sie mit ihm ins Sammerviertel gezogen waren, vor Jahresfrist.

Hofoberrichter und Auer Gerichtsherr von Widnmann hatte Pöppel vermittelt, daß er einmal wöchentlich nicht nur in der Au, sondern auch in der Haupt- und Residenzstadt in den Kirchen Sammlungen veranstalten durfte für den Zweck, für die Waisen ein Haus, ein ganzes Haus zu erwerben. Wegen der nun sehr zurückgegangenen Arbeit am Bau war das Maurermeister- oder Braitenbergische Haus unter die Gant gekommen, Widnmann hatte Pöppel als Kaufinteressenten den Braitenbergischen Gläubigern benannt und ihm gleichzeitig eine Frist von drei Jahren zur Begleichung des vollen Kaufpreises von dreitausenddreihundert Gulden von ihnen vermittelt. Keine Herberge war dieses Waisenhaus, es hatte einen Garten mit einem Brunnen, der wie das laufende Wasser im Innern aus der Brunnwasserleitung gespeist wurde. Ein großes, fast herrschaftliches Haus also! Und der ehemalige Schreiber Pöppel ließ eine Tafel mit einer Inschrift über dem Eingang anbringen:

›ORPHANA TROPHIUM
Auf Gott vertraut
Hat mich erbaut
Durch Almosen und milde Gab
Den Ursprung ich genommen hab
Und bin erhebt von Grund heraus
Zu einem Armen Waisenhaus.
S. M. D.
Anno Domini MDCCLI.‹

Bevor die Lindl Ursel zu Lotter kam, führte sie ein Zufall doch noch, wenigstens für eine Nacht, in jenes Haus, das sie dem Lotterschen vorgezogen hätte, wenn sie nach ihren Wünschen gefragt worden wäre. Der Flickschuster und Taglöhner in der Porzellan-Manufaktur, der Max Schmied, Georgs Vater, war hingestorben, und seinem Erben hatte der Pater von den Paulanern geraten, für einige Kreuzer den Waisenkindern das Sterbegebet beten zu lassen. Für des Hingeschiedenen ewige Seligkeit sei dies notwendig. So kniete sie nieder neben dem Kopfende des aufgebahrten Leichnams, mit einem Grausen, denn die flackernden Unschlittkerzen gaben dem eingefallenen bleichen Gesicht mit den noch halboffenen Augen mit unruhigem Licht

zeitweise das Ansehen, als sei noch ein Leben in ihm, ein jenseitiges schon, ein geisterhaftes. Daß sie aber dabei in Tränen ausbrach, hatte noch einen anderen Grund. Geträumt hatte sie manchmal, der jetzige Hausherr, der Georg Schmied, würde sie eines Tages abholen vom Waisenhaus, wieder an der Hand nehmen wie vor Jahren auf der Isarbrücke. Nun aber war da die junge Frau mit der Leibeswölbung, die sie mehr als alles andere als Ehefrau auswies, ein Kind würde sie dem Georg bringen, bald schon, ihr, Ursel Lindl, war der damit für alle Zeiten verloren.
Bei der Wallfahrt der Auer Rosenkranz-Bruderschaft zu ihrer eigenen Jahrhundertfeier über Land zum Kloster nach Andechs war Georg Schmied mitgegangen — und hatte da ein ihm bekanntes Gesicht unter den mitwallfahrenden Jungfrauen entdeckt, das der Tochter des Flickschneiders Röckl. Als sie am dritten Tag von der wundertätigen Muttergottes von Andechs zurückkehrten, war auch an der Schneiderstochter schon ein Wunder vollbracht, und Georg Schmied suchte diesmal den Röckl nicht als Kunde auf, sondern bedrängte ihn, seiner Tochter etwas Mitgift zu geben, daß sie schnell zur Hochzeit kämen. So hatte der Flickschuster Max Schmied noch erlebt, wie sein Wunsch erfüllt wurde, nicht aber die Geburt seines Enkels, des Knaben, der Leonhard getauft wurde. Schon ein knappes Jahr später kam im Schmiedhäusel eine Tochter nach, die Rosalia getauft und Rosa genannt wurde.
Als Kurfürst Max Joseph siebzehnjährig das Erbe angetreten hatte, das bayerische Land, da war das in einer militärisch, wirtschaftlich und finanziell verzweifelten Lage gewesen, der kurze und verhängnisvolle Traum bayerischer Großmachtpolitik neigte sich seinem Ende zu. So beugte sich der junge Fürst dem Drängen seiner Mutter, die eine Cousine der habsburgischen Maria Theresia war, er handelte einen Friedensschluß aus, der ihm das Land ohne Abtretungen ließ, wofür er allen Ansprüchen auf Kaiserwürden entsagte, auch auf österreichisches Territorium, und

seine Stimme Maria Theresias Gemahl, dem Franz von Lothringen, zu geben versprach. Über seine Hochzeit im Juni 1747 hat der Münchner Rat und Stadtchronist aufgezeichnet, daß sie drei Tage dauerte. Die Feierlichkeiten begannen mit der Aufführung einer Komödie, es folgte ein Maskenball. Bischof Johann Theodor, Onkel des Kurfürsten, tat seinen Neffen am 13. Juni um sechs Uhr abends mit der achtzehnjährigen Prinzessin Maria Anna von Sachsen zusammen, um acht Uhr läuteten die Glocken von Münchens Kirchen, dann begann das öffentliche Hochzeitsmahl mit anschließendem Tanz bis in den frühen Morgen.
Die Hochzeit des Flickschusters Max Schmied war nicht so aufwendig gewesen, was sich von selbst versteht. Zu der Feier waren nur wenige Nachbarn und Anverwandte geladen gewesen. Ebenso war die Taufe des Sohnes kaum einem aufgefallen, der nicht zu der Feier dazu eingeladen gewesen war. Die Taufe der Tochter aber fand auch einen anderen schriftlichen Niederschlag als den im Taufbuch der Maria-Hilf-Kirche.
Alle hatten sich herausgeputzt, so gut es ging, mit der besten Sonn- und Feiertagskleidung. Krispin Schmied aber übertraf sie alle, denn zu seinem Sonntagsstaat hatte er sich bei einem Huckler einen Rock und dazugehörige Weste erstanden, samten und in der Farbe von gilbendem Herbstlaub, die Knopflöcher besetzt mit silbergesponnenen Tressen, die schwarz gewesen waren, aber die er wieder blank bekommen hatte mit geduldigem Putzen — ein Prachtstück. Und Krispin Schmied machte auch keinen Hehl daraus, daß er es für günstiges Geld hatte kaufen können, was seinen Glanz in den Augen der anderen keineswegs minderte.
Huckler oder Landkrämer habe der kurfürstliche Rat von Messerer, seit er die Hofmark Falkenau von den Erben Schlichtingers erwarb, in großer Zahl privilegiert, daß sie auf seinem Besitz ansässig wurden. Eine Krämergerechtsame konnte man sonst nur durch Aufnahme in die Zunft

oder durch landesherrliche Verfügung erhalten, und so habe der Rat Messerer natürlich einen erheblichen Zulauf gehabt mit seiner freizügigen Vergabe, die ihm allerdings als Hofmarksherr zustand. Nun aber konkurrierten die so ansässig Gewordenen auf Hautsdrein, sicher sei nicht, ob nicht auch Diebesgut von weiter her hier verhehlert werde, ja, ob nicht der eine oder andere Krämer anderswo selber als Dieb seinen Warenbestand vermehre. Aber wenn man — als gutgläubiger Kunde schließlich — bei ihnen kaufe, käme es einem zugute mit einem günstigen Preis.

»... und gibt der freiwillige Zeuge an, daß bei der stattgehabten Gasterei beim Zacherlwirt anläßlich der Kindstauf und des anschließenden Tauftrunks zwei Frauenspersonen mit ihrem Stande nicht angemessenen silbergestickten Hauben, vorab aber der vulgo Sägfeiler-Krispin, Schmied von hier, mit einem Rock angetan war, der gegen das Mandat S. D. vom Jahr 1750, welches dieses Jahr erneuert wurde, eindeutig verstoßen hat, weil es aus Samt gemacht und mit metallenen Tressen versehen war, wie es nur Herren von Adel oder Offizieren zusteht.«

So schrieb es der Gerichtsdiener Nußbaum für den Herrn von Widnmann auf. Was der Zeuge, der scheeläugig blikkende, von Mißgunst verzehrte Seifensieder Lernbecher, ihm noch denunzierte, nämlich, daß die Gasterei in regelrechte Völlerei ausgeartet sei und weit über das erlaubte Maß für die niederen Stände hinausgegangen sei, unterließ Nußbaum aufzuschreiben. Zu gut verstand er die feiernden Leute, daß die einmal bei einem Anlaß etwas über die Stränge schlugen, wenn sie schon sonst wenig Freude im Leben hatten, wer mochte es ihnen verdenken? Sicher war seinem Angeber, dem Lernbecher, beim Zacherlwirt einmal kein Kredit gegeben worden, als er »über das erlaubte Maß« hinausgehen wollte bei seiner Zecherei, und nun wollte er sich mit solcher Zeugenschaft rächen. Glimpflich verlief die Sache fürs erste, denn dem Krispin wurde nur aufgegeben, überflüssige Zierat von seinem

Rock zu entfernen. Sonst zahlte er noch eine geringe Buße. Hart genug traf es ihn jedoch schon, daß er sein gutes Stück dadurch verunstalten mußte, die Tressen abzutrennen, daß an deren Stelle nun die nicht ausgebleichten Flächen sichtbar wurden, kräftigfarbige Flecken auf dem sonst helleren Stoff, ein abgetragenes Stück, angemessen einem Sägfeiler, war nun wirklich draus geworden.

Auch wenn er mit seiner Herrschaft über das Land eine Schuld von zweiunddreißig Millionen Gulden hatte übernehmen müssen und wenn er unstreitig ein friedensliebender Fürst war, fand Kurfürst Max Joseph eine Armee von acht Regimentern zu Fuß und neun Regimentern zu Pferd für eine notwendige Einrichtung. Nicht, um etwa mit ihr in einen Krieg zu ziehen, sondern um sie als Machtfaktor zu benützen in seinen Beziehungen zum Ausland, als Gegenstand für Verhandlungen und auch als gelegentliche Einnahmequelle, indem er sich von ausländischen Mächten, Frankreich, Österreich, England Zuzahlungen zu ihrem Unterhalt geben ließ, Subsidien. Um die Kosten noch weiter zu senken, erließ er im folgenden, dem Jahr 1753, ein Mandat, daß jährlich dreitausend ledige Untertanen als sogenannte ›Landkapitulanten‹ für drei Jahre innerhalb der regulären Regimenter seines geworbenen Heeres zu dienen hätten, und zwar sollte dazu von jeweils zwanzig Höfen einer einen Soldaten stellen, möglichst keinen Bauernsohn.

Das Aussuchen der Landkapitulanten in der Au lag beim Gerichtsherrn von Widnmann — und dessen Gerichtsdiener Nußbaum erinnerte sich bei dieser Gelegenheit an diejenigen ledigen Auer, mit denen es in der vergangenen Zeit gelegentlichen Unfrieden gegeben hatte. Auch den Namen Krispin Schmied nannte er dem Gerichtsherrn. Warum den? Nun, nach dem Verstoß gegen die Kleiderordnung sei der zwar nicht mehr bei Gericht anhängig geworden, das nicht, aber sein, Nußbaums, Sohn habe von dem beobachten und erzählen können, daß er sich mit den

Leuten aus der Falkenau herumtreibe, die ja nun leider zur Hofmark gehörten und nicht vom Gericht ob der Au zu mustern seien. Aber wenn er einer von diesen gesetzesuntreuen Dieben, Wilderern und Hehlern sei, könne seine Abwesenheit schon die anderen, die man nicht auf solche Weise abschieben könne, zu mehr Zucht und Ordnung bewegen. Angst sei ein guter Erzieher, auch der gutherzige Pöppel, sogar der habe mit einem haselnussenen Stecken gedroht, wenn ihm seine Waisenkinder zu ungeschlacht ankamen oder nicht den nötigen Gehorsam zeigen wollten. So kam es, daß der Sägfeiler eines Tages in der Frühe bei seinem Bruder Georg sein Handwerkszeug hinterlegte und sich verabschiedete. Zum bayerischen Leibregiment müsse er einrücken, nur auf drei Jahre, das bedeute nichts Schlimmes. Denn man wisse, daß von Bayern zwar fünftausend Mann Soldaten vom Kaiser für die Exekution gegen Preußen verlangt worden seien, aber der Kurfürst es bisher immer wieder verstanden habe, seine Soldaten mit den Österreichern zusammen nach dem Kriegsschauplatz in Sachsen ausrücken zu lassen, und es werde schon gutgehen. Jedenfalls er sei zuversichtlich, nach drei Jahren heil heimzukehren. Georg Schmied schien es, als ob der Bruder recht damit habe, unwahrscheinlich schien es ihm, daß man ausgerechnet den Österreichern beispringen würde, die vor nicht sehr langer Zeit das Land verwüstet und ausgeraubt hatten.

Wie hätte er es sich auch anders denken können, da er nichts davon wußte, daß nun Frankreich auf die Seite der habsburgischen Kaiserin getreten war, weil Englands Lords und Handelsleute ihren König zu einem Bündnis mit Preußen gedrängt hatten. Um die Nutzung der überseeischen Kolonie in Amerika ging es, um das indische Madras, um Pelze, Hölzer, um die Märkte mit gewinnbringenden Sklaven aus dem schwarzen Afrika, von dort wollte man die französischen Fernkaufleute weghaben, die in Amerika zum Beispiel nicht einmal das Bündnis mit den wilden Indianern verschmähten. Frankreich aber ließ dem Kurfürsten von Bayern jährlich dreißigtausend Gulden dafür zahlen, daß er seine Soldaten und zwar nicht nur sein Reichskontingent von fünftausend, sondern zusätzlich noch weitere viertausend Mann gegen Preußen stelle, dafür verpflichtete sich der französische König, Bayern im Fall der Bedrohung von seinem Verbündeten Österreich militärisch zu schützen.

Bis zum Anfang des Juni 1757 blieb Krispin Schmied mit seinem Regiment im Lande, erhielt zwar keinen Ausgang, aber Georg konnte, wenn er in der Haupt- und Residenzstadt seine Arbeit ablieferte, ihm gelegentlich zusätzliches an Essen bringen, auch einmal ein paar Batzen für einen Trunk vom Marketender. Unvermeidlich aber wurde der Abmarsch der Bayern, als die Armee Friedrichs von Preußen im böhmischen Land bei Kolin eine Niederlage einstecken mußte. Aufmerksam verfolgte von da an Georg Schmied alle Neuigkeiten vom Krieg, bei dem er seinen Bruder wußte. Die Preußen errangen im November wieder einen Sieg, gegen die Reichsarmee und die Franzosen, war da Krispin dabei gewesen? Oder beim nächsten, bei Leuthen im Dezember?

Da er keine Nachricht von seinem Bruder erhielt, ließ auch diese Aufmerksamkeit langsam nach, richtete sich auf Näherliegendes. Der Krispin, alt genug und auch erfahren war er, würde schon auf sich aufpassen. Das Frühjahrshochwasser, in der Au, das den alten Langen niederwarf im Gefolge, weil es ihm an seinem Haus ein feuchtes Gemäuer hinterlassen hatte, es war eben näher, wenn man es rein räumlich verstand. Der Hofmarksverwalter des Herrn von Messerer nämlich kam zu ihm, suchte ihm ins Gewissen zu reden, daß es ein Gebot christlicher Nächstenliebe doch sein müsse, einem Anverwandten, der krank dalag, bei der Instandsetzung seiner Herberge zu helfen. Georg Schmied mußte darauf sinnen, wie er einer solchen rechtlich nicht haltbaren, aber auch sonst nicht zu verlangenden

Pflicht auskam. Das war ein so naher Onkel genau besehen auch wieder nicht. Ein Bruder der Mutter freilich, aber sein Bruder hatte mit dem mehr zusammengehangen, er selber hingegen überhaupt nicht, er hatte gegen den seines Vaters Vorurteil übernommen. Außerdem durchschaute er auch des Herrn von Messerers Absichten: Wenn, woran bald kein Zweifel mehr bestand, der alte Langen demnächst starb, so würde ihm als Lehensherrn das Haus wieder zufallen, es sei denn, Krispin käme inzwischen zurück, was aber ebenfalls unwahrscheinlich war, denn dessen Militärzeit lief regulär erst im späten Herbst ab.
Wenn es ihm aber zurückfiel und er es an einen Fremden neu verstiften wollte, so hätte der Rat Messerers gerne in bestmöglichem Zustand, ohne selber etwas dazutun zu müssen — und die Instandsetzung nach dem Wasserschaden wollte er ihn, den Schmied Georg erledigen lassen, um dann das Lachen zu haben. Nein, diesen Gefallen wollte er dem nicht tun, dem nicht!
Krispin Schmied kam im September dieses Jahres erst nach Hause zurück, in einem abgetragenen hellblauen Rock mit weißen Borten, dem des Leibregiments, doch das hatte auf ihn verzichtet und ihn ihm überlassen. Hatte Krispin sich bisher, wenn er nicht mit seinem Werkzeug auf Stör bei den Sägmüllern der Umgebung gewesen war, beim alten Langer, seinem Onkel aufgehalten, so war er nun darauf angewiesen, bei seinem Bruder unterzuschlüpfen, was sich leicht machen ließ, weil es noch den baufälligen Anbau am Haus gab, der herzurichten war. Leonhard, der Sechsjährige, half mit Eifer seinem heimgekehrten Onkel dabei, indem er ihm Werkzeug brachte oder bei seiner schwachen Kraft auf drollige Weise beim Tragen von Lasten half, daß er mehr zum Hindernis denn zur Hilfe wurde. Aber Krispin ließ es sich gern gefallen, ja, er band den Buben mit Erzählen von auf der weiten Reise Gesehenem an sich, gar nicht mehr aufhören sollte er damit nach dem Wunsch des Neffen. Und wenn der ihm zuhörte, war es dem Krispin so

gut gegangen bei den Soldaten, daß es eine Freude sein mußte, einen bunten Rock anzuziehen und hinter einer Fahne herzuziehen, das Land zu sehen und obendrein noch Geld und Essen dafür zu bekommen. Er solle dem Kind nicht solche Dinge in den Kopf setzen, schimpfte die Schwägerin, gelegentlich sie es einmal mitbekam. Doch, wußte der Krispin dann zu erwidern, so ähnlich sei schon alles gewesen, nur nicht so angenehm, aber solle man denn einem Kind schon die Freude an allem nehmen?
Seinem Bruder Georg, wenn er vom großen Preußenkrieg erzählte, hörte es sich ganz anders an. Widerwillig seien die mehreren gewesen, als es geheißen habe, es werde nun ernst mit dem Ziehen gegen den großen Friedrich, auch die Württemberger und die Franken, die er in den kaiserlichen Feldlagern getroffen und gesprochen habe, wären dieser Meinung gewesen, daß sie lieber auf der anderen Seite gestanden hätten und nicht mit den Franzosen, Österreichern und Ungarn im selben Treffen. Und von rheinischen Kreissoldaten habe er den Spruch gehört, den er sich gemerkt habe: Mit Blau-Weiß, da kam das Paradeis, Weiß-Rot, da kam die schwere Not. Nun, sie lebten zwar seit Geburt unter weiß-blauen bayerischen Fahnen, da könnten sie sich es nur schwer vorstellen, wie man unter dem rot-weißen Schild der Österreicher noch schlechter existieren solle, wo es hier schon ständig geradesoviel hinreichte, daß es nicht ans Verhungern ging.
»Zum Leben zu wenig, zum Sterben zuviel«, diese Redensart traf auf viele andere weit mehr zu als auf die Schmieds in der Au. Denn Georg hatte sich durch sorgfältiges Arbeiten einen Kreis fester Auftraggeber schaffen können, die ihn sogar einmal aufsuchten, wenn sie sich billigere neue Schuhe anmessen lassen wollten. Um solche Wünsche seiner Kunden aus der Stadt drüben noch besser ausführen zu können, schnitzten und feilten er und sein Bruder Leisten in den verschiedensten Größen. Mit den so gewonnenen Einnahmen konnten sie sogar leichter an Mehl kommen

als die ärmeren Münchner, denn sie waren den Mühlen am Mühlbach näher als sie. Krispin hatte außerdem das Glück, in der Porzellan-Manufaktur auf drei Tage in der Woche angenommen zu werden, für fünfzig Kreuzer Taglohn heizte er die Brennöfen. Dort, im Paulanergarten, war vor vier Jahren der Italiener Francesco Antonio Bustelli eingestellt worden, ein Modellierer, der sich bei Hof einiger Gunst erfreute und dessen Bemühungen, einen noch größeren Brennofen gebaut zu erhalten, Erfolg versprachen. Auch Krispin erhoffte sich davon einen noch häufigeren und vielleicht sogar größeren Verdienst. Zuversichtlich war auch Georg. Bald würde sein Sohn die Gänge in die Stadt hinein übernehmen können, vier Jahre würde der nun die Gemeindeschule am Kirchplatz aufzusuchen haben, vier Jahre lesen und schreiben erlernen. Nein, Flickschuster sollte der nicht unbedingt werden, vielleicht nahm ihn dann einmal einer von den Auer Gewerbeleuten an. Vielleicht konnte der wie dieser Italiener zu einem Erwerb kommen, der ihm mehr Ansehen eintrug, als das Richten von getragenen Schuhen anderer Leute.

Wirklich waren die Schmieds etwas besser gestellt als andere Auer. In Übung gekommen durch das Schnitzen der Schuhleisten, versuchte sich Krispin auch aufs Figurenschnitzen, die Nichte und der Neffe sollten neben den Äpfeln und Nüssen an Nikolaustag noch etwas anderes in ihren Schuhen finden. Eine kleine Holzpuppe wurde es für die Rosa und zwei Soldaten, nicht so bunt bemalt wie die Figuren, die von den Landkrämern aus dem holzreichen Oberland und Berchtesgaden gebracht wurden und auch durch Verleger in alle Welt geschickt wurden, dafür mit natürlicherem Körper und Gesicht, so, wie es der Krispin dem Italiener abgeschaut hatte von dessen kleinen Porzellanfiguren. Zu Farbe, zu einer Bemalung hatte Krispin weder Zeit noch Geld gereicht, aber es schmeichelte ihm, daß der kleine Leo sie gleich unterscheiden konnte, die beiden handspannenlangen Soldaten, den einen als Preußen und

den anderen als Kreissoldaten aus Bayern, wie er selber einer gewesen war, bezeichnete.
»So einer möchte ich mal werden.« Dazu deutete der Bub auf die Figur mit der hohen und spitzen Grenadiermütze.
Die Kerzen brannten auf dem Paradeisergesteck, vom Herd her dufteten die gebratenen Äpfel, da mochte Georg keinen Streit herbeiführen zwischen sich und seinem Bruder, sanft versuchte er nur, den Buben zu berichtigen:
»Du meinst, du möchtest ihn haben? Der gehört jetzt dir, Bub, dir ganz allein.«
»Nein, ich möchte ein preußischer Grenadier werden, so einer wie der. Wie die, die den Onkel Krispin haben davonlaufen lassen.«
»Wenn sich einer aus unserem bayerischen Heimatland in einer fremden Armee anwerben läßt, dann stecken sie ihn danach, wenn er wieder heimkommen sollte, strafweise auf etliche Jahre auch noch unter die bayerische Fahne, siehst also, Leo, daß das gar nicht ginge . . .«
Und dann erzählte Georg Schmied, der Flickschuster, lange und ausführlich von früheren Zeiten, denen seines Vaters und Großvaters, daß da der kurfürstliche Hof öfter und nicht nur zu den Paulanern wegen der Probe des Sankt-Vater-Biers hergekommen sei, auf die Hoffnungen einer Gesandtschaft, und die Falknerei und das Jagdschloß und die Hofdamen und . . .
Aber den Buben interessierten dabei andere Dinge, er fragte, ob die hohen Herrschaften jeden Tag Bratäpfel zu essen bekommen, ob die Kinder von denen auch in der Stadt reparierte Stiefel austragen müßten, eben unvernünftiges Zeug, wie es von so einem Kind nicht anders zu verlangen war.
Hernach aber, als die Kinder eingeschlafen waren und von der Schmiedin in den Verschlag mit den Strohsäcken getragen wurden, da versuchte Georg seinem Bruder ins Gewissen zu reden. Und der, zu erwidern wußte der, daß es von ihm auch nicht vernünftiger sei, den Kindern Sachen vom

Leben der Adeligen zu erzählen, wo sie noch nicht einmal die Hoffnung haben konnten, einmal ein so behäbiges Auskommen zu haben wie zum Beispiel der Handelsmann Nocker, der sich im vergangenen Herbst sein großartiges Gartenhaus am Bergsteig habe bauen lassen, so einer freilich könne seinem Nachwuchs Aussichten auf ein reichlicher versehenes Leben machen, müsse es sogar, damit er sich darauf einstelle. So schieden sie an diesem Nikolausabend spät und mit einer gewissen Mißstimmung von einander. Wohl sagte, am anderen Morgen, Krispin dem Georg, er solle es ihm nicht übelnehmen, wenn er manchmal eben andere Meinungen herauslassen müsse, als es die des Bruders seien, wohl tat darauf der Georg obenhin, nein, das wäre so gegen seinen Strich auch nicht. Aber den Buben, den Leonhard, wies er seine Frau an, solle sie nicht so oft mit seinem Onkel beisammensein lassen, später, als Krispin schon auf seinem Arbeitsgang war, sagte er ihr dies beiläufig, daß sie nicht daraus den Schluß ziehen konnte, die Brüder vertrügen sich nicht mehr so gut miteinander.

Eine andere Art Mißstimmung gab es im Haus des Metzgers Lotter. Besonders und gerade wegen der sparsamen Haushaltführung, zu der die allgemeine Not im Lande die meisten Leute zwang, war sein Gewerbe zu einem besonders einträglichen geworden, denn auf den überall herrschenden Mangel verweisend, hatte er in den vergangenen zehn Jahren unmerklich, dann spürbarer die Preise höher ansetzen können, ohne daß jemand daran sich gestoßen hätte, wenn er sich den seltenen Braten erstand. Dementsprechend konnte ein Nikolausabend in seinem Hause aufwendiger gefeiert werden als im Flickschusterhaus. Seine Gesellen und die zwei Hausmägde, die er sich als Ehehalten leisten konnte, waren schon in die Gesindekammern oben unter dem Dachgebälk geschickt worden, Meister Lotter und seine älteren Söhne aber hockten noch beim wärmenden, mit Gewürzen noch mehr zu Hitze treibenden

Rotwein in der Stube zusammen. In ein Dösen war der Meister Lotter verfallen über dem Zechen, daß seine Söhne meinen konnten, ihr Vater wäre, schon leicht rauschig, ganz eingeschlafen. Ungehemmt fingen sie an, großzusprechen, erst über Raufereien, in denen sie sich siegreich hervortun hatten können gegen das ›Gelichter‹ der anderen jungen Auer, den minderen Taglöhnerburschen, aber auch gegen die Strumpfwirker mit ihren matten Muskeln, den Stöttner Toni und den Koch Sepp. Ha, Strumpfwirker, freilich hatten die auch einen guten Absatz für ihre hellblauen wollenen und gewirkten schwarzen Strümpfe, somit auch gelegentlich lockere Kreuzer in der Tasche, aber einem Metzgerssohn konnten die nicht das Wasser reichen. Stichelte da der eine, ältere: Bei der Waisenhaus-Ursel, der Magd, da habe aber der Stöttner doch mehr Aussicht als er, der würde sie ihm wegschnappen, bevor er sich lang umgesehen habe.

Der jüngere wollte das nicht auf sich sitzen lassen. Mit einem Seitenblick versicherte er sich, daß der Vater auch ja schlafe. »Da wird dem Strumpfwirker-Toni der Schnabel schön sauber bleiben!« so renommierte er lauthals. Dann, mit Verschwörerstimme: »Jungfräulich jedenfalls soll der die nicht bekommen, wenn überhaupt. Was meinst, sollen wir hinaufsteigen zu ihr? Machst du mit?«

Wild fuhr da der Lotter dazwischen.

»Hab ich euch einmal ertappt bei einer von euren liederlichen Absichten? Bei mir im Haus gibt's solche Unsittlichkeiten nicht, nicht im Lotterhaus! Was meint ihr denn, sollen wir vielleicht in Verruf kommen, oder was? Ihr macht gefälligst eine solche Aufführung, daß einer von euch einmal Gemeindeführer werden kann, oder Zunftmeister, wenn die Au zu München kommen sollte.« Aber daß sie nur Spaß gemacht hätten, verteidigten sich die Lottersöhne und verständigten sich darüber augenzwinkernd, jedoch so ungeschickt, daß es der immer mehr in Rage geratende Meister Lotter bemerkte.

So, eine Verschwörung sei da von den Herrn Söhnen im Gange? Und wegen einem Weibsbild natürlich, aber die müsse aus dem Haus, daß sie nicht weiter in Versuchung geführt würden. Aus, sein letztes Wort sei das! Gleich, sofort, am nächsten Tag schon! Und sie, geile Böcke sie, ihnen würde er schon so viel Arbeit verschaffen, daß sie sich solche Gedanken, unzeitige für sie, die noch nichts selber zustande gebracht hätten, ein für allemal aus dem Kopf schlügen.

Anderntags überwog dann wieder Lotters haushälterischer Sinn seinen Zorn und seine Sorge, einer von den Söhnen könne vielleicht mit einem solchen Waisenmädchen seine Aussichten auf eine mitgiftträchtige Heiratspartie verderben. Denn hätte er die Ursel Lindlin außerhalb der Loszeit für Dienstboten aus dem Haus gewiesen, hätte er ihr einen ganzen Lohn und Wegzehrung bis zum nächsten Ein- und Ausstandtag geschuldet, ohne von ihr noch eine Arbeit geleistet zu bekommen. Herzuschenken hatte, meinte er, auch ein Metzger mit gutem Umsatz nichts. Aber als der Lostag gekommen war, schickte er wirklich die an all dem unschuldige Ursel weg. So kam die Lindlin voll Verzweiflung um einen Rat bei den Paulanerinnen vom Kloster Liliental ein.

Eine Versuchung für die sündigen Mannsleute wolle sie nicht länger darstellen, deshalb bitte sie um die Gunst, dem Kloster angehören zu dürfen, bestürmte sie die Oberin, zu der man die heulende Ursula Lindl geführt hatte.

Aber wie sie sich das denke? bekam sie von der zu hören. Das Liliental sei eine seit Gründung schon arme Klostergemeinschaft, und wenn sie auch nun seit zwölf Jahren über ein Kirchlein verfügten, hätte dies daran nichts geändert. Der Stiftsherr, dem die Aufsicht obliege für die klösterliche Ordnung, der Herr von Effner, würde es nicht zulassen, wenn ein völlig mittelloses Mädchen als Novizin aufgenommen würde, da müßte sie schon ein Heiratsgut von

viertausend Gulden mitbringen, und nur, wenn sie was Rechtes gelernt hätte und mit einem auch im Kloster auszuübenden Gewerb Einnahmen erwarten lasse, könne man auf die Hälfte davon heruntergehen. — Aber da sie schon sehe, daß sie auch keine zweitausend Gulden besitze, so wolle sie ihrer Not wenigstens dadurch steuern helfen, daß sie bei einem Förderer des Klosters von der Unbefleckten Empfängnis, dem Handelsmann Jakob Nocker, ein Wort für sie einlege, daß der sie als Magd in sein Haus nehme. Anders als das Haus des Metzgers Lotter sei das hochehrbar, und sie brauche dort keine Besorgnis haben wegen sündhaften Umgangs.
Ob sie nicht doch in den Orden eintreten könne und damit vor allen Nachstellungen für die Zukunft sicher sei, beharrte Ursula Lindl. Sie beherrsche schon einige Handarbeiten wie Nähen und Sticken und könne sich bestimmt damit in der klösterlichen Abgeschiedenheit fortbringen. — Den Habit der Oberin betrachtete sie dabei begehrlich, ein solcher möchte sie schon vor Männern wie dem aufdringlichen Stöttner oder den Lotter-Söhnen schützen. Aus schwarzer Wolle mit weit herabhängenden Ärmeln, bis an die Knöchel reichend, dazu das den halben Leib herabhängende Skapulier, gegürtet mit einem ebenfalls schwarzen, fünffach geknoteten Strick und mit dem das halbe Gesicht bedeckenden Schleier verbarg der Habit alles, was an einer Frau männliche Begierde wecken konnte.
Nein, bestimmt nicht, beschied sachlich die Oberin. Früher hätten sich die Paulanerinnen schon mit solchen Handarbeiten fortgebracht, seien so arm gewesen, daß ihnen Scharwerk, Quartiergelder für Soldaten und andere Bürden vom Hofkastenamt erlassen worden seien, außer dem Bodenzins. — Dann, möge sie bedenken, wäre nicht Zeit für Handarbeiten, daß sie einträglich wären. Um vier Uhr früh, winters wie sommers, hieße es aufstehen, die vorgeschriebenen Gebete verrichten, um sieben Uhr des Morgens sei dann die Mädchenschulmesse, anschließend der

Unterricht für diese Mädchen zu halten, über hundert kämen jeden Tag leicht zusammen. Um zehn Uhr, wenn man sich derer durch Wegschicken entledigt habe, müsse man sich schon wieder zurecht richten, denn um zwölf Uhr mittags sei in der Maria-Hilf-Kirche die Pflicht den Stiftern gegenüber zu erfüllen, die Rosenkränze zu beten mit der Lauretanischen Litanei. Von ein Uhr bis vier Uhr sei danach wieder der Mädchenunterricht zu halten, unentgeltlich. Und schließlich müsse man um fünf Uhr noch einmal den Rosenkranz beten und noch ein weiteres Mal eine Stunde vor Sonnenuntergang. Ob sie sich das denn so hart vorgestellt habe, das Leben im Liliental?

Dieser Tageslauf freilich, der mochte auch der Frau Oberin hart angekommen sein, denn bevor sie dem Orden angehörte, war sie, die Bürgerstochter aus Burghausen, die Franziska Lindauer, eine von den Geliebten des Kardinals Johann Theodor, Bischof von Freising, gewesen, dem Onkel des jetzigen Herrn Kurfürsten, sie hatte das höfische Leben mit Jagden und Bällen, mit Ausfahrten und Schäferspielen im Schloßgarten zu Ismaning kennengelernt. Wegen ihres kaufmännischen Sinns, den sie aus der Handelsstadt am Inn mitgebracht hatte, war sie, nachdem sich ihr hoher Herr Geliebter wieder anderen zugewendet hatte, in dieses Frauenkloster geschickt worden, um dessen in der Tat spärlichen Finanzen soweit aufzuhelfen, daß es ohne Schulden blieb. Und man hatte ihre Fähigkeit richtig eingeschätzt, die Franziska Lindauer, wenn sie ein Mann wäre, hätte als Geldleiher wie der Herr Jakob Nocker vielleicht einen noch glänzenderen Weg vor sich gehabt als den einer abgedankten Kardinalsmätresse.

Ihre Geistesverwandtschaft mit dem Nocker aber hatte sie auch zu einer fast freundschaftlichen Verbindung zu dem gebracht. Der, ein zur katholischen Religion übergetretener Jude, hatte, anders als seine zahlreich in München ansässig gewordenen Handelskonkurrenten aus Italien, unter dem Vorurteil über seine Herkunft zu leiden gehabt. So

hatte er begonnen, seinen Übertritt zum Christentum damit augenfälliger zu machen, daß er das arme und deshalb nicht sehr anspruchsvolle Nonnenkloster in der Au förderte mit nicht unerheblichen Beträgen. Diese Verbindung der Oberin Franziska Lindauer zu dem bürgerlichen Handelsmann Nocker aber kam nun auch der Ursula Lindlin zugute, auf Fürsprache der Paulanerin wurde sie Dienstmagd in diesem reichen Haus. Dieser für sie glückliche Umstand bewahrte sie vor dem Darben, wie es von Mißernten der nächsten Jahre erzwungen wurde in den meisten Haushalten der Umgebung.
Wichtiger als ganze Schuhe wurden den Leuten volle Mägen, und dies traf das Gewerbe des Georg Schmied hart. Härter aber noch, daß seine Frau sich beim Frühjahrshochwasser eine bösartige Erkältung zuzog. Als wieder einmal die Auer Gassen alle knietief vom kalten Gebirgswasser der Isar überflutet wurden, war sie mit den Kindern zum Rosenkranz- und Wasserabbeten zu den anderen Frauen und Kindern in die Maria-Hilf-Kirche gegangen und war dort auf dem Steinboden mit ihren nassen Röcken wohl zu lange geblieben, obwohl sie schwanger war zu der Zeit schon. In den folgenden Tagen hatten sie Leibschmerzen zu plagen begonnen, waren auch durch Tee aus Kräutern, wie ihn die Benediktinerinnen vom Lilienberg empfohlen hatten, nicht zu bessern gewesen. Bis zum Pfingstfest hatte es sich hingezogen, dann meinten die Schmieds, es stelle sich die Gesundung ein, weil es auf des Gebären zuging. Aber sie täuschten sich, die Schmiedin blieb im Kindsbett samt aller Arzenei, die Georg für rares Geld beim Landgerichtsapotheker am Gasteig doch noch erstanden und ihr gereicht hatte. Nicht ganz zehn Jahre war sie ihm eine treue, sparsame und umsichtig wirtschaftende Frau gewesen, die Schneiderstochter. Acht und neun Jahre alt waren die Kinder, die sie ihm hinterließ, daß sogar der Schwiegervater Röckl schon bei der Beerdigung der Tochter oder vielmehr auf dem Heimweg dem Georg Schmied zu seiner

Trauer nur den Trost und Rat wußte, er sei noch nicht zu alt, kaum über dreißig — oder doch schon an vierunddreißig, um sich wieder eine Frau zu suchen. Um seiner Tochter und um deren Kinder, seinen Enkeln, willen wäre auch von ihm ein Einwand dagegen. Über das Trauerjahr werde er schon hinwegkommen, wenn aber nicht, so verüble er ihm das ebenfalls nicht.

Aber das eine Jahr der Trauer ließ Georg Schmied herumgehen, ohne Anstalten zu machen, wieder eine Frau ins Haus zu bekommen. Schlecht und recht führte er, unterstützt von seinem Bruder Krispin, Gewerbe und Hauswesen. Dessen, Krispins, Hoffnungen hinsichtlich einer Verbesserung seiner Taglohneinnahmen durch die Porzellanmanufaktur erfüllten sich nicht. Er wurde vielmehr dieser Einnahme ganz beraubt, weil die Manufaktur weit weg, zum Schloß Nymphenburg hin und somit über zwei Fußstunden entfernt, verlegt wurde. Zwar hätte Krispin in die dort im Entstehen begriffene Vorstadt der Hofbediensteten übersiedeln und dann weiter bei den Porzellanmachern beschäftigt und gelöhnt werden können, aber es hielt ihn die Not, die dann seinem Bruder und seinen Kindern dadurch entstanden wäre, davon zurück. Kurzsichtig hatte der das entschieden, denn auch mit dem Sägfeilen, das er nun vermehrt wieder aufnehmen mußte, war er weit unterwegs, denn schwer fiel es, immer wieder neue Auftraggeber zu finden, dazu war der Lohn noch unregelmäßig und geringer, als er ihn hätte haben können. Mit dem Abzug der Bayern vom Krieg, auch mit dem bald folgenden Ende desselben besserte sich für die Vorstädter nichts, auch nicht allgemein im Lande, denn nun blieben die Subsidienzahlungen für die Armee von den ausländischen Mächten fort, und die Soldaten hockten als zusätzliche Esser mit Stricken und anderem Uneinträglichen beschäftigt in den Kasernen herum.

Der Sorgfalt entwöhnt auf den Märschen und Feldlagern, gingen im folgenden Jahr einige von den uniformierten

Heimkehrern in der Isarkaserne auf der Insel so leichtsinnig mit dem Feuer um, daß der inzwischen alt gewordene Bau eines Tages in hellen Flammen stand und die Auer, bedroht durch den Funkenflug über den Flußarm herüber, eiligst zusammen laufen mußten, um das Niederbrennen ihrer eigenen Behausungen zu verhüten. Mit hölzernen Eimern bildeten sie eine Kette zum Entenbach, damit überall, wo sich glimmende Holzvorräte oder mit Rauchen beginnende Dachstellen zeigten, gleich Löschwasser zur Hand war. Auch die Neugier trieb viele her, um mit leichtem Gruseln zuzusehen, notfalls aber auch mit anzupakken.

Im Nockerschen Haus am Hang war man weit genug von der Brandstelle entfernt, als daß man etwas zu befürchten gehabt hätte. Ursula Lindl jedoch hatte sich Ausgang geben lassen mit dem Hinweis, daß sie vielleicht den Müttern bei ihren Kindern helfen könne, wenn der Brand doch überschlage. Bei den Männern der Auer Brandwache angelangt, erkannte sie ihn gleich, den Georg Schmied, der hier zusammen mit seinem Bruder dabei war. Reden hatte sie davon gehört, wenn sie bei den Brotläden um Weißbrot für die Nockers angestanden hatte, daß der nun Witwer sei. Aber nicht dies, auch nicht ein anderer Hintergedanke war es, der sie bestimmte, ihn anzusprechen, als er in ihre Nähe kam, nein, nur so, weil er ihr schon seit so vielen Jahren bekannt war. Er hingegen brauchte einen Moment, um sich zu entsinnen, woher ihre Bekanntschaft rührte. Dann aber, als ihn schon wieder andere Männer drängten, weiter der heranfliegenden Funken zu achten, lud er sie mit überschwenglicher Herzlichkeit zu einem Besuch in seinem ihr ja noch bekannten Hause ein. Und ganz bestimmt, drängte er, solle sie kommen, bevor er wieder ans Werk ging mit dem nassen Lumpen an dem Besenstiel.

Wenn er sich bei diesem ersten Besuch gegen sie zudringlicher verhalten hätte, wäre sie vielleicht nicht zu einem weiteren ins Flickschusterhaus gegangen. Obwohl er schon deutlich geworden war, gefragt hatte nach ihrem Alter, dazu noch bemerkte, daß sie also mit ihren fünfundzwanzig Jahren nur elf Jahre jünger sei als er selber, ihr außerdem die beiden Kinder vorgestellt hatte und die gefragt, wie ihnen denn sie, die Lindlin, gefalle — trotzdem ging sie nun öfter einmal, wenn es sich mit Besorgungsgängen für die Nockers verbinden ließ, bei ihm vorbei. Bewußt war ihr dabei, daß sie ihn damit ermutigte, ihr die ganz bestimmte Frage zu stellen. Einige Wochen lang, dann war es an dem:

»Ursel, bei mir fehlt eine Frau im Haus, willst du nicht diejenige sein?«

Da zögerte sie mit der Antwort, obwohl sie ihn doch dahin gebracht hatte, sie so zu fragen. Sicher hatte sie es besser als Magd bei Nocker, sicher erzogen sich die Tochter Elisabetha und der Sohn Xaver Nocker unter günstigeren Umständen, als die schon hoch aufgeschossenen Schmied-Kinder. — Er schien ihre Gedanken zu erraten.

»Der Leonhard ist beim Sägmüller Rieger in der Lohe den ganzen Tag, lernt dort nicht nur das Balken- und Bretterschneiden, sondern auch das Zimmern und Schreinern. Und die Rosa ist mit ihren jungen Jahren schon recht anstellig, wenn Sie Schmiedin ist, wird sie Ihr fleißig zur Hand gehen im Haus, Lindlin, überleg Sie sich's. Wenn ich auch Witwer bin, so hätte ich Sie schon gern, und in allen Ehren würd Sie Schmiedin werden können.«

»Du darfst mich schon mit du anreden, wie früher, Georg.«

»Lindlin, dank Ihr, aber Sie hat so feine Kleider an, daß ich mich beinahe nicht getrau.«

Die getragenen Kleider ihrer Hausfrau durfte sie auftragen. Mit seiner Rede war ihr noch klarer geworden, wie knapp es bei ihm hergehen würde. Und doch gab sie ihm einen Kuß auf die Wange, unter der offenen Haustür, wo sie ihre Unterhaltung führten, und ohne Rücksicht auf zusehende Nachbarn. Sie war fest entschlossen.

Immer noch zögernd und voller Zweifel, ob sie es auch so

meine, zog er sie an der Hand herein und ließ die Tür hinter ihr in die Klinke fallen.
»Du, Ursel, ist es dir ernst?«
»Ich hab es mir gut überlegt. Ich möchte bei dir bleiben, Georg, als Schmiedin, lieber als beim reichen Nocker als Magd alt werden.« So war also ein gegenseitiger Verspruch gegeben, aus dem keiner wußte, was daraus werden würde. Im selben Jahr gab der Rat der Stadt München dem Drängen der Hofkammer nach, ungern und unter vielen Vorbehalten, daß jeden Freitag vier Spendensammler zum Isartor herein dürften, um für die armen Leute in der Au »den Bürgern der Stadt milde Gaben abzuziehen«. Wenn es ihr um gutes Leben gegangen wäre, hätte sich also die Ursula Lindl nicht mit Georg Schmied zusammentun lassen dürfen vom Pfarrvikarius Cyriakus Lucas in der Maria-Hilf-Kirche. Denn die Verhältnisse besserten sich nicht für die Vorstadt.
Krispin Schmied blieb auch nach der zweiten Verheiratung seines Bruders bei ihm im Haus. Der neuen Schwägerin gab er dafür immer dann einen Zuschuß zum Haushalten, wenn er von seinen Lohneinnahmen etwas erübrigen konnte. Weil dies nun immer seltener der Fall war, schämte er sich vor ihr, weil die doch in dem reichen Haus gedient hatte und Besseres gewohnt war. Er sprach nicht darüber, mit niemandem, nicht einmal mit seinem Neffen Leonhard, mit dem ihn eine von dessen Kindheit her gewachsene Vertrautheit verband — aber der war eben noch zu jung, daß man ihm hätte mit solchen schwerwiegenden Dingen kommen können. Er hätte es tun sollen, denn ist nicht die ganze Welt für die Lernenden geschaffen? So lernte der Leonhard von ihm nicht, daß ein Mensch der Scham fähig ist, und Krispin von ihm, dem jüngeren, nicht, daß ein noch unverdorbener Mensch einen anderen nicht nach Kreuzer oder Gulden mißt.
Georg Schmied hatte mit seinem Gewerbe noch einen besseren Stand als sein Bruder, denn zu den Bürgern aus

München und den Bewohnern der Au kamen zusätzlich Bauleute, die schon seit Jahren immer wieder daran arbeiteten, die Holzbrücke über die Isar durch eine aus Stein zu ersetzen. Als Ursula das erste Kind von ihm trug, war er deshalb zuversichtlich und freute sich mit ihr. Daß damit sein Bruder ganz fortgetrieben wurde, hätte er sich nicht denken können.

Einer der Landkrämer in der Falkenau, der für sich und seine fünfköpfige Familie auch nicht mehr genug zum Beißen auftrieb, verriet ihm, daß er auswandern würde, schlechter könne es ihm nirgends gehen als im Heiligen Römischen Reich und vor allem in Bayern habe er jede Hoffnung auf eine bessere Zukunft begraben.

Auswandern? Wohin?

Eine königlich spanische Delegation sei im Lande unterwegs, um zehntausend katholische Handwerker und Manufakturarbeiter anzuwerben. Spanien, sagten die, sei ein Land, dem Leute mit Handfertigkeit fehlten, ein fruchtbares, ein sonniges Land sei es außerdem und habe auch Land jenseits des Ozeans, von dem vielfältige Waren und Gold herüberkämen. Die Dukaten seien in Spanien wirklich aus Gold!

Ursula, die Schwägerin, wußte nicht, zu welchem Zweck sich Krispin die Tressen wieder an den guten Rock nähen lassen wollte, aber sie erledigte es für ihn mit großer Sorgfalt, so daß man meinen konnte, der Schmuck am Rock wäre niemals entfernt gewesen. Krispin hätte ihr diese Mühe ersparen können, denn von den Auswandererbewerbern wurde nur ein einziger aus der Au abgelehnt von den Spaniern, der nämlich, dessen Großvater einer der türkischen Gefangenen gewesen war — lange war das schon her, aber es nützte dem Bewerber auch nichts, daß er auf seine und die Taufe seines Vaters und Großvaters und auf seine christliche Lebensführung verwies. Krispin hingegen, der auf seine gehabte Arbeit bei der Porzellanmanufaktur bei seiner Vorstellung mehr Gewicht legte, als er es ehrlicherweise hätte tun dürfen, der aber auch von seinem Können im Umgang mit Metallfeilen gebührend herausstellte, erhielt gleich eine Zusage. — Erst einen Tag vor der Abreise, zu Fuß in Richtung auf das Gebirge, über die Alpenpässe und durch Italien sollte es gehen, rückte er damit heraus, erst beim Bruder und bei der Schwägerin, die ihm zunächst einmal seine Absicht auszureden versuchten, bald aber matt wurden in ihrer Gegenrede. Danach ging er zu Leonhard, suchte den beim Sägmüller auf. Mitnehmen solle er ihn, bettelte der Neffe, er würde ihm schon nicht zur Last werden, habe schon etwas gelernt, daß er sich selber durchbringen könne. Als er es ihm glatt abschlagen mußte, tat ihm das weh, und deshalb gab er sich grob, nannte den Leonhard einen dummen Buben. Außerdem, versprach er ihm, würde er später, wenn er sich dort einen festen Stand verschaffen habe können, Nachricht zukommen lassen, wenn er für ihn auch Möglichkeiten heraussehe in Spanien. So lange solle er sich gedulden und gehörig anstrengen, daß er etwas lerne. — Krispin ließ nie mehr etwas von sich hören. Sein Bruder glaubte irgendwann, schon Jahre später, er sei gar nicht bis nach Spanien gekommen, sondern unterwegs, vielleicht in Italien schon auf dem Weg geblieben. Das war, als sein Sohn Leonhard dringlich wurde, daß er auf eine Wanderschaft gehen dürfe, wie es bei Handwerksgesellen üblich war.

Sechster Teil

Am Freitag war er noch zur Tankstelle gefahren, vollgetankt hatte er. Sie, Elli, hatte inzwischen Brote angerichtet und verpackt in die Kühlbox gelegt. So früh als möglich wollten sie wegkommen, bevor die Straßen vom Wochenendverkehr zu langsam laufenden Fließbändern verwandelt wurden. Auch frühzeitig hingelegt hatten sie sich, daß es am Nachmittag schon Regen geben konnte, erfuhren sie aus dem Radio, obwohl es sich bei einem Blick aus dem Fenster hinaus nicht so ansah. Als Elli sagte: »Fahren wir trotzdem los?«, war es weniger Zweifel, sondern Bekräftigung ihres gemeinsamen Vorsatzes.
»Klar doch, der Wetterbericht stimmt sowieso nicht immer. Außerdem erwartet uns Kirti mit seiner Freundin an der Autobahnabfahrt.«
Wie lange waren sie schon nicht mehr mit anderen zusammengewesen an einem Wochenende? Als er Elli von seiner Verabredung mit seinem Kollegen ganz selbstverständlich erzählt hatte, hatte sie erst einmal schwach protestiert. »Mit dem Studenten? Reicht es dir noch nicht, daß du die ganze Woche über mit ihm zusammen bist?« Aber dann hatte sie sich bereitwillig die Mühe gemacht und das fast unmögliche, zwei Tage lange, arbeitsfreie Wochenende für sich herausgehandelt. Zu viert an den Simssee, Sonne, Baden, faul auf der Luftmatratze liegen, Essen, Trinken — und Unterhalten. Ja, das waren schon einige Jahre, daß sie solche Ausflüge allein machten, gelegentlich waren sie dabei mit Leuten bekannt geworden, aber Zufall war es dann

gewesen, wenn sie solche einmal wiedergetroffen hatten. Früher, als er noch seinen ersten Wagen gefahren hatte, war es gewesen, da hatten sie solche Ausflüge mit Freunden gemacht, die er schon von der Schulzeit her gekannt hatte. Aber die Verbindung zu denen war irgendwann abgerissen, auch die hatten geheiratet und waren in ein anderes Stadtviertel gezogen oder gar in eine andere Stadt, Wolfgang erinnerte sich, daß einer so etwas bei so einem Ausflug ins Grüne ausführlich erörtert hatte. »Beruflich verbessert« hatte er es genannt und geprunkt damit wie eine alternde Diva mit einem Schmuckstück oder einem jugendlichen Verehrer — freilich, auch dieses Vergleichen der Erfolge war ein Grund des Abreißens der Verbindungen gewesen.
Um diese Stunde bewegten sich auf der Autobahn nur die südwärts ziehenden Urlauber mit ihren bepackten Autos, die für ihre Fahrt auch schon die Nacht genutzt hatten. Solche mit Campinganhängern wurden noch zügig überholt. So unterschritt Wolfgang die kalkulierte Fahrtzeit bis zum vereinbarten Treffpunkt und war als erster dort. »Ich bin gespannt.«
Die Viertelstunde des Wartens äußerte Elli sonst nichts, aber es klang Wolfgang Schmied nach guter Laune, die auch er sich durch die am Himmel aufziehenden Wolken nicht vertreiben ließ. »Da kommen sie ja endlich!«
»Wo?«
»Da, das Vehikel mit den vielen Aufklebern ist es.«
»Hätte ich mir ja denken können.«
Nein, auch diese aufziehenden Wolken bemerkte Wolfgang Schmied nicht. Er winkte Kirti, ohne auszusteigen, überschwenglich zu, voranzufahren, eigentlich mehr der jungen Frau am Steuer, die er automatisch als jünger und hübsch, langhaarig und hübsch zu erkennen glaubte. Kirtis Wagenrückseite zierte ein runder, gelber Fleck mit der Karikatur des Ministerpräsidenten und der Aufschrift ›Nein, Danke!‹

Die Vorstellung am Parkplatz, der Fußmarsch zum Seestrand fielen verlegen und steif aus. Nach dem Umziehen im Gebüsch, dem Aufblasen der Unterlagen streckten sie sich zu viert nebeneinander in der noch wenig warmen Morgensonne aus, verständigten sich darüber, daß es hier angenehm sei. Liane, so hatte sie Kirti vorgestellt, war neben Elli zu liegen gekommen, zufällig, sie meinte nun, das sich ausdehnende Schweigen brechen zu müssen, drehte sich der Nachbarin zu: »Wann wird es denn soweit sein?«
Elli erschrak, drehte sich dann steifgliedrig auf den Bauch. Kirti erfaßte, daß damit eine Mauer aus Peinlichkeit hochwuchs, und wenn er auch den Grund dafür nicht kannte, versuchte er, die Situation und damit den Tag zu retten.
»Hast mir auch noch nichts davon erzählt, Wolfgang!« log er lauthals über die Körper der beiden Frauen hinweg, und der stieg gespielt harmlos darauf ein. »Was meint ihr denn? Ach so, Ellis Bauch? Das ist der glatte Wohlstand.«
Kirtis Freundin faßte dies nun aber so auf, als meine Wolfgang, nun könnten sie sich ihr Kind als Symbol für den Status einer Familie leisten, fragte in diesem Sinn nach, umständlich nun und ausschweifig, bemüht, nur ja nicht wieder eine der offenbar vorhandenen offenen Wunden zu berühren. Es wurde nichts aus dem Meinungsstreit — oder der Diskussion, wie Kirti es genannt hätte. Mittenhinein stand Elli auf, stelzte durch das harte Uferschilf ins Wasser, ihr Hineinplatschen in den See untermalte den Protest gegen die anderen drei. Besorgt folgte ihr Wolfgang Schmied, verstört schlossen sich ihm Kirti und seine Freundin an. Mit langen, kräftigen Armzügen schwamm Elli einen weiten Kreis und überraschte ihre Verfolger beim Zurückschauen mit einem lachenden Gesicht.
»Du hast doch gesagt, das sind einfache, unkomplizierte Leute?« schnaubte Liane zwischen zwei Schwimmzügen neben Kirti, zu laut, daß es Wolfgang Schmied nicht gehört hätte.
Die Luft erwärmte sich nicht wesentlich, ebensowenig die

Stimmung, als sie wieder beieinander am Ufer lagerten. Das Erscheinen eines älteren Mannes, der sich übertrieben zornig als Grundbesitzer dieses Uferstückes vorstellte und sie bedrängte, sofort an eine ungefähr hundert Meter entfernte Uferstelle umzuziehen, weil er sonst die Polizei rufe, konnte da nur eine Besserung bedeuten, denn so gewannen sie einen alle einenden Gesprächsstoff bis zum Mittag.

»Ich leg mich ja auch nicht auf Ihren Wohnzimmerteppich, hat der gesagt. So ein Schmarrn, als ob das ein Vergleich wäre!«

Darin erschöpfte sich Wolfgangs Beitrag dazu. Als ob sie davon ermutigt worden wären, hielten Kirti und Liane an diesem Thema fest, obwohl sie hätten merken können, daß er und Elli in der Sache mit ihnen in allen Ansichten einig waren, jedoch zunehmend ermüdet wurden davon, daß sie ihnen nun nach allen Seiten hin- und hergewendet wurde. Schließlich aber verblüffte Wolfgang die beiden mit seinem unerwarteten Einwurf:

»Wissen möchte ich schon, wo unsere Vorfahren ihren Grund und Boden besessen haben und wie sie den verloren haben.«

»Bist du sicher, daß sie einen besessen haben?« fragte Kirti.

»Ziemlich sicher, warum sollten sie nicht?« sagte Elli, Wolfgang beipflichtend anschauend.

»Den im Gemeinbesitz befindlichen Grund der bäuerlichen Dorfgemeinschaften verloren die Bauern spätestens im Spätmittelalter an die adeligen Lehensherrn . . .«, fing Kirti zu dozieren an, aber Wolfgang Schmied warf eigensinnig ein: »Mein Vater, mein Großvater und was weiß ich, wie lange zurück, die waren in der Au daheim, die waren keine Bauern.«

Kirti machte mit den Händen eine Geste des Besänftigens, er wollte einlenken: »Da haben wir schon einmal drüber gesprochen. Dort, weiß man, hatten die Bewohner zunächst nur ein Stück Grund, um ein kleines Haus daraufzustellen. Wenn dann so ein Haus in mehrere Erben aufgeteilt werden mußte, haben sie drangebaut, draufgesetzt noch einen Stock oder so, da hab ich einmal was gelesen, daß so eine Auer Herberge bis zu neunzehn Besitzer hatte. Irgendwann wird sich da also eine Erbteilung nicht mehr gelohnt haben, und die wohnen geblieben sind, werden den anderen ihren Anteil ausbezahlt haben. So denk ich mir das.«

Störrisch beharrte Wolfgang Schmied: »Was, ausbezahlt? Genau möcht ich wissen, wie das war. Außerdem ist mein Vater als Kind und fast bis er im Krieg gefallen ist dort wohnen geblieben, aber in einer Mietwohnung. Also?«

»Deine Fragen! Und ich soll auf alles eine Antwort haben, oder was stellst du dir da vor?«

Elli, die den zeitweilig rauhen Ton auf einem Lieferlastwagen nicht kannte, befürchtete nun eine Zuspitzung bis zu einem echten Streit — komisch, ausgerechnet mit dem mußte er auch noch am Wochenende wegfahren —, sie suchte abzulenken, indem sie mit dem Essen winkte, und als das ihr nicht den erhofften Erfolg einbrachte, nämlich daß sie zulangten und mit dem Gerede aufhörten, erinnerte sie an das sich zunehmend zu Regen zuziehende Wetter. Kirti stimmte ihr wegen des Aufbruchs in der nächsten halben Stunde zu, lud jedoch zu sich in seine ›Bude‹ ein, Wolfgang erwiderte seinerseits mit einer Einladung zu sich in die Wohnung. Da ging Elli der Gedanke auf, dieser hitzig werdende Dialog der Arbeitskollegen war das Ringen um Meinungen, das, was ihr Mann mit ihr in der letzten Zeit öfter und mit wenig Erfolg versucht hatte.

»Können die nicht vernünftiger miteinander reden?«

Kirtis Freundin zuckte nur mit den Schultern, lächelte dazu.

Inzwischen wetterte Wolfgang Schmied weiter und vergaß darüber ganz das angebissene Brot in seiner Hand, ja, er benutzte es, um seine Rede zu unterstreichen. ». . . und ich, was vererbe ich meinem Kind, wenn das einmal auf der Welt ist?«

»Die Möglichkeit, es sich auf dieser Welt einzurichten nach seinem Bedarf.« Pathetisch war das von Kirti ausgesprochen, aber bei Wolfgang Schmied kam es nicht an.

»Einrichten? Haben wir vielleicht was zu sagen? Können wir es uns einrichten, wie es uns passen würde?«

»Dir geht es doch gut, besser ist es hierzulande noch nie gegangen, erzählst du immer, wie die anderen Fahrer auch, was willst du also?«

»Daß nichts dazwischenkommt, daß es so bleibt und nicht schlechter wird.«

»Wo das mit dem Kollegen in der Firma war, dem sie beinahe gekündigt hätten, da ist der Wolfgang ein paar Tage sonderbar gewesen, bis ich es aus ihm herausgefragt habe. Ist ihm ganz schön auf die Nerven gegangen, das. Gesagt hat er, daß es keine Sicherheit gibt und daß wir dumm aus der Wäsche schauen müßten, wenn ihm jetzt gekündigt würde — oder gar die Firma aufgelöst.«

Die Frauen räumen gemeinsam die Sachen auf einen Fleck zusammen, sie verstehen sich plötzlich ohne Worte und müssen zum Rückweg auf den Parkplatz drängen, ihre Männer merken, ins Gespräch verbissen, nichts von den ersten Tropfen, sogar die Ironie von Lianes Vorschlag entgeht ihnen beinahe: »Wollt ihr zusammenbleiben, fahrt ihr in deinem Auto, Kirti, ihr habt euch doch noch sooo viel zu sagen.«

Doch noch ein schöner Tag sei es geworden, gestand am Abend Elli zu, als sie wieder allein waren, und Wolfgang Schmied konnte keinen Vorbehalt heraushören — sie meinte es so. Dabei hatte der Nachmittag Elli viel Arbeit eingebracht. Zwar hatte Kirtis Freundin ihr beim Kaffeebereiten und Kuchenservieren, beim Abräumen des Tischs, beim Abendessenanrichten bereitwillig geholfen, die Hauptarbeit jedoch war ihr geblieben. Sogar genossen, schien es ihm, hatte sie das Gastgeberinsein. Nur eines verstehe sie, wie sie nun den Kirti kennengelernt habe als intelligent und mit viel Wissen im Kopf, überhaupt nicht: Daß so einer wegen der Politik einen besseren Beruf aufs Spiel setzen konnte und nun einfacher Arbeiter geworden sei und sie, die Liane, schon in einer Schule als Lehrerin, sich mit ihm zufriedengebe.

»Warum nicht? Wo sie das Glück hat mit ihrem Beruf — oder ist es vielleicht nicht immer Glück, wenn einer die Arbeit hat, die ihm paßt? Ich zum Beispiel bin lieber Fahrer als irgendwo drinnen einen ganzen Tag.«

»Wenn unser Kind einmal gescheit genug sein sollte, daß es sogar studieren kann, dann soll es auch den entsprechenden Beruf bekommen und gut verdienen, mit einer sicheren Position.«

Das mit der ›sicheren Position‹ hatte sie von ihrer Mutter. Wolfgang erinnerte sich noch recht gut, wie seine Schwiegermutter davon geredet hatte, daß er sie in einem Büro hätte, statt als Kraftfahrer, das hatte sich in der Zwischenzeit geändert, seit die elektronische Datenverarbeitung eingeführt und die Zahl der Verwaltungsangestellten verringert worden war.

»Mein Großvater, denke ich, der hat auch einmal gemeint, die Arbeit bei der Straßenbahn sei sicherer als die auf dem Bau. Also, ich stelle mir vor, daß die Liane den Kirti wegen seinem schlauen Kopf mag.«

Dann, kurz vor dem Einschlafen, hatte Wolfgang Schmied für seine Frau auch noch ein großes ›Warum‹, das heraus mußte aus ihm und das er, besorgt vor einer Antwort , die er sich ja auch selber nicht geben konnte, schon einige Zeit herumtrug.

»Warum magst du mich eigentlich?«

Sein Selbstbewußtsein konnte den bisherigen Stand behalten, sie sagte leise und sanft: »Das weißt du doch.«

»Klar doch.«

›Wir beliefern unsere Kunden mit Ware von stets gleichbleibender Qualität. Sollte jedoch trotzdem einmal eine Kundschaft bei Ihnen eine Reklamation vorbringen, so ist es Ihre erste Aufgabe, Verständnis zu zeigen. Dies darf jedoch keinesfalls soweit gehen, daß Sie Liefermängel zugestehen, sondern Sie sollten in einem Gespräch versuchen, den Kunden auf andere Gründe hinzuweisen, etwa unsachgemäße Lagerung oder dergleichen. Wenn Sie zum Beispiel angesprochen werden, die Streichwurst pfälzischer Art sei neuerdings zu fett, so ist Ihre Antwort: Mir ist nicht bekannt, daß die Rezeptur in der letzten Zeit geändert worden ist, jedoch haben wir vor einiger Zeit auf vielfachen Wunsch unserer Kunden unser Produkt leichter und besser streichfähig gemacht, wodurch allerdings keinesfalls die Qualität gemindert, sondern im Gegenteil erhöht wurde. Äußerstenfalls gestehen Sie zu, eine Probe der beanstandeten Ware zwecks genauer Laboruntersuchung mit zurückzunehmen, in diesem Fall haben Sie dieser Probe dann ein gesondertes Blatt des Verkaufsberichtes beizulegen und nach Rückkunft sofort dem Lagerleiter zu übergeben. Ersatz oder Gutschrift für Rücklieferung erfolgt nicht durch den Fahrer, sondern ausschließlich nur durch die Verkaufsabteilung.‹
Fehlverhalten bei Reklamationen: Fahrer, die bei einer Kundenreklamation erwidern: Das ist nicht meine Sache oder dafür kann ich nichts, geben dem reklamierenden Kunden ein weiteres Argument, nämlich das, unsere Firma beschäftige unsachkundiges Personal. — Beim Einschlafen gingen Wolfgang Schmied solche Anweisungen, wie sie der Tourenleiter ihnen gelegentlich vorlesen mußte, durch den Kopf. Er wehrte sich dagegen, schlafen wollte er, nicht diesen Unsinn im Kopf haben, nicht den, weil es doch darauf ankam, daß einen die Kunden mochten, dann kam man mit denen gut zurecht. ›Machen Sie beim Betreten eines Ladengeschäfts oder einer Filiale durch freundliches Grüßen auf sich aufmerksam, keinesfalls aber durch lautes,

drängendes Rufen: Lieferung! oder ähnliches . . . keinesfalls, in diesem Fall, äußerstenfalls, im besonderen Fall . . .‹ In seinen ersten Schlaf wob sich matt ein Schrecken. Ein Lenkrad drohte ihn als Traumbild an, er verweigerte seinen Händen, es zu greifen. Durch eine Windschutzscheibe sahen ihn unbekannte Gesichter an, gleichgültige, nur Gesichter wie eine Mauer.

»War dir gestern abend nicht gut? Gleich nach dem Einschlafen hast du so gestöhnt.«
Es tat Wolfgang Schmied wohl, daß Elli ihn so anteilnehmend ansprach, gleich viel besser schmeckte ihm da das Sonntagsfrühstück. Trotzdem mochte er, wie er meinte, ihr nicht seine gelegentlichen Schwächen auch noch aufladen, log deshalb: »Zuviel hineingefressen habe ich wahrscheinlich, vielleicht auch etwas zuviel getrunken.«
Gleich danach fühlte er sich ein weiteres Mal ertappt. Ein Blick aus dem Fenster bestätigte, was man schon am Tag zuvor hatte vermuten können: Für einen sommerlichen Badeausflug war es nicht mehr angenehm genug geworden, zwar regnete es nicht, doch zeigte der Himmel ein gleichmäßiges Grau, ein grauer Sonntag also. Mist für jemanden, der sonnige Wochentage, wenn sie einen Sommer lang rar sind, nicht für sich nutzen kann. — Elli beobachtete ihn.
»Was willst du heute unternehmen?«
»Wir waren noch nie in Dachau.«
»Was willst du denn dort? — Ach so, wegen deinem Großvater, über den hast du ja gestern schon mit Kirti dauernd geredet. Was willst du denn mit diesen alten Geschichten dauernd, du hast ja diesen Mann überhaupt nicht gekannt? Nur, weil du bei deiner Mutter da mal was aufgeschnappt hast. Wirklich, manchmal bist du schon schwer zu verstehen. — Aber wenn du willst, fahren wir eben mal hin.«
Ja, da gab es die Gedenkstätte des Konzentrationslagers, von der nur selten etwas zu hören war — einmal, erinnerte

er sich, hatte in einer Zeitung etwas gestanden, daß ein Lehrer mit seinen Schülern sie besuchen wollte und dafür von seiner vorgesetzten Behörde gerügt worden war. Vielleicht hatte Elli mit ihrer kaum verborgenen Abneigung gegen dieses Ausflugsziel recht.

»Nein, müssen wir natürlich nicht. Wegen deinem Zustand und so . . .«

»Nicht, weil ich schwanger bin, deswegen nicht, es ist auch noch nicht sehr weit, noch fünf Monate mindestens — aber ich würde schon gerne wissen, warum es dich dort hinzieht. Mir kommt es sonst vor, als ob du mich nicht für voll nimmst, wenn ich nie erfahre, was du vorhast und dir denkst.«

»Ich kann es selber nicht genau sagen, eben so, so eben.«

Sie fuhren zur KZ-Gedenkstätte. Schritten über den knirschenden, gepflegten Kiesweg an der von Stacheldraht gekrönten Mauer entlang, betrachteten nebeneinander ein metallenes Denkmal, anschließend eine Gedenkkapelle und blickten noch in eine über die Zeiten hinweg konservierte Lagerbaracke.

»Es sieht aus wie in einer stillgelegten und teilweise abgerissenen Fabrik«, bemerkte Wolfgang Schmied nachdenklich. »Eine, mit der die neuen Eigentümer noch nicht genau wissen, was aus ihr werden soll. Alles ist so ordentlich und aufgeräumt, man kann sich nichts Schlimmes vorstellen, wenn man sich so umschaut.«

»Da ist noch eine Ausstellung, in dem Haus dort, vielleicht . . .« Nein, Wolfgang Schmied wollte sie nicht mehr sehen, lieber weg, dem Ausgang zu.

Auf einem Hügel, fast schon Berg zu nennen, überhöht eine Schloßanlage das Städtchen Dachau. Mit einem Besuch dort glaubte Wolfgang Schmied seine Frau nun entschädigen zu müssen dafür, daß er sie zu einem Ziel geführt hatte, das noch nicht recht ergiebig gewesen war. Auch dort oben knirschte Parkkies unter den Sohlen. Was ihn vorhin dort unten gestört hatte, wurde ihm jetzt mit einemmal klar, denn nun kam ihm eine Erinnerung aus der Kindheit in den Sinn. Mutter, Scheugenpflug und er selbst, im Sonntagsanzug herausgeputzt — »ich als Beamter, da muß der Bub sauber angezogen sein, ordentlich, am Sonntag, ordentlich« —, auch Schloßpark, Nymphenburg oder Schleißheim, der Scheugenpflug, erklärt hatte er Kurfürst, König, gebaut dann und dann, es war ihm langweilig geworden, er war wo stehengeblieben, hatte kleine Steinchen vom Weg aufgehoben, ins Wasser geworfen und den Ringen auf der spiegelnden Fläche zugesehen. Bis er gerufen worden war, nachgelaufen und dabei gefallen, mit den Knien auf den Kies. Und nicht mehr ›ordentlich‹ gewesen war danach, mit blutigen Knien. Für ihn waren gekieste Wege seitdem und immer noch versaute Sonntage, fremde, aufgezwungene Ordentlichkeit, unbewußt, erst in diesem Moment stellte er in Gedanken einen Zusammenhang her.

Sechzehntes Kapitel

Seit sie in der kurfürstlichen Tuchfabrik die Bettler von drüberhalb der Brücke, von München, eingesperrt hatten, daß die Tuch bereiteten für die Uniformen der bayerischen Soldaten, war dieser Amerikaner Tompson, den die unfreundliche Durchlaucht, Herr Karl Theodor über Bayern und die Pfalz, mitgebracht hatte, bei den Bewohnern der Au in stets unfreundlichster Erinnerung. Denn dieser Tompson oder, wie er sich auch nennen durfte, Reichsgraf Rumford, erster Minister des Landes, hatte mit dieser seiner Regelung des Münchner Bettlerproblems den unterbeschäftigten Auern die Hoffnung genommen, jemals in dem unfreundlichen Haus etliche Kreuzer Zuversicht zu finden.
Besonders im Haus der Schmieds am Endebach im Bach-

Viertel hatte sich eine unausgesprochene Zuversicht auf den alten Fabrikbau gerichtet. Um die hundert Jahre waren vergangen, seitdem einer der Vorfahren den dort hausenden türkischen Sesselträgern hatte vorstehen dürfen. Der Flickschuster Max Schmied, der die Hoffnung auf München als Kaiserstadt erleben und begraben hatte müssen, der hatte sie den Söhnen Georg und Krispin, Flickschuster der eine und Sägfeiler der andere, weitergegeben. Und von Georg Schmied, dem stets darbenden Flickschuster, hatte sie Leonhard Schmied. Leonhard Schmied, der weit gereist war, ehvor er wieder heimgekehrt war in die altangestammte Heimat an der Isar — und ein wenig auch wegen der ererbten Hoffnung in das Fabrikhaus.

Leonhard Schmied, der Gerüstbalken so genau behauen und zusägen konnte, daß einer in die Fugen der Zinkung keinen Daumennagel, ja, nicht einmal ein Papier stecken konnte, so genau war seine Arbeit, denn er war Zimmermann, Zimmerergeselle. Nein, wenn einer es nach den Zunftregeln auslegte, dann war er noch nicht einmal Geselle. Der ihn einmal das Handwerk gelehrt hatte, der Sägmüller vom Mühlbach, der war kein Meistermäßiger gewesen. Dem Buben Leonhard freilich, dem wäre nicht die Tür zu einem Meisterhaus offengestanden. War ihm auch späterhin nicht, als er fortgewandert war, nordwärts, immer nordwärts, hoffend, er fände einen lohnenden Einstand irgendwo. Gelegentlich täglohnend war er bis ins ansbachische Markgrafenland gekommen. Allerdings, da hatte er dann einen Einstand gefunden, wenn auch keinen lohnenden, trotz der halbwegs ordentlichen Montur, die ihm dazu gereicht worden war und die er, wenn auch widerstrebend, hatte anziehen müssen. Soldat war er geworden, er wußte kaum wie, über Nacht, da er in einer Herberge, hungrig und durstig wie er gewesen war, von einem spendabel-nobligen Herrn Speis und Trank, viel Trank bekommen hatte. Nein, daß die Soldatenwerber gewesen waren, hatte er sich damals schon gleich denken können, denn auf

den Straßen, auf denen er unterwegs gewesen war, hatten nicht wenige vom Soldatenwerben und Regimenterverkaufen an die britische Majestät durch den Ansbacher zu erzählen gewußt. Auch ihm. Aber wenn man einige Tage nichts mehr in den Magen bekommen hat, außer Wasser und halbreifen Feldfrüchten, kann da einer den gedeckten Tisch ausschlagen? Nein, auch nicht, so auch nicht. Er hätte gekonnt, aber in dieser Stunde hatte er nicht gewollt, gehofft hatte er wieder, daß er dem ferneren Soldatensein schon zu gegebener Zeit entkommen könne. In die englischen Kolonien war es gegangen, wo die dortigen Bewohner doch aufständisch gewesen waren gegen die britische Majestät. Und der es nichts geholfen hatte, all die Braunschweiger, Hessen, Hannoveraner, Waldecker und eben auch Ansbacher gegen diese Aufständischen zu schicken.
Auch er, Leonhard Schmied, hätte überlaufen können. Andere hatten es getan. Er nicht, er war bei der Fahne geblieben, die ihn so wenig anging wie das Tischtuch im Haus des Papierfabrikanten. Unter dem ansbachischen Adler auf dieser Fahne hatte er, Leonhard die mehrere Zeit gefressen wie ein Spatz, knapp waren die Rationen für die Leihsoldaten, wenn sie nicht überhaupt ausblieben, was so selten auch nicht vorgekommen war.
Er selber hatte es als besonderen Glücksfall angesehen, daß er heimkehren hatte können, andere, die mit ihm aufgereiht in der Bataillonsfront hatten stehen müssen, die waren nicht so glücklich gewesen, hatten ein Ende gefunden, fern über dem Ozean drüben, für die war es ein Glück gewesen, wenn man ihnen ein Grab geschaufelt hatte, sie nicht als Tote den Füchsen der amerikanischen Wälder zum Fraß gelassen hatte.
Ein armseliges Heimkommen war es geworden für den Schmied Leonhard. Da mit ihm keiner mehr hatte rechnen können, war das Schuster-Häusel im Bach-Viertel beim Tod seines Vaters, an seine, Leonhards, Schwester Rosa gefallen, so daß die geheiratet worden war. Der Schwager,

Gregor Stirner, Taglöhner in der Auer Klingen- und Messermanufaktur, der war von seiner Rückkunft am allerwenigsten erbaut gewesen, doch sie hatten sich verglichen, das Häuschen gemeinsam mit einer leitersteilen Außentreppe und einem Anbau versehen. Noch schuldeten sie dem Huckler Kohn in Haidhausen Geld für das dortmalige Darlehen zum Baumaterial. Zahlten dem geduldigen Kohn, wann sich etwas erübrigen ließ vom Taglohn Leonhards aus der Papiermühle, von Gregors aus der Klingenmanufaktur. — Zweitausend Leute, so wußte Leonhard, wußten es alle Auer, hatten in dem alten Hausgeviert einmal vor gut Ding hundert Jahren Verdienst gehabt und davon ein Auskommen. Ein Auskommen, wenn auch kein übermäßiges, üppiges, ein Auskommen immerhin. Als unter dem Werle dorten wieder Tuch gemacht worden war und danach unter den privilegierten Fabrikanten Schmalz und Fehr wenigstens noch das billigere Zeug, da hatten nicht wenige ihre Frauen und Kinder hinschicken können für einen Zuverdienst. Und hoffen hatten sie alle können, es würde am Ende doch eines Tages wieder etwas Rareres gefertigt werden, etwas Teueres wie zu Anfang des Fabrikhauses, Seide, daß die Arbeit gar noch mit Ansehen verbunden würde. Aber der Minister Rumford, vor sechs Jahren hatte der in die Arme-Leute-Au die Bettler von München gebracht, noch mehr arme Leute, da war das Haus Militärarbeitsanstalt geworden, wieder einmal minderes Tuch, Uniformtuch gewebt und gewalkt worden, nichts von Wert und Ansehen für die Macher.

Und jetzt, seit einigen Wochen, still standen da wieder die Webstühle und Tuchwalken. Deswegen, weil am Hang droben, über der Au die Österreicher lagerten und die mit denen verbündeten Condé-Franzosen. Daß auf die Franzosen zu setzen sei, mit denen auch eine Hoffnung heranziehe, das hatte Leonhard von seinem Schwager Gregor. Nicht von den Condéern, denen nicht, sondern von denen, die drüberhalb der Isar nun ihre Stellung bezogen hatten.

Von diesen Königsmördern also, diesen Revolutionssoldaten, da hätten die armen Leute schon was zu erhoffen, nämlich die Gleichheit vor dem Gesetz, Gesetz überhaupt erst, Hofmarksherrn und andere Adelige bis hinauf zum Kurfürsten, ja, zum Kaiser selber würden nicht mehr willkürlich verfügen können über den kleinen Mann.
Leonhard Schmied und sein Schwager, zusammen mit einigen anderen Männern aus der Au, hockten beim Bierwirt Zacherl. Nicht wegen dem, daß sie eine Zeche hätten machen wollen oder können, dazu war allen der Beutel zu leer. Aber nebenan in dem aufgemauerten Stadel standen die gemeindlichen Wasserspritzen, seit vier Jahren, seit der kurfürstlich gebotenen Feuerordnung. Und besorgt waren sie alle deswegen, weil Soldaten an sich schon die Gefahr eines verheerenden Brandes brachten, in dem Fall aber besonders: Sie hatten Kanonen aufgefahren — und fuhr man Kanonen auf, ohne aus ihnen feuern zu wollen?
»Hat von uns einer wollen, daß diese gottlosen jakobinischen Teufel ihre Art Ordnung bis an unsere Isar bringen? Hat es einer wollen, frag ich?« Der Bierwirt Zacherl war's, der sich so ereiferte, ärgerlich, weil sie ihm in der Schankstube saßen und keinen Verzehr brachten. Vielleicht auch die Besorgnis darüber, daß ihm die Revolutionsfranzosen, wenn sie über den Fluß kämen, seine Vorräte wegplünderten. Obwohl, so hatte man gehört, daß die überall alles bezahlten, mit dem neuen Papiergeld allerdings, von dem niemand sagen konnte, wie lang es seinen Wert behielt oder ob es überhaupt einen hatte.
Die Au-Bürger, die Feuerwache hielten, rückten näher zusammen, um den Gregor, von dem man wußte, daß solche Wirtssprüche ihm eine Gegenrede abnötigen mußten.
Und der, halblaut: »Immer wieder muß es gesagt sein, daß es ohne die Fürsten besser geht. In Amerika drüben hat's angefangen, ohne den englischen König zu gehen, dann in Paris ohne den Ludwig, in Mainz ohne . . .«
Dem Zacherl springt die Wut ins Gesicht, aber er bezähmt

sich, auch er läßt sich nur halblaut vernehmen, keine willkommenen Mithörer will er riskieren, keine Verwicklungen für sein Gewerbe: »Treibt nicht Schindluder mit mir. Meine Schankstube wird nicht zum Jakobinerclub gemacht. Sonst . . .!«

Sonst? Nein, beim Landrichter anhängig machen, so einer war der Zacherl Sepp nicht. Aber konnte man es bestimmt wissen? Besser, man hielt sich doch etwas mehr zurück.

»Warten wir's ab, was die Zeit noch bringt.« Insgeheim konnte man schon jakobinisch sein, meinte der Gregor, bei sich, und mit aller Vorsicht auch noch zusammen mit den paar Gleichgesinnten. Die anderen würden es dann schon sehen — und auch mittun, wenn sie in der Au den Freiheitsbaum aufrichteten.

Die Nacht über blieb es ruhig über der Au. So ruhig, daß die beiden Schwäger, Leonhard und Gregor, ohne Aufsehen zu erregen weggehen konnten vom Brandwachen. Da war der Mond hinter Gewölk verschwunden und stockdunkel die Gassen.

»Die österreichischen Vorposten, ob die noch bis zum Flußufer hin stehen?«

»Uns können sie nichts anhaben, wir sind hier daheim.«

So verständigten sie sich, ohne mehr Worte zu brauchen, stiegen nebeneinanderher zu der ihnen vertrauten Stelle, an der man bei niedrigem Wasserstand durch die Isar kam mit hochgekrempelter Hose. Inmitten des Flußlaufs war die mit krüppeligem Weidengestrüpp bestandene Schotterbank. Bis dahinüber — wäre es zu wagen? Sie wagten. Kauerten sich dort hin, gut gedeckt zwar gegen Sicht, aber auch kalt und ungemütlich. Schon fast bereit, sich heimwärts zu wenden, zurück, da gewahrten sie am Münchner Ufer drüben etwas, das sich als ein bewegender Mensch ahnen ließ. Die Franzosen, die Revolution, jetzt so nah, nur durch ungefähr zwanzig Schritte in allerdings tieferes Wasser getrennt — erschreckend nun doch auch für die zwei, denen man in der Au jakobinische Gesinnung nach-

sagte. Wie hatten sie sich das eigentlich gedacht, wie hatten sie gemeint, die kriegerische Front zu überwinden? Gar nicht, nur voreiliger Leichtsinn hatte sie in diese gefahrvolle Lage gebracht.
Leonhard, mit seiner Erfahrung aus den amerikanischen Feldzügen, er traute es dem französischen Posten da drüben, wenn er einer war, schon zu, daß er sie beide bemerkt hatte und nun auf einen Schuß und Treffer lauerte, meinend, sie gehörten zu einer spionierenden Streifpartie. Besser, fand er, war es in dem Fall, sich mit diesem zu verständigen, ihm anzuzeigen, daß man ihm nicht feindlich gegenüberstand. Ja, in diesem Fall war es besser, wenn sich Menschen mit Worten statt mit scharfen Waffen begegneten — aber eine Flinte, bestimmt geladen, die hatte nur der, nun war auch das matte Glänzen des Laufs im spärlichen Licht auszumachen.
Das richtige Wort!
Frére? Bruder?
Wo sie doch Freiheit, Gleichheit, Brüderlichkeit zu ihrer Losung, zu ihrem Kampfruf gemacht hatten, würde das wohl vor allem anderen das richtige Wort sein. Oder doch nicht, weil es französisch war und als Täuschungsversuch von Condéern aufgefaßt werden konnte. Ein Wort nur!
Wie wenig sich doch die Menschen trotz ihrer Vielfalt an Sprache untereinander verständigen konnten, können, wenn es auf Leben und Tod geht.
Französisch, warum eigentlich Französisch, das er nur in einigen Brocken konnte, warum nicht gleich in seiner Muttersprache, und was — die Losung, drei Worte? Zu lang, aber der da drüben, Wochen, wenn nicht Monate schon in deutschsprachigem Land vom Rhein bis zur Isar unterwegs, schon deutsch kennen würde er die, wiedererkennen, wenn sie ein anderer aussprach. Oder doch nicht? Da kam Leonhard noch ein anderer Gedanke. Eine Melodie fiel ihm ein. Ein paar Burschen, freche, junge, hatten die gepfiffen, immer wieder, damit die Unteroffiziere der

Brückenwache, die Landrichterknechte, überhaupt alle Amtspersonen geneckt. Das Revolutionslied, die Carmagnole war das gewesen. Musik, eine Melodie, ist sie nicht weit besser als Worte geeignet, Menschen zu verbinden? Verhalten laut pfiff der Taglöhner Leonhard aus der Vorstadt Au. Pfiff die Melodie, die wie keine andere Parteilichkeit ausdrücken konnte. Und von drüben wurde nicht geschossen. Vielmehr fragte einer in gut geläufigem, alemannisch anklingendem Deutsch herüber, was denn los sei. Dagegen fragte erschrocken Gregor, ob sie denn dort nicht die französische Revolutionsarmee seien.
Doch, freilich, schon, aber eben hier etliche vom Elsaß, welche auch von Sarrelouis. Da war es dann Leonhard, Bescheid zu geben. Wie sehr sie daheim in der armen Vorstadt auf die Revolution warteten und sicherlich nicht nur sie beide allein, sondern nicht wenige der Nachbarn und Mitbewohner. Übertrieben war dies, wurde ihm bewußt, kaum, daß er es ausgesprochen hatte. Kaum einer der Auer wußte, was genau es mit der Revolution auf sich hatte, er selber und Gregor ja auch nicht.
Weswegen sie das Wagnis unternommen und auf die Flußinsel gekommen seien, wollte der Posten wissen, zu dem sich nun schon einige Soldaten mehr gesellten, leise durcheinanderredend und zu ihnen hinstarrend, wie zu merken war an den aus der Nacht tauchenden hellen Gesichtsovalen. Einem dazukommenden Offizier wurde übersetzt, was sich gerade begeben hatte.
»Sagen soll ich euch, die Revolution kann man nicht erwarten, die muß man selber machen.« Gedämpftes Gelächter drüben, mehrstimmig. »Und ob ihr mit einem besonderen Anliegen da seid. Sowieso braucht ihr nicht befürchten, daß wir eure Hütten unter Beschuß nehmen, gegen die führen wir unseren Krieg nicht.« Wahr ist es also, mußte Leonhard denken, diesmal geht der Krieg wirklich gegen die Könige und Fürsten, nicht gegen die kleinen Leute. Ein Anliegen, ein Wunsch, hatten sie einen solchen? Es war

doch die Neugier gewesen lediglich, die sie hergetrieben hatte. An den Moritatensänger mit seinen Schautafeln mußte er denken, der von den abscheulichen Greueln der Königsmörder berichtet hatte und trotzdem vom Platz vertrieben worden war von der Obrigkeit. Auf einer der Tafeln war die Freiheitsmütze, die blutrote gemalt gewesen. Dieses Symbols wegen, hatten sie in der Au erzählt, wäre der Sänger vertrieben worden. Ob die drüben eine solche mitführten?
»Eine jakobinische Mütze, habt ihr eine solche?«
Gelacht wurde wieder.
»Ihr sollt eine haben. Aber dann müßt ihr zusehen, daß ihr weg kommt, und vorsichtig, damit ihr uns nicht den Beschuß der Österreicher herzieht.«
Nicht lang danach flog etwas herüber, hin zwischen den Weidenbüschen. Gregor war's, der es fand und aufklaubte. Ein Stück Tuch, um einen großen Stein gewickelt, die Mütze. Schweißig roch sie und etwas nach Rauch von Lagerfeuern. Leonhard bekam sie hingereicht und betastete sie, bevor er sie unter sein Hemd steckte.
»Adieu, bayerische Jakobiner!« Das, und dann gluckste noch mal ein unterdrücktes Lachen hinter ihnen her.
Höchste Zeit war's für sie geworden, von Osten her, am Hang oben bei den österreichischen Stellungen, gab es schon eine mähliche Ahnung von Morgenlicht, dagegen war der Talgrund am Fluß unten noch dunkel, nicht lange mehr – aber da würde der Frühnebel steigen. Unangefochten gelangten Leonhard und Gregor zu ihrem Häuschen heim. Erstmals seit dem Zusammenzug mit dem Schwager gestand der dem Leonhard ein Vorrecht zu. In seine Behausung hinauf und zum dortigen Verwahren ließ er ihm die Mütze, weil der doch die Verbindung auch als erster gewonnen hatte zu den landfremden Revolutionssoldaten – da meinte er, es gehöre sich so.
War das Wissen dieser beiden Auer auch dem vieler anderer an ihrem Ort voraus, so war es doch unzulänglich.

Nicht geläufig war ihnen zum Beispiel, daß es nicht mehr der jakobinische Wohlfahrtsausschuß gewesen war, der diese Soldaten, diese Armee Moreaus bis vor München geschickt hatte, sondern das großbürgerliche Direktorium, dem es natürlich ganz und gar nicht mehr daran gelegen war, die jakobinischen Ideen über Europa zu verbreiten, sondern vielmehr darum, seine politischen Gegner, die verbündeten Fürsten der antifranzösischen Koalition, ökonomisch zu schwächen. So war dem um Waffenstillstand mit Frankreich einkommenden kurbayerischen Regentschaftsrat in der ersten Septemberwoche 1796, also wenige Tage davor erst, die Forderung nach zehn Millionen Franken Kontribution gestellt worden, dazu noch ein empfindlich hohes Maß an Lieferungen von Naturalien zur Verpflegung der Franzosenarmee, einzig die Aufforderung der bayerischen Truppen von der Reichsarmee hätte Leonhard Schmied nach einigem Überlegen vielleicht als einen Vorteil für sich und seinesgleichen ansehen können, wenn er darum gewußt hätte.

Leonhard hätte sich in dieser Nacht keine Gedanken mehr machen wollen, er schlüpfte unter die wärmende Decke, willens lediglich noch, sich in raschem Schlaf von seinem abenteuerlichen Ausflug zur derzeitigen Grenze der Fürstenmacht zu erholen. Nicht lange, dann scheuchte ein gewaltiger, ihm jedoch vertrauter Donner ihn von seinem Schilfgraslager wieder hoch. Geschützfeuer! Vom Hang oben, also die Österreicher, die waren es.

So hatte es auch König Georg gegen die aufständischen amerikanischen Kolonisten donnern lassen, und nichts genutzt hatte es ihm, ging ihm durch den Sinn. Dabei fuhr er seiner Erfahrung folgend in seinen bescheidenen Kittel, steckte auch noch die eben erst errungene Mütze zu, eilte sodann hinaus, die steile Stiege hinunter zur Straße. Denn, wußte er, dort war nun der Aufenthalt sicherer als oben unter dem Dach, für den Fall, daß die kaiserlichen Artilleristen einen Fehlschuß taten, der zufällig vielleicht ins Haus

schlug. Auch seine Schwester Rosa mit den Kindern an der Hand und gefolgt von Gregor traten aus der Tür drunten.
Da nun die französischen Geschütze abgefeuert wurden, brauchten die Verwandten seinen Zuspruch, Leonhard erklärte ihnen ohne Aufregung, daß die österreichische Hauptbatterie droben am Gasteig, also am Nordrand der Ortschaft, stehe, daß sich deshalb, so meine er, das anstehende Artillerieduell hauptsächlich dort abspielen würde. Zeit genug sei außerdem, daß sie sich noch vollständig bekleideten allesamt. Ein Geschütz, wisse er, sei so schnell nicht neu zu laden. Und das Flintenfeuer, das nun zu vernehmen sei, könne ihnen im Schutz der Hauswände überhaupt nicht schaden. Wenn sie soweit wären, rate er, sich in die Nähe der Kirche zu begeben, im Falle eine der Kriegsparteien einen Sturmangriff versuche, könne man sich hineinflüchten.
Wie immer in argen Kriegszeiten lief viel Volk zusammen rund um und in der Kirche. Dazu kamen zu früher Morgenstunde schon die wohlangesehenen Bürger Ranker, Wagmüller und Lotter. Offiziere der Auer Bürgerwehr waren die, jener Truppe der Landesverteidigung, die im Frühjahr noch vor dem Kurfürsten Karl Theodor pomphaft paradiert hatte. Nun mußten diese Bürgerwehroffiziere den vom Geknatter des Kleingewehrfeuers verschreckten Frauen und nicht nur denen, sondern auch manchen Männern zusprechen, daß sie nicht in Panik verfielen. Als freilich keinem in der Au ein Leid widerfuhr, hob sich bald die Stimmung an diesem durch die Umstände arbeitsfreien Tag.
Leonhard und Gregor stellten sich zu einer Gruppe, Männer, die bei den Paulanermönchen in deren Miethäusern wohnten und hauptsächlich Färber waren. Ein schon reichlich abgegriffener Zettel, ein altes Flugblatt ging in der Runde von Hand zu Hand. »Wachet, Brüder, die Zeit naht, wo Freiheit die Fürstenmacht zerbricht!« Fünf Jahre mochte es her sein, daß die Zettel mit dieser Parole aus der Stadt

München herübergekommen waren, versteckt herausgetragen am Markttag. Nun, meinten die Färber, sich mit bedeutungsvollen Blicken ansehend, wäre es bald doch soweit. Und, sich scheu umsehend, mußte Gregor hinzufügen, wenn sie erst einmal da seien, die Freiheitssoldaten, könne, ja müsse man selber noch das Seine dazutun, jeder. Beispielsweise, das ginge doch sie an, die Färber, dem Kloster dartun, daß der Mietzins heruntergesetzt werden könne. Und den Fabrikanten, daß sie noch was zulegen könnten zum Taglohn.
Leonhard, ohne sich um jemanden zu kümmern, wiederholte den Zuruf des Elsässers, nicht übermäßig laut, aber in der Runde gut verständlich: »Die Revolution, die kann man nicht erwarten, die muß man selber machen.«
Der von Gruppe zu Gruppe mit offenem Ohr herumstreifende Diener des ›Gerichts ob der Au‹, vernommen hatte er es. Verfiel darüber sogleich in ein dickaufgetragen-zwangloses Daherschleichen. Was er da gehört hatte, aufrührerischer hatte es geklungen als das, was er über Reden und Schriften des Oppositionskreises von Neuötting erfahren hatte, gesprächsweise oder vielmehr als Unterweisung durch seinen Gerichtsherrn, den Franz Xaver Schrödl. Verurteilt waren die Neuöttinger dafür worden, im Jahr vierundneunzig, einen Tag vor Weihnachten. Und beinahe auswendig war dem Gerichtsdiener auch des Herrn Kurfürsten Reskript geläufig: ». . . daß in verschiedenen Orten dero Kurlande ein unerlaubter und zum Teile höchst strafbarer Freiheitssinn, die ärgerliche Sittenlosigkeit sowohl bei einigen geistlich- als auch weltlichen Personen, Verachtung und Verspottung der Religion und überhaupt die heutige Afterphilosophie Wurzel gefaßt.« Schärfste, ja allerschärfste Maßnahmen seien dagegen zu ergreifen, war gesagt worden. Nur noch diesen Maulhelden, ach was, Hetzer, Hochverräter herausfinden mußte er.
». . . und eine rote Jakobinermütze haben wir seit heute auch in unserer Au. Eine echte, wer weiß, wo sie dabei war,

bei Valmy vielleicht, oder in Paris gar, im Nationalkonvent.«
Der Stirner Gregor also war einer von denen — ob er ihm gleich Auskunft abfordern sollte? Schien nicht ratsam. Merken also, für später einmal. Wenn aber der nur aufgeschnitten hatte? Wenn er nur so daherredete und ohne Erfolg bei ihm Nachschau gehalten wurde, wenn wieder ruhigere Zeiten waren? Er, der Gerichtsdiener nur, er würde dann dastehen als lächerliche Figur, und der Gerichtsherr Schrödl würde Grund haben, ihm vorzuwerfen, daß er den Respekt vor der Obrigkeit gemindert habe.
»Der Steckenknecht«, sagte einer der Färber mit verächtlicher Betonung, Anlaß für die übrigen, sich zu ihm hinzudrehen und ihn herausfordernd zu mustern. Der ging weiter, tat unbefangen. Und weiter schwadronierte auch Gregor. Einen Freiheitsbaum würden sie haben in der Au, in München drüben sowieso. Aber sie in der Au auf der Spitze oben den Gruß des Pariser Konvents. Weil die Färber immer noch nicht entschiedener dreinschauten, meinte er es für an der Zeit, als letzten Trumpf die Mütze vorzeigen lassen zu müssen. Zögernd zog Leonhard sie hervor, seinen Schwager im stillen verwünschend.
Reihum wie zuvor das Papier ging sie nun, die Mütze. Nun ja, begutachtete sie einer, im Tuchhaus drüben machten sie kein schlechteres Gewebe. Auf jeden Fall, rührte sich ein anderer, würde hier in der Au ein besseres Rot gefärbt. Ausgetrieben hatten ihm damit die Färber die Lust zur weiteren Unterhaltung mit ihnen, Gregor wollte weiterschlendern zur nächsten Gesprächsrunde. Leonhard, der das reliquienhafte Stück Tuch wieder unter seinem Kittel geborgen hatte, hielt ihn davon ab. Gori müsse er ihn künftig heißen, nicht mehr Gregor, wenn er weiter so großmäulig täte. ». . . und wenn es doch andersherum läuft, wie wir es denken? Was wird dann aus meiner Schwester und den Kindern, sollen die denn ins Waisenhaus, wenn sie dich und vielleicht auch noch mich einkerkern?«

Das erste Mal, seit sie Hausgenossen geworden waren, bekam Gregor von seinem Schwager solche Vorhaltungen. Daß zwischen ihnen trotzdem noch weiterhin offen blieb, wer im Schmied-Häusel das Sagen behielt, hing zusammen mit dem Umstand, daß eben in dem Moment aus der Stadt München von den Kirchenglocken das Sturmläuten herüberklang. Bedeuten konnte dies nur, daß durch die Kanonade dort ein Brand entstanden und Bürger zum Löschen gerufen wurden. Die Vorstadt Au betraf das zwar nicht, aber es erinnerte die Leute hier mit Nachdruck an die auch ihnen nahe Gefahr, denn immer noch dauerte das gegenseitige Beschießen der beiden Armeen an. Der ›Rote Turm‹ an der Isarbrücke, der, den die aufständischen Oberländer einundneunzig Jahre davor ein paar Stunden besetzt gehalten hatten, wurde getroffen, und weil er als Magazin für Schießpulver genutzt worden war, flog er mit infernalischem Krach auseinander, rauchende Trümmer flogen über den Fluß herüber, trafen aber auf dem herüberen Ufer auf, ohne Schaden anzurichten. Der damit verbreitete neuerliche Schrecken jedoch reichte aus, daß sie mit dem Ave-Maria-Beten anfingen.

Es wurde nicht gestürmt über die Isar an diesem milden Herbsttag 1796, weder von der einen noch von der anderen Seite. Statt dessen zog die französische Armee des Generals Moreau in den folgenden Tagen und Wochen in eiligen Märschen über den Rhein zurück. Die nordwärts von ihr gestandene Armee des Generals Jourdan nämlich hatte sich von der österreichischen Armee des Erzherzogs Karl aus der bayerischen Oberpfalz treiben lassen und schließlich am Main bei Würzburg eine entscheidende Schlacht verloren. So war auch Moreaus Rückzug nötig geworden, um nicht von Frankreich abgeschnitten zu werden. — Dieser Verlauf der Dinge brachte nicht nur für die jakobinisch gesinnten Bürger in Bayern neuerliche Besorgnisse mit sich.

Was dem Kurfürsten mit zahlreichen Geliebten beschert worden war, mit seiner ersten Ehefrau war es ihm versagt geblieben, nämlich Kinder zu haben. So fehlte dem Land ein standesgemäßer Leiberbe Karl Theodors, eine Nachfolge aber stand mit dem landlos im Exil lebenden Herzog von Pfalz-Zweibrücken bereit. Bereit stand aber auch im Nachbarland Österreich der habsburgische Kaiser, beim Ableben des Karl Theodor sein Territorium mit Bayern zu erweitern und abzurunden. Die habsburgische Staatsraison hatte deshalb, um solchen beabsichtigten Übergriffen den Anstrich von Legalität zu geben, dem greisen Kurfürsten im Jahr 95 die um zweiundfünfzig Jahre jüngere, siebzehnjährige Prinzessin Marie Leopoldine ins Ehebett geschickt. Das Kind, das sie gebären würde, von welchem Vater auch immer, würde der Kurprinz sein, die Pfalz-Zweibrückischen Wittelsbacher leer ausgehen. Doch bei den Bürgern war auch im Gerede, daß Karl Theodor die Begehrlichkeit des Habsburger Nachbarn selbst beflügelt habe, indem er die altbayerischen Stammlande an ihn vertauschen wollte gegen solche Gebiete am Niederrhein, die meistenteils im Gefolge der Französischen Revolution inzwischen republikanisch geworden waren. Am meisten Besorgnis für die Bürger und Bedrängnis für die Bauern bedeutete es, daß die nunmehr wieder ›verbündeten‹ österreichischen Soldaten in Altbayern stehenblieben und von ihm lebten.
Diese Truppenansammlung steigerte nicht nur die Ängste, man müsse nun bald ganz österreichisch werden. Die wegen der fortdauernden Quartierlasten beeinträchtigten Bauern konnten nur die allernötigsten Dinge neu anschaffen. Das traf in besonderem auch die Au. Die Lederfabrik bekam weniger Häute, weil dem Metzgermeister Lotter kein Schlachtvieh hereinkam, also fiel die Arbeit für die Lederer weg. Not und Teuerung hielt Bauern wie Bürger ab, sich in solchen Zeiten bei der Wagenfabrik ein neues Gefährt zu bestellen, es wurden die vorhandenen lediglich zur Reparatur gebracht, also auch da weniger Arbeit, wie in

der Möbel- und Farbenfabrik. Lediglich die drei Papiermühlen konnten einen gleichmäßigen Absatz aufweisen. Das schwerwiegendste Problem aber entstand, weil auch die durch den inzwischen abgetretenen Minister Graf Rumford hergeholten Bettler in der Tuchfabrik nun schon wieder ihren Verdienst verloren und der Armenkasse zur Last fielen. Es war also genug Anlaß für eine gegen den Kurfürsten gerichtete Unruhe im Volk, um die Beamten besonders wachsam sein zu lassen. Dem Gerichtsherrn ob der Au war hinterbracht worden, daß solche Unruhe auch von den Bewohnern des Schmied-Häusels im Bachviertel unter die Leute getragen würde. Aber zu ungenau war dem Franz Xaver Schrödl diese Anschwärzung gewesen, als daß er sie für ausreichend erachtet hätte, die beiden Schwäger zwecks Verhör aufs Gericht zu bestellen. Jedoch hatte er einen Gerichtsdiener im Bachviertel herumfragen lassen, mit dem Auftrag, es unauffällig zu tun. Was hieß schon unauffällig?

»Leo, daß was ist, bin ich schon ehvor innegeworden. Aber jetzt weiß ich's genau. Beim Metzger Lotter haben sie mir's gesteckt, daß dir und dem Gregor gerichtmäßig nachgefragt wird. Meinem Mann, dem trau ich's mir gar nicht sagen, weil er immer so aufbrausend ist. Aber du als mein Bruder, du könntest es ihm beibringen, eine Männersach ist's, und du hast eine ruhige Vernunft.«

Nein, es war nicht die Absicht von Rosa Stirner gewesen, ihren Bruder, den Anhauser, in seiner Stellung zu festigen. Und doch erreichte sie dies genau damit.

Wenn Gregor von der Klingenschmiede heimkam, wie immer eine Stunde nach ihm Leonhard, weil in der Papiermühle um diese eine Stunde früher Schluß gemacht wurde, da würde er ihn anreden. Sagen, mit hinauf in die Oberstube solle er kommen, weil da was zu bereden wäre. Und anfangen würde er dann: Hab ich es dir nicht schon gleich gesagt . . . — aber zu weit treiben würde er die Zerknirschung des Schwagers auch wieder nicht. Einlenken würde er dann auf die Sache, die ihm seit seiner Heimkunft am Herzen lag. Gregor, würde er sagen, alle zwei sind wir an den derzeitigen Unsicherheiten nicht schuld. Aber rüsten muß man sich als kleiner Mann, so gut es geht. Wenn der dann in seiner vorschnellen Art zustimmend nicken würde, aber auch gleich fragen: Aber wie kann unsereiner sich denn helfen?, würde er nach einer bedächtigen Pause damit herauskommen. Daß der Gregor mit aufs Rentamt hinginge, in den nächsten Tagen, sobald es sich schicke. Daß er ihn, den Schwager, als mitansässig eintragen ließe ins Grundbuch. Ansonst könne es geschehen, daß im Fall einer Haftnahme kein Mann mehr auf dem Haus sei, weil man ihn, obwohl hier geboren und im Taufbuch stehend, fortschaffen könne als nicht seßhaften Herumtreiber. — Zuvor aber tat Leonhard die jakobinische Mütze und einen Stich, die Enthauptung des französischen Ludwigs darstellend, in ein ihm absolut sicher erscheinendes Versteck. Dies für den Fall einer zu befürchtenden Visitation im ganzen Haus.

Warum Leonhard Schmied sich so aufs Planen verlegen mußte, hatte auch noch einen anderen, einen eigentlichen Grund. Nicht mehr oft wollte Leonhard, wenn ihn seine Natur danach drängte, einen ganzen Taglohn hinlegen, um mit einer liederlichen Dirne in einer nicht minder liederlichen Kammer nicht länger als eine ungute halbe Stunde zu liegen. Nicht daß er sich daraus bisher ein Gewissen gemacht hatte, das nicht. Er gehörte nicht zu denen, die regelmäßig den Paulaner-Patern in die Beichtstühle rutschten. Und außerdem war es so selten nicht, daß auch angesessene und gut angesehene Hausväter aus der Au gegen einen halben Gulden Sündenlohn zu einer Dirne stiegen.

Leonhard Schmied wollte eine Frau ehelichen, die womöglich von daheim etwas Heiratsgut mitbringen würde. Sicherlich nicht viel, aber doch genug, um dem getauften Juden und Huckler Kohn in Haidhausen das Darlehen ganz zu erstatten. Mit einem ehrlichen Zuverdienst so einer

Ehefrau und, wenn später einmal größere Kinder da wären, auch von denen würde er es noch zu einem halbwegs angesehenen Stand in der Au bringen, vielleicht ein nichtzünftiges Handwerk anfangen können, beispielsweise preiswerte Kästen machen, mit Holz umzugehen hatte er noch nicht verlernt.

Die ersten Schritte auf sein Ziel hin gingen dem Schmied Leonhard glatt vom Zeug. Gregor, der Schwager, und der kurfürstliche Rentamtmann gaben ihm nach. Danach aber vergingen Wochen um Wochen, ohne daß Leonhard eine ihm passende Handwerkerstochter hatte ausmachen können. Zu den jungen Burschen gehörte er nicht mehr, die sich herausgeputzt am Sonntag vor der Kirche herumtrieben, sich eine zu einem angesagten Tanz bei einer Festlichkeit ins Wirtshaus bestellten. Die schwängerten so eine Tanzbraut und ertrotzten sich, wenn ihnen noch daran gelegen war, die obrigkeitliche Heiratsgenehmigung durch alle mögliche Fürsprache vom Brautvater und wenn die nicht hinreichte, durch die der hochwürdigen Paulaner. Nein, zu alt für derartiges Umtreiben war der Leonhard. Trotzdem er nun öfter als davor am Abend beim Radlwirt oder beim Zacherl zukehrte, seinen neu gewonnenen Stand als Leersöldner ins Gespräch brachte und auch einmal direkt und unverhohlen danach fragte, ob er nicht eine Tochter zum Verheiraten anstehen habe, es ergab sich so nichts. Neben anderem mochte seine Erfolglosigkeit auch mit der Gerichtsdienernachfrage betreffend seine eventuellen jakobinischen Umtriebe zusammenhängen. Welcher Vater gibt seine Tochter einem, dem vielleicht eine hochnotpeinliche Untersuchung bevorstand, Kerker, Landesverweisung, was konnte man wissen. So dauerte es bis in den Herbst 1799, da fand auf dem Platz bei der Kirche drei Tage lang und zum erstenmal die Dult statt.
Dult, ein Markt war das für die Wanderhändler oder Huckler, wie sie auch genannt wurden. Drei Tage im Frühjahr

und drei im Herbst würden künftig nicht nur diese Händler, sondern auch alle Leute der näheren und weiteren Umgebung, die sich eine Abwechslung gönnen wollten und konnten, in die Au kommen. Und kaufen würden sie nicht nur von den Händlern deren billigen Tand, sondern auch Gäste sein bei den Auer Wirten und Metzgern. Nicht von ungefähr war einer der den Kurfürsten um dieses Privileg bittenden Bürgerwehroffiziere der Metzger Lotter gewesen, als der im Frühjahr 96 die Vorstadt besuchte, zum Anstich des Salvatorbiers bei den Paulanern. Bei den inzwischen über die Au gekommenen Nöten hatte es aber gedauert, bis die nötigen Vorkehrungen für diesen ersten Jahrmarkt an diesem Platz getroffen wurden. Auch die Wanderhändler oder, wie sie sich nannten, Fieranten hatten erfahren, daß diese neben München gelegene Ortschaft nicht zu den reichsten gehörte, vielmehr zu den ärmeren des Landes, und viele fanden sich zum ersten Jahrmarkt nicht ein, auch, wie man sich denken konnte, nicht die wohlhabendsten. Vor dem Schmied-Häusel im Bach-Viertel hielt am Nachmittag vor dem ersten Dulttag so ein Händler seinen zweirädrigen, nur mit einem einzigen Maultier bespannten Plankarren an. Rosa, allein mit den Kindern im Haus, äugte vorsichtig aus dem Fenster — in einem guten Ruf standen die Überlandfahrenden alle nicht — und wurde nach einem Abstellplatz gefragt, um ein Quartier, das er mit Töpferware, einem schönen Milchkrug oder einem bemalten Weidling begleichen würde, notfalls auch Geld, aber erst anderntags, wenn er welches eingenommen hätte. Aus Ängstlichkeit gestand ihm Rosa einen Stellplatz auf dem Wäschetrockenplatz hinter dem Haus zu, konnte man wissen, ob sich so einer für eine Absage mit Brandlegen rächte, aber wegen eines Quartiers müsse er warten, bis die Männer kämen. Auch nicht erweichen ließ sie sich, als der Fierant von einer kranken Tochter zu reden anfing, die er im Wagen hätte. Nein, nichts da, die Männer müßten es entscheiden.

Wie immer kam Leonhard als erster heim. Entsprechend einem späten Nachmittag im Oktober fing es schon dunkel zu werden an, in den früheren Abend hinein. Seine Schwester hatte da schon ein zusätzliches Argument ihrem Bruder vorzugeben, weswegen sie die Fremden wieder vom Haus weg haben wollte.
»Wenn die nächsten Tage trockenes Wetter haben, kann ich für den Damenwirt Wäsche übernehmen, da brauche ich dann den Platz zum Aufhängen und Trocknen.«
Wie immer wollte Leonhard seiner Schwester gefällig sein. Wie auch immer verdankte er ihr doch eine Rückkehr in die Heimat, die sie ihm bewahrt hatte, ohne sie müßte er nun auch als überall Fremder herumziehen.
Da starrten ihn also nun zwei Paar hoffnungsvolle Augen an. Die Wagenplane energisch beiseite schlagend hatte er noch seinen festen Vorsatz gehabt. Da er die beiden im spärlichen Lichtschein der Wagenlaterne und mit dem tönernen Geschirr so umgeben, daß sie eben gerade noch den Platz zum Hocken fanden, zu Gesicht bekam, lähmte es ihm seine Zunge. Fremde. Der Vater, um die Ende der Vierzig, schmalgesichtig, die dunklen Haare schon stellenweise durchgraut, hielt mit seinen schmalen, feingliedrigen Händen eine grobe Decke um die Schultern der Tochter geschlungen. Seine dunklen Augen forderten Leonhard eine günstige Auskunft ab. Die Tochter hatte Fieberaugen. Ihr Gesicht war dem ihres Vaters auffallend ähnlich geschnitten, bleich jetzt, aber Leonhard fand es von außerordentlicher Schönheit. Er sagte mit spröder Stimme:
»Ich habe oben im Haus ein Zimmer, das für mich allein ohnehin viel zu groß ist. Da könnt ihr bleiben, ich zieh in die kleine Kammer daneben.«
Ein kleiner Verschlag war die Kammer, durch Kamin und eine dünne Wand von der Stube abgetrennt, unter dem Türstock da hinein mußte man sich durchbücken. Eigentlich war es beim Bau von ihnen nicht vorgesehen gewesen, diesen Raum überhaupt abzutrennen, nur wegen des sonst

frei mitten durch die Stube gehenden Kamins hatten sie den ursprünglichen Plan so geändert, so auch eine Wand gehabt, an den sie den Ofen — keinen Herd — heranmauern konnten.
Den Ofen schürte Leonhard noch an, half auch noch dem Vater, die mitgebrachte Liegestatt direkt neben dem Wärmespender auszurollen, einen flachen Sack voll Seegras, immerhin in einem sauberen Baumwollbezug steckend. Gleich lag die Kranke da. Wurde vom Vater zugedeckt. Mit Leonhards Decke zuerst, weil die sich weicher anfühle, empfahl er dem.
Vorwurf las er danach, unten beim Abendessen sitzend, aus den Blicken seiner Schwester. Der Schwager sah gleichgültig drein, unbefangen auch die beiden Kinder. Also war noch keine Rede von den Hausgästen gewesen. Oder doch?
»Das Mädchen ist krank.« Er sprach es in Rosas Richtung, ohne vom Teller aufzuschauen.
»Schon.«
»Schlafen kann ich auch in der Kammer daneben.«
»Wo sonst?«
Einen besonders reichlichen Löffel voll Mehlsuppe schob Leonhard in den Mund, kaute überflüssig darauf herum, Rosa die Möglichkeit gebend, noch etwas dazuzufügen. Nicht tat sie es, sondern sah ihn nur giftig an.
»Ist was zwischen euch?« erkundigte sich Gregor gelassen.
»Dein Schwager hat Gäste.«
Gregor hörte wohl den Unwillen seiner Frau heraus, antwortete ihr und gleichzeitig Leonhard, indem er ihm beifällig zunickte: »Ein paar Kreuzer Einnahme nebenher, das kann nie schaden.« Dann kam Gregor, gesprächig gemacht und über die für ihn unerfindliche Spannung zwischen Bruder und Schwester, auf andere Dinge zu sprechen, ja, ins Plaudern kam er.
»Vielleicht stellt sich doch noch heraus, daß uns Auern wenigstens der Kurfürst Theodor etwas Gutes getan hat. Daß

die Münchner drüben nicht so ganz recht hatten, wie sie seinen Sarg heuer im Januar so beschimpft haben. Das wird sich herausstellen, ob unserem Ort die Dult in den nächsten Tagen was einbringt. Herumgesagt ist worden bei uns in der Arbeit und auch sonst, von Haus zu Haus, daß jeder Auer möglichst viel vom Markt Gebrauch machen soll. Bis jetzt haben sich noch nicht viele Fieranten angesagt, heißt es. Aber wenn sich herumspricht, daß sich bei uns ein Geschäft machen läßt, werden es im Frühjahr dann schon mehr werden.« Niemand widersprach ihm. Obwohl es an Geld für Einkäufe mangelte. Aber Gregor hatte das Bedürfnis, zu reden.

»Unter dem neuen Kurfürsten Max, sagt man, wird was getan werden für die armen Leute, die unteren Stände. Sein Minister, der Graf Montgelas, sagt man, ist bei den Jakobinern gewesen. Es wird schon was dran sein, hat der nicht gleich nach seinem Amtsantritt verfügt, daß die Klöster keine neuen Mitesser, Novizen, annehmen dürfen? Unsere Paulanermönche, schlau wie sie sind, haben daraufhin gleich selber ihr Kloster aufgegeben und sich eine Pension erhandelt.«

Obwohl er an das kranke Mädchen in seiner Stube denken mußte, hatte Leonhard diesmal besser mitgehört und merkte an:

»Steuern hat der Karl Theodor für die Klöster schon eingeführt. Aber ausgegeben hat er es für die Soldaten. Und der neue Kurfürst hat seine Armee auch immer noch bei der des Kaisers stehen, statt mit Frankreich die Neutralität für Bayern auszuhandeln. Oder denk an die Mietleute in den Paulanerhäusern, die sind deswegen nicht mietfrei geworden, die zinsen jetzt ans Rentamt, bis sich ein Käufer gefunden hat, ein neuer Mieteinnehmer.«

Voller Groll ließ Gregor seinem Schwager wieder wie so oft in letzter Zeit das letzte Wort, bereute schon bei sich, daß er den Schwager aufgenommen und auch noch hier seßhaft gemacht hatte.

Der dreitägige Jahrmarkt, die Dult, wurde für die angereisten Händler ein schöner Erfolg. Viele Auer folgten den Ratschlägen der Wirte und anderer Gewerbsleute, die an einem allmählichen Aufschwung der Dult ihr Interesse hatten, und kamen im Rahmen ihrer Möglichkeit zum Kaufen. So waren beim Dult-Ausläuten am Abend des dritten Tags fast alle Fierantenstände leer, die Börsen der Händler dafür wohlgefüllt. Auch der im Schmied-Häusel einquartierte Jakob Ach hätte zufrieden sein können — wäre nicht seine Tochter Ruth immer noch mit diesem schlimmen Fieber dagelegen. Mit Leonhard erörterte er, daß er neue Ware einkaufen und danach noch einen Markt im Unterland besuchen müsse, anschließend es aber höchste Zeit würde, daß er zu seiner Familie in Fürth, im fränkischen Land bei der Stadt Nürnberg, zurückkehre, wo man ihn dann schon dringlich erwarte. Es sehe sich so an, als würde es kein mildes Oktoberwetter mehr geben, kalt würden die Nächte werden, seiner nicht genesenen Tochter könne es eine Verschlimmerung ihrer Krankheit, wenn nichts Schlimmeres bringen, nähme er sie wieder mit auf die Fahrt. Und sicher könne er auch nicht sein, ob er immer ein so gastfreundliches Haus fände.
»Sie könnte doch hierbleiben!«
So viel Entgegenkommen schien dem Händler erst einmal seine Rede zu verschlagen. Aufmerksam sah er etliche Herzschläge lang den Leonhard an, als müsse er sich dessen ernstes und gleichzeitig freundliches Gesicht einprägen. Wenn das freilich möglich wäre, meinte er dann, könne er seinen Reiseplan einhalten. Ein hinlängliches Verpflegungs- und Logisgeld könne er nun hierlassen, und baldmöglichst würde er einen Verwandten schicken mit Reisegeld ausgestattet, damit er seine Tochter nachholen könne, sobald die eben wieder gesund und zur Reise tauglich sei.
Leonhard nahm widerwillig den Tuchbeutel, mußte ihn nehmen, um dem Händler Ach nicht noch Mißtrauen ein-

zuflößen, daß er die Tochter mitnahm und er sie wahrscheinlich nie wiedersehen würde. Und er erfühlte, ebenso ungewollt, daß der Beutel etliche Münzen, der Größe und Schwere nach Guldenstücke, barg.
Am folgenden Morgen legte er seiner Schwester triumphierend einen solchen Gulden auf den Tisch. Bemerkte dazu ganz selbstverständlich, daß die Händlerstochter noch krank und nicht reisefähig sei und deshalb, für gutes Geld, wie zu sehen sei, hier versorgt bleiben müsse. Ohne Zieren nahm Rosa die Münze und versprach, nach dem Mädchen zu sehen, tagsüber, ein-, zweimal und auch öfter eines der Kinder zur Nachschau hinaufzuschicken.
Neben dem Jakob Ach und seinem Karren hergehend, ein Stück die durch die Au führende Landstraße entlang, konnte Leonhard den nochmals beruhigen. Bald, bestimmt sehr bald würde die Tochter wieder munter sein, wohlauf, darauf gebe er sein Wort.

So war es denn auch. Einige Tage später schon konnte Ruth Ach zum Abendessen hinunter an den Familientisch. Wortkarg blieb sie dabei und wurde auch später immer, wieder droben in Leonhards Stube, wenn er neben ihr auf der Bank saß, nicht gesprächiger. Seit sie sich wieder gesund fühlte, war sie, ohne daß er sie dazu aufgefordert hätte, in den Verschlag, diesen engen, ungemütlichen Raum hinübergewechselt. Wochen vergingen, ohne daß er ihr näher gekommen war, ja, ohne daß er mehr über ihr Herkommen, ihre Familie von ihr erfahren konnte. Und als der erste Schnee von den Bergen herunter bis München hin fiel, war immer noch keine Nachricht von ihrem Vater oder dessen angekündigtem Verwandten eingelangt. Sorgen, meinte Leonhard, wären der Grund für ihre Zurückhaltung, und deswegen drängte er sie zu nichts. Grund zu Sorgen freilich brachten immer neue Gerüchte von heranziehendem Krieg.
Mal sollten es die Österreicher sein, die dem bei ihnen ste-

henden bayerischen Kontingent schon die Waffen abgenommen haben sollten und sich anschickten, dem Kurfürsten Max das Land abzunehmen. Dann wieder hieß es, die Russen rückten heran, weil der Minister Montgelas den Malteserorden, dessen Großmeister der Zar war, aufgehoben habe — die wilden, allüberall als Soldaten gefürchteten! Schließlich erwies sich als wahr, daß die Franzosen wieder bis an die Isar und sogar darüber hinaus vorgerückt waren, streifende Dragoner von denen, die Weiber auf den Straßen erschreckend wegen des mitgenommenen Aussehens ihrer Uniformen, tauchten plötzlich in der Au auf, durchritten den Ort eilig und ohne Aufenthalt nach Osten zu, die Höhe hinauf. Der Bürgerwehr wurde daraufhin ein, von den Mitgliedern dieser Formation zur Ortsverteidigung kaum befolgter Aufruf zur Alarmbereitschaft durchgesagt. Leonhard Schmied stand als Ersatzmann des Papiermüllers Pachner, der ihm dafür den doppelten Taglohn gab, mit einem ungeladenen Gewehr in der Nähe des Auer Tors am Gasteig in der Kälte Wache, im Ernstfall hätte der Torwachen-Unteroffizier einige Schuß Munition ausgegeben. Als ein Fuhrmann die Nachricht brachte, die französischen Dragoner habe er, Stunden nachdem sie die Au durchritten hatten, weiter südlich beim Rückzug über die Isar beobachtet, wurde der Alarm wieder aufgehoben.
Entschlossen ging an diesem Abend Leonhard Schmied heim. Er wollte, mußte es ihr an diesem Tag sagen, ja, ihr eingestehen, daß er vom ersten Ansehen, auf dem Hof im Planwagen, gemeint habe, sie zur Frau zu wollen. Und bei den nun anstehenden Zeiten der zunehmenden Unsicherheit, da wolle er nicht länger warten. Wenn sie ihm zustimme, gleich morgen würde er beim Rentamt vorstellig werden um die Heiratserlaubnis. Ja, nur ja sagen müsse sie. Und bedenken auch, daß Visitation und Ausweisung aller ortsfremden Personen sie dann, wenn sie beim Pfarrer aufgeboten seien, nicht treffen könne, sie nicht unmöglich allein auf den durch die Soldaten unsicheren Straßen heim-

wärts ziehen müsse. Schwer fiel Leonhard diese lange, vorgefaßte Rede, doch er bekam sie ohne Unterbrechung zu Ende. Dann erst sah er ihr in das verlegene Gesicht.
»Bin ich dir zu alt?«
Sie schüttelte zaghaft den Kopf.
Wenn er in ihrem schönen Gesicht wenigstens eine Andeutung von irgend etwas lesen könnte, das ihm einen Hinweis gab, welchen Gedanken sein Antrag bei ihr auslöste!
»Mußt du es dir noch überlegen? Bis morgen früh vielleicht?« Da nickte sie, und er war ihr dafür dankbar. Wenigstens bis auf den anderen Tag blieb ihm seine Hoffnung erhalten.
Noch länger blieb sie ihm. Denn eines Morgens in aller Frühe trat sie ohne weiteres zu ihm hin, bat: »Noch einen Tag. Heute abend weiß ich es bestimmt.«
Nicht drängen wollte er sie da. Der Tag: wieder Gerüchte. Der Forst bei Ebersberg, dann der bei Wolfratshausen stecke voller Österreicher, auch die Bayern stünden bei ihnen, dagegen seien Franzosen von Westen und auch von Süden her im Anrücken. Wieder wurde Alarm angesagt, wieder stand Leonhard Schmied Wache als Ersatzmann für seinen Fabrikanten und Brotgeber.
Zunächst einmal hatte Rosa Stirner sich um die kranke Händlerstochter angenommen, weil dafür bezahlt worden war. Rasch geändert hatte sich das, als Ruth Ach hatte aufstehen können und ihr von da an ganz selbstverständlich bei Haushalt und Lohnwäsche zur Hand gegangen war. Auch ihr gegenüber war die Fremde nicht eben gesprächig gewesen, aber doch war es im Verlauf der Wochen zu einem unausgesprochen vertrauensvollen Verhältnis gekommen. Rosa dagegen, froh darüber, einen Menschen tagsüber um sich zu haben, erzählte dem Mädchen alles, was man in der Au redet. So auch an diesem Dezembertag.
Mittenhinein und ganz unvermittelt sprach Ruth es aus: »Leo will mich zur Frau, hat er gesagt.«

Und Rosa klang es wie die Nachricht von einem großen Unglück. Überrascht war sie nicht mehr davon, längst hatte sie mitbekommen, wie ihr Bruder innigst Anteil nahm an dem feingliedrigen, dunkelhaarigen Mädchen, daß ihr schon aufgegangen war, es könne mehr dahinterstecken. — Nun tat sie, als habe sie einen Vorbehalt aus Ruths Worten herausgehört. Vielmehr begann sie die Kriegsgreuel auf dem flachen Land möglichst bunt und drastisch zu beschreiben und zwischenhinein immer darauf hinzuweisen, daß man in der Au, quasi Vorstadt Münchens, von alldem verschont bliebe. Geschickt wechselte sie dann über auf ein anderes Thema, schilderte die Vorzüge ihres Bruders, der weit gereist sei und viel Wissen und Können mitgebracht habe, auch arbeitsam und von ruhiger, wenn auch manchmal sehr gerad-direkter Gemütsart sei. Soweit gelangt, erkundigte sich Rosa nach Ruths Familienverhältnissen, vergaß auch nicht, sich nach deren Finanzlage zu erkundigen — ein älterer Bruder, der schon selbständig in Schwaben Handel treibe und zwei noch jüngere Schwestern, noch in einem Alter, daß sie bei der Mutter daheim blieben, wenn der Vater auf Fahrt ginge — Überfluß an Geld sei nicht, aber immer ein hinreichendes Auskommen. Und was sie im Fall ihrer Verheiratung an Heiratsgut mitbekäme?
Ruth Ach wußte darauf keine Antwort.
Ob es fünfzig Gulden sein könnten?
Vielleicht schon.
Oder gar mehr?
Es sei darüber noch nie in ihrer Familie gesprochen worden, wirklich wisse sie es nicht.
Und ob ihr der Bruder, der Leo, denn soweit gefiele, daß es einen Zusammenstand geben könne? Der sei doch ein gestandener Mann. Doch, sehr gefiele er ihr. Rosa, die Redegewandte, hörte trotzdem noch ein »Aber« heraus, ein ihr unerklärliches. Drang weiter in die Junge, nein, die war nicht verlobt, es gab, meinte Rosa keinen Hinderungs-

grund. Schließlich schrieb sie dieses unausgesprochene ›Aber‹ der jugendlichen Schüchternheit zu und ließ es so sein Bewenden haben.
Noch in der Montur des Bürgermilitärs kam Leonhard Schmied zum Abendessen an den Familientisch. Deshalb, weil man ihn auch für die erste Nachtwache eingeteilt hatte. So blieb ihm nicht viel Zeit, er mußte gleich wieder ans Wachhaus am Tor. Genug jedoch, daß ihm seine Schwester sagen konnte: »Mögen tut sie dich!«
Da strahlte er sie, die verlegen dabeisaß mit gesenktem Kopf, in unbändiger Freude an. »Ist es wahr?«
Ruth konnte nur nicken.
Leonhard stellte sich neben sie, suchte ihre Hand, die ihm gelassen wurde, drückte sie, sah damit das Versprechen als besiegelt an, bückte sich zu ihr hinunter, küßte sie fahrig an die Wange, dabei merkend, daß ihm die Kinder, der schon halbwüchsig werdende Georg besonders, interessiert zusahen.
»Leo, es freut mich mit dir.« Verlautete es gelassen von Gregor.

Die Patres des heiligen Franz von Paula, dreizehn an der Zahl, wohnten seit der Klosterauflösung im grünen Haus beim Eingang zum Neudeck, beließen es jedoch nicht dabei, lediglich ihre stattliche Pension von dreihundert Gulden jährlich in Ruhe zu verzehren, sondern versahen auch einstweilen weiter alle kirchlichen Funktionen in der Au, in Giesing und Haidhausen. Nun von der strengen Ordensregel befreit, hofften sie, demnächst als Weltgeistliche Anstellung zu bekommen und dieses Ziel machte sie den Wünschen von Au-Bewohnern besonders zugänglich, weil sie mit deren Unterstützung rechnen wollten, wenn es soweit wäre.
An den gewesenen Generalvikar, den gestrengen Pater Siegfried Ruppert kam Leonhard mit seinem Anliegen um das Aufgebot zur Hochzeit. Und, sagte er dem, schnell

solle es gehen, wenn möglich noch vor Weihnachten. Wurde daraufhin gefragt; mit milder Vergebung schon vorab: »Und hast dir schon, was eigentlich sündhaft ist, einen Vorschuß auf die Ehe genommen?«

»Ja«, tat er zerknirscht. Meinend, daß es das Handeln des Paters beschleunigen würde. — Wirklich war er zwar zum ersten Mal in der vorherigen Nacht neben dem angenehm warmen Leib der Ruth gelegen, die geschlafen hatte, als er von der Nachtwache zurückgekehrt war. Sicher war er nicht, daß sie von seinem sanften Streicheln wach geworden war, ihr wohliges Anschmiegen an ihn konnte von ihr unbeabsichtigt gewesen sein. Nein, mehr war nicht gewesen. Kirchenfromm war Leonhard nicht, nicht deswegen ließ er ihr Zeit, vielmehr sollte sie unbedrängt zu ihm finden, hoffte er.

Den folgenden Sonntag ging er mit ihr, eine Ausnahme war das zu seinen sonstigen Sonntagsgewohnheiten, in die alte Pfarrkirche, die, wie immer in solcher unruhigen Zeit übervoll an Besuchern war, so daß sie nur ganz hinten zu stehen kamen. Leonhard kam es auch nur darauf an, etwas Bestimmtes zu hören, dafür reichte dieser Platz.

». . . und es sind zur Ehe weiter aufgeboten der ehrengeachtete Taglöhner Leonhard Schmied von hier und ehrenwerteste Jungfrau Ruth Ach, Händlerstochter aus Fürth. Wer etwas vorbringen kann . . .« Niemand konnte etwas vorbringen.

Siebzehntes Kapitel

Als Präses der Rosenkranzbruderschaft in der Au kam Pater Ivo Hauer viel herum, besuchte manches Haus. Nicht gerade das des Herrn Pflegamtmanns Franz Xaver Schrödl, des Gerichtsherrn zwar, denn der war, wie alle oder fast alle Beamten mehr der Aufklärung und neuen Ideen zuge-

neigt. Dafür waren ein paar Gerichtsdiener sogar Rosenkranzbrüder und von jeher schon Lieferanten von Informationen an die Paulaner, eine Verbindung war so geschaffen gewesen zwischen den geistlichen und weltlichen Herrschaften ob der Au. Nun, nach der Klosterauflösung, mußte sich zeigen, was diese Verbindung noch wert war, wie weit sie noch hielt. Denn, so meinten die Paulaner, dieser aufklärerische, gar heimlich illuminatische oder was weiß man, atheistische Pflegamtmann konnte sich nicht versagen, wenn man demnächst vielleicht seine Fürsprache brauchte, so er davor seinerseits von den Paulanern bevorteilt worden war.
Hochverräterische Verbindungen bestünden, von München, aber ziemlich bestimmt auch von der Au aus nach Frankreich und auch zur nun wieder heranrückenden Armee der Franzosen. Wie im Jahr sechsundneunzig tauchten überall auch wieder aufrührerische Flugblätter auf, und — das wäre das schwerwiegendste Indiz — eine Jakobinermütze läge irgendwo in der Au bereit, den aufzurichtenden Freiheitsbaum bei der Ausrufung der gottlosen Republik zu zieren. Dies alles hatte Pater Ivo vom Gerichtsdiener.
Nichts vom Verdacht gegen die Bewohner des Schmied-Häusels bekam Pater Ivo gesteckt. Wenn an diesem doch sehr begründeten Verdacht etwas dran wäre, etwas beweisbares, dann würde sich der Gerichtsdiener selbst mit dem Erfolg der Ermittlung schmücken. Mit so lückenhaftem Wissen um den umgehenden »Fall« meinte Pater Ivo bei den Mietern in den bis vor Monaten noch gewesenen Paulanerhäusern voranzukommen.
Bedrängt von der Konkurrenz der hiergebliebenen Zwangsarbeiter der nun stillgelegten Tuchfabrik stand es um die Färber nicht zum besten. Zeit, müßige Zeit war noch das meiste, was sie im Moment im Überfluß hatten. Und die wiederum wurde mit Gerede hingebracht — nicht mit Gesprächen, von denen man sagt, sie wären nie verlorene Zeit, wenn auch nur ein wesentlicher Gedanke da-

mit von einem Menschen zum anderen übertragen werden könne, nein, mit Gerede wurde viel graue Zeit in den Miethäusern totgeschlagen. Besonders viel Stoff gab es ab, daß eine Witwe von einem Färber sich, ohne das Trauerjahr vollwerden zu lassen, mit einem verbunden hatte, mit dem anzufangen man nichts Rechtes wußte.

»Nun, hochwürdiger Herr Pater, Diener beim Reichsgrafen Rumford soll der gewesen sein, so sagt er wenigstens, genau wissen wir es auch nicht. Man will ja nicht zuviel sagen, aber verdächtig ist es schon, wie der sich jetzt auch noch einen französischen Bart hat stehenlassen und die Haare kurz geschnitten trägt. Und . . .«

Pater Ivo Hauer will schon abwinken, mit Gerüchten ist ihm nicht gedient. Da fährt der Färber nach kurzem Zögern und mit gedämpfter Verschwörerstimme mit der Rede fort:

»Ja, und mit dem Papiermacher Schmied, dem Schmied-Leo, dem Amerikaner, wie wir ihn heißen, da ist er etliche Male zusammengesessen.«

»Was wäre denn an dem Schmied Leo nun wieder verdächtig?« Geschickt hineinfragen in den Färber, dieses einfache Gemüt, irgendwo würde er dann schon das Ende eines Fadens zu packen kriegen! »Ja, mein ich, daß der in Amerika war, wo sie mit dem Jakobinern angefangen haben, sonst fällt einem dazu auch nichts ein.« Dem Pater Ivo fiel jedoch dazu schon etwas ein. Der Leo, der hatte doch ein eiliges Aufgebot mit einer Frau bestellt, von der man auch nicht mehr wußte, als daß sie nach der vorjährigen Dult plötzlich da gewesen war. Nicht einmal, ob sie gut-katholisch war, konnte man mit Bestimmtheit sagen. Natürlich ließ er dem Färber gegenüber nichts davon verlauten, aber mit den Mitbrüdern von Paulanern mußte er sich dazu besprechen.

Der junge Pater Johannes, dem am meisten an einer künftigen Pfarrstelle gelegen war, fand Pater Ivos Bericht höchst bedenklich, konnten doch derartige Nachforschungen, zumal sie ohne den amtlichen Auftrag geführt wurden, bei

den Leuten böses Blut erzeugen. Empört aber war der Ex-Generalvikar, Pater Siegfried Ruppert, der sich schon der Pfarrstelle ob der Au mit einigem Grund ziemlich sicher fühlte, übte er doch dieses Amt bereits in der Praxis aus. Kurzerhand verbot er, ohne dazu allerdings noch die Macht zu haben, dem Mitbruder Ivo solche Verdächtelei. Wie leicht sei da falsch Zeugnis gegeben wider einen Menschen! Er, Siegfried Ruppert, zeigen würde er, allen Leuten zeigen, wie vorschnell da ein Stein geworfen würde, indem er den beinahe ein Jahr lang verschobenen Ehebund nun wirklich schon vorzeitig, in der nächsten Woche einsegnen würde. Ja, damit würden die lästerlichen Klatschmäuler gestopft — Friede und Eintracht in der Au wäre das Nötigste, was man nun bräuchte.
Einen anderen Frieden, eine andere Eintracht meinte der Metzgermeister Lotter, wenn er als Offizier des Bürgermilitärs davon sprach. Mit Frieden meinte er, daß die Käufer ohne Murren die gestiegenen Preise bezahlten, und Eintracht wünschte er sich mit den Besitzbürgern über der Brücke drüben, hinter dem schon von Karl Theodor durchbrochenen Wall. Freien Handel auch nach München hinein, das wäre wahre Eintracht. Ein bißchen Hoffnung setzte auch Lotter in die Franzosen, daß die größere Handelsfreiheit bringen möchten. Ein wenig Brüderlichkeit zeigte Metzgermeister Lotter, wenn sie nicht zuviel kostete, auch gern. Oder war es vielleicht nicht brüderlich, daß er den Papiermacher Schmied, den Ersatzmann des Papierfabrikanten Pachner, für den letzten November- und ersten Dezembertag von der Wache freigehalten hatte. Ja, von der Wache befreit! Damit der seine Hochzeit hatte halten können. Und ohne dazu in einer Weise verpflichtet zu sein, hatte er den Wunsch der Braut nach einem kälbernen Braten erfüllt. Einem kälbernen! Wie bei einem herrschaftlichen Haus! Und gestiftet hatte er den, gestiftet!
Am Morgen des zweiten Dezembers 1800, als Leonhard Schmied zur Verstärkung der Torbesatzung wieder auf

Wache stehen mußte, begann es zu schneien. Erst leicht, dann mit großen nassen Flocken nahm der fallende Schnee immer mehr von der Aussicht weg, legte sich wie ein Vorhang vor die Landschaft. Aus diesem Vorhang tauchten sie plötzlich, unvermutet auf. Reiter in naßgeschneiten Uniformen, zottelige, mitgenommene Gäule am Zügel führend, dabei einige Ungestiefelte, also welche von der Infanterie, sie leichter kennbar an neuen, französischen Uniformen. In merkwürdigem, aber verständlichem Deutsch spricht ein Korporal aus der Gruppe heraus den Torwachen-Unteroffizier bei der Schranke an.
Oben am Berg stünden übrigens ›Kamerads‹ der Eskadron und einige Infanterie. Nichts im Sinn hätten sie gegen den Ort, wenn sich hier einer fände, ihnen den Weg, die Straße nach Haag zu zeigen. Und noch etwas, ein Tambour, junger Bursche eben, hinaufgesessen bei einem Reiter, eingeschlafen sei er unterwegs, heruntergefallen und habe sich dabei was gebrochen. Den müsse man hierlassen können, um ihn später wieder abzuholen, wenn er kuriert sei.
Da sich der Torwachen-Unteroffizier eingeschüchtert zeigte, stiegen einige Infanteristen über die Torschranke und schwärmten sich vorsichtig umtuend ein Stück Straße abwärts. Mit dem jungen Mann, dem einzigen, der sich gerade dort herumtrieb, begannen sie gleich, sich lautstark und mit lebhaften Gebärden zu fraternisieren. Auf die Schultern klopften sie ihm, hielten ihm eine Flasche hin, daraus zu trinken, freundliche Gesichter schnitten sie ihm.
Inzwischen war man auch am Tor weitergekommen. Die Verhandlung zu führen für die Torwache war dem Bürgerwehroffizier Lotter übertragen worden. Deshalb, weil man dessen schnauzbärtiger Geschwätzigkeit, erworben und ständig geübt im Umgang mit Viehhändlern und größeren Einkauf tätigenden Kundschaften, zutrauen zu dürfen glaubte, daß er, wenn überhaupt einer, den Franzosen etwas von ihren Bedingungen herunterhandeln könne. Aber er, der Großmäulige mit dem befremdlich-östlichen Aus-

sehen eines Kaschubengemeindeältesten, hier versagte er, ja er gefiel sich in eilfertiger Geschäftigkeit.
»Bürgersoldat Schmied!« kommandierte er. Und dann begründete er, um es sich mit keiner Seite zu verderben, stramm: »Hast die vergangenen Tage unser Entgegenkommen gehabt, jetzt kannst du dich auch dafür erkenntlich zeigen.«
Leonhard Schmied mußte das Wachgewehr abgeben und das Koppel mit dem Degengehenk ablegen, damit er nicht für einen Kombattanten gehalten werden konnte, dafür bekam er von einem Infanteristen eine blau-weiß-rote Kokarde gereicht, um sie sich an den Hut zu stecken. Er war so zum Wegweiser der Franzosen geworden. Beim Abrükken derselben ging noch einer aus der Au mit, ohne von einem wie dem Lotter kommandiert worden zu sein; Leonhard erkannte in dem den jüngeren Bruder des ›Amerikanerlakaien‹, des ehemaligen Dieners des Ex-Ministers Reichsgraf Rumford. In den betreßten Rock des zurückbleibenden Tambours hatten ihn inzwischen die übermütigen Franzosen gesteckt, eine Lagermütze auf den Kopf gestülpt — und weiterhin gaben sie ihm aus einer Branntweinflasche kräftig zu trinken. Und schon ging es hinaus und den Gasteigberg hinauf, wo es windete und einem die kalte Nässe nur so ins Gesicht wehte, daß alle Vorsicht geboten war, um nicht von der Straße nach Haidhausen hin abzukommen. Bei diesem Dorf angelangt, meinte Leonhard, umkehren zu dürfen, aber bedeutet wurde ihm statt dessen, daß man seiner noch länger bedürfe.
Ein Erschrecken ging durch ihn, durch und durch! Sollte es ihm ergehen wie damals im ansbachischen Land? Sollte er, einen Tag nach der langersehnten Hochzeitsnacht weggeführt werden, gepreßt wieder in eine fremde Armee, wie es offenbar diesem jungen Burschen dort geschah? — Ruth, der er sich trotz feierlich gehaltener Hochzeit so sicher immer noch nicht war, weil da etwas . . . — halt, paß auf, Leo, da waren ja gar keine anderen Reiter auf der Höhe droben

gewesen, wie die Franzosen an der Torwache noch vorgegeben hatten. Freilich, geblufft hatten sie, Bereitwilligkeit der Auer damit erreicht, daß sie sich vor anderen, mehreren Nichtvorhandenen fürchten sollten — und wie er den Metzger Lotter nun sah, mit Leichtigkeit erreicht hatten. Wann würden sie ihn zurückkehren lassen, beim Dorf Trudering, eine Stunde weit zu Fuß von seiner Au? Oder erst beim Eintritt der Straße in den Ebersberger Wald, an die vier Stunden weit würde da der Rückweg sein, den nicht eben raschen Hinweg hinzugerechnet könnte er gerade noch zum Abend zurück sein, zu Ruth unter die Zudecke, wärmen würde sie seine verfrorenen Glieder. Nicht an Ruth denken, gebot er sich in seinem Kopf, nicht denken, nur auf den Weg sehen, wenn er nun den verfehlte und die Soldaten in die Irre führte, würden die ihm das als Verrat auslegen, als böse Absicht, wer wußte, ob er dann überhaupt wieder zu seiner Ruth zurückkäme. Schon wieder sie, geh mir aus dem Sinn, sonst liegt mein Leib heut abend schon kalt und von einer Flintenkugel durchbohrt in irgendeinem Graben, wenn das Wetter sich weiter so hält, schon unter einer eisigen weißen Decke, ohne Schuhe, die waren das mindeste, was sie ihm wegnehmen würden.
Angetrunken genug war nun der Junge, der Bursch, der leichtsinnige, daß sie mit der Sache undienlicher Heiterkeit anfingen, ihm französische Worte beizubringen. »Egalité«, sein derbes Nachsprechen bewirkte ein Prusten der um ihn her Marschierenden. Der Korporal der reitenden Jäger neben Leonhard wurde nun auch gesprächig.
»Nix Gleich-heit!«
»Wie nicht?«
Leonhard bekam keine Antwort, ein paar hundert Schritte weiter erst begann der Korporal wieder, erzählte von einem jetzigen General, der Bierbrauer gewesen war davor. Und von den ersten Schlachten der Revolutionsarmee wußte er zu berichten, in denen sie fast keinen General gebraucht hätten, weil da die einfachen Soldaten selber gewußt hät-

ten, wie man die »Wachtparade« der Fürstenheere vertreiben mußte.
»Jetzt, heute nicht mehr?«
Eine vielsagende Bewegung machte der Korporal, Leonhard möge hinter sich schauen auf die jugendlichen Mannschaften; dann, nach einer wortlosen Pause, überflüssig lange, knurrte er zornig: »Wir werden gewinnen, bis überall Frieden ist.«
Das Schneegestöber ließ nach, und da dauerte es schon nicht mehr lange, bis sie einer in abenteuerlicher Unordnung marschierenden Kolonne ansichtig wurden. Parolen wurden gerufen, ein junger Offizier sprengte querfeldein heran. Leonhard bekam soviel mit, daß sich der nach Woher und Wohin erkundigte, und als er schon an seinen Rückzug zu denken begonnen hatte, da mußte er merken, daß sich ihm die Aufmerksamkeit zugewandt hatte. Ja, weiter mitkommen müsse er, brauche keine Angst zu haben, man stecke ihn nicht unter die Soldaten in eine Demibrigade. Aber nahe heran seien sie bereits ans kaiserliche Heer, und riskieren könne man nicht, daß er einer Streife von denen in die Hände falle und von denen da ausgefragt werde.
»Wird es ein Gefecht geben?«
Der Offizier ließ sich von dem Korporal Leonhards Frage übersetzen, antwortete dann etwas, und das kam bei ihm wieder ungefähr so an: Wenn die Leute oder Menschen wollten, daß es keine Schlachten gäbe, müßten sie die Soldaten abschaffen.

Bei dem halbwegs deutsch sprechenden Korporal und seinen reitenden Jägern durfte Leonhard weiter bleiben, wurde zu deren Einheit mitgenommen, die Rast machte rund um eine Feldscheune, in deren Heu drinnen die Hälfte der Mannschaften einen erschöpften Schlaf hielt. Angelegen ließ es sich der Korporal sein, sich weiterhin um seinen Wegekundigen zu kümmern. Ob er, Leonhard, ob er denn wisse, wie es nun um die Regierung in Paris bestellt sei, wo nun nicht mehr das Direktorium bestimme, sondern ein Konsulat, wie bei den Römern in Kriegszeiten. Erster Konsul aber sei, auf die nächsten Jahre, zehn Jahre vom 18. Brumaire, dem 9. November also, ab gerechnet, der tüchtigste General des neuen Frankreich, Napoleon Bonaparte. Er selber wisse es besonders gut, wie tüchtig der sei, denn er habe mit ihm den Zug von Italien herauf über die Alpen mitgemacht, ihn gesehen, selber gesehen.

Dinadanus Joseph Graf von Nogarola, Generalmajor und Stadtkommandant der bayerischen Haupt- und Residenzstadt, war schon seit den Zeiten des alten Kurfürsten in Amt und Würden, war es damals gewesen, der Karl Theodor den Rat gab, nach den Hungerkrawallen in München, daß der Rat der Stadt vor einem Bild des Durchlauchtigsten in der Residenz einen untertänigen Kniefall als demütige Abbitte zu machen habe. Und so war es geschehen im Jahr 1795. Der Kurfürst Maximilian Josef, der neue Landesherr, hatte ihn also im Amt belassen, aber mißfällig hatte er beobachten müssen, wie unter seiner Herrschaft gleich Neuerungen eingeführt wurden. Augenfällige wie die, daß die bayerischen Soldaten wieder in blauen Röcken eingekleidet wurden, nicht mehr, wie davor in weißen, wie es auch die Farbe der österreichischen Infanterie war. Noch hatten nicht alle bayerischen Regimenter den blauen Rock bekommen können, Geld in der Staatskasse war knapp trotz der Gelder, die von England für die Unterstützung der Koalition gegen Frankreich hereingekommen waren. Blau, wie die Preußen, aber auch die neufränkischen Nationalgarden trugen Blau, wenn das nicht ein Offenbaren der politischen Richtung war, was dann! Sansculottisch waren schon fünfundneunzig nicht wenige Soldaten der Garnison in München gewesen, hatten sich mit randalierenden Bürgern verbrüdert, so daß er sie für andere hatte austauschen müssen. — Aber da war, weit gefährlicher als solche

Äußerlichkeiten, ja nicht und nur nach außen Eingeweihten wie ihm zu merken, einiges im Kommen: durch die vertrauten Berater, nunmehrigen Minister der neuen Durchlaucht! Allen voran der Außenminister Freiherr Montgelas, Ausländer der, Sohn eines savoyischen Generals im pfalzbayerischen Dienst und einer, immerhin einer Münchnerin. Der hatte nicht nur mit den Engländern herumverhandelt, sich von denen den Besitzstand des bayerischen Territoriums garantieren lassen, der verhandelte auch mit den Franzosen um Entschädigungen für derzeit verlorene Gebiete im Westen. Mehr noch, er duldete Franzosen- und Republikfreunde wie den Referendar Joseph Utzschneider im Dienst, hob sogar noch das allgemeine Ansehen der höheren Beamten, indem er auch ihnen Uniformen zugestand.
Ja, hohes Ansehen genossen die Beamten bei Hof. Er selber hingegen, Graf von Nogarola, Generalmajor, mußte sich gefallen lassen, daß sogar das gemeine Bürgervolk über ihn heimlich, und nicht nur heimlich, lachte. Deswegen, weil er im vergangenen Mai vorsichtig gewesen war und den Kurfürsten vor herannahenden feindlichen Armeen gewarnt und ihm ein Ausweichen nach dem sichereren Landshut geraten hatte.
Am Vortag war es nun wieder ernstlich geworden, und der Kurfürst mit Familie hatte München verlassen, ihm aber anbefohlen, in der Nacht ausmarschierend nachzufolgen. Mit dem veralteten Wall und Graben, der noch dazu an einer Stelle schon abgetragen war, wäre auch einem stärkeren Gegner kein Widerstand möglich. Aber bei Nacht auszumarschieren! Noch mehr in Ungnade konnte ihn das bringen, weil abzusehen war, daß Mannschaften haufenweise desertieren würden. Bauernsöhne, deren Väter jahrelang Rekrutensteuer bezahlt hatten, und die doch rekrutiert worden waren, als ›Freiwillige‹ in Ketten geschlossen zu den Kasernen gebracht, waren darunter und alte ›Landkapitulanten‹, deren Dienstzeit durch Verfügung einfach

verlängert wurde, obwohl sie schon längst hätten entlassen werden sollen.
Der in der vorigen Nacht und am Morgen noch gefallene Schnee war tagsüber meistenteils weggetaut. So fuhr der Generalmajor nicht in einem Schlitten, sondern in der ohnehin bequemeren Kutsche der Marschkolonne voran, deren Inneres durch ein Holzkohlebecken wohlig erwärmt war. Nur gelegentlich, wenn einer der Adjutanten an den Wagenschlag geritten kam, um eine Meldung zu bringen, kam beim Öffnen ein eisiger Zug herein. Dieses Mal aber war es der Leutnant der berittenen Vorhut, was der wollte?
»Wir haben auf der Straße vorne ein verdächtiges Subjekt ausgemacht und visitiert. Jakob Ach ist sein Name, von Nürnberg ausgestellt hat er eine gültige Legitimation, ist Wanderhändler.«
»Mit Ware unterwegs — und welcher?«
»Baumwollgarn, aber nur ein Maultier voll geladen.«
»Wohin will er um diese Zeit?«
»Er sagt, in die Au bei München . . .«
»In Gottes Namen, laßt ihn ziehen.« Dem Generalmajor zieht es schon zu lange zur Kutschentür herein, wegen so einer Nichtigkeit!
Jakob Ach hatte die in der Dunkelheit ziehende Kolonne von weitem schon gehört gehabt. Unterwegs war er, um endlich die vor einem Jahr vom Onkel hier in der Gegend gelassene Cousine abzuholen. Längst schon hätte er dies tun sollen, aber da war ihm ein Arrest dazwischengekommen, den er bekommen hatte wegen Mitführens von verbotenen Schriften. Doch ein paar von denen hatte er nun wieder dabei, diesmal würde er es nicht mehr darauf ankommen und sie bei sich finden lassen. Er warf die dünnen Hefte, bevor die Reiter bei ihm waren, in den Straßengraben. Schneewolken zogen, morgen früh würden sie zugedeckt sein, niemand würde sie mehr mit ihm in Verbindung bringen, wenn sie später doch noch gefunden würden.

Trotzdem war er erleichtert, als ihm von der Streife, die nichts zu Beanstandendes bei ihm fand, schließlich erlaubt wurde, daß er weiterzöge. Sein Weg berührte noch die Spitze heranziehender Infanteristen in dünnen Uniformen, nur Röcken, die durch eine eingeknöpfte Brust eine darunter gezogene Weste vortäuschten, ohne Mantel. Jakob Ach wich auf den nächsten, von der Straße abzweigenden Feldweg aus, hatte es nun eilig, wollte nicht noch einmal angehalten und untersucht werden.

Wieder mußte Generalmajor Graf von Nogarola einen kalten Zug hinnehmen. Seit dem letzten Mal waren vielleicht zwanzig Minuten vergangen. Da konnte er aber schon ungut werden: »Was, zum Teufel, ist jetzt wieder los?«
»Eine Flugschrift, an der Straße gefunden worden!«
Die naß angeschmutzte Titelseite genügte schon, den Generalmajor zu alarmieren. ›Über Süddeutschland. Von einem süddeutschen Bürger im Monat Oktober 1798 dem französischen Gouvernement zur Beherzigung vorgelegt, 1799.‹
Um weiterlesen zu können, ließ er sich eine Laterne geben.
»Reicht als Brüder uns die Hände,
Rächt mit uns der Menschheit Ehr',
Sprecht: Es komme der Tyrannen Ende,
Und das schönste Bild der Gottheit schände
Keine Sklavenkette mehr!«
Zornig, als sei die Ordonanz für dieses Gedicht verantwortlich, kommandierte er: »Schafft mir den Juden wieder her, diesen Händler, nur der kann die weggeworfen haben.«
Noch Ungeheuerlicheres enthielt diese, wie Nogarola bestimmt feststellte, hochverräterische Schrift von nur dreißig Seiten. Das war ein Entwurf für eine süddeutsche Republik mit ganz neuen, alles Bisherige außer acht lassenden Grenzen zwischen Rhein, Inn, Alpen und Main. Noch etwas war da zu lesen, was Nogarola jedoch nur noch ver-

wirren, kaum mehr erzürnen konnte. »... Die drei gegenwärtigen Republiken Frankreich, Batavien und Helvetien waren bisher im unmittelbarsten, engsten Verband mit Süddeutschland. Wie Frankreich sein Vieh, Mineralwaren etc. daraus holte, so führte es mit demselben den vorteilhaftesten Handel mit allen Seiden und weißen Waren, Wein und überhaupt allen Artikeln der Industrie und des Luxus. Das ehemalige Holland und jetzt Batavien baute alle seine Schiffe von dem Holz, das ihm auf dem Neckar, Main und Rhein zugeführt wurde ...« Also Warenaustausch, Handel sollte nach den jakobinischen Hochverrätern das Verhältnis der Staaten zueinander bestimmen, nicht mehr die Verwandtschaft und die Bündnisse der hochgeborenen Familien? Wo sollte das hinführen, wenn Bankiers vielleicht und Kaufleute die Politik bestimmen würden?

»Habt ihr ihn wieder eingefangen?«

»Bisher noch nicht, er ist von der Straße abgegangen.«

»Schafft den Kerl her, damit man aus ihm den Urheber solcher Aufwiegeleien herausprügeln kann.«

Aber Jakob Ach kam unbehelligt am anderen Morgen beim Auer Tor an und erfragte ohne weiteres das Schmiedhaus im Bachviertel. Lediglich ins Torwachbuch wurde seine Ankunft eingetragen.

Eher frostig dagegen war er empfangen von Ruth Schmied und deren Verwandten. Ob er die zu erwartende Mitgift bringe, war die erste Frage von Ruths Schwägerin Rosa, Gregor dagegen brummte nur etwas nicht näher Bestimmbares. Ruth selber aber schien es die Sprache verschlagen zu haben, ihr Blick zu den andern schien verlegen, dem Cousin Jakob aber zeigte sie ein finsteres Gesicht. Bis sogar Gregor sie ermuntern mußte, den Gast in der oberen Stube eine Rast und Labung anzubieten, er selber müsse ja nun zur Arbeit und könne nicht Gastgeber sein. Allein mit Ruth, bekam Jakob dann Aufschluß, vorwurfsvoll wurde ihm gesagt, daß er ein Jahr lang erwartet worden wäre, daß dieses Jahr lang ständig österreichische Soldaten durchgezogen wären und sie sich kaum hätte auf die Straße wagen können und daß sie endlich die Ehefrau dieses freundlichen Goi geworden wäre, gern geworden sei, denn für sie gesorgt habe der, auch als längst kein Kostgeld mehr verblieben wäre. Um den zu sorgen habe sie nun, da er gestern mitgenommen und seitdem abgängig sei. Tränen liefen Ruth übers Gesicht, und Jakob konnte nicht unterscheiden, ob aus Zorn über sein verspätetes Erscheinen oder aus Angst um den Mann, den er nicht kannte. — Stumm und betroffen blieb er bei ihr sitzen.

Leonhard Schmied wurde auf ein überzähliges Pferd gesetzt und man bedeutete ihm, sich in der unmittelbaren Nähe des Regimentstrosses zu halten. Irgendwo vorne im Forst müsse der Feind schon stecken, sei erkundet worden. Es begann wieder, wie am Vortag zu schneien. Von der Nachtkälte im windigen Heustadel noch steif, hockte Leonhard, ungewohnt, auf dem schäbigen Klepper und fühlte das Mißtrauen der ihn beobachtenden Franzosen, mit denen er sich nur durch Gesten verständigen konnte. Dabei mußte er sich sagen, daß ihm ein wenig Vertrauen geschenkt wurde, sonst würde man ihn gebunden unberitten mitführen. Vorne, außerhalb seiner Sicht, klangen Schüsse her. Die im Schritt reitenden Jäger zu Pferd richteten sich daraufhin steif im Sattel auf, als wollten sie größer erscheinen, ihre zuvor munter geführten Gespräche verstummten, ihre gelegentlichen Seitenblicke dienten der Zugordnung. — Plötzlich Handzeichen der Offiziere, von den Unteroffizieren ebenso weitergegeben, die Reiter schwenken aus der Kolonne aus, bilden eine breite Front, zügeln die Pferde, bleiben stehen, nur noch die Gäule bewegen zwischenhinein ungeduldig die Köpfe oder scharren mit den Vorderhufen. Über das Feld nebenan stapft eine Halbbrigade Infanterie aus dem dichter werdenden Schneetreiben heran, hält an, formiert sich. Eine unbe-

stimmte, unbestimmbare Erwartung liegt über allen, Warten, auf was, der Tod, Verwundung — oder das Glück, heil alles zu überstehen, was nun sicher bevorstand.
Der Korporal, sein Korporal, wie Leonhard ihn bei sich schon fast kameradschaftlich nennt, ist er doch unter diesen vielen Menschen der einzig Vertraute, taucht bei ihm auf, fordert ihn knapp zum Mitkommen auf und bringt ihn noch ein Stück rückwärts, zu einem zusammengestellten Geviert von allen möglichen Karren und Wagen. Nicht unfreundlich von den dabeistehenden Troßleuten aufgenommen, ist Leonhard nun ohne Pferd, das nimmt der Korporal wieder mit nach vorne.
Dort wird es nun lauter. Geschützfeuer und Gewehrsalven, es beginnt das Gefecht.
Dem aufgeregten Hantieren von Marketenderinnen und Troßkutschern zusehend, kam Leonhard seine eigene Soldatenzeit in den Sinn, als er neunzehn-, zwanzigjährig als ›verkaufter Ansbacher‹ gegen die aufständischen Amerikaner hatte stehen müssen. Und an den jungen Burschen dachte er, der, noch jünger als er damals, nun zum ersten Mal Pulverdampf roch — und nicht mehr verächtlich waren seine Gedanken an den, sondern jetzt voller Mitgefühl. Wartete auf den in der Au vielleicht nicht ein Mädchen, ihm in erster jugendlicher Liebe verbunden? Wenn nicht, so würde er zumindest seinem Bruder abgehen, anfragen würde der bei den Torwachen, warum sie ihn, ein halbes Kind noch, mit den Soldaten hatten gehen lassen. Mit den Schultern würden sie zucken und sagen, daß er eben gegangen sei. Dabei denken: eben einer weniger in der ohnehin übervölkerten Au. Schnell kehrte Leonhard von den Überlegungen zu dem anderen zu solchen über sich selber zurück. (In der Not ist einer selber sein bester Nachbar.) Rosa, die Schwester, Ruth, der Schwager Gregor und vielleicht sogar der Papiermüller Pachner, der, weil er ihm bei der Arbeit abging, würden bei der Torwache nach ihm forschen, vorwurfsvoll, weil man ihn mitgeschickt hatte.

Mehr als barsche, widerwillige Antwort würden auch die nicht erlangen.
Verwundete wurden nach hinten geschafft oder kamen, soweit es ihre blutigen Blessuren zuließen, mit verschreckten und gequälten Gesichtern selber an. Die vor dem Wetter schützenden Wagenplanen wurden am ehesten knapp, bald reichte auch das nasse, als Verwundetenlager aufgeschüttete Stroh nicht mehr aus, all denen Platz zu bieten, Leinenstreifen zum Verbinden mußten von den Hemden gerissen werden; für kampfunfähig geschossene Kämpfer war von den Lenkern der Schlacht wenig vorgesehen, fast nichts. Oder doch?
Stunden, schien es Leonhard Schmied, seit es um ihn herum stöhnte und jammerte, da wurde nach ihm verlangt. Dankbar war er kurze Zeit später der Kanonenkugel, die dem französischen General das Bein zerschmettert hatte, deshalb, weil er nun mit auf dem Kutschbock sitzend schneller heimwärts rollte, als er hergekommen war. Nach München hinein zur raschesten Versorgung sollte der Verletzte gebracht werden, mit Peitschenknall trieb der Fahrer das Gespann zur schnellsten Gangart und versicherte sich bei Leonhard immer des richtigen Weges. So hatte der begleitende Reitertrupp Mühe, dem Krankengefährt zu folgen. Den durfte Leonhard dann in die Au führen, der hatte unter anderem Auftrag, geeignete Räume für ein Lazarett ausfindig zu machen. Nicht wenig staunte der Gerichtsdiener Nußbaum, als der Papiermühlentaglöhner Schmied, begleitet von Offizieren, bei ihm erschien, von denen einer ihm dankend auch noch ein Geldstück gab und ihn sichtlich freundlich verabschiedete. Nußbaum würde sich daran erinnern, nichts vergessen.
Wieder daheim nach unendlich lang erscheinenden Tagen und einer Nacht! Leonhard Schmied wußte nichts davon, daß eben die entscheidende Schlacht von Hohenlinden zu Ende ging, zugunsten der Franzosen, daß der Kaiser dadurch zu Verhandlungen über einen Friedensschluß ge-

drängt war, nichts davon wußte er, und hätte er es gewußt, was hätte es für ihn geändert?
»Und, was kann ich daran ändern?« gab er Schwager und Schwester heraus, als die ihn bei der Heimkunft mit der Nachricht über die nunmehr offenbar gewordene Verwandtschaft überfielen, nach nur kurzem Bedenken, und wieder nach einer kurzen Pause in die überraschten Gesichter hinein: »Sollen denn nicht künftig alle Menschen Brüder sein?«
Seine Frau und der Cousin in der Stube droben empfingen ihn verlegen, Ruth dazu noch in bänglicher Freude, Freude immerhin, und das befriedigte Leonhard so vollauf, daß er sich dem Gast gegenüber eine beinahe überschwengliche Herzlichkeit abgewann. So einigte man sich schließlich leichter, gleich wieder aufzubrechen am anderen Tag versprach Jakob, dem Simon Ach, Ruths Vater, die Nachricht zu bringen. Mehr noch, versuchen würde er, den Simon, der diese Neuigkeiten als großes Unglück ansehen werde, gelassen zu stimmen, so daß er sich bereit fände, Ruth eine Mitgift zu senden nach christlichem Brauch. — Wirklich machte er sich dann am anderen Morgen auf den Weg, trotz der winterlich schlechten Straßen und des überall zu erwartenden Militärs, dem er ausweichen wollte, indem er einen Umweg in Richtung Westen zu nehmen gedachte.
Um dieselbe Zeit wurden die ersten Verwundetentransporte in die Au gebracht, zum leerstehenden Kloster der Paulaner. Der Pflegamtmann Franz Xaver Schrödl hatte alle Hände voll zu tun, um für diese Einquartierung die nötigen Vorkehrungen zu treffen. Nach der gewonnenen Schlacht waren die Sieger nicht unbescheiden, forderten, Stroh, Zudecken, warme Suppen, aus der armen Au allein war dies alles nicht aufzutreiben, der Haupt- und Residenzstadt über dem Fluß drüben mußte Unterstützung abgefordert werden.
Einen großen Tag hatte auch der junge Bursch, der als Tambour im Gefecht gestanden hatte. — Nur um die Nach-

huttruppe vollzählig der Einheit zuzuführen, hatte man ihn mitgenommen, ein Soldatenspaß war mit ihm getrieben worden, bis er nachher formlos seiner militärischen Pracht entkleidet und fortgeschickt wurde. Doch davon war in seiner Erzählung nicht die Rede. Groß tat er sich vielmehr, berichtete von ausgestandenen Gefahren, und seine Zuhörer im Schankstübchen des Josef Zacherl hörten ihm andächtig zu. Noch bedeutender mußte ihnen der Sieg der Franzosen danach vorkommen, so entscheidend, daß in Ewigkeit keine österreichische Armee mehr das Land bedrohen würde.

»Sollten wir jetzt nicht endlich auch unseren Freiheitsbaum in der Au aufrichten, damit die Franzosen sehen, daß auch wir mit ihnen einig sind, gut republikanisch gesinnt und auch auf Durchlaucht Max pfeifen?!«

Wer diesen Vorschlag gemacht hatte, konnte hinterher niemand mehr sagen. Eben einer der Färber, Müllergesellen oder Strumpfwirker, die hier Gäste waren.

Im vornehmeren Damenwirt, wo die Gaststube nicht so verräuchert von den Kienlichtern war, weil hier mit Talgkerzen beleuchtet wurde, fanden sich am Abend die Bäcker Haller, Dosch und Dietrich, der Mahlmüller Eyrainer und der Metzger Lotter zusammen.

Der Bäcker Haller hatte einen, wie er meinte, überaus wichtigen Gedanken: »Als vor dreißig Jahren die Hungersnot in München drinnen herrschte, da war man froh über die schwarzen Brotwecken aus der Au. Wie es sich ansieht, wird es in der Stadt drinnen durch die Kriegswirren wieder eine gesteigerte Brotnot geben. Aber einen Verdienst hat man als Bäcker doch mehr mit Weißbrot, das wird von den höheren Ständen mit mehr Geld im Beutel gekauft.«

»In unseren Läden am Viktualienmarkt dürfen wir es aber nicht anbieten, und in der Au kauft es uns kaum jemand ab.«

»Eben, deswegen müssen wir nachsuchen um die Erlaubnis, weißes Brot backen und in der Stadt verkaufen zu dür-

fen. Dann sind jedenfalls wir Bäcker schon einmal mit den hauptstädtischen beinahe gleichgestellt.« Dann fällt dem Bäcker Haller der dabeisitzende Metzger Lotter ein, er fügt für den noch an: »Wenn einmal ein Anfang gemacht ist, wird es den anderen Gewerben auch leichter, in die Stadt ohne Zollaufschlag liefern zu dürfen. Dazu helfen solltest du uns, Lotter, es geht doch um den allgemeinen Aufschwung des Gewerbes in der Au.«
So einigte man sich, weil es doch um gemeinsame Interessen ging, nach einigem Für und Wider. — Ein Gesuch, weißes Brot backen und in München vertreiben zu dürfen, wurde von den realgewerbetreibenden Bäckern an die kurfürstliche Administration gesandt, zur selben Zeit zimmerten Taglöhner und Bauleute, Färber und Strumpfwirker an einem Freiheitsbaum, der schon am zweiten Tag nach der Quartiernahme des französischen Lazaretts vor dem Gerichtshaus am Lilienberg aufgerichtet werden sollte. Da man sich nicht sicher war, ob die Jakobinermütze noch ein geeignetes Symbol dafür war, zierte man seine Spitze mit zwei brüderlich vereinten Fahnen, einer blau-weiß-roten für die französische und einer weiß-blauen, die man mit der Aufschrift ›Freiheit, Gleichheit, Brüderlichkeit‹ republikanisch gemacht glaubte. Hätten sie wie die Bäcker und der Metzgermeister Lotter öfter im schon fast seit einem halben Jahr mit französischer Besatzung belegten München drüben zu tun gehabt, sicher hätten sie es dann mit einer Bittschaft versucht, ihre durch die Einquartierung noch drückender gewordene Lage zu verbessern.
Hinter dem Haus, im Garten des Bierwirts Zacherl, lag der geschmückte Baum zur Aufstellung bereit. Nicht mehr vom Straßenbau und zur Jagd als Treiber ohne Lohn würden sie aufgeboten werden dürfen, schwärmten die in der Gaststube. Wenn die Franzosen den Baum sähen, würden sie wissen, wie den Bewohnern der Au ums Herz sei, und könnten dann nicht anders, dann würden sie die Republik verordnen und den kurfürstlichen Beamten ihre neuen Be-

amtenuniformen ausziehen und nicht zulassen, daß die weiterhin das Volk tyrannisierten. Ein Fremder, der bei seinem Eintritt unbeachtet geblieben war, mengte sich ein: »Ich denke doch, daß ihr alle Patrioten seid, wie ich selber. Großtun möchte ich nicht damit, aber für die Republik bin ich schon länger als ihr allesamt eingetreten. Deshalb hört auf mich! Wenn ihr schon den Freiheitsbaum hinstellen müßt, weil ihr meint, er bringe euch voran, dann laßt euch nicht sehen dabei. Ich weiß aus zuverlässigen Quellen, was in den süddeutschen Staaten geschehen ist. Dem Markgrafen Karl Friedrich haben nach der Besetzung Gendarmen aus Paris geholfen, die deutschen Demokraten zu fangen, und im Herzogtum Württemberg sitzen die Anführer der revolutionären Bewegung im Kerker auf dem Hohenasperg, aber die Franzosen verhandeln mit dem Herzog über einen Friedensschluß, obwohl er seine Untertanen noch im vergangenen Jahr gegen sie verkauft hat, zu Soldaten, wie Neger auf dem Markt zu London.«
»Wer bist du denn überhaupt?« fuhr ihn einer an, mißtrauisch und mit einer Portion Geringschätzung.
»Ich kenne ihn«, wußte einer in der vertrauten Runde, »er arbeitet bei dem Buchhändler Stobel in München, und der Stobel ist, so scheint es, schon auf unserer Seite.«
Das gab den Ausschlag, daß man den Buchhandlungsgehilfen aus München weiterreden ließ und ihm sogar aufmerksamer als zuvor zuhörte. »Meine Meinung ist, daß es für euch nicht gut ist, wenn alle wissen, wer den Baum aufgestellt hat — wenn er überhaupt einmal stehen sollte. Und dann wird man weiter sehen, ob er stehen bleibt oder ob man ihn sofort verschwinden läßt und nach denjenigen sucht, die daran schuld waren.«

So bekam Leonhard Schmied den Auer Freiheitsbaum zu sehen, als er auf dem Weg zur Papiermühle war. Da stand aber auch schon der Gerichtsdiener Nußbaum dabei und fand es für nötig, ihn gleich darauf anzusprechen. Natür-

lich wisse er um die Verschwörung um dieses Schandmal, komme nun, um sich seiner Wirkung zu versichern.
Was natürlich, wieso Verschwörung, er sei eben unterwegs zu seiner Arbeit, gab sich Leonhard empört. Freilich, wenn arbeiten gegen mageren Taglohn gegen die Ordnung sei, müsse er zugeben, sich beständig schuldig zu machen — aber so würde er es ja nicht meinen, sonst wende er sich gleich an die richtige Adresse, an den Papiermüller Pachner selber. Solche aufsässigen Reden, würden ihm, Schmied, auch bald vergehen, drohte ihm daraufhin Nußbaum, irgendwann werde man ihm schon etwas nachweisen können, jetzt aber möge er schleunigst verschwinden.
Bei den Ansbachern in Amerika war ihm sein Zorn schon kaltgeschlagen worden, so daß er nicht weiter heißspornig mit dem Gerichtsdiener herumstritt. Aber den ganzen Tag über blieb ihm diese aufreizende Anrede im Ohr, wie ein eingezogener Dorn im Finger, der sich entzündet. Ein Hanswurst war der Nußbaum, aber mit einem geringen Maß an Macht ausgestattet, er selbst aber ohne solche und so Hanswurst des Hanswursten. Ob, abends, Ruth ihn verstehen würde, wenn er sich die Wut von der Seele reden wollte? Ruth, der er auch nicht nachgetragen hatte, daß sie einer jüdischen Verwandtschaft entstammte. Warum auch, wo jetzt sogar Protestanten in Bayern zugelassen wurden als vollgültige Bürger; außerdem zählte er sich zu denjenigen, denen Religionen ohnehin gleichgültig waren.
»Es scheint, als stellen sich die Bäcker darauf ein, daß sie bald mehr Brot in München verkaufen dürfen. Sind schon wieder mit dem Preis hinaufgegangen, deswegen hab ich gespart und nur die braune Mehlsuppe gemacht.«
Wenn ihn Ruth nicht darauf aufmerksam gemacht hätte, hätte er vom fehlenden Brot nichts gemerkt. Auch so störte er sich nicht daran, löffelte ruhig zu Ende und wischte den geschnitzten Löffel nach gründlichem Ablecken an der Jakkeninnenseite ab, bevor er ihn ans Wandregal hängte. Dann erst war er zum Gespräch aufgelegt.

»Das Brot ist noch unsere kleinere Sorge, satt werden wir schon irgendwie. Aber erfahren hab ich, daß mir der Gerichtsdiener was anhängen will.«
Eine kluge Frau habe ich, mußte Leonhard gleich darauf denken. Muß sie von ihren ewig und immer wieder blutig verfolgten Vorfahren ererbt haben, diese Klugheit, daß sie nicht gleich mit dem Zeter-und-Mordio-Schreien anfängt auf so was hin, sondern bedächtig Rat zu geben sucht.
»Woher hast du es denn?«
»Selber hat er es mir gesteckt, der Hund!«
»Dann heißt es, schlauer sein als die vom Gericht. — Wenn sich nichts finden läßt gegen dich, wird ihnen das Anhängen schwerfallen. Bring deswegen diese Mütze aus dem Haus, verbrenn sie, die du im Strohsack versteckt hältst.«
Sie hatte sie also in dem ihm sicher erscheinenden Versteck gefunden! Aber verbrennen? Das Symbol, das ihm soviel Hoffnung eingegeben hatte, auf das er irgendwie noch immer stolz war wegen des Wagnisses damals?
Mit der ihm so kostbaren Mütze unter der Jacke schlich sich Leonhard Schmied durch die nachtdunklen Straßen und Gäßchen zu den Paulanerhäusern hin, zum ›Amerikanerlakaien‹, dessen jüngerem Bruder. Beim Betreten der Mietstube, noch unter der Tür stehend, kam Leonhard sich einen Moment lang reich vor. Ein eisener Ofen, ein Tisch und eine Bank, neben einigem an der Wand hängenden Hausgerät, sonst enthielt der Raum nichts. In einer Ecke auf dem blankgescheuerten Holzboden dienten ein paar Lagen Schilfgras vom Isarufer den beiden Männern als Nachtlager. Durch die offene Tür sah er in der Nebenstube die Färberwitwe mit ihren drei oder vier halbwüchsigen Kindern auf einem gleichen Lager eng aneinandergedrängt liegen, die Ofenwärme reichte nicht ganz dorthin.
»Wir sind zusammen nach Hohenlinden gezogen.«
Nun erfuhr Leonhard auch den Namen des ›Amerikanerlakaien‹, Johann Ertl, sein Bruder hieß Peter und die Franzosen hatten ihn umbenannt in Pierre. Nein, geschenkt wollte

der die Mütze nicht nehmen, aber aufheben, das ja, das würden sie beide gern für ihn tun, und keiner würde sie bei ihnen finden, versprachen sie ihm.
»Nachfrage nach dem Verbleib der Person eines Wanderhändlers, der in der Nacht vom 2. zum 3. Dezember 1800 vor Landshut einer militärischen Patrouille aufgefallen ist und vorgab, auf dem Weg zur Au nächst München befindlich zu sein. Sollte besagte Person noch dorten weilen, ist sie in Arrest zu nehmen, ansonsten aber Name, Zweck des Aufenthalts etc. zu eruieren und dem Polizeiministerium direkt und vertraulich mitzuteilen.«
Übermäßigen Eifer löste dieses Anschreiben weder bei den Gendarmen aus, die für die Überwachung der Fremden in der Au zuständig waren, noch beim Pflegamtmann, der sich hinreichend beschäftigt sah durch das französische Feldspital und eine neuerliche Anweisung der Besatzung, die Au zwecks besserer Übersichtlichkeit in sieben Viertel einzuteilen und nach Farben zu kennzeichnen. Bis dann am Tag nach Neujahr der Gerichtsdiener Nußbaum die unerledigten Papiere zu ordnen hatte und meinte sich erinnern zu können, gehört zu haben, daß im Schmied-Häusel um diese Zeit ein Besuch angekommen sei. Sicher stand nur fest, daß der gesuchte Händler oder Krämer die Au bereits wieder verlassen hatte, denn die Viertelsvorsteher waren angewiesen, keines Fremden Anwesenheit länger als höchstens drei Tage zu dulden. Aber endlich war ein guter Grund gefunden, das leidige Schmied-Häusel genauer untersuchen zu lassen.
Ruth Schmied konnte die beiden nachfragenden Gendarmen mit ruhiger Gelassenheit empfangen und ihnen ebenso Rede und Antwort stehen.
Der älteste Sohn des Bruders sei dagewesen, nur einen Tag und eine Nacht, dagegen könne nichts eingewendet werden, auch habe er sich ordentlich bei der Torwache gemeldet, was einer, der Unrechtes zu tun in der Au vorhätte, leicht umgehen könne. Sie sollten nur hereinkommen, er

sei gleich wieder weg, wie gesagt. Und einen Jakob Ach würden sie, wenn sie nachsähen, eingetragen im Wachbuch finden, ob sie sich davon schon überzeugt hätten? Zwar gingen die Gendarmen, aber bald danach kamen sie wieder. Diesmal bekam Ruth Beistand von ihrer Schwägerin.

Doch ohne sich davon stören zu lassen, daß Rosa Stirner zornig dazu schimpfte, begannen sie wild die Stuben zu durchwühlen, wobei es ihnen offenbar Freude bereitete, größtmögliche Unordung zu schaffen. Das Stroh aus dem Strohsack verteilten sie durch den ganzen Raum, den Tisch kehrten sie um, angeblich, weil es schon vorgekommen sei, daß unter einer Platte ein Versteck für Flugschriften angenagelt gewesen war. Weil hier nicht die Spur eines solchen gefunden wurde, zerrten sie als nächstes Töpfe und Geschirr aus der Anrichte, stapelten alles auf den Boden, fündig wurden sie nicht. So leerten sie auch noch die Truhe mit dem Tuch- und Weißzeug aus, um schließlich mit besonderer Bosheit die Asche aus dem Ofen zu heben und darüber zu verteilen, wofür sie sich auch noch scheinheilig entschuldigten.

»Richtige Verschwörer, sagt man, sind findig, die verstekken sogar an solchen Plätzen ihre hochverräterischen und aufrührerischen Sachen.«

»Hochverräter, mein Bruder?«

»Noch ist es ihm freilich nicht zu beweisen, sagt das Amt. Deswegen werden wir jetzt auch noch bei dir, Stirnerin, Nachschau halten — und dafür, daß du uns schon die ganze Zeit, seit wir hier unseres Amtes walten, so respektlos anredest.«

Rosa gab ihren anfänglichen Widerstand dagegen auf, als die Gendarmen ihr drohten, sie würden sie anzeigen, zwanzig Rutenschläge wären ihr dann sicher. Mit wachsender, ohnmächtiger Wut mußte sie dergleichen Verwüstung wie im oberen Stock auch in ihrer eigenen Wohnstube zusehen. Giftig sah sie danach den beiden Grünrökken nach, bis sie ums nächste Hauseck bogen, aus dem Blickfeld verschwunden waren. Da erst gab sie sich nach, und ein wildes Heulen brach aus ihr, schüttelte sie, daß Ruth dazugelaufen kam, ihr ältestes Mädchen auch, nicht mehr für sie tun konnten, als sie beruhigend an den geballten Fäusten zu fassen. Es dauerte einige Zeit, bis ihr Aufschluchzen längere Abstände nahm, leiser wurde. Zusammen gingen sie dann, die zerstörte Ordnung wieder neu zu schaffen. Mittenhinein in diese mühselige Arbeit hielt Rosa ein.

»Wie lange noch wird es solche Lumpen geben, die für so was zu haben sind?«

Von Ruth kam keine Antwort, wurde auch nicht erwartet. Weiterräumend fragte sich Rosa noch zwei-, dreimal so. Es klang kummervoll, denn einen Ausweg sah sie nicht, nichts fiel ihr ein dazu.

Später, aus dem Fenster sehend und wartend auf ihren Leonhard, kam auch Ruth ins Sinnieren. Die Gendarmen, bei ihr selber hätten sie schon etwas finden können. Unter ihren Röcken nestelte sie eine Flugschrift hervor. ›Danksagungsadresse von der bayerischen Nation an Max Joseph IV‹ war der Titel des dünnen Heftes, also dem Kurfürsten gewidmet, der in München vor einem und einem halben Jahr vom Volk voll Hoffnung und Begeisterung begrüßt worden war. Gedruckt war die Schrift vermutlich in München vor einigen Monaten schon, wahrscheinlich kurz nach der Besetzung der Stadt und der Flucht des Kurfürsten aus ihr.

Ruth las den ironischen Schluß noch mal:

». . . wir danken dir nun herzinniglich für alle Wohltaten, die du uns so reichlich zubereitet. Wir sind erfreut, daß dir unsere Drangsale ganz gleichgültig sind und du mit den Deinigen munter, fröhlich und sorgenlos gut essen und trinken kannst. Hast du nun Lust, die dem Lande von den Franzosen auferlegte Kontribution zu zahlen und die von den Einwohnern Münchens an die französischen Heere abgegebene, mehrere Millionen abwerfende Requisition, die du uns neben noch unzähligen Plagen und Qualen verursacht hast und eben daher zu vergüten schuldig bist, zu zahlen; so schicke hierzu die für Bayerns Blut erhaltenen Sterlinge und befreie uns durch deine Abwesenheit jetzt und in Ewigkeit von allem Übel. Amen!« Er wird wiederkommen, überlegte Ruth, könnten sonst denn seine Beamten und Gendarmen hier noch schalten und walten? Also wäre dieses Papier sicherlich auch überflüssig. Ruth nahm es auseinander, knüllte es in die Ofenschüre hinein und legte Holzspäne darüber. Unzulängliche Gedanken, fiel ihr dabei ein, nutzlos sind die, wenn sie in ein dünnes Heft gepackt unter Leute gebracht werden, die kaum lesen können. — Sie legte größere Scheite nach, und als die gut anflammten, setzte sie den Topf darüber. Hafergrützsuppe würde es geben, die kam noch billiger als Mehlsuppe. Dafür, daß der Kurfürst wieder in diesem Land alle Macht bekam, würden die Bewohner dieses Landes, ohne danach gefragt zu werden, auch noch zahlen, weiterhin zahlen, mit den Teuerungen, mit Steuern für die französische Kriegsentschädigung, die Kontribution, bestimmt auch mit neuem Blut der Söhne in weiteren Kriegen — und kurfürstliche Gendarmen würden weiterhin jede Bosheit betreiben und das Recht immer auf ihrer Seite haben können. An diesem Punkt ihrer Einsicht mochte Ruth nicht mehr weiterdenken, denn sie sah für sich und den Leonhard und vielleicht das Kind, das sie haben würden, nur den Weg in ein anderes Land. Nach Paris gehen oder in die befreiten Kolonien in Amerika? Nun war sie hier an diesem Ort schon Fremde, fremd würde woanders auch ihr Mann sein; ihr Volk war überall als fremd angesehen in der Welt, und deshalb wurde es immer wieder angefeindet, angegriffen, geschändet und gemordet, weil es leichtfiel, Fremde einer Mehrheit als Schuldige an irgend etwas hinzustellen. Nein, hierbleiben mit ihrem Leo erschien ihr das noch erträglichere Übel.

Erst am Sonntag fand sich Zeit, daß die Eheleute alle Dinge der vergangenen Woche ausführlich beredeten.
»Leo, du bist um so viel weiter als ich in der Welt herumgekommen, hast mir Jahre an Erfahrung voraus, was meinst du, ist der Mensch nicht von Natur aus dazu geschaffen, friedlich sein Leben zu führen und Erwerb aus seiner Arbeit zu verzehren?«
Leonhard Schmied, verwirrt durch solch eine Anrede, will unwirsch antworten, er sei kein Buchgelehrter, aber dann meint er, er würde damit seine schöne junge Frau vielleicht verärgern, sinniert in sich hinein, bis ihm zu sagen einfällt: »Denen, die vom Militärarbeitshaus im Ort geblieben sind, geht es schlechter als uns, auch dem Johann Ertl und seinem Bruder, die bei einer Witwe eines Auer Färbers eine Unterkunft haben, geht es bei weitem nicht so gut wie uns hier.«
Unzufrieden über solche Antwort sah ihn Ruth an, daß er gleich weiterredete, erzählte von denen, die man Vaganten nannte, die herumzogen ohne festen Wohnsitz und bestimmte Ziele, die aufgegriffen wurden von Zeit zu Zeit, nach kurzer Haft weitergeschoben über die Grenzen bis ins nächste Gerichtsgebiet, bis zu dem Ort, den sie als den ihrer Geburt angaben, was doch so gar keinen Sinn habe, denn von dort seien sie doch weggegangen, weil er ihnen kein Auskommen geboten habe. Darauf angewiesen, in wilder Ehe zu leben, könnten sie Frau und Kind nur mit Bettelei, Diebstahl, Wilderei und ähnlich unehrlichem Tun mit dem Nötigsten versorgen, also Essen und Trinken und gelegentlich einem Gewand, wenn das alte in Fetzen gegangen war. Und ihren Kindern blühe wieder das gleiche Leben, die würden meistens schon von klein auf zu Diebereien an Märkten abgerichtet, und das Beste, was sie einmal werden könnten, sie Bettelmusikant.
Ob er sich auch für diese Ärmsten und überhaupt eine Änderung dieser Verhältnisse vorstellen könne, warf Ruth sanft ein. Solche, daß die unteren Stände nicht mehr der

willkürlichen Bosheit von Gendarmen ausgeliefert seien. »Wenn für alle Menschen dasselbe Gesetz gilt, gleich für alle, gleich für den Adel wie für die Handarbeiter, zünftige und nicht zünftige, für Geistliche wie für die Bauern. Dann!«

So begeistert und überzeugt war es Leonhard Schmied herausgefahren, daß seine Frau nichts mehr dagegen einwenden wollte. Sie erkundigte sich aber nach den erwähnten Ertls, bot so Leonhard einen willkommenen Anlaß, über den ›Amerikanerlakaien‹ und den ›Tambour von Hohenlinden‹ anschaulich und ausführlich zu erzählen. Viel war es nicht, was er über die erhört oder selber erfahren hatte, also verbreiterte er seinen Gesprächsstoff, indem er sich über frühere Zeiten verbreitete, zurück bis in die Tage, als im Fabrikhaus die türkischen Gefangenen ihre Zunft als Sesselträger gehabt hatten mit seinem Vorfahren als Vorsteher und Meister.

Schon so oft hatte er dieses Stück seiner Familiengeschichte zum besten gegeben, aber diesmal wurde ihm etwas dabei bewußt. Fette Jahre sollten es für den Vorfahren gewesen sein, hatte er selber zu sagen übernommen von Vater und Großvater — aber war dieser Vorfahr nicht so etwas wie ein Gendarm für die Kriegsgefangenen gewesen? Daß es fast hundert Jahre keiner von denen gemerkt hatte? Gedankenlos weitererzählt, verklärt, als ob es da wirklich eine gute Zeit gegeben hätte. »Was ist, warum hörst du so plötzlich auf?« fragte Ruth. Gern höre sie zu, wisse doch noch wenig aus ihrer nunmehrigen Heimat.

»Ach was, Heimat, das sind die Menschen, mit denen man in Nachbarschaft lebt. Und die besten Nachbarn hat man immer dann, wenn man von keinem von ihnen eine Hilfeleistung braucht, sagen die Leute allgemein.«

»Hoffen wir, daß friedlichere Zeiten kommen. Dann werden wir auch gute Nachbarn sein können, weil wir unseren Nachbarn nicht zur Last fallen. Ich hab mir das Strumpfwirken lernen lassen, damit ich mein Teil dazutun kann.

Wenn mir mein Vater noch Geld schickt, könntest du noch eine Stube anbauen, dann wird dafür Platz sein, sogar die Kinder deiner Schwester könnten dann mitarbeiten und Zuverdienst für die Familie schaffen.«
Wieder einmal war Leonhard überschwenglich zufrieden mit seiner Frau und dem praktischen Sinn, den sie neben ihren anderen Vorzügen besaß. Eine Weile noch beredeten sie ihre Hoffnungen auf die Zukunft miteinander. Vergaßen dabei, den Ofen zu schüren, aber das war nicht allein der Grund dafür, daß sie sich frühzeitig zum Nachtlager richteten. Daß sie sich gegenseitig Wärme verschafften von der Art, daß es keine angenehmere gibt zwischen einem Mann und einer Frau — niemand hat es später nachgerechnet, ob es dieser Abend war, an dem die Schmiedfamilie den Anfang zur nächsten Generation tat.
Auch der Gemeindeführer Fernbacher, gewesener kurfürstlicher Feldmedicus, meinte einen Anfang zu machen, erfolgversprechend für die ganze Au. Zur Weitergabe an die Auer Bäcker erhielt er die Bestätigung und Erlaubnis, daß die künftig weißes Brot backen und in München verkaufen dürften. Und schon zwei Tage danach, da zogen die Bäckerburschen mit Körben voll Ware, frisch gebackenem, in die kalte Januarmorgenluft appetitlich hineinwehend—duftendem Brot. Beim Auer Tor hinaus, beim Kaiserwirt vorbei und dem Haus des Gerichtsdieners Nußbaum, über die Brücke schaukelte das Brot in den Körben, so als hätte es niemand in der Au nötig. Aber Gemeindeführer Fernbacher sah dies als Anfang an. Bisher, meinte er, wäre die ganze Au der niedere Dienstbote der Hauptstadt gewesen, aber wenn man den Handel von hier nach dort hinüber ausweiten könnte auf alle Waren, würde man bald gleichberechtigt daneben stehen. Und wäre es nicht für das nachbarschaftliche Verhältnis von München und Au besser so, würde ein Aufschwung der Au nicht auch bedeuten, daß München an die Armen hier aus der gemeinsamen Armenkasse weniger Geld ausgeben müßte? Denn es war vorge-

kommen, daß die Auer Gemeindekasse in einem Jahr 4000 Gulden in diese Armenkasse gezahlt hatte, aber 14000 Gulden herausgezogen hatte.
Alle diese Spekulationen wurden nicht erfüllt. Waffenstillstand wurde geschlossen mit den Franzosen, da hatten noch nicht alle Verwundeten im Feldspital ihre teilweise schrecklichen Blessuren kuriert; auch ein französischer General verstarb, trotz hingebender wundärztlicher Betreuung, und erhielt auf dem südlichen Friedhof Münchens ein steinernes Monument. Die in der Au das Krankenlager nicht überstanden, kamen in die Grube auf dem Friedhof am Berg oben, den man wegen des ungewöhnlich großen Platzbedarfs für die Soldatengräber zu erweitern gedachte.
Als im Herbst des Jahres den Eheleuten Schmied ihr erster Sohn geboren wurde, hatte der Kurfürst bereits mit der französischen Republik seinen Vertrag geschlossen. Der Sohn wurde, mit Namen Peter, noch von einem Paulaner ins Kirchenbuch der Au eingetragen, doch den Mönchen des aufgelösten Klosters war schon angekündigt, daß sie nicht länger das Pfarramt der Vorstadt für sich beanspruchen könnten. Der kurfürstliche Administrationsrat der Kirchen und milden Stiftungen hatte angekündigt, daß für die Au fünf Priester durch den Staat angestellt würden. Es nützte ihnen nichts mehr, daß sie sich auf einen letzten Widerstand einrichteten, daß sie den Mesner ermunterten, im Pfarrhof seine Schneiderwerkstätte einzurichten, daß sie den Altar ihres Ordensstifters in die Pfarrkirche überführten, daß sie die besonders frommen Bauern des angrenzenden Dorfes Giesing für sich gewinnen konnten.
Durch seinen Minister Montgelas ließ der Kurfürst einen moderneren Staat gestalten, keine Republik, aber einen absoluten, durch Beamte regierten Staat, der weder kirchliche noch andere Nebengewalten zulassen konnte. Mit gewisser Schadenfreude durften die Auer Honoratioren beobachten, wie auch der Haupt- und Residenzstadt die Ge-

richtsbarkeit entzogen wurde. Daß der angebliche Jakobiner Utzschneider aus dem Staatsdienst entlassen worden war, beeindruckte sie hingegen gar nicht, denn was geschah dem schon, der eröffnete drüben über dem Fluß in der Isarvorstadt eine Manufaktur für Leder. Näher rückte er ihnen so, wurde möglicher Geschäftspartner, was er als Beamter kaum je hätte werden können. Handel, Geschäft, Geschäfte, so meinten die Gewerbeleute in München, in der Au, sie waren der endlich klar erstrahlende Leitstern dieses neuen, des neunzehnten Jahrhunderts, und dieser aufgeklärte Minister des Kurfürsten würde dies entscheidend fördern.

Achtzehntes Kapitel

Die Bauern vom Giesinger Berg schrieben die regnerischen Sommer und die Hochwasser auf der Isar frömmlerisch der Abschaffung der guten alten Kirchenbräuche, des Wetterläutens, Flurumgangs, und der Heiliggeisttauben-Erscheinung zu. Die Gewerbsleute und Taglöhner unten in der Au dachten realer, sie wußten, daß der Fluß wegen der aufgestauten Stellen zum Münchner Floßhafen bei Hochwasser über die Ufer trat und ihren Ort überschwemmte. In dem Jahr, als Leonhards Sohn in die neu eingeführte Elementarschule gehen mußte, traf die Au das erste schwere Hochwasser dieses Jahrhunderts, unvergeßlich hatte sich Peter Schmied eingeprägt, wie das Wasser vor dem Haus zu steigen begonnen hatte, dort in die unteren Stuben gelaufen war und wie sein Onkel Gregor in größter Hast allen Hausrat von dort über die Treppe herauf nach oben zu schaffen begann, wie seine um nur ein Jahr jüngere Schwester Nanette dem Onkel hatte helfen wollen und ausgeglitten, in den inzwischen zum lehmigen, reißenden Bach gewordenen Weg gefallen war, von den Eltern dann gerade noch rechtzeitig vor dem Untertauchen in der schmutzigen Flut gepackt und gerettet. Einige Wochen war die Nanette in der Folge krank gelegen, daß sie in dem nun kaltfeuchten Haus nicht mehr gesunden und aufkommen konnte. Als das Hochwasser in der Au sich verlaufen hatte, war einige Tage schulfrei gewesen, bis die Verheerungen halbwegs beseitigt waren, und Peter, zusammen mit anderen sachkundigen Vorstadtbuben, hatte sich umgesehen. In den vielen nur ebenerdigen Häuschen bargen die Bewohner ihre Habe, die sie gerettet hatten, indem sie sie auf Tische stellten und an der Decke mit Keilen zum Halten brachten. Wo welche es nicht getan hatten, war ihnen das Mobiliar in den Stuben herumgeschwommen und hatte da und dort Löcher in die dünnen Wände gerissen. Zum Fluß zu war auch viel Grund und Boden fortgeschwemmt worden. Aber nicht die beschädigten Häuser wurden als erstes wieder vollständig instand gesetzt, sondern der neue Landrichter, der von der Administration eingesetzte oberste und bestimmende Beamte, Herr Franz Xaver Steyrer, schickte den Gerichtsdiener, immer noch den Christof Nußbaum, aus, um Leute für den Scharwerk-Dienst für die Straßenreparatur zusammenzuholen. Jedes Viertel, sieben waren es, hatte nun einen Kommissär, und der wiederum bestimmte, wer mit Pickel und Schaufel ausgerüstet zu erscheinen, wer mit seinem Fuhrwerk Kies herzuschaffen hatte. Daß Landrichter Steyrer die Straßen so wichtig nahm, mochte daran liegen, daß er Marschkommissär gewesen war auf einer Station an der für den nunmehrigen Rheinbundstaat Bayern wichtigen Straße Salzburg—Wasserburg. Danach war er drei Jahre zum Landrichter in der oberländischen Marktstadt Miesbach ernannt, verheiratet mit einer Münchner Kaufmannstochter und seit dem 1806er Jahr nun hier in der Au, schon als königlicher Landrichter, denn zum Neujahrstag desselben Jahres hatte der Kurfürst sich zum bayerischen König erklärt. Und ein König, der als Entschädigung für abgetretenes Land am Rhein neue Gebiete in Tirol zu verteidigen hat, braucht Straßen, um die Geschütze und Munitionswagen schnell dort hinzufahren.

Dem Elementarschulbuben Schmied Peter war, unter Zuhilfenahme eines im Wasser saftig gehaltenen Weidenstekkens, bald eine weltliche Rangfolge beigebracht worden. Über dem Schulmeister und gewesenen Regimentstrompeter bei den pfälzischen Dragonern, beträchtlich über dem und fast ebenso erhaben über dem Gerichtsdiener Nußbaum war sich zu denken der Herr Landrichter, Kommandeur gleichzeitig des Auer Bürgermilitärs, das die kurzzeitig einmal sogenannte Nationalgarde III. Klasse wieder abgelöst hatte, zwei Füsilier- und eine Schützenkompanie.

»Was, du weißt nicht, Schmied-Peter, Lumpenhund, wer über allen hochwohlgeborenen und hochwohllöblichen Herrn königlich-bayerischen Staatsdienern seinen Stand hat? Nein, nicht der König, Hanswurst, trauriger, wie redest du denn von Seiner Allerhöchsten Majestät? Nein, die Majestät hat was anderes zu tun, als sich in solche immerhin noch Gewöhnlichkeiten zu mischen — sperr deine Luser auf, du grindiger Bachratz! Für dieses Geschäft hat die Majestät den Herrn Minister Exzellenz Maximilian Graf von Montgelas. Streck die rechte Hand her, die kriegst du, damit du es dir wenigstens bis zum nächsten Mal merken kannst, lausige Nachgeburt von Frettern!«

Als ob zwei sausend geführte Schläge mit dem Weidenstock sein, Peter Schmieds, Denkvermögen oder vielmehr Gedächtnis hätten stärken oder gar fördern können.

Trotzdem genügte die schmerzgestoßene Antwort dem Schulmeister dann doch. »Richtig, über den Exzellenzen steht erhaben die Majestät, ganz allein. Und über ihr«, Peter Schmied hatte mit seinen brennenden Fingern vor dem Schulmeister stehend die Falle erspürt, in die ihm leichtsinnig die ganze Knabenklasse denn auch gegangen war, außer ihm, der bollisch den Kopf geschüttelt hatte, »über Seiner Majestät Max Joseph?«

»Der Kaiser Napoleon!« Wie aus der Pistole, nein, aus der Kanone geschossen donnerte es aus vielleicht fünfzig Bubenmündern und brachte den Schulmeister nun richtig in Rage.
»Lumpengesindel, quarteltirolerisches! In Bayern, was anderes geht euch nichts an, Halbzigeunerpack! In Bayern steht über der Majestät niemand mehr, niemand, oder weiß einer vielleicht etwas?« Nein, keiner hatte sich noch was zu wissen getraut, damals. Auch in seinen Kopf war es eingegangen, daß die Majestät gütig war und gerecht und sich Gedanken machte für alle Untertanen und entschied, was für die gut, recht und billig war, daß er ihnen den Fortschritt verordnete, soviel die nur eben vertrugen — und ein solcher Fortschritt war demnach auch die Schule, die Peter Schmied ertragen mußte. Nicht in der Schule, dafür aber daheim aus leisen, besorgten Gesprächen hatte er es, daß Kaiser Napoleon doch höher stand als der Bayernkönig Max. Napoleon nämlich, hatte er sie sagen hören, der hatte dreißigtausend Männer aus dem Land verlangt, daß die mit ihm nach Rußland zogen, in hellblauen Uniformen und mit der Bärenfellraupe auf dem römisch geformten Helm aus Leder, gehärtetem Leder, wie es auch in der Au gefertigt wurde. Peter Schmied hatte von seinem Onkel Gregor auch welche geschnitzt bekommen, hölzerne Soldaten, mit blauer und roter Schrankfarbe eingekleidet, die Hosen weiß gekreidet, Helm und Stiefel mit Rußwichse geschwärzt. Fünf Gemeine und einen Unteroffizier mit angemaltem Schnurrbart im Gesicht, er verwahrte sie immer noch, obwohl er nun schon aus der Elementar- in die Feiertagsschule kam. — Auch noch in einer anderen Sache hatte Napoleon, nach der Meinung der Eltern, gezeigt, daß seine Macht überall hinreichte. Denn die englische Baumwolle war eines Tages nicht mehr hereingekommen ins Land, Baumwolle, die seine Mutter doch so dringend gebraucht hätte für das Wirken der teuren blauen Strümpfe, freilich, dafür hatte sie dann angefangen, die kratzige Wolle zu ver-

spinnen und aus denen Strümpfe gestrickt. Strümpfe, vom Anschauen her prächtig, sogar mit einem Muster, mit Zöpfchen und mit eingefärbten grünen Rändern, aber kratzig eben auch. Was aber noch schwerwiegender für den Hausstand war, bezahlt wurde für sie weniger.

Wegen der vielen Männer, die zur neu aufgestellten Armee — nach der verlorenen in Rußland — gezogen worden waren, hatte er mit den größeren Schulbuben frei, sollte mithelfen bei den Vorkehrungen gegen das Hochwasser der Isar. Leo, sein Vater, ein geringschätziges Gesicht hatte der darüber nur gezogen, aber ihn dann mitgenommen, um die Beschlächte des Endebachs zu beobachten, ob die dem Wasseransturm widerstanden. Am Morgen des 11. September war die Flut bedrohlich gestiegen gewesen, hatte die Au, wie vor sechs Jahren, in helle Aufregung versetzt. Aber anders als damals hielten diesmal die Verbauungen, die Fallen und Wehre wurden von den Müllern rechtzeitig geschlossen. Doch die ganze Nacht hindurch und weiter den folgenden Tag rissen die Wassermassen an den Ufern, ohne an Gewalt zu verlieren. Nun, den dritten Tag, saß Peter in Rufweite seines Vater schon gelassener auf Hochwasserwacht und hing den Tag über seinen Erinnerungen nach. Überschwemmt waren die Gassen schon, doch die Auer waren frühzeitig dabeigewesen, ihre Habe so gut als möglich zu sichern, dem Schmied-Häusel am Mühlbach zudem hatten sie mit Pfosten flußauf gerichtet zusätzlich einen Abweiser gegen eventuell sonst gegen die Mauern rammendes größeres Treibgut geschaffen. Nicht so glücklich schien es um das Haus des Kaiserwirts am Isarufer oberhalb der Steinbrücke nach München zu stehen.

Leonhard Schmied winkte seinen Sohn zu sich. Auch er schaute hinunter zum Kaiserwirtshaus, das an einem der vier Hausecken bereits einen Einbruch erlitten hatte, das Dach an der Stelle seiner Stütze beraubt bedenklich angeknickt erschien. Sie waren nicht die einzigen Zuschauer, drüben, aus dem Stadttor, kamen immer mehr Residenzstädter gelaufen, dort war nun Feierabend, nach einem gleichmäßigen Tagwerk wollte man sich eine Aufregung gönnen, eine, an der man selbst keinen unmittelbaren Anteil hatte, wollte sich mit leisem Grauen sagen können: Wie gut, daß so eine Wassernot nicht über München kommen kann — und die armen Leute dort, denen der Fluß das Haus zusammenkrachen läßt. Trockenen Fußes standen die Gaffer auf der festen Steinbrücke, die über fünfzig Jahre unverrückt den zornig-strudelnden grünen Wassern getrotzt hatte. Ja, mühelos getrotzt, steingemauert, wie sie war in acht gewaltigen Bögen, unter denen bei normalem Wasserstand die Flöße durchschlüpfen konnten, zehn Stämme breit und jeder Stamm von dem Umfang, daß ihn ein ausgewachsener Mann gerade noch mit den Armen umspannen konnte. Oder, anders gerechnet, jeder der Brückenbogen, nur ein Bogen ohne die Steinmetzenarbeit der Pfeiler, hätte die Mauern für mindestens drei Auer Häuser abgeben können. Was, drei — fünf würde man aus einer solchen Menge Ziegelsteinen hingestellt haben, fünf mal vier Außenwände und mit hohen Giebeln, unter denen jeweils auch noch eine Familie Unterkunft gefunden hätte. Mühelos trug so eine Brücke auf ihrem Rücken die drei-, vierhundert Menschlein, die zusehen wollten mit leichtem Gruseln, wie die Flut das Wirtshaus meuchelte, Stück um Stück.

»Bub, für uns wird es Zeit, daß wir auf sicheren Boden kommen, wenn jetzt Beschlächte irgendwo brechen, können wir nichts dazutun, als sinnlos dabeistehen und blöde Augen machen wie die.« Die auf der Brücke. Da übertönte das tobende Rauschen ein ungeheueres Gekrach. Hinsehend fehlten dem Schmied Peter da drei Bogen, die eben noch dort gestanden hatten, drei Bogen und die Menge der Menschen, die dort gestanden hatten. Die auf der restlichen Brücke fuchtelten, wimmelten. Ihre Klagerufe, ihr Jammern um vielleicht in die Flut gestürzte Angehörige

drang nicht bis zu den Schmieds, der elementare Wellenschlag war auf die Entfernung wie ein akustisches Leichentuch.
»Komm, vielleicht ist welchen noch zu helfen!«
Bis Leonhard mit seinem Sohn hinkam, hatten andere bereits getan, was zu tun übriggeblieben war. Hatten vom Zimmermeisterplatz lange Stangen geholt und waren den im Fluß treibenden Leibern am Ufer abwärts nachgelaufen, hatten zuerst die herausgezogen, die danach zu greifen imstande gewesen waren, dann die, deren leblose Körper man aufreihen mußte bei der Gasteig-Kirche, denen hier ein vorläufiges, nein, schon endgültiges, nur erstes Totengeläut gebimmelt wurde. Peter Schmied durfte sie sich nicht näher besehen, bedauerte dies und beneidete die Auer Waisenhauskinder, die man zu den Wasseropfern führte, daß sie denen Totenwache halten und Gebete sprechen sollten. Tod, Gegenteil von Leben, an ihm mußte doch auch etwas zu sehen sein, etwas Besonderes, das Aufschluß gab, Tod, wie man ihn beispielsweise für die Nanette damals so gefürchtet hatte und die dann doch lebend geblieben war. Bei so vielen Toten, Ertrunkenen oder von stürzenden Trümmern Erschlagenen, mußte doch etwas zu sehen sein über den besonderen Stoff Leben, den die gerade hatten hergeben müssen.
Einhundertvier Tote, sagten die Leute in den folgenden Tagen einander, habe es gegeben beim Brückeneinsturz. Sie redeten von diesen hundertvier mehr als von den dreißigtausend Erschossenen, Erfrorenen, aber auch in Flüssen, eisigen Winterflüssen Rußlands Ertrunkenen. Nicht einmal von denen wurde viel geredet, die deswegen nun auch in der Au abgingen bei der Arbeit, Söhne, Brüder, wie der Bruder des ›Amerikanerlakaien‹.
Peter, Peter Ertl, der ›Tambour von Hohenlinden‹, nach dem er seinen Vornamen bekommen hatte, war einige Jahre in der Werkstatt des Fabrikanten Wahle gewesen, in der lang hingestreckten Werkstätte am Mühlbach, bis er

wieder in eine Uniform gesteckt worden war, in die bayerische. Rußland, hatte man gehört, habe er überstanden, aber er war nicht heimgekehrt, sondern Unteroffizier geworden und gleich bei der wieder aufgefüllten, neuen Armee geblieben, die nun irgendwo im Norden, in Preußen oder wo, stand. Peter Schmied durfte seine Stelle beim Möbelschreiner Wahle, dem Fabrikanten Wahle, einnehmen, im Herbst nach dem Hochwasser, denn rar waren ausgewachsene Männerhände überall geworden, da begnügte man sich auch mit unfertigen Burschenhänden zum Zulangen. Die des Schmied Peter wurden rasch kunstfertig gemacht vom Meister Wahle, der hielt Peter immer in seiner Nähe, um ihm jederzeit sinnvolle Anweisungen geben zu können. Raspeln, Schleifen, Polieren, das Holz sei ein besonderer Stoff, lernte Peter, ein Stoff mit Leben, auf das einer besonderen Glanz bringen nur könne, wenn er es richtig ertaste, erfühle in der feinen Maserung der Jahresringe seines Wachsens. »Die Wahle-Leute sind Künstler«, lobten manche Kunden, aber nicht, um entsprechende Preise zu zahlen, sondern um mit solch dosierter Schmeichelei, von der sie wußten, daß Wahle dafür empfänglich war, einen Preisnachlaß herauszuschlagen. — Geschurigelt wurde Peter bei Wahle nicht, ein Mensch müsse seinen aufrechten Gang behalten, meinte sein Meister, sonst könne er die Arbeit nicht in vollendeter Qualität ausführen. Statt dessen war die Schüssel am Lehrlings- und Gesellentisch oft nur halbvoll, und das hieß, daß er das schnelle Zulangen auch beim Essen lernte, um nicht zu kurz zu kommen. Zulangen beim Kassieren also, beim Nehmen eines gerechten Lohns für eine gute Arbeit, das konnte er bei seinem Meister nicht.

Aber bemerkenswert für einen Meister und Prinzipal seiner Zeit war Wahle noch in anderer Hinsicht, er, dem man republikanische Neigungen aus früheren Jahren nachsagte, von denen er noch nicht vollständig abgelassen hatte, er hockte in den Arbeitspausen mit seinen Leuten auf der Hobelbank und beredete Dinge, die mit dem Handwerk nur entfernt zu tun hatten. Meister Wahles Werktagspredigt nannten so einen Monolog seine Gesellen, nicht ohne Respekt, da alles, was er zu sagen hatte, so wohlüberlegt war, daß kaum einmal einem etwas einfiel, das hinzuzufügen Sinn gehabt hätte.

»Unsereins rackert, daß er die Abgaben leisten kann. Nicht möcht ich sagen, daß es so nicht seine höhere Ordnung hätte. Aber daß sie uns den Ertl weggeholt haben, daß er uns diese Ordnung, unser groß gewordenes Bayern verteidigt, das ist schon das Überlegen wert. Denn, sag ich euch, der Ertl hat bei mir gelernt, wie man einen feinen, einen seidigen Glanz auf Birnbaumholz bringt, fein, sag ich euch, feiner bring ich ihn selber nicht drauf. Wie aber wird er das noch können, wenn ihm der Russenwinter die Hände abgefroren hat? Nicht mehr, wollt ihr sagen, und ihr habt recht damit. Nun, der moskowitische Winter hat seine Hände in Ruhe gelassen, wie zu erfahren war, aber statt ihn heimzulassen, zu unserem feinen Holz, das auf seine Hände wartet, da schicken sie ihn im blauen Rock unseres Herrn Königs vor Würzburg, damit er diese Stadt dem Kaiser Napoleon wegnehmen hilft, dem Napoleon, der nun nicht mehr unser allerhöchster Freund sein darf, seit es einen Vertrag gibt mit dem österreichischen Kaiser, der bisher unser allerhöchster Feind gewesen ist, wie man uns gesagt hat. Und wie der Ertl Peter hat Würzburg mitgenommen gehabt, da schicken unsere Verbündeten ihn gleich weiter nach Hanau am Main, damit er dem abrückenden Franzosenkaiser den Weg verlegt und nicht weiter westwärts ziehen läßt — und sein Frankreich ist westwärts, müßt ihr euch denken. Eine höhere Ordnung ist das, ich hab es schon erwähnt, die sogar die Himmelsrichtungen verdreht, unsereiner kann das nicht so überschauen. Ihr Milchgesichter habt es natürlich nicht in euren Köpfen, was die Franzosen angewandelt hat, daß sie so weit ostwärts gezogen sind bis zu uns, daß sogar einmal bei uns in der Au ein Freiheitsbaum gestanden hat, eine knappe Stunde lang. Aber weil sie sich so weit außerhalb ihrer Grenzen herumgetrieben haben, diese Freiheitsschwärmer mit dem Gewehr auf dem Buckel, haben andere indessen eine andere, eine Handels-, eine Zollfreiheit daraus gemacht und eine Freiheit für einen neuen Kaiser . . . aber das wollte ich gar nicht sagen, sondern vom Ertl.« Meister Wahle zog unter seiner grünen, leimverschmierten Schürze ein Papier hervor, das er dann umständlich glattstrich, es herumzeigte in die Runde.

»Schreiben läßt er uns, weil er es selber nicht kann, aus Arcis-sur-Aube — weiß Gott, wo das wieder ist, ich war noch nicht dort und will auch nicht hin —, daß es bei ihm jetzt ans Heimkommen geht. Schreiben hat der Ertl noch nie können, hat immer nur Hände fürs Holz gehabt, damit wird es nicht zusammenhängen, daß ein anderer für ihn den Brief zusammengekritzelt hat, aber er läßt uns wissen, daß sie Gloria, Viktoria, dort wieder einmal eine Schlacht ausgetragen haben, siegreich freilich, aber er hat dafür mit einem Leibschaden gezahlt, und nur deswegen lassen sie ihn heim. Seinen Händen, wie gesagt, hat es scheint's nicht geschadet, sonst möchte er nicht angefragt haben, ob bei uns noch sein Platz frei ist. Aber weiter fehlen muß es ihm schon, sonst würde ihn der General Wrede nicht hergeben. Den Wrede wiederum brauchten der Minister Montgelas und der König Max, den Wrede und seine kopfstarke Armee, damit sie beim Verhandeln stark auftreten können und möglichst viel von dem Bayern bleibt, was in den letzten Jahren dazugekommen ist. Das ist nun wieder die höhere Ordnung — und jetzt hol die Kartoffelsuppe vom Leimofen, ich denk, die ist inzwischen warm geworden. Schmied-Peter, dich mein ich, die Suppe hol und schau nicht drein wie ein Professor, die höhere Ordnung ist für dich und deinesgleichen eben immer noch die Suppe zum Auslöffeln!«

Peter Schmieds Namenspate ließ mit dem Heimkommen bis in den Sommer hinein auf sich warten. Inzwischen war zwischen dem bayerischen und dem österreichischen Minister, zwischen Kaiser Franz und König Max in Paris mit einem Vertrag eine neue, höhere Ordnung angerichtet worden, dergestalt, daß in Tirol und Vorarlberg an den Amtshäusern wieder der Doppeladler auf goldgelbem Schild angebracht wurde, dafür das Wappen mit den weißblauen Wecken und den Löwen in Würzburg und Aschaffenburg zum offiziellen Staatsemblem wurde. Peter Ertl brachte ein steifes rechtes Knie mit und immerhin 32 Gulden und 8 Kreuzer, gesparte und restliche Löhnung, auch seinen reichlich mitgenommenen, verschossenen blauen Rock mit den Feldwebeltressen am Ärmel durfte er behalten, dazu eine Lagermütze.
Als er hinkend durch das Tor in den Werkstatthof schritt, aufrecht, beinahe stramm, soweit es mit einem nachzuschleppenden Bein möglich ist, da rief Meister Wahle, obwohl keine Pausenzeit anstand, alle seine Leute zusammen, und der Schmied-Peter glaubte, es gäbe nun einen festlichen Empfang für den Heimkehrer. Meister Wahle ging ihm nicht entgegen, saß vielmehr auf die Hobelbank auf, seinen angestammten Platz in der Mitte der übrigen Werkstattbelegschaft. Durch die sägmehlverstaubte Scheibe der Tür beobachteten sie alle, wie der Ertl nun zögerte, unschlüssig nach der Klinke griff, die erst nach einer Minute, da aber mit Schwung öffnete.
»Grüß euch, da wäre ich!«
»Grüß dich, Geselle, von wegen des Handwerks!«
Wie einen wandernden Handwerksburschen redete Meister Wahle ihn an, förmlich — und bei der Gelegenheit des Briefes vor Monaten hatte er noch Lobsprüche auf ihn gewußt, wie auf einen seiner eigenen Söhne! Verwirrt sahen alle drein, die Zeugen dieses Auftritts waren, außer dem Meister Wahle und dem Ertl Peter, die sich gegenseitig musterten und jeder an dem anderen suchte nach einem

Zeichen früherer Vertrautheit. Ja, Mißtrauen zeichnete sich auf beiden Gesichtern ab, mengte sich in das forschende Starren, bis es ganz überwog. Wahle schließlich brach wieder das Schweigen zwischen ihnen, begann einen seiner Monologe:

»Man kann es dir nicht verübeln, daß dir der Vorspruch beim Eintritt in ein Meisterhaus nicht mehr geläufig ist, nein, das muß man dir und deinem Kopf verzeihen. Denn der Kopf, was hat der nicht alles aufnehmen müssen, wie sich denken läßt. Parolen, Kommandos, Reglements, was weiß unsereiner, was noch alles. Ja, sehen kann man es, was da für einer kommt, die Tressen an seinem Ärmel sagen einem, daß er einer von den Tüchtigen war, einer, der mit dem Kopf immer ganz dabei war. Denn ein anderer, der sich nicht ganz in die Ordnung hineinfindet, die von dem General Wrede, dem Herrn Kronprinzen, dem geben sie keine solchen Tressen, denk ich für mich. Und daß da einer für so einen Handwerksvorspruch in seinem Kopf keinen Platz mehr behalten hat, übelnehmen darf man so einem Tüchtigen das nicht. Aber weiß man, ob so einer noch behalten hat, wie die Maserung von einem Kirschbaum läuft und wie die von einer Zirbelkiefer und gar die von einem Ahornbaum, weiß man das? Und wird man ihn fragen dürfen, wo das Fragen nicht gerade zu den militärischen Tugenden zählt, weil Fragen die höhere Ordnung nur stören? Was sag ich da schon wieder, die höheren Herrschaften stören die Fragen, weil die den Kopf voll haben müssen mit der höheren Ordnung, nach der ihnen der ganze Sinn stehen muß, unentwegt. Und so eine Tresserei am Ärmel, muß man sich fragen, macht die aus einem Menschen nicht schon etwas Höheres, daß er solche Gewöhnlichkeiten, wie zum Beispiel gut streichbaren Knochenleim, nicht mehr im Kopf haben kann? So ein Handwerksspruch, so wichtig genommen werden braucht er auch nicht mehr, weil die Zünfte auch nicht mehr so gewichtig sind und die Gewerbsfreiheiten von weiter oben bestimmt werden, aber beim Leim und beim Holz und beim Lack und der Politur muß sich einer auskennen. Und mit dem Werkzeug soll einer noch umgehen können. Hand und Kopf braucht man dazu, sag ich doch immer, Hand und Kopf an einem Leib beisammen. Auf gelenkige Beine zum Herumspringen kann man notfalls verzichten, denn eine Möbelwerkstatt ist kein Tanzboden.«

Peter Schmied hatte aufmerksam zugehört, jedes Wort, mal mit Erschrecken, dann, zum Schluß zu, mit Freude von den Lippen des Meisters weg verfolgt, nun, da dieser Redestrom abbrach, erwartete er von dem Namenspaten eine gemessene Antwort. Feuchtete der mit der Zungenspitze die Lippen, öffnete er den Mund unter dem buschigen Schnurrbart? Lautlos blieb es, vielleicht war es eine Verwünschung, ein soldatischer Fluch gewesen, den er unter der Tarnung seiner Barthaare herausgelassen hatte, stumm trotzdem wie er es erlernt gegenüber Vorgesetzten?

Wahle räusperte sich, einmal, ein weiteres Mal. Kommandierte, überraschend und Verwirrung stiftend bei seinen Leuten: »Antreten in Linie!«

So was war noch nie vorgekommen in der Wahle-Werkstatt. Aber unter dem streng fordernden Blick des Meisters formierten sie sich zu so etwas wie einer halbwegs durchgehenden Reihe.

»Linie, habt ihr nicht gehört? Mit so einem Haufen wird der Herr Feldwebel nicht zufrieden sein können, und gerade steht mir, gerade, aufrecht!«

Wie ein Delinquent vor dem Erschießungspeloton stand angewurzelt der Ertl, und wie ein Treffer schlug es scheinbar bei ihm ein, und nach einem weiteren Moment, daß ihn ein Zittern durchlief. Ein Protest fuhr aus ihm, empört, zornlautig:

»Wahle, verdient hab ich was anderes, als daß ihr alle zusammen euren Spott an mir auslaßt! Bin ich vielleicht gern weggegangen oder gezwungen und daß andere dableiben haben können? Und meinst du, ich hab mir nur die Lagerhuren und die Schlachtfelder angesehen, unterwegs, traust mir nicht zu, daß ich auch einen und mehrere Blicke auf das Schreinergewerb geworfen hab? Und ich hab, weiß Gott!«

Nach des Ertl Peters Ausbruch vergingen etliche Atemzüge, dann wies der Meister Wahle an, daß es wieder an die Arbeit ginge. Den Heimgekehrten aber faßte er mit vertraulicher Geste am Arm.

»Komm mit hinüber!«

An den Werkstattfenstern hingen alle, statt wie angeschafft an ihren Plätzen weiterzuwerkeln. Der Wahle merkte es nicht, der führte den Ertl über den Hof ins Wohnhaus, dort in die Stube, wie die gespannt Beobachtenden am Aufflammen eines Pfeifenfidibus registrierten; sie rauchten also miteinander, ein gutes oder ein schlechtes Zeichen für den Ertl?

Die nachfolgenden Tage tappten die Wahle-Leute weiter im Nebel von unbestimmbaren Vermutungen. Zwar kam der Ertl nicht in die Werkstatt, dafür aber verschwand der Meister gegen seine sonstige Gewohnheiten mehrfach und für viertelte und halbe Tage ins Haus hinüber, und bald waren sie innegeworden, daß dort umständliche Gespräche mit dem heimgekehrten Lehrburschen stattfanden. Auch zu Einkäufen fuhren sie zusammen weg, beispielsweise kamen sie dann zurück mit einer Ladung Hartholz, daß das eine und einzige Wahle-Pferd nur mühsam den Leiterwagen ziehen konnte. Als Wahle anordnete, nach zwei Wochen solchermaßen geheimnisvoll verlaufender Vorbereitungen, daß ein regelmäßig quadratisches Loch in die Werkstattwand gebrochen werden solle, bachseits, wurde allen klar, daß die Kraft des Wassers über ein Wasserrad genutzt werden solle. Durch die größere Gewerbsfreiheit, vermuteten sie, würde Wahle künftig Stämme von den Flößen ganz kaufen und Bretter und Laden selbst herausschneiden. Eines Vormittags gar kam der Herr Utzschneider, inzwischen Prinzipal des optisch-mechanischen

Instituts geworden und mit Ruf und Ansehen, wenn es sich um moderne, neue Einrichtungen drehte, kam der also auf den Wahle-Werkstatthof, besah sich so einiges und beredete dann mit Wahle und Ertl eine längere Zeit, bald eine Stunde. Was beraten wurde, gab Anlaß zu neuen, weitgehenden Vermutungen der Gesellen und Lehrbuben.
Genaueres erfuhr dann als erster Peter Schmied, und zwar nach Feierabend. Da war der ›Tambour von Hohenlinden‹ im Schmied-Häusel zu Gast, und zu diesem Anlaß gab es Bratäpfel und Nüsse. Schon deswegen lohnte sich für den Schmied Peter das längere Aufbleiben, aber zu hören gab's da so manches, das machte ihm noch mehr Lust, Augen und Ohren offenzuhalten und den Schlaf fernzuhalten. Zunächst einmal von den ausgedehnten Märschen und Kriegszügen an der Seite der Armeen des Kaiser Napoleon, dann schließlich gegen den und mit den Verbündeten bis weit nach Frankreich hinein. Aufregend konnte der Ertl alles darstellen und anschaulich, seine Berichte nahmen streckenweise pantomimische Formen an, auch veränderte er seine Stimmlage, um Dialoge nachzuspielen, die er geführt hatte mit Preußen, gefangenen Russen, mit französischen Marschkommissären, dann mit siegreich vorwärts schwärmenden Kosaken . . .
» . . . dann lagen wir bei Elsässern im Quartier. Für eine Mühle hab ich das Haus gehalten, eine Wassermühle. Aber es war nicht Mehl, was da ausgemalen wurde, sondern eine Steinmühle, eine Schleiferei. Und mit sinnvollen Mechaniken wurde da gearbeitet, mit Vorrichtungen, die den Menschen dort viel an Kraft erspart haben. Sag ich: Meister, das mit der Welle vom Mühlrad versteh ich, aber sag, was hat es mit den Lederriemen überall auf sich, mit den Zahnrädern, wie geht so was zu bedienen? Er drauf, redet fast wie ein Schwabe, daß ich Mühe hab, ihn zu verstehen: So und so ist das und schau daher, mit dem und jenem Hebel rührt sich das und dies. Da haben die Maschinen auch für mich einen Sinn bekommen, und gar, wie er

mir gezeigt hat, daß ein Mann allein mit einer Steinfräse langsam und maßgenau eine zolldicke Schiefertafel zuschneiden kann, hab ich an die Schreinerei gedacht. Wie ich zurück und zum Wahle gekommen bin, hab ich es ihm berichtet, und der hat erst gezweifelt. Aber wie er es von mir hat näher erklärt bekommen und wie auch der gelehrte Herr Utzschneider später auch noch bestätigt hat, daß man solche Maschinen bauen kann und es nützlich sein kann, hat es ihn ergriffen. Beim Bankier Nocker und beim Bankier Seeligmann, dem, der jetzt sich Baron von Eichthal nennen darf, da hat der Wahle um ein Darlehen nachgesucht. Denn, sagt der Wahle, wenn wir künftig mit solchen Maschinen in der Werkstatt arbeiten, werden wir in derselben Zeit wie bisher mehr schaffen, da werden die Möbel und was sonst von den Kunden verlangt wird, schneller fertig sein und deshalb auch weniger kosten. Und, wenn das so angeht, werden alle ihren Nutzen von den Maschinen haben. In vier oder fünf Wochen schon, da werden beim Wahle die wassergetriebenen Sägen laufen, eine Bohrmaschine und eine Drechselbank.«
Stolz über sein Wissen verbreitete Peter Schmied diese Nachrichten anderntags flüsternd unter den übrigen Wahle-Leuten. Nicht einmal den eigenen Söhnen hatte es der Meister schon verraten, was sich demnächst am Auer Mühlbach tun würde, aber er, der Lehrbub, war nun ein Eingeweihter, er konnte Wissen weiterreichen. Und freuen insgeheim konnte er sich, daß demnächst ein Ende sein würde mit dem Schwielen an der Hand verursachenden Bohrerdrehen, dem mühseligen Glätten und Raspeln, die Wasserkraft, die Maschinen! Sie würden es ihm abnehmen, ihm und den anderen.
Nicht alle waren dieser Meinung.
»Wenn wir so schnell mit einer Arbeit fertig werden, woher soll dann die nächste kommen, wer soll uns immer wieder was zu tun bringen?«
Der solche Einwände brachte, ein Alter, ein schon etwas

hinfällig wirkender, dafür aber sachkundiger und erfahrener Geselle, fand bei den übrigen damit keinen Anklang. Doch das Geraune um die Neuerungen fand kein Ende, solange, bis es auch der Meister merken mußte, zunächst seine beiden Söhne herausholte, die mit dringlichen Fragen nach solcher Unruhe bedrängte, denen aber nicht ausreichend Antworten herausbrachte. Unwillig dann sich herbeiließ, einen seiner üblichen Monologe seinen Leuten als eine Art Ansprache zu halten.

»Wie ich so jung war, wie die meisten von euch jetzt sind und auch noch eine längere Zeit danach, gedacht hab ich mir da, daß jedermann bei allen Sachen, bei allen Dingen mitreden müßte, ob einer etwas davon versteht oder nicht, einfach mitreden. Das war, vor sie in Frankreich den Napoleon zum Konsul gemacht und damit die Stufen gebaut, daß er sich zum Kaiser hat selber erheben können. Vorbei sag ich, Gott sei Dank! Damit ist nicht gesagt, daß mit diesen ganzen Geschichten nicht auch Vorteil herausgekommen ist, aber darüber wollen wir uns jetzt nicht verbreitern. Bei uns im Land sind solche Neuerungen vom König und seinem Minister erdacht und überlegt worden, das war deren Geschäft, denn unsereins hat zu schaffen gehabt, um über die nicht immer leichten Zeiten zu kommen. Der Minister wieder, der hat die Zeit gehabt, sich geeignete Leute zu suchen, die den Kopf danach gehabt haben, daß er ihnen das Einführen der Neuerungen übertragen hat können. So wie unserem Landrichter Steyrer, durch den wir nun eine Straßenbeleuchtung bekommen haben, Gehsteige in den Straßen. Auch Obstbäume haben wir entlang unserer Hauptstraßen in der Au bekommen auf seine Anordnung hin. Hat er die etwa selber gepflanzt? Nein, den Schullehrer Gossenhofer hat er dafür gefunden, weil der Verstand für Obstbäume hat. Und der lehrte den Knaben in der Elementarschule, wie es vor sich geht, wenn eine Obstbaumallee einen Nutzen bringen soll. — So, und jetzt zu den anstehenden Neuerungen in unserer Werkstatt:

Wie der König Max für das ganze Land, so hab ich zu denken für die ganze Werkstatt, ich bin also hier der König, hab den Kopf dafür und benütze ihn dazu, auch für euch mitzudenken, zu eurem Vorteil. Wenn ich einen zum Mitdenken brauchen sollte, laß ich es den Betreffenden schon wissen. Wie der Montgelas den Steyrer und der den Gossenhofer!

Wo ihr mich nun so schafsköpfig anschaut, seh ich, daß ich recht hab. Damit ihr es aber recht versteht, will ich's euch noch deutlicher bringen, sonst haltet ihr mich am Ende noch für einen Hanswursten vom Schweigertheater. Also, erkannt hab ich, daß der Ertl Peter etliches in seinem Kopf hat, was uns allen Nutzen bringt, nämlich Maschinen und Vorrichtungen, daß bei uns mehr gefertigt werden kann. Mehr in derselben Zeit, deswegen auch billiger. Billigere Sachen werden von mehr Leuten gekauft werden können, eure Arbeit ist also sicherer wie bisher, ja, unsere Suppenschüsseln werden beständig voll sein — und das ist es doch, was euch, wo ich euch doch kenne als solche, die mit dem Bauch denken, am allermeisten interessiert. Wenn ihr was wissen wollt, was drüber hinausgeht, braucht ihr nur mich, den, der euch die Schüsseln füllt, zu fragen.«

Schon wenige Tage später wurden die vollen Schüsseln bedroht. Der August dieses Jahres sah sich an wie ein vorverlegter Herbst, in den Bergen war tiefer Neuschnee zu liegen gekommen, als es dann aber zu regnen begann und nicht aufhören wollte damit, da schwoll, wie im Jahr zuvor, die Isar an. Wieder mußte der Landrichter Steyrer von den benachbarten Dörfern dringlich Fuhren mit Kies und Rauhholz anfordern, um die Uferabdämmung verstärken zu lassen. Trotzdem blieb auch diesmal ein Hochwasserschaden nicht aus, ein zum Schutz des oberen Endes der Isarinsel hergestelltes Holzbauwerk riß der Fluß weg und trieb es gegen die anstelle der eingestürzten Joche errichtete Notbrücke. Bevor die einstürzen konnte, zersägten zwei Zimmerleute aus der Au die Stämme, die dann mit

der Floßzugmaschine weggezerrt werden konnten. Und Steyrer wieder war es, der auf ein Bittgesuch hin vom König zweitausend Gulden aus der Kabinettskasse zur Verteilung unter die vom Hochwasser Geschädigten erhielt.
Knietief war auch auf dem Werkstatthof von Wahle das Wasser gestanden. Ein Teil der dort liegenden, für den Einbau vorbereiteten neuen Gerätschaften mußte in wochenlanger Kleinarbeit ausgebessert werden, aber Meister Wahle mochte nicht um ein Schadensgeld nachsuchen. ›Bürgersinn‹, sagte er, müsse man in solch schweren Zeiten haben, aufschauen solle man vielmehr zum König Max, der nun Tirol und Vorarlberg und das bayerische Innviertel habe hergeben müssen und doch nicht klage, sondern sogar noch für seine in Not geratenen Bürger hochherzige Stiftungen, wie diese nun, hergebe — er, Wahle, er würde sich für einen Schuft halten, wenn er sich daran bereichere. Peter Schmied mußte deshalb öfter in dieser Zeit heim zum Vater gehen, um eine Zukost, weil er an der Schüssel seines Meisters nicht satt geworden war.
Aber Wahle trieb seinen ›Bürgersinn‹ noch weiter. — Für die abgetretenen Gebiete war das Königreich Bayern, war König Max mit anderem, mit Würzburg und Aschaffenburg, entschädigt worden. Das Schloß in Aschaffenburg sollte nun neues Mobiliar erhalten, und Wahle war auf Empfehlung des Landrichters Steyrer ausersehen, Teile dieses Auftrags liefern zu dürfen. Auch mit den neuen, noch unerprobten Maschinen, war abzusehen, würde diese Arbeit sich über vier oder sogar fünf Jahre erstrecken und viel ausgewähltes und deswegen teures Material erfordern. Und weil Meister Wahle, Bürger Wahle nicht den ersten Bürger seines Landes, den König Max, wegen eines größeren Vorschusses bedrängen wollte, wo er nun schon die Ehre hatte, Hof- und Staatslieferant geworden zu sein, so blieb ihm nur ein anderer Weg. Seinen besten Sonntagsstaat mußte er anlegen und in die Haupt- und Residenzstadt hinüber zum Bankier Baron von Eichthal. In den fol-

genden Monaten brauchte er dann seine ganze Beredsamkeit, um seine Gesellen beisammenzuhalten, die auf ihren Lohn warten mußten, weil ein Großteil der Einnahmen des Handwerksbetriebs als fälliger Zins für die Darlehen abging.

»Leute, wenn jeder nur von zwölf Uhr bis Mittag denken würde, vom Löffel bis in den Mund, wo kämen wir da hin? Wo gäbe es da einen Fortschritt? Wenn einer was erreichen will, wenn einer ein höheres Ziel hat, was den Menschen bekanntlich vom Vieh unterscheidet, dann muß er eben auch mal für etliche Brottage zurückstecken können, muß ein Opfer bringen . . .«

Das eineinhalb Mann hohe Wasserrad im Mühlbach trieb mit seiner Achse die armdicke Welle inmitten der Werkstatt. Surrend im Leerlauf und knarrend, wenn sie zur Übertragung der Kraft straff eingehängt waren, erfüllten die ledernen Transmissionsriemen den weitläufigen Raum mit stetem Geräusch von gesteigerter Geschäftigkeit. Anfänglich war der eine oder andere einmal an so einen Treibriemen gekommen. Auch Peter war so ein Ungeschick widerfahren, glutheiß hatte ihm die Kante sekundenschnell einen Streifen Hemd, Haut und Fleisch von der Schulter gefressen. Schon hatten sich die Wahle-Gesellen an solche Unfälle gewöhnt, so daß Peters gellender Schmerzschrei von ihnen mit gelassenem Handeln beantwortet wurde. Die von dem Leder zackig gerissene Wunde wurde reihum begutachtet und mit anderen, früheren Verletzungen anderer Handwerker verglichen; gelobt wurde der mit schmerzverzerrtem Gesicht am Boden hockende Lehrbub.

»Beiß die Zähne zusammen, so ist es recht.«

Einer sprang ihm dann, nachdem er seine Hände an seiner Hose abgeklopft hatte, mit seinen geschickten Schreinerhänden bei, preßte die blutigen Wundränder zusammen, verlangte, daß man ihm Salz zum Aufstreuen bringe. Vom ohnehin zerrissenen Hemd Peters trennte ein anderer ein paar Streifen für einen Verband ab. Und der hinzugeeilte

Meister schluckte seinen Tadel wegen blutbespritzten Birnbaumholzes, der ihm auf der Zunge lag, hinunter, ja, er beurlaubte ihn auch noch, sagte, er möge erst wiederkommen, wenn die Schulter heil sei, und zudem drückte er ihm einige Kreuzer als Trostpflaster in die Hand.

Am Abend kam der ›Tambour von Hohenlinden‹ ins Schmied-Häusel, doch der im Wundfieber dahindämmernde Bub bekam davon nicht viel mit. Dafür beredeten sich Leonhard und der Ertl miteinander, wie man etwas für den Verunglückten tun könne.
Sechsunddreißig Kreuzer, sechsunddreißig, man bedenke, müßten aufgebracht werden, wenn er den Sohn in das München und der Au gemeinsame Krankenhaus bringen würde, und das nur für einen Tag. Wieviel ein Doktor verlangte, wenn er zu Hause bei dem Kranken nachsähe, möge er sich gar nicht ausdenken, klagte Leonhard. Er selber habe es bisher auch immer vermieden, wegen seiner ständigen Gicht in den Fingern einen studierten Mediziner aufzusuchen, wenn es auch in vielen Haushalten der Au knapper, notiger zuginge als bei ihm, so müsse er doch mit jedem Gulden und jedem Kreuzer knapp rechnen. Wohl ginge es neuerdings wieder leichter um mit dem Geld, seit wieder Baumwollgarn hereinkäme für Ruth zum Strumpfwirken — aber wie gesagt, umgehen täte es nicht mehr.
Was sollte dazu der Ertl sagen? Nun, daß es dem Wahle kaum besser um seinen Haushalt stünde, aber daß Aussicht bestehe auf in näherer Zeit bessere Umstände, daß er es dann dem Leonhard und seinem Sohn entgelten lassen würde — weiter kam er nicht mit seiner Beschwichtigung.
Brach da aus dem Leonhard Schmied der Groll heraus, lautstark und auch nicht durch ein begütigendes Handwinken seiner Frau zu dämpfen: »Du, Peter, hast auch deinen Teil Schuld, weil du dem Wahle die Neuerung mit den Maschinen eingeredet hast. Nicht einmal in der Stadt drinnen hat ein Schreiner so was eingeführt. Aber nun ist ja unser

Herr Wahle kein Schreiner mehr, sondern Fabrikant, und bald wird er mit einer Kutsche herumfahren, wie der Herr von Utzschneider. Ja, wie der, der ehemalige Jakobiner. Der hat jetzt von seinem Gewinn ein Gut in Giesing gekauft, und was macht er da — weiß es eh', Kartoffel läßt er bauen, Kartoffel, damit das arme Volk sich beim Klauben auf dem Acker was zuverdienen kann und mit den Erdäpfeln sich für geringes Geld den Bauch vollschlagen, daß es keinen Hunger mehr spürt. Und wenn der Wahle Glück hat mit seinen Geschäften, dann wird der auch so einer, und ich meine, es wird ihn nie kümmern, wenn meinem Buben vielleicht was bleibt an der Schulter.«
Betreten hielt der Ertl eine Weile still, starrte auf die Tischplatte, als suche er darauf die Antwort. Murmelte schließlich etwas, daß die Zimmerleute und die Maurer auf der Au schon lange Krankenunterstützungskassen angelegt hätten.
»Almosenkassen? Es muß doch was anderes geben als so was. Und noch was anderes als die vier Bettler, die aus unserer Au in die Stadt hinüberdürfen, jeden Freitag. Was das andere ist, wird man noch herausfinden müssen.«

So düster, wie der Vater für seinen Sohn die Zukunft gesehen hatte, wurde sie dann doch nicht. Peter Schmied überwand die Verletzung ohne bleibenden Schaden, trotz der langwierigen Vereiterung, die ihm zu schaffen machte. Mit noch eingebundenem Arm konnte er aufstehen, und gegönnt wurde es ihm, daß er diesmal ausgiebig auf der Dult herumstrich. Aus der Stadt drüben war das Theater des Josef Schweiger mit einem Zelt hergezogen für die Markttage, und das beeindruckte den Schmied Peter am meisten. Da zog es ihn hin, und auch die sechs Kreuzer Eintrittsgeld, die er von dem nahm, was ihm sein Meister geschenkt hatte, reuten ihn nicht. Oft schon hatte er sagen hören, daß einer dümmer wie der Lipperl vom Schweiger sei. Nun bekam er diese lächerliche Dienerfigur auf der

Bühne zu sehen, johlte und lachte über sie in der Menge der Zuschauer. Lachte über diese komische Erscheinung, mit der jeder, Herrschaft, Gemeindegendarm und sogar Kammerzofen ihre boshaften Späße treiben durften. Besinnlich in sich hineinlächelnd schlenderte er anschließend zufrieden heimwärts. Kein ›Lipperl‹, sagte er sich in Gedanken vor, würde er einmal werden. Vielleicht aber ein solch vielbeklatschter Schauspieler? Nein, das wieder traute er sich nicht zu. Aber willkürlich umspringen mit ihm, einem einmal ausgewachsenen Schmied Peter, das solle sich keiner erlauben können, ein angesehener Schreiner, ein Meister wie der Wahle vielleicht, träumte er sich, würde er eines Tages sein. — Eine Woche später war er dann wieder soweit, daß er, blaßgesichtig noch, zur Werkstatt ging.

Der Ertl, der Namenspate, wuchs zunehmend in die Rolle eines Stellvertreters hinein für den Meister, der immer häufiger zu ausgedehnten Verkaufs- und Auftragstouren unterwegs war. Die waren notwendig, denn die Hofaufträge waren zwar ehrenvoll, deren Ertrag aber reichte nicht zur Begleichung der umfänglichen Schulden, die auf dem Gewerbebetrieb lasteten. Und der Schmied Peter tat sich um, bei dem Ertl unentbehrlich zu werden. Kein ›Lipperl‹ werden, dafür schaute er mit Eifer dem Namenspaten auf die Finger, um möglichst viele Fertigkeiten von dem zu lernen. Im übernächsten Jahr würde es dann soweit sein, daß ihn der Wahle freisprechen mußte, dann würde er sein Jahr oder auch länger auf die Wanderschaft zu anderen Schreinern gehen, bei denen noch etliches dazu abschauen. Dann wieder heimkehren in die Au, neues Wissen, wie der Ertl, mitbringen.

Im Winter des Jahres, in dem in Wien die gekrönten Häupter ihren Kongreß hielten, um über die Ländergrenzen und Bestand selbständiger Fürstentümer in Europa zu befinden oder es vielmehr durch ihre Minister aushandeln zu las-

sen, hatte in Bayern das gemeine Volk anderes im Sinn als, wie dieser Wiener Kongreß, zu tanzen.
Das Jahr 1816 hatte eine Mißernte gebracht, wie kaum eines der davorliegenden, soweit sich die Leute erinnerten. Wenig zu tun bekamen die Bäcker, denn der Mehlpreis stieg auf die doppelte und in den Januar hinein schließlich auf die dreifache Höhe des Jahres davor. Im Brothäusel, der Münchner Konkurrenz an der Brücke beim Gasteig, bekam Ruth bald nichts mehr zu kaufen, doch auch die Auer Bäcker traf es erheblich, gebacken wurde auch bei ihnen nur noch zweimal die Woche, und wenn der herbsäuerliche Backduft dies gewahr werden ließ, dann reihten sich die Frauen der näheren, von denen angelockt und aufmerksam gemacht auch die der weiteren Umgebung zu einer langen Schlange, schon eine Stunde vor dem Öffnen des Ladens.
»Schuld an der Not hat der Minister Montgelas!«
Das bekam Ruth immer wieder einmal zu hören, wenn sie in solch einer Schlange stand. Verbittert über die Warterei im frostklirrenden Januarmorgen und das wenige, was sie damit ergattern konnte, kam sie zurück in eine noch ungeheizte Stube, die Männer waren dann schon weggegangen zur Arbeit, und Nanette, die tagsüber beim Strumpfwirken helfen mußte, hatte zusätzlich zur Papiermühle und zu Wahle zu laufen, um Vater und Bruder die Brotration nachzubringen.
Hinterher wußte niemand, wer als erstes das Gerücht auch in die Au gebracht hatte. »Dem Graf Montgelas wird der Stuhl vor die Tür gesetzt, es hat sich ausministert!« und »Der König ist mit dem Kronprinz Ludwig und dem Feldmarschall Wrede von Wien zurück, aber nicht mit leeren Händen, er hat für drei Millionen Gulden Getreide vom Zar von Rußland gekauft, am nächsten Markttag wird auf der Schranne in München drüben schon welches verteilt werden!«
Vor dem Bäckerladen bekam es Ruth zu hören, die es

heimkehrend der Schwägerin Rosa weitergab, wobei auch Nanette ein Ohr dazwischen hatte. Die trug es in Wahles Werkstatt weiter, wo es Stoff bot für heftige Rede und Gegenrede. Wer das Gerücht aufgebracht habe? Taglöhner aus der Au, die nach München hinüber in den Dienst gingen? Aber die kamen doch erst am Abend zurück, von denen also konnte es nicht stammen. Meister Wahle sprach die erstaunliche Vermutung aus: »Nur Amtspersonen können es so gut wissen, was um den königlichen Hof herum vorgeht. Einen besonderen Grund aber muß es haben, wenn sie solche Dinge im Volk verbreiten lassen.«
Nicht zu Handelschaften zog es diesen Tag gleich den Wahle in die Residenzstadt hinüber, gegen sonstige Gewohnheit nahm er seinen Altlehrling mit, und es kam ihm nur darauf an, möglichste Klarheit über die vorgehenden Dinge dort zu erlangen. Beim Weg über die Brücke und durch die Isarvorstadt erfuhr Peter Schmied Näheres über Wahles Vorhaben.
»Um die zwanzig Jahre ist es jetzt her, daß dein Vater heimgekommen ist. Den Amerikaner haben sie ihn bald geheißen, weil er von dort viel geredet hat, daß die ohne einen König oder Vizekönig dort auskommen wollten. Da haben noch die meisten bei uns dazu gemeint, so was gehe nur an in einem weit entfernten Land. Aber wie dann die Republik in Frankreich angefangen hat, die Revolution dort, ist es auch bei uns rebellisch geworden, untergründig. Deswegen untergründig, weil noch die Verfolgung der verschworenen Adeligen und Beamten vom Illuminatenorden nachgewirkt hat. Peter, wirst es schon noch einmal von deinem Vater mitbekommen, wie es damals in den Köpfen von den Leuten ausgeschaut hat, vielleicht hast du es auch schon, ich meine: Wenn sie nicht immer nach oben hingeschaut hätten, statt dessen auf ihre eigenen Füße, wo die hintreten, da hätte es in Richtung auf eine Republik gehen können. Verstehst du mich soweit, Peter?«
»Versteh ich« — nichts verstand er, nur irgendwie erwach-

sener fühlte sich der Schmied Peter, angehoben, weil der Meister ihm allein, ganz allein solche Vorträge hielt. Vielleicht, dachte er, ist das seine Einleitung dafür, daß er ihn demnächst als Lehrling freisprechen würde. »Also, eine Republik ist es nicht geworden bei uns, und sogar die Franzosen haben wieder ihren König. Die Leute aber, die haben wieder etwas, wo sie hinaufschauen können und meinen, erwarten zu können, daß von da oben alles zu ihrem Glück herunterkommen wird. Unsereins aber sollte, wenn es schon ein Oben gibt, wo das Wetter gemacht wird, nicht daquerstehen, wie leicht steht unsereiner sonst in einem Sturm, der einen umreißt, wenn man nicht darauf gefaßt ist. Am sichersten steht sich unsereiner im Haufen, da kann einem der Sturm weniger an, da kann er einen zwar zausen, aber nicht umwerfen. Hast verstanden?«

Während sich sein Meister anderswo in der Stadt umhören wollte, stand Peter Schmied dann im Haufen, vor dem Ministerpalais des Grafen Montgelas. Schadenfrohe Gesichter ringsum, Spottlust, die sich in Rufen zu den mit Gardinen verhängten Fenstern hinauf Luft verschaffte. »Entlaßtag für schlechtes Gesinde!«

Richtig, der zweite Februartag war solch ein Tag nach altem Brauch. »Hoch lebe Kronprinz Ludwig!«

Umsehen und umhören sollte er sich, hatte der Wahle aufgetragen. Besonderes zu sehen gab es nicht. Oder doch? Der dort, der immer wieder mal in die um ihn herum Stehenden hineinredete, war der nicht der Landgerichtsschreiber Vetter aus der Au? Doch, er war es, zivil gekleidet, in seiner Amtsuniform hätte Peter gleich keinen Zweifel gehabt. Der inmitten von gemeinem Volk, Hungerleidern, Taglöhnern ohne Arbeit? Doch bevor Peter Schmied sich in seine Nähe drängen konnte, zog eine Abteilung Soldaten herum, bahnte sich einen Weg vor das Portal.

»Hoch seine Majestät, hoch König Max!« stimmte es aus der Menge heraus an.

Auf dem Rückweg fragte ihn der Wahle über seine Beob-

achtungen aus. »... und die Soldaten haben die Leute nicht auseinandergetrieben wie bei einem Aufruhr?«
»Nein, sogar der Offizier von denen hat ganz freundlich geschaut. Vielleicht, weil doch auch Leute von besserem Stand dort gestanden haben und weil ein Hoch auf den König gerufen worden ist.« Peter schien es, als sei sein Meister Wahle belustigt über diese Auskünfte, der lächelte in sich hinein, aber erst, als sie schon wieder über die Brücke hinüber waren, bekam er von ihm erklärt: »Als Bub hab ich richtige Bürgerunruhen erlebt, bei der letzten großen Teuerung im Jahr fünfundneunzig, glaub ich, Minister war damals noch der Graf Rumford. Da sind auch die Soldaten aufmarschiert gegen die Leute, die auf dem Markt und vor dem Rathaus einen Krawall gemacht haben. Steine und allerhand anderes ist da auf die Soldaten geschmissen worden und kein Hoch gerufen auf den Kurfürsten damals. Aber da war auch nicht so einer dabei wie der Landgerichtsschreiber, so einer bestimmt nicht. — Ich meine eben, daß jetzt was anderes vorgeht. Daß so eine Empörung gegen den Minister Montgelas von oben angeleitet worden ist, von ganz weit oben. Und für unsereinen, denk ich mir, wird es kein Schaden sein, wenn man herausfindet, woher der neue Wind weht. Schließlich haben wir für den königlichen Hof zu arbeiten, weil uns das mehr als das Salz in die Suppe einbringt.«
Inzwischen waren sie durchs Auer Tor hinein, kamen bei der alten Tuchfabrik vorbei. Nicht schmeicheln wollte Peter Schmied dem Wahle, es war ein durch gehörte Andeutungen geschürtes echtes Interesse, das ihn fragen ließ.
»Herr Meister, Sie wissen doch überall Bescheid. Was wird denn endlich einmal mit dem Fabrikhaus werden, wird jetzt vielleicht von daher wieder ein Wohlstand in die Au kommen?«
»Wer erzählt dir solchen Unsinn?«
Kleinlaut — hätte er bloß den Mund gehalten, wenn es Unsinn war: »Der Onkel Gregor meint es immer.«

»So, meint der das!« Wahle packte Peter am Arm, hob ihm gewaltsam die Hand vors Gesicht. »Daher, siehst, da kommt unsereinem der Wohlstand her. Aus der eigenen Hand, wenn du sie für einen guten Meister rührst, und mit Verstand, kommt das her, was einer wie du fürs Leben braucht.« Da erst schien dem Wahle seine unangemessene Grobheit bewußt zu werden, er gab Peters Hand wieder frei und erörterte ausführlich seine Meinung über die »neumodischen Kommerzienräte«, Peter meinte dabei eine Spur Neid herauszuhören. Von Anfang an habe man sehen können, daß nichts daraus werden könne, wie damals der Rumford die Bettler ins Militärarbeitshaus gesteckt habe, eben in die alte Tuchfabrik. Dageblieben wären die nach der Auflösung der Anstalt aber und vermehrten nun das Gesindel in der Au. Aber nun, wo es der Kommerzienrat Brügelmann übernommen habe und rotes Garn dort färben und wieder Stoffe weben lasse, ziehe er nicht etwa Leute her, die ihr Gewerbe gelernt hätten, sondern ließe mindere Ware produzieren von überwiegend Frauen und Kindern. Gleich nebenan, im ehemaligen Wageck, habe einmal ein Kommerzienrat Fleischmann eine Tabakfabrik angefangen, aber dann nach Landshut verlegt, und warum? Weil ein Fabrikant zur Arbeit kein Gesindel braucht, sondern anständige Leute, die sich mit Fleiß und Eifer der Arbeit annehmen. Dazu brauche einer aber nicht einen klingenden Titel, denn daß die Leute zu einem Prinzipal deswegen aufsähen, bringe ihnen doch keine bessere Moral bei. — Kann sein, dachte Peter Schmied, daß der Wahle auch gern Kommerzienrat würde.

Es hätte möglich sein können, daß Peter Schmied aus all dem Erfahrenen und ihm als Lehre Gegebenem seine eigenen Überlegungen und ein Ziel seiner Vorstellungen fürs Leben zusammengestückelt hätte, denn in dem jugendlichen Alter, in dem er zu dieser Zeit gerade war, da stellen die meisten Menschen an den Horizont der Zukunft eine Marke hin und lassen dann ein Lebtag lang nicht ab davon,

hinzugelangen. Aber er gehörte nicht zu jenen Übervorsichtigen oder zu denen ohne Selbstvertrauen, die sich ihre Marke so in die Nähe setzen, daß sie sie bald erreicht haben, um dann den Rest des Lebens genügsam dort stehenzubleiben.
Was Peter Schmied in diesem Jahr der langsam schwindenden allgemeinen Notlage von gründlicherem Überlegen abhielt, waren Umstände, die für das Schmied-Häusel rasch wechselnde Veränderungen brachten. Noch immer standen die Frauen an den Backtagen um das noch zu teure und knappe Brot an, da blieb der Vater, Leonhard, eines Tages in der Frühe im Haus. Als ihn die Mutter fragte, ob es für ihn denn nicht die Zeit wäre, zur Papiermühle zu gehen, schüttelte der nur langsam den Kopf. Da sie nun in ihn drang, weswegen er nicht ginge, da sah Peter, der im Weggehen begriffen, Tränen in seines Vaters Augen steigen, etwas, das er nie, niemals für möglich gehalten hätte. Dazu der Laut aus seiner Kehle, wie von einem grob getretenen Hund, trotzdem man ihm ansehen konnte, wie er sich um Beherrschung mühte, seine Lippen aufeinanderpreßte.
»Gaff nicht, geh!«
Weil ihm von der Mutter wütend verboten wurde, sich weiter wundernd den leidenden Vater zu beobachten, blieb ihm bis zum Zurückkommen am Abend die Meinung, der wäre plötzlich krank oder vielmehr kränker geworden, sein Gichtleiden aus der feuchten Papiermühle, seine Gliederschmerzen wegen der mageren Kost in der letzten Zeit hätten sich so verschlimmert, daß er mit dem Tagwerken einige Wochen aussetzen müsse.
Ein freundlicher Vorfrühlingstag war vergangen, daß er Nanette, die Schwester, auf dem Treppenabsatz vor der Tür traf, beruhigt gleich, meinend, es sei nicht so schlimm gewesen mit der Krankheit des Vaters.
»Red drinnen nicht davon, daß der Vater bei keiner Arbeit gewesen ist.«

Also deshalb erwartete ihn Nanette heraußen. »Was ist mit ihm, sag!«
Sie wollte sich nicht darauf einlassen, dem Bruder Rede und Antwort zu stehen, wischte flink in die Stube. Drinnen saß, wie immer, der Vater am Tisch, aß ohne Hast dann seine Portion, breite Teignudeln mit Speckfett aufgeschmelzt. Die Mutter und die Schwester gabelten ihren Teil Nudeln, die nur mit Essig und Öl gewürzt waren, von einem anderen Teller, Peter hatte sein Essen bereits bei seinem Meister bekommen. So blieb ihm Muße, in dem mit grauen Bartstoppeln überzogenen Gesicht irgend etwas zu finden, was ihm einen Aufschluß geben konnte. Die Stoppeln waren nichts Außergewöhnliches, denn zum Bader zu gehen leistete sich der Vater nur jede Woche einmal, am Samstag.
»Gaffst du schon wieder?«
Gereizt wandte er sich gegen den Verweis seiner Mutter: »Schauen werd ich doch noch dürfen, oder?«
Der Vater ließ seinen Löffel im Teller liegen — Peter Schmied erwartete, daß es nun handfesten Tadel gab, einen Schlag, den er aushalten wollte, klaglos und stolz. Aber der Vater stützte mit seiner Hand nur seinen Kopf auf, gab sich so ein nachdenkliches Aussehen, bevor er, mehr zur Mutter als zu ihm hin und jedenfalls ohne ihn anzusehen, bedächtig zu reden anfing.
»Laß ihn, Ruth, laß ihn fragen. Er muß schon wissen, was auch ihn auf seine alten Tage erwartet als Taglöhner, der abhängig ist von irgendeinem Prinzipal oder Fabrikanten oder Meister oder wem auch immer. Seitdem ich zurückgekehrt bin vom Soldatensein, da hab ich meine Arbeit geschafft bei dem Pachner . . .«
Wenn er so ernsthaft redete, ging Peter Schmied durch den Sinn, da sähe er sich respektabler an, wenn ihm der Gehilfe vom Bader Fernbacher zuvor die Wangen geschabt und die wilden Stoppeln abgenommen hätte.
». . . dem Herrn von Pachner, Münchner Bürger und privi-

legierten Papier- und Mahlmüller. Jetzt läßt er mir durch seinen Verwalter ausrichten, daß ich ihm zum Papierschöpfen zu wenig gelenkig geworden bin. Und wie ich frage, was ich denn statt dem künftig für eine Arbeit verrichten soll zu meinem Auskommen, was sagt der Mensch da zu mir? — Es kann auch die Bosheit von diesem Verwalter gewesen sein, und der Pachner weiß davon gar nichts, aber mir ist das eine wie das andere — er sagt mir, ich könne ja als selbständiger Gewerbetreibender mit der Mühle weiter in Verbindung bleiben. Einen Karren Lumpen soll ich mir besorgen und Lumpen sammeln.«

»Haderlumper?«

»Ja, einen Haderlumper soll ich jetzt nur noch abgeben.«

Haderlumper, wußte Peter, waren im Ansehen der Mitbürger knapp über den Bettlern und Herumtreibenden, den Jankerlburschen, die ihre jüngeren Schwestern den Stadtbürgern für ein Schäferstündchen anboten, wenn sie einen Ausflug zum Theaterspiel im Radlwirt ober beim ehemaligen Paulanergarten machten. Haderlumper gab es, mit ihren Kindern und Frauen zusammengerechnet, so um die siebenhundert in der Au. Lumpen für das feine Papier zu sammeln war bisher nach Peter Schmieds Meinung auch so etwas wie Betteln, von Haus zu Haus ziehen und die Vorsteherinnen der wohlhabenden Haushalte zu bitten, die alten, zerschlissenen Kleidungsstücke und die Stoffabfälle herzugeben und, wenn man sie überredet hatte, auch noch recht bedürftig dreinsehen, daß man nichts dafür abverlangt bekam. Ein Spott-, ja, ein Schimpfwort war schon bei den Kindern, wenn einer ›Haderlump‹ nachgeschrien bekam.

Es ging noch eine Woche herum, in der Peter seinen Vater den Abend unzufrieden mit sich und mit allem um sich herum am Tisch sitzend vorfand. Dann, weil er keine andere Möglichkeit für einen Verdienst gefunden hatte, weil da auch schon die spärliche Rücklage angegriffen werden mußte, war er schließlich doch zur Administration gegangen, um eine ›Gerechtsame für Handel mit Lumpen‹ zu erwerben, die ihm auch ohne weiteres gegeben wurde. Dazu, daß er mit einem Handkarren in das ihm zugewiesene Sammelgebiet, die Grafschaft Ismaning, gezogen wäre, dort mit dem langgezogenen Ruf »H-a-a-aderlump, Leut, gebt's H-a-a-aderlump« auf sich aufmerksam gemacht hätte, dazu kam es nicht mehr.

Denn da war eines Tages im Schmiedhäusel der Brief durch den Boten des Bankhauses Seeligmann abgegeben worden. Peter Schmied erreichte die Kunde davon schon beim Meister Wahle in der Werkstatt. »Bei euch steht eine Geldsache ins Haus, da ist einer in der Livree des Baron von Eichthal gewesen, heut vormittag.« Auf die neugierigen Fragen der anderen konnte er keine Antwort geben, er war selber gespannt, was sich da am Abend herausstellen würde. Aber es war nur ein Brief, eine Einladung, daß seine Mutter und seine Schwester an einem bestimmten Tag und gegen zehn Uhr vormittags im Bankhaus in München drinnen vorsprechen sollten; ein vornehmes, aber nichtssagendes Schriftstück mit der eigenhändigen Unterschrift des baronisierten Bankiers, also überaus wichtig zu nehmen. Ein unverhofftes und angenehmes, dabei überaus behäbiges Hin-und-her-Vermuten belebte den Feierabend.

»Es kann nur eine Erbschaft aus deiner Familie sein.« Soviel stand für Leonhard fest, wenn auch von Ruths Familie außer einer einmaligen Geldsendung seit dem Besuch ihres Cousins vor fast achtzehn Jahren kein Lebenszeichen mehr gekommen war. »Seltsam ist es aber, daß diese Sache dann über den Bankier geht und nicht über einen Advokaten oder Notar und daß nur die Nanette und nicht der Peter mit vorgeladen wird.«

Ruth spürte den vorwurfsvollen Unterton, kleidete aber ihren Triumph sanft ein.

»Noch weiß man nichts Genaues, aber vielleicht ist es wirklich ein Erbe. Und wenn, soviel, daß wir dir eine Gerechtsame für einen Hausierhandel dazukaufen können. Könntest die Strümpfe, die wir selber wirken, vertreiben und noch einige Dinge dazu, die sich gut absetzen lassen. Möglich wäre es, daß wir sogar einen Pferdewagen bekommen, dann wärst du schon einer von den angeseheneren Wanderkrämern.«

Es wurde bis zur Gewißheit für Peter Schmied eine Arbeitswoche voller Ungeduld. Zu hören war in der letzten Zeit gewesen, daß Städte und Gemeinden wieder ihre Selbstverwaltung bekommen sollten. Wenn dies zutraf, da konnte der Vater mit dem ererbten, plötzlichen Wohlstand sich als Gemeindebevollmächtigter zur Wahl stellen, meinte Peter Schmied sich vorstellen zu können. Genügend Leute würde es geben, die ihn haben wollten. Er selbst aber würde dann als sein Sohn vom Anstieg seinen Vorteil haben — wie die Söhne des Gerichtsdieners Nußbaum, von denen sogar einer die hohe Schule, die Universität in Landshut, besuchen durfte. Und später, da würde er sogar dem Vater nachfolgen können, ihn übertreffen, weil er einen noch einträglicheren Beruf erlernt hatte.

Ruth Schmied und Nanette bekamen geschäftsmäßig eröffnet, daß dem Bankhaus Seeligmann von einem Kaufmann Ach aus Fürth ein genau beschriebener Auftrag erteilt worden sei. Demnach sei der Nanette Schmied, Tochter der Ruth Schmied, geborene Ach, in der Au nächst München Grund zu erwerben in dem Umfang, daß er zur Gewährleistung der Existenz einer ganzen Familie ausreiche. Entsprechend habe sich das Bankhaus umgesehen und hätte nun den geeigneten Grundkauf vorbereiten können, zu dem allerdings ihrer beider Zustimmung einzuholen sei. Es sei dies ein zwischen dem Isararm und dem Endebach der Au, also auf Münchens Boden innerhalb des Burgfriedens gelegener Landwirtschaftsgrund und dazugehöriger Baulichkeit. — Besserer sei nicht zu haben im Moment, bedauerte der Baron von Eichthal. — Eine Bedingung sei noch zu erwähnen: Nanette dürfe sich nicht mit

einem Getauften verheiraten, und ihre eventuell einmal geborenen Kinder sollten, wenn möglich, zu keiner christlichen Religion gebracht, wo nicht zur neuzugelassenen israelitischen Kultusgemeinde in München geführt werden, was jedoch ausdrücklich nicht zur Auflage gemacht werde. Für den Fall, daß diese Bedingung nicht erfüllt werde, sei das Bankhaus zu weiteren, nun nicht näher zu beschreibenden Verfügungen ermächtigt. Die nötigen Papiere seien zur Unterschrift vorbereitet, die Damen Schmied müßten lediglich unterzeichnen, oder wollten sie noch Bedenkzeit?
»Und ihr habt einfach unterschrieben?« Unangemessen fand Peter Schmied es, daß seine Schwester so mir nichts, dir nichts zur Besitzerin eines Ökonomie-Anwesens gemacht worden war, vielleicht sogar schon mit ihm als Knecht zu rechnen begann. Diese Vorstellung, sie allein schon war ärgerlich. »Sag doch du, Vater, wie werde ich angesehen werden in der Gemeinde, wenn meine Schwester und nicht ich zu dem Besitz auf dem Bereiteranger kommt? Und dann: wird die Judenverwandtschaft nicht öffentlich werden, wegen denen ihrer eigensinnigen Vererbung über die Mutter? Wird mich dann noch einer für voll nehmen?«
Matt und ohne Überzeugung versuchte Leonhard Schmied eine Brücke zu schlagen über den sich abzeichnenden Riß zwischen seinen Kindern. »Was die Juden angeht, die sind doch seit den Reformen unter Montgelas beinahe gleichberechtigte Bürger geworden, und nicht ist zu glauben, daß die altfränkischen Nachfolger von ihm was daran ändern. Also deswegen ... und dann denk: mit so einem Besitz wird es uns im Leben nie mehr so notig ankommen wie im vergangenen Notjahr. Auch dir nicht, Peter, wenn du in Not kämest, würde dir die Nanette schon mit Hilfe beispringen.«
Peter Schmied wollte es nie darauf ankommen lassen. Als verkündet wurde, daß der König dem Staat eine Konstitution, eine Verfassung, gnädigst gewährt habe, als danach bald die Gemeinde Au zur Stadt dritter Klasse erklärt

wurde mit dem Recht und der Pflicht, Magistrat, Gemeindekollegium einzurichten und einen Bürgermeister zu wählen, da stand für ihn bereits fest, daß er seinen Heimatort mindestens für längere Zeit verlassen würde. Beim Stadtschreiber, dem Vetter, der bisher schon Landgerichtsschreiber gewesen war, ließ er sich noch in die Bürgerliste einschreiben, einen Heimatrechtsschein ausstellen für alle Fälle. Mit der nächsten Lieferung seines Meisters Wahle und von dem noch mit einem lobenden Zeugnis ausgestattet, machte er sich auf, Aschaffenburg als erstes Wanderziel. Sein Abschied vom Schmied-Häusel wurde kein Fest, aber nicht im Unfrieden schied er.
Neben kurzen, nichtssagenden Briefen mit Grüßen und der Mitteilung, daß es ihm gutgehe, kam nach mehr als zwölf Monaten auch noch eine andere Kunde von Peter Schmied in die Au heim. Zweifelnd erkundigte sich ein zukünftiger wandernder Schreinergeselle aus dem neubayerischen Maingebiet nach der ›Maschinenschreinerei‹. An Wahle gewiesen und von dem ins Schmied-Häusel geschickt, wußte der zu erzählen, daß der Peter, den sie dort in Aschaffenburg einen Phantasten genannt und als Maschinenschreiner verhöhnt hatten, vorgehabt habe, nach der Pfalz zu wandern. Nun, da er mit eigenen Augen gesehen habe, wie es in dessen Lehrwerkstatt zugehe, da freilich wisse er nun, wie zu Unrecht sie den Peter verspottet hätten. Vorstellen könne er sich auch, daß der einen Meister finden würde, dem er solche Neuerungen einreden könne, ob er sich allerdings damit bei den Gesellen Freunde schaffe . . .?
Die schriftlichen Lebenszeichen von Peter Schmied wurden dann nach und nach spärlicher, blieben für lange Zeit schließlich ganz aus. Trotz ihrer Jugend oder eben wegen der fand sich Nanette Schmied schnell in die neuen Umstände ihrer besser gesicherten Existenz. Umsichtig wählte sie sich Ehehalten aus, ältere, auf Zuerwerb angewiesene Ledige aus der Au, die für das Anerbieten, auf dem Berei-

teranger arbeiten zu dürfen, dankbar waren. Zu rechnen begann Nanette, wieviel Kreuzer übrigbleiben würden, wenn sie die Milch in die Stadt hin verkaufte, wenn sie die Eier auf den Viktualienmarkt bringen ließ, wußte bald auch genau, wieviel ein Schlachtkalb bringen mußte, von den Lotterschen, nach nicht langer Zeit konnte sie bei solchen Handelschaften auf Rat und Unterstützung durch ihre Eltern verzichten. Das Meisterstück als Grundbesitzerin jedoch gelang ihr, als es darum ging, einen festen Steg über den Endebach, der inzwischen von den königlichen Beamten als Entenbach eine amtliche Benennung bekommen hatte, gestattet zu bekommen. Ein Zimmerermeister, der neben ihr ebenfalls auf dem Bereiteranger einen Werkplatz unterhielt, hatte schon Jahre davor und immer wieder Verhandlungen mit der Obrigkeit der Au um solch einen Steg und eine gute Wegverbindung geführt, die das umständliche Übersetzen von Waren und Leuten mit einer Kahnplätte über den Bach ersparte. Über den Gemeindeverordneten und Metzger Lotter erschmeichelte Nanette nun die Erlaubnis zum Stegbau, die bisher wegen der Besorgnis, dadurch könne bei einem eventuell wieder auftretenden Hochwasser eine gefährliche Aufstauung entstehen, verweigert worden war.
»So ein Besitz verändert einen Menschen!« stellte bei einem Beisammensein im Schmied-Häusel Peter Ertl einmal fest, und weil ihm niemand dagegenredete, fügte er noch herausfordernd dazu: »Aber für so eine junge Frau kann das auch ein Schaden sein. Wenn sie sich erst einmal an das Regieren und keinen fragen müssen gewöhnt hat, wird es schwerfallen, einen Mann für sie zu finden.«
Ruth, die Mutter, sie fand dafür eine Antwort. Möge die Nanette auch unverheiratet bleiben, der Peter, ihr Bruder, der würde schon wiederkommen, und dann könne man mit dessen Nachwuchs rechnen, der würde schon sorgen, daß der Besitz in der Familie bliebe.
Das war ungefähr um die Zeit, als Peter Schmied, gedrängt

von den Schreinergesellen im Ort, seinen Arbeitsplatz in St. Ingbert in der bayerischen Pfalz aufgab und weiterwanderte. Kunde hatten die Gesellen erhalten gehabt, daß in Frankreich drüben wegen der Einführung der mechanischen Webstühle, von Maschinen also, zahllose Weber- und Tuchmachergesellen brotlos geworden seien. Mißliebig war er ihnen da wegen seiner Rederei über die Maschinen zur Holzbearbeitung geworden.

Wenn auch auf der rechten, von der Stadt entfernten Isarseite gelegen, war der Grund auf dem Bereiteranger, Münchner Stadtgrund, nach der Erschließung durch den Steg über den Entenbach im Wert gestiegen. Nanette Schmied zog daraus ihren Vorteil, indem sie das angesparte Kapital, entstanden Kreuzer um Kreuzer, Gulden um Gulden aus dem Fleiß ihrer Taglöhner, zum Bau eines kleinen Miethäuschens gleich neben dem Steg verwendete. — Um die Zeit, als Nanette unter den Obdach suchenden armen Taglöhnern Mieter für die eben fertiggestellten Stuben auswählte, solche, die ihr als eifrig zur Lohnarbeit gehend in München bekannt waren, zog Peter Schmied nach zwei in Aachen verbrachten Jahren weiter nach den Niederlanden, wo er sich neben neuer Arbeit auch weitere Erkenntnisse beim Möbelschreinern erhoffte.

Kronprinz Ludwig wurde König, anders als sein der Aufklärung verschriebener Vater fühlte er sich in ›altfränkischer‹, romantischer Art zum ›allerchristlichsten Königthum‹ verpflichtet. Für die Au wirkte sich dies darin aus, daß der Bau einer Pfarrkirche im gotischen Stil begonnen wurde, dessen Grundstock eine königliche Stiftung legte, etliche tausend Gulden. Auch in der Stadt München drüben begann ein großartiges Bauen.

Am frühesten Morgen zogen viele Männer und Frauen jeden Werktag über die Brücke hinüber, und wenn sie Kinder über zehn oder elf Jahre hatten, so begleiteten diese sie. Graue Gesichter, grau vom Kalk- und Mörtelstaub, kamen müdaugig am Abend zurück. Der König baute. Die kleinen

Kinder, deren Hände auf den Baustellen noch keine Hilfe waren, blieben tagsüber allein in der Au zurück, die allerkleinsten von ihnen meist nur in der Obhut von fünf-, sechs-, acht-, höchstens aber neunjährigen Geschwistern. Den Brei, der ihnen daheim zurückgelassen wurde für den ärgsten Hunger, am Abend vorgekocht und streng rationiert, den durften ihre älteren Geschwister mitverdienen, flink kletterten die zehn Stunden und manchmal auch länger die wackeligen Gerüste hinauf und hinunter, für einige Kreuzer die Woche, trugen den Maurern Steine zu, ›Speis‹, Mörtel in länglichen Behältern, gefüllt mit der Hälfte ihres kindlichen Körpergewichts. — Nanettes Mietparteien hatten viele Kinder, und ein großes Unglück war es für sie, wenn eines von den arbeitsfähigen einmal zwischendurch als Mitverdiener ausfiel, weil es einen Bruch an Arm oder Bein kurieren mußte. Weil es vom Baugerüst gefallen war, einen Fehltritt getan hatte aus Eifer, nur ja den Bauleuten genügend Material heranzuschaffen. Bei so einem Unglück mußte Nanette dann gegenüber ihren jammernden Mietern hart bleiben, wenn die zu ihr kamen und den Mietzins gestundet haben wollten. Hart nicht deswegen, weil sie kein Mitfühlen mit diesen Armen gehabt hätte, sondern weil sie daran denken mußte, die fällige Schuld für das Darlehen zum Bau pünktlich zu begleichen. Nanette Schmied beglich die Raten der Tilgung so pünktlich, daß ihr nach einigen Jahren der Kassierer des Bankhauses von Eichthal zuriet, noch ein weiteres Haus mit Mietwohnungen erstellen zu lassen, Mietstuben für die inzwischen vom Bauernland in die Stadt drängenden Taglöhnersleute. Das war, als ihre Eltern schon beide oben auf dem neuen Friedhof lagen. Ihr Bruder war weit weg, nichts mehr wußte sie von ihm, und hätte der gelegentlich vorbeisehende Peter Ertl nicht ab und zu von ihm geredet, hätte es sein können, sie hätte auch ihn vergessen. Geheiratet hatte Nanette Schmied mit ihren da schon zweiunddreißig Jahren immer noch nicht.

Siebenter Teil

Den Abend davor war es spät geworden. Wolfgang Schmied, von seiner ›inneren Werktagsuhr‹ auch am Samstag früh geweckt, blieb im Bett, versteckte sein Wachsein vor Elli mit geschlossenen Augenlidern. Daß die meinen mochte, sie wecke ihn erst mit dem lautgedrehten Morgenprogramm im Radio in der Küche. – Kirti hatte er gestern nachgegeben, sich von dem zu seinem ›Arbeitskreis‹ einladen lassen. Wegen seinem Beifahrer war er auch nicht gleich wieder gegangen, sondern war bei diesen diskutierwütigen Leuten in dem ungemütlichen Nebenzimmer geblieben, neben der Tür, durch die vom Gastzimmer nebenan gedämpft eine Mischung aus Männergeblödel, Musikboxgedudel und Geldspielautomatengerassel drang. Nebenan, daneben hatte sich Wolfgang Schmied den halben Abend gefühlt bei diesen altersmäßig von ihm nicht sehr verschiedenen jungen Frauen und Männern. Später war es doch noch ganz nett geworden, später, als sie nicht mehr so hektisch das von ihm schon wieder vergessene Thema abgehandelt hatten, sondern ›zum geselligen Teil‹ übergegangen waren. Erfragen hatte er da deren Berufe können, Lehrer, Lehrerinnen, Kindergärtnerinnen, Sozialarbeiter.

»Wolfgang! Steh doch auf jetzt, ich muß doch heute früher weg in den Laden!«

Daß er nicht wie an den sonstigen Samstagen zumeist vor ihr in die Küche zum Frühstück-Herrichten gegangen war, ließ ihn gleichgültig, machte ihn nicht schuldbewußt verle-

gen wie sonst nach einem langen, dann aber feuchtfröhlich gewordenen Freitagsfeierabend; allesamt hatten sie wenig getrunken gestern, dafür besoffen geredet. Nein, ihn jedenfalls auch das nicht, er war ja nur daneben gesessen, daneben! Jeden Samstag der Elli das Frühstück anrichten, das außerdem war dann auch keine besondere Aufmerksamkeit mehr für sie. Er steht auf, reckt sich, fährt in die Schlafanzughose, er hatte ohne sie geschlafen, nur im Unterhemd. So setzt er sich drüben an den winzigen und deshalb völlig vollgestellten Küchenklapptisch. Eigentlich ist es keine Küche, sondern lediglich eine Koch- und Eßnische mit Flurtür. Doch für Elli und seine Bedürfnisse schon ausreichend, aber Wolfgang Schmied wäre gerade heute lieber im Wohnzimmer neben als ihr hier gegenüber gesessen. Hinter ihr, durch die Balkontür zu sehen, regnete es.
»Kater?« Eine Frage ohne Schadenfreude oder Vorwurf, sachlich, zweckgerichtet, auf sein verneinendes Kopfschütteln trägt sie ihm ihre Wünsche an ihn für den Vormittag vor.
»Ich hab einen Zettel geschrieben, was wir für das Wochenende noch brauchen. Die anderen Sachen hole ich bei mir im Geschäft über den Personaleinkauf. Hole aber nicht mehr, als draufsteht, sonst stimmt das Haushaltsgeld nicht mehr. Und wenn ich Mittag Schluß habe, wär es gut, wenn du mich vom Laden abholen tätest. Sonst muß ich so schleppen.« Das war jeden Samstag so wie eine feste Formel, Wolfgang Schmied kannte sie, aber nicht, was diesmal nach einer kunstvoll mit einem nur angedeuteten Schlückchen Kaffee überbrückten Pause von Elli angefügt wurde. »Und wenn ich allein aus dem Laden gehe, pfeifen mir die jungen Burschen, die Halbstarken, nach. Die treiben sich um diese Zeit immer ums Ladenzentrum herum.«
»Klar doch, mach ich.« Zu wenig, da mußte er noch etwas dazu sagen, aber was. »Wo sollen sie auch hin, diese Jüngeren?« Wolfgang Schmied fängt einen unzufriedenen Blick Ellis auf, auch der hilft ihm nicht weiter, läßt ihn

nicht merken, daß er das immer noch jugendliche Aussehen seiner Frau hätte bemerken — und erwähnen sollen. So zungenfertig, so wortgewandt wie Kirti und seine Freunde von gestern abend müßte ich sein, denkt er, aber anders, irgendwie anders.

»Heut nachmittag, was hast du da vor? Ist wieder eine Fußballübertragung im Fernsehen?«

Diesmal überhört er die Herausforderung in ihrer Rede nicht, obwohl sie gedämpft und sachlich gesprochen hatte. Wäre sie laut geworden, hätten es vielleicht die nebenan ebenfalls beim Frühstück sitzenden Nachbarn mitbekommen. Eigentlich möchte er sie nun berühren, ihr übers Haar streichen, ihr seinen Arm um die Schulter legen, sie an sich drücken, aber da ist der Tisch im Weg. Zu spät, sie muß schon gehen, steht schon auf, gleich hört er vom Flur, wie sie den Regenmantel von der Garderobe nimmt.

»Wart, ich fahr dich zum Geschäft.«

»Du bist ja noch nicht einmal angezogen, laß nur.«

»In drei Minuten bin ich soweit angezogen, warte doch.«

»Zu Fuß brauche ich auch nur zehn Minuten, fahren rentiert sich nicht. Bis Mittag.«

»Bis Mittag! Und nachmittags habe ich gar nichts vor.«

Leise klappt draußen die Wohnungstür zu, Wolfgang Schmied steht, gerade erst, die Tasse zu einem letzten Schluck in der Hand, allein gelassen.

Es hielt ihn nicht in der Wohnung. Trotz des unfreundlichen Wetters drängte es ihn hinaus, zuerst zu den von Elli notierten Besorgungen, Fleisch für den Sonntagsbraten von einem ›richtigen‹ Metzger, Gemüse und Salat, eine Gärtnergurke, Tomaten von dem kleinen Laden, den seit einigen Jahren ein Grieche führte, weil man dort frische Ware bekam nach Ellis Meinung. Von diesem Laden aus in der alten Vorstadt Haidhausen wäre nicht weit zu seiner Mutter, aber besuchte er die, dann konnte er nicht garantieren, daß er rechtzeitig wieder in der Trabantenstadt draußen war, um Elli abzuholen. Aber herumlaufen, sich naßregnen lassen? Die Kneipe vom Abend davor fiel ihm ein, die mußte auch hier irgendwo in der Nähe sein. Er umrundete lässig, nicht besonders zielgerichtet, einige Hausviertel; ein eben wegfahrender Kleinlieferwagen lockte ihn auf eine freigewordene Parklücke am Randstein. Die Kneipe an der nächsten Straßenecke war eine andere als die von Kirti und seinem Arbeitskreis.

Nur einige alte, für Wolfgang Schmied sehr alte Männer, am Nebentisch, der gelangweilt dreinsehende Wirt bringt das bestellte Weißbier selbst, wünscht unlustig »Zum Wohl!«, dreht dann hinter der Theke, nein, Schanktisch, es ist noch ein alter, kupferbeschlagener Schanktisch mit anmontierter Spüle und Zapfstand, da dreht er an einem Kofferradio herum, bis halblaut-unverbindliche Musik, von gelegentlichen und hier überflüssigen Verkehrsdurchsagen unterbrochen, den Raum füllt. Doch für die Rentner nebenan ist nun Anlaß, mit dem Radio zu konkurrieren, ihr Gespräch wird einige Grade lauter, geradesoviel, daß Wolfgang Schmied die bedeutsameren Brocken davon mitbekommen kann, ohne es eigentlich darauf abgesehen zu haben, eigentlich hatte er nur irgendwelche menschliche Nähe gesucht. ». . . nein, in der Sommerstraße hat der gewohnt, in der Au unten. Und gleich nach der Machtübernahme ist der geholt worden, und man sagt, er ist schon in den ersten Tagen danach erschlagen worden.«

»Seine Frau hat doch den Herker geheiratet. Aber der ist auch so umgekommen. Die Zenta, glaube ich, die lebt aber noch . . .«

»Ach wo, die Zenta war dem Beimler seine Frau, in der Sommerstraße hat doch der Götz gewohnt, der Götz!«

Wolfgang Schmied ist plötzlich gebannt, die Greisenstimmen vom Nebentisch ziehen ihn an. Gar nicht bewußt wird ihm, daß er sich zu ihnen hingeneigt hat, daß er Handbreit um Handbreit näher gerückt ist. Auch sie, mit sich beschäftigt, bemerken ihn noch nicht.

»Ja, da haben sie viele aus der Au, aus Giesing und Haidhausen damals verhaftet. Angefangen hat das aber schon vor den Nazis. Da hat es einmal so ein Verbot gegeben, genau weiß ich es nicht mehr, ich war da noch zu jung, da haben die eine Demonstration gemacht von Giesing in die Au hinunter, und da war Dult, die Polizei hat die dann unter den Dultbesuchern nicht mehr herausfinden können.«

Wie ihnen da dieser junge, für sie junge Mann unvermittelt ins Wort fällt, sehen sie ihn erschrocken, ja beinahe schuldbewußt an.

»Schmied aus der Au, kennt den noch einer von euch?«

Bevor einer verneinen kann, fängt Wolfgang Schmied an, alles abzuhaspeln, was ihm zu seinem Großvater gerade einfällt.

»Hausiert hat seine Frau, einen einzigen Sohn haben sie gehabt, der war mein Vater, ist im Krieg gefallen. Mein Großvater soll vor dreiunddreißig bei der Straßenbahn gearbeitet haben, danach wieder in seinem Beruf. Aber nicht lang, dann ist er eingesperrt worden.«

Widerborstig versucht einer der Alten weiteren Fragen von Wolfgang vorzubauen, brummelt: »Früher, ja, ja, aber das ist vorbei. Heut ist ja alles anders.«

»Ha, anders! Sind jetzt vielleicht auch schon zehn Jahre her, da hat so ein neuer Obernazi auf dem Mariahilfplatz eine Rede halten wollen, aber die jungen Leute haben ihn so lange ausgepfiffen, bis er aufgehört hat. — Ausgerechnet auf dem Mariahilfplatz!«

Wolfgang Schmied hält nun ein Augenmerk auf den einen, der sich in einen fast jugendlich anmutenden Zorn reden konnte. Den redet er nun direkt an.

»Von meiner Mutter hab ich es erzählt bekommen, ins Konzentrationslager Dachau, sagt sie, haben sie den Großvater gebracht, und von da ist er nicht mehr herausgekommen, aber mehr weiß sie auch nicht. Schweigen ist Gold gewesen, damals, drum hat man nicht viel erfahren.«

Vier Köpfe nicken bedächtig. Der fünfte nicht. Wolfgang Schmied hat den Richtigen herausgefunden, meint er.

Der schaut ihn nun aufmerksam an, ja, er mustert ihn genau. Und fordert ihm Auskünfte über sich selber ab, ob er einen Beruf erlernt habe, verheiratet sei, Kinder habe, wo er wohne und wieviel Miete zahle, beim Militär gewesen sei und gern oder nicht so gern, dann doch so überraschende Dinge für Wolfgang, ob er in einer Gewerkschaft sei — und ob er bei der mitarbeite. Ja, »arbeitest da auch mit?«, wortwörtlich.
»Wie soll ich da was mitarbeiten, die haben doch ihre Angestellten im Gewerkschaftshaus, dafür zahl ich ja auch den Beitrag.« Ironisch seine Stimme schon eingefärbt, daß es die anderen Alten ja nicht überhören können, wie er es meint: »Und wie ihr auch, euer Lebtag lang, zahlt er auch noch die Steuern, weil ihm nichts anderes übrigbleibt, dafür braucht er sich weiter um nichts zu kümmern, denn im Stadtrat, im Landtag, im Bundestag haben sie doch genügend Stadträte, Abgeordnete, Minister und natürlich auch Beamte und Angestellte, die dafür bezahlt werden. Nichts dazugelernt haben die Jungen, könnt ihr stolz darauf sein, von euch war ja nichts zum Lernen, weil ihr heut noch brav das Maul haltet!« Daß er den Anstoß zu dieser Wendung des Biertischdiskurses gab, rührt Wolfgang Schmied peinlich an.
»Von uns nehmen die ohnehin nix an.« Der so abwiegelt, sieht herausfordernd zu Wolfgang hin, der sich aber nicht dazu rührt. »Stimmt doch, oder?«
Er tut ihm diesen Gefallen nicht, trinkt aus seinem Glas einen langen Zug, nimmt genüßlich den leicht hefigen Biergeschmack wahr, hat dann die Kehle wieder frei. »Meinen Vater hab ich nicht mehr gekannt, der ist im Krieg gefallen. Der wäre jetzt, ja, der wäre jetzt ungefähr in Ihrem Alter, nein, ein bißchen jünger noch. Der Stiefvater, zweiter Mann von meiner Mutter, der wäre so alt wie Sie.« Der eine versteht, was er damit sagen will, Wolfgang Schmied liest es an seinem Gesicht ab. Doch stumm bleibt auch der, nachdenklich wie die anderen nun, bis Wolfgang sein Glas

austrinkt, das Geldstück für den Wirt sichtbar auf den Tisch legt. Da lädt der ihn ein, bekopfschüttelt von den übrigen. Ein alter Auer, älter als er, fast sein Vater könnte der sein, der lebe noch draußen vor der Stadt, nein, wäre auch schon weit hineingewachsen inzwischen, in einem Altersheim, einem besonderen Heim des Freidenkerverbands, und ein Fest sei da in vierzehn Tagen. Wenn er etwas erfahren wolle über seinen Vater und den Großvater, solle er ruhig hinkommen, vielleicht . . .

»Habt ihr heute viel Trubel gehabt — du siehst so mitgenommen aus?« Ungeschickter hätte er mit Elli keine Unterhaltung anfangen können, wie er sie gerade noch rechtzeitig vom Supermarkt abholt.
Sie, ärgerlich, gibt ihm heraus: »Meinst du, wir werden fürs Nichtstun bezahlt?«
Sie läßt sich dann aber von ihm versöhnlich in den Arm nehmen, nachdem sie ihren Personaleinkauf im Kofferraum verstaut haben. Sonst mag sie, weiß er, solche angedeutet zärtlichen Berührungen in der Öffentlichkeit nicht, doch ihm ist danach, herzeigen will er, schaut nur her, ihr Kollegen von Elli, ihr Mopedbürschchen auch, ich mag sie, zehn Jahre schon mag ich sie, grinst nur blöd, ihr! — Bepackt wie Lastesel nebeneinander im Aufzug, hindern ihn die Plastiktüten, ihren Arm zu streicheln und ihr dabei zu sagen, daß sie jetzt nicht kochen brauche, er vielmehr mit ihr in die innere Stadt hineinfahren und dort mit ihr bummeln wolle, wo es doch nun zu regnen aufgehört habe und weiter ins Grüne zu fahren nicht lohne. Essen gehen in ein Lokal? Elli ist überrascht, freut sich. Oder doch nicht so, wo sie doch fragt, ob man sich das leisten könne.
»Klar doch, haben doch beide unseren Verdienst. Leisten wir uns einfach.«
Als er auf der Hauptverkehrsstraße bei der monströsen Betonlandschaft der Riesenbaustelle des künftigen Kulturzentrums der Stadt den Blinker bedient und auch gleich

noch vor der Isarbrücke abbiegt, wundert sie sich. Bescheiden, Beifahrerinnenton, erkundigt sie sich, ob er meine, dieser Umweg sei günstiger, mit weniger Verkehr. Wundert sich noch mehr, daß er hier anhalten will, hier »ein wenig die Füße vertreten«.
Es ist nichts Besonderes, findet sie, was es da zu sehen gibt, aber sie merkt auch, daß es für ihn, den Wolfgang, etwas auf sich haben muß mit dieser Gegend, wie er behutsam kleine, unbedeutende Straßen abschreitet und sich dabei sichtlich mit Eindrücken füllt. Ja, er geht an den alten Häusern, auch an einigen neuen entlang, als ob er als Tourist zum erstenmal hier und diese alltäglichen Fassaden besondere Sehenswürdigkeiten wären.
»Suchst du ein bestimmtes Lokal zum Essen?«
»Klar doch . . . nein, ich kenn eine Wirtschaft, wo man vernünftig essen kann. Stell dir vor, hier in diesem Viertel hat mein Großvater gewohnt. Mein Vater, mein richtiger, nicht Scheugenpflug, der ist hier aufgewachsen. Da muß es ganz anders ausgesehen haben, damals.«
Es hat zwar zu regnen aufgehört, aber für längere Spaziergänge, findet Elli, ist das Wetter doch zu unfreundlich. Sie erwägt noch, es ihm zu sagen, aber da sind sie schon vor dem Gasthaus, nach einem flüchtigen Blick auf die ausgehängte Speisekarte im Kasten neben der Tür treten sie hinein, es ist eine mittelgroße Speisewirtschaft mit nicht ungemütlicher, aber auch nicht sehr aufwendiger Einrichtung, zweckdienlich. Angestellte aus den Büros der umliegenden Betriebe nehmen werktags hier ihr Mittagessen. Elli ist nicht begeistert, überhaupt nicht. Wenn sie schon einmal auswärts essen! Wolfgang hat etwas vor, merkt sie, aber er läßt sich Zeit, darüber zu reden, bis sie bei der Bedienung bestellt haben, bis die das Bier gebracht hat.
»Die Wirtschaft hier, das ist ein Teil von dem früheren Paulanerkloster. Später hat es dann der Wirt Zacherl samt der Brauerei übernommen, drum heißt es heute Zacherlgarten.«

»Ja, und was ist da so Besonderes?«
»Nichts, nichts Besonderes. Braucht man eigentlich immer etwas Besonderes, Elli? Und dann: Was ist überhaupt das Besondere?«
Wie er daherrede, wundert sich Elli, ob er das von seinem studierten Beifahrer gelernt habe. Nein, selber mache er sich so seine Gedanken, seine ganz eigenen Gedanken, soviel dürfe sie ihm schon zutrauen, brummt er erwidernd, aber da wird das Essen gebracht, Elli weiß, danach wird sich seine Laune wieder gebessert haben. Dann wird sie ihn endlich einmal fragen, was in der letzten Zeit mit ihm los sei, denn irgendwas trug er mit sich herum, meinte sie zu spüren.
Er kommt ihr zuvor. »Mein Großvater und seine Freunde damals, kannst du dir vorstellen, daß die nicht gewußt haben, für was sie sich einsetzen? Für was sie sich haben einsperren lassen und sogar umbringen?«
Elli versucht gar nicht, ihre ärgerliche Überraschtheit zu unterspielen. »Was du bloß mit solchen alten Geschichten in der letzten Zeit hast. Geht uns was ab?« Unvermittelt kommt sie da eine Angst an. »Ist bei dir in der Firma etwas nicht in Ordnung? Wollen sie dir kündigen? Hängt's vielleicht mit dem Studenten zusammen?«
Wolfgang Schmied streicht seiner Frau sanft über ihren Handrücken, eine beruhigende und zugleich liebevolle Geste. Lange ist es her, daß er so etwas Einfaches fertiggebracht hat. — Klar doch, in der Firma läuft alles glatt, hätte er sonst forsch und obenhin geantwortet. Nein, jetzt wollte er mehr, wollte wieder einmal seit — wie lange eigentlich schon nicht mehr? — eine richtige Unterhaltung führen mit Elli, seiner Elli. So wie sie einmal, lange schon her, miteinander gedacht hatten, wie sie zu ihrer Wohnung kommen würden, zu den Möbeln, zum Urlaub. Genauso wollte er jetzt mit ihr denken und reden über Vergangenes und Zukünftiges. Über den Großvater nämlich und darüber, wie der sich vorgestellt hatte, daß seines Kindes Leben ver-

laufen sollte. Dann auch über seinen Vater Hans Schmied, der in den Riß der Geschichte gefallen war, so daß er selber ohne eine Vergangenheit, jedenfalls fast ohne sie in die Zeit gefallen war, fast wie ein Vieh, ja, wie ein Tier, das nicht denken braucht über Woher und Wohin. So reihten sich Gedanken in seinem Kopf: Ein Stück Nutzvieh, ein Rindvieh, in den Stall gestellt, solange er Ertrag abwarf, war er das? Oder war ein Mensch zu mehr auf der Welt? Vielleicht um Erfahrungen zu sammeln und sie an die nächste Generation weiterzureichen?

»Wenn wir ein Kind haben, welchen Beruf werden wir dem lernen lassen? — Ich mein nur so. Sag, was könntest du dir da vorstellen?«

Daß er sie mit solcher Rede nun ganz und gar verwirrte, durcheinanderbrachte, las er ihr gleich am Gesicht ab. Er gab nicht auf. Wolfgang Schmied doch nicht. Er verschob es auf später, doch zuerst gingen sie über die Isar hinüber, über die Brücke in die Altstadt hinein, über den Viktualienmarkt, auch über den Marienplatz, der zur Fußgängerzone geworden, an Geschäften vorbei, an Schaufensterfronten, sie bummelten. Hätte sie jemand genauer beobachtet — niemand in der Menge tat's —, wäre ihm der lockere Gleichtakt ihrer Bewegungen, ihr beinaher Gleichschritt aufgefallen. Dieser Äußerlichkeit entsprach, daß sie beide einander in Gedanken suchten, sich gegenseitig in ihre Überlegungen zu dringen versuchten, da es ihnen an den geeigneten Worten aber fehlte, zu keinem Ergebnis kamen.

Zu Hause nach dem Abendessen und Tisch wieder abräumen war es Elli, die aus sich herausging. »Wolfgang, heut mittag, wegen dem Kind? Hast du dir überlegt, daß du eines möchtest? — Ich hab es mir auch schon manchmal durch den Kopf gehen lassen, was dann wäre. Und dann habe ich Angst bekommen, ob ich mit so einem kleinen Menschlein alles richtig machen würd. Nicht das Füttern, das Anziehen, das Baden und so. Nein, ich meine, ob wir es großbringen würden, so daß es sich richtig auskennt, wenn

es einmal groß ist, daß es weiß, wie man alles anpackt. Was hat zum Beispiel deine Mutter, was hat die meine von mir? Was haben die selber vom Leben, und was werden wir einmal in zwanzig, dreißig Jahren haben? Ich kann es nicht so ausdrücken, aber was wird sein? Drum, meine ich, muß man Angst haben, weil es keinen Sinn gibt für ein Kind.«
Wolfgang war nicht weniger unbeholfen, sich mitzuteilen. Es dauerte, bis er sich zunächst einmal in eine allgemeine Betrachtung finden konnte, einer Flucht gleich. »Halbstarke, das war ein Begriff, der aufkam, als ich noch nicht bei der Bundeswehr gewesen war. Halbstark, denk ich mir heute manchmal, sind doch die Mehrheit der Leute deswegen, weil sie das Selbstverständlichste nicht tun können.« Nein, so kam er nicht zurecht, da mußte er deutlicher werden. »Ich denke mir, daß zu Zeiten von unseren Großeltern die Leute noch alle gewußt haben, wo es hingehen soll. Oder wenigstens viele von denen. Und daß die es wieder hergewußt haben von denen vor ihnen. Irgendwie durch den Krieg und die Zeit unter den Nazis und dann . . . ich weiß es eben auch nicht. Aber ich will es jetzt wissen, werde es wissen, wenigstens so ungefähr. — Was das mit einem Kind von uns zu tun haben könnte, fragst du vielleicht. Eben weil ich mir vorstelle, daß da ein Faden gerissen ist, vielleicht einer mit einem Anfang von vor etlichen hundert Jahren, wo immer die Eltern etwas dazugedacht haben und das ihren Kindern haben mitgeben können und die wieder den ihren und so fort bis vor nun fünfzig Jahren. Und wenn wir ein Kind hätten und ich wieder das eine Ende von dem Faden in die Hand bekäme, dann könnte der Strang wieder geflickt werden.«
Elli war noch unsicherer, was ihm da im Kopf umging, zum umständlichen Reden drängte, sie spürte aber seinen ungewöhnlichen Ernst. Befangen machte sie das, zu leicht, meinte sie, könnte da ein unrechtes Wort schaden.
»Ich denke, du könntest jetzt schon einen guten Vater abgeben.«

Neunzehntes Kapitel

Dem jungen Gesellen von der Schreinerzunft, dessen Kleidung so mitgenommen aussah und dessen Aussprache ein solch undefinierbares Landstraßen-Rotwelsch war, wenn er sich nach dem Weg in die Au erkundigte bei den vorübergehenden Münchnern, sahen sie ihm geringschätzig nach. Natürlich in die Au, da gehörte so einer hin. »Wenn du ins Königreich Bayern kommst, frag immer nach dem Weg nach München, wenn du dann dort in der Stadt bist, frag dich zur Au durch, und da schließlich frag nach der Nanette Schmied, die ist deine Tante.« Und er fand hin und fand alles so, wie es ihm der Vater beschrieben hatte, soweit er es ihm hatte beschreiben können, bevor er ihn von dem friesländischen Städtchen Leer in den Süden hatte wandern lassen. Das war keine leichtlebige Wanderschaft geworden, kein abenteuerndes Ziehen von Stadt zu Stadt, vielmehr ein dürftiges Durchbetteln, nachdem das Zehrgeld vom Vater verbraucht gewesen war, denn knapp ging's zu mit Arbeit und Verdienst für einen wandernden Schreinergesellen in den deutschen Mittelstaaten seit den frühen vierziger Jahren schon. Nun ging dieses Jahrzehnt zu Ende, achtzehnhundertsiebenundvierzig schrieb man.

Diese Arbeiter- und Taglöhnerstadt Au, ärmlich hatte er sich die vorgestellt, womöglich war sie nun noch ärmlicher an manchen Enden. ». . . wenn dir niemand die Nanette Schmied weisen kann, dann frag nach dem Schreinermeister Wahle.« Den Wahle erfragte er als erstes und ohne Mühe. Den Wahle, der die Möbel für das Schloß in Aschaffenburg geliefert hat und der jetzt gerade dabei ist, auf die Gant zu kommen, sagten die Leute. Trotzdem hielt solche Auskunft den jungen Gesellen nicht ab, dem alten Meister Wahle seinen Besuch abzustatten. Der Hanns Schmied sei er, Sohn vom Peter Schmied, der vor Jahr und Tag von hier weggewandert und dann ansässig geworden sei in Altona an der Nordsee, dort eingeheiratet und

Schreiner auch, hauptsächlich beschäftigt mit der Herstellung von Seekoffern und Seekisten. Ob er, bei der schlechten Geschäftslage, von der er schon erfahren habe, die Spatzen pfiffen es von den Dächern, damit rechnen könne, als Geselle in den von seinem Vater gerühmten Betrieb einzustehen?
Nein, damit freilich könne er nicht rechnen, aber es liege dies an den allgemein schlechten Geschäften, von denen er erfahren habe, nicht an ihm, Wahle, der seinem früheren Gesellen den Sohn schon hereinnehmen möchte, wenn er könnte. Wenn ihm allerdings die Tante, die Nanette Schmied, nicht weiterhelfen würde, etwas würde er schon noch für ihn tun, nämlich ihm wegen der Auflage der Fremdenpolizei Bürgschaft leisten, daß er sich dann in Ruhe umsehen und Arbeit suchen könne. Und für eine oder zwei Wochen habe man auch eine Schlafstatt für ihn.
Nach gutmütiger Hänselei wegen seiner norddeutsch-fremdartigen Aussprache war das, was ihm die Wahle-Gesellen über die Zustände in München und der Au zu erzählen hatten, zwar ausführlicher und aufschlußreicher als die dürftigen Auskünfte und vorsichtigen Andeutungen des Meisters. Der König, sagten die, der alte Ludwig, der habe nur seine Bauereien im Sinn, neuerdings auf altgriechisch und altrömisch. Vor drei Jahren hätte es, um das Baugeld aufzubringen, einen erhöhten Malzaufschlag, eine Biersteuer von einem Pfennig auf die Maß, gegeben. In München drüben hätten sich aber vor den großen Bräuhäusern an einem ersten Maitag im vierundvierziger Jahr die Bürger dagegen zusammengetan, das teure Bier auf die Gasse geschüttet, die Tische und Bänke dann zu Barrikaden zusammengeworfen gegen die Schweren Reiter, die gegen sie geschickt worden waren, sie auseinanderzutreiben.
»Daß auch mit Gesellen aus Haidhausen und Giesing welche aus unserer Au dabei waren gegen die königlichen Reiter, das hat unseren Auer Magistratsräten gar nicht gefallen, aber wegleugnen haben sie es nicht können, drum sind

sie seitdem besonders wachsam gegen uns. Im Schweiger-Theater, das ist unser Volkstheater, mußt du wissen, da hockt immer ein Spitzel und paßt auf, daß von der Bühne nichts Aufrührerisches gesagt wird.«
Vieldeutig ergänzt ein anderer junger Schreiner: »Auf das Theater hat der alte Ludwig natürlich sein besonderes Auge, nicht nur auf das Schweiger-Theater in der Au. Hast unterwegs schon von der Lola Montez gehört? Ist eine spanische Tänzerin. Was meinst, was die dem bayerischen Volk kostet, dafür, daß sie dem König einen allerletzten Frühling macht?«
»Zur Gräfin Landsfeld ist sie gemacht worden, und alle Minister, die sich gegen das Hurenmensch gestellt haben, sind gefeuert worden.«
Der Hanns Schmied hätte gern über die Schwester seines Vaters mehr erfahren, über die intrigante, kirchen- und jesuitenfeindliche Mätresse des Bayernkönigs hatte er unterwegs, schon außerhalb Bayerns, genügend Gerüchte zu hören bekommen. Aber mehr als daß die eine zwar reiche, aber verschlossene und unzugängliche alte Jungfrau sei, bekam er nicht heraus. Doch, etwas mehr schon. Ein Kind, sagte einer, sollte die in früheren Jahren gehabt haben, ein illegitimes, ein lediges Kind also. Von wem? Ein früherer Schreiner, der alte Ertl, der hätte es vielleicht näher gewußt, aber von dem war nichts zu erfahren gewesen. Doch, der Ertl lebe schon noch, aber inzwischen sei der eher noch verschwiegener geworden. Peter Ertl, der ›Tambour von Hohenlinden‹, er lebte also noch, Hanns Schmied war er vom Erzählen seines Vaters her vertraut, doch, so erschien es ihm, dem Zwanzigjährigen in seinem Verständnis, mußte der schon uralt sein. Greisengerede, auf solches würde er verzichten! Gut verzichten können! Von diesen jungen Wahle-Schreinern aber wollte er noch einen weiteren Aufschluß:
»Warum geht das Geschäft bei euch so schlecht, wo doch der Wahle einer der ersten, wenn nicht überhaupt der erste

war, der mit modernen Maschinen gearbeitet hat?« Sie wußten genau Bescheid, diese Schreiner aus der Au. Aber so direkt gefragt, rückten sie damit nur brockenweise heraus. »Da nützen Maschinen nichts, wenn der Obersthofmarschall keine Arbeit für den Auftrag gibt.« So einer, kurzangebunden. Ein anderer ergänzt:
»Der Obersthofmarschall ist für die Schlösser in Würzburg, Aschaffenburg, Werneck, Veitshöchheim und Brükkenau zuständig. Wenn er dem Wahle nicht hat den Preis drücken können, hat er die Aufträge an nähergelegene Meister vergeben.«
Mit übertrieben wissendem Ton meinte einer noch seine Vermutungen hinzufügen zu müssen: »Unser König scheint nicht mehr so viel Geld ausgeben zu können, ohne daß er den Landtag fragt. Sonst könnte uns der Obersthofmarschall Arbeit genug zubringen. Aber für den Eisenbahnbau jetzt zum Beispiel, da muß eine Anleihe gemacht werden, und dazu ist seit dem September der außerordentliche Landtag einberufen.«
Die übrigen lachen über das aufschneiderische Wesen des einen Mitgesellen. Dem Fremden erklärt dann einer:
»Auf den König und seinen Hofbeamten hätte sich der Wahle als alleinigen Kunden nicht einstellen können. Und — modern mögen die Maschinen in unserer Werkstatt schon einmal gewesen sein, aber heute ist Dampfkraft modern geworden, Dampfmaschinen, wie sie bei Maffei in der Fabrik in der Hirschau gebaut werden. Geld hätte der Wahle dafür gebraucht, hätte er sich rechtzeitig aufnehmen sollen und dazu noch mit einem Händler eine Kompanie eingehen, vielleicht sogar eine Actiengesellschaft gründen. — Aber merkt ihr nicht, wir reden, als ob unsere Werkstatt schon ausgepfändet wäre. Noch ist's nicht soweit, und vielleicht bekommen wir den Tabakhändler Dall'Armi zum Geschäftsteilhaber.«
Außer Hanns Schmied lachen sie nun alle übermütig.
»Nach dem Bankier und Baron von Eichthal ist das wahr-

scheinlich in München der reichste Mann. Der hat die einzige Tochter des Bankiers Nocker geheiratet.«
Vorstellen, welcher Empfang ihn bei der Schwester seines Vaters erwartete, konnte er sich nicht, vielleicht würde er familiär-herzlich, vielleicht auch frostig-abwartend oder auch abweisend sein, wie bei einem Almosensucher. Gespannt und auch wieder gleichgültig trieb er sich dem Bereiteranger zu, über den Steg hinüber und zu dem landhausartigen Wohnsitz der Tante Nanette. Hinter dem ihn umgebenden Zaun saß neben der Gartenpforte ein alter, grauhaariger, braungesichtiger Mann, schnitzte an einem Stecken herum. Der sah erst auf, als der junge Handwerksgeselle dabei war, die Zauntür aufzuklinken. Fragte, was er wolle, ohne ihm einen Gruß zu gönnen. Hanns Schmied grüßte, eröffnete dann dem Alten, daß er zu Nanette Schmied wolle, die seine leibliche Tante sei. Er brummte dagegen, daß er draußen warten solle, widmete sich noch einmal seinem Stecken, und erst nach etlichen glättenden Strichen mit seinem Messer bequemte er sich, aufzustehen und dem Haus zuzuschlurfen. Noch eine Weile dauerte es dann, bis eine junge Frau, Magd offenbar, herauskam und ihn nach eingehender Musterung einließ bis zur Bank neben der Haustür, wohin sich Hanns Schmied, ihrem Wink folgend, niederließ, dort eine geschlagene halbe Stunde zu warten hatte. Kein angenehmes Warten war das an einem kühlen Herbstmorgen.
Erleichtert vermerkte Hanns Schmied, daß da die Tür wieder aufging. Die Magd, im Stallschurz, die kam heraus. Die Hausfrau, Arbeit hätte die mit der Ökonomie. Könne nicht gleich weglaufen von ihr, wenn da ein Fremder käme. Wenn er dessen bedürftig sei, solle er sich gegen elf Uhr zum Mittagessen einfinden, umtun könne er sich inzwischen um einen Dienstplatz, denn hier seien sie vollzählig. Ein halber Gulden, in ein Stück Papier gewickelt, wurde ihm noch gereicht, dann konnte er gehen.
Nachbar auf dem Bereiteranger zum Anwesen der Nanette

Schmied war der Stadtgerichtsbote Martin Bögl. Er, im Ruhestand, vertrieb sich die Tage damit, die meiste Zeit zwischen den Mahlzeiten in einem der Fenster zu lehnen. Viel Abwechslung bot ihm das nicht, denn außer ihm und Nanette Schmied gab es nur zwei weitere Grundstückseigner auf dieser Landzunge an der Isar, die Mietleute aber waren tagsüber fort zu ihrem Erwerb. Mochte also der für ihn fremde Besucher in der Nachbarschaft ihm als Abwechslung erscheinen, daß er ihn anrief, mit ihm durchs Fenster heraus eine Unterhaltung anfing.

»Junger Mann, hat die Schmiedin alle Stuben vermietet, daß sie Ihn hat wegschicken lassen?«

Unbefangen gab Hanns Schmied alle nach und nach gewünschten Auskünfte, woher, wozu und was sonst er vorhabe. Dafür bekam er etwas ab von der Kundigkeit am Ort des gewesenen Stadtgerichtsboten. Beim Schreiner Wahle, nein, da bestünde keine große Zukunft mehr. Aber beim Maffei in der Hirschau gehe es, wie zu hören sei, steil aufwärts, vor drei Jahren seien da schon hundertfünfzig Leute im Lohn gestanden, inzwischen vielleicht schon mehr, und da brauche einer nicht unbedingt einen zunftmäßigen Gesellenbrief, wenn da einer anstellig sei, könne er mit seinem Fortkommen rechnen. Außerdem könne er auch bei Mannhardt einen Versuch machen, Werkzeugmaschinen und Turmuhren stellten die her. Die Söhne des Stirner, die mit ihm ja auch verwandt sein müßten, die wären in der Hirschau untergekommen.

Weil ihm viel Zeit blieb bis Mittag, sah er sich etwas um und leistete sich schließlich den Luxus, auf ein Weißbier beim ›Radlwirt‹ einzukehren. ›Den Frühschoppen‹ besuchten sonst nur einige honorige Auer, eingesessene Bürger mit satter Behäbigkeit. Ihr Gespräch drehte sich um einen im Bau befindlichen Brunnen, künstlerisch mit einer Brunnenfigur sollte der von einem Meister Schwanthaler gestaltet werden. Der Bildhauer, erfuhr Schmied, hatte diese ohne Mantel vorgesehen, was einer Vorstadt angemessen sei, jedoch sei die Au von Rechts wegen Stadt, für Frachten aus der Au sei an Münchens Schrankbäumen Zoll zu entrichten, kein Zweifel also — und die Statue habe den städtischen Mantel zu bekommen. Von der Regierung, der allerhöchsten, habe man vor drei Jahren erst wieder bestätigt erhalten, daß eine Vereinigung von Au und München nicht erwünscht sei, obwohl der hauptstädtische Bürgermeister, der Herr von Steinsdorf, sich besonders dafür eingesetzt hatte. Da vertrat einer die Meinung, deshalb wollen bestimmte Bürger in München alle Vorstädte eingemeinden, daß sie mehr und immer mehr Arbeitsvolk für die wachsenden Fabriken herbekämen. Vom ›vierten Stand‹ hörte er reden und daß der künftig den angesessenen Bürgern viel Ungelegenheiten bereiten könne. Für und wider den Anschluß an die Hauptstadt, Hanns Schmied meinte aber zu beobachten, daß das Für überwog bei dem Bürgerstammtisch. Als er genug gehört zu haben meinte, zahlte er seine sechseinhalb Kreuzer fürs Bier und schlenderte wieder hinaus zum Bereiteranger.

Der Alte vom Morgen nahm ihn zunächst in Empfang, nein, empfangen wurde er nicht, vielmehr eingewiesen, in die Küche an den Eßtisch des Hofgesindes, außer der einen jungen Magd lauter ältere bis schon sehr alte Leute, fünf Frauen und zwei Männer. Rumfordsuppe gab es, jedoch nicht die gehaltlose, wie sie im Auer Arbeitshaus vor einem halben Jahrhundert eingeführt ohne Fleisch, sondern dieses, mit dem der Brühe zuvor der Gehalt gegeben worden war, kleingeschnitten dieser Gemüsesuppe beigegeben, der Kartoffel, Erbsen, Lauch und reichlich Petersilie sowie scheibchenweise geschnittene gelbe Rüben einen runden, vollmundigen Geschmack gaben und die angerösteten Zwiebeln einen würzigen Duft. Hätte Hanns Schmied die Herkunft dieses Rezepts gekannt, hätte er, wie die meisten anderen Leute den gewesenen bayerischen Minister für einen besonderen Wohltäter an den Bettlern und Stadtarmen gehalten, meinend, denen wäre tatsächlich auch dieses Gericht und so und nicht anders gereicht worden. — Nach Essen und stumm mit gefalteten Händen gehaltenem Tischgebet wurde er von dem Alten angesprochen:

»Herr Schmied, die Frau Tante sieht es nicht gern, wenn sich Leute von uns mit dem Bögl unterhalten, sich von dem ausfragen lassen. Der nämlich ist gut dafür, daß alles, was er erfährt, in die Au und bis München hinüber kommt.«

Da bekam Hanns Schmied ein beleidigtes, trotziges Gesicht. Und dafür noch eine Andeutung dazu: »Es hat schon seinen Grund, wenn wir uns abgesondert halten!«

Endlich führte ihn der Alte in die Wohnstube.

»Junger Herr, damit du es weißt, mir verdankst du es, daß dich die Frau Tante überhaupt sehen will. Früher, als ihre Eltern gestorben waren, da hätte sie ihren Bruder, deinen Vater also, gebraucht. Inzwischen kommt sie allein zurecht.«

Alleingelassen betrachtete er sachkundig die Einrichtung. Durchaus städtisch war die, solide Handwerksarbeit in der österreichischen Mode, die Wiener- oder Bürgerbarock genannt wurde. Sofa und Sessel in gemustertem Plüsch bezogen, Schrank und Tisch mit gedrechseltem Zierwerk. Leute mit ausreichendem Besitz nahmen sich beim Einrichten und nicht nur dabei Vorbilder von den adeligen Herrn des Jahrhunderts davor.

Die Tür schwang auf, die hagere, abweisend streng blikkende Frau, die war also seines Vaters Schwester. Etwa in seines Vaters Körpergröße, für eine Frau ziemlich groß, wohlhabend städtisch und nicht wie eine Bäuerin gekleidet war sie, in den Augen des Handwerksgesellen eine Dame. — Nach der sachlichen Begrüßung begann sie ihn gleich auf eigentümliche Art zu befragen, ihre Fragen waren gefolgt von einer Antwort, die sie sich selbst längst gegeben hatte, so daß nun Vorwürfe für den Bruder an den Neffen kamen.

Ob ihr Herr Bruder wohlauf sei? Natürlich, hätte er sonst einen so strammen Nachwuchs herziehen können. Zu wohl auch wieder nicht, sonst hätte er den nicht zur Schwester, deren sonst nicht gedacht worden war, geschickt, daß die nun weiterhelfe. Ob einmal einer daran gedacht habe, daß sie selbst Hilfe brauchen könne? Nein, freilich nicht, damals, als sie ihr Kind bekommen hätte, daß sich die Leute die Mäuler zerrissen hatten, da wäre ein Bruder schon ein guter Schutz dagegen gewesen. Jetzt, da sie den Buben in die Klosterschule fortgegeben hätte, da hätten sich die Tratschmäuler wieder beruhigt, aber er, der Neffe, solle er nun für neue Gerüchte Stoff liefern? Oder habe der Herr Bruder gemeint, er müsse ihn zum Erben schicken? Da sei noch kein Drandenken, überhaupt kein Drandenken, sie habe ihren eigenen Erben und auch zu sorgen für die Leute, die ihr in den schlechten Zeiten die Ökonomie bestellt und nicht vom Hof gelaufen seien. Ob er sich in der Heimat denn eine Arbeit suchen wolle oder vielleicht gehofft habe, ihr auf der Tasche liegen zu können? — Erst hier ließ sie Hanns Schmied wieder zu Wort kommen.

Bedrückt über soviel Vorwürfe gegen seinen Vater, zu denen er keine eigene Meinung haben konnte, weil ihm alles neu und fremd war, versicherte er, daß er baldmöglich eine Stelle annehmen wolle, daß er lediglich um ihre Bürgschaft für das Bürgerrecht bitte, wenn er soweit sei, darum nachsuchen zu können. —Ja, zwei Jahre lang müsse er mindestens Abgaben und Steuern entrichtet haben, dann könne er beim Magistrat um das Bürgerrecht einkommen, bestätigte sie ihm, das Bürgen könne sie ihm versprechen, wenn er sich in dieser Zeit gut geführt habe, und damit er nicht meinen könne, sie sei ein Unmensch, bekäme er auch noch ein paar Gulden für einen guten Anfang, müsse aber auch nicht meinen, er könne bald wieder zum Nachfassen kommen, eine Melkkuh gebe sie ihrer plötzlich wieder auftauchenden Verwandtschaft keinesfalls ab.

Nach dieser beklemmenden Erfahrung mit seiner Tante,

mit der, wie er meinte, einzigen Verwandten in Au und München drängte es ihn nun doch, den Namenspaten seines Vaters, den Ertl Peter, aufzusuchen, er versprach sich von dem nicht viel, höchstens einige Aufschlüsse über das Vergangene.

Leicht erfragte er bei den Wahle-Gesellen dessen Wohnung. Gleich ein Stück die Gasse aufwärts, am Mühlbach im grauen Viertel, die alten Auer nannten das Haus noch Schmied-Häusel, da habe er unterm Dach eine Stube angebaut.

Ein Grauhaariger mit jungen Augen begrüßte ihn dort, freundlich und schon wissend, wer da zu ihm kam. Nein, gegen die Nanette wolle er sich nicht äußern, bekam Hanns Schmied von ihm zu hören, denn er verdanke der, daß er sich habe hier ein Quartier schaffen können. Neben den Stirners, denen immer noch der Unterstock gehöre und die doch weitschichtig mit ihm, Schmied, verwandt seien, vom Großvater her noch, gehöre der Nanette ein Hausanteil von zwei Stuben, den sie aber Taglöhnern überlassen habe und von denen sie gewissenhaft die Miete eintreibe. Der ehemalige Stadtgerichtsschreiber habe beim Frühschoppen im Zacherlgarten von seinem Besuch bei Nanette erzählt, ob er von ihr nichts über diese Besitzverhältnisse erfahren habe? Auf das verneinende Kopfschütteln von Hanns Schmied wischte er mit einer bestimmten Handbewegung dieses Thema aus dem weiteren Gespräch. Und nun bekam Hanns Schmied die Begebenheiten aus der Franzosenzeit erzählt, vom Großvater, von der Schlacht bei Hohenlinden, von den Hoffnungen auf eine freie Republik, vom Gerichtsdiener Nußbaum — unvermittelt kamen sie, er zuhörend, der andere eindringlich und anschaulich redend, in die Gegenwart des Jahres 1847.

». . . das Durcheinander in den Köpfen ist heute wenn möglich noch größer als damals. Die Zimmerleute voran, dazu die Maurer und Steinmetzen, sie treffen sich im Zacherlgarten, die erwarten alles Heil vom Königshaus, weil

der König der größte Bauherr ist, jakobinisch denkt von denen keiner hier. Die handlangernden Taglöhner finden sich beim Hofmannwirt zusammen, aber unter die mischt sich ein rechtes Gesindel, Strafarbeitshäusler, Vaganten und Diebsgelichter, denen hält man sich fern, wenn man auf sich halten will. Die Handwerksmeister findet man beim Radlwirt. Da reden sie sich die Köpfe heiß über Gesetzesreformen, reden und reden, und der Umsatz an Bier und Wein ist nicht schlecht. Selber nennen sie sich Demokraten, aber die Gesellen in ihren Werkstätten haben nichts mitzureden, weder bei der Arbeit noch nach Feierabend. Noch am meisten jakobinische Gedanken findest du bei den Gesellen und Industriearbeitsleuten drüben in der Isarvorstadt, wenn du über die neue Brücke auf München zu gehst. Freiheit, Gleichheit, Brüderlichkeit, so einfach fordern die es auch nicht mehr. Vielleicht komme ich als alter Mann nicht mehr so recht mit allem mit, aber du solltest, wenn du ansässig wirst in der Au oder in München . . . aber das wirst du, wenn du was von deinem Großvater geerbt hast, selber herausfinden, brauch ich dir nicht einreden.«
Hanns Schmied erwiderte obenhin, daß er meine, um Politik kümmere man sich am besten nicht, man könne als kleiner Mann ohnehin nichts verändern, habe außerdem zu tun, seinen Lebensunterhalt zu erwerben, das Auskommen sei das allerwichtigste von allen Dingen.
»Hast das von deinem Vater?«
»Nee, nich, von de Modder, is ene Dänische von Altona.«
»Und dein Vater?«
»He segt nit ville.«
Bleiben solle er noch, wurde er von Peter Ertl aufgefordert, denn gerade heute erwarte er den Besuch der jungen Stirners, kennenlernen müsse er die und wenn möglich sich an sie anschließen, das Eingewöhnen in der Au falle ihm so leichter, und dann wären die ja doch irgendwie mit ihm versippt, wenn auch nicht so eng.

Als er den drei ankommenden Burschen, Gregors Enkeln, vorgestellt wurde vom Ertl Peter, die den Hanns Schmied angelobt bekamen als weitschichtigen Vetter, da starrten die ihn befremdet an nach seinem Gruß.
»Wo bist denn du her!« Unschlüssige Ablehnung schwang in dieser Frage unüberhörbar mit.
Daß sie dann doch noch miteinander zu reden kamen, war dem erfahrenen Ertl Peter zu verdanken. Vom Erwerbsleben, dem harten, zu erzählen regte er die Stirnerischen an, wissend, daß darüber ein junger Bursch unerschöpflich Stoff hat, sein Licht nicht unter den Scheffel zu stellen, dabei mit sich selber zufriedener auch weniger angriffslustig auf einen anderen, wenn der ihm zuhörte.

Leonhard Schmieds Schwager Gregor Stirner hatte drei Kinder am Leben erhalten, ein Mädchen als ältestes und zwei Buben. Wirtsdirn war die Älteste geworden, erst beim Hofbräumeister Gabriel Sedlmayr, der sich den Spatenbräu kaufte, dann bei dessen Enkel, der in der Sendlingerstraße in München, auf der ehemaligen Gemarkung von Altheim den Leistbräu erwarb. In die Brauerdynastie Sedlmayr heiratete schließlich im Jahr 1842 der Brauer Deiglmayer ein, der die Braugerechtsame der früheren Franziskanermönche bei der Residenz einbrachte und dieses Braurecht in die Hochau, ins violette Viertel, verlegte. Gregors Älteste, Rosa Stirner, war, wegen fehlender Mitgift, zwar nicht zum Heiraten, jedoch durch ihren Beruf, der sie beim Servieren mit vielen Männern zusammenbrachte, zu zwei ledigen Kindern gekommen. Ihre Arbeit bei der nunmehrigen Großbrauerei ›Sedlmayr-Franziskaner-Leist-Bräu‹ hatte ihr nicht Zeit genug gelassen, den beiden Knaben ausreichende Fürsorge angedeihen zu lassen, so daß der eine schon zehnjährig einen Winter nicht überlebte, hinsiechte an einer heftigen Lungenentzündung, bevor man diese Krankheit noch richtig erkannt hatte. Der andere, jüngere, war inzwischen bei den Ziegelbrennern in Haid-

hausen untergekommen und konnte sich berechtigte Hoffnungen machen, irgendwann Ofenmeister zu werden, wie sein leiblicher Vater, der unverheiratet geblieben war, weil er die Hitze des Arbeitstags am Feierabend zu sehr mit frischem Bier gekühlt hatte, was seinen Verdienst genauso ausgetrieben hatte wie tagsüber die Gluthitze den Schweiß. Nichts geblieben war da für einen zu gründenden Hausstand, und ohne einen solchen gab die Gemeinde Haidhausen keine Heiratserlaubnis, um nicht bei einem vorzeitigen Hinsterben des Familienvorstands die übrigen Familienmitglieder aus der Armenkasse erhalten zu müssen. Karl Stirner hatte vom Vater nicht dessen Durst geerbt, aber man konnte ihm den Ziegelbrenner ansehen, seit acht Jahren, seit seinem zwölften Lebensjahr, hatte er Lehm aus der Grube gekarrt, in der Luft getrocknete Rohziegel in den Brennofen gestapelt, Holz und Brennkohle mit ungefügem Schubkarren angefahren, eben die leichteren Tätigkeiten in der Brennerei ausgeführt. Das hatte ihm die Schultern nach vorne gezogen und seine Arme lang und sehnig werden lassen, seine knochigen, breiten Fäuste waren bei einigen Raufereien mit den ›Jankerlburschen‹ als ausnehmend schlagfest aufgefallen. Vom Militär war er seines leicht buckeligen Aussehens wegen nicht angemustert worden, was er jedoch gelassen hingenommen hatte, so brauchte er nicht weg in eine Garnison, konnte seine Kleinhäuslerstochter, mit der er angebandelt hatte, drüben im nahen Dorf Trudering, regelmäßig besuchen. Wenn er nicht so verkniffen dreinsah, was er sich als Kind schon angewöhnt hatte, nachdem er von wohlsituierten Bürgerkindern vom Spielplatz oder vom Rand des Musikpodiums verjagt worden war mit Schlägen und Steinwürfen, wenn er also nicht die Mundwinkel nach unten zog und die buschigen Augenbrauen zur Nase zu krauste, hatte er ein jugendlich-hübsches Männergesicht mit welligem, braunem Haar und rötlichem, seidig-dünnem Bart.
Gregor Stirners jüngerer Sohn war Anfangs der zwanziger

Jahre auf den Bau gegangen, man sagte, er hätte auf dem Heimweg von einer Baustelle in München mit einem Soldaten Streit bekommen, den dabei im Zorn in die Isar geworfen und sich um den weiter nicht mehr gekümmert. Am darauffolgenden Morgen habe er den Auer Stadtpolizisten auf das Schmied-Häusel zukommen sehen, habe gemeint, er solle verhaftet werden, weil er das Ertrinken eines Leibregiments-Sergeanten auf dem Gewissen habe, in panischem Schrecken und nur mit dem allernötigsten Kleinkram im Felleisen, vor allem aber ohne Geld hintenhinaus und über die Leite hinauf die Flucht ergriffen. Dabei hatte der Stadtpolizist nur zufällig diesen Weg gehabt, hatte eine übliche Nachfrage gehalten nach etwaig einquartierten Fremden und war gleich weitergezogen zur nächsten Herberge. Auch war der Soldat nicht ertrunken, sondern lediglich patschnaß wieder aus dem Fluß gekrabbelt und hatte in der Kaserne nicht einmal die genaue Ursache dafür angegeben, um sich den Spott zu ersparen. Gregor Stirners Sohn aber, so hatte man gerüchtweise erfahren, war über die Grenze und durch ganz Österreich gestromert, in der Hauptstadt Wien schließlich bei einem Lebensmitteldiebstahl ergriffen und eingekerkert worden. Von da an verloren sich seine Spuren, auch als Gerücht, von wandernden Handwerksburschen hergetragen. Welche hatten behauptet, er habe seine Herkunft in Wien mit Russisch-Galizien angegeben und sei nach seiner Haft dahin abgeschoben worden, andere, er habe sich mit einer Diebsbande nach Ungarn durchgeschlagen, sei da aber wieder ehrlich geworden und verheiratet. Die zweite Version wurde im Schmied-Häusel lieber geglaubt.

Daß die beiden bei Peter Ertl zu Besuch gekommenen Enkel Gregors Brüder waren, Söhne des Schusters und gelegentlichen Taglöhners in der Papiermühle, der ältere Sohn auch namens Gregor, man sah es an ihren Gesichtern, blaß sie im Gegensatz zu ihrem Vetter, verbrachte der eine doch seinen Tag in der winzigen Werkstatt im Haus unten, der

andere ebenfalls sonnenarm in der Schmiedehalle Maffeis in der Hirschau. Weil man dorthin an eine Stunde Wegs hatte, mußte er die meisten Monate im Jahr schon vor Sonnenaufgang daheim weg und erwischte auf dem Heimweg dann, wenn die Jahreszeit und das Wetter besonders günstig standen, im Tal der Isar einige letzte Sonnenstrahlen. Ihre blasse Gesichtsfarbe aber war ihnen zum Nutzen auf dem sonntäglichen Tanzboden, wo sie gelegentlich ernst dreinsahen, bedeutend, so daß sie sogar von Dienstmädchen aus München für Studenten gehalten werden konnten, bis die ihre derben Arbeitshände zu sehen bekamen. »Wenn sie mich zum Militär holen, dann sucht mich bestimmt ein Offizier als Putzer heraus. Die haben es gern, wenn einer mit ihren teuren Reitstiefeln gut umgehen kann. Da wird man dann nicht so sehr gezwiebelt und geschliffen, und sogar vom Offiziersessen fällt hie und da was ab, wenn man sich gut anstellt.« Georg Stirner, genannt Girgl, war es, der sich solche Hoffnungen machte, zu bescheidene, wie der Ertl Peter meinte:
»Vereidigt wirst du dann auf den König sein, nicht auf die Verfassung, und dann noch Stiefelputzer?«
Er überhörte den Vorwurf im Ton, der Girgl, meinte vielmehr, dem norddeutschen Vetter einen Rat geben zu müssen: »An deiner Stelle würd ich auch gleich schauen, daß sie mich zum Militär nehmen, zu einem bayerischen Regiment, sonst kann es passieren, daß sie dich bei den Dänen holen. Und wenn die Dänen Schleswig und Holstein nicht deutsch und ungeteilt sein lassen, rücken wir Bayern mit dem Bundesheer hinauf und hauen sie hinaus. Es tät mir leid um dich, wenn ich dich in einer dänischen Montur erwischen müßte.«
»Nee, Altona is schon lange gut-deutsch, nich mee dänisch.«
Einen besseren Vorschlag machte, nach Meinung Ertls, der andere Bruder, Martin, und das hörte sich auch weniger herausfordernd an: »Bei uns in der Hirschau könntest du

einstehen, beim Maffei ist der Fabrikinspektor immer auf der Suche nach Leuten, die zupacken können. Da sind auch viele außerhalb von Bayern, und mit deinem Dialekt würdst auch nicht auffallen. Ich könnte dich gleich morgen mit hinnehmen.«

Da inzwischen Hanns Schmied schon mehrfach von dieser Fabrik hatte reden hören, stimmte er gleich zu, man wurde sich einig. Der Ertl Peter steuerte noch etwas bei:

»Mein Bruder ist einer mit Einfluß, vor über zwanzig Jahren hat der sich noch eine Zimmermeistergerechtsame in Haidhausen draußen erheiratet und auf die Au übertragen lassen. Die Baukonjunkturen unter dem König Ludwig haben ihm genug eingetragen, daß er nun ein schönes, zweistöckiges Haus am Neudeck besitzt, außerdem ist er Auer Magistratsrat, der Johann. Drum werd ich den ansprechen, daß er dir zu einer Aufenthaltserlaubnis verhilft. Aufhalten, mußt du wissen, könntest dich auch so, wenn du ein Quartier hast, aber wenn irgendeiner gegen dich auftritt, zum Beispiel ein Arbeitgeber, mit dem du einen Streit hast, kannst du innerhalb zwei Tagen des Orts verwiesen werden.«

Da dieses Thema schon indirekt angeklungen war, diskutierten die einheimischen Auer über die anstehende Wahl der Gemeindevertretung, also der Gemeindebevollmächtigten und des Bürgermeisters, weiter, unsachverständig konnte Hanns Schmied da nur zuhören. Besonders über den derzeitigen Bürgermeister und Landarzt Franz Paul Fernbacher erregten sie sich, erinnerten sich, daß zwei Jahre nach seiner Wiederwahl 1841 die Räte sogar an die königliche Regierung eine Beschwerde gegen den eingereicht hatten, weil der sich allzu selbstherrlich gegen sie und die Bürger verhalten hatte. Seltsam, dachte er, mit welchen Dingen diese Stirnerschen und dieser alte Ertl ihre Zeit am Feierabend hinbringen, seltsam gerade bei den Jungen, für die es doch weiß Gott angenehmere Unterhaltungen gäbe.

Aber anderntags schon hatte er wieder eine höhere Meinung, wenigstens von Martin Stirner, als der ihn wie vereinbart ins Hirschauer Werk mitnahm, ihn dem Fabrikinspektor, also dem ranghöchsten Angestellten, vorstellte. Und der nahm ihn an, vorläufig auf tägliche Kündigung, in der Formerei. Lokomotiven für die bayerische Staatsbahn wurden gebaut, obwohl der Landtag statt der von der königlichen Regierung geforderten fünfzig Millionen Gulden nur zwanzig Millionen bewilligte. Maffei konnte darauf vertrauen, daß mehr Geld zur rechten Zeit schon beikommen würde.

In den Mittagspausen bekam Hanns Schmied von anderen Maffei-Arbeitern die Neuigkeiten aus der Haupt- und Residenzstadt, denn die meisten von ihnen wohnten in den nördlichen neuen Vorstädten und einige im Dorf Schwabing, dem zu fast an der Stadtgrenze die neuerbaute Universität lag. Die von der Königsmätresse, der nunmehrigen Gräfin Landsfeld, begünstigte und als Leibgarde mißbrauchte Studentenverbindung Alemannia treibe um und lasse keine Gelegenheit aus, sich mit den Burschen anderer Verbindungen zu klopfen, hörte er und wunderte sich, welche nebensächlichen Dinge für diese Studenten wichtig erschienen. »Wicht, hat wichtig was mit Wicht zu tun?« Einen Lacherfolg erntete er bei den anderen Arbeitern damit. Eine andere Sache aber erregte nicht nur die Studenten, sondern auch honorige, auf Sitte und Anstand pochende Bürger, daß nämlich ein Favorit der Tänzerin Lola Montez, der Staatsrat Berks, zum Innenminister berufen worden war. Mit ihm als Schutzherrn konnten sich die Alemannen »immer mehr Kraut heraus nehmen«, meuterten schließlich sogar die sonst königstreuen, konservativen Bürger. Einer der angesehensten davon, der Universitätsprofessor Görres, starb im Januar, am letzten Januartag wurde sein Leichenzug, vorbei an der königlichen Residenz, spontan zu einem Demonstrationszug gegen Lola

Montez und dem ›Lola-Minister‹ Berks, der nun gegen die Opposition auf den Straßen die Gendarmen schickte. Die nachfolgenden Tage, über eine Woche lang, brodelte es in der Stadt, besonders im Viertel um die Universität. Dort konnte sich bald kein Gendarm mehr blicken lassen, ohne daß ihm die Dienstmütze vom Kopf geschlagen und in den schmutzigen, nassen Schneematsch getreten wurde.
Konnte sich der König Ludwig aus dem altangestammten Herrscherhaus Wittelsbach gefallen lassen, daß seinen Beamten, wenn auch den untersten und niedrigsten, auf solche ungebührliche Weise der schuldige Respekt verweigert wurde, ja, geradezu ihnen und damit ihm selber Mißachtung bezeugt wurde?
Am 9. Februar, im Fasching also, da Studenten ihre alkoholschwangeren Feste feiern, steigerte die Verkündung eines königlichen Befehls den allgemeinen Bürgerunmut weiter: Die Universität sei wegen der stattgehabten mutwillig heraufbeschworenen Exzesse auf den Straßen mit sofortiger Wirkung zu schließen, die Vorlesungen einzustellen bis zum Wintersemester. Alle auswärtigen Studenten, das heißt, solche, die nicht in München beheimatet seien, müßten binnen zweier Tage die Stadt verlassen.
Studenten, in der Mehrzahl Söhne der besitzenden Stände, wohlversehen mit monatlichen Zahlungen der Väter, ein fester Verdienstfaktor waren sie für die Wirte, Brauer, Zimmervermieter, Buchhändler, ihre Ausweisung würde nicht unerheblichen Verdienstausfall bedeuten. Und für die Väter hiesiger Studenten, daß ihnen ihre Söhne mindestens ein halbes Jahr länger auf der Tasche liegen würden, das alles wegen diesem ›Mensch‹, das dem König den Kopf verdreht hatte?
Den 10. Februar versammelten sich, wie am davorigen Abend an den Honoratiorenstammtischen verabredet, über tausend der ›achtbarsten‹ Bürger im Rathaus, bedrängten den Magistrat, beim König gegen dessen Befehl vorstellig zu werden, als sich der aber in Bedächtigkeit flüchten, zö-

gern wollte, schwangen sich einige von den sonst so behäbigen Hausvätern zu Wortführern auf und verfaßten eine Eingabe, die unbedenklich von allen Anwesenden unterschrieben wurde. Und der nun einmal entfachte Elan riß sie fort, weiter, hin auf den Platz vor die Residenz, in aller Achtbarkeit, versteht sich. Die Delegation, die dort eingelassen wurde und mit nun schon zag-weichen Knien zum Audienzsaal hinaufstieg, sah sich dann einem wütenden Ludwig gegenüber, der sie anherrschte: »Kommt man mit zweitausend Mann im Rücken zum König, um zu bitten?« Die Eingabe entreißt er ihren Händen, und bis sie sich aus ihrer tiefen Verneigung wieder erhoben haben, sind sie allein. Hören draußen vor dem Fenster auf der Straße Protestrufe gegen das Militär, das die Menge vom Platz drängt. Halbherzig gehen das die hellblauen ›Leiber‹ an, die Infanteristen vom Leibregiment, vor allem die Protestanten unter ihnen sind dem Ludwig noch gram, weil er ihnen vor Jahren schon den für sie schmählichen Befehl gab, vor der katholischen Fronleichnamsprozession das Knie zu beugen. In seinem Arbeitskabinett indessen schreibt Ludwig auf die Bürgereingabe: »Es ist Mir leid für die Bürger, zu dieser Maßregel durch die Tumulte bewogen zu sein. Nachgeben wäre Schwäche. Wenn sich die Bürger nicht ruhig verhalten, zwingen sie Mich, Mein Hoflager anderswohin zu verlegen. Das ist sie wissen zu lassen. München, 10. 2. 1848. Im Angesicht der Tausende auf dem Max-Joseph-Platz.« Dann verfügte er noch, daß die Universität bereits im Sommersemester wiedereröffnet werde.

Doch dies genügte nun nicht mehr, fort dauerte die Unruhe in der Stadt. Am 11. Februar kam zu den anderen bei Peter Ertl Versammelten als letzter und verspätet der Stirner Girgl und berichtete ganz aufgeregt: »Wie ich heut zum Liefern bei einem Kunden in München drüben war, hat mich ein Student angeredet, gesagt, nun ging es gegen die Lola Montez, die würd jetzt ausgetrieben, ich sollt auch

mitgehen. Ja, da bin ich mit, aber wie wir zu dem Haus hinkommen, ist die schon weg, die königliche Tanzhur. Dafür sind einen Haufen Jankerlburschen aus unserer Au welche und auch aus Haidhausen dabei, die Fenster einzuschlagen und einzusteigen. Das wird was geben, hab ich gedacht. Und richtig, marschiert auch schon ein Zug Infanterie herzu. Bloß rühren die keinen an, der Leutnant von denen läßt die nur vor dem Zaun Aufstellung nehmen. Und glauben werdet ihr es nicht, erst der König hat kommen müssen und die Soldaten kommandieren, daß die es verhindert haben, das Haus ganz und gar leer zu räumen und gar noch anzuzünden. Was meinst, Ertl Peter, geht es auf die freie Republik zu?«
Gespannt blicken die vier Jungen auf den ›Tambour von Hohenlinden‹. Der läßt sich Zeit mit seiner Antwort. Statt dessen steht er, zunächst unschlüssig, auf, geht dann, plötzlich entschlossen, in die Stubenecke zu seinem Bett. Die Jungen merken, daß er ihnen etwas Bedeutsames zeigen will, winken dem Girgl ab, der den Mund auftut, um noch mit Einzelheiten der aufregenden Begebenheiten herauszurücken. Der Ertl Peter hantiert umständlich herum an seinem Bett, schraubt von einem Pfosten die gedrechselte Zierkugel ab und fischt aus dem Hohlraum darunter etwas zusammengerolltes Rotes. Das Versteck verschließt er dann sorgfältig, faltet den Stoff auseinander, und so liegt sie dann vor ihnen auf dem Tisch, die Jakobinermütze.
Tut er nicht arg feierlich, der Alte, denken sie, wegen so einem faltigen Fleck Stoff?
»Die gehört nicht mir. Dem Hanns sein Großvater hat sie mir zum Aufheben gegeben, als ich noch ganz jung war, jünger als ihr. Nach der ›freien Republik‹ fragt ihr mich? Eben von dem Leo Schmied damals hab ich es: Die tragen wir mit uns herum, diese freie Republik, es kommt nur darauf an, daß wir sie aus uns herauslassen und richtig. Ob es jetzt gerade zeitig ist, kann ich nicht sagen, aber schauen und hören wir uns die nächsten Tage um.«

Nein, Peter Ertl, o ihr alten, weisen Männer, so redet man nicht mit jungen Leuten, wenn man verstanden werden will. Die Erinnerungen an die Vergangenheit, so wertvoll sie sind, eng verbunden müßten sie werden mit der Zukunft, die immer der Jugend gehört, gönnt sie ihnen, eure Zukunft war einmal die Gegenwart heute.

Nachrichten aus Frankreich, dem Mutterland der neueren Revolution, gelangten nach München, in die Au. Auch dort, in seiner Hauptstadt Paris, hieß es, regte sich im Februar die Straße, und der Birnenkopf, der bürgerliche König Louis Philippe, mußte gehen, weil die Bürger zur Republik keinen Monarchen brauchten.

REPUBLIK las Hanns Schmied eines Morgens auch an der Mauer der Hirschau, die seinen freien vom verkauften Tag trennte. Schon eine Viertelstunde später sollte er es sein, der diese acht halb mannshohen Buchstaben, mit weißer Farbe flüchtig hingepinselt, gut sichtbar weithin auf der roten Ziegelwand, mit hellroter Farbe überstreichen mußte. Auf dem Betriebshof nämlich, da erwartete die Arbeiter der Fabrikinspektor, eine kleine Rede hielt er ihnen. Ja, das sahen die meisten ein, daß in einer Republik keine königliche Staatsbahn weiter gebaut würde, daß dann aber auch sie, die Maffei-Arbeiter keinen Lohn mehr bekommen könnten. Dem einen, Übermütigen, der dazwischengerufen hatte: »Dann bauen wir die Eisenbahn eben für uns selber — und fahren auch selbst damit!«, war sofort der Laufpaß gegeben worden. — Am nächsten Tag war dann NIEDER MIT DEN GENDARMEN! an die Wand geschrieben gestanden, über die frisch gestrichene Stelle. Da sparte man sich ein abermaliges Übertünchen.

Wieder einige Tage später, es war schon Anfang März, da brachte ein Kesselschmied ein Flugblatt mit ins Hirschauer Werk. In der Mittagspause machte es die Runde, es enthielt die Forderungs-Adresse der Münchner Bürger an ihren König: Entlassung des zwischenzeitlich zur Beschwichtigung nur beurlaubten Ministers Berks, Ministerverantwortlichkeit überhaupt, Pressefreiheit und Pressegesetz, zugängliche, also öffentliche Gerichtsverfahren. Entsendung von echten Volksvertretern zum Bundestag nach Frankfurt, Vereidigung des Militärs auf die Verfassung, ein neues Polizeigesetz und ein freieres Wahlgesetz mit mehr Gleichheit für alle.

»Heute früh habe ich auf dem Weg hierher beobachten können, wie die Soldaten von der Isarkaserne alarmmäßig ausgerückt sind. Ich glaube, daß man einen König zu nichts zwingen kann.« Diese vom Vetter Stirner vorsichtig geäußerten Bedenken wurden bestärkt von dem, was die Eheweiber derjenigen Arbeiter, die ihr Mittagessen gebracht bekamen, aus der Stadt zu berichten hatten. Dort sei, so sagten sie, beinahe Ausnahmezustand, denn in allen Straßen patroulliere Militär, und Aufläufe würden nicht geduldet, sondern Gendarmen geböten sogleich das Auseinandergehen, wenn sich ein paar Leute zusammenstellten, um miteinander zu reden. In den Wirtshäusern aber drängten sich Bürger und Studenten zu hitzigen Debatten.

Abends exerzierte der Landwehrmajor Kluftinger auf dem Platz vor der neuerbauten Kirche die Auer Handwerksmeister, die zur Landwehrjäger-Kompanie gehörten. Im Auftrag des Bürgermeisters, des wiedergewählten Landarztes Keller, mußte außerdem der Stadtschreiber Moser von Haus zu Haus gehen und einsagen, daß sich die Bürger und Bewohner der Stadt Au den Umtrieben in München fernhalten sollten. Gerade dies, als Bevormundung und Anmaßung empfunden, bewirkte, daß die Auer Stammtische an diesem Freitagabend voll besetzt waren, denn das mußte mit gleichgestellten und gleichgesinnten Mitbürgern ausführlich beredet werden. Beim Radlwirt fanden sich auch über die Hälfte der Gemeindebevollmächtigten dazu, der Kürschner Seraphim Simmet, der Kaminkehrer Johann Reischl, die Bäcker Georg Wörner und Michael Dosch, der Essigsieder Ignaz Karl, die sprechgewandten Krämer Isidor Müller und Joseph Datterer, von denen ei-

ner den anderen mit radikalen Worten zu übertreffen suchte, bis der Magistratsrat und Zimmerermeister Ertl auch noch eintraf und gleich unter der Tür schon in den Zank hinein energisch zur Besonnenheit mahnte. Zwar hatte Johann Ertl unter den Anwesenden viele mißgünstige Neider sitzen, wegen der dreitausendfünfhundert Gulden, die ihm das Gerüst beim Kirchenneubau gebracht hatte, aber trotzdem genoß er gleichzeitig auch ein hohes Ansehen, so daß er der Zustimmung der anderen Magistratsräte, des Metzgers Alois Lotter und des Landarztes und gewesenen Bürgermeisters Fernbacher, nicht bedurft hätte. Gegen elf Uhr nachts, auf den Gassen draußen rief der Nachtwächter schon die Stunde aus, einigte sich die Versammlung darauf, die Situation zu nützen für die dem Auer Gewerbe förderliche Eingemeindung nach München. Bis in einer Woche, am nächsten Freitag, sollte der Entwurf dazu gemacht sein, wieder würde man sich hier im Radlwirt treffen und ihn verabschieden.
Früher fanden die Gäste vom Hofmannwirt und vom Zacherlgarten heim. Die jungen Burschen waren sich rasch einig geworden, daß man am Samstagmorgen, noch vor dem Wecken in den Kasernen, dem vierten Stand in der Haupt- und Residenzstadt zu Hilfe kommen müsse, die Stirners und Hanns Schmied verpflichteten sich dazu und daß sie die Mütze holen und mitnehmen würden, die seit den Tagen der Franzosen in der Au versteckt sei. Lärmend zogen alle heim zu ihren Strohsäcken hin, und wieder klang noch die deutsch gesungene Marseillaise durch die spärlich beleuchteten Gassen, es klang, als wollten sich welche Mut ansingen für den Samstag.
»Die Jakobinermütze wollt ihr?« Peter Ertl schüttelte den Kopf. »Weckt mich früh genug, ich werde selbst mitgehen.«
Unten vor der Haustür an der Bachstraße konnte Girgl Stirner unwidersprochen anerkennen: »Jetzt wird der Alte wieder jung!«

Zur gleichen frühen Zeit, es war noch dunkel in den engen, verwinkelten Gassen der Au, als Peter Ertl mit seinen jugendlichen Freunden der Isarbrücke zueilte, tappten auch die behäbigen Landwehrmannen der Au zu ihrem Sammelplatz, dem Mariahilfplatz, wo sie von Bürgermeister Keller und dem Landwehrmajor ungeduldig erwartet wurden. Eingewiesen wurden sie, am unteren Autor und an der neuen, der Reichenbachbrücke einen Wachkordon zu bilden, um zu verhindern, daß sich Bewohner der Au zu den ›Rebellanten‹ in der Haupt- und Residenzstadt schlügen. Den Landwehrmännern, gestandenen Hausvätern der Au, denen mußte man diese Anordnung nicht näher begründen, denen war klar, daß es ein gutes Licht auf die Au werfen mußte, wenn sich seine Einwoher aus diesen revolutionären Umtrieben hielten. Daß es in Bayern einen Verlauf wie in den vergangenen Wochen in Frankreich nehmen könne, glaubte kaum einer, danach aber . . . Würde sich da der König nicht vielleicht von den unbotmäßigen Münchnern abwenden und Aufträge ihnen, den Meistern aus der nahen Nachbarstadt, zukommen lassen?
»Die reinsten Girondisten!« bemerkte Peter Ertl beiläufig und leise, meinte die Honoratioren der Au damit und wiederholte es noch einige Male auf dieselbe Art auf dem Weg, den sie nicht durchs mit Posten besetzte Isartor nahmen, sondern durch die Isarvorstadt ins Münchner Angerviertel. So kamen sie unvermittelt plötzlich hinein in eine Menge von Leuten, die alle ebenfalls in diese Richtung drängten. Bemerkten an einigen Häuserwänden die Inschrift ZU DEN WAFFEN, die noch frisch von Farbe glänzte. Von den Kirchtürmen begannen die Glocken zu tönen, Sturmglocken! Irgendwo vorne auf dem Platz vor dem ›Bürgerlichen Zeughaus‹ dröhnte Trommelschlag, Generalmarsch, das Signal zum Sammeln bei Kriegsgefahr. Was es zu bedeuten hatte, bekamen die fünf Auer gleich zu sehen. Eine Schar Männer war ins Zeughaus eingedrungen und zeigte sich nun an den Fenstern des Oberstockes, lär-

mende Rufe von dort auf die Straße und von den auf der Straße Stehenden hinauf, unverständlich die Worte, aber man verstand sich trotzdem; die alten, hundertfünfzig Jahre nicht mehr in Gebrauch gewesenen Flinten flogen herunter, ihnen folgten noch ältere Waffen, Degen, dann Schwerter, einstmals von Zunftmeistern geführt und seitdem aufbewahrt aus Pietät zu den Streitbaren des vierzehnten und fünfzehnten Jahrhunderts. Girgl Stirner stürzte sich ins Gedränge und kam gleich darauf zurück mit einem Arm voll verstaubtem Gewehr. Er behielt sich eine unförmige Arkebuse selbst, im Ernstfall zum Schießen ungeeignet und nur als Schlagwaffe zu gebrauchen, dem Ertl Peter reichte er eine mittelalterliche Hellebarde, für die anderen blieben nur Säbel der längst abgedankten Stadtsoldaten.
»Auf zur Residenz!«
»Erst zum Promenadeplatz, da sammelt sich die Landwehr, die nehmen wir mit!«
»Zum König, er muß nachgeben!«
»Nein, unsere Landwehr muß mit!«
So wurde durcheinandergerufen, und zwischenzeitlich waren Alarmschüsse von irgendwoher zu hören, so daß denen geglaubt wurde, die ausstreuten, nun würde gleich die Garnison der Reiterei des Königs hierherbeordert zur Attacke antreten. Wiewohl es nicht die Absicht der Gerüchteköche gewesen war, beschleunigte dies aber den Abmarsch des abenteuerlich bewaffneten Haufens zum Promenadeplatz. Kein Soldat und kein Gendarm ließ sich blicken, ungehindert schob sich die Menge durch Gassen und Straßen und nahm alle, die sich dort noch unschlüssig herumgetrieben hatten, in den Zug auf.
Mittendrinnen blieben die Stirners und Schmied um den Ertl Peter herum, dem trotz des kühl-feuchten Wetters und gelegentlich heranwirbelnder Schneeflocken Schweiß übers Gesicht rann. Danach gefragt, winkte er ab. »Der kommt von der inneren Hitze.«
»Warum stehen wir hier herum, warum geht es nicht wei-

ter?« Der vor Hanns Schmied stehende Mann, mit einem Flößerhaken bewaffnet, wußte es auch nicht und gab die Frage nach vorn weiter. Erst nach einer Weile kam von dort Antwort zurück:
»Die von der Landwehr und eine Studentenkompanie wollen, daß wir in einem geordneten Zug zum König kommen.«
Rufe des Unmuts wurden vorne laut, offenbar gab es Streit zwischen den Offizieren und Unteroffizieren der Münchner Landwehr einerseits und den zornigen Zeughausstürmern andererseits. Hinter der Gruppe um den Ertl Peter entstand ein Drängen nach vorwärts, gegen die dichtauf stehenden Körper gepreßt, begann der Alte zu husten.
»Billiges Brot! Billiges Brot!«
Die Stirners stimmten in diesen Chor mit ein. Als sie ein in der Nähe stehender Herr mit ansehnlichem Bierbauch unter seinem pelzbesetzten Mantel darauf ansprach, es gehe nun um größere, politische Dinge, gab es bei allen anderen Umstehenden ein schallendes Gelächter, in das hinein jedoch von weiter weg vielfaches Hufgeklapper tönte und die höhnenden Kehlen stumm machte.
Geschrei dafür von vorne, Waffengefuchtel.
Nein, auch dort vorne kam es nicht zum Zusammenprall des königlichen Militärs mit den Bürgern. Auch für die Auer zu sehen, blieben die Reiter in einigem Abstand stehen, nur eine Gruppe berittener Herrn in reich dekorierten Uniformen bewegte sich zwischen ihnen hervor weiter, ihr Anführer winkte beschwichtigend, sprach offensichtlich die in Front stehenden Bürger an.
»Königliche Hoheit Prinz Carl!«
Der Bierbauch im noblen Mantel erkannte ihn auch auf die weitere Entfernung. Dann sickerte auch von den Vornestehenden durch, daß alle Volksforderungen vom König anerkannt würden und daß der Landtagsbeginn vom 31. auf den 16. März vorverlegt sei, um die Gesetzesänderung zu bestätigen. Die sich nun ausbreitende ausgelassene Stim-

mung in der Menge blieb dem Peter Ertl fern, sein schwitziges Gesicht blieb unbewegt.
»Gehen wir!«
Er nickte nur knapp, als ihm und seinen Begleitern ein Student zurief, sie sollten die dort entnommenen Waffen wieder ins Zeughaus bringen. Störrisch schlurfte er voran zum Anger, ließ die Hellebarde in den noch offenen, sogar noch unbewachten Türeingang scheppern, die Säbel und die Muskete der Stirner-Vettern und von Schmied polterten hinterher.
Als sie die lange Front der neuen, mit Eisengerüsten erbauten Schrannenhallen entlanggehen, werden sie von einem aufgeregten Münchner Bürger überholt. Wichtigtuerisch und mit einem Anstrich Vertraulichkeit ruft er ihnen zu, daß der Kronprinz von Würzburg her unterwegs sei, nach Thronwechsel sehe es aus. »War schon einmal alle Hoffnung auf einen Wittelsbacher Max gerichtet.« Mehr hat der Ertl Peter für diese Nachricht nicht übrig. Maximilian heißt der älteste Sohn des Königs, siebenunddreißig Jahre ist er alt, hat mit seiner Frau, einer preußischen Prinzessin, bereits einen Sohn, und ein weiteres Kind wird erwartet.

Am Montag, zur Frühschoppenzeit der honorigen Bürger um elf Uhr, brachte ein Ministerialrat die schriftliche Bestätigung in Form einer Proklamation, die er verlas, ins Münchner Rathaus zum Bürgermeister, einem Herrn von Steinsdorf. Die Nachricht davon lief um in Eile, breitete sich aus in den Trinkstuben und Bräuhaussälen, Hoch- und Vivat-Rufe auf den König auslösend. Weiß-blaue Kokarden wurden hervorgesucht und an die Zylinderhüte gesteckt, und wieder, wie am 10. Februar, zogen die achtbaren Münchner zur Residenz, diesmal jedoch in Jubelstimmung. Ja, diesmal jubelten sie zu Ludwig hinauf, als sich der steif und starrgesichtig am Fenster zeigte. Und noch selbstgefälliger und lauter tönt ihr Jubel dann am Nachmittag, wo sie zuschauen können, wie die Truppen auf dem

Platz nördlich dem Karlstor feierlich den Eid auf die Verfassung schwören. Hanns Schmied ist nicht dabei, im Werk in der Hirschau wird mit Hochdruck versucht, die versäumte Arbeit vom Samstagvormittag hereinzuholen.

So war in München die Revolution beendet, in der Nachbarstadt Au aber hatte sie noch Nachwirkungen. Die Auer, wohlangesehene Bürger wie arme Taglöhner, ereiferten sich darüber, daß ihr Bürgermeister Keller und der Magistrat es ihnen verwehrt hatten, sich der Demonstration in der Hauptstadt drüben anzuschließen. Lediglich der Stadtschreiber Moser und der Magistratsrat Johann Ertl erspürten das heraufziehende Unwetter aus Bürgerzorn. Aber als sie die anderen Magistratsmitglieder warnen wollten, bevor die Bürgerversammlung im Radlwirt zum Verabschieden der Resolution am Freitag zusammentraf, fanden sie bei denen kein offenes Ohr. Moser baute also vor, indem er jeden, mit dem er zu tun bekam, durch sein Stadtschreiberamt, die ganze Woche über mit Andeutungen fütterte: »Ich wenn könnte, wie ich möchte . . . also, daß am Samstag die Landwehrkompanien aufmarschiert sind, das hätte nicht sein müssen. Und übrigens, kommt am Freitag auch in den Radlwirt, zum Unterschreiben von der Adresse zwecks Vereinigung mit München. Dem Herrn Bürgermeister kann man bei dieser Gelegenheit vielleicht auch einige Worte sagen.«
Im Radlwirt waren dann auch alle Sitzplätze besetzt, als Peter Ertl, mit leichtem Fieber und blassem Gesicht, hinkam. Bald husten mußte er, quälend gezogen und lang anhaltend wegen des Tabakqualms und des Rauchs, den dazu noch die funzeligen Lampen verbreiteten. Seit vier Uhr nachmittags tobte hier schon eine zornige Rede und Gegenrede zwischen Bürgermeister und Räten und denjenigen Auern, die seine Absetzung forderten und ihn mit allerhand Schimpfworten belegten, deren die Vorstadtsprache keinen Mangel hatte.

»Der Brillenlaff, gehen soll er, kann uns gestohlen bleiben!«
»Haut ihm den Zylinder übers Aug, daß er sieht, was er noch zu sagen hat!«
»Gamaschensoicher!«
»Stehkragenhanswurst!«
Bevor es handgreiflich wurde im Saal, trat der Landwehrmajor Kluftinger ans Podium vor die Versammlung und erklärte von dort, wo sonst die Musikanten zum Tanz aufspielten, er wolle, auch ohne dazu von jemandem aufgefordert zu sein, sein Amt ablegen. Nicht mehr und nicht mehr höher gestellt wolle er sein als jeder Auer Einwohner. Das war der richtige Tonfall, begeistert wurde ihm Beifall geklatscht. Die Ovationen für ihn steigerten sich aber noch, als er mit entsagender Gebärde seinen Degen samt Koppel an einen vorstehenden Nagel der Saaldecke hängte. Dem Landarzt und Bürgermeister Keller reichte die Zeit, bis wieder Ruhe einkehrte, aus, um seinerseits zu überlegen und seinen Entschluß zu fassen. Mit tonloser Stimme, beinahe flüsternd, diktierte er dem Stadtschreiber zu Protokoll, er sehe sich durch die besonderen Verhältnisse veranlaßt, bei der Kuratelbehörde um einen Urlaub für die Zeit nachzusuchen, innerhalb welcher die jüngsten, hier zur Beschlußfassung anstehenden Anträge des Gemeindekollegiums und der Bürgerschaft vorlägen. Trotz seiner leisen Aussprache und seiner gewundenen Ausdrucksweise, mit der er meinte, sich eine Hintertür offenzulassen, wurde er von fast allen Anwesenden verstanden. Kurz und mehr aus Spottlust wurde auch ihm geklatscht.
Hanns Schmied, von der Hirschau geradewegs hierherkommend, war eben im inzwischen gedrängt vollen und kaum einem mehr Platz bietenden Wirtshaussaal drinnen, als der Stadtschreiber, dazu von einigen aufgefordert, die Mühe mit dem Selberlesen hatten, den Text der Adresse vortrug.
»Die teure Mutter nehme die langgetrennte Tochter mit

liebenden Armen auf, damit fortan kein Zankapfel mehr bestehe zwischen den Genossen des einen Vaterhauses . . .«
Sechshundertneun Auer setzten ihre Unterschrift schließlich unter das überschwengliche Schreiben, die von Hanns Schmied und Peter Ertl waren nicht darunter. Deshalb nicht, weil er eine den anderen hatte heimgeleiten müssen, zuviel war es dem Ertl Peter geworden. Als ihn tags darauf der Landarzt Fernbacher besuchte, wollte er von dem aber weniger über seinen Zustand erfahren, zu gut kannte er den selbst. Vielmehr fragte Ertl nach dem weiteren Verlauf der Bürgeraktivitäten. Was Fernbacher ihm erzählen konnte, von der Delegation der acht Auer in feierlicher, schwarzer Kleidung mit blau-weißen Kokarden und Bänderschmuck, die mit der Adresse hinüber ins Münchner Rathaus zum Bürgermeister, Herrn von Steinsdorf, zögen, befriedigte ihn sichtlich wenig. Dr. Fernbacher schrieb dies jedoch Ertls bedenklichem Krankenzustand zu. Eine Lungenentzündung hatte er diagnostiziert, eine, die dem alten Körper die Kräfte wegzehrte, aber vom Kranken trotzdem mit hinhaltender Zähigkeit ertragen wurde. — Bei den abendlichen Besuchen von seinen jungen Freunden zeigte er auch ein seltsam ungeduldiges Interesse an gemeindlichen, öffentlichen Angelegenheiten, matt schüttelte er den Kopf darüber, als sie ihm von den Jubelfeiern in München und der Au am Montag berichteten, von den vereinigten Münchner Liedertafeln, die vor der Residenz dem König eine Serenade dargebracht hatten für sein ›Verfassungsgeschenk‹. Als sie am Mittwoch dann die Kunde brachten, die Kuratelbehörde, also die oberste Aufsichtsinstanz über Gemeinde- und Stadtverwaltungen, habe den Rücktritt Kellers bestätigt und seinen Bruder, den Johann, als das älteste Magistratsmitglied zur vorläufigen Führung der Geschäfte in der Au bestimmt, entlockte ihm das auch kein Zeichen besonderer Freude.
Die Nachricht vom großen, blutigen Volksaufstand in der

preußischen Hauptstadt erreichte München am folgenden Sonntag, die unzensiert erscheinenden Zeitungen brachten für die Meldungen darüber Sonderausgaben. Die Stirner-Vettern brachten ihrem alten Freund allein die Berichte aus Berlin, Hanns Schmied war von Ertl zu seiner Tante Nanette geschickt worden mit einem Brief. In dem stand lediglich, daß Ertl sie bitte, ihn am nächsten Tag so bald als möglich und schicklich aufzusuchen, weil er mit ihr hinsichtlich seines Anteils an der Herberge seine Verfügung mit ihr beenden möchte.

»In München drüben hat es am Donnerstag auch noch einmal Aufläufe gegeben, weil es geheißen hat, die Lola Montez sei wieder zurückgekommen. Aber das hat sich dann als falsch herausgestellt. Aber unser König hat schon das Parieren gelernt! Am Freitag hat es einen Steckbrief gegen die Montez, die Hur, gegeben, daß sie zu ergreifen und auf die nächste Festung zu schaffen ist, wegen Störung der Ruhe in der Hauptstadt und im ganzen Land. Vom König unterzeichnet!«

Dem kranken Ertl Peter gelang es nicht mehr, wie er eigentlich wollte, ihre überschwengliche Zuversicht zu dämpfen, müde erwiderte er nur: »Es muß noch weiter gehen.«

Da er sich ansah, als wolle er schlafen, schlichen die Stirners weg, um noch einmal nach München hinüberzugehen, vielleicht dort noch weitere Neuigkeiten, sensationelle, aufregende zu erhaschen. ›Es muß noch weiter gehen‹, das hätte er ihnen nicht sagen brauchen, für was waren sie selber noch jung und heißblütig, ha, sie würden es weitertreiben!

Ob diese neuerlichen Ereignisse den ›Tambour von Hohenlinden‹ noch erfreut hätten? Gesteigert wurde die Jubelstimmung über den Lola-Steckbrief vom Freitag, als am Sonntagabend über die Diener und vielleicht auch Standespersonen neuerliche Gerüchte aus der Residenz in die Stadt getragen wurden. Ausgelassen wurden die Bürger aber erst richtig am Montagvormittag. Ludwig hatte die Krone niedergelegt, den Thron seinem Sohn Maximilian freigemacht. An Nanette Schmied kam dies, als sie früh aus dem Haus ging. Gegen seine sonstige Gewohnheit sprach sie ihr Nachbar, der bekannt gut informierte gewesene Stadtgerichtsbote, an, und drängend fragte er sie, ob sie auch mit nach München gehen und dem neuen König zujubeln wolle — oder ob sie gar eine versteckte Republikanerin sei? Konnte sie dem Bögl ausweichen? Konnte sie sagen, sie habe eine dringliche Erledigung zu machen, später komme sie nach? Nein, schwatzmäulig würde der herumreden davon, daß sie dem neuen König ihre Ovation verweigert habe. Mitgehen, nichts anderes blieb ihr übrig, allein sich als Frau und Hausherrin zu behaupten, war ohnehin schwer genug, es noch mehr zu erschweren, nicht tunlich.

Als am Nachmittag Nanette Schmied ins obere Stübchen der Stirner-Herberge hinaufstieg, war mit dem Ertl Peter nicht mehr zu reden. Ihren norddeutschen Neffen traf sie in der Stube an. Ablesen hätte sie an seinem verstörten Gesicht können, wie es um den Bewohner dieser Stube stand. Sie stellte aber die überflüssige Frage »Ist er . . .?«

Maffei hatte seinen Leuten in der Hirschau freigegeben, daß sie für die Thronbesteigung auf der Straße eine Kulisse abgeben konnten. Denn der Thronfolger würde nun der Auftraggeber für den weiteren Ausbau der Staatsbahnen sein. Hanns Schmied hatte es vorgezogen, in die Au und zu dem alten, krank liegenden Freund zu eilen; ja, Freund war ihm der Namenspate seines Vaters geworden in den wenigen Monaten, obwohl er anfangs gedacht hatte, von ihm am wenigsten erwarten zu dürfen. Bei ihm anlangend, ging ihm an diesem Montagmittag gleich auf, daß er zum ersten Mal in seinem zwanzigjährigen Leben mit dem Sterben eines nahestehenden Menschen belastet würde. Der Ertl Peter lag in seinem Bett wie die Tage davor, nicht anders, doch fehlte ihm schon der Atem zum Sprechen.

»Ich hole den Pfarrer!« Nicht allein mit dem herantretenden Tod war sein erster Gedanke gewesen, schrecklich war ihm der erschienen. Das schwache Kopfschütteln des Kranken hielt ihn zurück.
»Den Doktor Fernbacher?«
Das verneinende Kopfschütteln wiederum hatte ihn angebunden beim Sterbelager Ertls. Scheu setzte er sich auf den Hocker neben seinem Bett. Merkend, daß der ihm mit seinen schwachen Gesten etwas mitzuteilen hatte, mühte er sich, sie zu verstehen. Seine blauen Lippen entließen keinen Ton außer dem röchelnden Luftholen, wenn seine geschundene Lunge es verlangte, dazwischen aber bewegten sie sich, bis Hanns Schmied erfaßte, sie beschrieben einen Namen: Nanette Schmied.
Im Unterstock mußte eines der jüngeren Stirner-Geschwister sein, ein Kind, das er zu ihr hinschicken konnte, sie beschleunigt zu holen. Hanns Schmied hetzte hinunter, traf auch gleich auf ein kleines Mädchen, an das er seinen Auftrag hinhaspelte, ihn noch einmal wiederholte, um sicher zu sein, daß sie ihn in seiner Aufregung verstanden hatte. Wieder droben, beobachtete er, wie der Sterbende immer wieder seinen Blick gebannt auf die Tür gerichtet hielt. Aber das Stirner-Mädchen kam allein zurück, mit erschreckten Augen auf den enttäuscht schauenden Alten, hastig hervorsprudelnd konnte sie nur ausrichten, daß ihr gesagt worden sei, die Hausherrin sei schon früh aus dem Haus, und niemand wisse, wohin.
Ertls Blick blieb auf die Tür gerichtet. Ein paarmal noch formten seine Lippen den Namen, und darüber wuchs in Hanns Schmied ein verzweifelter Zorn. Ertls rechte Hand begann an einem Ende des Kopfpolsters zu zerren, bis Hanns Schmied begriff, daß darunter etwas Wichtiges liegen mußte, und ihm das Herausholen abnahm. Die Jakobinermütze war es und noch eine andere, die er sogleich in die Hand gedrückt bekam, sie zurückgeben wollte und wieder empfing, so daß er über Ertls Wunsch keinen Zwei-

fel mehr zu haben brauchte. Eine französische Lagermütze aus der vor-napoleonischen Zeit noch, aber sie wog schwer, enthielt, Hanns Schmied merkte es erst später, die gesparten Kreuzer und einige Gulden- und Dukatenstücke. Die meisten höherwertigen Münzen stammten vom Bruder Johann Ertl, der sich mit ihnen vom Makel, einen ärmeren, glückloseren Anverwandten zu haben, losgekauft hatte. Peter Ertl hatte so wenig als möglich von ihnen ausgegeben, genommen zwar immer, wenn sie gegeben worden waren, aber absichtslos aufgehoben, gespart in eben jener Mütze. Für Auer Verhältnisse stellten sie ein kleines Vermögen dar, eine Herbergshälfte mit so vier oder fünf Stuben hätte man dafür bekommen. Einige trugen als Münzbild noch den Kopf von Maximilian I., die meisten aber den König Ludwigs.

Achtlos hatte Hanns Schmied die alte Mütze beiseite legen wollen, irgendwohin, aber der Sterbende hatte ihm ebenso mühsam wie dringlich angedeutet, er solle sie zu sich stekken, was dann zögernd, zweifelnd geschehen war, Hanns Schmieds Verlegenheit deswegen konnte nicht lange vorhalten, er mußte dem Ertl Peter helfen, die andere, rote Mütze in die linke Hand zu geben, ihm dann die rechte in die seine legen.

Beim Eintreten von Nanette Schmied war schon eine reichliche halbe Stunde vergangen, seit er, der eigentlich Fremde, dem Ertl Peter hatte die starr gewordenen Augen zudrücken müssen, wie er es vom Hörensagen wußte, daß man es bei einem Toten tat, und mit zagen Fingern. Kein Weinen, dafür ein hartes Schluchzen stieß ihm auf dabei, dann noch etliche Male, solange er allein war. So fassungslos blieb er sitzen, unfähig, eine Totenkerze anzuzünden.

Das tat nun seine Tante, sicher und sachkundig, auch die Hände versuchte sie dem toten Körper zu falten, was nur notdürftig gelang, weil die Jakobinermütze dem im Weg war. Wenigstens verstecken konnte sie die halbwegs unter dem darübergelegten Arm, sie den starr werdenden Fin-

gern zu entwinden, davor hatte sie eine unwillkürliche Scheu. Herrisch fuhr sie ihren Neffen an:
»Einen Geistlichen, los, höchste Zeit dafür!«
Als Hanns Schmied aufstand, es dabei leise klingelte, musterte sie ihn mißtrauisch, die Lagermütze mit den Münzen aber steckte in seinem Hosenbund fest, sie konnte sie nicht entdecken.
Für den Bruder des Magistratsältesten kam der Stadtpfarrer selbst. Auch die Leichenfrauen und die Knaben aus dem Waisenhaus, die Totengebete zu sprechen hatten, erschienen kurz danach. Zimmerermeister Johann Ertl, der Magistratsrat, traf erst ein, als die Stirners mit pflichtmäßigem Trauergesicht alle versammelt waren und auch Hanns Schmied, der einen Umweg zu seiner Kammer gemacht und die vererbte Mütze dort gelassen hatte, seiner Tante Mißtrauen war ihm trotz der erschreckenden Umstände nicht entgangen.
Pfarrer Rabl war lange Jahre schon der Stadtpfarrer der Au, hatte den Kirchenneubau mit betrieben und daneben sich vor allem der Kinder, der ärmsten Bewohner seines Pfarrbereichs, angenommen. Achtung hatte er sich erworben, weil er kein frömmelnder Säulenheiliger gewesen war, sondern immer hilfsbereit und beinahe weltlich praktisch, wenn Not am Mann war — und die war irgendwo in der Au immer. Ein Kaplan aber, in seiner Art das glatte Gegenteil von Rabl, hatte im vergangenen Jahr einen Rudel kirchenfrommer, sonst aber bösartiger Weiber gegen ihn aufgewiegelt, die sich sogar soweit verstiegen, ihm eine lautstarke Demonstration zu liefern, mit wildem Gekeife nach seiner Predigt im Nachhausegehen. Kann sein, daß die Gesundheit des auch schon achtundsechzigjährigen Pfarrers deswegen angeschlagen war, streitbar dagegen war er immer noch.
Die Mütze, nicht gut genug verborgen war die gewesen, und so verlangte er, daß man sie dem Toten wegnehmen solle, was jedoch die Stirner-Vettern verweigerten, ihn

aber dann mit gefälligen Worten umzustimmen versuchten, als er sagte, er würde seinen Kaplan schicken, denn er selbst habe nichts am Sterbebett, noch weniger am Grab eines gottlosen Jakobiners zu suchen. Wie die Gottlosigkeit aus solchen Wurzeln um sich gegriffen habe, könne man in den vergangenen Wochen deutlich sehen. Sogar der König, der den Auern eine hochherzige Stiftung zum Kirchenbau gegeben habe, hätte darüber abdanken müssen, verzweifelt über sein unchristlich werdendes Volk. Er, Rabl, er habe in der Auer Armen-Industrieschule sich gemüht, ein Institut zu schaffen, in dem die Kinder Arbeit und Demut vor Gott und der Welt gelernt hätten, aber nun zeige sich, daß es so einen satanischen Hetzer gegeben habe, der ihm entgegengehandelt hätte all die Jahre. — Hätte sich der Pfarrer Hermann Rabl in solch streitbaren Zorn gesteigert, wenn er geahnt hätte, daß er am folgenden Tag auch, von einem Schlag getroffen, in seine Ewigkeit zu gehen hatte?
Auch für eine Stiftung in gutem Geld für die Pfarre konnte Ertls Bruder Johann nichts mehr bei ihm erreichen, weihevollen Zorn im Gesicht, aber mit hinfälligen Schritten ging er davon, die Ministrantenbuben, die ihn sonst nur sanft und gütig kannten, folgten ihm mit verstörten Augen.
So kam der Ertl Peter ohne Begleitung eines Geistlichen und ohne Predigt in sein Grab auf dem neuen Friedhof in der Hochau, diesen Platz ihm zu versagen wagten der Kaplan und auch der als Rabls Nachfolger angesehene Dorfpfarrer von Giesing nicht, denn man wollte sich nicht mit dem Bruder, dem Magistratsrat, anlegen.

Im renommierlichen Gasthof Zum goldenen Kreuz, dem früheren Damenwirt, traf sich das Trauergeleit anschließend zum Leichenschmaus, den sich Johann Ertl etwas kosten ließ. Dafür, meinte er, stünde es ihm zu, nun auch zu richten: »Hätte nicht sein müssen, daß mein Bruder so unter die Erde gebracht wird.« Er schnaufte dumpf auf, wendete sich dann an Nanette Schmied. »Schmiedin, ihr seid doch sonst so geschickt im Vertuschen von allen anstößigen Dingen. Wie der getaufte Herr Baron von Eichthal, der deswegen immer noch ein Jud ist. Habt ihr, Schmiedin, den Sohn, den ihr von meinem Bruder getragen habt, nicht so bald als es ging den Jesuiten zur Erziehung gegeben, daß euch wegen eures Fehltritts jeder die Reue abnehmen hat müssen? Und jetzt, soviel ich weiß, studiert er noch weiter weg die Theologie, damit sich keiner an ihn erinnert in München. Hat der schon eine Nachricht geschickt bekommen, daß sein Vater gestorben ist, oder soll er nie erfahren, daß mein Bruder sein Vater war? Meinem Bruder die Revoluzzermütze in die toten Hände zu drücken! War das eure Rache, Schmiedin? Rache für was, er hätte euch ja geheiratet, wenn ihr es zugelassen hättet.«

»Ich war nicht bei ihm, als er gestorben ist.«

Steif, mit stolz erhobenem Kopf, als habe niemand ihre intimsten Geheimnisse in aller Öffentlichkeit ausgebreitet, blieb sie fest auf ihrem Stuhl, und angriffslustig klang ihre Stimme.

»Ich war bei ihm in der letzten Stunde!«

Da ruckten die Köpfe in seine Richtung, wunderten sich die Stirnerschen, die Wahle-Leute über den Hanns Schmied, daß der, ohne dazu gedrängt zu werden von irgendeinem, die angestaute Wut des Magistratsrats auf sich lenkte. Was, der reizte den noch mehr, hielt immer noch nicht den Mund?

»Und richtig finde ich es, daß man ihm die Mütze mit ins Grab gegeben hat, ihm wäre es so recht gewesen — nach allem, was er uns gesagt hat, zu seinen Lebzeiten. Glaube nicht, daß es einen besonneneren Revolutionär in der Au gegeben hat.«

Der Wirt, dies hörend und in der Meinung, die Trauergesellschaft käme sich über Politik in die Haare, eilte herzu und versuchte zu schlichten.

»Herrschaften, liebe Leute, nun ist es doch ausgestanden,

wir haben einen neuen König und, im Vertrauen, wißt ihr schon das Allerneueste? Nein, natürlich nicht! Die Königin hat, in Übereinkunft mit dem allerhöchsten Gemahl, beschlossen, in Zukunft auch die Armen nicht zu vergessen. Hier, bei mir im Speisesaal sollen in zwei Wochen fünfzig Arme aus der Au, die der Armenpflegschaftsrat aussucht, ein reichliches Essen bekommen, dazu Musik und sogar Wein und Bier. Vorbei der Aufruhr, der Max der Zweite lebe hoch.«

Wirklich rettete ein müde und widerwillig von den Gästen ausgebrachtes Königs-Hoch diesen Moment, bis der Braten aufgetragen wurde, verstummten die Reden, nur forschend sah einer den anderen an, bestrebt, zu erraten, zu welcher Seite der oder der andere sich schlagen würde, wenn nachher der Streit fortgesetzt würde.

»Der hat es aber gelernt vom Ertl Peter!« flüsterte Girgl Stirner dem Ziegelbrenner zu, der sich abdrehte, um nicht vielleicht zur Antwort verpflichtet zu werden.

Girgl Stirner gab nicht nach, flüsterte weiter: »Hast gesehen, nicht mitgemacht hat der, bei dem Hoch auf den Max, der ist in der Au zum Republikaner geworden.«

Martin, sein anderer Nachbar am Tisch, mischte sich ein, flüsterte ebenfalls:

»Demokraten, Demokrat nennt man sich jetzt, nicht mehr Republikaner. Haben jetzt einen Club, Bauernhofclub nennt er sich, hab ich im Gradaus gelesen.«

Dem in den Magistrats- und Gemeinderatsversammlungen geübten Johann Ertl war das Getuschel bei den Jungen nicht entgangen, und er fühlte sich nun verpflichtet, nach seinen vorherigen, aufgebrachten Worten auch noch solche zu verlieren, die weise Mäßigung zum Inhalt hatten. Mehr Gewicht gab er ihnen dadurch, daß er sich dazu erhob und mit dem Messerrücken an ein Glas schlug.

»Freunde, laßt es euch sagen: Als mein Bruder und ich hierher in die Au kamen, vogelfrei waren wir damals beinahe, doch mit Geduld und mit Fleiß haben wir uns beide nicht nur das hiesige Bürgerrecht, sondern auch Ansehen erworben . . .«

Die älteren Stirners wußten noch, daß sie zeitweilig von Johanns Verbindung zu einer Färberwitwe einen einseitigen Vorteil gezogen hatten, sagten dies aber nicht, sondern nickten bestätigend mit den Köpfen. Hanns Schmied, dem niemand davon erzählt hatte, stahl sich trotzdem aus der Runde fort, nach zuviel Eigenlob klang ihm der Anfang dieser Rede.

Vor der Wirtshaustür holte ihn seine Tante Nanette ein. »Du kannst die Stube vom Ertl Peter mietfrei haben.«

Eine sachliche Verfügung, mehr klang nicht heraus. Er bekam es von seiner Tante auch noch schriftlich, der Alte aus der Ökonomie stellte es ihm am folgenden Abend zu:

›Ich, Nanette Schmiedin, Ökonomie- und Hausbesitzerin zu München auf dem Bereiteranger, verfüge, daß mein Neffe Hanns Schmied (Bruderkind) den mir gehörigen Anteil der Herberge in der Bachgasse mietfrei erhält, so lange er die Vorstadt Au bewohnen wird. Für die Instandhaltung der Baulichkeit hat er selbst zu sorgen.

München, den 23. März 1848 — Nanette Schmied‹

Welches Gerücht über ihn seinen Anfang beim Leichenschmaus genommen hatte, bekam er zum ersten Mal am Abend des 3. April zu hören. Er kam von seiner Arbeit in der Hirschau und wanderte langsam seiner neubezogenen Unterkunft zu. In einer Nachbarherberge wohnten Arme zur Miete, jedoch in den Augen der eingesessenen Umwohner liederliche Leute. An diesem Tag war so einer zur Armenspeisung geladen gewesen, beim Falter, Schreiberwirt oder beim Gasthof Zum goldenen Kreuz, wo jeweils fünfzig bedürftige Leute in festlich geschmückte Säle geholt, mit guter und reichlicher Hausmannskost gespeist, mit Wein und Bier freigiebig getränkt und schließlich mit königlichen Geschenkdukaten, übermittelt durch anwesende Mitglieder des Magistrats, außerdem Essensresten

heimzogen, nicht ohne zuvor noch ein kräftiges »Hoch auf die Königin« gerufen zu haben. In der so aufbereiteten Stimmung also war der Bettler aus Hanns Schmieds Nachbarhaus, als er ihn lauthals anzuwiderte:
»Ah, du bist der Preuße, der gegen unser Königshaus ist. Bei dir daheim traust du dich nicht, was? Da fliegen zuviel blaue Bohnen. Aber wir sind, laß dir's gesagt sein, mit unserem König und der Frau Königin zufrieden. Geh heim nach Preußen, wenn es dir bei uns nicht paßt!«
Die Schwachen aus Faulheit, Feigheit und vernachlässigten Fähigkeiten sind es, die am dringendsten ein glanzvolles ›Oben‹ suchen und meist auch finden, in einem Gemeinwesen oder einem Staat. Deshalb, weil sie sich selbst nicht genug sein können, biedert sich dieser gesellschaftliche Bodensatz gerne bei diesen Oberen an in der Meinung, durch solche Willfährigkeit deren Glanz noch vermehren zu können, bis schließlich ein Abglanz auch auf ihn falle. Für den Anschein von Anerkennung aber vergessen solche Subjekte ihr Menschsein und sind zu äußerster Niedertracht und aasfresserhafter Gemeinheit fähig.
Hanns Schmied läßt die Beleidigungen unerwidert, schweigsam geht er auf sein Stübchen. Geht nun nicht wirklich in Altbayern alles seinen geregelten, gesetzmäßigen Gang mit dem neuen König? Durften nun nicht alle Männer, die auch nur die allerniedrigste Steuer entrichteten, ihre Stimme abgeben für die Wahlmänner, die dann die Abgeordneten bestimmten, im Sommer schon für die Nationalversammlung in Frankfurt? Durften nicht die Turner von München ihren Verein bilden, ihre Leibesübungen in der Isarvorstadt drüben betreiben und anschließend ihre radikaldemokratischen Debatten halten, hinderte sie jemand daran? Genehmigte den Maurern, Zimmerern und Steinmetzen der Au der König Max II. nicht die Gründung ihres Arbeiterunterstützungsvereins? Doch, und den Bauarbeitern wurde noch mehr versprochen: Soweit es die Staatsfinanzen zuließen, sollten Eisenbahn-, Wasser- und

Straßenbauten vorangetrieben werden, um ihnen sicheren Verdienst zu geben. Mit Befriedigung konnte man es von der Au aus beobachten, wie die lange schon fällige Regulierung der Isar fortschritt. Wenn in Berlin, Wien oder oben in Schleswig die Regierung nicht so liberal, so freiheitlich war wie hier, was sollte es einen groß aufregen? Lediglich die Vereinigung der Vorstädte mit der Hauptstadt, der galten in der Au im Verlauf des 48er Jahres zahlreiche Versammlungen, weil sich alle, reichere wie arme Schichten, einig waren, daß damit eine Verbesserung der Lage eintreten werde, jedenfalls hofften es alle, denen Börse und Kochtopf noch zu oft leer blieben.
Der Taglohn eines Maurers oder Zimmermanns betrug 50 bis 60 Kreuzer, ein Bauhelfer erhielt nur 34 bis 36 Kreuzer, mit seinen 45 Kreuzern am Tag lag Hanns Schmied mit seinem Lohn zwischen diesen beiden Schichten der in der Au am zahlreichsten vertretenen Lohngruppen. Für einen Kreuzer bekam man einen Teller einfache Suppe, die Maß Bier zahlte man mit sechs Kreuzern. Bis zum Oktober, genauer bis zum achtzehnten, da sollte der Bierpreis wieder einmal hinaufgesetzt werden. Erboste Handwerksgesellen und Arbeiter, auch aus der Au, Haidhausen und Giesing, zogen ins Münchner Zentrum, die Neuhauserstraße vor das Bräuhaus Pschorr.
Erboste Männer, die ihren Etat noch mehr beschnitten sahen, demolierten in jäher Wut die Bräuhausschankstuben, zerschlugen die Fässer und warfen alle Trümmer auf die Straßen, um aus ihnen dann beim Anrücken des alarmierten Leibregiments eine Barrikade zu errichten. Karl Stirner, der Ziegelbrenner, konnte am Abend davon erzählen, er war beim Pschorrbräu dabeigewesen.
Auch nach Peter Ertls Tod waren die Stirner-Vettern der Gewohnheit treu geblieben, trafen sich weiter in der vertrauten, nun von Hanns Schmied bewohnten Stube.
»Das war nicht mehr wie beim verflossenen König Ludwig, wo die Soldaten mit dem Herzen beim Volk waren. Mit

dem gefällten Bajonett sind sie auf uns los. Und wir, weil wir nicht gedacht haben, daß es gleich ernst wird, sind stehengeblieben. Die aber, in ihrem Königsröckl, die sind über uns her, wie die Preußen. Ein Glück hab ich gehabt, daß sie mich nicht gegriffen haben, daß ich so davon gekommen bin, andere haben eine Menge Stich und Stoß abbekommen, sich blutige Köpfe geholt.«
»So ist das also geworden: Wir haben den Reichen vom König zu ihrer gewünschten Verfassung verholfen, jetzt hilft der König den Reichen gegen uns.« Beleidigt, wie Girgl Stirner das herausließ, räsonnierend.
»Vielleicht aber können wir über dieses Jahr einmal erzählen, daß wir da auch angefangen haben, uns selber zu helfen!« Martin wurde beim Sprechen selber bewußt, daß es nicht sehr optimistisch geklungen hatte. Um diesen Eindruck zu verwischen, fügte er noch spaßhaft an: »Wir sollten auch einen Club gründen, den ›Tambour von Hohenlinden-Club‹, einmal im Jahr eine Clubversammlung, sagen wir, an seinem Todestag, am zwanzigsten März!«
Hanns Schmied nickte dazu nur. Er war mit seinen Gedanken bei einer Schönen, einer schwarzhaarigen Ziegelbrennerstochter, einer Tochter des ›vierten Standes‹ in Haidhausen.

Zwanzigstes Kapitel

Mit dem ›Stadtomnibus‹ würde er am Nachmittag ankommen, am Mariahilfplatz und vom Bahnhof her. Gespannt durfte man sein, wie dieser illegitime Sohn der Tante Nanette aussah, sicherlich nicht ganz unvermögend, denn er selbst, Hanns Schmied, nunmehriger Vorarbeiter in der Lokomotivenfabrik Maffei, selber war er noch nie mit der Eisenbahn gefahren und mit diesem neumodischen Pferde-Omnibus des Herrn Zechmeister auch nicht, leid wäre es ihm um den Fahrpreis gewesen — für was hat der Mensch Füße? Aber um ihn abholen zu können, hatte er sich einen halben Tag von der Arbeit freigeben lassen. Einen halben Tag! Viel mehr, als daß er ungefähr mit ihm altersgleich sei, wußte er nicht von dem, außer daß er im Jahr 1849 wegen studentisch-republikanischer Umtriebe hatte in die Schweiz gehen müssen. Von da hatten sich dann seine Spuren verloren, bis vor einem Jahr, im Frühling 61, die Tante verstorben war und ein Erbe gesucht wurde. Er selbst, ja, obwohl er nie ein sehr enges Verhältnis zur Schwester seines Vaters bekommen hatte, trotzdem hatte er mit der Erbschaft gewisse Hoffnungen gehegt. Johann Peter Schmied, aus Amerika hatte er sich gemeldet, wohin er über die deutsche Gemeinde in London schließlich gekommen war. Plötzlich war der Brief von ihm beim Landgericht eingegangen und die kurze Erklärung, er habe von seinem Erbe durch Auswanderer aus Bayern erfahren. Mehr, nun, mehr wußte auch Hanns Schmied nicht von ihm, und niemand konnte außerdem erwarten, daß er die allerfreundlichsten Gedanken für ihn aufbrachte. Aber weil er nicht wußte, was in Tante Nanettes Testament stand, durfte er es nicht versäumen, den Ankömmling so geneigt zu stimmen, daß er das Wohnrecht, wenigstens das, in der Schmiedhälfte der Herberge behielt. Dieses Wohnrecht, das ihm und Frau und Kindern Miete ersparte und ihnen so einen bescheidenen Komfort zum Leben ließ. Besser, als er zu hoffen gewagt hätte, verlief dann diese erste Begegnung. Der knochige Mann mit dem langen Pferdegesicht, mit der Brille auf der überlangen Nase und dem Knebelbart nach der französischen Mode, der mit einer speckigen Reisetasche aus dem grünen Omnibus kletterte, sah zwar nicht besonders wohlhabend aus, der abgewetzte Anzug hing an ihm herunter, als habe er ihn vor kurzem von einem beleibten Schankwirt geschenkt bekommen und ohne Änderung übergezogen. Aber nur er sah sich mit kurzsichtigen Augen suchend auf dem Platz um, die anderen waren Münchner und strebten zielgerichtet zu ihnen vertrauten Bierkellern, derentwegen die Buslinie, die erste mit festem Fahrplan in München, errichtet worden war.

»Hanns Schmied?« fragte er und fing ihn zu einer Umarmung ein, was für neugierig beobachtende Auer komisch anzusehen war. Die jüngeren Kinder, die mitgekommen waren und sich im Hintergrund hielten, lachten. Bei der Vorstellung durch ihren Vater entgingen aber auch sie nicht dem überraschend kräftigen Zugriff der langen Arme ihres neugewonnenen Onkels.

»Ruth, nach der Urgroßmutter, die Jüngste, wird heuer noch sechs Jahre.«

»Von unserer Urgroßmutter hab ich nicht viel erfahren, nur daß sie eine sehr gute und liebe Frau war — soll meine Mutter auch gewesen sein, aber ich hab nicht viel davon gespürt. — Und die zwei Buben?«

Die staunten ihn an, vor allem wegen seiner eigentümlichen, amerikanischen Aussprache seiner sonst schriftdeutschen Rede.

»Martin und Karl, nach den Stirner-Vettern.«

»Alle deine Kinder?«

»Nein, aber der Jakob ist in der Lehre bei der Buchdruckerei Gotteswinter — ach so, die kannst du ja nicht kennen. Und ein Mädchen gehört auch noch dazu, die ist in einer Hotelküche untergekommen, im Vier Jahreszeiten, ein neues, sehr nobles Hotel.«

»Das ist ja nun alles München? Damals, als ich noch ein Kind war, gehörte die Au noch nicht dazu.«

»Ja, seit, ich glaube, neun Jahren, seit achtzehnhundertvierundfünfzig. Ja, da war's, ein Jahr vor der Industrieausstellung im neuen Glaspalast und vor der Choleraseuche!«

»Die Kirche da, die kenne ich noch, wie sie im Bau war. Seitdem war ich von hier weg. — Gehen wir gleich auf den Bereiteranger. Sehen möchte ich, was sich dort verändert hat seitdem.«

»Wirst du in München bleiben?« Nun fand es Hanns

Schmied angemessen, ihn danach zu fragen. Nicht gleich bekam er Antwort, auf sich warten ließ die, bis sie schon zusammen am Entenbach waren, der früher als Auer Grenze Endebach hieß und an dem nun gearbeitet wurde, an einer Überwölbung, so daß er künftig kein Weghindernis mehr darstellte. Der zurückgekehrte Johann Peter Schmied registrierte all dies, ohne seinen forschen Gang einen Moment zu verlangsamen.
»In München bleiben? Kann ich nicht sagen, was ich tun werde. Warst du zur Revolutionszeit schon hier?«
Darüber hat Hanns Schmied schon lange nicht mehr gesprochen. Ja, die nächsten Monate noch viel, aber als an allen Ecken und Enden in Europa die Fürstenmacht wieder erstarkt war, gestützt auf Fabrikanten und Bankiers, da war auch der ›Tambour von Hohenlinden-Club‹ schnell auseinandergefallen gewesen, da waren die Stirner-Vettern ausgeblieben, später hatte es sogar Streit gegeben — wegen was eigentlich? Nein, nicht aus politischen Gründen, Wohn- und Hausrechte an der Herberge waren es gewesen, Streit der Frauen untereinander wegen Kleinigkeiten, die sich bei so engem Aufeinanderwohnen aber aufgetürmt hatten. »Ja, da war ich dabei.«
»Ich war damals Burschenschaftler, schwarz-rot-gold, dann bei der Volkswehr, in der Pfalz, in Baden, bis wir über den Schwarzwald und dann über die Grenze getrieben worden sind. In München habt ihr aber angefangen gehabt. — Sag, das neue Denkmal in der Stadt, ist das der König Ludwig, den sie damals zum Abdanken gezwungen haben?«
Hanns Schmied spürte plötzlich, wie er sich schämte, ärgerte sich darüber und wollte ablenken.
»Bist du denn schon länger in München?«
»Nein, erst einige Stunden, aber die hab ich zu einem Rundgang genutzt. Man will schließlich wissen, wo man hinkommt.«
»Die Landwirtschaft ist in keinem guten Stand mehr, die

letzten Jahre hat die Tante Nanette sie nur noch mit einer alten Magd und einem noch älteren Knecht betrieben. Dem hat sie vor einiger Zeit einen Spitalplatz gekauft, damit er für den Rest seines Lebens versorgt wird. — Was wirst du machen? Was hast du in Amerika drüben getan?«
»Ich hab nicht zu Ende studiert, hätte auch nicht mehr wollen. Theologie! In den Vereinigten Staaten war ich dann als Sekretär angestellt.« Er sieht Hanns Schmied prüfend an. »Sekretär bei einem Komitee für die Befreiung von Sklaven aus den Südstaaten.«
»Als Beruf?«
»Ich bin dafür bezahlt worden.«
Nun war es an Johann Peter Schmied, froh zu sein, daß er darüber nicht mehr zu äußern brauchte, denn sie waren beim Haus der Nanette angelangt. Es trug noch Spuren des großen Hochwassers vom Sommer 1851, außerdem bröckelte inzwischen an vielen Stellen der Mauerputz ab, und Fensterläden hingen schief in den Angeln. Die herbstliche Nachmittagssonne, unbestechlich, verbarg keinen der zahlreichen Schäden.
»Zum Oktoberfest kommt der Seiltänzer Blodin, auch aus Amerika. Der hat auf seinem Seil schon die Niagarafälle überquert, sagt man.«
Hanns Schmied merkte, daß er wieder danebengetreten war bei seinem Versuch, dem Gespräch eine unverbindliche Richtung zu geben. Den Sekretär in einem sicherlich ernsthaften Komitee mit einem Seiltänzer zu vergleichen!
Die noch im Haus wohnende Magd öffnete, für beide entlastend, denn keinem wäre noch etwas eingefallen zu sagen. Dabei brannte es Hanns Schmied auf der Zunge, nach seinem weiteren Wohnrecht in der Herberge zu fragen — aber sollte er schlafende Hunde wecken? Vielleicht blieb dieser John — so hatte er den Kindern geboten, ihn zu nennen — gar nicht im Lande, überließ ihm von sich aus gegen einen eventuell aufzubringenden Betrag, einen geringen, versteht sich, den Schmied-Anteil. Seinem Gesicht war

nichts zu entnehmen, aufmerksam folgte er der erklärenden Frau durchs Haus. Daß dieser Bau solider sei als das Zehnersche in der Nachbarschaft, das beim einundfünfziger Hochwasser weggerissen worden sei, oder das Weißgerbersche, das beim dreiundfünfziger eingestürzt sei — dies hier habe den Fluten standgehalten, und nun würde ja endlich der sichere Damm fertig und die Isar auch reguliert. Herrichten freilich müsse man schon einiges, die letzten zehn Jahre habe man nur im oberen Stock gewohnt, der habe ja ausgereicht.
»Man wird sehen.« Das klang obenhin. Nein, Hanns Schmied verschob sein Anliegen nun endgültig.
»Ich dank dir, Hanns, daß du mich in Empfang genommen hast. Wir sehen uns bestimmt bald wieder.«
Einen halben Tag Lohn, für nichts als ein Danke? Doch, noch etwas: Auf dem Heimweg wollte sein Zehnjähriger, der Karl wissen, ob er denn wirklich bei der Revolution dabeigewesen sei, von der ihnen der Lehrer in der Knabenschule beigebracht habe, sie sei etwas Unrechtes, Ungesetzliches gewesen, schlimmer als Haberfeldtreiben.
»Haberfeldtreiben, Bub, das ist, wenn sich am Land draußen die Leute nachts vor dem Haus von einem Übeltäter mit Krach versammeln, weil die Beamten gegen den nichts unternehmen. Wir haben uns aber am Tag und ganz öffentlich versammelt auf der Straße. Wenn du einmal alles besser verstehst, erzähl ich es dir genau.«

Johann Peter Schmieds Ankunft war den Ortspolizei-Schreibern schon bekannt, als er selbst am folgenden Tag dort erschien, um seinen Aufenthalt anzumelden. Nicht jedem der bald hundertvierzigtausend Einwohner Münchens wurde soviel Aufmerksamkeit geschenkt wie ihm, daß er nämlich ein eigenes Karteiblatt bekam. Außergewöhnlich fand der Schreiber es schon, daß da einer mit einer Reiselegitimation der Vereinigten Staaten von Amerika ankam und als Geburtsort ›von hier‹ angab und dies auch

noch stimmte. »Illegitim, der Nanette Schmiedin, Realitäten- und Ökonomiebesitzerin, verstorben, ledig gewesen.« Von den Auer Amtskollegen wußten sie schon, daß er einen Verwandten, den vor Jahren republikanischer Umtriebe verdächtigen Maschinenarbeiter Schmied, zu allererst getroffen hatte. Nun ja, dem Arbeiterbildungsverein würde er sicher nicht beitreten als Erbe eines nicht unansehnlichen Realbesitzes, aber vielleicht den Demokraten? Die Fortschrittspartei hatte zwar ihre erste öffentliche Kundgebung abhalten dürfen, aber obrigkeitlich war noch nicht gewiß, was von der zu halten war. Amerika, dahin waren doch eine Menge Aufrührer von 48 geflüchtet, zwar gab es zwischenzeitlich eine Amnestie für sie — aber Vorsicht war eine Amtspflicht. Johann Peter Schmied ahnte nicht, daß auf der Karteikarte neben seinen persönlichen Daten auch noch vermerkt wurde: »Verd. Sub.! Wahrsch. März-Rev. o. ä.« — im Gegenteil, der gemütlich-biedere Ton des dicklichen, schnauzbärtigen Uniformträgers mit dem schwungvoll geführten Schreibzeug heimelte ihn irgendwie sehr an, versöhnte ihn damit, daß neben den preußischen Truppen damals auch die bayerischen Truppen mit dem Raupenhelm den badischen Volkswehren als angreifende Gegner gegenübergestanden hatten.
Auch nach der Eingemeindung hatte die Au ihr eigenes Land- und Polizeigericht behalten, untergebracht war es im ehemaligen Auer Rathaus, einem schlichten Bau nahe dem Mariahilfplatz. Aufregung verursachte es, als Hanns Schmied dorthin vorgeladen wurde. Maria, seine Frau, Tochter eines aus Italien stammenden Ziegelbrenners, riet ihm dringlich, er solle sich mit dem Nötigsten versehen und vorläufig fortflüchten, notfalls über die Alpen zu ihrer Familie, die er zwar nicht kannte, die aber, wie sie versicherte, ihm schon beistehen würde, da er doch über sie dazugehöre — und in der Heimat ihres Vaters stünden sich Angehörige einer Familie bei, auch gegen die Obrigkeit. Als er dann doch zu dem Amtsgericht erschien, stellte es

sich als erfreulich heraus, obwohl es ihm wieder einen halben Tageslohn kostete. Vor der Amtstür traf er auf den Johann Peter, den Onkel John, den er seit seiner Ankunft nicht mehr zu sehen bekommen hatte und von dem ihm von seiner Frau nur zugetragen worden war, daß dieser sonderbare Mensch selten, und wenn doch, dann nur in die innere Stadt hinein außer Haus gehe. Dort suche er zu einem billigen Essen die Kronfleischküche auf, lasse sich dort beim Mahl nicht stören von den übrigen Gästen, Marktfrauen, Dienstmännern und derben Viehhändlern, führe aber auch keine Gespräche mit ihnen. Anschließend sei er dann oft zur Universität hin spaziert und komme, von einer Buchhandlung in dieser Gegend, mit einem oder auch mehreren Büchern lässig unter den Arm geklemmt zurück. Die Magd, noch von Tante Nanette her im Haus bei ihm, die habe kürzlich beim Einkaufen in der Metzgerei beim Kluftinger verlauten lassen, sie werde nach so langen Jahren im Haus auf dem Bereiteranger wegen diesem unheimlichen Junggesellen aufkündigen, denn sie wolle mit dem nicht in Verruf kommen. Nein, nicht weil er Junggeselle sei und sie unverheiratet, und was sei das schon für ein Mann, der außer Bücherlesen und vor sich hinbrüten nichts im Sinn habe. »Er hat eben niemand in der Stadt, außer uns. Und mit mir kann er auch kaum Umgang pflegen, weil ich zwölf Stunden am Tag im Werk bin. Das braucht seine Zeit, bis sich einer eingelebt hat, wenn er nicht mehr zu den Jüngsten gehört.« So hatte er ihn gegen seine Frau und das Gerede der Leute, das aus ihr sprach, in Schutz genommen. Aber nun, so neben sich, da gab es ihm einen bösen Verdacht ein: Wollte der von ihm Miete, für seine Bücher zu kaufen?
Steif erwiderte er seinen herzlichen Gruß. Und wortlos folgte er ihm in die Amtsräume. Der Gerichtsoffiziant, dem sie ihre Ladungen vorwiesen, erklärte kurz angebunden, der Herr königliche Notar würde bald kommen, sie hätten noch zu warten. Notar? Nicht Polizei, Richter? Eine

erste Erleichterung, Hanns Schmied spürte einen Druck auf dem Magen schwinden, nun endgültig, aber sein Verdacht gegen den John versteifte sich. Der also wollte ihm etwas von seinem ohnehin knappen Lohn als Miete herausziehen. Er konnte ihn nicht mehr ansehen, musterte statt dessen ausgiebig seine brüchig werdenden Stiefel an seinen Füßen. Dann nahm alles einen raschen Verlauf: Aus dem Mund des endlich erschienenen Notars rasselte die letztwillige Verfügung der Nanette Schmiedin, Erbe war demnach Johann Peter, ihr leiblicher Sohn für Grund und Haus auf dem Bereiteranger und das Sparkonto bei der Bayerischen Hypotheken- und Wechselbank. Überrascht aber horchte Hanns Schmied auf, als der Punkt verlesen wurde, der Nanettes Besitzanteil an der Herberge im Bachviertel betraf, der nämlich ihm selber zufiel. Sogar die Gebühr für die Verbriefung sollte aus ihrem nachgelassenen Geld bezahlt werden. Als auch diese Verbriefung geschehen war, konnte er dem sonderbaren John immer noch nicht ins Gesicht sehen, wegen seines voreiligen Verdachts. Gedrückt nahm er aber, als sie vom Amt wieder draußen waren, dessen Einladung auf einen Abend ins Auer Schweiger-Theater an, eine willkommene Abwechslung, die er schon lange nicht mehr genossen hatte.
War dieses Theater auch nur ein Holzbau, ein Bühnenstadel, so war doch das Publikum in Preiskategorien und damit standesmäßig geordnet. Wohlhabende Realitätenbesitzer aus der Innenstadt fuhren mit ihren Familien vor, belegten eine Parterreloge für fünf oder eine Galerieloge für vier Gulden, die Söhne solcher Familien, wenn sie mit einem Mädchen ausgingen, kauften zwei Karten Nobelgalerie-Sperrsitz zu je achtzehn Kreuzer, Studenten, die auf sich hielten, saßen für 12 Kreuzer im ersten Parterre, und dem einfachen Volk aus München und den Vorstädten genügte ein Sechs-Kreuzer-Platz im 2. Parterre. Von daher hatte das Etablissement auch seinen Namen Sechser-Theater. Daß John einen Zwölf-Kreuzer-Platz, nein, drei, er-

standen hatte, rechnete er ihm als Unwissenheit der hiesigen Gepflogenheiten leicht an, trotzdem fühlte er sich mit seiner Arbeitermütze inmitten der bunten Studentenkappen unbehaglich und hatte von dem gespielten Ferdinand-Raimund-Stück deshalb wenig. Und als sie der neubackene Haus- und Grundbesitzer anschließend noch zu einem ›Abendimbiß‹ beim Mannheimerkoch Kluftinger einlud, wollte er schon mit Dank ablehnen, nur mit Rücksicht auf seine Maria, deren Leben in den vergangenen Jahren mit den Kindern noch karger als seines verlief, ging er mit. Dort, bei Wein und einer Platte mit kaltem Braten, wurde der von den Leuten als mundfaul verrufene John aber gesprächig.

Umgesehen hätte er sich und, anfangs noch schwankend, zum Dableiben entschlossen. Ökonomie freilich, wie die Mutter, die wolle er nicht betreiben, weil er von Landwirtschaft nicht das geringste verstünde. Der Grund, bebaut mit Miethäusern, wie seine Mutter schon einmal angefangen habe, aber besseren als den alten, würde mehr Ertrag versprechen als selbst eine Mustergutanlage. Denn München ziehe die Arbeitsleute her, sogar aus den fränkischen Provinzen des Reichs und aus Württemberg, die bräuchten ein Unterkommen, denen würde man mit solch neuerrichteten Häusern auch noch Gutes tun. Leider würde er, weil ihm die Mittel zum Bau fehlten, einen Teil Grund verkaufen müssen. Was er, Hanns, von solchen Plänen hielte?

Was sollte er davon halten? Das war nicht seine Welt. »Du bist ein studierter Herr, wirst es schon wissen.«

Merkte der Johann Peter Schmied nicht die Ablehnung heraus, sich mit ihm über solche Dinge zu unterhalten? Nur seine Meinung, drängte er weiter, schließlich sei er sein nächster Angehöriger hier. Er freilich, er meine, vorplanen müsse man alles genau, sehr genau, und die meisten Menschen ließen sich zu sehr treiben, wenn sie auch planten, ginge es ihnen besser im Leben.

Jedem Wort gab Hanns Schmied nun Gewicht, als er ihm

antwortete: »Die meisten Leute, laß dir gesagt sein, haben nur ihre Hände und nichts sonst, womit sie planen könnten. Und auch das ist schon schwer genug.« Dann drängte er, zu gehen, morgen müsse er zeitig zur Arbeit.
Eine zweite Einladung zu einem Theaterbesuch gab es nicht. Ohnehin waren die Tage der traditionsreichen Schweiger-Bühnen gezählt, denn im selben Jahr, als König Max II. starb und der junge Ludwig, wieder ein Ludwig, die Nachfolge antrat, wurde in der Isarvorstadt der Grundstein für ein Aktien-Volkstheater gelegt, und fest stand, daß dieses Unternehmen konkurrenzlos sein würde, wenn es erst eröffnet wäre. Die beiden Schweiger, der in der Müllerstraße und der in der Au, sollten ihren Betrieb einstellen und dafür entschädigt werden. So groß war der Einfluß der Aktionäre auf die Behörden.
Noch zu Lebzeiten des alten Königs Max II. war die bayerische Fortschrittspartei gegründet worden. Nach zwei Jahren hatte die ihre erste öffentliche Kundgebung abgehalten, und bei der war der amerikanische Vetter von Hanns Schmied zu ihr gestoßen. Danach erst war der wieder bei ihm aufgetaucht, zuvor hatte die Verbindung zwischen ihnen nur lose weiterbestanden, durch die Kinder unter anderem, die man hingeschickt hatte zum Neujahr anwünschen. Großzügig beschenkt waren die dann wieder heimgekommen und hatten vom Onkel John geschwärmt, über dessen behagliches Wohnzimmer und über seinen Reichtum an Büchern. Als er nun unvermutet bei den Verwandten auftauchte, ließ er sich auch nicht Zeit zu langen Vorreden. Der ›Fortschritt‹, das wären die richtigen Leute, auch für ihn, den Vetter. Mitgehen müsse er unbedingt, wenn die ihre nächste Versammlung abhielten.
»Fortschritt? Was hätte ich damit zu tun, ich bin ein einfacher Arbeiter, so ein Verein aber ist was für Haus- und Grundbesitzer oder für königliche Beamte, Professoren. Dann geh ich schon eher zum Arbeiterbildungsverein, den sie da gegründet haben und von dem mir mein Großer, der

Jakob, immer vorredet. Aber ich denk, am gescheitesten wird es sein, unsereiner läßt überhaupt die Finger von solchen Sachen. Nach dir, laß dir sagen, hat im ersten Jahr, in dem du hier warst, sowieso ein ›Verdeckter‹, ein Polizeispitzel, herumgefragt. Da wär es auch für dich besser, wenn du dich heraushalten würdest.«
Kleinlaut wurde da Johann Peter Schmied. »Wie, woher willst du das wissen?«
»Weil sie bei unseren Nachbarn waren und die gefragt haben, ob du mit uns Umgang pflegst und mit wem sonst noch.«
»Und was hast du gegen den Fortschritt? Hast du dich mit solcher Fragerei durch einen übereifrigen Gendarmen einschüchtern lassen?«
Hanns Schmied blieb ihm die Antwort darauf schuldig. Sein Vetter versuchte, mit unverfänglichen Dingen, wie über den gerade in der Stadt gastierenden Zirkus Carre oder die Affäre eines Leutnants mit so einer Zirkusreiterin in Gang zu halten, sogar Auer Klatsch über die Negermädchen von der afrikanischen Mission, die nun bei den Armen Schulschwestern lebten und von denen eines entlaufen war, verschmähte er nicht, um überhaupt ein Gespräch mit ihm zu führen. Dann wollte er über die Sklavenbefreiung in den Vereinigten Staaten von Amerika wieder auf Politik kommen. »Ja sind wir hier nicht auch bald Sklaven, Lohnsklaven? Laß mir meine Ruhe mit solchen Dingen, die weit weg sind und an denen ich nichts ändern kann.«
Sagte Hanns Schmied, gähnte dann übertrieben lange und bedeutete damit dem Vetter, daß es für ihn zum Bettgehen zeitig würde, was der auch so verstand und sich wieder verabschiedete, bevor er etwas bei ihm erreicht hatte. Von da an trafen sich Johann Peter und Hanns Schmied nur noch zufällig, wenn sie sich einmal auf der Straße begegneten und Hanns' Jüngste, die Ruth, war die folgenden Jahre noch die einzige, von ihrer Familie, die dem Onkel John ein »gutes neues Jahr« anwünschen ging, bis eine ält-

liche Dienstmagd von ihm geheiratet worden war und spüren ließ, daß sie nun Frau des Hauses sei und Besuche von der Auer Verwandtschaft lieber nicht sah, dann riß auch diese letzte Verbindung ab.
Jakob Schmied bringt von seinen Besuchen im Arbeiterbildungsverein und in den Lesehallen, die er errichtet hat, in die Auer Stube auch nur Gesprächsstoff mit, der seinen Vater beunruhigt. Seit dem Jahr 48 ist über den König in Bayern nicht mehr so abfällig, beleidigend, ja landesverräterisch geredet worden, wie es sein Sohn Jakob tut.
Der meinte, er verstehe zwar nichts von der Opernmusik und so was, aber nicht einmal die reicheren Bürger, die sich einen Besuch im Nationaltheater leisteten, die hätten an der modernen Musik von dem Wagner etwas finden können. Zwar sei der Wagner ein 48er Revolutionär gewesen, wie der Onkel John einer, aber die Tonsetzerei bringe ihm mehr ein beim König, und das Stück ›Tristan und Isolde‹ habe nichts mehr Revolutionäres, sondern sei nur teuer. Außerdem habe er gehört, daß dieser Wagner auch noch dem Direktor des Hoforchesters die Frau ausgespannt habe, und für so einen Ehebrecher sei das Geld da vom König, für die Bedürfnisse der Leute, die anständig seien und ihre Arbeit täten, aber nicht. Überhaupt, der König! Wenn es den nicht mehr gäbe, wäre es besser fürs ganze Land, der kümmere sich ohnehin um nichts, überflüssig wie ein Kropf sei der. Mit dem Reitknecht Völk und dem Paul von Thurn und Taxis treibe sich der am Starnberger See herum, auf der Roseninsel, nackend! Feuerwerke ließe er abbrennen, so teuer, daß von dem Geld fünf Arbeiterfamilien ein Jahr lang zu leben hätten. Er, der Vater, für eine Verfassung hatte er doch gestritten im 48er Jahr, was nütze einem aber die, wenn sich so ein Blutegel von König nicht darum kümmere — am besten, man mache einmal Schluß mit dem gekrönten Drohnenpack. Die Preußen und Österreicher seien auch nicht besser, die stritten sich jetzt um Schleswig-Holstein, als ob das nicht deutsche Bundessa-

che sei, sondern irgendwelches Prinzenerbgut. Und demnächst könne es da wieder einen Krieg geben, weil der König alles seinen Räten überläßt, die nichts taugten. Ob das vielleicht alles im Arbeiterbildungsverein gelehrt würde, besser sei es dann, er ginge nicht mehr dort hin, solches Wissen bringe nichts ein in barer Münze, mehr wußte Hanns Schmied seinem Ältesten nicht darauf zu erwidern. Er mußte dabei an die 48er Hoffnungen denken, daran, wie sie mit Elan ihren Club gegründet hatten und indessen einige Bürger die Zeit genützt hatten und mit ihren Geschäften reich geworden waren. Drüben, in der Isarvorstadt rund um das neugebaute Aktienvolkstheater, war auf den Grundstücken des Bankiers Eichthal ein neues Vorstadtviertel hingebaut worden, Miethäuser, die den Besitzern eine Rente abwarfen, hoch genug, daß sie statt zu arbeiten an schönen Tagen herüberwandern konnten in den Biergarten des Brauers Zacherl, behäbig ihren Wohlstand und Müßiggang vorstellend. Er aber, der mit dabeigewesen war, als man dem König, dem ersten Ludwig, getrotzt hatte, er hatte weiter zu darben. Er, seine Frau und die Söhne und die Töchter, auch wenn sich der eine gar so wild-revolutionär und republikanisch gab.

»Nein!« sagte Jakob Schmied heftig. »Nein, beim Verein reden sie uns vor, was für den ›Fortschritt‹ und seine Parteileute gut ist. Aber so dumm sind wir Buchdrucker und Schriftsetzer beim Gotteswinter und bei den anderen Drukkereien auch nicht, daß wir nicht auch noch selber denken könnten.«

Wenn er so gut selber denken könne, dann möge er sich bald um eine eigene Unterkunft umsehen, nicht länger dann seine Beine am Feierabend unter seinen Tisch stellen, gab er ihm mit ebensolcher Heftigkeit heraus, ohne es eigentlich zu wollen. Aber da war es ihm schon heraus. Und Jakob Schmied nahm es für bare Münze und war wenige Tage später dabei, seine Sachen, den Sonntagsanzug, den er sich selber hatte kaufen können, und einige Schriften, die er zu seinem Beruf angeschafft hatte, zu einem Bündel zu packen. Seiner Mutter sagte er tröstend, daß er ja nur in die Isarvorstadt hinüberzöge, um näher an seiner Arbeitsstätte zu sein, und für sie sei es doch auch ein Vorteil, weil es nun in der Herberge nicht mehr so eng herginge, seine Kammer könnten nun die Brüder, der Martin und der Karl, belegen, bräuchten nicht mehr in der Elternschlafkammer nächtigen, wo sie nun schon bald auch in eine Lehre kämen — wie er selber und nicht als ungelernte Helfer in einen der neuen Betriebe oder gar auf den Bau.

Der Mai 1866 brachte für München und seine Vorstädte, besonders für sie, außerordentliche Aufregungen. Wie es der Brauch, waren eben noch die Schulkinder aus der Altstadt zum Maiausflug in die oberen Isaranlagen gezogen, mit ihren weiß-blauen Fähnchen und mit grünen Kränzen und Girlanden geschmückt. Die Buben hatten dort auf den weiten Wiesen Räuber und Gendarm gespielt oder, lieber noch, Soldaten, Bonapartefangen. Die Mädchen, die ihnen nicht nachstehen wollten, bildeten lange, einander gegenüberstehende Reihen und vergnügten sich mit ›Der Kaiser schickt seine Soldaten aus‹. — Am 11. Mai wurde die Mobilmachung der königlich-bayerischen Armee gegen die Preußen verkündet. Diesmal waren es erwachsene Männer, die mit Maigrün geschmückt, mit Blumen und wieder mit weiß-blauen Fähnchen, die ihnen begeisterte Patrioten zusteckten, ausrückten, nordwärts oder zu den Bahnhöfen. Zum ersten Mal wurden Kanonen und Troßfahrzeuge auf den Schienenstrecken transportiert, über die Strecke nach Franken an die preußische Grenze und über die Strecke der Ostbahn zum österreichischen Verbündeten. — Jakob Schmied betraf die Mobilmachung nicht, er war Städter und somit nicht zum Militär gemustert, kein ›Landkapitulant‹, wie diese noch altertümelnd von den Leuten genannt wurden.

Die Schlachten dieses Krieges im Jahre 1866 wurden weit

weg von München geschlagen, brachten einen großen Sieg der Preußen gegen die Österreicher in Böhmen beim Ort Königgrätz und Siege der Österreicher gegen die um nationale Einheit kämpfenden Italiener, die aber danach durch einen von Frankreich, das hieß, von Napoleon III. vermittelten Friedensvertrag doch noch zu Gewinnen für das italienische Königreich führten. Land gewinnen. — Die Scarlettis waren bis zu diesem Krieg, so erfuhren die Auer von ihnen, brave Handwerker, Stukkateure gewesen, und ein Sohn hatte den Gips mit süßen Cremes vertauscht, Konditor war der gewesen. Ihre Kundschaft hatten sie bei den österreichischen Offizieren gefunden. Stuck für deren Landhäuser und Torten für deren Namenstags-, Geburtstags-, Feiertags- und sonstige Feste geliefert, angesehen waren sie in ihrem toskanischen Landstädtchen gewesen, bis zu dem Tag, an dem ihre Landsleute unter dreifarbigen Fahnen und dem Kreuzschild der Savoyer einmarschiert waren. Vielleicht hätten sie bleiben, ihre enge Verbindung zu den Österreichern vergessen lassen können, die Familie Scarletti. Aber Salvatore und Emilio, die älteren Brüder, hatten es nicht verwinden können, daß ihre Mutter beim Einkaufsbummel auf dem Markt von den Marktweibern und anderen Frauen auszuhalten hatte, beschimpft zu werden als habsburgische Betthure. Nein, so etwas läßt ein Sohn seiner Mutter nicht zufügen, aber etwas dagegen läßt sich auch nicht tun, geradezu Selbstmord wäre es gewesen, sich gleichsam gegen den Strom schwimmend der Mehrheit im Ort entgegenzustellen. So hatte die Familie Scarletti Rat gehalten, ernsthaft und nachdenklich sich beredet hatten sie sich. Jenseits der schneegekrönten Berge, wußte die Mutter, da war ein Land, das schon vielen Landsleuten und seit etlichen Generationen schon und immer wieder eine neue Heimat geboten hatte. Beschlossen hatten die Scarlettis, allen Haus- und Grundbesitz zu veräußern, zu leider nur schlechten Preisen, denn sie waren nicht die einzigen Verfemten nach dem Abzug der alten Landesherr-

schaften, die ihrer bisherigen Heimat den Rücken kehren wollten.
Ihre erste Unterkunft in der Au fanden sie im nach den früheren Besitzern genannten Paulanerstock. Dieses altgewordene, muffige Miethaus war gleichsam eine Hinterlassenschaft von den früher in die Au gekommenen Landsleuten, denn die Paulaner waren bei ihrer Klostergründung zweihundertvierzig Jahre davor auch aus Italien gekommen. Die Scarlettis aber fanden unter weit weniger günstigen Bedingungen Aufnahme, ihr Zuzug wurde ihnen nur gestattet, da sie noch über ausreichende Geldmittel verfügten, keine Behörde und kein Landesherr aber bot ihnen Unterstützung wie einst den Paulanern. Die Großmutter, inneres Oberhaupt der Familie, zwei um die fünfzig Jahre alte Söhne mit ihren Frauen, vier oder fünf halbwüchsige Kinder von ihnen, ein schon verheirateter Sohn des einen, seine Frau und ein kleines Kind, des anderen unverheiratete Tochter und eine weitere jüngere Frau, Witwe sie, ihr Mann war in österreichischer Uniform bei irgendeinem unbedeutenden Gefecht verwundet und auf irgendeinem Feldverbandplatz gestorben, begraben auch irgendwo ... — vier Stuben füllten sie im Paulanermiethaus, und es war eng bei ihnen. Wenn die Scarlettis aber in mühsamen deutschen Sätzen über ihre enge Wohnung klagten und davon sprachen, daß sie daheim im warmen und sonnigen Italien zwei Häuser bewohnt hätten, eigene Häuser, grollten ihnen die Auer als Antwort: Warum seid ihr dann hergekommen, hättet ja daheimbleiben können. Geglaubt wurde ihnen der verlorene Besitz von zwei Häusern ebenfalls nicht, denn da gab es am Stadtrand die Ziegelstadel, Ziegelbrennereien, in denen auch Italiener in Lohn standen, wilde Burschen freilich und nicht mit den Scarlettis zu vergleichen — außer in Aussehen und Sprache, soweit man sie verstand. Diese hausten in primitiven Strohzelten.
Karl und Martin Schmied wußten oder meinten viel von den neuen Nachbarn zu wissen. So, daß deren blaß-bräun-

liche Gesichtsfarbe von dem Öl käme, daß die zum Kochen verwendeten und das man vom ersten Stock herunter bis auf die Gasse riechen konnte, Olivenöl eben und nicht, wie es ehrliche Auer Hausfrauen nahmen, Schweine-, Rinderfett oder, an hohen und besonderen Feiertagen oder auch nur, wenn besonders guter Lohn durch den Familienvater hereinkam, Butterschmalz. Auch Frösche, meinten die Schmied-Buben, gehörten zu den bevorzugten Leckerbissen der Scarlettis, aber dies würde nur so eine Marotte dieser Südländer sein, ebenso wie die Sitte, Igel in Lehm zu backen, wie man es von den Haidhauser Ziegelbrennern her wußte. Ganz so gefährlich nämlich konnten sie auch wieder nicht sein, diese Neuen, denn ihre Anwesenheit bei der Sonntagsmesse wies sie als gute und fromme Katholiken aus — wilde Heidenkinder wie die afrikanischen Schwarzen bei den Armen Schulschwestern waren die also nicht.

Karl Schmied kam im Herbst als Lehrbub bei Meiler in der Au unter. Der ›Alte‹, wie der Firmeninhaber Lorenz Meiler genannt wurde, wenn kein Meister in der Nähe war, hatte auch einen von den Scarlettis eingestellt, allerdings nicht als Lehrbuben wie Karl, sondern der braunäugige Franz, Francesco eigentlich, war Laufbursche. Lorenz Meiler hatte mit dem Anwesen an der Hauptstraße der Au, die nun den Namen Lilienstraße führte, die uralte ›Gerechtsame‹ des Waffenschmiedgewerbes erworben, nun wurde in der modernisierten Hammer- und Waffenschmiede, an deren rückwärtsgelegener Hofseite der Mühlbach rauschte wie zu Zeiten des deutschen Kaisers Ludwig des Bayern, auch Werkzeug hergestellt, eben jetzt Werkzeug für die Lokomotivenfabrik Kraus auf dem aufgelassenen Exerzierplatz Marsfeld beim Güterbahnhof. Wenn sie den Franz Scarletti hinschickten mit einem neuen oder einem zur Reparatur gewesenen Werkzeug, sah der Meister streng darauf, daß der dafür keine übermäßige Zeit brauchte. ›Schlawiner‹ oder ›Krawatt‹ wurde er beschimpft, wenn er nach des

Meisters Empfinden zu spät zurückkehrte, kräftige Worte in der münchnerischen Liste der Schimpfworte, seit schwarzhaarige Soldaten vor hundert Jahren in den Vorstädten gewütet hatten, aber auf den Franz Scarletti eigentlich unzutreffend, da der eine gewisse Scheu im Umgang mit den Auern an den Tag legte, deswegen von Wüten bei ihm keine Rede sein konnte.

Gelegentlich gingen sie am Abend denselben Weg, heimzu am Mühlbach entlang, der Lehrbub und der Laufbursch von Meiler, zu sagen hatten sie sich dabei wenig. Martin begrüßte einmal bei einer solchen Gelegenheit seinen Bruder, gehässig grinsend, wie es nur nahe Verwandte ohne gegenwärtigen Grund fertigbringen, warum ausgerechnet mit dem da, dem Abruzzenräuber.

Aus Venetien komme seine Familie, nicht aus dem Süden, protestierte überflüssig der Franz-Francesco, auf den Martin Schmied machte es keinen Eindruck, ›Gipsfigurant‹ und ›Maronibrater‹ nannte er ihn noch, nach dem häufigen Nebenerwerb der Ziegelbrennerfrauen von Ismaning und Haidhausen, bis ihn sein Bruder, der Karl, mit drohend hingestreckter Faust zum Schweigen bringen konnte, er sich wieder ins Haus hinein verzog. — An diesem Feierabend redete man über Karl Schmied bei den Scarlettis, zum ersten Mal erwähnte ihn Franz am großen Familientisch beim Abendessen, und beschlossen wurde, ihn am folgenden Sonntag zum Mittagessen zu laden, eine freundliche Geste sei die andere wert.

»Wenn sie nun wirklich Froschfleisch essen? Mußt du es dann auch?«

Unbeeindruckt durch solche Frotzeleien seines Bruders ging Karl hin. Fremdartig zwar kam ihm das Essen vor, jedoch genießbar; wesentlicher aber war ihm, daß er neben einem langhaarigen Mädchen zu sitzen kam, was einem siebzehnjährigen Auer ein begehrliches Gefühl schaffen muß. Gleichsam einem Naturereignis wie es ein Föhnsturm ist, kam es über ihn, und er mußte dabei stillsitzen und übersüße Nachspeisen in sich hineinschieben. Verlegen gab er seine Hand her zum Abschied danach, sich gleichzeitig vornehmend, die Schwarzhaarige irgendwann einmal, wenn es anging, mit mehr Glück näher kennenzulernen. Veronika hieß sie, ein auch in Bayern nicht unüblicher Mädchenname, nur daß seine Trägerinnen hier Vroni gerufen wurden. Vroni, Vroni, Vroni prägte es sich ihm ein. »Die Italiener, die Welschen, immer haben sie ein Messer im Stiefel«, so widerstritt es in ihm, denn das wurde von den Leuten erzählt, obwohl auch andere Auer aus anderen Gegenden durchaus einmal für den Streitfall ein Messer ziehen konnten. Karl Schmied wußte, daß es schon vorgekommen war. Geduld, die würde er haben müssen, bis er Geselle war und dann hingehen zu dem Scarletti, einem von den beiden Alten — oder zur Großmutter? Und daheim bei ihm selber? Hinter seine Mutter würde er sich stecken, denn daß sein Vater so eine Partie mißbilligen würde, sah er voraus.

Hanns Schmied kam in der letzten Zeit nicht mehr wie früher gleich nach der Arbeit im Lokomotivenwerk in der Hirschau heim, sagend, nach Feierabend sei ihm einfach der weite Weg zu lang, um in einem Strang von ihm gegangen zu werden, da müsse er, da er nun älter geworden sei, zwischenhinein eine Pause bei einem Wirt einlegen, nicht wegen Genußsucht, sondern eben zur Rast. Viel Arbeit gab es wirklich, denn schon wieder war eine neue Eisenbahnlinie in Betrieb gegangen, die nach Ingolstadt, der alten Festungsstadt an der Donau. Die Maffei-Fabrik lag in harter Konkurrenz mit der neuen des Herrn Kraus, in der nun Martin Schmied als Schlosserlehrling unterkam. In der Tat war deshalb die von ihm geforderte Arbeit für Hanns Schmied mehr und schwerer geworden, aber der Grund für seinen verzögerten Heimweg war, daß er mit einigen Kesselschmieden, Eisengießern und Rohrziehern beisammensaß. Die, Arbeiter wie er, waren in der bayerischen Fortschrittspartei gewesen, nun aber ausgetreten und trugen sich mit der Absicht, einen Münchner Ortsverein des ›Allgemeinen Deutschen Arbeitervereins‹ zu gründen. Daß er sich denen überhaupt angenähert hatte, lag in der allgemeinen Wehrpflicht, die in diesem Jahr in Bayern verkündet worden war und gegen die sich diese Lokomotivenbauer mit kräftigen Worten aussprachen, auch Hanns Schmied:

»Dafür hab ich meine Söhne nicht großgezogen, daß sie in dem Moment, wo sie etwas zum Einkommen im Haushalt einbringen können, dem König seine Maschkera anziehen und mit dem Gewehr spielen.« Maschkera war eines von Hanns Schmieds Lieblingsworten geworden, Maschkera gingen die wohlhabenderen Bürger zu Fasching auf ihre Feste und Bälle, maskiert eben, Maschkera aber nannte Hanns Schmied auch die königlichen Beamten, die Gendarmen und sogar die Betriebsbeamten, wenn die in ihrem ihren Stand betonenden Gehrock und dem steifen Hut und ebenfalls steifen Kragen ihrem Büro zuschritten, gewichtig — und steif wieder, Respekt fordernd von ihrer Umgebung. Maschkera! Also auch die königlich-bayerischen Offiziere und Soldaten waren für ihn Maschkera.

Der Eisengießer aus der Maffeischen Lokomotivenfabrik war damit nicht zufrieden, verlangte von Hanns Schmied mehr Übereinstimmung zu ihrer aller wohlerwogenen Meinung: »Der preußische Kanzler Bismarck steckt uns alle unter eine Pickelhaube und läßt uns am Rhein antreten. Wenn es schiefgeht, werden wir Franzosen, und wenn es etwas besser läuft, dann eben Preußen. Ein Spaß, ein Maschkera-Spiel ist es in keinem Fall.«

Wenn sie so beisammenhockten, nach Feierabend im Garten vor einem Wirtshaus beim sauer genug verdienten Bier, da kam es Hanns Schmied immer ganz einsehbar vor, was die anderen redeten. Aber schon, wenn er dann allein der Au zu und über die Isarbrücke schlenderte, fiel ihm ein, was er eigentlich von einem Arbeiterverein zu allererst erwartete: Für sich selber ein Dach, darunter er trocken und im Winter auch warm wohnen konnte, satt zu essen jeden Tag und etwas mehr Zeit für das, was er eigentlich gern tat, aber wozu er selten kam — eben so schlendern, ohne angetrieben zu sein von irgend jemandem. Für seine groß werdenden Kinder aber hätte er daneben gerne gesehen, wenn die es zu mehr Ansehen bringen könnten, als es ihm vergönnt war. Am anderen Tag, wenn er mit den anderen wieder beisammen beim Bier hockte, da fehlten ihm die Worte dafür, solche bestimmt einfachen Wünsche vorzutragen.

Als Karl Schmied zur königlich-bayerischen Feldartillerie gemustert wurde und der Tag bestimmt war, wo er pünktlich in der neu erbauten Kaserne im Westen der Stadt anzutreten hatte, da war er bei der Veronika noch keinen Schritt weiter voran, sondern eher wieder weiter von ihr entfernt. Niederträchtig fand er den ganzen Scarletti-Clan, sie selber ausgenommen natürlich, denn seit nun fast einem Jahr war es bei der einen, ersten Einladung durch den Laufburschen Franz geblieben. Außerdem aber waren die Mitglieder dieser Familie seit der inzwischen allerhöchst verfügten Aufhebung der Zünfte und der verkündeten Gewerbefreiheit dem Taglöhnen ferngeblieben und hatten allerhand Handelsgeschäfte anzufangen versucht. Eines davon versprach nun auch Erfolg, das war ein Konditoreiladen drüben in der Isarvorstadt. Jeder von den Scarlettis mußte da mit zufassen, um Lohn für fremde Leute zu ersparen. Wenn aber die Familie zu einem gutgehenden Gewerbebetrieb gekommen sein würde, aus war es da mit seinen Hoffnungen auf Veronika — denn die würde, wie es bei solchen Familien Brauch war, entweder Geld oder Ansehen zu vermehren haben durch einen Bräutigam, und er, der Fabrikhandwerker kam dafür nicht in Frage. Oder doch? Dann nämlich, wenn er nicht eine einfache Rekrutenuniform würde vorführen können, sondern eine mit Tressen an Kragen und Ärmel, Unteroffizier, Vizefeldwebel, Feldwebel? Was hätte er sonst vorzuweisen, um für einen Ladeninhaber als Bräutigam der Tochter angängig zu sein? Nun, die Herberge würde er einmal erben, zusammen mit den Brüdern, ein paar Meter im Geviert eigenen Grund und Boden, nicht zur Miete, wenn auch das Mauerwerk drumherum alt und reparaturbedürftig war, immerhin hatte er damit etwas denen voraus, die vom Land her in der jüngsten Zeit der Stadt zu drängten und die Mietstuben und Zinsquartiere der Vorstädte immer mehr übervölkerten.

»Franz, einen Abschied vom Zivil werd ich geben, im Zacherlgarten kommen meine Brüder und meine Freunde zusammen. Kommst du auch hin und bringst die Veronika mit?« So hatte er es sich ausgedacht, der Karl Schmied, so hatte er ihn angeredet, den jungen Scarletti, aber der hatte bedauert, gesagt, es ginge nicht, auch wenn er gerne möchte, weil er nach der Arbeit beim Meiler anschließend noch in die Isarvorstadt hinüber müsse, helfen im Laden, und die Veronika auch. Aber wenn es ihm darum ginge, und er meine zu wissen, daß es so sei, seine Schwester wieder einmal zu sehen, könne er dort hingehen und eine Limonade trinken oder einen Kaffee und Kuchen essen, da seien nur zwei kleine Tische mit Stühlen, und die Veronika serviere den Gästen.
Karl Schmied kam nicht zur Scarlettischen Kuchenbäckerei. Hinschlendernd durch die Isarvorstadt traf er auf eine Gruppe erregter Frauen vor einem neuen Miethaus, blieb neugierig, was sich da begeben hätte, dabei stehen und erfuhr: Ein Schlossergeselle sei vor zwei Jahren und etlichen Monaten in diesen damals noch mörtelnassen Bau eingezogen, zusammen mit der Frau und einem Kind in Windeln. Bald danach hätten sie noch ein zweites Kind dazubekommen, zu ihrem Unglück, denn über dessen Anmeldung beim Magistratsamt sei es zu einem Streit zwischen dem Vater und dem Beamten gekommen, Genaueres dar-

über wisse man nicht, aber es müsse wohl zu Tätlichkeiten gekommen sein, denn seit einem Jahr sitze nun der Schlossergeselle im Gefängnis im Neudeck in der Au. Der fehlende Ernährer der Familie habe die schließlich dahin gebracht, daß sie vom Armenpfleger wenigstens ein Pflegegeld für die Kinder empfangen durfte, hingereicht habe dies freilich nicht, um dem Hausherrn die Miete immer pünktlich und vollständig auf den Tisch zu zählen, obwohl sich die Frau mit Wäschewaschen für fremde Leute etwas dazuverdient habe. Da nun die Mietschuld aufgelaufen sei auf immerhin fünf Taler, lasse nun der Hausherr den gesamten Hausrat der Familie als Pfand nehmen. Da, auf den Wagen dort solle er verladen werden und weggefahren, wohin, könne man sich denken, ins Versteigerungshaus.
Als er soviel erfahren hatte, wichen die Frauen scheu einem zum Haustor herauskommenden rundlichen Herrn im Gehrock und steifen Hut aus, der gemütlich an einer Virginiazigarre nuckelte und der gefolgt wurde von zwei Möbeltransporteuren, die einen einfachen Küchenkasten trugen, in dem leise Geschirr schepperte.
»Blutsauger!«
Karl Schmied war es herausgefahren, unbedacht, in mitfühlendem jähem Zorn.
Der Herr drehte sich daraufhin, immer noch gemütlich, zu ihm hin, blieb bei ihm stehen, daß die ihm folgenden Möbelträger nicht weiter konnten und ihre Last abstellten, genüßlich blies er den Rauch der Zigarre aus, dann erst fragte er, gleichgültig klang es:
»Wer ist damit gemeint gewesen?«
»Wer schon!«
»Das braucht sich unsereiner nicht gefallen zu lassen. Da gibt man so einem Gesindel Unterkunft und läßt es sich gefallen, daß einem die Miete ausbleibt über etliche Monate, wo man auch seinen Zins an die Bank leisten muß und die Gebührnisse und Abgaben an den Magistrat — und da kommt so ein Vorstadtstenz, so ein Strizzi, ein Jan-

kerlbursch und soll einen beleidigen dürfen auf offener Straße? Mich nicht, das merkt euch.«
Er winkte die Möbelträger herzu, Karl Schmied fühlte sich gleich danach rechts und links gepackt, obwohl er gar nicht versuchte, wegzurennen. Ein von ihm bis dahin nicht beachteter Gendarm, der beim Möbelwagen gestanden hatte, erschien plötzlich und forderte barsch, er solle ihm zur Hauptwache folgen.
Gendarmenwache, Befragung dort nach Beruf und Herkommen, Stadtgericht, wieder Befragung nach Berufsstand und Herkommen und ob er sich gar unterstehe, etwas zu seiner Rechtfertigung vorbringen zu wollen, dazwischen Arrest in einer Zelle. Da er von seiner Berufung zur königlich-bayerischen Artillerie am übernächsten Tag bereitwillig ausgesagt hatte, beließ es der Richter bei einer ›milden Strafe‹ in Geld, die ganzen zwei Taler, die er bei sich gehabt hatte bei seiner Arretierung, weil er der Veronika Scarletti etwas hatte kaufen wollen, auf daß sie sich seiner erinnerte, wenn er etliche Wochen würde aus der Kaserne nicht herauskommen. Weg. Nein, er suchte die Scarlettische Kuchen- und Zuckerbäckerei nicht mehr auf.

Veronika Scarletti hat nie etwas von der Zuneigung Karl Schmieds zu ihr erfahren. Entsprechend dem geheimen Beistandsvertrag von 1866 rückte zweieinhalb Jahre später die königlich-bayerische Armee verbündet mit der preußischen, württembergischen, badischen, großherzogl. hess. und sächsischen nach Westen, nach Frankreich. Zu Anfang August rollten die hellblauen Soldaten mit den ledernen Raupenhelmen an die Grenze, streckenweise mit der Eisenbahn, auf der die verladenen Geschütze und Ausrüstungen so schnell wie nie an ihr Ziel geführt wurden. Mit ihnen Karl Schmied, Kanonier bei der königlich-bayerischen Artillerie.

Einundzwanzigstes Kapitel

»1870 5. Sinfonie von Max Zenger
I. Erhebung — Kampf — Sieg
II. Verklärung im Heldentode — Das neue Reich — Wettkampf der Kräfte des Friedens.
Festspiel ›Der Friede‹ von Paul Heyse
Musik von Baron von Perfall
Regie Herr Jenke.
Mit den allegorischen Frauengestalten:
Der Friede — dargestellt von Klara Ziegler
Straßburg — dargestellt von Frau Bahn-Hausmann
Metz — verkörpert von Fräulein Muschek
Die Szene beleben ferner je ein Greis, ein Geistlicher, Gelehrter, Kaufmann, Künstler, Handwerker, Bauer, barmherzige Schwester — und Herolde, Krieger, Volk.
Friedensfeier im königlichen Hof- und Nationaltheater. S. Mjst. König Ludwig II. von Bayern wohnt der Feier an.«

Hanns Schmied wohnte der Feier im kgl. Hof- und Nationaltheater nicht bei, aber am 28. März 1871 hatte er sich vom Direktor der Lokomotivenfabrik Maffei einen arbeitsfreien Tag erbettelt, weil an diesem das Landwehr-Bataillon am Bahnhof ankommen sollte. Es waren dies die ersten Soldaten gewesen, die vom Kriegsschauplatz nach München zurückkehrten. Der Winter hatte am selben Tag noch einmal ein Gastspiel gegeben mit Schneewinden, die dicke, nasse Flocken durch die Straßen jagten und Hanns Schmied frieren machten, nicht aber seine Hoffnung gefroren, daß die Mitteilung, sein Sohn Karl habe bei einer fremden Stadt in Frankreich, deren Namen man nicht einmal behalten konnte, sein Ende gefunden, sich als falsch erweisen werde.
Schon am frühen Vormittag hatte er sich einen Platz ausgesucht, von dem aus er auf den Bahnsteig und den einlaufenden Zug würde sehen können und gewartet, Stunde um

Stunde. Gegen drei Uhr am Nachmittag waren die Kutschen vorgefahren vor dem Bahnhof, festlich uniformierte Eisenbahnbedienstete mit beflissenen Gesichtern unter den Mützen mit den radhaltenden Löwen hatten seinen Einspruch, er erwarte seinen Sohn oder wenigstens eine Nachricht von ihm, nicht gelten lassen und ihn abgedrängt zum Eingang hin. Doch, er hatte schon beobachten können, die Herrn in der feierlichen Amtstracht des Magistrats und den Bürgermeister mit der Amtskette, die Herrn Generale in Paradeuniformen und die Mitglieder des Gemeindekollegiums in sonntäglichem Anzug, schwarz und feierlich. Sehen auch die Soldaten mit der lorbeerkranzgeschmückten Fahne voran, neben deren Kolonne er hergelaufen war durch die innere Stadt. Bis hin zur Residenz hatte sie Hanns Schmied begleitet und sich dazu vorbeidrängen müssen an den begeisterten Bürgern, die an den Gehsteigen den Weg säumten und von denen er manchen mißbilligenden Stoß empfangen hatte. »Hoch« und »Hurra« hatten die Landwehrmänner dem König zum offenen Fenster hinaufgerufen und dann ihre Regimentskapelle die ›Wacht am Rhein‹ schmettern lassen. Natürlich war sein Karl nicht unter denen gewesen, wieso auch, wo ihm doch mitgeteilt worden war, er sei für Ehre, König und Vaterland geblieben im fernen Frankreich.
Auch Martin Schmied hatte die hellblaue Uniform anziehen müssen, vielmehr er eine hellblaue, sein Bruder Karl war ja in der dunkelblauen der Artillerie ausmarschiert. Und Martin kam mit seinem Regiment, dem zweiten königlich-bayerischen, wieder heim, breitschultriger erscheinend, als er ausgerückt war, und mit den Borten eines Gefreiten am Rock. Anders war auch sein Gesicht geworden, abweisend und verschlossen wirkte es auf die ihn begrüßenden Bekannten in der Au und bei der Lokomotivenfabrik Kraus. Dort fing er eine Woche nach seiner Entlassung vom Militär wieder mit der Arbeit an.
»Es war schon noch zum Aushalten!«

So antwortete er Fragern, wenn sie etwas über den Krieg aus ihm herausbringen wollten. Mehr nicht, aber das ›noch‹ betonte er so, daß es die zum Nachdenken darüber hätte bringen können. Wenn er aber, und das waren die bei weitem mehreren, unaufmerksame Zuhörer hatte, die dann noch weiter drängend und mit begeistertem Tonfall nach Heldentaten fragten, dafür eine Maß versprachen, wenn er nur recht aus sich heraus ginge, dann trieb er es — nach deren Geschmack — entschieden zu weit.

»Wie man weiß, haben die Franzosen die besseren Gewehre gehabt, aber geschossen haben die unseren auch, die unsern, die wir zum Schießen bekommen haben, zu was sonst. Und getroffen haben dann unsere Kugeln und die von den Franzosen, die von den Franzosen und die unseren also. Wenn eine solche Kugel einem Mann in den Bauch hineinfährt, hineintritt, daß es ein Loch reißt, wo dann die Därme heraus müssen, weil drinnen im Bauch die Kugel sich Platz schafft, dann, ja dann ist das keine schöne Sache, ob da einer blaue Hosen anhat oder weiße oder rote. Die Franzosen haben rote Hosen angehabt. Und wenn so einer dann getroffen liegenbleibt, einen Tag, zwei Tage, die Sonne auf ihn scheint und er doch nichts mehr davon hat, weil er kalt ist am ganzen Leib und nichts mehr warm werden wird, dann wird es riechen, dann stinkt es zum Himmel, ja, zum Himmel stinkt es dann. Aber das kümmert den Himmel nicht, die Sonne, die scheint, auch nicht, aber unsereinen, den sollte es kümmern. Uns sollte es schon kümmern. Trink dein Bier, Nachbar, trink's selber, wenn du nach solchen Heldentaten fragst, dann hast du es eben noch nicht gerochen. Trink auf die Helden, die am Weinberg bei Wörth vor sich hin gestunken haben, weil sie sonst zu nichts mehr die Kraft gehabt, und die inzwischen unter der Erde sind.«

Nur wenn er mit seinem Vater den Nachmittag eines sonnig-sommerlichen Wochenendtages behäbig in einem Biergarten des Herrn Bierbrauer Seldmayr verbrachte, vermied es Martin Schmied, solche Reden zu führen, jedenfalls, solange der Vater halbwegs nüchternen Sinnes war und hätte seine gräßlichen Reden verstehen können. Denn der Hanns Schmied soff seit einiger Zeit, soviel er nur kriegen konnte mit seiner Löhnung, nachdem er seiner Frau daheim das Haushaltsgeld vorgezählt hatte. War dann sein Hosensack ausgeräumt bei so einer Zecherei, bis auf den letzten Kreuzer ausgeräumt, schimpfte er auf die Bankiers, die Aufhäuser, Merk, Finck und Co., auch auf die Adele Spitzeder mit ihrer Dachauer Volksbank, die den Bauern und den Wirten so viel Zinsen zahle, daß sie davon schon leben könnten und es nicht mehr nötig hätten, einem einfachen Menschen für billiges Geld etwas zu essen und zu trinken zu lassen. Brabbelnd brachte er solche Weisheiten vor, bis ihm Martin ein kleines Geldstück hinschob und sagte, da habe er auch einen Zins, wofür er sich noch eine Maß kaufen könne. Das mit dem zu vielen Geld aber, da habe er schon recht, aber selber hätten sie nicht zuviel davon.

Martin Schmied baute in der Kraus'schen Fabrik mit an der Dampftrambahnlokomotive für die Strecke in die Nähe des alten Schlosses Nymphenburg, wo ein Unternehmer einen Vergnügungspark eingerichtet hatte, einen ›Volkspark‹ mit Spiel- und Wurfbuden, Karussells, Tierschauen, Café und Schankstätte, ein ganzjähriges Oktoberfest, aber wer sollte dort das ganze Jahr feiern, wo die meisten Leute jeden Werktag ihre zwölf oder mindestens zehn Stunden bei der Arbeit verbrachten? Die Auer Zimmerleute und Maurer hatten alle wieder Beschäftigung, im eingemeindeten Dorf Haidhausen wurde ein Bahnhof neuerbaut für die Ortsbahnstrecken, in seinem Umkreis erstand aus ihrem Fleiß ein neues Stadtviertel, dessen Straßen nach dem Willen des Bankiers von Eichthal die Namen der ruhmreichen Schlachten im vergangenen Krieg erhalten sollten, Orleans, Weißenburg, Wörth, Sedan, aber wer sollte den Bauherrn einmal die Rendite einbringen für diese Häuser, wer sollte ihnen die Miete zahlen, damit sie ihre Kredite an die Banken zurückzahlen konnten? Die Dachauer Volksbank der Adele Spitzeder wurde auf Betreiben der anderen Banken geschlossen, diese Gründung der matronenhaften Außenseiterin in diesem Gewerbe war denen eine gar zu wilde und ungeordnete Konkurrenz, ihre Schließung aber schadete ihnen ebenfalls, denn die vielen kleinen Leute, die dabei ihre Spargroschen verloren, verbreiteten ein tiefes Mißtrauen gegen alle Banken auf Jahre hinaus in der weiten Umgebung Münchens. Unbeeindruckt von diesem Krach um eine unsolide Bank baute ein anderer Unternehmer an einem anderen Vergnügungsbetrieb, das ›Kils Colosseum‹ genannt wurde — Bayern war ein Teil des Deutschen Reiches und das, war es nicht eine Wiederbegründung des allseits siegreich gewesenen Römischen Reiches? Also her mit einem Colosseum für das Volk, das, wenn es sonst schon nicht am Sieg teilhaben konnte, wenigstens feiern sollte, immer nur feiern, wenn es nicht gerade seiner Brotarbeit nachging. Ja, so wie die Maurer aus der Au, die mit dem Fiaker, mit festlich geschmückter Lohnkutsche am Freitag, dem Zahltag von der Arbeit in die Stammwirtschaft kutschiert werden wollten, in die Schankwirtschaft, nicht in die sehr bescheidenen Behausungen, die ihnen immer noch zur Wohnung dienen mußten. Mußten? Sie bräuchten nur etwas mehr sparen, diese Saufbrüder, sagten die Beamten, die behäbig von ihren Mieteinnahmen lebenden Rentiers und in Ruhestand getretenen Handwerker, haben wir selber, so meinten die letzteren, ein Lebtag lang gespart, daß wir jetzt vom Ertrag unserer Vermögen geruhsame Zeiten haben? Und die, statt in unsere Mietwohnungen zu ziehen, versaufen sie lieber die Hälfte von ihrem Lohn und bleiben in ihren Bruchbuden! Jakob Heimann, generöser Inhaber einer neugegründeten Baufirma, brauchte Hände, viele Hände, Hände von Maurern, die flink und trotzdem mit gebotener Sorgfalt Stein auf Stein setzten, Stein auf Stein, Hände und Schultern von grobknochigen, in der ländlichen Region mit harter Stallarbeit aufgewachsenen Frauen — oder solcher, die erst eine Generation in der Stadt ansässig und somit noch mit den Merkmalen ihrer Abstammung versehenen Frauen, die Ziegel oder Mörtelladen die Gerüstleitern hinaufschleppen konnten, Bauweiber eben, Bauweiberhände und Bauweiberschultern. Auch Bauweiberschenkel und Bauweiberbäuche, denn es sollte dieses Geschlecht der derben, unendlich belastbaren Vorstadtmenschen nicht so schnell aussterben. Aus dem Boden heraus, einen Stock drauf, einen zweiten, einen dritten, daß noch mehr hereinziehen können aus den Dörfern, den Kleinstädten, ihre Hände mitbringen, ihre rauhen, zupackenden Hände, bei Maffei in der Hirschau, bei Kraus auf dem Marsfeld, bei der Ungerschen Schmiedewarenfabrik in Schwabing, bei Meiler in der Au zupacken, denn das Imperium brauchte Waren, um noch mächtiger zu werden, als man es mit Soldaten allein schaffen konnte.

Martin Schmied hatte auch Sorgen ums Geld. Nicht um sich selber willen, ihm reichte sein Verdienst hin, aber da war seine Schwester Ruth, die, wie man dazu sagte, in den Dienst getreten war. Dienstmädchen war Ruth geworden, nachdem die Heimarbeit für die Garnfabrik des Kommerzienrats Brügelmann ausgeblieben war, weil es zuvor schon Streit um die Entlohnung gegeben hatte. Naß hatten sie und die Mutter das Material abgeholt, beim feinsäuberlichen Auszupfen wurde es dann schon trocken — aber beim Abliefern wurde die Arbeit nach dem Gewicht bezahlt, und die Frauen wurden auch noch der Unterschlagung verdächtigt, wenn sie gegen den zu niederen Lohn protestieren wollten. Nun, die Ruth, die inzwischen längst heiratsreife Schwester, war in den Dienst bei dem freundlichen Herrn Perles, dem Josef , nicht dem Aaron Perles, der sich neuerdings Arthur Perles nannte und mit Kaffee, Tee und Kolonialwaren en gros und en detail handelte. Josef

Perles war der Gemeinde-Rabbiner der Israeliten-Gemeinde in München. Nach den neuen Reichsgesetzen des Kanzlers Otto von Bismarck sollten die Juden nun doch voll gleichberechtigte Bürger sein, mit einer Ausnahme freilich. Beamte, Offiziere, Richter oder Lehrer sollten sie nicht werden, weil ihre staatliche Zuverlässigkeit dazu noch zu unsicher sei, war verlautbart worden. Also waren sie — in den Augen der Öffentlichkeit solcherweise verdächtigt — eben doch keine voll gleichgestellten Bürger, so wenig, wie die nun sich auch in Bayern immer mehr regende Partei der Sozialisten. Und wie konnte ein Mädchen, das bei einem solchen Hausherrn im Dienst stand, damit rechnen, einen für sie angemessenen Bräutigam zu finden? Martin Schmied fand, eine Mitgift würde vielleicht bewirken, daß sie mit einer Heirat fürs Leben versorgt sein würde, freilich keinen Bauarbeiter, denn dann hätte sie nur den Sommer über sorgenfrei um hereinkommenden Lohn ein Auskommen, nicht im verregneten Herbst und bestimmt nicht im Winter. Lieber sollte sie einen kleinen Beamten nehmen und sich etwas fretten mit dem zugegeben knappen Gehalt, das so einer heimbrachte. Daß das Geld im Schmiedhaushalt so knapp war, lag nicht an den gelegentlichen Saufausflügen, die Martin mit dem Vater unternahm, er gönnte ihm die, auch wenn er wußte, sie waren um das Vergessen und doch nicht Vergessen von seinem Bruder Karl — ob der Vater auch seinetwegen auf diese Weise Vergessen im Maßkrug gesucht hätte? Unterschwellig war diese eifersüchtelnde Überlegung bei ihm immer da und mit ein Grund, daß er, statt mit gleichaltrigen Arbeitern aus seinem Betrieb mit dem Vater die Sonntage vertrödelte. Gelegentlich schloß sich noch einer aus der Auer Nachbarschaft an, auch er war ein Schmied im Werk des Kommerzienrats Ungerer, hatte also einen ähnlich weiten Weg wie der Vater zu seiner Tagesarbeit; Andreas Herrmann hieß er, war in ähnlichem Alter wie der Hanns Schmied und Witwer, seit dem Tod seiner Frau frömmelte er mehr, als es bei den Auern üblich war, von Martin wurde er deshalb für etwas kauzig gehalten, ›sektisch‹ nannte er ihn bei sich, und das bedeutete, daß er ihn für einen Sonderling hielt, einen, der so seltsam in seiner Art war, daß man seine Gesellschaft nicht hätte ertragen können.

Es war im Jahr nach der neuerlichen Cholera-Epidemie, also 1874, Frühjahr war es und an einem Sonntag, daß man sich im Zacherlgarten zusammenfinden konnte. Martin Schmied hatte seine Schwester Ruth, die einen halben Tag frei hatte, mit dazu eingeladen, aber daß der Herrmann Anderl ebenfalls mitkam, war eigentlich nicht in seinem Sinn, denn auch der älteste Bruder, Jakob, war eingeladen und hatte sich angesagt. Wenn auch noch die Mutter mitgegangen wäre zu diesem Frühschoppen im Wirtsgarten, hätte man von einem Familientreffen und -rat sprechen können — die ältere Schwester fehlte nicht, die war einfach aus dem Gesichtskreis verschwunden, und es wurde ihr nachgesagt, sie sei eines Tages mit einem Hotelgast ausgerückt, ohne ein Wohin anzugeben. Martin widerredete seiner Mutter nie, wenn die davon schwärmte, daß diese ihre Tochter eine Dame geworden sei, ganz bestimmt sich gut verheiraten hätte können, obwohl er hinsichtlich der eine andere, weniger schöne Ahnung hatte, begründet darin, daß er von dem ehemaligen Schenkkellner wußte, der nach dem Krieg in Paris eine bayerische Bierwirtschaft mit Kellnerinnen eingerichtet hatte und von einer von denen ihm ein Regimentskamerad anschaulich berichtet hatte, so daß er sie nun dort wähnen konnte. — Gut also, der Vater, Jakob Schmied, der Schriftsetzer, er selber und Ruth, die Jüngste von den Schmied-Kindern, dazu der Schmied Herrmann saßen beisammen, und der nicht zur Familie Zählende, der war es, der mit seinem Gerede überhaupt eine Unterhaltung in Gang setzte.
Mit der Bestimmtheit eines Eingeweihten, Wissenden trug

er vor, daß der Papst die Stadt München gerügt habe wegen ihrer kirchenfeindlichen Haltung, Simultanschulen einzurichten sei nun beschlossen, lutherische und katholische Kinder zusammen in einer Klasse würden künftig unterrichtet werden, wo das noch hinführen würde. Der Herr von Döllinger gar, der bestreite dem Papst die Unfehlbarkeit und werde vom Magistrat darin noch bestärkt, erhalte für seine Gemeinde der ketzerischen Altkatholiken die Kirche auf dem Gasteig, die altehrwürdige des ehemaligen Leprosenspitals, und außerdem werde so ein Kirchenspalter auch noch Präsident der Akademie der Wissenschaften! Wenn der Papst erst wüßte, wie es in dem neuen Babel, in München, sonst zugehe. Hier zum Beispiel, da seien einmal andächtige Mönche geschritten, nun sei es ein Biergarten voller Lustbarkeit, und nebenan, wo die Mönche ihre Zellen gehabt hätten, da seien nun Verbrecher eingesperrt, ein Zuchthaus sei aus dem Klosterbau geworden — Ketzerei, wohin man schaue. Wundern brauche man sich da nicht, daß der König sich lieber auf dem Land aufhalte und in solch einer Stadt wenig residieren wolle.

Belustigt betrachtete Jakob Schmied den Tischgast, und leichthin bemerkte er zu dessen Rede, daß er für seine Person recht gut ohne päpstlichen Segen auskomme, wenn nur der Lohn stimme und die Preise nicht weiter durch allerlei Verbrauchssteuern in die Höhe getrieben würden. Und daß der König auf dem Land weilen könne, ohne daß der Staat zusammenbreche, zeige nur, wie überflüssig Könige geworden wären. Auf die könne man also auch verzichten. Ob ihm vielleicht so ein ›roter König von Bayern‹ wie der Georg von Vollmar von den Sozialdemokraten im Kopf herumgehe, wurde er vom eifernden Herrmann gefragt. Und der uniformierte Hanns Schmied wunderte sich darüber: »Ein Herr von Adel bei denen?«

Zaghaft mischte sich da Ruth Schmied ins Gespräch ein, mit einem entschuldigenden Blick in die Männerrunde. Bei ihrer Herrschaft habe sie auch über den Herrn von Vollmar

reden hören. Der Herr Perles, der ein weiser Herr sei, ein Gelehrter, der habe dazu geäußert, der Herr von Vollmar verhalte sich wie ein Mann auf einem Feld, so ungefähr:
Ein Mann hatte ein Feld und war damit beschäftigt, es von Steinen zu säubern, er hob sie einzeln heraus und warf sie auf die Straße. Da kam einer vorbei, der zu den Frommen zählte und sprach: »Törichter Mensch, was wirfst du Steine aus einem Bezirk, der dir nicht gehört, in einen Bezirk, der dir gehört?« Der Getadelte spottete über diese Rede. Es begab sich danach, daß die Not ihn zwang, sein Feld zu verkaufen; er mußte die Straße durchqueren und stolperte über die Steine, die er selber dorthin geworfen hatte. Nun sagte er: »Wie richtig hat doch damals der Fromme gesprochen; von einem Platz, der nicht dein eigen ist, schleuderst du Steine auf den Platz, der dein eigen ist!«
So dem Sinn nach brachte Ruth Schmied vor, was der Josef Perles aus der Agada, dem Abschnitt aus dem Talmud, zitiert hatte, nicht wörtlich — und erbitterte damit den Herrmann Anderl noch mehr, brachte ihn aber auch zu einem brütenden Schweigen damit.
Dafür wurde ihr Bruder, Martin, nun gesprächig, ja, sagte er, ja doch, da sieht man, was für ein kluges Mädchen du im Dienst bei deiner Herrschaft geworden bist, aber Klugheit sei bei einer Frau nicht das einzige, was sie brauche, wenn sie heiratet, sie habe, sicher, etwas gespart und noch sei sie nicht zu alt dafür. Hübsch sei sie ebenfalls, das dürfe er als ihr Bruder schon sagen — was also hindere sie noch länger? Ungeheuerliches geschah, nicht nur in den Augen und Ohren von Andreas Herrmann, sondern auch für die von Hanns und Martin Schmied und sogar Jakob Schmied, sogar der horchte auf:
Wenn sie gewußt hätte, daß ihre männlichen Verwandten sich zur Kupplerrunde zusammengeschlossen hätten, nicht hergekommen wäre sie an ihrem freien Tag, da hätte sie sich doch was Besseres gewußt. Und nicht meinen bräuchten sie, daß sie ihnen noch ein zweites Mal so ins Netz ginge, ganz bestimmt nicht. Da sie aber nun schon

beisammensäßen, wolle sie doch fragen, was denn mit dem Heiraten von Jakob sei, und dem Martin. Martin, der doch, anders als sie als Mädchen, habe einen ehrbaren und nun sogar einträglichen, weil häufig gebrauchten Beruf erlernt, sei also für manche als gute Partie anzusehen — nun, warum sei der noch ledig? Habe er noch keine gefunden, die dumm genug sei, im Haushalt bei ihm zu werken, womöglich noch zur Aufbesserung des Haushaltsgeldes einige Putzplätze bei den Herrschaften anzunehmen, ihm Kinder zur Welt zu bringen? Ihre Mutter, falle ihr auf, die hätten sie wohl daheim gelassen, damit das Essen auf dem Tisch stehe, wenn sie nun danach heimkehrten und von ihrer Heldentat berichten, ihre Tochter verkuppelt zu haben — vielleicht an diesen spießigen Proleten mit seinem verweihräucherten Hirn? Nein, das dann doch nicht!

Martin blickte ihr nach, der Ruth, wie sie, nachdem sie ihnen ohne sichtliche Erregung solche Worte an den Kopf geworfen hatte, wegging ohne Eile, der inneren Stadt zu, aufrecht und nicht besonders selbstbewußt trotzdem, ein Dienstmädchen im Sonntagsstaat. Langsam merkte er, daß da seine zweite Schwester von der Familie wegtrieb, weg von denen, die nicht mehr für sie hatten tun können — oder kaum mehr als irgendwelche Fremden.

Andreas Herrmann, nun machte er sich erst richtig als störend bemerkbar, indem er die Ruth Schmied als weiteres Beispiel des Verfalls der guten alten Sitten hinstellen wollte, wie er es schon immer und immer wieder prophezeit habe, damit aber Jakob zu einer besonders scharfen Erwiderung reizte. Recht habe sie, seine jüngste Schwester, aber halt doch nicht zeitgerecht sei ihre Meinung, man müsse erst die Menschen und den Staat verändern, daß die Frauen eine solche Ansicht über ihren Stand mit Fug und Recht einnehmen könnten. Und das, sollte sich auch der Martin, der besonders, gesagt sein lassen, sei eben eines der Ziele der Sozialdemokratie. Die anderen Ziele, die könne er sich anhören, wenn er einmal auf eine Versammlung seiner Freunde komme und . . . Mißgestimmt trennte man sich, und jeder ging für sich allein heimwärts, als es zum Mittagessen Zeit war, obwohl sie doch nebeneinander schritten, verbissen schweigend, nach dem streitbaren Diskurs im Zacherlgarten.

Hanns Schmied neigte dem Schmiedkollegen Herrmann zu in dessen Ansichten, wenn sie künftig weiterhin die Isarau nordwärts den gemeinsamen Weg zur Arbeit gingen. Dann wieder, wenn er mit Martin, seinem Sohn, daheim etwas beredete, zeigte er sich aufgeschlossen, wenn der fand, Jakob liege so falsch nicht mit seinen Sozialdemokraten, allerdings müsse man abwarten, was aus denen noch werde. Hanns Schmied beobachtete.
Daß die Hafnergesellen, auf den Baustellen nach den gutgelöhnten Maurern, von ihren Meistern höheren Lohn forderten, und als der nicht so leicht zu erlangen war, die Hafnermeister gar noch die Forderung der Gesellen mit Kürzung des Lohns entgegnen wollten, blieben die der Arbeit fern und hinderten vom Land hereinkommende Dorfhafner, an ihrer Stelle die Öfen zu setzen. Fürs erste mußten die Hafnermeister nachgeben und höheren Lohn herausrücken, doch bald darauf entstand eine kleine Fabrik, die fertige Eisenöfen herstellte. Als der Bierpreis erhöht werden sollte, besetzten Fabrikarbeiter die innerstädtischen Bräustuben und weigerten sich dort aber, das teurere Bier zu bestellen, gegen ihre Überzahl waren die sonst schlagkräftigen Schankkellner machtlos, erst die Polizei konnte gewaltsam die von den Bierstreikern verteidigten Schankstätten der Münchner Brauer räumen. Als im folgenden Jahr die Münchner Buchdruckergenossenschaft durch das Handelsgericht aufgelöst wurde, außerdem sechsundsiebzig der Mitglieder der Partei vom Bezirksgericht angeklagt wurden, da fragte Hanns Schmied nicht mehr nach den Gründen dieser Anklage, er fand diese politische Parteinahme des Sohnes Jakob einfach nur mehr

eine gefährliche, eine seine Existenz bedrohende Sache — und drängte Martin zu dem Versprechen, daß er nie diesen nicht staatsgenehmen Umtrieben anhängen werde.
Als im frühen Sommer des Jahres 1876 der Minister des Inneren, Freiherr von Feilitzsch, unter Berufung auf das Vereinsgesetz die Polizei auf die gewerkschaftlichen Hilfsvereine hetzte, als die Sozialdemokraten Jakob Franz, Emil Rottmanger und Emil Kölbe wegen Majestätsbeleidigung durch die von ihnen verkaufte Schrift ›Ein neues Wintermärchen‹ vom Schwurgericht in München zu drakonischen Gefängnisstrafen verurteilt wurden, zu drei Jahren und acht Monaten der eine und die beiden anderen zu je zwei Jahren, da hatte die Furcht vor der Staatsgewalt des Königs Ludwig II. bereits Hanns Schmied voll von allen ›republikanischen Gelüsten‹ geheilt, aber eine andere Heilung wäre ihm weit wichtiger geworden.
Die hereinströmenden neuen Arbeitskräfte in der Stadt, die sich mit den ungesunden und feuchten Unterkünften begnügen mußten, begünstigten die Verbreitung der Schwindsucht. Als er an seiner Frau zunehmende Zeichen der körperlichen Schwäche bemerkte, suchte er mit ihr an einem Samstag die ›Hygienische Heilanstalt Thalkirchen‹ des Dr. Hacker auf, von dem die Rede ging, er nehme sich der wenig begüterten Kranken mit derselben Hingabe an, wie der wenigen bessergestellten Patienten, die ihn aufsuchten. Aber mehr als ihm raten, seine Frau für einige — bezahlte — Wochen in seiner Anstalt zu lassen, konnte er von dem auch nicht erreichen. Bei einem seiner nächsten Besuche dort wurde Hanns Schmied dann vom Arzt beiseite genommen, als er schon wieder beim Heimgehen begriffen war. Ihm schiene, sagte der ihm, auch er sei schon von der Schwindsucht angesteckt, der Tuberkulose, er solle doch anderntags zur Untersuchung herkommen. Er, widerwillig, kam aber erst einen Tag später, weil er sich hatte bei der Lokomotivenfabrik erst freinehmen müssen. Widerwillig auch hörte er die Diagnose des Dr. Hacker,

der ihm bestätigen mußte, seine erste Vermutung seiner Erkrankung an dieser überhandnehmenden Volksseuche treffe nun auch zu. Als der Arzt dann aber noch anfügte, die Sozialdemokraten hätten längst schon die Forderung erhoben, die hygienischen Zustände der arbeitenden Bevölkerung seien zu verbessern und auch für die Krankenversorgung müßten bessere Voraussetzungen geschaffen werden, alarmierte dies Hanns Schmied — war der vielleicht . . . ?
Er fragte ihn, mißtrauisch und mit einem Unterton Vorwurf, ob er, der Herr Doktor, im geheimen für die Königsmörderpartei werbe. Nein, nicht im geheimen, sondern öffentlich, er sei Mitglied des Sozialistischen Wahlvereins in München und werde sich sogar als Delegierter oder Kandidat zur Verfügung stellen, wenn ihm die übrige Mitgliedschaft das Vertrauen schenke. Er sehe nämlich die Sozialgesetze für das Erstrebenswerteste an, das die neue, die moderne Zeit zu schaffen habe.
So hätte er nicht mit dem Hanns Schmied in der Au reden dürfen, der Herr Doktor, so nicht. Wie war es denn früher gewesen? Da hatten freilich gute Dienstherrschaften fürsorglich kranke Ehehalten oder Knechte von einem Arzt behandeln lassen, die damals noch selbständige Au hatte für bedürftige Mitbürger vierzehn Krankenbetten im Münchner Krankenhaus unterhalten lassen, alles ohne solche ›Sozialgesetze‹. Und wenn bei einem seine Zeit um war, gestorben war er dann eben, ohne viel Aufhebens. — Freilich, die Maffei'sche Fabrik mußte Kranke einfach wegschicken, wenn sie ihre Arbeit nicht mehr tun konnten, und an seiner Stelle einen anderen anstellen, aber dafür maßten sich die Werkmeister auch nicht mehr das Züchtigungsrecht an, wie es zum Beispiel einem Wirt über die Bedienungen und die Kellner immer noch zustand — jede Sache hatte irgendwo ihren Preis. — Auch seine Frau nahm Hanns Schmied wieder weg von diesem aufrührerischen Dr. Hacker. Das bessere Essen, das sie dort bekommen

hatte, das aber wollte er ihr auch daheim gönnen, ebenfalls eine Hilfe im Haus, stundenweise. Einige Wochen lang ging dies an, dann überstieg dies seine Geldmittel, die seit der Einführung der Mark und Pfennige ohnehin unerträglich knapp waren. Kredit bei den Krämern der Umgebung beim Einkauf wurde ihm nur eine Woche, von einem Freitag auf den anderen, also von Zahltag zu Zahltag, gegeben. Dann wurde ihm, wegen seiner immer sichtbarer werdenden Körperschwäche, selber der Laufpaß gegeben bei Maffei, eine Gnadenfrist zwar eingeräumt von zwei Wochen, wegen seiner treuen Dienste, die er bisher geleistet habe, ließ ihm der Werksdirektor durch einen Meister ausrichten. Nein, noch war er nicht ratlos, er sprach auf der Münchner Armenkasse vor. Aber dort, befragt nach seinen genauen Lebensumständen, verwies man ihn darauf, daß er doch ein zwar kleines, aber immerhin ein Haus besitze und dazu noch Söhne, die in Verdienst stünden und zu seinem Unterhalt wie alle anderen Angehörigen heranzuziehen seien, bevor er wirklich auf das Geld aus der öffentlichen Kasse einen Anspruch erheben könne.
Andreas Herrmann, der Schmiedkollege vom Heimweg, leihen wollte er ihm schon, aus christlicher Nächstenliebe, betonte er, darauf angesprochen. Lieber aber kaufe er ihm einen Anteil an der Herberge ab, das sei doch für alle Teile besser, für ihn nämlich, weil er sich dann nicht über Rückzahlungen den Kopf schwermachen brauche, er selber aber damit aus dem Druck der Hausbesitzer entweichen könne, die in echt jüdischer Habgier die Mieten allmählich ins Wucherische steigerten. Daß er allerdings auch nur über wenig Gespartes verfüge, schränkte Andreas Herrmann gleich wieder ein, er also nicht unbeschränkt hoch einspringen könne, vielleicht mit dreihundert Mark eigenem und noch einmal dreihundert, die ihm die Bank für einen solchen Kauf leihen würde.
Viel Geld war das für Hanns Schmied und seine kranke Frau, dafür konnte man schon den oberen Stock der Her-

berge abtreten. Der Martin freilich, der mußte nun auf seine Kammer dort oben verzichten, zog dafür herunter in das Zimmerchen, das vor Generationen einmal die Schuhmacherstube gewesen war, das übrige Geschoß zu ebener Erde mußte der Frau und ihm zusammen reichen — für eine Schwiegertochter allerdings würde es erst wieder Platz genug geben, wenn sie auf dem Friedhof liegen würden — ja, Hanns Schmied machte sich keine größeren Hoffnungen mehr. Denn so viel Geld war das wieder nicht, was hereinkam durch den Verkauf der halben Herberge. Soviel zwar, wie ein Arbeiter in eineinhalb Jahren an Lohn bekommen konnte, aber zwei Pfund Kalbfleisch rissen einem eine Mark und zwanzig Pfennig aus der Kasse, ein Wecken Hausbrot vierundsiebzig Pfennig, und aufs Brot sollten sie die Butter nicht sparen, ein guter Wein wäre soviel wie Medizin, sagte der Arzt, den aufzusuchen man sich zudem auch noch gelegentlich leisten mußte. Abzusehen war also, wie lange dieses Verkaufsgeld reichen würde — und trotzdem verkaufte er dem Andreas Herrmann.

Martin Schmied blieb nicht im Untergeschoß neben den Eltern wohnen, da mietete er sich gleich lieber bei fremden Leuten ein, bei Krämersleuten, die selber Mieter waren in einem der Rentehäuser an der Isar und die eine Kammer weitervermieteten, um sich eine Behausung überhaupt leisten zu können. Noch in der Au gelegen war dieses Haus, bei der zweiten Isarbrücke, die immer mehr die Hauptverbindung zur inneren Stadt darstellte, also eine ›gute Lage‹ in der Sprache der Geschäftsleute. Vier Türen gingen in jedem der vier Stockwerke vom Treppenhaus in die Wohnungen, am Zwischenstock gab es einen Abtritt für die Leute dieser vier Wohnungen, die entweder aus einem Zimmer und einer Küche, aus zwei Zimmern und einer dafür kleineren Küche oder aber aus Küche, Zimmer und Kammer mit Fenster zum dusteren Treppenhaus bestanden. Martin Schmied bezog eine solche Treppenkammer und wußte, daß er damit noch nicht einmal so schlecht untergebracht war, wie etliche Kollegen in der Kraus'schen Fabrik, die sich nur als ›Bettgänger‹ eingemietet hatten, damit nur den Anspruch erwarben, für eine bestimmte, genau festgesetzte Zeit in einem Bett zu schlafen, das die übrige Tageszeit auch noch einem anderen zum Ausruhen dienen konnte. Die Väter dieser meist vom Lande her zugewanderten Neumünchner aber nahmen all dies ohne zu murren in Kauf, wenn sie nur Arbeit bekamen — ihre Väter, selbst als Bauernknechte hatten die nicht eine solch minderwertige Unterbringung gehabt, dazu aber auch noch das geregelte Essen, so viel oder so wenig eben die jeweilige Ernte gerade zuließ.

Wäre Hanns Schmied einer der von einem Dorf in die Stadt gezogenen Hilfsarbeiter gewesen, hätte ihn die Magistratsverwaltung in dem Augenblick, in dem er mittellos wurde, in sein Heimatdorf abschieben können. So ging es nicht, denn er besaß durch die Eingemeindung sowohl das Heimatrecht wie auch das Bürgerrecht Münchens. Auch wenn dem nicht so gewesen wäre, Jakob und Martin hätten solch eine Abschiebung, die zwangsläufig in einem dörflichen Armenhäuschen geendet hätte, nicht zugelassen. Jeden freien Arbeitstag suchten sie die immer hinfälliger werdenden Eltern auf, sprachen ihnen Mut zu — es würde schon besser werden mit der Gesundheit, aber sie wußten auch, daß es mit ihnen dem Ende zuging. Weil sie es aber den Eltern gegenüber nicht zugeben wollten, vermieden sie es, über den Erbfall der halben Herberge mit ihnen zu reden. Dies auch noch nicht, als sie die Mutter auf dem Friedhof in der Hochau beisetzen mußten. Und der Vater, wenige Wochen nur überlebte er seine Gefährtin, er versäumte es, seinen Nachlaß zu ordnen.
In diesem Jahr 1878 wird im Reich wegen des Attentatsversuchs eines angeblichen Sozialisten den Sozialdemokraten verboten, sich in Vereinen zusammen zu schließen, sogar

das Versammeln in Gruppen wird verboten. In Bayern wird beim Bruder des Königs, dem Prinzen Otto, eine unheilbare Geisteskrankheit festgestellt und dem Kranken ein weiträumiges Schloß außerhalb der Stadt als Wohnsitz zugewiesen. Das Schloß Fürstenried entstammt der vergangenen Zeit des Absolutismus, aber der König Ludwig baut in diesem Stil neue Schlösser, ohne Rücksicht auf die Bedürfnisse der Zeit oder auf den Zustand der Staatskasse. Nach zehnjähriger Bauzeit wird eben gerade das Rokoko-Schloß Linderhof vollendet, seit neun Jahren ist die ›Gralsburg‹ Neuschwanstein im Bau, und nun soll im Chiemsee auf einer Insel ein weiteres Schloß entstehen, im französischen Stil und prächtig wie Versailles. Versailles, da wurde acht Jahre davor der deutsche Kaiser proklamiert, inmitten des besiegten Frankreichs, und nun baute ein deutscher Fürst, ein König, im französischen Stil! Eine breithingelagerte Fassade zwischen alten Bäumen, mit riesenhohen Fenstern, siebzehn Fenstern gegenüber ebensolchen Spiegeln, Säle in samtblau und blassem Silber, in Pfauengrün und Rostbraun, mit Kandelabern und Vasen, mit regelmäßig geschnittenen Orangenbäumchen in Kübeln, mit Marmorbüsten römischer Imperatoren, mit dreiunddreißig schweren Lüstern für mehr als zweitausend Kerzen ... — im Vorjahr gründete der Handelsmann Alois Zettler in München, in der Isarvorstadt die erste elektrotechnische Fabrik am Ort — ebenfalls in der Isarvorstadt, in der Thalkirchnerstraße nahe dem Schlacht- und Viehhof gründen Geschäftsleute vom Stadtmagistrat die ›Gasbeleuchtungsgesellschaft in München‹ — und im Gasthaus beim Birk treffen sich die Sozialdemokraten trotz Verbot, auch Jakob Schmied geht hie und da dorthin.

An einem kühlen Herbsttag fahren sie auch Hanns Schmied die Bergstraße hinauf, die nun nach dem verstorbenen Bankier Nockher Nockherberg heißt. Nur wenige Auer sind bei dieser Beerdigung dabei, etliche alte Frauen aus der Nachbarschaft und die junge, die nun im Schmied-Häusel wohnt, die Frau des Andreas Herrmann, er selber hat sich entschuldigen lassen, er könne keinen Lohnverlust ertragen, wenn er einen Tag bei der Maschinenfabrik fehlte. Auch der Vetter, der Onkel John, schickt nur einen Kranz mittlerer Preislage und läßt ausrichten, er befinde sich leider selber nicht wohl. Jakob, Martin und Ruth schreiten dem kleinen Zug voran.

Nachher, nach einem bescheidenen Leichenschmaus im Zacherlgarten auch noch, da treffen sich die drei Geschwister noch einmal in der Wohnstube ihrer Eltern. Sitzen um den Tisch herum, und jedes wartet auf ein erlösendes Wort des anderen. Ruth schließlich ist es, der so eines einfällt. »Will einer von euch hier zuziehen? — Ich verzichte darauf und meine, wir sollten die Stuben an solche, die vom Land hereinkommen, vermieten. Viel werden sie nicht einbringen, aber für jeden von uns käme ein Zugeld zur eigenen Miete heraus. Aber ich will mich nicht vordrängen, wenn ihr andere Pläne habt.« Martin sieht auf den Kalkputz an den Wänden, auf dem sich stockige Flecken von Feuchtigkeit aus den alten Mauern gebildet haben, obwohl doch vor einem guten Jahr erst frisch geweißt war. Die niederen Fenster betrachtet er, deren Rahmen so viel Zug von außen hereinlassen, daß sich die Spinnweben in der Ecke der Fensternische sanft bewegen, als atme da jemand.

»Vermieten? Wird das beste sein. Vielleicht auch verkaufen, warum nicht gleich verkaufen?«

Martin begründet nicht, warum er für den Verkauf spricht, die anderen wissen noch nichts davon, daß er seit einiger Zeit eine Braut hat, eine Krämerstochter, die seiner Quartiergeber, daß er bald heiraten muß, ja, muß, was ginge das seine Geschwister an.

»Können wir später immer noch machen, wenn das Vermieten sich nicht lohnt. Man sollte es einfach nicht überstürzen, wir haben doch Zeit damit.« Jakob Schmied kennt einige Gesellen, von denen bestimmt der eine oder andere ein paar Mark für eine Stube mit einem Bett zahlen würde. »Zuerst müssen wir ohnehin aufs Nachlaßgericht, meine ich. Und hat der Vater nicht auch noch Geschwister irgendwo in Norddeutschland gehabt? Vielleicht müssen die auch . . .«

Martin fährt seiner Schwester Ruth gehörig über den Mund, wie er findet, wegen solcher Erschwernisse, die sie da ins Gespräch bringen will, und auch Jakob widerspricht ihm nicht, als er, der Jüngere, anmaßend bestimmt:

»Wir wissen nichts von solchen Verwandten! Wir wissen nichts und wollen auch nichts wissen davon!«

Wie Ruth nun erklärt, an was ihr gelegen ist, klingt es aber keineswegs nach einer Entschuldigung. »Ihr könnt mit euren Anteilen machen, was ihr wollt, aber ich verkaufe meinen nicht. Ich glaube nicht, daß ich einmal selber herziehen werde, das nicht, aber so ein Stück Herberge, in der die Eltern gewohnt haben und die Schmieds davor, das wird mir immer wie ein Stück fester Boden unter den Füßen vorkommen. Ich kann es nicht anders sagen, aber ihr werdet es schon einmal verstehen.«

Ruth Schmied erhielt bei Josef Perles zehn Mark im Monat an Lohn, neben freier Unterkunft im Dienstmädchenkämmerchen und freiem Essen in der Küche, dazu gelegentlich neue Schürzen oder abgelegte Blusen und Röcke der Töchter des Rabbiners. Das war etwas mehr, als sonst eine Herrschaft für ein Dienstmädchen ausgab, deren Lohn mit acht Mark die Regel war. Nicht zu rechnen war, was sie bei ihrer Herrschaft gelernt hatte. Zum Beispiel, daß es keinen schnellen Reichtum gab, sondern nur den, der durch geduldiges Beisammenhalten zu erwerben war. Nein, auch ihre Herrschaft gehörte nicht zu den Reichen, ebenso würde sie selber nie dazugehören, aber wenn sie aus ihrem Anteil nur drei Mark oder vielleicht vier dazubekommen konnte jeden Monat, würde etwas zusammenkommen, bis sie einmal doch den richtigen Mann finden und heiraten würde, eine neue Wohnung beziehen und einrichten und

Kinder bekommen, zwei, drei, wer wußte das jetzt schon. Notdürftig war das Übereinkommen, das die drei aushandelten. Drei Jahre lang übernahm es Jakob Schmied, die unteren Stuben der Herberge an Obdach suchende junge Arbeiter zu vermieten und die Einnahme an die Geschwister in regelmäßigen Abständen zu verteilen. Als dann einmal die Mieten ausblieben, weil die Mieter, von Jakob im Sozialistischen Wahlverein gefunden, durch die Verfolgungen des Innenministers von Feilitzsch gezwungen gewesen waren, rasch und unauffällig ihren Wohnort zu verlegen, da übernahm es Martin, der inzwischen Verheiratete, diese Nebeneinnahmen wieder in Gang zu bringen. Er achtete darauf, daß nunmehr nur Mieter einzogen, die nicht in Konflikt mit dem geltenden Gesetz kommen würden, soweit er ihnen dies glaubte ansehen zu können. Trotzdem sollte noch einmal die Polizei im Schmied-Häusel, der Herberge auf dem Kegelhof, Nachsuche halten — im Oberstock, bei Andreas Herrmann.
Vorgeschichte: Johann Kleinhönig, Strumpfwirkerssohn aus Pöttmes, einer Kleinstadt an der Grenze zum bayerischen Schwaben, war im Januar 1879 nach der Landeshauptstadt gezogen, drei Jahre danach hatte er da einen Heimatschein bekommen, der ihm den Aufenthalt weiterhin gestattete. Arbeit als Schuhmachergeselle hatte er gefunden, zuerst bei einem kleinen Meister in der Isarvorstadt, dann bei einem Fabrikanten, wo er mit Gesellen bekannt wurde, die dem Fachverein der Schuhmacher angehörten, soweit aus einem Gerichtsprotokoll zu lesen.
München-Augsburger Abendzeitung vom 14. Juli 1886: Am 12. Juli wurde der 21jährige Sozialdemokrat Johann Kleinhönig, gebürtig aus Pöttmes, Schuhmachergeselle, auf dem östlichen Friedhof bestattet. Der Verstorbene litt seit längerer Zeit an Lungenschwindsucht und erlag seinem Leiden am Samstag, dem 9. Juli, mittags, nachdem er die letzten zwei Tage noch vom jüngsten Sozialistenprozeß fieberte, der für ihn mit drei Monaten Gefängnis endete.

An seinem Grabe legte der Schuhmacher Sanftl im Namen der Sozialisten einen Kranz nieder mit roten Blumen und langer roter Schleife. Als er jedoch dem Genossen einen kleinen Nachruf sprechen wollte, entzog ihm der anwesende Polizeikommissär Klein das Wort, und weil er damit nicht gleich einhielt, erklärte der: »Herr Sanftl, nicht weiter, Sie haben ihre Schuldigkeit getan.« Der Redner brach ab, der Sängerchor intonierte in dem Moment ein ernstes Lied.

Am folgenden Tag fand der Berichterstatter wieder auf dem Friedhof Stoff für die nächste kurze Meldung in dieser Zeitung: Am 15. Juli wurde der Schmied Andreas Herrmann, guter Katholik und vierzehn Jahre bei der Ungererischen Maschinen-Fabrik angestellt, auf dem Auer Friedhof beerdigt. Weil man sozialistische Manifestationen befürchtete, kamen zwei Beamte und sechs Gendarmen an sein Grab. Die Beisetzung verlief trotzdem ohne Zwischenfälle.
Freiherr von Feilitzsch, bayerischer Minister des Inneren, erhielt ebenfalls in diesem Jahr den letzten Brief seines Königs Ludwig. Er lautete: »Durch die Nachlässigkeit Meiner Hofsekretäre, besonders des Letzten, des Schand-Gressers, der sich sogar unterstanden hat, Mir ganz falsche schamlos lügnerische Versicherungen zu geben, wurde der Ihnen bekannte fatale Zustand der Kabinettskasse herbeigeführt. Zu diesem strafbaren Unrecht, das Mir gegenüber begangen wurde, gesellt sich noch zu allem Überfluß das weitere, daß in der Presse und in Gesprächen man vielfach gewagt hat, in der schändlichsten Weise sich über diese Angelegenheit auszulassen. Fest verlasse Ich mich nun auf Sie, mein lieber Freiherr von Feilitzsch, daß Sie alles aufbieten werden, gegen diesen schändlichen Unfug mit Erfolg einzuschreiten.
Das Allerärgste aber wäre es und diesem vorzubeugen lege Ich Ihnen ganz besonders dringlich ans Herz, wenn nicht

einmal die Summe aufgetrieben würde, die nötig ist, um das Vergreifen an Meinem Eigentum zu verhüten; denn würde dies nicht verhütet, so würde Mich dies dermaßen empören, daß Ich entweder Mich töten, oder jedenfalls das schändliche Land, in welchem dies Schauderhafte geschah, sofort und für immer verlassen würde. Diesem vorzubeugen, muß doch treuen Untertanen gelingen. Seit der beklagenswerte Zustand der Kabinettskasse herbeigeführt wurde und Stokkungen bei Meinen Bauten, an welchen Mir so unendlich viel gelegen ist, eingetreten sind, ist Mir die Hauptlebensfreude genommen, alles andere ist gegen dies verschwindend. Ich appelliere an Ihre Anhänglichkeit an Mich, an der Ich Gott sei Dank bisher zu zweifeln keinen Grund hatte, damit Sie, mein lieber Freiherr von Feilitzsch, dazu beitragen, Mich aus dieser fatalen Situation zu befreien.«

Als, ebenfalls in diesem Jahr, dieser König Ludwig ertrunken aus dem Starnberger See gezogen werden mußte, übernahm dessen Onkel Luitpold als Prinzregent die Geschäfte der Regierung, und Freiherr von Feilitzsch blieb auch unter diesem neuen Landesherrn Minister des Inneren, verfolgte bis zur Aufhebung des Verbots die Sozialisten, im Jahr 1890, durch Polizei und durch gekaufte Spitzel die »staatsfeindlichen Bestrebungen der Sozialdemokratie«. Die Schmieds? Zahlreich sind Leute diesen Namens in unser, das 20. Jahrhundert gekommen, wie den älteren Adreßbüchern der Stadt zu entnehmen ist. Es hat ihnen nicht an Lebensmut gefehlt, obwohl sie nicht Bauherrn von Schlössern waren, sondern nur die Steuern für ihre Erbauung erbringen durften. Nicht einmal Königsmörder waren sie, diese einfachen, alltäglichen Schmieds, obwohl man zeitweilig der Partei, der Jakob Schmied beigetreten war, diesen Beinamen gab, nein, die Schmieds und Leute ihrer Art waren einfach nur das Volk. Wer aber wären die Minister, die hochgestellten Persönlichkeiten, die angesehenen und die angemaßten — was wären die ohne sie? Die Schmieds, das Leben sind sie, das Leben . . .

Achter Teil

Das schläfrige, überanstrengte kleine Gesichtchen war ihm uralt vorgekommen, ja, wie das seines eigenen Großvaters, wenn er sich den vorstellte. Als er vor der Glasscheibe gestanden hatte und die junge Frau in Schwesterntracht das Kind, seinen Sohn, für ihn hochgehalten hatte, war es Wolfgang Schmied so durch den Kopf gegangen, mehr noch, in dieser Minute war es ihm gewesen, als blinzelten ihn unter den geröteten, feingefältelten Lidern Jahrhunderte an, längst vergangene, die auch er nicht kannte, an ihm vorbei, durch ihn hindurch zurück in die Zeit, als an der Isar die Auwälder gerodet wurden. Die feuchtglänzenden Haare, wie sie noch eigenwillig wirr über der mittelhohen Stirn lagen, die Rundung des Kopfes deckten, dunkelblond, sahen sie nicht aus, als hätte sie ein ermatteter Holzhauer in einer Pause des Werkens schweißig nach hinten gestrichen? Und die Garbe tiefer und dennoch winziger Falten über der Nase, war sie nicht zu deuten als Ausdruck des angestrengten Nachdenkens über Not, Elend, Krankheit und Krieg, und die geballten und deswegen derb anzusehenden Fäuste als des willensstarken Sammelns aller Kräfte gegen alle Widerwärtigkeiten des Lebens? Um das rechte Gelenk spannte sich, gerade noch nicht vom weißen Klinikhemdchen verdeckt, das blaue Plastikband mit dem aufgeprägten Namen: Schmied. Mochte dieser Arm gereckt worden sein zu wildester Anstrengung, derbe Werkzeuge geführt haben zum Widerpart aller Gewalten, die ihm vielleicht das Recht zum Leben streitig machen wollten, die Hochwasser und Trockenheiten, in ohnmächtiger Wut auch, offen oder versteckt gegen plündernde Söldner und willkürliche Beamte. Die Muskeln unter flaumigen Wangen würden dazu angespannt worden sein wie in diesem verkleinerten Greisengesicht, die Kinnpartie nach vorne geschoben und dadurch die leicht zu erahnenden Backenknochen betonend.

Unsinn, Schmied, spinn nicht, sagte er sich vor, als die Schwester das Bündel wieder in seinem Bettfach verwahrte. Elli neben ihm, sie zog er behutsam gegen seine Seite. »Der wird werden.«

Nach der vorgeschriebenen Besuchszeit stand er unschlüssig vor dem Klinikportal. Zur Mutter? Wolfi, wie schön, gratulier, würde die sagen, und er müßte sich wieder selber wie ein Kind fühlen, nein, morgen würde es früh genug dafür sein. Aber auch heim in die leere Wohnung zog es ihn überhaupt nicht, nun schon gar nicht, wo es künftig dort drei Menschen geben würde, noch verlassener würden ihm dort die restlichen Wachstunden des Tages vorkommen, zum Schlafen würde es reichen, dort anzukommen. Kneipe? Auch nicht, dort würde er niemanden kennen und ebenso allein sein. Morgen, da war Samstag, mit den Fahrerkollegen hatte er sich auf einen Frühschoppen zusammenbestellt. Heute, da ihm die Geschäftsleitung »mit herzlichem Glückwunsch« telefonisch einen freien Tag gewährt hatte, war er von der werktäglichen Gemeinschaft ausgeschlossen, Kirti würde mit dem dicken Kolb oder einem anderen auf Tour sein — wenn er sich nur Kirtis Adresse gemerkt hätte, wenigstens abends könnte er ihn vielleicht treffen, ihn und seine Freundin, eine Wohltat wäre es. Freilich, da konnte es jedoch sein, daß er sich mit seinen Freunden traf, mit den gewesenen Studenten und solchen Leuten — der also hatte jemanden, mit dem er sich treffen konnte, jetzt fiel es Wolfgang Schmied doppelt schmerzhaft auf, daß er und Elli sich gegen die Umgebung, gegen andere abgeschlossen hatten. Da war doch was gewesen an jenem Abend, an dem er Elli hatte warten lassen, vor ungefähr vier Monaten ...

Ein Einfall, vielleicht war er schlecht, er trieb ihn wenigstens nun zu seinem Auto, weg von vor der Klinik, wo einige Passanten schon vielsagend über ihn gelächelt hatten — so bildete er sich ein. Der Stadtverkehr nahm ihn auf, Blech, Stoßstangen vor ihm machten ihn für die Fahrzeit zum gut funktionierenden Automaten, erst in die Stadtrandzone zu mußte er überlegen, jedoch nur den Weg, dessen Beschreibung er noch ungefähr im Gedächtnis hatte. Viele Wege hatte er bei seiner Arbeit schon so gefunden. Hier mußte es sein. Motor abstellen, Zündschlüssel abziehen, einstecken, Tür absperren, vorbei war es schon wieder mit dem automatischen Tun. Das Altersheim, ein kleines privates, so hatten ihm Kirtis Bekannte es beschrieben. ›Ludwig Feuerbach‹ stand ähnlich einem Lokalnamen über dem Eingang, der zu einem Aufenthaltsraum führte, einer Gaststätte eben nicht unähnlich, das erleichterte Wolfgang Schmied das Eintreten, er war nun wieder unschlüssig wie vorhin. Wäre er ohne Ansprache geblieben, es hätte sein können, daß er dann wieder abgezogen wäre. So aber: »Wen suchen S' denn, kann ich Ihnen helfen?« Einer gestandenen Gaststättenbedienung war sie in ihrer Art sehr verwandt, einer von dem sachlichen Typ, wie sie auch in München, dem gedachten Ursprungsort dieser Übermütterfiguren, selten wurden. Noch ganz anderen als Wolfgang Schmied flößen sie augenblickliches Vertrauen ein.

»Es ist so, Bekannte — ich meine, mir ist gesagt worden —, einen alten Auer soll es hier geben, einen Mann, der in der Au daheim war.«

»Da drüben sitzt er, einer von den beiden Schachspielern, der größere.«

Nicht allein mußte er dort hintreten, störend unbeholfen auch, ohne Nutzen war ihm dabei seine Verkaufsfahrerroutine. Sie steuerte ihm voraus, kündigte ihn dem alten Mann als Besuch an, so daß er ihn als erfreuliche Abwechslung nehmen mußte. Hinzusetzen durfte er sich, den letzten Spielzügen der Partie zusehen. Als es dann soweit war, als Wolfgang Schmied seine erkundenden Fragen über das Leben in der Vorstadt Au vor fünfzig Jahren stellen konnte, nachdem er sich zuvor als Kirtis Arbeitskollege vorgestellt hatte, tat er es sehr allgemein, da er nicht wußte, wohin er mit ihnen genau zielen sollte. Der Alte sah ihn belustigt an.

»Alles besser wißt ihr doch, ihr Jungen. Sagt man so, hab ich auch gesagt, wie ich um die Zwanzig war . . .«

Wolfgang Schmied wollte korrigieren, erklären, daß er doch schon fünfunddreißig würde, aber er ließ es doch sein, dachte, der wird auf seine achtzig Jahre zurückschauen können, da spielen ein Jahrzehnt oder auch anderthalb keine Rolle.

». . . also einen Schmied suchst, aus der Au, der dein Großvater gewesen ist? Schmieds hat es mehrere gegeben, kann sein, daß auch mehrere von den Nazis eingesperrt wurden nach dreiunddreißig. Gekannt, doch, gekannt hat man sich damals schon in seinem Viertel, nicht jeder jeden und auch nicht alle mit Namen — aber so wie heute war es nicht, daß die Leute in der Stadt zusammengeschichtet sind wie Werkzeug in einem Schrank. Damals waren die Menschen in der Stadt noch keine in Käfige sortierten Arbeitskräfte, da hat es noch Verbindungen untereinander gegeben, geselligen Umgang, auch überlegt ist noch miteinander worden, und gerieben hat man sich gelegentlich auch aneinander. Jedenfalls bei uns in der Au, aber auch in Haidhausen, in Giesing, in den Vorstädten eben.

Wie ich meine Lehre angefangen hab, war der Erste Weltkrieg, meine zwei älteren Brüder haben einrücken müssen und später auch mein Vater zum Landsturm. Wie dann die Nachricht gekommen ist, daß mein ältester Bruder vor Verdun gefallen ist, sind die Leute aus der Nachbarschaft ge-

kommen und haben meiner Mutter zum Trost was zu essen gebracht. Kann man sich heute nicht vorstellen, was das damals war, essen. Fleisch, Milch, Butter, Zucker, alles gab es nur rationiert und auf Karten — sogar Eichkätzchen sind als Wildbret verkauft worden. Der schwachsinnige Wittelsbacher König Otto ist auch gestorben in dem Jahr, aber der regierende König, der spinnt auch, haben die Leute über den Ludwig den Dritten geschimpft, ganz öffentlich. Aber gebessert hat sich dadurch nichts. Neunzehnhundertachtzehn ist die Fleischration nur noch zweihundert Gramm in der Woche gewesen — und in meine Schuhe ist das Schneewasser hinein, wenn ich zu Fuß in die Arbeit gegangen bin. Druckerlehrling war ich bei der ›Münchner Post‹, hab in die Innenstadt hinein müssen. Wegen den Löchern in der Schuhsohle hab ich mir zum Heimgehen dann immer Makulaturpapier reingelegt, ein paar hundert Meter wenigstens hat das warm gehalten.
Wie es dann immer schlimmer geworden ist, haben die Arbeiter in München gegen Ende Januar achtzehn gestreikt, von den Sozialdemokraten gab es da schon eine Opposition, die gegen den Krieg war. Die haben sich da an die Spitze gestellt, wie man sagt. Hat aber noch nicht gleich was gebracht, im Gegenteil. Den Kurt Eisner haben sie eingesperrt und noch einige andere. Da hat man drüber reden müssen, wir haben drüber reden müssen, nach der Arbeitszeit sind wir zusammengekommen in den Wirtshäusern mit den ungeheizten Schankstuben und haben uns beraten, bis man uns zur Sperrstunde, die war schon auf zehn Uhr nachts vorverlegt, hinausgeworfen hat.«

Er unterbrach sein Erzählen, von dem man merkte, daß er es so oder ähnlich oft schon vorgetragen hatte, so geläufig, wie er es hingesagt hatte, sah Wolfgang Schmied an, und der sah geradeaus zurück. Einverständnis herstellend, ja, er wollte weiter zuhören.

»Soviel nur, damit du verstehst, junger Mann, wie es zu dem Weiteren kam. — Also, bald nach dem Streik sind die

Wortführer in den Betrieben zum Militär eingezogen worden, wieder hat es böses Blut gegeben, und viele haben vermutet, daß sie von sozialdemokratischen Betriebsräten denunziert worden waren. Mein Vater war auch Sozialdemokrat gewesen, ein Bauspengler — aber ich hab auch auf den Kurt Eisner von den Unabhängigen Sozialisten gehofft. Wenn der erst wieder herauskommt, haben wir gesagt, damals, dann aber, packen wir's. Wie und was hat aber auch keiner von uns gewußt. — Schmied, Schmied Hanns, so hat dein Vater geheißen, sagst du? Da war ein ganz Alter, der hat, glaube ich, auch so geheißen, nein, doch nicht, der hatte den Vornamen Jakob, wenn ich mich recht erinnere, und Buchdrucker war er von Beruf. Der könnt ein Onkel von deinem Vater gewesen sein oder ein Großonkel. Aber muß es denn gerade der Schmied sein, kommt es darauf an? Ich möchte behaupten, jeder von meiner Generation hat irgendwann etwas dazu beigetragen, daß ihr heute so leben könnt, wie ihr es tut. Auch wenn ihr es nicht gern hört, behaupte ich es. — Hör zu, junger Freund, ich war dabei, wie am siebten November neunzehnhundertachtzehn die Demonstration und Kundgebung auf der Oktoberfestwiese war. Friedlich haben sich die ausgehungerten Arbeiter und Arbeiterinnen von München versammelt, und genauso sind wir danach durch die Straßen in der Stadt gezogen, das heißt, ich war bei denen, den mehreren, die mit Erhard Auer, dem Vorsitzenden der Sozialdemokraten, marschiert sind und danach heimgegangen. Andere sind mit dem Kurt Eisner gezogen zu den Kasernen und vor die Residenz des Königs. Aber eine große Einigkeit war: Weg mit dem König, Schluß mit dem Krieg. Am anderen Tag war die Republik ausgerufen. Volksstaat Bayern nannte man die, und Ministerpräsident wurde der Kurt Eisner.«

Wolfgang Schmied kannte diesen Namen, vor einigen Jahren war mit ihm eine Straße benannt worden. »Wer war der eigentlich?«

»Aus Berlin ist er gekommen, da war er Redakteur beim ›Vorwärts‹, der Sozialdemokratenzeitung, gewesen, später bei der ›Fränkischen Tagespost‹ in Nürnberg, und als ich als Lehrling anfing, war er schon Redakteur bei unserer ›Münchner Post‹, da war er zuständig für Theater und Kultur und so was. Außerdem hat er jeden Montag einen Diskussionsabend mit jungen Arbeitern und auch einigen Studenten geleitet, da waren es oft über hundert Leute, im Sommer neunzehnhundertsiebzehn sind die von der Polizei verboten worden. Deswegen, weil da immer wieder über das Beenden des Krieges geredet wurde. Wie ihn der Graf Arco, der Monarchist, im Februar neunzehnhundertneunzehn erschoß, hat sich gezeigt, wie beliebt der Eisner in München gewesen ist. Graf Arco, das war ein Nachfahre der Grafen von Bogen, denen die Wittelsbacher irgendwann im Mittelalter ihr Erbe abgenommen haben, das nur nebenbei. Also, bei keinem anderen, keinem Prinzregenten davor oder König danach hat es so viele Menschen im Trauerzug gegeben. Der ermordete Ministerpräsident war übrigens nicht der erste Tote, Provokateure der Konservativen haben zuerst eine Arbeitslosendemonstration veranstalten lassen und dabei eine Schießerei verursacht, das war auch auf der Theresienwiese gewesen. Da der Krieg vorbei war, wollten nun die Menschen auch den Hunger loswerden, auf jede neue Regierung haben sie gehofft, auf die des Sozialdemokraten Hoffmann im März, wie die dann im April ausgezogen ist, nach Franken hinauf, auf die Literaten, die sich kurzzeitig an die Spitze stellten, und dann auf die Räteregierung mit den Kommunisten. Aber da sind schon die Freikorps rund um die Stadt gestanden und haben uns eingeschlossen gehabt. Wie die Metzger haben die sich aufgeführt, überall, wo sie als Besatzung hingekommen sind, hat man bei uns in der Stadt erfahren, und in Wut und Verzweiflung haben die Arbeiter im Stadtviertel Giesing, oberhalb der Au, versucht, den Einmarsch dieser Freikorpsbande zu verhindern, was aber nichts genützt hat. Wenn die einen Verdächtigen erwischt haben, ist der an die Wand gestellt und an Ort und Stelle erschossen oder erschlagen worden. Da fällt mir wieder ein Schmid ein, Eduard, der wurde nach dem Blutbad der weißen Terrorgarde des Herrn von Epp, so hat der Anführer von denen geheißen, zum Bürgermeister von München gewählt, ein Sozialdemokrat auch, der Schmid, aber aus der Au war er, glaube ich, nicht. Noch ein Auer Schmied fällt mir da gerade ein, ein Hausbesitzer an der Isarstraße, der hat aber in der Inflation seinen Besitz verloren, persönlich hab ich den nicht gekannt, aber ich denk mir, der hat seine Abgaben nicht mehr zahlen können und hat deswegen verkaufen müssen. In den Auer Mietshäusern haben viele Bauarbeiter gewohnt, aber trotz der Wohnungsnot ist in den ersten Jahren nach dem Ersten Weltkrieg nichts gebaut worden in München, die Bauarbeiter waren arbeitslos, auf Sozialhilfe angewiesen, und zum Mietezahlen hat es denen dann nicht gereicht. Sozialhilfe! In München hat es da eine Zeit gegeben, da hat fast jeder vierte Einwohner vom Wohlfahrtsamt gelebt, jeder vierte, aber in der Au bald jeder zweite!«

»Sie haben aber eine Arbeit gehabt?« erkundigte sich Wolfgang Schmied, um dem alten Mann seine Anteilnahme zu zeigen.

»Ich hab mich an meinem einundzwanzigsten Geburtstag ausstellen lassen. Neunzehnhundertzweiundzwanzig war das, da hat das Pfund Brot schon über zweihundert Mark gekostet. — Nein, ich war gern in der Druckerei, aber ich war alleinstehend, und es hat Familienväter gegeben, die meine Stelle dringender gebraucht haben. Immer weniger war das Geld wert, im Jahr neunzehnhundertdreiundzwanzig hat dann das Pfund Brot schließlich zweihundertsechzig Milliarden Mark gekostet. Im September wurde der Ausnahmezustand verkündet, ein Generalstaatskommissar wurde eingesetzt, und im November hat Hitler versucht, zu putschen und einen Marsch auf Berlin anzufangen mit dem Weltkriegsgeneral Ludendorff. Der Marsch endete aber schon an der Feldherrnhalle in München. Dabei hat es achtzehn Tote gegeben und viele Verletzte, aber die Urheber, soweit man sie überhaupt verurteilt hat, sind glimpflich weggekommen, Festung Landsberg, das wird doch bekannt sein?«

Unsicher nickt Wolfgang Schmied mit dem Kopf. Schon, irgendwie gehört davon muß er schon haben.

»Gut. Aber von unserem Götz Sepp aus der Au, hast von dem jemals was gehört? Der war Schlosser von Beruf, wie du es von deinem Großvater meinst, daß er es gewesen ist. In der Sommerstraße, die früher zum ›gelben Viertel‹ oder zur ›Unteren Falkenau‹ gehört hat, da hat der Götz Sepp gelebt und ist dort auch aufgewachsen, von dem hat man also gewußt, wo er herkam und wie er ist, von dem Hitler nicht, nur, daß er ein Schwabinger Umtreiber war, aus Österreich und ohne anständigen Beruf. Den Götz haben sie im Ersten Weltkrieg zu den Matrosen geholt als Heizer auf ein Panzerschiff. Als Matrose bei der Matrosenkompanie ist er auch wieder in München zu sehen gewesen, bis die Rätezeit um war. Dann war er wieder Schlosser bei einer Ofenfabrik und bei den Bayerischen Motorenwerken. Arbeitslos geworden ist er zur gleichen Zeit, wo ich es auch war. Fünf, sechs Jahre älter als ich wird er gewesen sein. Da haben ihn die Kommunisten zum Gewerkschaftssekretär ihrer Partei gemacht, so im Fühjahr dreiundzwanzig ungefähr, aber im Oktober dreiundzwanzig war der Arbeiteraufstand in Hamburg, da sind die kommunistischen Funktionäre verhaftet und in Schutzhaft, so hat man das genannt, nach Niederschönenfeld ins Gefängnis gekommen, bis kurz vor den Landtagswahlen im Jahr darauf. Ja, neunzehnhundertvierundzwanzig, da hat es kein Inflationsgeld mehr gegeben, sondern die wieder sehr rare Rentenmark. Gewählt ist worden, und der Götz Sepp ist bayerischer Landtagsabgeordneter geworden. Aber schon ein dreiviertel Jahr später hat man ihn wieder eingesperrt gehabt in

Untersuchungshaft, man hat ihm anhängen wollen, daß er in Bayern den bewaffneten Aufstand vorbereitet hat — ganz im Ernst, er, ein Schlosser in der Au, zu der Zeit vielleicht dreißig Jahre alt, den bewaffneten Aufstand gegen die Regierung! Wenn ich beim Neudeck vorbeigegangen bin im Jahr fünfundzwanzig, hab ich immer an den Götz denken müssen — im Neudeck war doch das Untersuchungsgefängnis untergebracht. Der Götz Sepp, der Auer, unser Mann im Landtag!
Dein Großvater, junger Freund, der muß den Götz Sepp damals gekannt haben. Vielleicht war er in seiner Partei, vielleicht auch bei den Sozialdemokraten oder denen vom Kolpingverein, ein Christlicher. Der Götz Sepp war einer der ersten, der aus München, aus unserer Au, nach Dachau gekommen ist, und einer der ersten, den sie umgebracht haben. Kein Junger mehr, neunzehnhundertdreiunddreißig war er schon beinahe Vierzig, hätte Familienvater sein können. — Aber ich will nicht langweilen.«
»Nein, es interessiert mich«, versichert Wolfgang Schmied, doch überzeugt er damit den Alten nicht, der schweigt eine Weile besinnlich. Darüber ungeduldig werdend, überlegt Wolfgang Schmied laut vor sich hin: »Das war also die Kinderzeit von meinem Vater, da hätte sich der schon eine bessere aussuchen können. Mein Sohn, ich meine, der gestern nacht auf die Welt gekommen ist, der hat es da besser erraten. Das aber nur, wenn die Zeit so bleibt.«
Es sieht aus, als lausche der Alte dem Klang seiner Worte nach. Dabei richtet er seinen Oberkörper im Sitzen auf, als ob er eines besseren Überblicks bedürfe.
»Zeit, habe ich gelernt im Leben, bleibt nicht, sondern vergeht, aber wie, das bestimmen diejenigen, die in ihr leben, alle zusammen, so oder anders. Ob sie miteinander und mit Vernunft oder ob sie gegeneinander wirken, selber zu ihrem Nutzen oder zum Vorteil aller denken oder ob sie andere für sich denken lassen — alles, was bei so vielen

Menschen eng aufeinander einer tut, bringt für ihn und andere Vor- oder Nachteile. Die Zeit, die vergangene dann, die zeigt, wie etwas angeschlagen hat.«
»Klar doch«, sagt Wolfgang Schmied, es klingt verlegen.
»Ich wünsch dir, junger Freund, für deinen Nachwuchs — ein Sohn ist es? — alles erdenklich Gute. Aber — selber kann der kleine Mensch es noch nicht richten, also wünsch ich dir, daß du und die in deinem Alter es ihm so gut als möglich vorrichten. Und daß es euch besser gelingt als meiner Generation. Wir haben es in den mageren Jahren angefangen, ihr aber habt es besser!«
Der Alte, das merkte Wolfgang Schmied ihm an, wurde nun müde. Aber einen letzten Versuch wollte er noch unternehmen: »Meine Mutter erinnert sich, daß meine Großmutter mit Obst und Gemüse hausiert hat noch bis Anfang des Zweiten Weltkriegs, haben Sie die gekannt?«
Ein bedauerndes Kopfschütteln.
Zum Abschied aber sagt der Alte ihm, Überzeugung in der Stimme: »Dein Großvater war bestimmt ein ehrenwerter, ein aufrechter Mann. Bestimmt war er das, nur solche hat man in den Jahren des Unrechts und des Verbrechens eingesperrt.«
»Waren Sie eigentlich Kommunist?«
Es belustigt den Alten, in sein Gesicht zieht ein Lächeln zusätzliche Falten. »Das kommt von eurem Leben in Schubladen, daß du so fragst. Arbeit eine Schublade, Freizeit eine Schublade, ihr wohnt in einer Schublade und denkt deshalb oder auch aus Gewohnheit und Bequemlichkeit in euren Schubladen. Nichts für ungut, aber vielleicht versucht ihr es auch einmal wieder anders? Nein, Kommunist war ich nicht, sondern Mensch und nebenbei Sozi, Sozialdemokrat, auch eine Schublade, ich weiß. Schade, daß mir erst auf meine alten Tage meine Schublade zu eng geworden ist.«
Lange lag Wolfgang Schmied noch wach in seinem Bett an diesem Abend. Sinnierend. Was hatte er denn erwartet?

Doch, wenn schon nicht mehr, dann wenigstens eine Erinnerung von einem Gleichaltrigen, wenigstens eine Erinnerung mußte doch geblieben sein von seinem Großvater! Eine etwas größere als die von seiner Mutter in einer alten Handtasche verwahrte, in einer Schublade. Sein Vater, der wäre etwas Reales gewesen, aber den bewahrten auch nur Einträge in einem Standesamtsregister, in der Renten- und Hinterbliebenenversicherung, in archivierten Verlustlisten seiner Militäreinheit vielleicht noch. Halt, freilich, da war doch er noch da, er, Wolfgang Schmied, sein Sohn. Würde er es wie jener alte Mann fertiggebracht haben, auf seine Arbeit und damit seinen Lohn, seine wohlgefüllte Lohntüte zu verzichten, weil sie ein anderer nötig hatte? Nein, aber so etwas war nie notwendig gewesen. Jedenfalls gewußt hatte er nichts davon. Von wem wußte er überhaupt was, und wer wußte von ihm außer einigen wenigen? Früher, war es da anders? Etwas besser gekannt würde man sich haben in einer Nachbarschaft, in der Au zum Beispiel, nahm er an, wenn der Alte auch keine Erinnerung an seine Verwandten dort hatte, seine Toten. Der Umgang mit der Umgebung, hatte der gesagt, der sollte besser sein, irgend so etwas. Aber mit wem ging er außer mit Elli, den Kollegen und seiner Mutter und Schwiegermutter überhaupt um? War es das, was wieder gelernt werden mußte?

Wieder ein Arbeitstag, ein halber nur, denn er hatte sich den anderen halben ausbedungen, um Elli und seinen Sohn von der Klinik abholen zu können. Ja, es war soweit! Seine Mutter hatte mit überschwenglicher Verzückung den Enkel hinter der Glasscheibe betrachtet, einen Abend hatte er mit den Fahrerkollegen in einer Kneipe zum Begießen des frohen Ereignisses zugebracht, und die hatten für die ausgegebenen Lagen Bier und Schnaps mit anerkennenden Worten für ihn nicht gegeizt. Das alles hatte ihm geschmeichelt. Aber seine Unsicherheit war noch nicht geschwunden, seine Sorge für die Zukunft noch da.